HEYNE<

Das Buch
Zwei lange Jahre ist Robin das Glück vergönnt, mit ihrem geliebten Salim, dem Sohn des Alten vom Berge, in der Abgeschiedenheit der Assassinen-Festung Masyaf in Frieden zusammenzuleben. Doch als sie den Menschen eines Fischerdorfes gegen Plünderer zur Seite steht, spüren sie Templer unter dem Befehl des grausamen Dariusz auf. Zum Glück hat sie ihr Templergewand übergestreift, sodass sie Dariusz in der Gestalt des Tempelritters Robin von Tronthoff entgegentreten kann. Diese Rolle erfordert es jedoch von ihr, dass sie gemeinsam mit den Templern in den Kampf gegen Saladin zieht, der König Balduin und der gesamten Christenheit den Kampf angesagt hat.
Bei den Templern freundet sich Robin mit dem jungen Rother an, anfangs noch ohne zu ahnen, dass Dariusz ihn auf sie angesetzt hat. Rother, trotz Dariusz' Anweisung Robin nicht ganz abgeneigt, stürzt in einen Gewissenskonflikt, als er zu begreifen glaubt, dass der Tempelritter Robin von Tronthoff ein Verhältnis mit dem Assassinen Salim hat. Bevor ihn Robin beruhigen kann, ziehen die Templer und ihre Verbündeten unter König Balduins Führung gegen Saladins mächtiges Heer in die Schlacht. Am Rande des Schlachtfelds entdeckt Robin eine dunkle, unter einem Pferd begrabene Gestalt: König Balduin! Sie rettet ihn – und begreift plötzlich, dass es Attentäter aus den eigenen Reihen auf ihn abgesehen haben. Ehe sie sich's versieht, steht sie im Mittelpunkt einer todbringenden Intrige ...
Dieser Roman knüpft an Wolfgang Hohlbeins Bücher *Die Templerin* und *Der Ring des Sarazenen* an.

Der Autor
Wolfgang Hohlbein, 1953 in Weimar geboren, hat sich mit seinen Romanen aus den verschiedensten Genres – Thriller, Horror, Science-Fiction und historischer Roman – eine große Fangemeinde erobert und ist einer der erfolgreichsten deutschen Autoren überhaupt. Er lebt mit seiner Frau Heike und den gemeinsamen Kindern in der Nähe von Düsseldorf.
Außerdem von Wolfgang Hohlbein bei Heyne erschienen: *Hagen von Tronje – Der Ring der Nibelungen – Die Bedrohung* und der Romanzyklus: *Die Templerin – Der Ring des Sarazenen – Die Rückkehr der Templerin*

Wolfgang Hohlbein

Die Rückkehr der Templerin

Roman

WILHELM HEYNE VERLAG
MÜNCHEN

Verlagsgruppe Random House
FSC-DEU-0100
Das für dieses Buch verwendete
FSC-zertifizierte Papier *München Super*
liefert Mochenwangen Papier.

3. Auflage
Vollständige Taschenbuchausgabe 10/2006
Copyright © 2004 by Wolfgang Hohlbein
Copyright © 2006 dieser Ausgabe by
Wilhelm Heyne Verlag, München,
in der Verlagsgruppe Random House GmbH
Printed in Germany 2007
Umschlagillustration und Umschlaggestaltung:
© Nele Schütz Design, München
Satz: Franzis print & media GmbH, München
Druck und Bindung: GGP Media GmbH, Pößneck

ISBN: 978-3-453-47064-4

www.heyne.de

1. Kapitel

Robins Welt war wieder kleiner geworden. Auch wenn sie im Grunde ungleich größer war als das kleine friesische Dorf, in dem sie geboren und aufgewachsen war, ja, selbst größer als die Welt, die ihr Salim, Bruder Abbé und all die anderen gezeigt hatten, die während der zweiten Hälfte ihres Lebens zu ihren Wegbegleitern und Freunden geworden waren, so war sie im Augenblick doch zu einem Kreis von gerade einmal acht Schritten Durchmesser geschrumpft, den man in den Sand gezeichnet hatte. Die Linie, die diesen Kreis markierte, war längst nicht mehr zu sehen, denn der noch vor wenigen Minuten glatte Boden war nun aufgewühlt von ihren Schritten, fehlgegangenen Schwerthieben und Paraden, und wenn sie nicht Acht gab oder Jehova, Allah oder wer auch sonst immer im Moment über diesen gottverlassenen Winkel der Erde herrschte, des Spiels überdrüssig wurde, dann würde sich der Sand möglicherweise bald rot von ihrem Blut färben. Hätte sie sich doch niemals auf diesen Kampf eingelassen!

Als hätte er ihre Gedanken gelesen, täuschte ihr Gegner in diesem Moment einen geraden Schwertstich an, wartete, bis Robin dazu ansetzte, ihn zu parieren, und verwandelte seine Bewegung in einen blitzartigen, halbkreisförmig nach oben geführten Hieb. Robin wich im allerletzten Moment aus, aber die Schneide des Sarazenenschwertes schrammte trotzdem, so präzise und sicher geführt wie die Klinge eines Feldschers und so kraftvoll geschlagen wie der Hammer eines Schmieds, über ihr Kettenhemd, sodass sie den Hieb nicht nur bis in die letzte Faser ihres Körpers spürte, sondern der Stahl tatsächlich *Funken* aus ihrer Rüstung schlug. Und hätte sie nicht buchstäblich im allerletzten Moment doch noch reagiert und sich nach hinten geworfen, dann hätte sie möglicherweise nicht einmal mehr das fein gewobene Kettenhemd geschützt, das sie unter ihrem einfachen dunkelblauen Gewand trug. Robin kannte Waffen wie die, die ihr Gegner führte, zur Genüge, und sie ahnte, dass sie selbst ein Kettenhemd durchschlagen konnten, wenn der Hieb nur entschlossen genug geführt wurde.

Robin zog sich zurück, wenn auch nicht so weit, wie es nötig gewesen wäre, und nicht einmal so weit, wie sie eigentlich wollte. Trotz allem waren ihr die Regeln in diesem Kampf klar. Wenn sie mit dem Fuß auch nur einen Zoll weit aus dem Kreis heraustrat, hatte sie verloren – und Robin hatte noch nie den Gedanken akzeptiert, einen Kampf zu *verlieren*. Ganz besonders nicht diesen.

Ohne ihren Gegner, der sie mit der Leichtigkeit einer Gazelle umkreiste, auch nur einen Herzschlag lang aus den Augen zu lassen, versuchte sie aus den Augenwinkeln heraus die Reaktionen der Zuschauer dieses unwürdigen Kampfes zu erkennen. Sie wirkten angespannt; braun gebrannte Gesichter, vom Wind und vom Salz des Meeres gegerbt, von der Härte eines Lebens gezeichnet, das Robin nur zu gut nachempfinden konnte, denn das Schicksal dieser Männer wäre um ein Haar auch das ihre geworden. Sie warteten darauf, dass sie fiel, begriff sie.

Der Gedanke machte sie nicht nur zornig, er verletzte sie auch. Unter dem guten Dutzend Männer war nicht einer, dem sie nicht schon einmal geholfen hätte, dem sie nicht schon einmal ein Stück Brot oder die eine oder andere kleine Münze zugesteckt hätte, mit dessen Kindern sie nicht schon gespielt oder dessen Frau sie nicht beigestanden hätte, wenn es um die Pflege eines kranken Kindes, das Einfangen einer fortgelaufenen Ziege oder den Verlust eines Familienmitglieds ging. Es war ungefähr ein Dutzend Männer, und sie hätte zu jedem einzelnen eine Geschichte erzählen können, die fast ausnahmslos darauf hinausgelaufen wäre, dass er auf die eine oder andere Art in ihrer Schuld stand. Und doch warteten sie jetzt auf ihre Niederlage.

Robin konnte es ihnen noch nicht einmal wirklich verdenken. Es hatte nichts mit ihr – Robin – zu tun. Es hatte mit der *Frau* zu tun, die nicht nur ein Schwert führte, sondern damit auch noch besser umzugehen vermochte als die allermeisten Männer, die sie je getroffen hatte, und das war etwas, was einfach nicht in die Ordnung ihrer Welt passte.

Was nichts daran änderte, dass Robin sich maßlos über das ärgerte, was sie in den Gesichtern der Zuschauer sah. Sowie dieser Kampf vorüber war, würde sie sich mit dem einen oder anderen von ihnen eingehend unterhalten, und sie war ziemlich sicher, dass ihm das Gespräch nicht gefallen würde.

Vorausgesetzt, sie überlebte den Irrsinn, auf den sie sich eingelassen hatte – was ihr im Moment gar nicht so sicher schien. Ihr Gegner stürmte erneut vor und täuschte zwei, drei blitzartige Hiebe in ihre Richtung an. Keiner davon kam auch nur in Robins Nähe, aber sie reagierte jedes Mal mit einer – viel zu hastigen – Bewegung mit ihrem eigenen Schwert, was sie wertvolle Kraft kostete. Es kam ihr so vor, als habe ihr Gegner ihr Schwert verzaubert, denn es schien jedes Mal schwerer geworden zu sein, wenn sie es für eine Parade oder einen Angriff hob.

»Willst du nicht endlich aufgeben?« Der verschleierte Krieger auf der anderen Seite des in den Sand getrampelten Kreises hatte seine Waffe sinken lassen und stand in fast lässiger Haltung da. Sein Gesicht war fast zur Gänze hinter einem Tuch verborgen, das je nachdem, wie die Sonne darauf fiel, dunkelblau oder in einem matten Schwarz schimmerte, sodass sie wenig mehr als seine Augen erkennen konnte. Aber das war auch nicht nötig. Sie hätte das spöttische Funkeln in seinem Blick selbst dann wahrgenommen, wenn sie ihn nicht direkt angesehen hätte.

Statt zu antworten, griff Robin an.

Sie konnte nicht sagen, ob ihr Gegner sein überhebliches Spiel nur auf die Spitze trieb oder ihn das Ungestüm ihres plötzlichen Angriffes tatsächlich überrascht hatte – so oder so, es gelang Robin, ihn mit drei, vier wuchtigen Schwertschlägen vor sich her und fast bis zur gegenüberliegenden Grenze des Kreises zu treiben, bis er in seinen gewohnten Rhythmus zurückfand. Robin deckte ihn mit einem Hagel von Hieben ein, die er nur mit Mühe parieren konnte, doch dann machte er eine plötzliche, blitzschnelle Bewegung, die Robin um ein Haar das Schwert aus der Hand geprellt hätte, und nun war *sie* es, die haltlos Schritt für Schritt vor ihrem in dunkelblaues Tuch gekleideten Gegner zurückwich und sich dem Rand des Kreises bedrohlich näherte.

Die Schwerthiebe ihres Gegners wurden nun härter. Er versuchte nicht mehr, ihre Deckung zu durchbrechen oder sie mit irgendeiner heimtückischen Bewegung zu treffen, sondern hatte sich offensichtlich entschlossen, seine überlegenen Körperkräfte zum Einsatz zu bringen und das zu tun, was Robin schon während ihrer Zeit in der Komturei bei mehr als einem Mann beobachtet und was sie stets aus tiefstem Herzen verachtet hatte: Ihr Gegenüber kämpfte plötzlich nicht mehr wie ein Ritter, der sein Schwert mit Kunstfertigkeit und Geschick führte, sondern drosch einfach auf sie ein, versuchte ganz gezielt nichts anderes als ihr Schwert zu treffen und mit jedem Hieb, den sie mühsam abwehrte, ihre Kräfte weiter zu erschöpfen.

Diese barbarische Art des Zweikampfes, der zweifellos die tiefste Verachtung jedes Ritters verdiente, war unglückseligerweise aber auch sehr effektiv, wenn sich das Kräfteverhältnis so ungleich darstellte wie jetzt. Robin war für eine Frau erstaunlich stark, aber der andere war einen guten Kopf größer als sie und wog mindestens dreißig oder vierzig Pfund mehr. Und dazu kam, dass Robin allmählich begriff, dass ihr Gegner ihre beste Waffe – den unbedingten Willen zu siegen – in diesem Kampf mindestens genauso gut einzusetzen verstand wie sie selbst.

Robin blieb keine Zeit, hinter sich zu sehen, um sich davon zu überzeugen, wie nahe sie dem Rand des Kampfplatzes bereits war. Aber es konnten höchstens noch ein paar Schritte sein; ein letzter, wuchtig geführter Schwerthieb ihres Gegners, dessen furchtbare Kraft sie einfach über die in den Sand gezeichnete Linie hinwegstolpern ließ und den Kampf beenden würde, und plötzlich spürte sie, wie die Anspannung der Zuschauer eine neue Qualität erlangte. Sie hatte nicht einmal mehr diesen einen Schritt.

Als das Schwert des Angreifers das nächste Mal herabsauste, fing sie es zwar mit ihrer eigenen Klinge ab, versuchte aber gar nicht erst, sich der Kraft des Schlages zu widersetzen, sondern ließ sich nach hinten und gleichzeitig zur Seite kippen und nutzte im allerletzten Moment den Schwung ihrer eigenen Bewegung, um sich herumzuwerfen und mit einer komplizierten seitlichen Rolle wieder in den Kreis zurückzukehren.

Die Zuschauer johlten begeistert, und noch während Robin herumrollte und dabei zugleich wieder auf die Füße zu kommen versuchte, registrierte sie eine schattenhafte Bewegung aus den Augenwinkeln und warf sich instinktiv abermals herum. Das Schwert des Angreifers ließ den Sand aufspritzen wie Wasser, in das jemand einen Stein geworfen hatte, genau dort, wo sie einen Herzschlag zuvor noch gewesen war, was die Zuschauer mit begeistertem Johlen und Händeklatschen kommentierten. Robin versuchte verzweifelt, sich abermals herumzuwerfen, doch diesmal geriet die Bewegung zu nichts anderem als einem hilflosen Stolpern, an dessen Ende sie ausgestreckt zu Boden fiel.

Hätte ihr Gegner in diesem Moment nachgesetzt, der Kampf wäre vorüber gewesen, denn Robin hatte nicht nur Mund und Nase voller Sand, der sie nahezu blind machte und darüber hinaus sein Möglichstes tat, sie zu ersticken, sie hatte auch plötzlich das Gefühl, jedes bisschen Kraft wäre aus ihren Gliedern gewichen. Das Kettenhemd, das sie trug, schien Zentner zu wiegen, und selbst das Schwert in ihrer Hand fühlte sich plötzlich so schwer an, als hätte es sich auf magische Weise in die Streitaxt eines Nordmannes verwandelt.

Aber natürlich verzichtete ihr Gegenüber darauf, den Kampf auf *diese* Weise zu gewinnen. Vermutlich wäre es ihm zu einfach erschienen; ein Sieg, an dem er keine Freude gehabt hätte.

Robin hatte, was das anging, weit weniger Skrupel. Sie nutzte ganz im Gegenteil diese offensichtliche Schwäche ihres Gegners aus, um noch zwei oder drei Herzschläge länger, als nötig gewesen wäre, reglos liegen zu bleiben und sich unnötig umständlich (und Zeit schindend) in die Höhe zu stemmen und zu ihm umzudrehen. Die Augen über dem schwarzblauen Tuch funkelten sie noch immer spöttisch an, und für einen Moment wusste Robin nicht, worüber sie sich mehr ärgern sollte: über die Überheblichkeit in den dunklen Augen oder über ihre eigene Schwäche, die noch dazu ganz allein ihre Schuld war. In den letzten Monaten hatte sie ihre Waffenübungen viel zu sehr vernachlässigt. Das Schwert lag vielleicht noch immer so leicht und vertraut in ihrer Hand, wie sie es gewohnt war, aber sie hatte schon auf dem Weg hierher gemerkt, wie unangenehm das Gewicht des Kettenhemdes war und dass ihr auch der Ritt deutlich mehr Mühe bereitet hatte, als er gedurft hätte. Völlerei und ein ausschweifendes Leben, dachte sie spöttisch. Manche Sünden schien Gott der Herr tatsächlich sehr schnell zu bestrafen.

Was nichts daran änderte, dass sie diesen Kampf *schnell* zu

Ende bringen musste, wollte sie auch nur noch die Spur einer Chance haben, ihn zu gewinnen.

Oder wenigstens zu überleben.

Robin taumelte in einer Bewegung übertrieben gespielter Erschöpfung zurück, hob das Schwert ein wenig an und ließ den Arm dann wieder sinken, als wäre das Gewicht der Waffe plötzlich zu viel für sie. Sehr weit von dieser Täuschung war sie tatsächlich nicht entfernt, aber doch weit genug, dass ihr Gegner darauf hereinfiel. Möglicherweise war er des Spiels, das sie spielten, auch einfach nur überdrüssig. Er stürmte heran, deckte sie abermals mit einem wahren Hagel von Schlägen ein, die Robin nur mit immer größerer Mühe noch parieren konnte, und trieb sie zudem auch noch so vor sich her, dass er plötzlich mit dem Rücken zur Sonne stand und sie nicht nur durch den grellen Feuerball geblendet wurde, der plötzlich hinter seinem Kopf loderte und den schwarzblauen Turban in einen flirrenden Heiligenschein zu verwandeln schien, sondern sie auch für einen winzigen Moment hoffnungslos verblüffte.

Genau einen Moment zu lange.

Sie sah den Hieb kommen und schaffte es irgendwie noch, ihre eigene Klinge zwischen sich und den niedersausenden Krummsäbel des Angreifers zu bringen, nicht aber, die nötige Kraft in die Bewegung zu legen. Diesmal schlugen die beiden Schwerter nicht Funken sprühend aufeinander. Robins Waffe wurde ihr einfach aus der Hand geprellt und flog davon, um irgendwo weit außerhalb des Kreises in den Sand zu fallen, und sie selbst taumelte mit einem unterdrückten Schmerzenslaut zurück und fiel auf die Knie. Ihre rechte Hand fühlte sich an, als hätte sie ein Ochse getreten, und der Arm war für einen Moment vollkommen taub. Plötzlich fühlte sie sich so schwach, dass das Gewicht des Kettenhemdes allein schon auszureichen schien, sie endgültig zu Boden zu ziehen. Die Gestalt ihres Gegners ragte wie ein riesenhafter, verzerrter Schatten über ihr empor, und das Glitzern in seinen Augen schien ihr mit einem Male nicht mehr spöttisch, sondern von einem Ausdruck gnadenloser Härte und Entschlossenheit erfüllt.

»Gibst du endlich auf?«, fragte er. »Ich will gerne zugeben, dass du dich gut geschlagen hast, für eine Frau. Aber nun ist es genug. Wenn du mich um Gnade bittest, lasse ich dich vielleicht gehen.«

»Und wenn nicht?«, fragte Robin. Sie erschrak über den Klang ihrer eigenen Stimme. Sie zitterte vor Schwäche, und es war etwas darin, was nicht hineingehörte.

»Dann müsste ich dir vielleicht sehr wehtun«, antwortete der andere.

»Ja«, antwortete Robin. »Irgendwie habe ich nichts anderes erwartet.« Sie seufzte tief, sank dann, wie von einem plötzlichen Schwächeanfall gepackt, nach vorne und fing ihren Sturz im letzten Moment mit den Händen ab. Jedenfalls musste der andere es glauben. In Wahrheit grub sie die Finger in den Boden, ließ sich dann blitzschnell zur Seite fallen und schleuderte dem Angreifer eine Hand voll Sand ins Gesicht. Offensichtlich hatte er mit dieser Bewegung gerechnet, denn er schloss blitzartig die Augen und wich ebenso rasch einen halben Schritt zurück, aber *das* wiederum hatte Robin vorausgesehen. Sie fiel nicht wirklich, sondern rollte sich blitzschnell über die Schulter und die linke Hand ab, rammte den Fuß in die Kniekehle des Angreifers und stieß ihm gleichzeitig den anderen Fuß gegen den Knöchel, und das war selbst für ihn zu viel. Mit einem eher zornigen als überraschten Laut warf er die Arme in die Luft und kämpfte mit wild rudernden Bewegungen um sein Gleichgewicht, aber es war ein Kampf, den er verlor.

Hilflos stürzte er nach hinten, und Robin war über ihm, bevor er ganz in den Sand gefallen war. In ihrer Hand blitzte plötzlich ein winziger, spitzer Dolch, den sie noch in der Bewegung unter dem Gewand hervorgezogen hatte. Die messerscharfe Klinge zerteilte den schwarzblauen Stoff vor dem Gesicht des Angreifers so mühelos, als schnitte sie durch dünnes Reispapier, glitt an seiner Kehle entlang und fand mit tödlicher Sicherheit die pochende Ader an der rechten Seite seines Halses. Ein einzelner, sonderbar heller Blutstropfen quoll aus der winzigen Wunde und zog eine dünne Spur in den staubverklebten Schweiß auf seiner Haut, und die Gestalt erstarrte. Die Augen über dem dunklen Schleier weiteten sich, und ein Ausdruck zwischen Überraschung und Zorn erschien darin; aber auch eine ganz schwache Spur von Furcht, die ihr Besitzer mühsam niederzuringen versuchte, ohne dass es ihm wirklich gelang. Für die Dauer eines einzelnen, schweren Herzschlags schien die Zeit stehen zu bleiben.

Dann wechselte Robin, blitzschnell und ohne die Klinge aus tödlichem Damaszenerstahl auch nur einen Deut zurückzuziehen oder gar loszulassen, den Dolch von der rechten in die linke Hand, griff mit dem frei gewordenen Finger zu und riss den Schleier mit einem Ruck zur Seite. Darunter kam ein edel geschnittenes, noch erstaunlich jugendlich wirkendes Gesicht zum Vorschein, dessen Haut die Farbe von dunklem Kupfer hatte. Auf den ersten Blick hätte man es für das Gesicht eines Jungen halten können, gleichzeitig aber auch für das eines Königs oder eines Kriegers. Die scharf geschnittene Nase passte nicht zu den ansonsten eher orientalischen Zügen, wirkte aber nicht störend, sondern verlieh ihm im Gegenteil etwas Edles, und die Augen waren gerade eine Spur zu hell, um nicht in diesem sonderbaren, nicht ganz arabisch wirkenden Gesicht aufzufallen.

»So«, sagte Robin schwer atmend. »Du schlägst also gerne Frauen?«

»Warum auch nicht?«, antwortete der andere. »Wenn meine einzige Wahl darin besteht, ansonsten von ihnen geschlagen zu werden?«

Noch immer, ohne den Dolch zurückzuziehen, beugte sich Robin vor und war ihm so nah, dass sich ihre Lippen fast berührt hätten und es wohl nur dem warnenden Funkeln in seinen Augen zu verdanken war, dass sie sich nicht weiter vorbeugte, um ihn zu küssen. Trotz der unausgesprochenen Warnung in seinen Augen, den Bogen nicht endgültig zu überspannen, stieß er sie nicht zurück, und gerade als Robin spürte, wie sich seine Hände aus dem Sand lösten und nach ihr griffen, zog sie den Kopf zurück und setzte sich auf; wenn auch nicht sehr weit.

»Wenn das allerdings der Preis ist, dann sollte ich mich vielleicht öfter von dir besiegen lassen«, sagte Salim atemlos.

»Besiegen *lassen*?«, wiederholte Robin. Die Messerspitze berührte immer noch seine Halsschlagader, und die hellrote Spur, die sich über seine Haut zog, war sogar ein wenig breiter geworden.

»Also gut, du *hast* mich besiegt.« Salim verzog in einem Ausdruck übertrieben geschauspielerter Zerknirschung das Gesicht, hob vorsichtig die Hand und deutete mit Zeige- und Mittelfinger auf den Dolch. »Könntest du vielleicht jetzt freundlicherweise …?«

»Was?«, fragte Robin mit einem zuckersüßen Lächeln.

»Dein Dolch«, antwortete Salim. Sein Lächeln wirkte mittlerweile ein bisschen gequält. »Nur, falls es dir entgangen sein sollte – ich verblute allmählich.«

»So schnell geht das nicht«, behauptete Robin. »Außerdem hat man mir gesagt, dass es ein sehr angenehmer Tod sein soll. Ganz schmerzlos – und wenn ich es mir richtig überlege, dann gefällst du mir eigentlich genau so, wie du gerade bist.« Sie runzelte übertrieben die Stirn und tat so, als müsste sie angestrengt über etwas nachdenken. »Da fällt mir ein: Du hast mir immer noch nicht geantwortet, was die Kleider angeht, die der Tuchhändler letzte Woche aus Byzanz gebracht hat.«

»Das ist nicht mehr witzig, Robin«, sagte Salim. »Die Männer sehen uns zu.«

»Und das verletzt dich zutiefst in deiner Ehre, nehme ich an«, sagte Robin. »Von einer Frau besiegt zu werden.«

»Allah sei Dank, weiß es ja niemand«, antwortete Salim – was eine glatte Lüge war. Jedermann hier wusste, was sich unter dem schlichten schwarzen Gewand eines Assassinenkriegers verbarg, mit dem Salim vermeintlich gekämpft hatte.

Männer!, dachte sie verächtlich.

Sehr viel langsamer, als notwendig – oder Salim gar recht – gewesen wäre, zog sie den Dolch zurück, stand mit einer fließenden Bewegung auf und riss sich noch in der gleichen Bewegung Schleier und Turban vom Kopf. In Salims Augen erschien einen winzigen Moment lang ein Ausdruck, der an pures Entsetzen grenzte, als Robins Haar in ungebändigten, goldenen Wellen bis auf ihre Schultern hinabfiel. Sie hielt ihn weiter im Auge und amüsierte sich unverhohlen über die Mischung aus Entsetzen und Resignation, die sich allmählich auf seinem Gesicht auszubreiten begann und die noch zunahm, als ihre hastige Bewegung ihren Mantel auseinander fallen ließ, sodass für einen winzigen Moment das verräterische Weiß und Rot des vollkommen anderen Gewandes aufblitzte, das sie darunter trug, aber ihr entging auch die Reaktion der anderen Männer nicht, die dicht außerhalb des imaginären Kreises standen, in dem sie gekämpft hatten.

Mehr als einer von ihnen fuhr erschrocken zusammen, sie hörte ein gedämpftes Murren und Zischen, und mindestens einer der Männer drehte sich um und ging mit schnellen Schritten davon. Salim sagte nichts, sondern stemmte sich mit übertrieben umständlichen Bewegungen in die Höhe, maß sie aber mit einem ebenso besorgten wie strafenden Blick. Robin bedauerte ihre vorschnelle Reaktion schon fast selbst. All diese Männer hier waren zweifellos ihre Verbündeten, ja, vermutlich sogar das, was außerhalb von Salims Festung dem Begriff *Freunde* noch am nächsten kam – aber sie waren auch strenggläubige Muslime, und sie waren in einer Welt und mit Regeln aufgewachsen, die Robin trotz allem bis zum heutigen Tage nicht völlig verständlich waren.

Zu ihrer Überraschung sagte Salim jedoch nichts dazu, sondern stemmte sich nun endgültig in die Höhe, klopfte sich mit der linken Hand den Wüstensand vom Mantel und griff mit der rechten nach seinem Hals. Als er die Hand wieder zurückzog, waren seine Fingerspitzen rot.

»Das war nicht besonders ritterlich«, sagte er, während er stirnrunzelnd das Blut auf den Fingerspitzen betrachtete. Er klang ein bisschen verstimmt.

Robin machte ein zerknirschtes Gesicht. »Du hast Recht, Gebieter. Mein Kampfstil muss wohl ein wenig darunter gelitten haben, dass ich in letzter Zeit zu viel Umgang mit Assassinen hatte.«

»Offensichtlich nicht genug«, erwiderte Salim mit einem Blick und in einem Ton, von dem Robin gerade *nicht* sagen konnte, ob der mühsam zurückgehaltene Zorn darin nun gespielt war oder nicht. »Sonst hättest du dir vielleicht abgewöhnt, immer noch diese alberne Rüstung zu tragen.« Er schüttelte heftig den Kopf, als Robin widersprechen wollte. »Die Gazelle kann dem Löwen vielleicht davonlaufen, aber kaum, wenn sie einen Zentner Eisen unter ihrem Fell trägt.«

»Wer sagt, dass ich davonlaufen *wollte*?«, erkundigte sich Robin. »Außerdem dachte ich bisher, ihr Assassinen liebt es geradezu, euch zu verkleiden.«

»Verkleiden trifft es schon ganz gut«, antwortete Salim. »Mir ist immer noch nicht klar, wie ihr Christen jemals auch nur einen Kampf gewinnen konntet, mit einer solchen Masse an Eisen auf dem Leib.«

Um ein Haar hätte Robin geantwortet: *Weil Gott auf unserer Seite steht*, nicht, weil sie das etwa wirklich glaubte, sondern einfach nur, um ihn zu ärgern. Aber sie schluckte die Worte im letzten Moment hinunter. Es war eine Sache, Salim manchmal ganz bewusst zur Weißglut zu treiben, einfach nur, weil sie es konnte, und eine ganz andere, ihn unnötigerweise hier und in aller Öffentlichkeit zu brüskieren. Sie bedauerte bereits, ihren Turban abgesetzt zu haben. Salim war nicht nur seit zwei Jahren ihr Mann und der Mensch, den sie auf der ganzen Welt am allermeisten und vorbehaltlos liebte, er war auch – und außerhalb der Burg *vor allem* – der Sohn des Alten vom Berge, des Obersten der Assassinen. Obwohl sie sich tief in sich selbst niemals wirklich damit abgefunden hatte, so hatte sie doch irgendwann zumindest akzeptiert, dass er sein Gesicht wahren musste. Manchmal war es schwer, in zwei Kulturen gleichzeitig zu leben – auch wenn sie sich im Grunde gar nicht so sehr unterschieden, wie es auf den ersten Blick den Anschein haben mochte.

Sie verscheuchte den Gedanken und wollte sich nach Salims Schwert bücken, das sie ihm mit ihrer letzten, zugegeben tatsächlich nicht besonders ritterlichen Aktion aus der Hand geprellt hatte, aber der Kampf hatte sie doch mehr angestrengt, als sie selbst zugeben wollte. Ihr wurde leicht schwindlig, und sie musste einen raschen, halben Schritt nach vorne machen, um nicht das Gleichgewicht zu verlieren. Salim blickte weiter abwechselnd sie und das Blut auf seinen Fingerspitzen an, und auf seinem Gesicht war keine Reaktion auf ihre scheinbare Ungeschicklichkeit zu erkennen.

Dennoch meinte sie eine Spur von Sorge in seinem Blick auszumachen, und das allein war für sie Grund genug, die Bewegung nun doch fortzusetzen und den Krummsäbel aufzuheben, um ihn Salim mit dem Griff voran zu reichen. Schweigend nahm er die Waffe entgegen und schob sie in die schmucklose Scheide, die unter den lose fallenden Falten seines blauschwarzen Gewandes verborgen war. Sein Blick formulierte eine lautlose besorgte Frage, die Robin jedoch ebenso ignorierte wie das meiste von dem, was er zuvor gesagt hatte. In den mittlerweile unübersehbaren Ausdruck von Sorge in seinen Augen mischte sich ein leiser Ärger, doch er schwieg auch jetzt, deutete nur ein Achselzucken an und beschattete die Augen mit der Hand, während er sich halb umdrehte und zu den sanft ansteigenden, mit kränklich wirkendem Grün gesprenkelten Dünen hinaufsah, die den Strand säumten.

Robin folgte seinem Blick und konnte Salims Reaktion auf die schmachvolle Niederlage, die sie ihm zugefügt hatte, nun noch ein bisschen besser verstehen. Auch dort oben hatte es Zuschauer gegeben. Drei, vier Reiter auf schwarzen Pferden und in den schlichten, ebenfalls schwarzen Burnussen, wie sie typisch für Salims Krieger waren. Sie standen vollkommen reglos da, und obwohl sie in ihrer dunklen Kleidung und auf den gewaltigen, schwarzen Schlachtrössern vor dem fast weißen Hintergrund der Wüste eigentlich so gut wie unübersehbar hätten sein müssen, fiel es Robin doch sonderbar schwer, sie mit Blicken zu fixieren.

Auch wenn sie den Anblick mittlerweile zur Genüge kannte, löste er doch noch immer ein kurzes, eisiges Frösteln in ihr aus. Diese Männer waren ihr vertraut. Sie hatte zwar nicht den Namen jedes einzelnen Kriegers parat, kannte sie aber doch zumindest alle vom Sehen, und sie wusste auch, dass jeder einzelne dieser Männer, ohne zu zögern, sein Leben geopfert hätte, um sie zu beschützen. Und dennoch hatte sie in all den Monaten, die sie nun hier war, ihre instinktive Furcht vor den berüchtigten Assassinen nicht vollends überwinden können. Das war absurd. Streng genommen war sie eine von ihnen.

Salim hob die Hand und winkte. Einer der Reiter löste sich von seinem Platz und kam die Düne herabgaloppiert, und die Bewegung ließ ihn endgültig zu einem Schemen werden, an dem ihr Blick abzugleiten schien wie die Hand an einem glitschigen Fisch unter Wasser. Erst als er die halbe Entfernung zurückgelegt hatte, sah Robin, dass er noch ein zweites, ebenfalls schwarzes Pferd am Zügel mit sich führte. Ärgerlich runzelte sie die Stirn.

»Was …?«, begann sie.

»Ich bleibe nicht lange weg«, fiel ihr Salim ins Wort. »Ich will nur schnell nach dem Rechten sehen.« Er lächelte beiläufig, aber es wirkte nicht wirklich echt. »Du weißt ja, wie sie sind – kaum fühlen sie sich unbeobachtet, lässt die Disziplin nach, und sie tun alles, nur nicht das, was man von ihnen erwartet.«

Robin sagte nichts dazu – schon, weil Salim am besten wissen musste, was für einen Unsinn er redete. Wenn sie jemals Männern begegnet war, auf die immer und unter allen Umständen Verlass gewesen wäre, dann die Krieger aus Salims Leibgarde. Diese dumme Ausrede war ihm zweifellos im gleichen Augenblick eingefallen, in dem er sie aussprach. Das konnte nur eines bedeuten: Salim wollte ganz gewiss nicht nur *nach dem Rechten* sehen, und was immer er vorhatte, er wollte sie nicht dabeihaben; vielleicht einfach deshalb, um den stolzen Assassinen zu zeigen, dass er seine temperamentvolle Frau weitaus besser im Griff hatte, als es der Ausgang des Schaukampfes hatte vermuten lassen. Hätte sie ihn nicht gerade schon mehr gedemütigt, als sie gewollt hatte, so hätte sie ihn mit dieser plumpen Lüge niemals davonkommen lassen, sondern ganz im Gegenteil darauf bestanden, ihn zu begleiten.

So aber deutete sie nur ein Nicken an und sagte mit finsterem Gesicht: »Dann warte ich im Haus auf dich. Bleib nicht zu lange.«

Schon diese kleine Bemerkung schien Salims Unmut zu erregen, denn zwischen seinen Augenbrauen entstand eine steile Falte, und einen halben Atemzug sah es so aus, als würde er ihr einen strengen Verweis erteilen, dann aber drehte er sich mit einer raschen Bewegung um und ging dem Reiter die letzten Schritte entgegen.

Robin sah Salim wortlos und mit gemischten Gefühlen nach. Sie war leicht verärgert, aber da sie den Grund für sein plötzlich so harsches Benehmen kannte, galt dieser Ärger zumindest im gleichen Maße auch ihr selbst.

Außerdem konnte sie nicht anders, als die geschmeidige Leichtigkeit seiner Bewegungen zu bewundern. Auch wenn der spielerische Kampf zwischen ihnen nicht ernst und schon gar nicht wirklich gefährlich gewesen war, so musste er doch auch für ihn ungemein *anstrengend* gewesen sein, doch Salim bewegte sich mit der selbstverständlichen Geschmeidigkeit einer Raubkatze, fließend, lässig und mit fast spielerischer Eleganz. Und doch tödlich.

Robin machte sich nichts vor. Wäre der Kampf gerade wirklich auf Leben und Tod gegangen, so hätte ihr auch der heimtückisch verborgene Dolch nichts mehr genutzt. Sie wusste nicht genau, wie alt Salim war. Sie hatte ihn nie gefragt, und sie war sogar ziemlich sicher, dass er es selbst nicht ganz genau wusste. Er konnte die zwanzig noch nicht allzu lange hinter sich haben, doch sie wusste, dass er mindestens fünfzehn dieser zwanzig Jahre mit dem Studium verschiedenster Kampfkünste verbracht hatte. Unter dem lose fallenden Mantel, der ihn weit massiger erscheinen ließ, als er war, und dem mächtigen Turban mit dem schwarzen Gesichtstuch verbarg sich ein schlanker, auf den ersten Blick fast knabenhaft wirkender Körper, der jedoch von einem Herzschlag auf den anderen regelrecht explodieren konnte. Robin hatte mehr als einmal erlebt, wie er es mit Gegnern aufgenommen hatte, die doppelt so schwer und mindestens ebenso gut im Umgang mit ihren Waffen waren wie er. Plötzlich überkamen sie doch Zweifel an ihrem Sieg. Hatte Salim sie etwa tatsächlich gewinnen lassen?

Die Antwort – auch wenn sie ihr nicht gefiel – war ein ganz eindeutiges *Ja*. Was er nicht hatte voraussehen können, war ihre kleine List mit dem Messer gewesen, doch mit einem Mal war sie nicht mehr stolz darauf, sondern schämte sich fast, so heimtückisch gewesen zu sein. Er hatte Recht: Es war nicht ritterlich gewesen. Aber auf eine ganz andere Art, als sie bisher geglaubt hatte.

Salim schwang sich mit einer fließenden Bewegung in den Sattel, und kaum hatte er es getan, da schien auch er zum Schatten zu werden und verwandelte sich endgültig in einen Assassinen. Irgendwann, das nahm sie sich vor, würde sie diesem Geheimnis auf den Grund gehen. Aber nicht heute.

Die beiden Reiter wendeten ihre Tiere und preschten die Düne hinauf. Auch die Männer, die oben auf Salim warteten, ließen ihre Pferde nun antraben, sodass sie fast gleich schnell ritten, als Salim und seine Begleiter bei ihnen ankamen, und im nächsten Augenblick schien es, als wären sie einfach verschwunden. Robin blickte noch einen Moment in die Richtung, in der die hitzeflimmernde Luft über der Wüste das halbe Dutzend schwarzer Gespenster aufgesogen hatte, dann drehte sie sich mit einem Ruck um und hob noch in der Bewegung ganz automatisch die Hand, um den Turban wieder aufzusetzen.

Sie hätte es auch getan, wäre ihr Blick nicht dem der Männer begegnet, die noch immer in einem lockeren Dreiviertelkreis dastanden und sie anstarrten, als hätten sie noch nicht ganz begriffen, dass das Schauspiel vorüber war. Sie drehten ausnahmslos den Kopf, wenn sich ihre Blicke begegneten, und einige von ihnen hatten es plötzlich sehr eilig, sich umzudrehen und zu gehen. Aber Robin hätte schon blind sein müssen, um nicht trotzdem zu begreifen, was in ihnen vorging. Sie hatte keine

Bewunderung erwartet, nicht einmal Anerkennung für ihre Leistung – so gut sie auch gewesen sein mochte –, aber nun erblickte sie Bestürzung, ja, sogar Entsetzen in einigen Gesichtern, und hier und da mühsam unterdrückten Zorn. Ja, bei mindestens einem Mann war sie sich sogar sicher, dass er sich nur noch mit aller Mühe beherrschen konnte, nicht einfach auf sie zuzutreten und sie zu schlagen.

Die Erkenntnis machte sie wütend und traurig zugleich. Die meisten dieser Männer hier waren ihre Freunde. Viele – wenn nicht alle – hatten sie vorhin während des Kampfes mit johlendem Händeklatschen angefeuert, aber plötzlich wurde ihr klar, dass sie es in dem sicheren Wissen getan hatten, einem Spiel zuzusehen, allerdings einem gänzlich anderen Spiel, als Robin geglaubt hatte. Für diese Männer hatte festgestanden, dass Salim sie eine Weile gewähren lassen und mit ihr spielen würde wie die Katze mit einer Maus, um sie dann niederzuwerfen. Schließlich war er ein Mann – ein Krieger! – und sie nur eine Frau. Möglicherweise hätte man ihr sogar noch verziehen, ihn besiegt zu haben, denn ihre letzte Attacke war tatsächlich alles andere als fair gewesen und konnte durchaus als weibliche Heimtücke gewertet werden. Was diese Männer jedoch nicht verzeihen konnten, das war die Tatsache, dass sie aus etwas, was jedermann *wusste*, etwas gemacht hatte, was jedermann *sah*.

Statt also zu tun, was ihr ihre Vernunft riet – nämlich ihr Haupt wieder zu bedecken und das schwarze Tuch erneut vor ihrem Gesicht zu befestigen –, wickelte sie den Turban ganz auf, indem sie das Tuch wie eine Peitsche knallen ließ, warf es sich mit einer trotzigen Bewegung über die Schulter und fuhr sich gleichzeitig mit den gespreizten Fingern der anderen Hand durchs Haar. Ihr war klar, dass sie sich ziemlich dumm benahm. Ob ihr nun gefiel oder nicht, was sie sah, die Welt war nun einmal so, und sie würde sie nicht ändern; schon gar nicht durch solche dummen, trotzigen Aktionen. Salim würde ihr Vorhaltungen machen und ziemlich ärgerlich sein, wenn er davon erfuhr (und es bestand kein Zweifel daran, *dass* er davon erfuhr), und Robin belegte sich selbst in Gedanken mit einigen wenig schmeichelhaften Bezeichnungen, denn sie wusste auch, wie schwer sie es Salim und auch seinem Vater mit einem solchen Benehmen machte.

Niemand hatte es bisher laut ausgesprochen. Niemand wagte es, sich auch nur irgendwas anmerken zu lassen, aber Robin war klar, dass Salim weder sich selbst noch seinem Vater einen Dienst erwiesen hatte mit der Wahl seiner Gemahlin. Salim war nicht *irgendein* Krieger, so wenig wie Sheik Raschid Sinan *irgendein* Fürst war. Möglicherweise hätte man es ihm verziehen, sich ein hübsches Christenmädchen, über das er auf eine seiner zahlreichen Reisen gestolpert war, mitzubringen und in seinen Harem aufzunehmen. Robin war ganz gewiss nicht die einzige Christin gewesen, der ein solches Schicksal widerfuhr. Aber Salim hatte sie nicht als Beute mitgebracht, und sein Harem bestand ganz genau aus einer Person: aus ihr selbst. Er hatte sie *geheiratet*.

Robin verscheuchte auch diesen Gedanken, warf noch einen trotzigen Blick in die Runde, der unerwidert blieb, denn es war niemand mehr da, der sie hätte ansehen können, und ging die paar Schritte zum Strand hinunter. Ihr Haus lag in der anderen Richtung. Wenn sie der Wasserlinie folgte, um es zu erreichen, bedeutete das einen großen Umweg. Aber das Schwindelgefühl war immer noch da, wenn auch nicht mehr so schlimm wie zuvor, und ihr war mit einem Mal unter der doppelten Schicht von Kleidung, die sie trug, entsetzlich heiß. Zwar langsamer werdend, aber ohne anzuhalten, schüttelte sie die Stiefel von den Füßen, hob sie im Vorübergehen hoch und atmete hörbar auf, als die erste Welle über ihre nackten Füße leckte. Das Wasser war warm, kam ihr in der Gluthitze des Tages aber eiskalt und unglaublich erfrischend vor, und Robin musste sich wirklich beherrschen, um sich nicht den Mantel und auch noch die Kleider, die sie darunter trug, vom Leib zu reißen und sich in die eisigen Fluten zu stürzen.

Einen Moment später lächelte sie über ihre eigenen Gedanken. Das war vollkommen verrückt. Selbst Salim und sein Vater konnten sie nicht mehr beschützen, wenn sie etwas so Dummes tat, und ganz davon abgesehen würde sie es nicht einmal dann tun, wäre sie ganz allein an diesem Strand. Was war nur mit ihr los? Irgendein Teil von ihr schien regelrecht versessen darauf zu sein, etwas Verrücktes zu tun.

Vielleicht wollte sie einfach herausfinden, wie weit sie gehen konnte.

Obwohl in dem kleinen, aus nur einer Hand voll Häuser bestehenden Fischerdorf jetzt keine Menschenseele mehr zu sehen war, spürte Robin doch genau, dass sie beobachtet wurde, während sie der vor- und zurückweichenden Flutlinie folgte und sich dem ehemaligen Haus des Dorfvorstehers näherte, das nun leer stand und für die gelegentlichen Besuche von ihr und Salim reserviert war. Ein seltsames Gefühl überkam sie. Dieser kleine Ort hatte in ihrem Leben eine wichtige Rolle gespielt, und sie hatte all ihren Einfluss in die Waagschale geworfen, all ihre Überredungskunst aufgewandt, um ihn wieder zu dem zu machen, was er vor jenem schicksalhaften Tag gewesen war.

Und dennoch war sie plötzlich nicht mehr sicher, ob es nicht ein Fehler gewesen war, hierher zurückzukehren. Auf ihr Drängen hatte Sheik Sinan den überlebenden Dorfbewohnern die Rückkehr in ihre Heimat ermöglicht und einige sogar aus der Sklaverei zurückgekauft – und dennoch waren die meisten Menschen, die heute hier lebten, Fremde für sie. Was sie gerade in den Gesichtern der Männer gelesen hatte, hätte sie nicht überraschen dürfen. Der ehemalige Bewohner des Hauses, das sie ansteuerte, war ebenso tot wie die Hälfte aller anderen hier, und auch wenn ihr die Überlebenden noch so oft und glaubhaft versicherten, ihr dankbar zu sein und niemals zu vergessen, dass sie ihr, der Fremden, ihr Leben und ihre Freiheit verdankten (was die Wahrheit war), so begann sich Robin doch allmählich einzugestehen, dass sie sie niemals wirklich akzeptieren würden. Das konnten sie nicht.

Robin trat ein paar Schritte tiefer ins Meer hinein, bis ihr das Wasser fast zu den Knien reichte, aber die Erleichterung, auf die sie wartete, kam nicht. Ganz im Gegenteil. Die Hitze schien noch unerträglicher geworden zu sein, und auch das Schwindelgefühl hatte sich zwar ein wenig gelegt, war aber nicht wirklich verschwunden.

Da sie plötzlich das Gefühl hatte, unter dem schweren schwarzen Mantel nicht mehr atmen zu können, zog sie ihn kurz entschlossen aus und warf ihn sich wie eine Decke über den linken Arm. Das strahlend weiße Gewand mit dem roten Tatzenkreuz, das sie darunter trug, musste nicht nur meilenweit zu sehen sein, sondern auf die Männer, die sie gerade beobachtet hatten, auch ungefähr die Wirkung einer schallenden Ohrfeige haben, aber das war ihr mittlerweile gleich. Sie hatte an diesem Tag schon so viel falsch gemacht, dass es darauf vermutlich auch nicht mehr ankam.

Unglücklicherweise half es auch nichts. Ihr war noch immer heiß. Um sich wirklich Linderung zu verschaffen, hätte sie schon den Wappenrock und vor allem das zentnerschwere *Kettenhemd*, das sie darunter trug, abstreifen müssen, was ohne weiteres möglich gewesen wäre, denn sie trug auch darunter noch ein dickes, baumwollenes Kleid, um sich die Haut nicht an den groben eisernen Maschen des Kettenhemdes wund zu scheuern (und sie wunderte sich, dass ihr heiß war?), aber nach dem, was Salim gerade über ihre Rüstung gesagt hatte, ließ es ihr Stolz nicht zu.

Sie ging in die Knie, schüttete sich zwei Hand voll des erfrischenden Salzwassers ins Gesicht und machte dann kehrt, um mit plötzlich schnellen Schritten auf das einzeln dastehende Gebäude am Dorfrand zuzugehen. Das große, eingeschossige Haus – das einzige Gebäude hier mit festen Mauern – war grob mit abbröckelndem Lehm verputzt und hatte das typische, von einer brusthohen Mauer umgebene Flachdach, über dem sich die ausladenden Äste eines etwas windschiefen Aprikosenbaums erhoben. Sie waren schwer von Früchten. Die ersten davon waren bereits goldgelb, und der Anblick ließ Robin das Wasser im Mund zusammenlaufen, obwohl es noch keine zwei Stunden her war, dass sie ausgiebig und fast schon zu gut gefrühstückt hatte. Salim hatte zwar nichts dazu gesagt, aber ihr waren weder seine Blicke noch sein bezeichnendes Stirnrunzeln entgangen. In letzter Zeit entwickelte sie einen gesunden Appetit, und auch, wenn sie es empört von sich gewiesen hätte, so wusste sie doch, dass sie etliche Pfunde zugenommen hatte.

Robin fragte sich, ob das ein gutes oder ein schlechtes Zeichen war. Hunger war ihr nicht fremd. Er gehörte zu den ersten Erinnerungen ihres noch jungen Lebens, und er war vielleicht in all den Jahren, die seither vergangen waren, ihr treuester Begleiter gewesen. Selbst in der Komturei Bruder Abbés und später, als sie mit den Tempelrittern von Friesland aus in Richtung Italien gezogen war – und erst recht auf dem Schiff –, hatte es längst nicht jeden Tag satt zu essen gegeben. Den unbeschreiblichen Luxus, sich keine Gedanken über die nächste Mahlzeit machen zu müssen und es als ganz selbstverständlich hinzunehmen, dass sie es am nächsten Tage ebenso wenig musste wie an dem danach und dem darauf folgenden, hatte sie erst kennen gelernt, seit sie Salims Frau war und in der Burg seines Vaters lebte. Wahrscheinlich, dachte sie, war es ein schlechtes Zeichen.

Das bequeme Leben in reinem Luxus, das sie an Salims Seite

führte, begann unaufhaltsam seinen Preis zu fordern. Das spielerische Kräftemessen, zu dem Salim sie vorhin herausgefordert hatte, war das erste seit Wochen gewesen, und ganz offensichtlich hatte sie sich damit schon selbst überfordert, denn das Schwindelgefühl verschwand nun tatsächlich, machte dafür aber einer leisen Übelkeit Platz, die in ihren Eingeweiden rumorte und sich langsam auf den Weg nach oben begab.

Mit purer Willensanstrengung kämpfte Robin das Gefühl nieder. Ihr Verstand sagte ihr ganz genau, was mit ihr los war: Sie hatte sich über die Maßen verausgabt, und das ihr eiskalt erscheinende Wasser hatte ein Übriges dazu getan, ihren Kreislauf bis an die Grenzen seiner Belastbarkeit zu fordern. Vernünftig wäre es, sich jetzt zu schonen, zumindest aber langsamer zu gehen. Aber wann hatte es sie je interessiert, was vernünftig war? Schon aus purem Trotz beschleunigte sie ihre Schritte noch mehr, warf den Kopf in den Nacken, sodass ihr Haar abermals flog (die Bewegung musste auf jeden heimlichen Beobachter wie eine herausfordernd geschwenkte Fahne wirken, wie sie sich schmerzhaft klar machte), und erreichte, zwar beinahe mit letzter Kraft, dennoch aber stolz aufgerichtet und mit festen Schritten das Haus. Vielleicht hatte sie gestern etwas Falsches gegessen, was ihr jetzt zusätzlich aufstieß.

Nach der schier unerträglichen Gluthitze draußen kam es Robin hier drinnen nur im allerersten Moment angenehm kühl vor. Dann schlug das Gefühl wohltuender Erleichterung urplötzlich in Kälte um. Ein eisiger Schauer rann ihr über den Rücken. Sie ließ den Mantel fallen, der ihr plötzlich so schwer vorkam, als wäre auch er aus Eisen geflochten, und registrierte beiläufig, dass das Kleidungsstück im Grunde nur noch aus Fetzen bestand – Salims Klinge hatte den Stoff an mindestens einem Dutzend Stellen zerschnitten. Als hätte es des Anblickes bedurft, spürte sie plötzlich auch jeden einzelnen Hieb, den das Kettenhemd aufgefangen hatte; spätestens morgen früh würde sie eine hübsche Sammlung blauer Flecken und Striemen auf Brust, Rücken und Oberarmen aufweisen. Sie konnte sich jetzt schon vorstellen, dass Salim nicht nur jede dieser Erinnerungen an den heftigen Kampf ausgiebig erkunden, sondern auch zu jeder einzelnen einen spöttischen Kommentar abgeben würde – aber selbst diese amüsante Vorstellung nutzte nichts. Das Gefühl von Schwäche wurde im Gegenteil immer schlimmer.

Jetzt, wo sie allein im Haus und sicher vor neugierigen Augen war, streifte sie auch die übrige Kleidung ab, bis sie nur noch das schwere baumwollene Unterhemd trug. Sie hatte jetzt nicht mehr das Gefühl, ein totes Pferd mit sich herumzuschleppen, das ihr jemand heimlich auf den Rücken gebunden hatte, dafür war in ihrem Mund plötzlich ein Geschmack, als hätte sie ihre Zähne in ein solches geschlagen.

Allmählich wurde Robin wütend auf sich selbst; auf die Unzulänglichkeit ihres Körpers, der sie so schmählich im Stich ließ, aber auch auf sich, die Schwäche, die sie in den letzten Monaten zugelassen hatte. Zum wiederholten Male nahm sie sich fest vor, gleich am nächsten Tag wieder damit zu beginnen, regelmäßiger zu trainieren. Auch wenn ihr vollkommen klar war, was Salim dazu sagen musste – von seinem Vater gar nicht zu reden –, so würde sie sich einige der zuverlässigsten Männer aus seiner Leibgarde heraussuchen, um mit ihnen regelmäßige Waffenübungen zu absolvieren.

Was leider nichts daran änderte, dass sie sich noch immer hundsmiserabel fühlte. Und plötzlich, obwohl sie noch vor ein paar Augenblicken das Gefühl gehabt hatte, vor Hitze sterben zu müssen, hielt sie es in der Kälte des schattigen Zimmers nicht mehr aus. Mit schnellen Schritten (deren leichtes, aber dennoch unübersehbares Wanken sie geflissentlich ignorierte) durchquerte sie den Raum und trat wieder in die kochende Nachmittagshitze hinaus, die den kleinen, an allen Seiten ummauerten Innenhof in einen flirrenden Glutofen verwandelte. Als Robin das erste Mal hier gewesen war, hatte sie zusammen mit Saila mühsam Erde herbeigeschafft und einen kleinen Blumengarten angelegt, der dem tristen Ocker des gemauerten Gevierts ein wenig Farbe und Freundlichkeit verleihen sollte. Mittlerweile waren die Beete in der Sommerhitze verbrannt und die Erde zu braunem Staub verdorrt, den der Wind nur deshalb noch nicht davongetragen hatte, weil ihn die drei Meter hohen Mauern zuverlässig abwehrten.

Wie immer, wenn Robin hierher kam (was in letzter Zeit viel zu selten geschah), erfüllte sie der Anblick mit einer sonderbaren Mischung aus Trauer und Melancholie. Sie hatte auch oben in Raschids Burg einen kleinen Blumengarten angelegt, der prächtig gedieh und dem gemauerten Gebirge aus gewaltigen Felsquadern einen Hauch von Wohnlichkeit verlieh, aber sie hatte bisher stets die Augen davor verschlossen, wie viel Anstrengung und Mühe es ihren Dienern abverlangte, dieses winzige Stückchen Erde am Leben zu halten. Hier, in diesem zumeist leer stehenden Gebäude, hatte sich die Natur unbarmherzig zurückerobert, was Saila und sie ihr so mühsam abgerungen hatten. Das einzige Zeichen von Leben, das es hier gab, war der uralte Aprikosenbaum, dessen knorriges Wurzelwerk sich wie die versteinerten Finger einer bizarren, vor Urzeiten gestorbenen Kreatur aus dem Boden erhob.

Sie hatte noch keine drei Schritte auf den Hof hinaus gemacht, als die Wärme bereits ihre Wirkung zeigte. Zwar wurde ihr nicht wieder übel, doch das Schwindelgefühl kehrte zurück, und ihre Schritte wurden noch unsicherer. Mehr wankend als gehend erreichte sie den Baum, lehnte sich mit der Schulter dagegen und schloss mit einem erschöpften Seufzer die Augen. Hitze und Kälte liefen abwechselnd und in immer schnellerer Folge über ihren

Rücken, und sie spürte, wie ihre Hände und Knie zu zittern begannen. Wie von weit her, als höre sie das Geräusch durch einen Vorhang aus fließendem Wasser, registrierte sie leichte Schritte, die sich ihr näherten, für einen Moment stockten und dann direkt auf sie zukamen. Mit mehr Mühe, als sie sich eingestehen wollte, öffnete sie die Augen und erblickte Saila, ihre Dienerin, die in den zurückliegenden Monaten viel mehr zu ihrer Freundin geworden war, als sie beide zuzugeben bereit waren. Saila kam mit schnellen Schritten und eindeutig besorgtem Gesichtsausdruck auf sie zu. Sie trug ein langes, schlichtes schwarzes Kleid und ein schwarzes Kopftuch, hatte aber hier drinnen im Haus den Schleier abgelegt, sodass Robin den Ausdruck von Schrecken auf ihren so zerbrechlich wirkenden Zügen genau erkennen konnte.

»Herrin?«, murmelte Saila, als sie einen Schritt vor ihr stehen blieb. »Ist alles in Ordnung?«

»Ja«, log Robin – offensichtlich alles andere als überzeugend, denn Saila schüttelte nur den Kopf, zauberte ein feuchtes Tuch unter ihrem Gewand hervor und begann ihr damit fast zärtlich die Stirn abzutupfen.

»Es ist heute unerträglich heiß«, murmelte Robin. »Oder ich habe mir irgendwo ein Fieber geholt.«

»Sicher«, sagte Saila. Irrte sie sich, oder klang ihre Stimme spöttisch? »Was soll es sonst sein?«

Saila tupfte ihr ungerührt weiter mit dem nassen Tuch über die Stirn. Die Berührung tat ungemein wohl, aber der rasche Wechsel von Hitze und Kälte wurde eher noch schlimmer, statt nachzulassen. »Du bist in der Tat so bleich wie das Gewand, das du so gerne trägst.« Saila tastete mit den Fingerspitzen über Robins Stirn und Schläfen, dann über ihren Hals und lächelte. »Du treibst deine Scherze mit mir, nicht wahr?«

Robin fühlte sich viel zu elend, um zu scherzen. Sie verstand nicht, was Saila an der Situation so komisch fand.

Als hätte sie ihre Gedanken gelesen – und Robin war nicht sicher, ob sie das in diesem Moment auf eine geheimnisvolle Art nicht tatsächlich getan hatte –, lächelte Saila geheimnisvoll. »Du hast tatsächlich keine Ahnung, was dir fehlt?«

Robin schüttelte matt den Kopf. »Vielleicht der Kampf in der Hitze. Die schwere Rüstung. Die letzten Wochen haben mich schwach gemacht. Ich muss ... häufiger üben.«

Saila runzelte die Stirn und schnalzte mit der Zunge. »Du bist ein Weib.«

»Und was genau soll mir das sagen?«

Diesmal wirkte Sailas Kopfschütteln fast verärgert. »Wenn du dir unbedingt in den Kopf gesetzt hast, dich wie ein Mann mit Schwertern zu schlagen, dann ist es vielleicht auch besser, wenn du so unwissend wie ein Mann bleibst.«

Fast empört drehte sich Saila um und wollte den Innenhof verlassen, stockte aber dann wieder im Schritt, als Nemeth hereinkam. Viel stärker noch als sie hatte sich das Mädchen verändert. Sie trug jetzt eine weite, rote Hose und darüber ein dunkelblaues Kleid, das sie wie eine kleine Erwachsene hätte aussehen lassen, wären ihre Haare nicht zu einem Dutzend lustiger Zöpfe geflochten. Robin hatte fast einen halben Tag damit zugebracht, und die andere Hälfte des Tages hatte Saila gebraucht, um sich auf- und wieder abzuregen und es ihrer Herrin zu verzeihen, ihre Tochter derart verunstaltet zu haben.

»Sie hat Salim besiegt!«, jubelte das Mädchen. Ihr Gesicht glühte vor Aufregung. »Du hättest Robin sehen sollen! Sie kämpft wie ein Dschinn!«

»Ja, das ist offensichtlich die Aufgabe, die Allah uns Frauen zugedacht hat«, antwortete Saila spöttisch. Der Blick, den sie Robin dabei zuwarf, wirkte allerdings fast wütend.

»Aber Robin hat doch nur ...«

»Genug!«, unterbrach sie Saila in plötzlich gar nicht mehr

spöttischem, sondern ganz im Gegenteil so scharfem Ton, als könnte sie sich gerade noch zusammenreißen, um ihre Tochter nicht anzuschreien. Sie griff nach Nemeths Zöpfen und tat so, als wolle sie sie daran ins Haus zurückschleifen. »Ich glaube, es ist an der Zeit, dir zu zeigen, was das Tagwerk einer Frau sein sollte, damit unsere Herrin dich nicht auf noch mehr dumme Gedanken bringt. Ich möchte nicht, dass du so endest wie sie.«

Nemeth wirkte erschrocken und zugleich durch und durch verstört, und Sailas letzte Worte hatten Robin verletzt. Dennoch warf sie dem Mädchen ein verschwörerisches Augenzwinkern zu, bevor es zusammen mit seiner Mutter im Haus verschwand. Für eine Frau, die in dieser Welt mit ihren komplizierten und gerade für Frauen manchmal entwürdigend erscheinenden Regeln und Verhaltensweisen aufgewachsen war, benahm sich Saila manchmal überraschend aufgeschlossen und fortschrittlich, aber sie konnte auch nicht aus ihrer Haut.

Und Robin war nicht sicher, ob sie ihr einen Gefallen damit täte, sie dazu zu zwingen. Auch wenn sie sich im Moment kein anderes Leben vorstellen konnte, so war ihr doch klar, dass sie möglicherweise nicht in dieser Gegend bleiben würde; Saila und ihre Tochter aber sehr wohl. Die vermeintliche Freiheit des Denkens, die sie dem Mädchen in den letzten Monaten beizubringen versucht hatte, mochte sich durchaus als Fluch erweisen, statt als Geschenk, wenn sie irgendwann einmal nicht mehr hier war, um sie zu beschützen.

Robin fühlte sich mittlerweile besser. Das verhältnismäßig kühle Wasser – vor allem aber das Gespräch mit Saila und der Anblick ihrer Tochter – hatten ihr gut getan. Dafür breitete sich eine sonderbare Melancholie in ihr aus. Entspannt an den Baum gelehnt blieb sie stehen und beobachtete nachdenklich das Spiel von Licht und Schatten in der tausendfingrigen Baumkrone. Der Anblick erschien ihr wie die Versinnbildlichung des Wort Gottes, die Welt sei ein Spiel von Licht und Schatten, die beständig ineinander fließen und oft genug in einem Lidschlag ihre Plätze tauschen.

Sie fragte sich, welchen Platz *sie* in dieser Welt wohl hatte. War sie Licht oder Schatten, oder hatte Saila vielleicht Recht, und sie hatte sich gegen Gottes Willen vergangen, indem sie nicht nur kämpfte, sondern die meiste Zeit auch *lebte* wie ein Mann? Vielleicht war es ihr auf Sheik Sinans Burg einfach zu gut gegangen. Sie war so glücklich wie niemals zuvor in ihrem Leben gewesen, und verliebt. So verliebt, dass sie selbst das für die Christenheit so wichtige Osterfest vergessen hatte, wie sie sich mit einem leisen Gefühl von schlechtem Gewissen eingestehen musste. Es war Salim, der Heide, gewesen, der sie an die Bedeutung dieses Tages hatte erinnern müssen.

Nein, sie war niemals eine *fanatische* Christin gewesen, und jetzt war sie vielleicht auch keine *gute* Christin mehr. Vielleicht gar keine, tief in sich drinnen. Möglicherweise war das sogar der Grund, aus dem sie darauf bestanden hatte, hierher ins Dorf zurückzukehren, wo das Leben um so vieles einfacher war. Fast so einfach wie in ihrem Dorf in Friesland, das eine halbe Welt und ein ganzes Leben entfernt lag.

Müde drehte sie den Kopf und sah in die Richtung, in der Nemeth und ihre Mutter verschwunden waren. Die kühlen Schatten im Inneren des Hauses hatten die beiden längst aufgesogen, sodass sie sie nicht mehr sehen konnte, aber sie erblickte etwas Weißes, das drinnen auf dem Boden lag und ihr spöttisch zuzuwinken schien. Den weißen Ordensrock der Tempelritter mit dem roten Tatzenkreuz.

Vielleicht, dachte sie, und ein neuerlicher, eisiger Schauer, der nichts mit ihrer Schwäche oder der Hitze des Tages zu tun hatte, lief ihr über den Rücken, trug sie ihn ja nur noch, weil sie darin wenigstens noch wie eine Christin aussah.

2. Kapitel

Robin erwachte vom Duft frisch gebackenen Fladenbrotes. Noch bevor sich ihre Gedanken vollends klärten und sie die letzten Fesseln des Schlafes abstreifte, der ihre Erinnerungen festzuhalten versuchte wie klebriger Altweibersommer, der sich auf das Gesicht eines Spaziergängers niedergelassen hat und sich beharrlich weigert, sich wegwischen zu lassen, lief ihr das Wasser im Munde zusammen, und sie hörte, wie ihr Magen leise knurrte. Das Gefühl war mit einem leichten Erschrecken verbunden, das ihr im ersten Moment grundlos erschien, doch dann lauschte sie in sich hinein und stellte mit einem deutlich stärkeren Gefühl von Erleichterung fest, dass sowohl die Schwäche als auch die latente Übelkeit, mit der sie eingeschlafen war, nicht mehr da waren.

Behutsam setzte sie sich auf, blinzelte aus noch immer leicht schlaftrunkenen Augen in das Halbdunkel des kleinen Zimmers, das sie umgab, und nahm erneut und dieses Mal mit spürbarem Hunger den Duft frisch gebackener Brote wahr. Gleich drei davon lagen auf einem hölzernen Teller, den Saila hereingebracht haben musste, während sie schlief. Daneben stand ein einfacher Tonkrug und ein ebenso schmuckloser Becher.

Robins Lippen verzogen sich zu einem flüchtigen, aber sehr warmen Lächeln, während sie aufstand und zu dem kleinen Tisch neben der Tür ging, um sich Wasser einzugießen und einen großen Schluck davon zu trinken. Ihrem Ansehen und Stand wären Krüge und Trinkgefäße aus Gold oder anderen, edlen Metallen angemessen gewesen, und wenn sie sich mit Salim oder seinem Vater zu einem offiziellen Anlass zusammenfand, pflegte sie solcherlei auch zu benutzen, aber Saila kannte sie mittlerweile gut genug, um zu wissen, wie zuwider Robin derartige Standessymbole waren.

Sosehr sie das Leben in Luxus und Sicherheit auch genoss, das sie an Salims Seite auf der Burg seines Vaters führte, hatten sie die Jahre bei den Tempelrittern und noch viel mehr ihre Jugend in der Armut eines einfachen Fischerdorfes Demut und die Vorzüge eines einfachen Lebens gelehrt. Es war nichts dagegen zu sagen, Wasser aus einem goldenen, mit Edelsteinen verzierten Becher zu trinken; aber es schmeckte nicht besser als aus einem einfachen irdenen Krug, und sie war zu vielen begegnet, die irgendwann darauf bestanden hatten, von goldenen Tellern zu essen und aus silbernen Bechern zu trinken, und die zu spät begriffen hatten, welche Gefahr in einem solchen Leben lauerte. Manche hatten es erst gespürt, als einfacher, geschmiedeter Stahl in ihr Fleisch schnitt.

Robin verjagte den Gedanken. Einen Teil von ihr haderte offensichtlich immer noch mit dem Schicksal und vor allem mit ihrer eigenen, vermeintlichen Schwäche. Sie brach ein Stück des kleinen Brotes ab, kaute genießerisch darauf herum und spülte es mit einem Schluck des eiskalten, ganz leicht nach Anis schmeckenden Wassers herunter, als ihr etwas auffiel.

Etwas stimmte nicht.

Robin ließ den Becher sinken, sah sich – von einer plötzlichen Unruhe ergriffen – aufmerksam im Halbdunkel des Zimmers um und lauschte.

Sie hörte nichts.

Aber gerade das war es, was nicht stimmte.

Es war nicht der Duft der Fladenbrote gewesen, begriff sie, der sie geweckt hatte. Es war zu still. Nichts rührte sich. Keine Stimme war zu hören, nicht der mindeste Laut, abgesehen vom monotonen Rauschen der Brandung, die durch das einzige, schmale Fenster hereindrang, und dem Wispern des Windes in den dürren Ästen des Aprikosenbaums im Innenhof.

Fast behutsam, als wäre etwas in ihr plötzlich über die Maßen darauf bedacht, ja kein verräterisches Geräusch zu verursachen, stellte sie den Becher auf den Tisch zurück, ging zum Fenster und blickte hinaus. Das grelle Sonnenlicht des Nachmittags stach ihr im allerersten Moment schmerzhaft in die Augen, sodass sie blinzeln musste und sich mit dem Handrücken die Tränen fortwischte, aber auch nachdem sie sich an den unbarmherzigen Schein gewöhnt hatte, sah sie nichts Auffälliges. Zumindest auf dem schmalen Abschnitt des Strandes, den sie von hier aus überblicken konnte, regte sich nichts. Robin blieb fast eine Minute so stehen, blickte auf das Meer hinaus, das von der allmählich tiefer sinkenden Sonne in einen riesigen, azurblau und kupfern schimmernden Spiegel verwandelt wurde, und lauschte angestrengt.

Nichts. Und genau das war es.

Es war tatsächlich *zu* still.

Robin ließ noch einen weiteren, allerletzten Moment verstreichen, dann aber drehte sie sich rasch um, verließ das Zimmer und eilte leichtfüßig die Treppe hinunter. Sie wartete darauf, dass Saila ihr entgegenkam oder dass sie Nemeths glockenhelles Lachen aus einem anderen Teil des Gebäudes hörte, vielleicht auch die Stimme ihrer Mutter, die sie wieder einmal wegen irgendeiner Kleinigkeit schalt; aber die Stille hielt an und bekam etwas Bedrohliches.

Auch der große Raum unten war leer. Saila hatte ihre Kleider ordentlich zusammengefaltet auf die Bank neben der Tür gelegt. Rasch schlüpfte Robin in ihr Kettenhemd – es kam ihr jetzt noch schwerer vor als vorhin, so als hätte sich das Kleidungsstück gleich ihrem Ordensrock und dem schwarzen Mantel mit Wasser voll gesogen –, wollte ganz automatisch auch das weiße Templergewand überziehen und zog die Hand dann, einem Gefühl folgend, wieder zurück. Stattdessen band sie sich den Schwertgurt um und zog nur den schwarzen, zerfetzten Mantel darüber, den Saila, so gut es ging, vom gröbsten Schmutz befreit hatte. Flickzeug, um die Risse zu flicken, hatte sie nicht mitgebracht. Als Letztes raffte sie ihre Haare zu einem Knoten zusammen und band, so gut es ging, den schwarzen Turban um ihren Kopf.

Sie eilte zur Tür, machte dann noch einmal kehrt und verschenkte eine weitere Minute, die sie brauchte, um in die Stiefel zu schlüpfen. Bevor sie das Haus endgültig verließ, überzeugte sie sich davon, dass unter dem Mantel weder von ihrem Schwertgurt noch von dem Kettenhemd etwas zu sehen war. Die Risse bereiteten ihr ein wenig Sorge. Aber auch das musste sie riskieren. Alt und matt, wie das Kettenhemd war, mochte es zumindest beim flüchtigen Hinsehen nicht auffallen.

Während sie das Haus verließ, wunderte sie sich ein wenig über sich selbst. Ihre Umsicht war nur zu verständlich, hätte sie sich auf einen Kampf vorbereitet. Was aber nicht der Fall war. Sie lebten in gefährlichen Zeiten und in einem noch gefährlicheren Landstrich, doch dieses kleine Dorf stellte – ebenso wie eine Hand voll anderer Dörfer und Ansiedlungen im Umkreis eines halben Tagesrittes – eine Ausnahme dar. Niemand, der nicht entweder vollkommen verrückt oder lebensmüde war, würde es wagen, die Hand gegen einen seiner Bewohner zu erheben. Mochten die Assassinen unter Sheik Sinans Führung auch überall in der Welt gefürchtet und berüchtigt sein, hier war die unmittelbare Nähe ihrer Burg der sicherste Garant für das Wohlbefinden und die Freiheit ihrer Bewohner. Der Letzte, der es gewagt hatte, gegen dieses ungeschriebene Gesetz zu verstoßen, war Omar gewesen, der Sklavenhändler, der letzten Endes auch Robin gefangen und verschleppt hatte zusammen mit den Bewohnern genau dieses Dorfes; und er hatte einen so furchtbaren Preis dafür bezahlt, dass es seither nicht einmal mehr die gefürchteten türkischen Piraten gewagt hatten, sich der Küste auch nur auf Sichtweite zu nähern.

Nein, es musste eine andere Erklärung geben, dachte Robin, während sie mit schnellen Schritten die schmale Gasse zwischen den ärmlichen Hütten zum Dorfplatz hinabeilte.

Es gab sie nicht.

Obwohl Robin instinktiv so gehandelt hatte, als hätte sie gewusst, was sie zu sehen bekommen würde, verblüffte sie der Anblick doch so sehr, dass sie mitten im Schritt verhielt und fast ungläubig die Augen aufriss.

Auf dem kleinen Dorfplatz schienen sämtliche Bewohner zusammengekommen zu sein. Aber allem Anschein nach nicht freiwillig, und sie waren auch nicht allein. Inmitten des lockeren Kreises, den das knappe Hundert Männer, Frauen und Kinder bildete und der sie plötzlich auf unbehagliche Weise an den improvisierten Kampfplatz weiter unten am Strand erinnerte, auf dem Salim und sie vorhin so spielerisch ihre Kräfte gemessen hatten, hatte ein Trupp Bewaffneter Halt gemacht. Robin zählte sie hastig und kam auf elf; abgerissene Gestalten, die drei elende, halb verhungerte Klepper als Lasttiere mit sich führten. Sowohl die Pferde als auch ihre Herren wirkten heruntergekommen und verwahrlost; unter den viel zu schwer beladenen Satteltaschen der Pferde stachen deutlich die Rippen durch die Haut, und in die Gesichter der Männer hatten Hunger, Entbehrungen und überstandene Strapazen ihre Spuren gegraben. Sie waren in wenig mehr als Lumpen gekleidet, und etliche von ihnen trugen Kleidungsstücke, die ihnen zu groß oder auch zu klein und ganz offensichtlich nicht für sie angefertigt worden waren.

Doch so abgerissen und verdreckt die Kleider und Waffenröcke der Männer auch sein mochten – ihre *Waffen* und Rüstungsteile waren gut gepflegt. Hinter Robins Stirn begann sofort eine Alarmglocke zu läuten. Sie hatte Männer wie diese oft genug gesehen, um zu wissen, womit sie es zu tun hatte. Söldner, wahrscheinlicher aber die Plünderer, von denen Salim vorhin gesprochen hatte.

Sie überwand endlich ihre Verblüffung und ging weiter. Ihre Hand wollte fast ohne ihr Zutun unter den Mantel und zum Griff des Schwertes gleiten, doch dann brach sie die Bewegung im letzten Moment ab und versuchte stattdessen, möglichst unauffällig wenigstens den schlimmsten Riss in dem schwarzen Stoff zuzuhalten. Irgendeinem unbedarften Reisenden, dem sie begegnete, mochte das Kettenhemd vielleicht nicht auffallen, das sie unter dem schlichten, schwarzen Mantel trug. Diesen Männern aber würde es nicht entgehen, sobald sie ihr mehr als nur einen flüchtigen Blick zuwarfen.

Robin näherte sich dem Dorfplatz und der versammelten Menge langsam, aber auch ganz bewusst nicht so langsam, dass es aufgefallen wäre. Irgendetwas Ungutes ging hier vor, und niemand wäre in dieser Situation gemächlich herangeschlendert, als hätte er gerade nichts Besseres zu tun. Einen Moment lang überlegte sie sogar, umzukehren und sich erst einmal aus sicherer Entfernung einen Überblick zu verschaffen, aber es war zu spät. Einer der Fremden hob gerade in diesem Moment den Kopf und blickte genau in ihre Richtung; nicht lange genug, als dass sie dieser Blick beunruhigt hätte, aber eindeutig zu lange, als dass sie nicht aufgefallen wäre, hätte sie plötzlich wieder kehrtgemacht. Sie beschleunigte ihre Schritte um eine Winzigkeit, hütete sich aber, zu schnell zu werden.

Als Robin näher kam, drehte sich einer der Dorfbewohner um, vielleicht durch den Blick des Fremden aufmerksam geworden, und ein eisiger Schrecken durchfuhr sie, als sie sah, wie er dazu ansetzte, etwas zu sagen; und ein noch größerer Schrecken, als sie den unübersehbaren Ausdruck von Erleichterung in seinen Augen gewahrte. Hastig signalisierte sie ihm mit Blicken, still zu sein, senkte ein wenig das Haupt und drängte sich zwischen den dicht an dicht stehenden Männern und Frauen hindurch, so unauffällig sie konnte.

Gerade als sie den Platz erreichte, stieß einer der Männer einen Speer in den Boden und zog dann mit der Spitze seines Schwertes einen Strich in den Sand. »Wenn der Schatten des Speeres die Linie erreicht«, sagte er, »dann habt ihr hundert Silberstücke aufgetrieben und die anderen Waren, die wir euch genannt haben.«

»Niemand hier hat so viel Geld, Herr«, sagte eine Stimme. Sie klang leicht hysterisch.

Der Mann sah mit einem Ruck auf und suchte mit finsterem Gesicht nach dem Sprecher, konnte ihn aber offensichtlich nicht entdecken, und dessen Mut reichte auch nicht aus, die Worte zu wiederholen. Robin wusste, dass er die Wahrheit gesagt hatte. Nicht einmal das ganze Dorf zusammen wäre in der Lage gewesen, auch nur einen Bruchteil dieser Summe aufzubringen.

»Dann werden sich meine Männer wohl jedes Haus vornehmen müssen«, sagte der Plünderer, »und glaubt mir – sie werden bestimmt nicht nur in Kisten und Töpfen nach Schätzen suchen, sondern auch unter den Röcken eurer Frauen oder Töchter.«

Robin musste sich beherrschen, um nicht vorzutreten und etwas zu tun oder zu sagen, was sie bestimmt bereuen würde. Sie blieb weiter mit leicht gesenktem Kopf stehen, eine in unauffälliges Blauschwarz gekleidete Gestalt zwischen zahlreichen anderen, die ihnen auf den ersten Blick zum Verwechseln ähnelte, und versuchte sich unter halb geschlossenen Lidern hervor unauffällig einen genaueren Eindruck von den Männern zu verschaffen. Sie war jetzt sicher, dass ihr allererster Gedanke richtig gewesen war und sie somit auch richtig gehandelt hatte. Diese Männer mochten heruntergekommen und halb verhungert sein, doch allein die Art, wie sie die Dorfbewohner musterten und viel mehr noch die vollkommene Abwesenheit von Furcht oder auch nur übertriebener Vorsicht machten ihr klar, dass diese Männer nicht nur mit ihren Waffen umzugehen wussten, sondern sich ihrer Stärke auch bewusst waren. Und dass sie sie rücksichtslos einsetzen würden, wenn es sein musste.

Vielleicht auch, wenn es *nicht* sein musste.

Robins Gedanken begannen sich zu überschlagen. Sie traute sich ohne weiteres zu, es mit einem oder auch zwei dieser abgerissenen Gestalten aufzunehmen, aber ganz gewiss nicht mit nahezu einem Dutzend. Was sollte sie tun?

So bitter Robin der Gedanke in diesem Moment auch selbst erschien, sie wusste, dass es im Grunde nur eine einzige Möglichkeit gab: Sie musste versuchen, möglichst unauffällig von hier zu verschwinden und das Dorf zu verlassen, um nach Salim und seinen Begleitern zu suchen. Salim und das halbe Dutzend Assassinen, das er anführte, würden es mit Leichtigkeit mit diesem Haufen Verlorener aufnehmen. Allein hatte sie keine Chance.

Sie zerbrach sich den Kopf darüber, wie sie ebenso unauffällig das freie Stück zwischen dem Marktplatz und den ersten Häusern überwinden konnte, doch es war bereits zu spät. Plötzlich drängte sich der Mann, der sie gerade schon erkannt hatte, unmittelbar neben ihr hindurch, verschränkte herausfordernd die Arme vor der Brust und funkelte den Anführer der Plünderer an. »Ihr solltet euch lieber davonmachen, solange ihr es noch könnt«, sagte er.

Nicht nur durch die Reihen der Männer und Frauen ging ein ebenso erschrockenes wie ungläubiges Murmeln und Raunen, auch der Anführer der Plünderer riss verblüfft die Augen auf und starrte den Sprecher an, als könne er nicht glauben, was er da gerade gehört hatte. »Was hast du gesagt?«, fragte er.

»Ihr könnt uns nicht einschüchtern«, beharrte der Mann. Robin verdrehte innerlich die Augen. Sie hätte ihm den Hals umdrehen können. Wenn sie diesen Moment überlebte (was ihr mit jedem Herzschlag, der verging, weniger wahrscheinlich erschien), würde sie sich eingehend mit diesem dummen Schwätzer unterhalten.

»Wir sind keine wehrlosen Fischer und Bauern«, fuhr der Bursche fort. »Verschwindet von hier, oder ihr werdet es bereuen.«

Obwohl Robin wusste, wie sinnlos es war, versuchte sie noch einmal, möglichst unauffällig einen Schritt zurückzuweichen, aber der Mann schien nicht der einzige Dummkopf unter den Dorfbewohnern zu sein. Vielleicht machte es ihnen auch nur die Angst unmöglich, kühl abzuwägen. Zwei oder drei weitere Männer, die sie erkannt hatten, wandten ihre Blicke in ihre Richtung, und der Anführer der Banditen hätte schon blind und dumm auf einmal sein müssen, um nicht zu begreifen, was diese Blicke bedeuteten.

»Ach, so ist das«, murmelte er. Er schob das Schwert, mit dem er die Linie in den Sand gezeichnet hatte, mit einer demonstrativ beiläufigen Bewegung in die zerschrammte Lederscheide zurück, die an seinem Gürtel hing, starrte einen Moment den Sand vor seinen Stiefelspitzen an und sah ihr dann ganz langsam und mit einem Ausdruck ins Gesicht, der Robins Unbehagen augenblicklich in blanke Furcht umschlagen ließ, was sich wohl auch ganz deutlich auf ihrem Gesicht abzeichnete.

»Ich verstehe«, sagte er. »Dieses Dorf hat einen Beschützer. Nun – warum trittst du nicht vor und wirst deiner Rolle gerecht, mein Freund?«

Einen einzigen, aber quälend langen Atemzug lang war Robin der Panik nahe. Ganz ernsthaft erwog sie den Gedanken, einfach herumzufahren und davonzurennen, so schnell sie nur konnte, verwarf ihn aber auch fast augenblicklich wieder. Selbst wenn es ihr gelungen wäre, den Männern zu entkommen – was sie bezweifelte –, so würden die Dorfbewohner dafür bezahlen müssen. Und abgesehen von einem einzigen gönnte sie das keinem.

Vielleicht war es ja auch ihre eigene Schuld; wenigstens zum Teil. Schließlich hatte sie in den letzten Monaten keine Gelegenheit verstreichen lassen, allen hier zu demonstrieren, dass sie mit dem Schwert ebenso gut umzugehen verstand wie jeder Mann.

Entschlossen trat sie zwei Schritte vor, hob den Kopf und musterte den Anführer der Plünderer kühl. Es war ein hoch gewachsener, sehr schlanker junger Mann, bei dessen Anblick Robins Unbehagen noch weiter stieg. Er war nicht annähernd in so guter Verfassung, wie etwa Salim es war, doch allein seine Bewegungen machten Robin klar, wie gefährlich es wäre, ihn zu unterschätzen. Sein Gesicht wurde von schwarzen Bartstoppeln beherrscht, und als er sie herausfordernd angrinste, entdeckte sie hinter seinen Lippen nichts als bräunlich verfaulte Zahnstummel. Er stank nach Schweiß, säuerlichem Wein und Zwiebeln. In seinen Augen war keine Spur von Furcht zu erkennen, aber sehr wohl mehr als nur eine *Spur* von Vorsicht. Ohne Robin länger als einen Sekundenbruchteil aus den Augen zu lassen, suchte sein Blick gleichzeitig die Häuser in ihrem Rücken ab, als erwarte er dort das verräterische Blitzen blank gezogener Waffen.

Robin beschloss, alles auf eine Karte zu setzen – welche andere Wahl hatte sie auch schon? Rasch, aber ohne Hast ging sie auf den Räuber zu, trat so wuchtig vor den Speer, dass er umfiel und mehrere Schritte weit davonschlitterte, und zwang das verächtlichste Lächeln auf ihre Lippen, das sie zustande brachte. »Du hast Recht«, sagte sie. »Dieses Dorf *hat* einen Beschützer.«

Auf dem Gesicht ihres Gegenübers machte sich ein Ausdruck ehrlicher Verblüffung breit. »Du ... du bist ja noch ein halbes Kind«, murmelte er. Dann verdüsterte sich sein Blick. »Ich weiß nicht, was dieses Spiel soll, mein Junge. Aber ich habe heute meinen großmütigen Tag. Wenn du sofort verschwindest und dich hinter den Rockschürzen deiner Mutter versteckst, dann lasse ich dich am Leben. Wenigstens«, fügte er nach einer winzigen Pause hinzu, »genauso lange wie die anderen.«

Robin zuckte mit den Schultern, öffnete ihren Mantel, sodass man das Kettenhemd darunter erkennen konnte, und zog in der gleichen Bewegung ihr Schwert. Die Augen des Plünderers wurden ein winziges bisschen größer, aber Robin vermochte nicht einmal genau zu sagen, ob sein Erstaunen nun der Tatsache galt, dass sie bewaffnet und ganz offensichtlich auch willens war, sich ihm zu stellen, oder dem Anblick der Waffe selbst. So, wie sie allen Einwänden und Argumenten Salims zum Trotz ihr Templergewand behalten hatte, trug sie auch nicht den in diesem Teil der Welt allgemein verbreiteten Krummsäbel, sondern eine Waffe, die der nachempfunden war, wie sie in ihrer Heimat auf der anderen Seite des Meeres üblich war. Auch wenn die Klinge so schwer aussah wie das wuchtige Bastardschwert, das sie von Bruder Abbé erhalten hatte, so war es doch ungleich leichter und vor allem auch schärfer.

»Auch ich habe heute meinen großmütigen Tag«, antwortete sie. »Mir ist nicht nach Blutvergießen. Deshalb will ich euch Gelegenheit geben, euren unverschämten Auftritt zu entschuldigen und zum Zeichen eures guten Willens eines eurer Maultiere zurückzulassen – o ja, und alles Gold und Silber, das ihr bei euch tragt, versteht sich.«

Robin wünschte sich, sie hätte das weiß-rote Templergewand doch übergestreift, bevor sie das Haus verließ. Möglicherweise hätte allein der Anblick des gefürchteten Tatzenkreuzes der Tempelritter die Männer eingeschüchtert. Ihre herausfordernden Worte und die Waffe in ihrer rechten Hand allein würden es bestimmt nicht tun.

Ihr Gegenüber antwortete fast zu ihrer Überraschung nicht auf diese Provokation, sondern leckte sich unruhig die Lippen. Sein Blick huschte immer noch nervös über die Häuser rings um den Platz. Er argwöhnte ganz offensichtlich eine Falle. Robin hätte in diesem Moment ihre rechte Hand dafür gegeben, wäre es so gewesen. Aber die einzige Falle, die es hier gab, war die, in die sie sich selbst hineinmanövriert hatte.

Sie sah aus dem Augenwinkel, wie sich einer der Plünderer ein wenig umdrehte. Ihr Mut sank, als sie die gespannte Armbrust erblickte, mit der er wie beiläufig auf sie zielte. Salim hatte ihr gezeigt, wie man selbst auf kürzere Entfernung noch einem heranfliegenden Pfeil ausweichen oder ihn zur Not beiseite schlagen konnte; bei dem viel schnelleren Armbrustgeschoss war das nicht möglich, und gegen die heimtückischen, mit furchtbarer Wucht abgeschossenen Bolzen würde ihr auch das Kettenhemd nichts mehr nutzen.

Als hätte er ihre Gedanken gelesen, wurde das hässliche Grinsen des Anführers der Plünderer noch breiter. »Aber dein Vorschlag gefällt mir, Junge. Dein Kettenhemd und die prachtvolle Waffe, die du da trägst, sollten uns als Tribut für dieses Dorf genügen. Mehr hat dieses arme Pack wahrscheinlich ohnehin nicht zu bieten.« Sein Lächeln erlosch wie abgeschaltet und machte einer nur umso größeren Härte Platz, die in seinen Augen erschien. »Der Bastard ist allein. Erschieß ihn, Marco.«

Vielleicht war es einzig dieser letzte Befehl, der Robin letztendlich das Leben rettete. Und ein schier unglaubliches Glück. Die Armbrust bewegte sich noch ein winziges Stückchen weiter nach oben, und Robin stürmte warnungslos vor, schlug im allerletzten Moment einen Haken und sprang auf den Armbrustträger zu. Der Mann war für den Bruchteil eines Lidschlages irritiert, und die heimtückische Waffe in seiner Hand zitterte ganz leicht. Dann drückte er ab.

Aber Robin war bereits nahe genug. Was sie tat, war der pure Wahnsinn, aber vielleicht gerade deshalb ihre einzige Chance, am Leben zu bleiben. Blitzschnell riss sie das Schwert hoch und herum, brachte die breite Klinge in eine Linie mit der Armbrust, die jetzt genau auf ihr Gesicht zielte, und schrie im nächsten Moment vor Schmerz auf, als ein peitschendes Geräusch erklang und ihr Schwertarm mit grausamer Wucht zurückgerissen wurde. Die Klinge entglitt ihren Fingern, die plötzlich – ebenso wie ihr ganzer Arm – so taub und nutzlos waren wie ein Stück Holz. Aber das Schwert stürzte nicht zu Boden. Noch bevor es fallen konnte, griff Robin mit der anderen Hand zu, war mit einem blitzschnellen Ausfallschritt ganz bei dem Armbrustschützen, der sie mit offen stehendem Mund und vollkommen fassungslos anstarrte, und zersplitterte den hölzernen Bogen der Armbrust mit einem einzigen, wuchtigen Hieb.

Der Mann taumelte mit einem Schrei zurück, und Robin drehte sich, die Wucht ihres eigenen Schlages ausnutzend, auf der Stelle um und war mit einem zweiten, noch schnelleren Schritt wieder bei dem Stoppelbärtigen. Ihre Schwertspitze schlitzte den schmuddeligen Gambeson des Anführers auf und kam einen Fingerbreit unter seinem stoppelbärtigen Kinn zum Stehen. Eine feine, blutrote Linie, aus der in fast regelmäßigen Abständen winzige, hellrot schimmernde Tröpfchen quollen, markierte die Spur, die die Schwertspitze von seiner Brust über den Hals und seine Kehle bis unmittelbar hinauf unter sein Kinn genommen hatte. Ein einzelner, hellrot schimmernder Tropfen rann die Blutrinne des Schwertes hinab und blieb in der Delle liegen, die der abprallende Armbrustbolzen in die Klinge geschlagen hatte. Robin starrte auf die Waffe in ihrer Hand und begriff erst jetzt, was für ein unvorstellbares Glück sie gehabt hatte. Ihr rechter Arm bis hinauf zu Schulter war noch immer taub.

»Beim Kopf des Täufers«, keuchte der Stoppelbärtige. »Wer bist du, Kerl? Der Teufel?«

»Nein, aber du wirst ihm vielleicht gleich begegnen.« Robin drückte die Schwertspitze noch ein wenig fester unter das Kinn des Plünderers, sodass er gezwungen war, den Kopf noch weiter in den Nacken zu legen, wollte er sich nicht selbst die Kehle durchschneiden, und ein weiterer, größerer Tropfen lief durch die Blutrinne der Klinge. Aber es war nicht nur bloße Grausamkeit, die Robin den Druck auf die Waffe sogar noch einmal verstärken ließ, sodass der Mann mittlerweile in fast grotesk zurückgebeugter Haltung dastand und all seine Muskeln anspannen musste, um nicht hintenüber zu fallen. Sie wollte nicht, dass irgendjemand sah, wie stark ihre Hand zitterte. Das Schwert kam ihr mit jedem Atemzug schwerer vor, und ihre rechte Hand begann allmählich zu kribbeln, als das Leben in ihre Glieder zurückkehrte.

»Ich erkläre dich hiermit zu meinem Gefangenen«, sagte sie, so fest sie konnte. Gleichzeitig schickte sie ein Stoßgebet zum Himmel, dass sie die Einzige hier war, der das Zittern ihrer Stimme auffiel. »Danke Gott oder Allah – oder an wen auch immer du glaubst – dafür, dass ihr bisher kein Blut vergossen habt.«

»Was nicht ist, kann ja noch werden«, presste der Plünderer mühsam hervor. Robin war nicht ganz sicher, ob sie seinen Mut bewundern oder über seine Dummheit den Kopf schütteln sollte. Sie verstärkte den Druck auf ihre Klinge noch einmal um eine Winzigkeit, und aus den vereinzelten Tropfen, die bisher durch die kleinfingerbreite Rinne des Schwertes gelaufen waren, wurde ein dünner, aber fast beständiger Strom. »So etwa?«, fragte sie.

Neben ihr ließ der Armbrustschütze seine nutzlos gewordene Waffe fallen und wich instinktiv einen Schritt zurück, aber ein anderer Räuber zog sein Schwert und kam mit langsamen Schritten näher. Er hatte langes, verfilztes blondes Haar, und sein Gesicht war vermutlich einmal recht hübsch gewesen, bevor jemand versucht hatte, es mit einer Axt oder einem ähnlich groben Instrument in zwei Hälften zu teilen. »Du wirst mehr als *ein* Wunder brauchen, Bursche, um diesen Tag zu überleben«, sagte er. »Du kannst ja offensichtlich ganz gut mit dem Schwert umgehen, aber hat man dich auch das Zählen gelehrt? Wir sind *elf!*«

»Lass den Unsinn, Berengar«, keuchte der Stoppelbärtige. Sein Blut hatte mittlerweile die kleine Delle in Robins Schwert gefüllt und tropfte an beiden Seiten am Griff der wuchtigen Klinge herab und besudelte ihre Hand.

Der Blonde lächelte fast sanft. »Du warst ein guter Anführer, Guy. Wir werden auf dich trinken – und wenn es dir ein Trost ist, dann verspreche ich dir, dass ich den Schädel dieses frechen Burschen als Becher benutzen werde.« Der Blondschopf machte eine rasche Geste, und die übrigen Männer begannen Robin einzukreisen.

Ein Stein verfehlte nur knapp den Kopf des neuen Wortführers und landete mit einem dumpfen Laut im Sand. Der Blonde fuhr wütend herum und suchte aus tückischen Augen nach demjenigen, der den Stein nach ihm geworfen hatte, und ein zweites, besser gezieltes Geschoss flog heran und prallte so wuchtig von seiner Schulter ab, dass er zurücktaumelte und um ein Haar seine Waffe fallen gelassen hätte. Sein Gesicht verzerrte sich vor Schmerz und Wut.

Und plötzlich wurde es totenstill. Die Plünderer hatten ihre Waffen gehoben und sich zu einem engen Kreis um Robin und ihren Anführer zusammengeschlossen, aber niemand regte sich, niemand sagte auch nur ein Wort. Die Spannung war fast mit Händen zu greifen. Robin sah, dass immer mehr und mehr Dörfler sich bückten, um Steine aufzuheben, und einige wenige hatten auch Knüppel oder lange Messer unter ihren Gewändern hervorgezogen, mit denen sie normalerweise die gefangenen Fische ausnahmen.

»Es ist immer noch nicht zu spät, Guy«, sagte Robin. Ihre rechte Hand schmerzte mittlerweile fast unerträglich. »Gib deinen Männern Befehl, die Waffen zu senken, und niemand muss sterben.«

Ganz im Gegenteil richteten sich mindestens zwei Schwerter und eine Speerspitze nun direkt auf sie, aber es blieb bei dieser Drohgebärde. Die Männer zögerten. Robin konnte ihre plötzliche Unsicherheit spüren. Ihnen war ebenso klar wie ihr selbst, dass sie sie binnen eines Herzschlages töten konnten, und spätestens die Worte des Blonden hatten ihr gezeigt, die wenig Rücksicht sie auf ihre Geisel nehmen würden – aber sie mussten auch wissen, dass ein Kampf danach fast unvermeidlich war und dass vielleicht nicht alle von ihnen ihn überleben würden.

»Verdammtes Pack!«, zischte Berengar, der noch immer die Hand gegen die rechte, schmerzende Schulter presste. »Ihr wollt Blut? Ihr könnt es bekommen!«

Und damit fuhr er mit einer unglaublich schnellen Bewegung herum, riss das Schwert in die Höhe und ergriff es noch in der Drehung mit beiden Händen, um einen Hieb auszuführen, der Robin enthaupten und vermutlich auch noch seinen bisherigen Anführer treffen musste.

Ein Pfeil zischte heran, durchbohrte seinen Hals und riss ihn mitten in der Bewegung hintenüber. Zwei, drei Plünderer prallten erschrocken zurück, und einer von ihnen machte Anstalten, Robin seinen Speer in die Seite zu stoßen, und ein zweiter, mit ebenso tödlicher Präzision gezielter Pfeil bohrte sich in seinen Rücken und ließ ihn mit einem gurgelnden Laut zusammenbrechen. Das alles geschah in weniger als einem Herzschlag.

Robin atmete innerlich auf. Salim war gekommen! Doch so unendlich dankbar sie ihm auch war, sie nahm sich fest vor, ein ausgiebiges Gespräch über sein Zeitgefühl und sein Empfinden für Dramatik mit ihm zu führen, sobald sie wieder zurück in der Burg waren. Er hätte wirklich keinen Atemzug später eingreifen dürfen!

Unendlich erleichtert trat sie zurück, ließ das Schwert sinken und drehte sich herum. Die Plünderer wichen erschrocken vor ihr zurück, und ihr Anführer taumelte zwei Schritte nach hinten, sank auf die Knie und schlug beide Hände gegen den blutenden Hals.

Robin blieb aufmerksam, denn sie wusste, wie unberechenbar Menschen in Panik waren, wandte sich aber trotzdem weiter um und suchte den Dünenkamm hinter dem Dorf mit Blicken ab. Eine flirrende Staubwolke hatte sich über der Wüste erhoben, und jetzt hörte sie auch den dumpfen Hufschlag rasch näher kommender Pferde. Sehr vieler Pferde, dachte sie verwirrt. Oben auf dem Hügelkamm erhoben sich drei nur schattenhaft gegen die grelle Sonne zu erkennende Reiter, doch irgendetwas an ihnen erschien ihr nicht so, wie es sein sollte. Dann tauchte eine wehende Fahne über der Düne auf, und Robins Augen wurden groß, als sie das blutrote Tatzenkreuz auf weißem Grund erkannte.

Es war nicht Salim, der gekommen war.

Die drei Reiter wichen zur Seite, um der Spitze einer ganzen Kolonne Platz zu machen, die über die Düne herangesprengt kam und in scharfem Tempo auf das Dorf zuhielt. Immer mehr und mehr von ihnen erschienen über dem Hügelkamm, schwer gepanzerte Reiter in langen Kettenhemden, Turkopolen – leichtere Reiter in Gambesons – und Männer in schlichten, weißen Gewändern, die ihre Pferde mit nur einer Hand lenkten und Bögen mit schussbereit aufgelegten Pfeilen in der anderen hielten. Der Mann neben dem Banner machte eine winkende Geste, und der Trupp teilte sich und begann das Dorf einzukreisen.

Nicht nur Robin war beunruhigt – auch wenn sie der Anblick der Fahne noch immer viel zu sehr verwirrte, als dass sie dieses Gefühl wirklich gespürt hätte –, und unter den Dorfbewohnern begann sich eine immer stärkere Unruhe breit zu machen. So unendlich erleichtert sie alle über diese Rettung im letzten Moment auch gewesen sein mochten, der Anblick der neu aufgetauchten Reiter konnte diese Männer und Frauen nicht wirklich beruhigen.

Es waren Templer. Angehörige des wohl gefürchtetsten Kreuzfahrerordens, der dieses Land jemals heimgesucht hatte. Es mochte sein, dachte Robin beunruhigt, dass sie den Teufel gegen den Beelzebub eingetauscht hatte. Etliche Männer ließen ihre improvisierten Waffen fallen und wichen in ihre Häuser zurück, die anderen drängten sich instinktiv enger zusammen, und auch Robin trat den Reitern zwar entgegen, behielt das Schwert aber fest in der Hand und blieb auf der Hut. Die Männer mussten die Szene zweifellos beobachtet haben, und die beiden Pfeile hatten bewiesen, dass sie die Situation wohl auch richtig eingeschätzt hatten. Aber der Feind ihres Feindes musste nicht automatisch ihr Freund sein. Letzten Endes trug sie immer noch die Kleidung der Einheimischen.

Robin warf einen raschen, beruhigenden Blick in die Runde und wechselte das Schwert von der linken wieder in die rechte Hand, die zwar immer noch kribbelte und wehtat, die sie jetzt aber wieder einigermaßen benutzen konnte. Gleichzeitig machte sie mit dem frei gewordenen Arm eine entsprechende Geste zu den Dörflern.

Langsam, aber mit festen Schritten ging sie dem Anführer des Reitertrupps entgegen, der sein Tier nun endlich zügelte und sich ihr auf dem letzten Stück in gemäßigtem Tempo näherte, statt in wildem Galopp heranzupreschen. Zwei Schritte vor ihr brachte er sein Tier endgültig zum Stehen, und auch Robin hielt an, legte den Kopf in den Nacken und beschattete die Augen mit der freien Hand. Der Reiter hatte genau so angehalten, dass er die Sonne im Rücken hatte und sie ihn eigentlich nur als großen, sonderbar verzerrten und bedrohlich wirkenden Umriss erkennen konnte, was zweifellos kein Zufall war. Dennoch konnte sie sehen, dass er eine geraume Weile vollkommen reglos im Sattel sitzen blieb und mit schräg gehaltenem Kopf auf sie herabblickte.

»Du hast dich tapfer geschlagen«, sagte er schließlich. Seine Stimme drang nur verzerrt und dumpf unter dem schweren Topfhelm hervor, der sein Gesicht auch dann vor ihren Blicken verborgen hätte, wäre nicht der grelle Feuerball der Sonne in seinem Rücken gewesen, und dennoch kam sie Robin auf eine sonderbare Weise bekannt vor. Auf eine sonderbar *unangenehme* Weise.

Sie nickte, wenn auch mit einiger Verspätung, und der Reiter ließ sich mit jenen gleichzeitig bedächtig wie auch irgendwie unaufhaltsam wirkenden Bewegungen aus dem Sattel gleiten, wie sie wirklich *starken* Männern zu Eigen sind. Er machte einen Schritt zur Seite, sodass Robin jetzt nicht mehr geblendet die Augen zusammenkneifen musste, um ihn anzusehen, hob dann beide Hände an den Kopf und streifte den klobigen Helm ab. Das Gesicht, das darunter zum Vorschein kam, trug die Spuren fast ebenso großer Entbehrungen, wie sie sie in denen der Plünderer gelesen hatte, war aber weitaus beeindruckender und wurde von grauem Haar und einem kurz geschnittenen, ebenfalls grau melierten Bart beherrscht.

Robins Atem stockte, als sie es erkannte. »Bruder ... Dariusz?«, murmelte sie fassungslos.

Der hoch gewachsene, grauhaarige Tempelritter nickte. In seinen Augen erschien etwas, von dem Robin nicht ganz sicher war, ob es sich wirklich um ein Lächeln handelte. »Ich war nicht ganz sicher, ob du mich noch erkennst, Bruder Robin«, sagte er. In ganz leicht verändertem, unangenehmerem Ton fuhr er fort: »Um offen zu sein, war ich auch nicht ganz sicher, was Euch anging. Ihr habt Euch verändert, Bruder. Aber mit dem Schwert könnt Ihr offensichtlich immer noch so gut umgehen wie früher. Wenn nicht besser.«

Er wartete einen Moment lang vergeblich auf eine Antwort, dann runzelte er kurz die Stirn, fuhr sich mit dem schweren Kettenhandschuh müde über das Gesicht und machte aus der gleichen Bewegung heraus eine fragende Geste in Richtung der Plünderer. »Wer ist der Anführer dieser Bande?«

Robin deutete mit einer knappen Kopfbewegung auf Guy, der immer noch auf den Knien lag und die Hände an seinen blutenden Hals presste. Sie musste ihn schwerer verletzt haben, als sie es wollte, denn zwischen seinen Fingern sickerte hellrotes Blut in einem beständigen Strom hervor.

Dariusz winkte zwei seiner Turkopolen heran. »Hinrichten!«, sagte er knapp.

Die beiden Männer wollten sich gehorsam entfernen, um Dariusz' Befehl auszuführen, doch Robin hielt sie mit einer raschen Geste zurück. »Das ist nicht nötig«, sagte sie hastig.

»Mir ist der Anblick von Anführern solcherart Diebespacks zuwider«, antwortete Dariusz verächtlich, gab den beiden Männern aber zugleich einen Wink, noch einen Moment zu warten. Sein Blick wurde fast lauernd, als er sich wieder zu Robin umdrehte. »Gerade hätte Euch dieser Bursche noch, ohne zu zögern, die Kehle durchgeschnitten, Bruder«, sagte er. »Woher diese plötzliche Sympathie?«

Robin schüttelte heftig den Kopf und bedauerte die Bewegung fast augenblicklich wieder, als sie spürte, wie ihr nur nachlässig gebundener Turban zu verrutschen drohte. Erst jetzt, als sie den ersten Schrecken überwunden hatte, kam ihr zu Bewusstsein, wie gefährlich die Situation war, in der sie sich befand. Möglich, dass das unübersehbare Misstrauen in Dariusz' Augen einen gänzlich anderen Grund hatte, als sie annahm. Sie kannte Bruder Dariusz nicht nur als fanatischen Tempelritter und gnadenlosen Kämpfer, er war auch Bruder Abbés eingeschworener Feind – und somit ganz automatisch auch der ihre. Wenn er ihr Haar sah, das in den letzten beiden Jahren lang bis über ihre Schultern hinuntergewachsen war, würde er begreifen, was sie wirklich war. Und das wäre ihr sicheres Todesurteil und vermutlich noch nicht einmal nur das ihre.

»Für heute ist schon genug Blut geflossen, meine ich«, sagte sie. »Braucht das Königreich Jerusalem nicht jeden kämpfenden Mann? Nehmt sie mit und gebt ihnen Gelegenheit, sich im Kampf für die Christenheit zu bewähren. Hinrichten könnt Ihr sie immer noch, wenn sie Euch enttäuschen sollten.«

Ein lauernder Ausdruck erschien in Dariusz' Blick. Unschlüssig sah er abwechselnd die Plünderer, deren Anführer und Robin an, dann rang er sich ein widerwilliges Nicken ab und machte eine entsprechende Geste zu seinen Männern. Mittlerweile waren gute zwei Dutzend Templer von ihren Pferden gestiegen und hatten die Plünderer entwaffnet und bereits sicher ergriffen. Einer nach dem anderen wurden sie nun auf die Knie gezwungen und ihre Hände hinter den Rücken gefesselt. Robin fragte sich, ob sie nicht gerade einen schweren Fehler begangen hatte. Diese Männer waren zweifellos Mörder und Diebe, die keinen Moment zögern würden, einem anderen für ein Stück Brot, eine Silbermünze oder auch nur so die Kehle durchzuschneiden, und wären Dariusz und seine Männer nicht im allerletzten Moment aufgetaucht, dann wäre sie jetzt tot und vermutlich auch eine Menge anderer – und doch sträubte sich etwas in ihr dagegen, einfach tatenlos zuzusehen, wie sie hingerichtet wurden. Es war genau so, wie sie gerade gesagt hatte: Für heute war hier genug Blut geflossen.

Trotzdem hatte sie das Gefühl, ihre Entscheidung noch bedauern zu müssen.

»Ich werde heute Abend besonders inbrünstig zu Gott dem Herrn beten und eine Kerze zum Dank anzünden, Euch lebend wiedergesehen zu haben«, sagte Dariusz, schüttelte dabei aber den Kopf und musterte sie nur mit noch größerem Misstrauen. »Manchmal lässt der Herr Zeichen und Wunder geschehen. Ich ging davon aus, dass Ihr seinerzeit in der Seeschlacht ertrunken wärt. Wir alle haben das geglaubt.«

Robin rettete sich in ein angedeutetes Schulterzucken. Wollte er ihr eine Falle stellen? Sie überlegte, dass die überzeugendsten Lügen stets die waren, die sich so dicht an der Wahrheit hielten, wie es gerade noch ging. Mit wenigen, betont beiläufigen Worten erzählte sie, wie sie während der Kämpfe über Bord gegangen und später von den Fischern aus genau diesem Dorf hier aus dem Meer gezogen worden war. Wenig später, berichtete sie – und auch das war die Wahrheit, wenigstens bis zu einem gewissen Punkt –, war der Ort von Sklavenhändlern überfallen worden und sie selbst in Gefangenschaft geraten und an einen reichen Tuchhändler verkauft worden. Als ihr neuer Herr dann erkannte, wer sie war, habe er Kontakt zu den Assassinen aufgenommen, von denen bekannt war, dass sie ein Bündnis mit den Tempelrittern hatten, und so sei sie schließlich freigekauft worden.

Dariusz blieb misstrauisch. »Und dann seid Ihr hierher zurückgekommen?«, fragte er, wobei er wenig Zweifel daran ließ, für wie unglaubwürdig er ihre Erklärung hielt. »Nur aus reiner Dankbarkeit, weil diese Heiden Euch das Leben gerettet haben?«

Robin schüttelte den Kopf. »Ich bin nicht allein hergekommen«, sagte sie. »Es war Sheik Sinan selbst, der mich aus der Sklaverei freigekauft hat.«

»Der Alte vom Berge?«, entfuhr es Dariusz. Es gelang ihm

nicht ganz, den sachten Schrecken zu verhehlen, mit dem ihn die Erwähnung dieses Namens erfüllte.

»Seine Burg ist nicht sehr weit entfernt von hier«, bestätigte Robin. »Wir waren auf der Suche nach diesen Männern.« Sie machte eine Kopfbewegung auf die Plünderer. »Leider haben wir wohl in der falschen Richtung gesucht. Aber Gott hat Eure Schritte ja noch im richtigen Moment hierher gelenkt.«

»Ja, Gottes Wege sind manchmal wundersam«, erwiderte Dariusz lauernd. »Wundersam genug, einen einzelnen Ritter sein Leben riskieren zu lassen, nur um ein paar Heiden zu retten. Ihr müsst den Leuten hier wirklich sehr dankbar für Eure Errettung sein, Bruder Robin.«

Abermals schüttelte Robin heftig den Kopf. »Wo immer ein Templer ist, gilt auch das Recht des Tempels«, sagte sie. »Und das Recht des Tempels reicht so weit, wie seine Schwerter reichen.«

Dariusz wirkte überrascht, aber dann begann er zu lachen. »Bruder Robin, Ihr seid wahrlich der Letzte, von dem ich eine solche Antwort erwartet hätte«, bekannte er. »Mir scheint, Ihr habt Euch sehr verändert, seit wir uns das letzte Mal gesehen haben.«

Er trat einen Schritt zurück, befestigte den Helm am Sattel seines Pferdes und hob in einer raschen, befehlenden Geste die Hand. Überall rings um sie herum begannen Templer und Turkopolen aus den Sätteln zu steigen, Bogenschützen ließen ihre Waffen sinken und steckten die Pfeile in die Köcher zurück, Schwerter wurden eingesteckt, Speere gesenkt. Die Stimmung begann sich spürbar zu entspannen. »Tränkt die Tiere«, befahl er. »Aber sattelt sie nicht ab. Wir reiten in einer Stunde weiter.«

Robin nutzte die Gelegenheit, sich die Männer in Dariusz' Begleitung genauer anzusehen. Der Trupp bestand aus sicherlich hundert, wenn nicht mehr Berittenen, und ein überraschend großer Anteil davon trug die Kettenhemden und Wappenröcke der Templer. Sie führten schwer beladene Maultiere und Esel mit sich, und als Robin genauer hinsah, fiel ihr auf, dass es unter der bunt gemischten Begleittruppe der Templer etliche Verletzte gab, Männer mit schmutzigen Verbänden um Kopf und Glieder, einer mit einem geschienten Bein und mindestens zwei oder drei weitere, die sich nur noch mit Mühe im Sattel zu halten schienen. Abgesehen von Dariusz selbst, der schon immer einen fast übertrieben großen Wert auf seine Kleidung und deren Sauberkeit gelegt hatte, wirkten sowohl die Templer als auch die weltlichen Ritter und ihre Waffenknechte kaum weniger heruntergekommen und mitgenommen als das knappe Dutzend Plünderer, das zwischen ihnen im Sand kniete. Sie fragte Dariusz nicht, woher er kam, aber es war klar, dass er und seine kleine Armee Schlimmes hinter sich hatten.

Ihr Blick löste sich von den Tempelrittern und ihren Begleitern und irrte wieder die Düne hinauf. Mehr denn je wünschte sie sich, Salim käme zurück. Aus ihrer anfänglichen Erleichterung, dem schon sicher geglaubten Tod doch noch entkommen zu sein, war längst wieder Sorge geworden, vielleicht sogar so etwas wie Angst. Die Situation war keinen Deut besser geworden, und die Gefahr, in der sie schwebte, vielleicht nicht mehr ganz so unmittelbar, dafür aber eher noch größer. Der grauhaarige Tempelritter hatte gerade den Tod eines Menschen befohlen, einfach nur, weil ihm *Anführer zuwider waren;* hätte er auch nur eine *Ahnung*, wer *Bruder Robin* wirklich war, dann wäre ihr nicht nur der Tod gewiss, sondern auch allen, die um ihr Geheimnis wussten und sie in den letzten Jahren durch ihr Schweigen geschützt hatten. Robin war sicher, dass nicht einmal mehr Salim und sein Vater sie vor dem heiligen Zorn des Tempelritters und seiner Brüder beschützen konnten, sollte ihr Geheimnis jemals aufgedeckt werden.

Und diese Gefahr war entsetzlich groß. Jedermann hier im Dorf wusste, wer sie war. *Was* sie war. Ein einziges unbedachtes

Wort, eine winzige Nachlässigkeit, eine falsche Geste, und alles war vorbei. Vielleicht, dachte sie, sollte sie sich nicht einmal wünschen, dass Salim zurückkam. Er und das halbe Dutzend Assassinen in seiner Begleitung waren dieser kleinen Armee von Templern und ihren Hilfstruppen nicht gewachsen, und doch würde er keine Sekunde zögern, ihr beizustehen, und damit auch sein eigenes Leben verwirken.

Hinter ihr wurden plötzlich aufgeregte Stimmen laut, dann der Lärm eines kurzen, aber heftigen Kampfes. Robin fuhr herum und sah, dass sich Guy und zwei oder drei seiner Begleiter loszureißen versucht hatten. Natürlich hatten die Templer sie sofort niedergerungen, und sie waren dabei offensichtlich nicht übermäßig sanft vorgegangen, denn einer der Plünderer lag reglos am Boden und blutete heftig aus dem Kopf, doch zumindest ihr Anführer bäumte sich noch immer wütend auf und schrie und trat um sich, obwohl er von gleich drei Männern niedergehalten wurde.

Robin warf Dariusz einen raschen Blick zu und registrierte ohne Überraschung, dass der Tempelritter der Szene mit einem leicht amüsierten Lächeln auf den Lippen und einem dafür umso grausameren Lächeln in den Augen folgte. Er sagte auch dann noch nichts, als sich einer der Turkopolen auf Guys Brust kniete und langsam und auf eine fast mechanisch anmutende Weise mit den Fäusten in sein Gesicht zu schlagen begann.

»Hört auf damit!«, rief sie.

Es war unmöglich, dass der Mann ihre Worte nicht gehört hatte. Aber er schlug dem Plünderer trotzdem abwechselnd und mit großer Kraft die rechte und die linke Faust ins Gesicht, und Guys verzweifelte Gegenwehr wurde immer schwächer. Er würde ihn töten, wenn er nur auch noch ein paar Augenblicke so weitermachte. Aber Dariusz rührte immer noch keinen Finger, um ihn zurückzuhalten.

»Aufhören, habe ich gesagt!« Robin war mit zwei, drei schnellen Schritten bei dem Turkopolen, packte seinen zum Schlag erhobenen Arm und riss ihn mit solcher Kraft zurück, dass der Mann das Gleichgewicht verlor und von Guy herunter und auf den Rücken fiel. Mit einem wütenden Knurren und einer unglaublich fließenden Bewegung kam er praktisch sofort wieder auf die Füße und fuhr mit leicht ausgebreiteten Armen herum, wie um sich auf sie zu stürzen. Erst im allerletzten Moment schien er sie zu erkennen und ließ die Arme wieder sinken, wenn auch mit allen Anzeichen von Widerwillen. Robin nahm an, dass er es nur tat, weil er einen entsprechenden Blick von Dariusz aufgefangen hatte, widerstand aber dem Impuls, sich zu dem Templer umzudrehen. Stattdessen wandte sie sich mit einer befehlenden Geste an die drei anderen Turkopolen, die Guy immer noch niederhielten. »Lasst ihn los, habe ich gesagt!«

Wieder vergingen endlose Augenblicke, bevor die Männer reagierten, und diesmal war Robin sicher, dass Dariusz ihnen hinter ihrem Rücken einen entsprechenden Wink gegeben hatte. Sie drehte sich auch jetzt nicht zu ihm um, sondern ließ sich neben dem halb bewusstlosen Plünderer auf ein Knie herabsinken und sah fast besorgt in sein Gesicht. Obwohl es vollkommener Unsinn war, fühlte sie sich irgendwie für das verantwortlich, was ihm zugestoßen war.

»Ist alles in Ordnung mit dir?«, fragte sie.

Sie hatte kaum damit gerechnet, aber der stoppelbärtige Mann drehte mühsam den Kopf und blickte aus blutunterlaufenen Augen zu ihr hoch, von denen eines bereits zuzuschwellen begann. »O ja, vielen Dank«, presste er hervor. »Ich habe mich selten besser gefühlt, edler Ritter.« Offensichtlich war ihm das, was Dariusz und sie miteinander geredet hatten, nicht verborgen geblieben. In seinen Augen blitzte ein Ausdruck auf, den Robin nicht beschreiben konnte, der ihr aber einen eiskalten Schauer über den Rücken laufen ließ. »Und das alles habe ich nur dir zu verdanken, du verdammter ...«

Sein Angriff kam selbst für Robin zu schnell. Unbeschadet der Tatsache, dass ihn die Männer halb tot geschlagen hatten, stemmte er sich blitzartig hoch, grub die Hände in Robins Mantel und warf sich mit solcher Kraft auf sie, dass sie nach hinten stürzte und sich plötzlich unter ihm wiederfand. Die Luft wurde ihr aus den Lungen gepresst, und ein grässlicher Schmerz durchzuckte ihren Rücken, als sie genau auf einen Stein fiel.

Dennoch reagierte sie blitzartig: Guy war trotz seines Zustandes noch immer viel stärker als sie, viel schwerer, und die Mischung aus Verzweiflung, Todesangst und blanker Wut, die sie in seinen Augen las, verlieh ihm noch zusätzliche Kräfte. Sie versuchte nicht, sich gegen seinen Angriff zu stemmen, sondern grub ganz im Gegenteil selbst die Hände in den gesteppten Stoff seines Gambeson, zerrte darüber hinaus noch zusätzlich an ihm und wandte Guys eigene Kraft gegen ihn selbst, indem sie blitzartig die Knie anzog und den Schwung seiner eigenen Bewegung benutzte, um ihn über sich hinwegzuschleudern, sodass plötzlich *er* es war, der mit einem keuchenden Laut und so wuchtig auf dem Rücken landete, dass man meinen konnte, seine Knochen knirschen zu hören.

Robins Hände hielten sein Kleid eisern fest, und sie wurde herum und in die Höhe gewirbelt, und nur einen halben Herzschlag später war sie es, die auf seiner Brust kniete und ihn niederhielt. Ihre Knie pressten ihm die Luft aus den Lungen, und Robin mobilisierte all ihre Kräfte, um seine Schultern gegen den Boden zu drücken. Bisher hatte keiner der anderen Ritter in den Kampf eingegriffen, aber das würde gewiss nicht lange so bleiben. Ganz egal, wie Dariusz persönlich zu ihr stand – er war ein Templer, und wenn er sah, dass ein anderer Templer in Gefahr war, würde er kompromisslos und mit aller Härte eingreifen.

»Hör endlich auf, du verdammter Narr!«, zischte sie, so leise, wie sie es gerade noch für möglich hielt, damit er die Worte überhaupt verstand. »Willst du unbedingt sterben?«

Wie zur Antwort bäumte sich Guy abermals auf, aber Robins Knie pressten seine Rippen weiter unbarmherzig zusammen. Ihre Fäuste verkrampften sich so im Klammergriff um den Kragen seines Gambesons, dass ihre Knöchel ihm zusätzlich den Atem abschnürten. Vielleicht keine sehr ritterliche Art, einen Gegner niederzuhalten, dafür aber eine umso wirkungsvollere. Guy keuchte und schnappte so verzweifelt wie ein Fisch auf dem Trockenen nach Luft. In einer schwächlichen Abwehrbewegung hob er die Arme und presste die Hände gegen ihre Brust, um sie von sich herunterzustoßen. Seine Kraft reichte nicht einmal annähernd – aber plötzlich weiteten sich seine Augen, und ein neuer, ungläubig-überraschter Ausdruck trat in seinen Blick.

Robin hatte das Gefühl, die Zeit wäre stehen geblieben, als sie begriff. Guy presste beide Hände gegen das graue Eisengeflecht ihres Kettenhemdes, und trotz des harten Metalls, trotz seiner Erschöpfung und Furcht musste er einfach erkennen, dass das, was er darunter spürte, nicht die gestählte Brust eines Mannes war!

3. Kapitel

»Aber das ist doch ... unmöglich«, murmelte er fassungslos. »Du bist eine ...?«

Robin hatte keine andere Wahl mehr. Ihr blieb keine Zeit, den Dolch zu ziehen oder den Plünderer auf eine andere Weise zum Schweigen zu bringen. Mit einer Bewegung, in die sie jedes bisschen Kraft legte, das sie noch in sich fand, ließ sie seinen Kragen los, rammte ihm den Ellbogen gegen den Adamsapfel und zermalmte ihn. Guys Worte endeten in einem grässlichen Gurgeln. Seine Augen wurden noch größer, und eine Art von Entsetzen erschien darin, wie Robin es selten zuvor erblickt hatte.

Er starb, aber er starb nicht schnell. Robin ließ ihn endgültig los, stand mit einer fließenden Bewegung auf und wich zugleich zwei Schritte vor ihm zurück. Guy rang mit grässlichen, würgenden Lauten nach Luft, bäumte sich auf und schlug beide Hände gegen die Kehle, versuchte mit verzweifelter Anstrengung zu atmen und konnte es nicht.

Er begann mit den Beinen zu strampeln. Immer grässlichere, würgende Laute kamen über seine Lippen, während sich sein Gesicht allmählich blau färbte und seine Bewegungen schwächer zu werden begannen. *Stirb endlich!*, dachte Robin fast verzweifelt. *Warum stirbst du nicht?* Sie hatte seinen Tod nicht gewollt. Sie wollte ihn nicht einmal jetzt, aber – zumindest in diesem Moment – war der Anblick seiner schrecklichen Todesqual fast schlimmer als der Gedanke, ihn getötet zu haben. Wahrscheinlich ging es in Wahrheit recht schnell; wenige Augenblicke, bevor

Guys Bewegungen endgültig erlahmten, sein Kopf zurücksank und seine Augen brachen. Robin kam es vor wie eine Ewigkeit. Und sie fragte sich, ob sie den Ausdruck auf seinem Gesicht jemals wieder ganz vergessen konnte.

»Eine saubere Arbeit«, sagte eine Stimme hinter ihr. Robin drehte sich langsam um und sah, wie Dariusz fast gemächlich herbeigeschlendert kam. Er hatte die Handschuhe ausgezogen und applaudierte spöttisch. »Eine etwas eigenwillige Methode, einen Mann zu töten, aber eine sehr effektive, wie ich zugeben muss. Allem Anschein nach habt Ihr doch das eine oder andere von Euren neuen Freunden gelernt, Bruder Robin.«

»Wie meint Ihr das?«, erkundigte sich Robin. Der Klang ihrer eigenen Stimme schien wie die einer Fremden in ihren Ohren. Sie hatte Mühe, überhaupt zu sprechen, geschweige denn, sich auf Dariusz' Worte zu konzentrieren. Alles in ihr war in hellem Aufruhr. Fast beiläufig spürte sie, dass ihr Turban verrutscht war, aber nicht einmal dieser Gedanke drang wirklich in ihr Bewusstsein. Sie fühlte sich unendlich schuldig. Der Plünderer war gewiss nicht der erste Mann, den sie getötet hatte, und er gehörte ebenso gewiss zu jenen, die es wahrscheinlich am meisten verdient hatten – und doch: Sie kam sich wie eine Mörderin vor. Und zumindest in ihren eigenen Augen war sie es auch, denn es gab einen Unterschied zwischen dem Tod dieses Mannes und dem aller anderen, die bisher von ihrer Hand gefallen waren. Es waren Feinde gewesen. Feindliche Soldaten, Attentäter oder Mörder, Männer, die ihr in einer Schlacht gegenübergetreten waren oder ihr selbst nach dem Leben getrachtet hatten. Sie hatte jeden Einzelnen von ihnen töten müssen, um selbst am Leben zu bleiben. Diesen Mann hatte sie getötet, um ihn *zum Schweigen zu bringen*, nicht, um unmittelbar ihr Leben zu verteidigen. Und auch Dariusz' Worte bekamen in ihren Ohren einen vollkommen neuen, grausamen Sinn. Robin verspürte ein einziges Frösteln, als ihr erst jetzt klar wurde, wie kalt, präzise und berechnend sie den Plünderer getötet hatte.

»Aber Ihr habt mir doch selbst erzählt, dass Ihr Gast auf der Burg des Assassinenfürsten seid«, antwortete Dariusz in einem Tonfall leiser Überraschung, von dem Robin nicht sicher sein konnte, ob er echt oder geschauspielert war. »Und man sagt doch, dass die Assassinen Meister in der Kunst sind, lautlos und ohne Waffen zu töten.«

Robin hob wortlos die Schultern und wandte sich wieder zu Guy um. Seine weit offen stehenden, leeren Augen schienen sie noch immer vorwurfsvoll anzustarren. Nein, dachte sie, sie würde diesen Blick niemals mehr vergessen.

»Ich hätte ihn nicht töten müssen, hättet Ihr Eure Männer nicht zurückgehalten«, sagte sie bitter. Es war nur ein Schuss ins Blaue, doch Dariusz versuchte erst gar nicht, irgendetwas zu leugnen.

»Aber ich bitte Euch, Bruder Robin«, antwortete er, nun mit überhaupt nicht mehr sanftem, sondern ganz eindeutig beißendem Spott in der Stimme. »Ein so gut ausgebildeter und kampferprobter Ritter wie Ihr wird doch wohl keine Probleme haben, mit einem dahergelaufenen Stück Dreck fertig zu werden. Ich wollte Euch nicht beleidigen.«

»Er war ein Mensch, Bruder Dariusz«, sagte Robin leise. »Kein Stück Dreck.«

»Ganz, wie Ihr meint«, sagte Dariusz verächtlich. »Und wie es aussieht, sogar ein Christ. Wenngleich einer von denen, auf die ein wahrer Christenmensch gewiss nicht stolz ist. Dennoch wollen wir ihm ein anständiges Begräbnis gewähren.« Er winkte den Männern zu, die den Plünderer zuvor niedergehalten hatten. »Verbrennt ihn. Und die beiden anderen Leichen gleich mit.«

Robin fuhr abermals herum und sog scharf die Luft ein. Lodernde Wut explodierte regelrecht in ihr, und vielleicht hätte sie etwas sehr Dummes getan, wenigstens aber gesagt, wäre nicht in diesem Moment vom anderen Ende des Dorfplatzes her ein schriller Schrei erklungen. Robin drehte erschrocken den Kopf, und ihr Herz machte einen Satz in ihrer Brust, als sie Nemeth erkannte, die mit weit ausgreifenden Schritten und schreckensbleichem Gesicht auf sie zugerannt kam. Ihre Mutter lief mit wehenden Kleidern hinter ihr hier, aber sie war viel zu langsam, um das Mädchen einzuholen.

»Robin!«, schrie Nemeth. Ihre Stimme überschlug sich fast. »Hat er dir etwas getan?«

»Eine Freundin von Euch?«, fragte Dariusz amüsiert.

Robin verschwendete keine Zeit damit, ihm zu antworten, sondern eilte Nemeth und ihrer Mutter so schnell entgegen, wie es gerade noch ging, ohne wirklich zu rennen. Sie hörte, wie Dariusz ihr folgte, aber langsamer, und beschleunigte ihre Schritte noch einmal. Ihr Herz raste. Nemeth schrie immer noch aufgeregt ihren Namen und rannte auf sie zu, wild mit beiden Armen fuchtelnd und die blanke Angst im Gesicht. Verzweifelt versuchte sie, Nemeth mit Blicken zu signalisieren, dass sie um Himmels willen den Mund halten sollte, aber das Mädchen war viel zu aufgeregt, um ihre Blicke auch nur zur Kenntnis zu nehmen.

»Hat er dir etwas getan?«, sprudelte Nemeth hervor. »Ich habe alles gesehen! Er hat nicht fair gekämpft! Er hätte dich beinahe ...«

»Jetzt ist es aber genug!« Endlich war Saila heran, und sie fackelte nicht lange, sondern zerrte Nemeth grob an der Schulter zurück und fuhr ihr in scharfem Ton über den Mund, noch bevor Nemeth auch nur ein weiteres Wort sagen konnte: »Du dummes Kind! Was fällt dir ein, so respektlos mit unserem Herrn zu sprechen? Wie oft habe ich dir gesagt, dass du nur mit ihm zu reden hast, wenn er dich direkt anspricht? Willst du uns alle ins Unglück stürzen? Unser Herr hat wahrlich Besseres zu tun, als sich mit dem Geschwätz eines dummen Kindes zu beschäftigen!«

Nemeth blinzelte und sah ihre Mutter einen Moment lang vollkommen verständnislos an, aber Robin warf ihr einen raschen, dankbaren Blick zu. Sie verbiss es sich, auch nur ein einziges Wort zu sagen, aber Saila musste ihr die Erleichterung deutlich ansehen, denn sie signalisierte ihr ein rasches, lautloses Nicken und fuhr dann in unverändertem Ton an ihre Tochter gewandt fort: »Geh ins Haus, und zwar sofort! Bereite eine Mahlzeit für den Herrn und seine Gäste vor, und untersteh dich, nicht nur das Beste aufzutragen!«

»Aber ich wollte doch nur ...«, begann Nemeth verdattert, kam aber auch diesmal nicht dazu, ihren Satz zu Ende zu bringen.

»Hast du mich nicht verstanden?«, fuhr sie Saila an. »Mach, dass du ins Haus kommst! Über deine Strafe sprechen wir später!«

Einen Herzschlag lang starrte das Mädchen seine Mutter noch vollkommen fassungslos an, aber in deren Augen war plötzlich ein so zorniges Funkeln, dass sie es nicht mehr wagte, auch nur noch einen Laut von sich zu geben, sondern Robin nur noch einen hilflosen Blick zuwarf und sich dann wie der berühmte geprügelte Hund trollte. Saila sah ihr einen Moment lang mit perfekt geschauspielerter Strenge nach, ehe sie sich mit demütig gesenktem Kopf wieder zu Robin umdrehte.

»Ich bitte Euch, verzeiht das ungebührliche Benehmen meiner Tochter«, sagte sie leise. »Sie ist ein Kind und weiß es nicht besser.«

»Schon gut«, antwortete Robin. »Ich bin sicher, es war nur die Sorge um mich, die sie ihr gutes Benehmen vergessen ließ.« Sie machte eine übertrieben verzeihende Geste. »Jetzt geh und hilf deiner Tochter. Ich bin tatsächlich ein wenig hungrig, und wir haben hohe Gäste.« Sie wandte sich zu Dariusz um, der in zwei Schritten Entfernung stehen geblieben war und die Szene mit undeutbarem Gesichtsausdruck verfolgte. »Ihr bleibt doch zum Essen? Ihr müsst einen anstrengenden Weg hinter Euch haben.«

»Und einen noch anstrengenderen vor uns«, sagte Dariusz. »Aber unsere Zeit ...«

»... ist knapp bemessen, ich weiß«, unterbrach ihn Robin. Sie lächelte flüchtig. »Aber ich weiß, wie die Feldrationen aussehen, und ich weiß noch besser, wie sie *schmecken*.« Ohne Dariusz' Antwort abzuwarten, wandte sie sich mit einer entsprechenden Geste an Saila. »Geh jetzt. Und mach uns keine Schande.«

»Wie Ihr befehlt, Herr«, sagte Saila. Rückwärts gehend und mit gesenktem Kopf entfernte sie sich ein paar Schritte, ehe sie sich umdrehte und dann mit schnellen Schritten davoneilte.

Dariusz sah ihr mit gerunzelter Stirn nach. »Ein hübsches Weib«, sagte er kopfschüttelnd. »Wer ist sie?«

»Niemand«, antwortete Robin betont gleichgültig. »Nur eine Dienerin.«

»Eure Dienerin?«

»Zumindest so lange, wie ich Sheik Sinans Gast bin«, erwiderte Robin.

»Und ich nehme an, sie liest Euch jeden Wunsch von den Lippen ab«, fügte Dariusz mit einem flüchtigen, aber unverhohlen schmutzigen Lächeln hinzu.

»Wie es einer guten Dienerin eben ansteht«, sagte Robin ungerührt. »Aber nun kommt, Bruder Dariusz. Auch wenn Ihr wenig Zeit habt, so ist es doch sicher auch für Euch angenehmer, sie in der Kühle des Hauses und bei einer guten Mahlzeit zu verbringen.« Sie schüttelte rasch und heftig den Kopf, bevor Dariusz auch nur die Gelegenheit fand zu antworten. »Ich werde ein Nein nicht akzeptieren, Bruder Dariusz. Nach allem, was Ihr für mich und die guten Leute hier im Dorf getan habt, ist eine kräftige

Wegzehrung wohl das Mindeste, was ich Euch als Dank anbieten kann.«

Dariusz sah sie auf sonderbare Weise nachdenklich an, eine Art der Nachdenklichkeit, die Robin nervös machte. Sie konnte es sich nicht wirklich erklären, hatte aber dennoch das nahezu sichere Gefühl, schon wieder einen Fehler gemacht zu haben.

Der grauhaarige Tempelritter ließ weitere, endlose Sekunden verstreichen, in denen er sie unverwandt und auf dieselbe, seltsame Art ansah, aber schließlich nickte er. »Warum eigentlich nicht«, murmelte er. »Gott wird es mir kaum als sündhafte Völlerei auslegen, endlich einmal wieder an einem richtigen Tisch zu sitzen und von einem richtigen Teller zu essen. Doch wir müssen in längstens einer Stunde aufbrechen, Bruder Robin. Wir haben noch einen weiten Weg vor uns.«

»Eine Stunde genügt«, behauptete Robin. »Ihr werdet sehen, dass Saila eine wahre Künstlerin der Improvisation ist. Sie zaubert in einer Stunde ein Festmahl, das andere nicht an einem Tag fertig bringen.« Sie lächelte, doch als sie Dariusz' Blick begegnete und das irgendwie verwirrt wirkende Stirnrunzeln auf seinem Gesicht sah, erlosch ihr Lächeln wie eine Kerze, die von einem Luftzug ausgeblasen wird, und sie wandte sich fast hastig um und deutete in die Richtung, in der Saila und ihre Tochter verschwunden waren. Sicher war es nur Einbildung. Sie war übernervös, und Dariusz' fragender Blick mochte tausend andere Gründe haben – und dennoch nahm sie sich vor, in seiner Nähe nicht mehr so oft zu lächeln.

Unter dem Turban war von ihrem Gesicht nicht allzu viel zu erkennen, und es war zudem lange her, dass Dariusz sie das letzte Mal gesehen hatte. Robin hatte sich in der Zwischenzeit deutlich verändert. Es kam selten vor, dass sie sich selbst im Spiegel oder auf einer spiegelnden Wasseroberfläche sah, doch in letzter Zeit fielen ihr die Veränderungen immer deutlicher auf. Sie war älter geworden; deutlich älter, als es allein anhand der verstrichenen Monate der Fall hätte sein dürfen. Ihre Haut hatte einen dunkleren, fast schon ein wenig kupferfarbenen Ton angenommen, und die leise Strenge, die immer in ihren Zügen gelegen hatte, hatte sich im Nachhinein als die Spur der Entbehrungen und Strapazen herausgestellt, aus denen ihr Leben vor ihrer Ankunft in diesem Land bestanden hatte.

Während der Monate, die sie zusammen mit Dariusz, Bruder Abbé und den anderen Tempelrittern durch Europa bis Genua geritten war, war sie als sehr junger Mann mit sehr weichen Zügen durchgegangen; eine Rolle, die sie perfekt zu spielen gelernt hatte – schließlich hatte ihr Leben davon abgehangen, dass niemand ihre Maske durchschaute – und die sie zudem durch ein entsprechendes, manchmal bewusst rüdes Auftreten noch glaubhafter gestaltet hatte.

Aber seither war Zeit vergangen. Das gute Leben, das sie führte, hatte die Spuren des Hungers, der Kälte und der übermäßigen körperlichen Anstrengungen und schweren Arbeit fast vollkommen aus ihrem Gesicht getilgt. Robin machte sich klar, dass sie es einzig Dariusz' Erinnerung zu verdanken hatte, dass er in ihr immer noch den jungen Mann sah, als den er sie kennen gelernt hatte. Wären sie sich nicht auf dem Weg nach Italien und auf dem Schiff begegnet, er hätte möglicherweise sofort die Frau in ihr gesehen. Vielleicht zweifelte er schon jetzt. Und sie erinnerte sich plötzlich zu gut an die vielen Gelegenheiten, bei denen Salim nicht müde geworden war, ihr zu versichern, wie sehr er ihr Lächeln liebte und wie schön er sie in diesen Momenten fand.

»Ihr sagt, Ihr seid auf Sheik Sinans Burg gewesen?«, erkundigte sich Dariusz, während sie gemessenen Schrittes nebeneinander hergingen.

Robin war sich sicher, dass diese Frage nicht bloße Konversation war. Dariusz wollte auf etwas ganz Bestimmtes hinaus. »Ja«,

sagte sie. »Seit einigen Monaten bereits. Warum fragt Ihr?«
Obwohl sie nicht in seine Richtung sah, blieb ihr Dariusz' Schulterzucken nicht verborgen. »Ich frage mich«, antwortete Dariusz, »warum Ihr nicht längst mit uns Kontakt aufgenommen habt, Bruder.«

»Manchmal frage ich mich das selbst«, gestand Robin und versuchte ihrerseits, ein verlegenes Achselzucken zu schauspielern. Ihre Gedanken überschlugen sich. Dariusz fragte ganz bestimmt nicht nur aus purer Neugier. Er *wollte* auf etwas Bestimmtes hinaus. »Sheik Sinan ist ein außergewöhnlich großzügiger Gastgeber«, sagte sie betont vorsichtig. »Und ich war in keinem besonders guten Zustand, als er mich aus der Sklaverei freigekauft hat. Um ehrlich zu sein – ich war mehr tot als lebendig. Es hat lange gedauert, mich von den Strapazen zu erholen.«

»Die Gastfreundschaft des Alten vom Berge schätzen zu lernen ging ganz offensichtlich schneller«, antwortete Dariusz. »Oder liegt es an Eurer ... *Dienerin?*«

Robin überhörte den anzüglichen Ton in seiner Stimme ganz bewusst und wurde ein wenig langsamer; schon um Saila Gelegenheit zu geben, noch einmal mit ihrer Tochter zu reden. Dabei wusste Robin durchaus, dass Nemeth ihre kleinste Sorge darstellte. Das Mädchen war intelligent und alt genug, um die Situation zu begreifen, und Robin war sich nur zu bewusst, dass sie sich auf ihre Verschwiegenheit verlassen konnte. Aber inwieweit galt das für alle anderen Einwohner des Dorfes? Jedermann hier wusste, dass sich unter dem Kettenhemd, das sie trug, eine *Frau* verbarg, auch wenn sie sich nur zu oft einen Spaß daraus machte, sich wie ein Mann zu benehmen. Und Dariusz hatte über hundert Begleiter mitgebracht. Wenn auch nur ein einziger von ihnen mit den Dörflern redete, auch nur eine einzige, falsche Frage stellte, dann war alles vorbei.

Saila trat ihnen aus dem Halbdunkel entgegen, als sie das Haus betraten. Von Nemeth war keine Spur zu sehen, was Robin trotz allem bedauerte, und die dunkelhaarige Dienerin hatte ihr Kopftuch abgelegt, sodass man ihr langes, bis weit über die Schultern fallendes, schwarzes Haar sehen konnte. Robin musste sich bekümmert eingestehen, dass Dariusz vollkommen Recht hatte. Beileibe nicht zum ersten Mal fiel ihr auf, was für eine wirklich schöne Frau Saila war.

»Ich habe den Tisch für Euch und Euren hohen Gast im Hof gedeckt, Herr«, sagte Saila mit einem angedeuteten Kopfnicken und einer einladenden Geste. »Meine Tochter wird Euch gleich zu trinken bringen.«

»Gut«, antwortete Robin. »Aber danach lasst uns bitte allein. Bruder Dariusz und ich haben sicherlich eine Menge zu besprechen.«

Saila nickte noch einmal, wiederholte ihre einladende Geste und entfernte sich dann mit schnellen Schritten. Dariusz sah ihr eindeutig bewundernd hinterher.

»Ich muss Euch Abbitte tun, Bruder Robin«, sagte er. »Habe ich vorhin gesagt, sie wäre hübsch? Das stimmt nicht. Sie ist eine wahre Blume des Orients.« Sein Lächeln wurde wieder ganz eindeutig anzüglich. »Sheik Sinan weiß tatsächlich, was er seinen Gästen schuldig ist.«

Robin blickte ihn so kühl an, wie sie konnte. »Ich verstehe nicht genau, was Ihr meint, Bruder.«

Dariusz' Grinsen wurde nur noch breiter. Saila hatte das Zimmer mittlerweile verlassen, und er drehte sich einmal um sich selbst und sah sich dabei unverhohlen neugierig um. »Es scheint Euch ja nicht schlecht gegangen zu sein, in den letzten Monaten, Bruder«, sagte er. »Für einen freigekauften Sklaven.«

»Das hier ist nicht mein Haus«, antwortete Robin, nun in ganz leicht verärgertem Ton. »Es gehört Sheik Sinan. Die Dorfbewohner halten es bereit, falls er oder einer seiner Männer hierher kommen.«

»Und wo sind sie jetzt?«, fragte Dariusz.

»Wer?«

»Sinans Männer«, antwortete der Tempelritter. »Ihr habt mir gerade erzählt, Ihr wärt zusammen mit ihnen auf der Suche nach den Plünderern gewesen. Ich war der Meinung, sie hier anzutreffen.«

»Wären Sinans Assassinenkrieger hier gewesen«, antwortete Robin fast sanft, »so hättet Ihr und Eure Männer nicht eingreifen müssen, Dariusz. Sechs von ihnen sind mehr als genug, um mit einem Dutzend dieser Halsabschneider fertig zu werden.«

»Das beantwortet nicht meine Frage«, sagte Dariusz. »Wo sind sie?«

»Sie sind den Spuren der Plünderer in die Wüste hinaus gefolgt«, antwortete Robin. »Vielleicht eine Stunde, bevor Ihr und die Euren gekommen seid.«

»Ohne Euch?«

»Ich wollte sie begleiten«, antwortete Robin. »Aber mein Pferd hat gelahmt.« Sie hob die Schultern und deutete ein verlegenes Lächeln an. »Darüber hinaus muss ich gestehen, dass ich wohl auch mit einem gesunden Pferd Mühe gehabt hätte, mit ihnen mitzuhalten. Die Assassinen reiten wie der Teufel.«

»Ja«, antwortete Dariusz. »Das hat man mir auch erzählt. Umso mehr erstaunt es mich, dass Ihr Euch mit ihnen eingelassen habt.«

»Von ihnen gekauft zu werden, Bruder Dariusz«, antwortete Robin ärgerlich, »ist wohl kaum das, was man unter *Sich-mit-jemandem-Einlassen* versteht.«

Einen Herzschlag lang war sie sicher, den Bogen überspannt zu haben. Trotz des schwachen Lichts hier drinnen konnte sie sehen, wie sich Dariusz' Gesicht verfinsterte und es in seinen Augen wütend aufblitzte. Dann aber riss er sich sichtbar zusammen und schüttelte nur den Kopf. »Ich vermute, es war keine sehr angenehme Erfahrung. Aber das ist ja nun vorbei.« Er sah sich weiter unverhohlen neugierig in dem kaum möblierten, aber großzügigen Raum um, und schließlich blieb sein Blick auf Robins Wappenrock hängen, der sauber zusammengefaltet auf der Bank neben der Tür lag. »Ich sehe, dass Ihr die Insignien unseres Ordens immer noch in Ehren haltet. Das freut mich. Trotzdem frage ich mich, warum Ihr den Rock vorhin nicht getragen habt, sondern die Kleider der Einheimischen vorzieht.«

»Weil sie sehr praktisch sind«, antwortete Robin. Sie fühlte sich immer unsicherer. Obwohl sie auf der einen Seite der Meinung war, bisher alles richtig gemacht zu haben, hatte sie gleichzeitig das Gefühl, sich mit jedem Wort tiefer in ein Gespinst aus Halbwahrheiten, Lügen und durchsichtigen Ausflüchten zu verstricken, das Dariusz einfach durchschauen *musste*. Vielleicht hatte er es längst. Vielleicht hatte er die Wahrheit schon vor seinem Eintreffen hier gewusst und spielte nur ein grausames Spiel mit ihr. »Und ich war etwas in Eile, als ich das Haus verließ«, fügte sie, nun bewusst leicht spöttisch, hinzu.

»Ja, das kann ich verstehen«, antwortete Dariusz im selben Ton. »Aber das beantwortet nicht die Frage, warum Ihr den Rock überhaupt ausgezogen habt.« Er sah kurz Robin an, dann etwas länger in die Richtung, in der Saila verschwunden war.

»Ich war schwimmen«, antwortete Robin kühl. »Ich weiß ja nicht, wie Ihr es haltet, Bruder Dariusz, aber ich pflege nicht in voller Rüstung ins Meer zu steigen. Es schwimmt sich schlecht mit einem Zentner Eisen am Leib.«

Einen Moment lang starrte Dariusz sie so unverhohlen misstrauisch an, dass Robin fast in Panik zu geraten drohte. Dann aber lachte er. »Ihr habt natürlich Recht, Bruder. Und wer bin ich, Euch Vorwürfe oder gar Vorschriften machen zu wollen?« Er wedelte mit der Hand, wie um jedem denkbaren Widerspruch schon von vornherein zuvorzukommen. »Aber lassen wir das. Nun habe ich Euch ja wiedergefunden. Wie war das mit Eurer Einladung zum Festmahl?«

Robin deutete auf den Durchgang zum Hof. Saila hatte in den wenigen Minuten, die ihr geblieben waren, tatsächlich so etwas wie ein kleines Wunder vollbracht. Im Schatten des Aprikosenbaumes stand jetzt ein niedriger Tisch, auf dem hölzerne Teller und Schalen voller Fladenbrot, Fisch und Oliven, Gemüse und Obst arrangiert waren, dazu ein gewaltiger Krug, in dem sich vermutlich der stark verdünnte Wein befand, den man hierzulande Gästen anbot, und zwei einfache, schmucklose Becher. Saila hatte sogar noch die Zeit gefunden, ein Stück Segeltuch als Schutz vor den immer noch unbarmherzig herabbrennenden Strahlen der Sonne über den Tisch zu spannen, und Dariusz nickte nicht nur anerkennend, sondern ließ sich mit einem deutlich hörbar erleichterten Seufzer auf einen der beiden Stühle sinken. Das Möbelstück ächzte unter dem Gewicht seiner massigen Gestalt, was Dariusz aber nicht weiter zu stören schien. Er lehnte sich im Gegenteil zurück und streckte die Beine aus. »Das tut gut. Ich habe schon fast vergessen, wann ich das letzte Mal auf einem Stuhl gesessen habe und nicht im Sattel eines Pferdes oder auf nacktem Boden.«

»Wie lange seid Ihr jetzt unterwegs?«, erkundigte sich Robin. Es interessierte sie nicht im Mindesten. Aber die Stunde, von der Dariusz gesprochen hatte, war noch lange nicht vorbei, und eine Stunde war eine entsetzlich lange Zeit, um Fragen zu stellen und die falschen Antworten darauf zu geben. Vielleicht war es besser, wenn sie *ihn* fragte, statt ihrerseits *seine* Fragen zu beantworten. Robin verfluchte sich jetzt schon in Gedanken für die Geschichte, die sie ihm gerade aufgetischt hatte. Sie hielt sich zwar über weite Strecken an die Wahrheit, entfernte sich aber zugleich auch viel zu weit von ihr, als dass sie sich ernsthaft einbilden konnte, auf Dauer damit durchzukommen.

»Viel zu lange«, seufzte Dariusz. »Nur gut, dass wir den größten Teil der Strecke jetzt hinter uns haben.« Er richtete sich wieder auf, goss sich einen Becher Wein ein und leerte ihn mit einem einzigen, gierigen Zug fast zur Hälfte. Bevor er ihn wieder auf den Tisch zurückstellte und mit der anderen Hand nach dem Fladenbrot griff, um sich ein gewaltiges Stück davon abzubrechen, füllte er ihn erneut. »Nun«, begann er, »Ihr habt natürlich Recht, Bruder Robin. Ich bin es Euch wohl schuldig, Euch über den Grund unseres Hierseins aufzuklären.«

Robin nickte stumm. Ihr ungutes Gefühl verstärkte sich.

»Meine Begleiter und ich haben uns mit einer Gesandtschaft des Ordens in Latakia getroffen«, begann Dariusz und sah sie zugleich fragend an. Robin kramte einen Moment lang in ihrem Gedächtnis und nickte dann. Sie hatte dieses Wort zumindest schon einmal gehört. »Bohemund, der Fürst von Antiochia, hatte sich als Vermittler in unserem Streit mit den habgierigen Johannitern angeboten.«

»Dieser alberne Streit ist immer noch nicht beigelegt?«, erkundigte sich Robin fast beiläufig.

Dariusz schüttelte den Kopf und biss fast wütend in das Brot. »Nein«, antwortete er kauend. »Und ich fürchte, es wird auch noch eine Weile dauern, bis wir uns darum kümmern können. Die Verhandlungen hatten noch nicht einmal begonnen, als uns Herzog Ferdinand von Falkenberg die Nachricht von einem Überfall der Sarazenen auf den König zukommen ließ.«

Robin musste ihr Erschrecken nicht einmal schauspielern. »König Balduin?«

Dariusz nickte bekümmert. »Ja. Es war eine Falle. Der König wäre gewiss in Gefangenschaft geraten, aber Gott war auf seiner Seite.«

»Gott, oder …?«, fragte Robin.

»In Gestalt Humfried von Toron«, bestätigte Dariusz mit einem angedeuteten Lächeln, »der gerade im rechten Moment erschien und ihn tapfer verteidigte. Seither belagert Saladin Humfrieds Burg an der Jakobsfurth, und König Balduin hat alle Ritter des Königreiches und der Fürstentümer Tripolis und Antiochia aufgerufen, sich unter unserer Fahne zu versammeln, um gegen Saladin zu ziehen.« Er sah Robin mit schlecht gespieltem Erstaunen an. »Ich bin ein wenig überrascht, dass Ihr nichts davon gehört habt, Bruder.«

Robin blickte Dariusz alarmiert an. Sie spürte, dass er nun zum Thema kam. »Sinans Burg liegt …«, sie suchte einen Moment nach Worten, »… vielleicht nicht unbedingt im Brennpunkt des politischen Geschehens.«

»Aber man sagt doch, dass es die größte Stärke des Alten vom Berge ist, über alles und jeden informiert zu sein«, gab Dariusz zurück. Jede Spur von Freundlichkeit war aus seiner Stimme gewichen.

»Gewiss trifft das auf Sinan zu«, pflichtete ihm Robin ruhig bei. »Aber das gilt nicht unbedingt und zwangsläufig auch für seine Gäste.«

Der Templer brach ein weiteres Stück Brot ab, das er mit einem noch größeren Schluck Wein herunterspülte, aber Robin zweifelte nicht eine Sekunde daran, dass er das nur tat, um Zeit zu gewinnen. »Nun«, sagte er schließlich, »das spielt jetzt auch keine Rolle mehr. Ihr könnt aufatmen, Robin. Ihr braucht die Gastfreundschaft des Sheiks nicht länger in Anspruch zu nehmen.«

»Was soll das heißen?«, fragte Robin alarmiert.

Dariusz sah sie vieldeutig an. »Was auch immer Euch in dieses Fischerdorf verschlagen hat, Bruder«, antwortete er, »ich habe den direkten Befehl unseres Großmeisters Odo, jeden Templerritter und jeden Vasallen des Königs von Jerusalem mitzubringen, auf den ich auf dem Rückweg stoße.«

»Auf dem Rückweg?« Robin versteifte sich ein wenig. Ihr Herz begann zu klopfen. »Wohin?«

»Wir sollen uns in der Burg Safet einfinden«, antwortete Dariusz. »Ich und die Männer in meiner Begleitung sind nicht die einzigen. Ein großes Heer hat sich dort bereits versammelt. Wir werden den Hund Saladin durch die Wüste bis nach Damaskus zurückprügeln und ihn am Tor seines eigenen Palastes aufknüpfen zur Warnung an alle anderen Ungläubigen und Barbaren, nicht noch einmal die Hand gegen unseren König zu erheben.«

»Ich ... soll Euch begleiten?«, murmelte Robin.

»So lauten jedenfalls der Befehl des Königs und der ausdrückliche Wunsch unseres Großmeisters«, bestätigte Dariusz. Mit einem angedeuteten, eindeutig bösen Lächeln fügte er hinzu: »Auch wenn es mir fast schwer fällt, es zu formulieren. Zweifellos brennt Ihr bereits darauf, endlich wieder zu uns zurückzukehren und nicht länger bei diesen primitiven Heiden leben zu müssen.«

Robin antwortete nicht. Bei den Menschen, die Dariusz als Heiden und Primitive bezeichnete, hatte sie eine Gastfreundschaft, eine Wärme und Liebenswürdigkeit kennen gelernt, die sie bis zu diesem Zeitpunkt nicht einmal für möglich gehalten hätte. Sie hatte auf Sinans Felsenburg Kunstwerke von solcher Pracht und solch unbeschreiblicher Schönheit gesehen, dass selbst die größten Schätze aller Kirchen, die sie kannte, dagegen verblassten, und trotz aller Grausamkeit, die den Assassinen zu Recht nachgesagt wurde, hatte sie ausgerechnet in einem von ihnen den Menschen gefunden, den sie nicht nur am meisten liebte, sondern der auch so sanftmütig, verzeihend und großherzig sein konnte wie kein anderer auf der Welt.

Sie ballte unter der Tischplatte die Hände so fest zu Fäusten, dass sich ihre Fingernägel schmerzhaft in die Handflächen gruben, damit Dariusz ihre wahren Gefühle nicht etwa auf ihrem Gesicht ablesen konnte. Vermutlich tat er es trotzdem. Robin hatte gelernt, ihre wirklichen Empfindungen zu verbergen und stets eine Maske zu tragen, aber in diesem Moment spürte sie, wie diese Maske zu zerbröckeln begann. Sie fühlte sich überfordert, allein gelassen und verzweifelt. Was sollte sie nur tun?

»Ja, es ist sicherlich ein erfreulicher Gedanke, wieder zu unseren Brüdern zurückkehren zu dürfen«, antwortete sie mit wenig Überzeugung in der Stimme. »Dennoch sollte ich vielleicht zuerst mit Sinan reden. Immerhin bin ich ...«

»Das wird nicht nötig sein«, unterbrach sie Dariusz. »Ich werde einen Boten zu seiner Burg schicken, um ihn davon in Kenntnis zu setzen, dass Ihr mit uns geritten seid, und ihm meinen Dank für Eure Errettung überbringen. Macht Euch keine Sorgen. Die Assassinen sind schließlich unsere Verbündeten.«

»Ja«, murmelte Robin einsilbig. »Das ist wohl wahr.«

Dariusz stürzte seinen dritten Becher Wein hinunter und knabberte mit sichtlichem Genuss an einem gebratenen Hühnerschenkel herum. »Nehmt es mir nicht übel, Robin«, sagte er mit vollem Mund, »aber Ihr macht mir keinen sehr ... erfreuten Eindruck.«

»Unsinn«, antwortete Robin hastig und mit einem dünnen, vollkommen verunglückten Lächeln. »Es kam nur so ... überraschend. Nach all der Zeit hatte ich die Hoffnung schon fast aufgegeben, jemals wieder von hier wegzukommen.«

»Die Hoffnung auf ein gütiges Schicksal aufzugeben heißt, den Glauben an Gott aufzugeben«, antwortete Dariusz, entschärfte seine eigenen Worte aber sofort wieder, indem er lächelte und hinzufügte: »Aber ich glaube, das gehört zu den kleinen Schwächen, die unser Herr uns nur zu gerne vergibt.«

Er füllte seinen Becher zum vierten Mal, betrachtete die goldgelb schimmernde Flüssigkeit darin dann einen Moment lang stirnrunzelnd und setzte ihn wieder ab, ohne getrunken zu haben. Fast in der gleichen Bewegung stand er auf. »Aber nun müsst Ihr mich entschuldigen, Bruder. Ich will nach den Männern sehen. Unser Aufbruch muss vorbereitet werden. Und ich nehme an, dass Ihr Euch noch von Eurer Dienerin und deren entzückenden Tochter verabschieden wollt. Ein wirklich hübsches Kind. Ich warte dann unten am Dorfplatz auf Euch. Und sorgt Euch nicht wegen des lahmenden Pferdes. Wir werden sicherlich noch ein Ersatzpferd für Euch auftreiben.«

Robin hätte nicht einmal antworten können, wenn sie es gewollt hätte. Sie saß einfach nur da und starrte Dariusz fassungslos an, und sie hatte mit jedem Moment mehr das Gefühl, den Boden unter den Füßen zu verlieren. Plötzlich war ihr klar, dass nichts von dem, was Dariusz gerade gesagt oder getan hatte, kein Wort, kein Blick, keine noch so winzige und bedeutungslos erscheinende Geste, in irgendeiner Form Zufall gewesen war. Und es war auch kein Zufall, dessen war sie sich jetzt vollkommen und absolut sicher, dass er und seine Begleiter ausgerechnet hierher, in dieses winzige, bedeutungslose Fischerdorf gekommen waren. Ganz plötzlich begriff sie, dass er sie *gesucht* hatte. All seine vermeintliche Freundlichkeit, sein ganz genau dosiertes Misstrauen hatten nur der Vorbereitung auf diese letzte Eröffnung gedient.

Robin starrte die Tür immer noch an, auch als Dariusz schon längst gegangen war. Ihre Hände begannen zu zittern. Ihr Herz klopfte plötzlich so stark, dass es ihr fast den Atem nahm, und der Innenhof drehte sich immer schneller und schneller um sie. Hätte sie nicht ohnehin auf dem Stuhl gesessen, sie hätte vielleicht wirklich den Boden unter den Füßen verloren und wäre gestürzt. Dariusz wollte sie mitnehmen? Nein – sie korrigierte sich in

Gedanken. Er *würde* sie mitnehmen. Er war aus keinem anderen Grund hergekommen.

»Herrin?«

Robin schrak heftig zusammen, als eine Stimme in ihre Gedanken drang. Sie hatte nicht einmal bemerkt, dass ihre Dienerin zu ihr auf den Hof getreten war. Mühsam und erst nach endlosen Sekunden riss sie den Blick von der Tür los, durch die Dariusz verschwunden war, und drehte sich, wie gegen einen unsichtbaren Widerstand ankämpfend, zu ihr um. Saila sah sie aus aufgerissenen Augen an, die dunkel vor Furcht waren. »Ist alles ... in Ordnung?«, erkundigte sie sich.

Die Frage erschien Robin so grotesk, dass sie beinahe laut aufgelacht hätte. »Nein«, antwortete sie mit flacher, tonloser Stimme. »Es ist ... nichts in Ordnung. Dariusz ...«

»Ich habe alles gehört«, unterbrach sie Saila. »Verzeiht, dass ich Euch belauscht habe, aber ...«

»Das macht nichts«, unterbrach sie Robin. Nervös fuhr sie sich mit dem Handrücken über das Kinn. Ihre Gedanken jagten sich noch immer. Sie hatte Mühe, sich darauf zu konzentrieren, Saila zu antworten. »Dariusz war ja auch laut genug.«

»Was werden wir jetzt tun?«, fragte Saila.

»Wir?« Robin schüttelte den Kopf. »Ich fürchte, es gibt nicht viel, was *wir* tun können«, murmelte sie. Ein Teil von ihr weigerte sich immer noch zu glauben, was gerade geschehen war. Es konnte nur ein Albtraum sein. Mühsam stand sie auf.

Ihre Bewegungen mussten unsicherer sein, als ihr selbst klar war, denn Saila steckte plötzlich die Hände aus, wie um sie aufzufangen, sollte sie stürzen, dann fuhr sie fast unmerklich zusammen, wich einen halben Schritt zurück und sah gleichermaßen betroffen wie erschrocken aus. »Ihr müsst fliehen, Herrin. Ich habe Nemeth schon losgeschickt, um Euer Pferd ...«

»Ich fürchte, das geht nicht«, unterbrach sie Robin. Sie

schluckte, um den bitteren Geschmack loszuwerden, der plötzlich in ihrem Mund war. Ein Teil von ihr lauschte mit einer Art hysterischen Entsetzens ihren eigenen Worten, aber da war noch ein anderer Teil, der sich der Ausweglosigkeit ihrer Situation vollkommen klar war und sie fast schon unnatürlich ruhig weitersprechen ließ. »Du hast Dariusz gehört. Er ist auf Befehl des Königs und unseres Großmeisters hier. Er wird nicht ohne mich abziehen.«

»Aber Ihr könnt doch nicht wirklich mit ihm reiten!«, antwortete Saila ungläubig. »Nicht in Eurem ...«

»Ich muss«, unterbrach sie Robin. Sie schüttelte ein paar Mal hintereinander den Kopf und versuchte, Saila beruhigend zuzulächeln, spürte aber selbst, wie kläglich es misslang. »Ich kenne diesen Mann von früher, Saila. Er wartet nur auf einen Vorwand, mich in Ketten von hier wegzubringen.«

»Aber Salim wird bald zurück sein«, sagte Saila. Sie klang plötzlich hilflos. Fast so hilflos und verstört, wie Robin selbst sich fühlte. »Er wird niemals zulassen, dass dieser schreckliche Mann Euch mitnimmt.«

»Und ganz genau darum muss ich mit ihm gehen«, antwortete Robin. »Ich kann nur hoffen, dass Salim und seine Männer nicht zurückkommen, bevor wir aufgebrochen sind. Dariusz würde ihn töten.«

»Ein Grund mehr, zu fliehen«, beharrte Saila. Ihre Stimme klang jetzt fast panisch. »Das Pferd steht hinter dem Haus bereit. Und es ist schnell. Auf der Burg unseres Herrn seid Ihr in Sicherheit.«

Aber nicht einmal dessen war sich Robin wirklich sicher. Sheik Sinan würde niemals zulassen, dass Dariusz sie gegen ihren Willen zwang, ihn und seine Männer zu begleiten, aber sie vermochte einfach nicht zu beurteilen, wie Dariusz' Reaktion darauf ausfallen würde. Sie traute diesem Fanatiker durchaus zu, seinen

Willen mit Gewalt durchzusetzen – oder es wenigstens zu versuchen. Dariusz hatte nie zu denen gehört, die das Bündnis zwischen den Tempelrittern und den Assassinen billigten, und er hatte niemals einen Hehl daraus gemacht.

»Nein«, sagte sie noch einmal, und jetzt mit ruhiger, fester Stimme. »Ich muss sie begleiten.«

»Dann komme ich mit«, sagte Saila bestimmt.

Robin lächelte. »Ich wusste, dass du das sagen würdest. Aber es geht nicht. So gerne ich dich bei mir hätte, eine Frau bei den Tempelrittern ist … undenkbar.«

»So?«, fragte Saila. Ihr Blick blieb ernst, aber der Tonfall, in dem sie dieses eine Wort ausgesprochen hatte, war beredt genug.

»Mach dir keine Sorgen«, sagte Robin. »Ich bin diese Rolle gewohnt. Ich habe sie jahrelang mit Erfolg gespielt, es wird mir auch noch für einige wenige weitere Tage gelingen.« Sie schüttelte rasch den Kopf, als sie sah, dass Saila abermals widersprechen wollte, und machte eine zusätzliche, fast befehlende Geste. »Ich brauche dich hier, Saila.«

»Wozu?«, erkundigte sich Saila verwirrt.

»Du musst auf Salim warten«, antwortete Robin. »Erzähle ihm, was geschehen ist. Und ich flehe dich an, Saila – sorg dafür, dass er keine Dummheiten macht. Du weißt, was ich meine?«

Saila nickte wortlos. Ihr Gesicht war ein einziger Ausdruck der Qual.

»Und danach müsst ihr zurück zur Burg reiten und Salims Vater berichten, was passiert ist. Er darf auf gar keinen Fall etwas Unüberlegtes tun, hast du das verstanden? Macht euch keine Sorgen um mich. Ich finde schon einen Weg, um zurückzukommen. Wahrscheinlich«, fügte sie mit einem diesmal fast überzeugenden Lächeln und in einem Ton der Zuversicht, die sie ganz und gar nicht empfand, hinzu, »werde ich schon in ein paar Tagen zurückkommen. Ich werde bei der ersten sich bietenden Gelegenheit fliehen.«

»Die erste Gelegenheit wäre jetzt«, antwortete Saila.

Robin schüttelte nur erneut den Kopf. »Das ist viel zu gefährlich«, beharrte sie. »Du kennst Dariusz nicht. Ich bin lange genug mit diesen Männern geritten, um zu wissen, wozu sie imstande sind. Er würde das ganze Dorf büßen lassen. Er würde es niederbrennen und jeden Mann und jede Frau und jedes Kind töten, glaub mir. Und selbst wenn ich es bis zur Burg schaffe, würde er sie möglicherweise belagern, nur um meiner wieder habhaft zu werden.«

Saila widersprach zwar nicht, aber sie sah sie so unübersehbar zweifelnd an, das Robin sich fast genötigt fühlte hinzuzufügen: »Dariusz ist ein Fanatiker, Saila. Wenn es etwas gibt, was er noch mehr hasst als Saladin und seine Verbündeten, dann sind es Tempelritter, die gegen ihren Eid verstoßen. Er würde eher einen Krieg vom Zaun brechen, als einen Verräter aus seinen eigenen Reihen davonkommen zu lassen. Und ganz genau dafür würde er mich halten, wenn ich jetzt fliehe.«

»Aber das habt Ihr doch schon längst, Herrin«, sagte Saila leise. Robin sah sie fragend an, und die Dienerin fügte hinzu: »Den Eid gebrochen.«

Nicht wirklich, dachte Robin. Sie hatte ihn nie geleistet. Sie hatte diese lebensgefährliche Scharade niemals spielen wollen, zu der sie jahrelang gezwungen gewesen war, und sie verfluchte sich in Gedanken dafür, nicht nach ihrer Errettung genau das getan zu haben, worum Salim sie so oft gebeten hatte, nämlich das weiße Ordensgewand endgültig abzulegen und zu verbrennen, und auch dem Kettenhemd, dem Schwert und dem Schild abzuschwören und einfach nur Salims *Frau* zu sein, die an seiner Seite lebte und herrschte. Ganz plötzlich begriff sie, auf welch entsetzliche Weise sich Salims Worte zu bewahrheiten begannen.

Was sie so lange Zeit für nichts anderes als ein Spiel gehalten hatte, ein harmloses Kokettieren mit einer Vergangenheit, die sie endgültig hinter sich gelassen zu haben glaubte, das war von einem Herzschlag auf den anderen zu einer Gefahr längst nicht nur für *ihr* Leben geworden. Warum war sie in Rüstung und Waffenrock hergekommen? Sie war sicher, dass Dariusz sie nicht einmal *erkannt* hätte, hätte sie die seidenen Gewänder und kostbaren Tücher getragen, in denen Salim sie so gerne sah, und einen Strauß Blumen oder einen Korb mit Früchten in der Hand gehalten statt eines Schwertes.

Aber es war noch niemals Robins Art gewesen, mit dem Schicksal zu hadern. Sie musste einfach akzeptieren, was geschehen war, und versuchen, das Beste daraus zu machen – auch wenn sie sich sehr wohl bewusst war, dass sie die Situation in Wahrheit noch nicht einmal ansatzweise begriffen hatte.

Leichte Schritte näherten sich, dann trat Nemeth zu ihnen heraus. Auch das Mädchen war schreckensbleich. Es zitterte am ganzen Leib, und Robin musste nicht fragen, um zu wissen, dass auch Nemeth ihr Gespräch mit Dariusz belauscht hatte; vermutlich auch das mit ihrer Mutter. Bevor Nemeth jedoch auch nur ein Wort sagen konnte, machte Robin eine Kopfbewegung zum Ausgang hin. »Geh zur Tür«, sagte sie, »und pass auf, dass uns niemand stört.«

»Aber ...«, begann Nemeth.

Robin unterbrach sie sofort. »Schnell. Es ist wichtig, Nemeth. Wir verlassen uns auf dich.«

Das Mädchen sah sie noch einen Moment lang aus großen, furchterfüllten Augen an, aber dann wandte es sich um und verschwand mit schnellen Schritten im Haus, und Robin drehte sich wieder zu Saila um und streifte gleichzeitig mit einer entschlossenen Bewegung den Turban ab. »Eines musst du noch für mich tun, Saila«, sagte sie.

»Herrin?« Saila wirkte unsicher, fast erschrocken.

»Hol das schärfste Messer, das du in der Küche findest«, sagte Robin schweren Herzens. »Und dann schneide mir das Haar.«

4. Kapitel

»Bruder Robin?« Jemand schüttelte sie sanft an der Schulter. Robin schob die Hand weg, nuschelte verschlafen irgendetwas in sich hinein und drehte sich auf die Seite, wobei sie mit der Hand nach einer Decke tastete, die es gar nicht gab. Die Stimme, die ihren Namen genannt hatte, wiederholte sich nicht, aber die Hand war wieder da und rüttelte noch einmal und diesmal deutlich kräftiger an ihr. Widerwillig öffnete Robin die Augen, blinzelte verständnislos in ein schmutziges, von einem unordentlich gestutzten Bart eingerahmtes Gesicht und versuchte vergeblich, sich zu erinnern, wo sie war.

»Es ist Zeit, Bruder«, sagte der Bärtige. Er flüsterte fast; dennoch entging Robin der missbilligende Unterton in seinen Worten nicht. Sie hatte auch das Gefühl, den Grund für seinen leisen Ärger kennen zu müssen, aber sie war einfach noch nicht richtig wach. Dennoch deutete sie eine Bewegung an, die der Bärtige zumindest als zustimmendes Nicken auslegen konnte, wenn er es denn wollte, presste für einen Moment die Lider so fest aufeinander, dass bunte Lichtblitze vor ihren Augen flimmerten, und stemmte sich zugleich auf beide Ellbogen hoch. Dem Bärtigen schien das als Antwort zu genügen, denn er warf ihr zwar noch einen halb strafenden, halb aber auch verzeihenden Blick zu, sagte aber nichts mehr, sondern drehte sich wortlos um und ging.

Robin stemmte sich ein kleines Stückchen weiter in die Höhe und unterdrückte nur noch mit Mühe ein Gähnen. Im allerersten Moment hatte sie immer noch Mühe, sich zu erinnern, wo sie war. Ihr Körper begann vielleicht allmählich zu erwachen, aber ihre Gedanken und erst recht ihre Erinnerungen schienen größere Schwierigkeiten damit zu haben. Ihre Umgebung hatte jedenfalls alle Voraussetzungen, geradewegs aus einem Albtraum stammen zu können, dessen Nachhall sie noch spürte, ohne sich wirklich daran zu erinnern. Es war ein einfacher, niedriger Raum in einem engen Turm, dessen Wände aus unverputzten Ziegeln bestanden und der von einer einzelnen, schon fast heruntergebrannten Kerze nur unzureichend erhellt wurde, sodass sie kaum mehr als die dunklen Schatten einiger Männer wahrnahm, die sich rings um sie herum allmählich zu rühren begannen. Es war stickig, und es stank. Der zerschlissene Strohsack, auf dem sie sich zum Schlafen ausgestreckt hatte, musste unter ihrem Gewicht aufgeplatzt sein, denn sie spürte mindestens ein Dutzend trockener Halme, die in ihrem Nacken kitzelten und stachen, und der Geruch des schon halb in Fäulnis übergegangenen Strohs war noch beinahe der angenehmste hier drinnen.

Das war etwas, was sie in der Zeit mit Salim schlichtweg vergessen hatte. Die Tempelritter mochten gefürchtete Krieger sein, tapfere und – zumindest zum größten Teil – aufrechte Männer, die tatsächlich an das glaubten, wofür sie standen, aber eines waren sie gewiss nicht: reinlich. Robin musste sich keine Sorgen darum machen, dass ihr Geheimnis spätestens beim ersten gemeinsamen Bad entdeckt würde. Die Tempelritter badeten nie. Einige wenige, allen voran zweifellos Dariusz, bildeten da vielleicht eine Ausnahme, doch Robin hatte weder damals in ihrer Zeit in der Komturei noch auf dem Schiff während der Überfahrt oder jetzt eine Ausrede benötigt, um sich in ihrem langen Unterkleid oder auch gleich komplett angezogen zum Schlafen auszustrecken. Sie war sicher, dass etliche der Männer, die rings um sie herum allmählich erwachten oder auch noch lautstark vor sich hin schnarchten, ihre Kleidung seit Jahren nicht mehr abgelegt hatten.

Dennoch waren die letzten Nächte, die sie gemeinsam mit den Rittern verbracht hatte, Nächte voller Angst gewesen, in denen sie kaum zum Schlafen gekommen war; und wenn, dann war es ein unruhiger, von Albträumen und Furcht heimgesuchter Schlaf gewesen, aus dem sie nicht wirklich ausgeruht wieder erwacht war. Sie war es gewohnt, in einem eigenen Zimmer zu schlafen und in einem Bett, das annähernd so groß war wie dieser ganze Raum, in dem sich ein gutes Dutzend Männer drängte, und sie hatte allein zwei Nächte gebraucht, um eine Stellung zu finden, in der sie auch nur einzuschlafen gewagt hatte. Eine flüchtige Berührung, und ihr Geheimnis wäre keines mehr. Es kam Robin schon jetzt fast wie ein kleines Wunder vor, dass bisher noch keiner dieser Männer misstrauisch geworden war.

Vielleicht lag es einzig daran, dass jeder einzelne von ihnen mindestens genauso erschöpft und müde war wie sie selbst. Nicht wenige von ihnen schafften es abends gerade noch mit letzter Kraft, sich zu ihrem Schlafplatz zu schleppen, und schliefen ein, noch bevor ihre Köpfe die zerschlissenen Strohsäcke oder auch den nackten Boden berührt hatten, und Robin war auch nicht die Einzige, die Mühe hatte, sich nach den immer kürzer werdenden Pausen wieder zu erheben. Nach dem fünf lange Tage währenden erbarmungslosen Ritt entlang der Mittelmeerküste, vorbei an den blühenden Gärten von Tripolis, deren Farbenpracht und Schatten ihnen unter ihren schweren Rüstungen wie der blanke Hohn vorgekommen waren, vorbei an schattigen Hainen und endlosen Feldern mit goldenem Korn und Anpflanzungen mit Hunderten von Obstbäumen und Sträuchern, immer in Sichtweite des Paradieses und doch geradewegs durch die Hölle, hatten sie gestern Abend erst nach Sonnenuntergang die Tore von Tyros erreicht.

Die Plünderer hatten sie dem großen Gefolge weltlicher Ritter überlassen, dem sie vor zwei Tagen begegnet waren. Das kleine Heer, das von einer gewaltigen Anzahl nicht berittener Waffenknechte begleitet wurde, kam nur langsam voran, war aber auf dem gleichen Weg, den auch Dariusz und seine Begleiter eingeschlagen hatten: dem Weg zur Templerfestung Safet, in deren Nähe sich das Heerlager des Königs befand. Obwohl Robin gespürt hatte, dass sie in Tyrus nicht unbedingt willkommen waren und die Angst der Einwohner vor den Tempelrittern ihre Ehrerbietung und Gastfreundschaft eindeutig überwog, hatte man Dariusz und seinen Begleitern ein Lager in einem der Festungstürme überlassen – auch wenn sich diese scheinbare Großzügigkeit spätestens auf den zweiten Blick ins Gegenteil verkehrt hatte. Robin hatte Verließe gesehen, die bequemer und wohnlicher waren als diese stickigen, engen Kammern.

Ihre Hände zitterten nicht nur vor Benommenheit, als sie sich endgültig aufsetzte und den gefütterten Gambeson überstreifte. Das Kleidungsstück stank nach Schweiß und anderen, noch unangenehmeren Dingen, nach den Ausdünstungen ihres Pferdes und heißem Sand, und Robin hätte ihren rechten Arm für ein Stück wohlriechender Seife oder einen einzigen Spritzer des Parfüms gegeben, das sie bisher so selbstverständlich benutzt hatte.

Nachdem sie das Kleidungsstück übergestreift hatte, wurde die Hitze schier unerträglich. Es war schon warm hier drinnen gewesen, als sie die Augen aufgeschlagen hatte. Sie war schweißgebadet erwacht, und allein die Vorstellung, das schwere Kettenhemd überzustreifen, nahm ihr schier den Atem.

Dennoch zögerte Robin nur einige Augenblicke, sich zu Ende anzuziehen. Rings um sie herum taten ihre neuen Weggefährten dasselbe, und abgesehen von einem gelegentlichen Klirren, dem Knarren von Leder, manchmal einem scharfen Atmen oder einem Husten oder Räuspern geschah alles in fast unheimlicher Stille.

Niemand rings um sie herum sprach. Die Ritter hielten sich eisern an das Schweigegelübde, das den Templern verbot, auf Reisen miteinander zu reden, wenn sie nicht etwas wirklich Wichtiges auszutauschen hatten, oder um Gott zu preisen. Auch das war etwas, was sie schlichtweg vergessen hatte wie so vieles. Abbé war mit dieser Ordensregel immer recht locker umgegangen, Dariusz hingegen achtete streng auf die Einhaltung dieser wie auch sämtlicher anderen Vorschriften.

Mit einem (lautlosen) Seufzen streifte sie das schwere, knielange Kettenhemd über und musste tatsächlich die Zähne zusammenbeißen, um unter seinem Gewicht nicht aufzustöhnen. Es war nicht ganz klar, ob Schmerzenslaute oder ein Seufzen und Stöhnen schon gegen das Schweigegelübde verstoßen würden, aber sie wollte sich vor den anderen auf keinen Fall eine Blöße geben. Auch wenn es bisher niemand laut gesagt hatte, so waren ihr die verwirrten und überraschten Blicke, mit denen sie die Männer selbst jetzt, nach einer fünftägigen Reise, noch immer dann und wann maßen, doch nicht entgangen. Niemand hier argwöhnte, dass sie eine Frau war – schon weil dieser Gedanke so absurd war, dass ein Tempelritter ihn gar nicht denken *konnte* –, aber sie sah auch ganz und gar nicht aus wie die zumeist hoch gewachsenen, breitschultrigen und kräftigen Männer in ihrer Begleitung, sondern allenfalls wie ein etwas zart geratener, noch immer bartloser Jüngling, und vermutlich lag es einzig an dem Schweigegelübde, dass die Männer nicht bereits offen über sie zu tuscheln begonnen hatten.

Was nichts daran änderte, dass sich sicherlich der eine oder andere seinen Teil dachte. Sie musste vorsichtig sein. Schwäche war gleich nach Gottlosigkeit und Ketzerei diejenige Eigenschaft, die Tempelritter am meisten verachteten.

Sie war dennoch die Letzte, die den weißen Waffenrock mit dem roten Kreuz überstreifte und das Schwert umgürtete. Die anderen Ritter waren bereits fertig gerüstet, manche starrten sie schweigend an, und auf dem einen oder anderen Gesicht glaubte sie deutliche Spuren von Missbilligung zu erkennen. Robin bückte sich nach dem weißen Mantel, der allein den Rittern im Orden vorbehalten war, und befestigte ihn mit einer schweren, silbernen Fibel an der Schulter. Fast hastig griff sie als Letztes nach dem Schild und klemmte sich den schweren Topfhelm unter den anderen Arm.

Schweigend verließen die Ritter den Turm. Draußen war es noch dunkel, und trotzdem glaubte sie die Hitze des bevorstehenden Tages schon zu spüren. Hintereinander und schnell, dennoch aber mit den leicht schleppenden Bewegungen von Männern, die am Ende ihrer Kräfte angelangt waren, bewegte sich die schweigende Prozession eine schmale Stiege an der Stadtmauer hinab. Nur hier und da brannte bereits ein Licht hinter den schmalen Fenstern der Stadt, aber es war dennoch fast unheimlich still. Tyros lag noch in tiefem Schlaf. Nur einsam und blechern ertönte irgendwo in der Nähe der Klang einer kleinen Glocke.

Vom Meer her wehte ein kühler Wind über die Stadt. Robin drehte fast ohne ihr Zutun das Gesicht in die entsprechende Richtung, um den milden Hauch zu genießen; vielleicht das letzte Mal an diesem Tag, dass sie etwas wie Kühle spüren würde. Sie stöhnte innerlich schon jetzt unter dem Gewicht der Rüstung und dachte voller Schrecken an den Tag, der ihnen bevorstand. Ein weiterer, endloser Tag in voller Rüstung durch die Gluthitze des Orients, ein weiterer Tag, der jedem von ihnen wieder etwas von ihrer Kraft und Ausdauer nehmen würde, ein weiterer Tag, dessen Hitze, Durst und Anstrengungen die kleine Armee, die auf ihrem Weg nach Osten beständig anwuchs, weiter zermürbte. Robin fragte sich, in welchem Zustand diese Männer sein mochten, wenn sie sich Safet und damit König Balduins Heerlager näherten. Gewiss nicht in einem Zustand, in dem sie eine Schlacht schlagen konnten, und *ganz gewiss nicht* in dem Zustand, sie zu *gewinnen*.

Irgendwo in dem Durcheinander aus Dunkelheit und allmählich heller werdenden Schatten vor ihnen bewegte sich eine Gestalt. Irgendein Einwohner der Stadt, den es früh aus dem Haus getrieben hatte, vielleicht ein Bediensteter, ein Handwerker oder einer der zahllosen Händler, die immer wieder versuchten, ihnen ihre Ware anzupreisen, obgleich sie im Grunde genau wussten, wie fruchtlos diese Versuche bleiben mussten. Aber müde, wie sie immer noch war, erlag sie für einen winzigen Moment einer Vision. Einen einzelnen, schweren Herzschlag lang war sie sicher, die Gestalt zu erkennen, sah sie das schmale und doch kraftvolle Gesicht unter dem schwarzbraunen Tuch und begegnete dem Blick von Salims Augen.

Das Trugbild erlosch, aber was zurückblieb, war ein bitterer Geschmack auf ihrer Zunge. Sie fühlte sich schuldig. Sie wusste nicht, wann sie aufgehört hatte, an Salim zu denken – am zweiten Tag ihres Rittes, vielleicht auch erst am dritten –, aber irgendwann hatte sie ihn einfach *vergessen*.

So wie alles andere. Sheik Sinans Burg, Saila, all die Wochen und Monate, die sie auf der Festung der Assassinen verbracht hatte; selbst Salims Küsse und Liebkosungen begannen allmählich zu verblassen, kamen ihr schon jetzt beinahe wie die Erinnerungen einer Fremden vor, die sich nur durch einen Zufall in ihren Kopf verirrt hatten. Der unbarmherzige Gewaltmarsch, zu dem Dariusz die Männer zwang, forderte nicht nur körperlich seinen Preis. Abgesehen von den wenigen kostbaren Augenblicken gleich nach dem Erwachen und den vielleicht noch kürzeren Momenten vor dem Einschlafen hatte sie irgendwie aufgehört zu denken. Die Vergangenheit spielte ebenso wenig eine Rolle wie die Zukunft.

Alles, was zählte, alles, worauf sie sich noch konzentrieren konnte, war die Gegenwart, der nächste Augenblick, der nächste Schritt, zu dem sie ihr Pferd zwang, das ebenso sehr unter der Hitze und dem Gewicht seiner Schabracke und des gepanzerten Reiters litt wie sie, der nächste Atemzug, mit dem sie die glutheiße Luft in die Lungen sog. Hätte sie noch die Kraft dafür gehabt, sie hätte das Schicksal und vielleicht sogar Gott verflucht für das, was ihr angetan worden war. Als Dariusz so urplötzlich vor ihr aufgetaucht war, da hatte sie nicht nur jemanden wieder getroffen, den sie nie mehr im Leben zu sehen wünschte. Ihre Vergangenheit hatte sie eingeholt, und sie war mit der Wucht einer Naturkatastrophe über sie gekommen und hatte ihr Leben nicht bloß verändert, sondern zerschmettert. Robin war in der Hölle. Ganz gleich, was die Zukunft noch bringen mochte, es konnte nicht mehr schlimmer werden.

Und dennoch geschah etwas Sonderbares mit ihr, während sie im Gleichtakt der gepanzerten Schritte ihrer Ordensbrüder einherschritt. Es war nicht das erste Mal, dass es geschah, aber vielleicht das erste Mal, dass es ihr auffiel. Die weißen Mäntel der Ritter wippten im Rhythmus ihrer Schritte. Sie sahen ... *erhaben* aus, die Verteidiger der Christenheit, edel und gut, so wie sie selbst sich als kleines Mädchen immer einen Ritter vorgestellt hatte. Auch dieser Teil ihrer Vergangenheit war plötzlich so deutlich und mit solcher Intensität wieder da, dass sie plötzlich erschauderte. So absurd es ihr auch selbst vorkommen mochte – ein Teil von ihr war trotz allem von einem unbändigen Stolz erfüllt, ein Tempelritter zu sein.

Aber vielleicht war sie auch einfach nur müde.

Die Ritter bogen um die Ecke und in eine schmale Gasse. Vor ihnen lag eine winzige Kirche, aus deren offen stehender Tür ein dreieckiger Keil aus gelbem Kerzenlicht fiel, der verblasste, je weiter er sich von der Tür entfernte; wie um die Vergeblichkeit des Menschen zu symbolisieren, die Dunkelheit endgültig zu besiegen. Der blecherne Klang der Glocke, die sie gerade schon einmal gehört hatte, hob unter dem Dach der Kirche erneut an und rief nach ihnen. Als sie das enge Kreuzschiff betraten, hörte der Glockenhall auf, und die nachfolgende Stille erschien doppelt tief und auf eine sonderbare Weise beinahe bedrohlich.

Der Vormarsch der Ritter kam ins Stocken. Die Männer bewegten sich immer nur einen Schritt vor, blieben einen Moment stehen und gingen dann weiter, und schließlich war auch Robin an dem kleinen Marmorbecken nur ein Stück hinter der Eingangstür angelangt, das mit dem gesegneten Wasser des Jordans gefüllt war. Mit einem sonderbar frommen Schaudern, das sie selbst verwirrte, gegen das sie aber auch hilflos war, dachte sie daran, dass dieser heilige Fluss keine zwei Tagesritte entfernt lag. Noch zwei Tage, zweimal endlose Stunden voller unerträglicher Hitze, glühend heißem Sand, der in Augen, Nase und Mund drang und ihre Haut wund scheuerte, dann würde auch sie an den Ufern dieses heiligen Flusses stehen, und aus einem Grund, den sie sich selbst nicht erklären konnte, erfüllte sie dieser Gedanke mit einem Stolz und einer Zuversicht, die sie beinahe erschreckte. Sie hatte so oft an ihrem Glauben gezweifelt, dass sie fast erstaunt war, noch einen – überraschend großen – Rest davon in sich zu finden. Gerade nach dem, was hinter ihr lag, sollte sie jeden Grund haben, Gott zu hassen oder zumindest an seiner angeblichen Liebe zu allen Menschen zu zweifeln, denn es waren Männer gewesen, die in seinem Auftrag handelten, die ihr alles genommen hatten.

Und dennoch war es möglicherweise gerade dieser Glaube gewesen, der ihr überhaupt die Kraft gegeben hatte, die letzten Tage durchzustehen. Vielleicht, überlegte sie, war sie auf das Geheimnis jeglichen Glaubens gestoßen. Vielleicht spielte es gar keine Rolle, an welchen Gott oder welche übergeordnete

Macht man glaubte, vielleicht war es einfach wichtig, *dass* man glaubte.

Fast erschrocken verscheuchte sie den Gedanken. Laut ausgesprochen hätte er gereicht, sie auf dem nächsten Scheiterhaufen enden zu lassen. Es war Ketzerei. Nicht mehr und nicht weniger. Auch wenn es vielleicht die Wahrheit war.

Die Reihe der schweigenden Gestalten rückte langsam weiter. Die Kirche war sehr schmal. Abgesehen von dem einfachen Jesusbildnis über dem Altar, mit Dämonenfratzen geschmückten Säulenkapitellen und dem silbernen Pokal, der auf dem Altar stand, gab es keinerlei Schmuck, und es brannten auch nur zwei einzelne Kerzen, deren Licht ihr nur so hell erschienen war, weil draußen nahezu vollkommene Dunkelheit herrschte.

Bruder Dariusz stand hoch aufgerichtet vor dem Altar. Der breitschultrige, hoch gewachsene und in jeder Beziehung imposant wirkende Ritter hatte den Waffengurt abgeschnallt und das Schwert schräg gegen den gelblich-weißen Altarstein gelehnt. Sein Helm lag nur eine Handbreit neben dem Pokal, und er hatte ihn so umgedreht, dass die schmalen Sehschlitze die versammelten Ritter argwöhnisch anzublicken schienen. Robin verspürte bei diesem Anblick ein eisiges Frösteln. Die Tempelritter nannten sich nicht umsonst *Soldaten Christi*. Sie waren Krieger, Männer der Waffen und der Gewalt. Und dennoch erschien ihr die brachiale Symbolik des Anblickes in diesem Moment fast gotteslästerlich.

»Lasset uns die *Prima*, die erste Stunde des neuen Tages, die Stunde des Sonnenaufganges, in feierlichem Gebet begrüßen«, unterbrach Dariusz die fast feierliche Stille, die in der kleinen Kirche herrschte.

Robin, aber Dariusz nicht mitgezählt, waren sie zu zwölft; alle anderen Mitglieder der kleinen Armee, die in Tyros angekommen war, waren nur Waffenknechte oder weltliche Ritter. Zwölf Männer, dachte Robin, so wie einst Jesus von zwölf Jüngern begleitet worden war, und ebenso wie er befanden sie sich auf dem Weg nach Galiläa, wo auch der Heiland einst seine Jünger um sich selbst versammelt hatte. Seltsam, dachte sie, welche fast fremdartigen Gedanken ihr plötzlich durch den Kopf schossen. Noch vor einer Woche hätte sie die bloße Vorstellung, so etwas zu denken, in schallendes Gelächter ausbrechen lassen. Aber diese Woche lag nicht nur geraume Zeit, sondern ein ganzes Leben zurück.

»*Pater noster ...*« Robin betete leise das Vaterunser nach, das Dariusz vorgab, und das Echo der anderen Stimmen klang zwölffach in ihren Ohren nach. Die Tempelritter knieten in einem Halbrund um den Altar, ihre Helme neben sich auf dem Boden, die Köpfe in tiefer Ergebenheit geneigt, und vielleicht war es einfach die Monotonie der Worte, vermengt mit ihrer noch immer nicht ganz überwundenen Müdigkeit und der Schwere ihrer Glieder, die sie die fast magische Kraft dieses Gebetes spüren ließ. Dreizehnmal wiederholten die Ritter das Vaterunser, um ihre Schuld zu begleichen. Dariusz hatte auf die Gebete zur Mitternacht verzichtet, damit sie zumindest ein Minimum an Schlaf bekamen, um Kräfte für den nächsten Tag zu sammeln. In Kriegszeiten war es den Rittern des Ordens gestattet, das nächtliche Gebet ausfallen zu lassen.

Nachdem Robin das dreizehnte Vaterunser gesprochen hatte, verharrten sie alle noch einen Moment still und mit gesenkten Köpfen, und Dariusz gab ihnen Zeit für ein persönliches, stummes Gebet. Robin betete nicht. Sie dachte an Salim, aber die Kraft und Zuversicht, die ihr diese Gedanken spenden sollten, kehrten nicht ein. Vorhin hatte sie geglaubt, in dem Schatten draußen Salim zu erkennen, nun musste sie sich voller Schrecken eingestehen, dass es einer bewussten Anstrengung bedurfte, sich überhaupt an sein Gesicht zu erinnern. Sie war fast dankbar, als Dariusz sich als Erster erhob und damit das Zeichen für die anderen gab, es ihm gleichzutun.

Über den Gipfeln des Libanongebirges erschien ein erster, grauer Schimmer, als sie die Kirche verließen. Der erste Gruß des neuen Tages, noch vor dem Morgenrot. Schweigend begaben sie sich zurück zu dem Turm, in dem sie übernachtet hatten.

5. Kapitel

Robins Magen knurrte vernehmlich, und der Mann, der neben ihr ging, warf ihr einen raschen, spöttischen Blick zu, in dem sie aber auch eine schwache Spur von Mitgefühl zu erkennen glaubte, das er für den jungen Ritter zu empfinden schien. Sie war ihm sehr dankbar dafür, auch wenn sie so tat, als hätte sie seinen Blick nicht einmal bemerkt. Nach allem, was sie verloren hatte, erschienen ihr solche kleinen Gesten, denen sie zuvor vermutlich nicht einmal Beachtung geschenkt hätte, mit einem Male ungeheuer kostbar. Zugleich war sie zornig auf ihren eigenen Körper, der ihre Schwäche so überdeutlich verriet. Sie war es gewohnt, bis nach Sonnenaufgang zu schlafen, in einem weichen, nach Rosenwasser und anderen kostbaren Essenzen duftenden Bett zu erwachen und eine gedeckte Frühstückstafel vorzufinden, die in ihrer Heimat eines Königs würdig gewesen wäre. Die erste Mahlzeit, die sie an diesem Tag bekommen würde, lag noch Stunden entfernt, und sie würde aus nichts anderem als dem warmen Wasser aus ihren Schläuchen und vielleicht einem Stück Brot und, mit viel Glück, einem schmalen Streifen gesalzenen Fleisches bestehen; gerade genug, um ihren Hunger richtig anzufachen, aber keinesfalls, um ihn zu stillen. Aber das war keineswegs ihre größte Qual. Obwohl der Tag noch nicht einmal begonnen hatte, war sie schon jetzt durstig. Ihre Lippen waren längst spröde geworden und aufgeplatzt, und ihre Kehle fühlte sich so rau und ausgedörrt an wie der Boden, über den sie seit fünf Tagen ritten.

Zumindest die Mühe, die Pferde zu satteln, wurde ihnen abgenommen. Ihre Waffenknechte hatten die Tiere bereits fertig aufgezäumt und standen bereit, ihnen in die Sättel zu helfen, und nur wenige Augenblicke später übernahm Bruder Dariusz auf seinem prachtvollen, strahlend weißen Hengst die Führung des Dutzend weiß gekleideter Reiter, das sich wie eine Abteilung zorniger Engel in Richtung des Stadttores in Bewegung setzte, um sich mit dem draußen lagernden Heer zu vereinen.

Selbst der kühle Hauch, der sie beim Verlassen des Turms begrüßt hatte, kam ihr mittlerweile stickig und schwül vor; er brachte keine Linderung mehr, sondern erschien ihr jetzt mehr wie eine Drohung, die ihr klarzumachen versuchte, dass der bevorstehende Tag noch heißer werden würde als die zurückliegenden. Zu allem Überfluss wurde ihr wieder übel; wobei es vor allem das *wieder* war, das ihr zu schaffen machte. In den letzten Tagen hatte sie sich an die Hoffnung geklammert, sich binnen kurzer Zeit an das entbehrungsreiche Leben unter ihren ehemaligen Ordensbrüdern zu gewöhnen, aber ihr Körper hatte sie rasch eines Besseren belehrt.

Statt sich an die Strapazen zu gewöhnen, reagierte er immer heftiger darauf. Der Moment, in dem sie es gar nicht mehr in den Sattel schaffen würde, war abzusehen. Vor allem die ersten ein oder zwei Stunden am Morgen waren schlimm. Manchmal schlug die Schwäche mit solcher Gewalt über ihr zusammen, dass sie sich nur noch mit letzter Kraft auf dem Rücken ihres Pferdes halten konnte, und gestern war ihr vor Erschöpfung so übel geworden, dass sie sich um ein Haar übergeben hätte und den bitteren Geschmack der Galle, die sie heruntergeschluckt hatte, den ganzen Tag über nicht mehr losgeworden war. Wenn sie Safet irgendwann erreichten und es tatsächlich zu der großen Schlacht gegen Saladins Truppen kam, auf die Dariusz so zu brennen schien, dachte sie spöttisch, würde es keiner feindlichen Krieger mehr bedürfen, um sie aus dem Sattel zu werfen.

Sie mussten sich noch eine kleine Weile gedulden, bis auch die letzten Nachzügler eingetroffen waren, aber schließlich brach das kleine Heer auf, um in einen neuen Tag voller Gluthitze und Entbehrungen hineinzureiten. Das Dutzend Templer unter seiner wehenden weiß-roten Fahne bildete wie immer die Spitze des Heereszuges; die Spitze des eigenen Speeres, der auf das Herz von Saladins Heer zielte, wie Bruder Dariusz es ausgedrückt hatte. Robins Meinung nach war es allerdings ein Speer, der mit jedem Tag ein wenig mehr an Durchschlagkraft verlor. Der Sand der Wüste, durch die sie zogen, schmirgelte seine Klinge stumpf, und die endlosen Meilen, die sie Tag für Tag zurücklegten, ließen ihn immer mehr an Schwung verlieren.

Hinter Tyros schwenkten die Reiter nach Osten ab und bewegten sich in Richtung der letzten Ausläufer des Libanongebirges. Es war immer noch dunkel; der silbergraue Streifen, mit dem der neue Tag sein Nahen ankündigte, ließ die schroffen Gipfel und Grate der Berge wie präzise Scherenschnitte erscheinen, spendete darüber hinaus aber kein Licht, sodass alles, was davor lag, nur noch dunkler erschien; ein Meer aus Schwärze, das bereitlag, das kleine Häuflein ebenso unerschrockener wie närrischer Krieger zu verschlingen, das sich anmaßte, es durchqueren zu wollen.

Ohne Vorwarnung und mit solcher Wucht, dass sie sich wie unter einem Hieb krümmte, wurde ihr übel. Robin biss die Zähne zusammen, um ein Stöhnen zu unterdrücken, aber sie sank nach vorn und brach beinahe über dem Hals des Pferdes zusammen, ehe sie sich wieder weit genug in der Gewalt hatte, sich hochzustemmen und – wenn auch deutlich sichtbar hin und her schwankend – gerade im Sattel zu sitzen. Alles drehte sich um sie.

»Ist alles in Ordnung mit Euch, Bruder?«

Es dauerte ein paar Sekunden, bis Robin überhaupt begriff, dass die Worte ihr galten, und mindestens noch einmal so lange, bis ihr Sinn durch den Nebel aus Schwäche und Übelkeit drang, der sich um ihre Gedanken gelegt hatte. Mühsam drehte sie den Kopf und fuhr leicht erschrocken zusammen, als sie in dem Mann, der sie angesprochen hatte, nicht mehr denjenigen ihrer Ordensbrüder erkannte, neben dem sie losgeritten war. Vielmehr hatte Dariusz seinen Platz mit ihm getauscht, ohne dass sie es auch nur gemerkt hatte.

»Sicher«, antwortete sie ganz instinktiv. Mit ihr war alles in Ordnung. Hitze und Kälte jagten abwechselnd und in immer rascherer Folge über ihren Rücken, jeder einzelne Knochen im Leib tat ihr weh, und ihr war noch immer so übel, dass sie Mühe hatte, überhaupt zu antworten, aber sonst war alles in Ordnung mit ihr. Trotzdem fügte sie hinzu: »Warum fragt Ihr?« *Und was ist an meiner Befindlichkeit so enorm wichtig, dass Ihr deswegen Euer Schweigegelübde brecht?*

»Weil Ihr nicht so ausseht, als wäre alles in Ordnung«, antwortete Dariusz im scharfen Tonfall eines Verweises. »Ihr seht im Gegenteil so aus, als hättet Ihr alle Mühe, Euch im Sattel zu halten, *Bruder* Robin.«

Es war keine Einbildung, dass er das Wort *Bruder* auf so sonderbare Weise betonte, dachte Robin schaudernd. Und wenn sie es recht bedachte, war es auch nicht das erste Mal.

Sie sah ihn einen Moment lang prüfend an und hob dann in einer gespielt verständnislosen Bewegung die Schultern. Wenn es etwas gab, was Bruder Abbé in den Jahren ihrer Ausbildung nicht müde geworden war, ihr immer und immer wieder einzuhämmern, dann, dass Angriff die beste Verteidigung war. »Die letzten Tage waren nicht leicht«, sagte sie kühl, »für uns alle. Warum betont Ihr das *Bruder* so seltsam, *Bruder* Dariusz?«

Einen Moment lang war sie sicher, den Bogen überspannt zu haben. In Dariusz' Augen loderte die blanke Wut. Aber er beherrschte sich. Für drei, vier in der Dunkelheit sonderbar lang widerhallende Hufschläge der gemächlich dahintrabenden Pferde sagte er gar nichts, sondern starrte sie nur aus brennenden Augen an, dann drehte er den Kopf und sah für einen Atemzug in die Richtung zurück, aus der sie gekommen waren.

»Weil ich mich zu fragen beginne, ob Ihr es noch seid, Robin«, sagte er leise.

Plötzlich war sie sehr froh, dass es noch zu dunkel war, um Dariusz erkennen zu lassen, wie bleich sie wurde. »Wie ... meint Ihr das?«, fragte sie mühsam.

»Ihr wart lange Zeit auf der Burg der Assassinen, Bruder Robin«, antwortete er. »Ich beginne mich zu fragen, ob es nicht *zu* lange war.«

»Was soll das heißen?«, fragte Robin scharf. »Ich habe weder meine Gebete noch meine Exerzitien vernachlässigt, wenn Ihr das meint! Ganz im Gegenteil: Es war nur mein fester Glaube an Gott, der mir die Kraft gegeben hat, diese Zeit überhaupt zu überstehen.«

»Das glaube ich Euch gern, Bruder«, antwortete Dariusz unerwartet sanft. Im nächsten Augenblick wurde seine Stimme dafür umso härter. »Ihr seid verweichlicht, Bruder. Als ich Euch im Kampf mit den Plünderern am Strand sah, da war ich beeindruckt von Eurer Fertigkeit mit dem Schwert. Aber ein Schwert zu führen ist nicht alles! Manchmal ist es das Wenigste.« Er schüttelte zornig den Kopf, als Robin etwas sagen wollte. »Nein, unterbrecht mich nicht! Ich beobachte Euch jetzt seit fünf Tagen, und ich fürchte, ich bin nicht der Einzige, dem es auffällt: Seht Euch doch nur selbst an! Ihr sitzt nicht im Sattel wie ein Soldat Gottes, sondern wie ein Mädchen, das zum ersten Mal auf einem Pferd hockt! Die Brüder, die neben Euch schlafen, berichten mir, dass Ihr im Schlaf wimmert und stöhnt! Würden wir jetzt angegriffen, Ihr hättet nicht einmal die Kraft, Euer Schwert zu ziehen, geschweige denn, zu kämpfen!« Er ballte die rechte Hand zur Faust. »Wir sind nicht nur hier, um zu beten und den Heiden den wahren Glauben zu bringen, Bruder Robin! Die *Fratres Militiae Templi* sind die Faust Gottes! Ich kann und werde nicht zulassen, dass auch nur ein Glied dieser Faust schwach wird!«

Das Schlimme war, dachte Robin, dass er Recht hatte. Sie *war* schwach. Es hatte eine Zeit gegeben – und sie lag noch gar nicht *so* lange zurück –, da hätte sie trotz ihrer Jugend und der unwesentlichen Kleinigkeit, dass sie eine Frau war, spielend mit den meisten dieser Männer mitgehalten, aber die letzten Tage hatten ihr klargemacht, was Salim ihr damals am Strand wirklich zu sagen versucht hatte. Sie befand sich in einem erbärmlichen Zustand.

Trotzdem straffte sie demonstrativ die Schultern und funkelte Dariusz herausfordernd an. »Das weiß ich, Bruder«, sagte sie kühl. »Und Ihr habt Recht: Ich bin in keinem guten Zustand. Der Weg macht mir zu schaffen, und es vergeht keine Stunde, in der ich Gott nicht anflehe, ihn endlich enden zu lassen. Aber so wie mir«, fuhr sie mit leicht erhobener Stimme und rascher fort, als Dariusz antworten wollte, »ergeht es mindestens der Hälfte unserer Brüder, und fast allen anderen Männern in unserer Begleitung. Selbst die Faust Gottes kann zerbrechen, wenn man ihr nicht dann und wann eine Erholungspause gönnt.«

»Ihr wünscht Euch eine Rast, Bruder Robin?«, fragte Dariusz spöttisch. »Vielleicht einen Tag in einer schattigen Oase, mit kühlem Wein und frischen Datteln? Oder vermisst Ihr Eure entzückende Dienerin?«

Es fiel Robin schwer, die scharfe Antwort herunterzuschlucken, die ihr auf der Zunge lag. Bedachte sie den strengen Ehrenkodex des Templerordens, waren Dariusz' Anspielungen in einem Gespräch wie diesem weit mehr als die kleinen Sticheleien, für die ein Außenstehender sie möglicherweise gehalten hätte, sondern eine Ungeheuerlichkeit. Dennoch verzichtete sie auf jede entsprechende Antwort. Vielleicht war es ja ganz gut, wenn sie Dariusz weiter einen Verdacht verfolgen ließ, den er niemals würde beweisen können.

»Ihr habt es selbst gesagt«, antwortete sie, so ruhig sie konnte. »Wir reiten in eine Schlacht. Ich habe noch nie gegen Saladins Truppen gekämpft, aber ich habe von ihnen gehört, und ich habe die Assassinen kämpfen sehen.«

»Ihr fürchtet sie«, vermutete Dariusz.

»Ich respektiere sie«, verbesserte Robin ihn ruhig, »denn ich habe gesehen, wozu diese Männer fähig sind. Ihr wart beeindruckt von meiner Fertigkeit mit dem Schwert? Dann lasst Euch sagen, dass ich eine Menge davon von den Männern gelernt habe, die Ihr so verachtet, Bruder Dariusz. Wir werden die Schlacht verlieren, wenn Ihr die Männer weiter so schindet. Noch ein paar Tage wie die, die hinter uns liegen, und ich bin nicht mehr der Einzige, der nicht mehr die Kraft hat, sein Schwert zu ziehen.«

Sie rechnete mit einem scharfen Verweis, zumal sie so laut gesprochen hatte, dass auch die beiden Männer vor und hinter ihnen ihre Worte gehört haben mussten; und vielleicht nicht nur sie. Umso überraschter war sie, als sich Dariusz' Gesicht plötzlich immer mehr verdüsterte und er mit leiser, fast um Verständnis bittender Stimme antwortete: »Glaubt Ihr denn, das wüsste ich nicht? Auch ich habe Augen im Kopf. Und glaubt mir, ich *weiß*, wozu diese heidnischen Teufel fähig sind!«

»Und trotzdem geht Ihr das Risiko ein, mit einem Heer aus halb toten Männern auf Safet zuzupreschen?«, fragte Robin. Der überraschte Ton in ihrer Stimme galt weit mehr Dariusz' unerwartet sanfter Reaktion als dem, *was* er gesagt hatte, aber er antwortete trotzdem: »Es ist vor allem eine Frage der Schnelligkeit, Bruder Robin. Ihr seid noch jung, und so trefflich Ihr auch mit dem Schwert umgehen mögt, gibt es doch Dinge, von denen Ihr noch nichts versteht – und es auch nicht müsst.« Robin überhörte den sanften Tadel in seiner Stimme keineswegs, aber sie nickte ihm nur auffordernd zu. »Schlachten werden nicht nur durch das Schwert gewonnen. Manchmal zählen Schnelligkeit und Taktik mehr als die Anzahl der Krieger. Auch Saladin zieht seine Truppen vor Safet zusammen. Es ist von enormer Wichtigkeit, dass wir vor ihm dort sind.«

»Auch wenn die Hälfte der Männer mehr tot als lebendig dort ankommt?«, fragte Robin.

»Gott wird uns die nötige Kraft geben«, versicherte Dariusz. Robin hätte gern über diese Worte gelacht, aber Dariusz sprach mit der Eindringlichkeit von jemandem, der tatsächlich an das glaubte, was er sagte. Mit einem angedeuteten Lächeln fügte er hinzu: »Und je eher wir dort sind, desto eher können die Männer rasten. Und Ihr auch, Bruder Robin.« Und damit ließ er die Zügel knallen und setzte sich wieder an die Spitze der kleinen Kolonne.

Robin sah ihm ebenso verwirrt wie beunruhigt nach. So erleichtert sie war, Dariusz' Misstrauen zumindest für den Moment anscheinend zerstreut zu haben, so sehr beunruhigte sie die bloße Tatsache, dass sie dieses Gespräch überhaupt geführt hatten. Dariusz nahm es mit den Regeln des Ordens sehr genau; und vor allem mit denen, die er *selbst* aufgestellt hatte. Er hatte sein Schweigegelübde nicht gebrochen, um sich mit einem kleinen Schwätzchen die Zeit zu vertreiben.

Aber warum dann?

Robin zerbrach sich eine Weile den Kopf über diese Frage und fand so wenig eine Antwort darauf wie auf so viele andere. Schließlich verscheuchte sie den Gedanken und sah wieder zu dem Streifen blasssilberner Helligkeit hin, der im Osten heraufdämmerte. Er war weder heller noch merklich breiter geworden, allenfalls, dass sich ein zarter Hauch von Rosa hineingemischt hatte. Seltsam – sie war sicher gewesen, dass ihr Gespräch mit

Bruder Dariusz viel länger gedauert hatte, aber es konnten in Wahrheit nur wenige Augenblicke gewesen sein.

Sie schüttelte auch diesen Gedanken ab, fuhr sich mit der Zungenspitze über die rissigen, aufgeplatzten Lippen und versuchte in Gedanken abzuschätzen, wie lange es noch bis Sonnenaufgang war; vermutlich eine Stunde, wenn nicht mehr. Dariusz ließ die Truppe nicht jeden Tag zur selben Stunde losziehen, sondern machte den Zeitpunkt ihres Aufbruches abhängig von der Strecke, die das Heer bis zu seinem nächsten sicheren Lagerplatz zurücklegen musste. Am vergangenen Abend hatte ihnen Dariusz sogar gesagt, wie viele Meilen heute vor ihnen lagen, aber Robin hatte die Zahl vergessen; wie so vieles.

Bis die Sonne wirklich aufging, verging noch beinahe eine Stunde, und eine weitere, bis sie das erste Mal anhielten, um ein karges Frühstück einzunehmen: lauwarmes schales Wasser aus ihren Schläuchen, eine Hand voll Dörrobst, mit dem sie nicht gerechnet hatte, und ein schmaler Streifen gesalzenen Fleisches, das ihren Hunger nicht stillte, ihrem Durst aber neue Nahrung gab. Sie widerstand nur mit Mühe dem Wunsch, mehr zu trinken. Schon eine Stunde nach Sonnenaufgang war es unerträglich heiß, und der Tag war noch lang und ihre Wasservorräte begrenzt. Nach einer viel zu kurzen Rast befahl Dariusz ihnen, wieder aufzusitzen, und sie setzten ihren Weg nach Osten fort.

Sie durchquerten ein sanftes Hügelland, aus dem einzelne graubraune Felsriffe aufragten. Im Norden sah man die Gipfel der höheren Berge, doch bereits hier machten Hügel und Talsenken das Land unübersichtlich. Es gab viele kleine Bäche, zum Teil nur schmale Rinnsale in Betten aus Felstrümmern, an deren Ufern üppiges Grün wuchs und an denen man Pappeln und dichtes Buschwerk, aber auch hohes Gras fand, wie Robin es noch nie gesehen hatte. Immer wieder sahen sie kleine Herden aus Schafen oder Ziegen über die Hügel ziehen, ohne dass sie allerdings auch nur eine Spur ihrer Hirten gewahrten, die vermutlich vor dem heranziehenden Heer geflohen waren.

Die Templer ritten schweigend. Dariusz klopfte sich ständig den Staub aus seinem weißen Umhang, während die anderen Ritter in dieser Beziehung etwas großzügiger waren. Das Weiß ihrer Mäntel und Wappenröcke strahlte schon längst nicht mehr so wie am Morgen; und nicht mehr annähernd so sehr wie an dem Tag, an dem sich Robin Dariusz und seinen Begleitern angeschlossen hatte. Den Rittern folgten leicht bewaffnete Reiter, die lediglich einen Gambeson und Hosen aus Leinen trugen. Einige wenige hatten Helme, die meist nach orientalischer Art mit einem Tuch umwickelt waren; eine kleine Eigenmächtigkeit der Männer, die ganz gewiss nicht Dariusz' Beifall fand, die Hitze unter den Helmen aber wahrscheinlich ein bisschen erträglicher machte. Die meisten Männer waren mit Schwertern und Bögen bewaffnet, nur einige wenige besaßen zusätzlich auch einen Speer. Ihre Gambesons waren von einem schmutzigen Weiß, mit einem roten Tatzenkreuz über dem Herzen.

Auch ein Trupp Ritter in bunten Waffenröcken und mit langen, tropfenförmigen Schilden hatte sich ihnen beim Aufbruch in Tyros angeschlossen. Sie sangen und lachten und hielten alles andere als eine feste Marschordnung. Der Unterschied zu den schweigsamen Templern war so gewaltig, wie er nur sein konnte.

Schon lange vor der Mittagsstunde flimmerte die Luft über dem Hügelland vor Hitze, und Robin kämpfte wieder gegen die Übelkeit. Streng genommen hätte es heißen müssen: immer noch. Sie war nie vollkommen verschwunden, sondern hatte die ganze Zeit am Rande ihrer Empfindungen gelauert wie ein geduldiges, lautloses Raubtier, das auf seine Chance wartet, sie anzuspringen, um sie in einem Moment der Schwäche oder auch nur der Unaufmerksamkeit zu überwältigen. Robin würde ihr diese Gelegenheit nicht geben, aber allein ihre Anwesenheit bereitete ihr immer größere Sorgen. Während der beinahe zwei Jahre, die sie auf Sheik Sinans Burg gelebt hatte, hatte sie weit mehr gelernt als nur die *Kampfkunst* der Assassinen. Gerade von Saila hatte sie viel über den menschlichen Körper und seine Funktion gelernt, und so war ihr auf beunruhigende Weise klar, was mit ihr geschah: Sie war nicht nur am Ende ihrer Kräfte, sie lief Gefahr, unter ihrer schweren Kleidung und dem zentnerschweren Kettenhemd einen Hitzschlag zu erleiden – was sie zweifellos in äußerste Bedrängnis bringen würde. Wenn sie aus dem Sattel fiel oder gar das Bewusstsein verlor, bestand durchaus die Gefahr, dass ihre Brüder ihr die Rüstung auszogen, um ihr Linderung zu verschaffen, und dann …

Nein, daran wollte sie lieber nicht denken.

Zur Mittagsstunde machte der Trupp Rast bei einer Ruine, die auf einem schroffen Hügelkamm lag. Robin *fiel* mehr aus dem Sattel, als sie vom Pferd glitt, und taumelte halb blind in den nächstbesten Schatten. Erschöpft sank sie zu Boden und griff mit zitternden Händen nach ihrem Wasserschlauch.

Sie hatte ihn kaum an die Lippen gesetzt, als Dariusz vor ihr auftauchte. »Ihr seid an der Reihe, Wache zu halten«, sagte er knapp. »Ihr seid Bruder Rother zugeteilt.«

Robin sah müde zu dem grauhaarigen Tempelritter hoch. Dariusz stand mit dem Rücken zur Sonne, sodass sie heftig blinzeln musste und den Ausdruck auf seinem Gesicht trotzdem nicht erkennen konnte. Seine Stimme jedenfalls war frei von jeglicher Emotion. Dennoch war sie ziemlich sicher, dass sie jetzt die Quittung für ihre despektierlichen Worte vom Morgen bekam.

Sie ersparte sich jede Antwort, sondern stemmte sich stattdessen mühsam wieder in die Höhe. Dariusz streckte die Hand aus, um ihr aufzuhelfen, aber Robin spürte die Falle im letzten

Moment und stemmte sich aus eigener Kraft auf die Beine. Prompt wurde ihr wieder schwindelig, aber sie biss die Zähne zusammen, antwortete nur mit einem knappen Nicken und wandte sich mit einer erschöpften Bewegung zu dem schlanken Ritter um, der neben Dariusz stand.

Bruder Rother konnte nicht viel älter als Salim sein, auch wenn ein Leben voller Entbehrungen und Leid deutliche Spuren in seinem Gesicht hinterlassen hatte. Aber er hatte freundliche Augen, deren unerschütterliche Lebensfreude selbst die Jahre im Weiß und Rot des Templergewandes nicht vollkommen hatten auslöschen können. Sein Blick schien Robin etwas signalisieren zu wollen, was sie nicht verstand, worauf sie aber trotzdem reagierte: Ohne ein weiteres Wort in Dariusz' Richtung wandte sie sich um und ging mit schleppenden Schritten in Richtung der Ruine los, auf die der Templer gedeutet hatte.

»Ihr müsst durstig sein, Bruder«, sagte Rother – leise und erst, nachdem sie sich zuverlässig aus Dariusz' Hörweite entfernt hatten. Er hielt ihr seinen Wasserschlauch hin, und Robin unterdrückte im letzten Moment den Impuls, danach zu greifen. Sie waren aus Dariusz' Hör-, aber bestimmt nicht aus seiner Sichtweite, und der Umstand, dass sie selbst vor lauter Erschöpfung einfach *vergessen* hatte, ihren eigenen Wasserschlauch mitzunehmen, war ihr einfach peinlich. Gerade nach dem Gespräch, das sie am Morgen mit Dariusz geführt hatte, wollte sie sich in seiner Gegenwart nicht mehr das mindeste Zeichen von Schwäche erlauben.

Als hätte er ihre Gedanken gelesen, wiederholte Rother sein Angebot nicht. Der Rhythmus seiner Schritte änderte sich, und Robin glaubte zuerst, er würde schneller gehen, aber das genaue Gegenteil war der Fall. Trotzdem hatte sie immer noch Mühe, mit ihm Schritt zu halten, und als sie endlich die Ruine erreichten und sich im Schutz des kümmerlichen Schattens zusammenkauerten, den die abbröckelnden Mauern warfen, war sie dem Zusammenbruch nahe.

»Hier.« Rother hielt ihr den Wasserschlauch hin und machte ein ärgerliches Gesicht, als Robin immer noch zögerte, danach zu greifen. »Nehmt schon. Bruder Dariusz sieht es nicht. Und ich werde es ihm nicht sagen.«

Robin zögerte – vollkommen widersinnigerweise – noch einmal, aber dann griff sie mit beiden Händen zu, riss Rother den Schlauch regelrecht aus den Fingern und trank so gierig, dass ihr das Wasser am Kinn hinablief und auf ihr Gewand tropfte. Die ersten Schlucke schienen ihren Durst eher noch anzustacheln, und sie trank fast noch schneller weiter, achtete aber jetzt darauf, nichts mehr von dem kostbaren Nass zu verschwenden. Trotzdem war Rothers Schlauch mehr als zur Hälfte geleert, als sie ihn endlich absetzte und mit schlechtem Gewissen zurückgab. »Danke«, seufzte sie. »Ich hatte das Gefühl zu verdursten.«

»Was nicht zu übersehen war.« Rother machte Anstalten, seinen Schlauch wieder zu verschließen, deutete aber dann nur ein Schulterzucken an, forderte Robin mit einer entsprechenden Geste auf, mit den Händen eine Schale zu formen, und goss ihr das lauwarme Wasser hinein, als sie gehorchte. Robin schöpfte sich das Wasser ins Gesicht und rieb sich den Rest in den Nacken und auf die Schläfen. Es tat unglaublich gut.

»Danke«, sagte sie noch einmal.

»Ihr hattet es nötig«, antwortete Rother.

»Das stimmt – aber jetzt habt Ihr kein Wasser mehr«, sagte Robin mit einer Kopfbewegung auf Rothers Schlauch, der nun tatsächlich so gut wie leer war, »und die heißesten Stunden des Tages stehen uns erst noch bevor.«

»Das ist nicht das Problem«, antwortete Rother mit einer wegwerfenden Handbewegung. »An Wasser herrscht hier kein Mangel.«

»Aber Bruder Dariusz will nicht, dass wir unsere Schläuche auffüllen«, sagte Robin. Das entsprach der Wahrheit. Dariusz bestand darauf, dass sie mit dem Vorrat an Wasser auskamen, den sie in ihren Schläuchen mit sich führten; gleich, ob sie nun durch glühende Wüste oder durch nasses Sumpfland ritten. Zweifellos hatte er seine Gründe dafür, aber Robin argwöhnte, dass sie nicht die Einzige war, die das einfach nur als unnötige Schikane betrachtete.

»*Bruder Dariusz*«, antwortete Rother ruhig, aber betont, »ist ein Leuteschinder.« Er lächelte knapp. »Und er ist weit weg.« Vorsichtshalber warf er einen raschen Blick über die Schulter zurück in die Richtung, aus der sie gekommen waren, wie um sich im Nachhinein davon zu überzeugen, dass seine Worte auch den Tatsachen entsprachen; eine winzige Geste, die ihn Robin schlagartig noch sympathischer werden ließ. »Wenigstens weit genug. Ich fülle meinen Schlauch auf, bevor wir zu den anderen zurückgehen – vorausgesetzt, Ihr verratet mich nicht«, fügte er mit einem übertrieben verschwörerischen Blinzeln hinzu.

»Ich denke darüber nach«, sagte Robin.

Rother lachte, nicht einmal besonders laut, aber es war ein so ehrliches, befreites Lachen, dass Robin nicht anders konnte, als darin einzustimmen. Es war das erste Mal, seit sie das Fischerdorf verlassen hatte, und ihr wurde auch sofort wieder schmerzlich bewusst, warum sie sich das Lachen selbst verboten hatte. Sie rettete sich in einen nicht einmal vollkommen geschauspielerten Husten und ballte die rechte Hand vor dem Gesicht, aber der Schaden war möglicherweise schon angerichtet. Rother lächelte weiter, aber in seinen Augen erschien plötzlich ein neuer Ausdruck, der Robin einen eisigen Schauer über den Rücken laufen ließ.

»Ist auch wirklich alles in Ordnung mit Euch?«, fragte er.

»Ja.« Robin nickte mühsam und verfluchte sich in Gedanken

für das geschauspielerte Husten, zu dem sie Zuflucht gesucht hatte und das sich mittlerweile zu einem echten Hustenanfall gesteigert hatte. »Ich bin einfach nur ...«

»Erschöpft?«, schlug Rother vor, als sie den Satz nicht zu Ende brachte, sondern abermals in ein qualvolles Husten ausbrach. Er nickte. »So wie wir alle.«

»Ich falle Euch zur Last, nicht wahr?«, murmelte Robin.

»Wie alt seid Ihr, Robin?«, fragte Rother, statt ihre Frage zumindest der Höflichkeit halber zu verneinen.

»Ich weiß es nicht genau«, gestand Robin – was der Wahrheit entsprach. Zeit hatte in dem kleinen friesischen Dorf, in dem sie geboren und aufgewachsen war, nicht annähernd eine so große Rolle gespielt wie hier; vielleicht, weil die Zeit eben dieses Dorf auch fast vergessen hatte. Es war ihr peinlich, das zuzugeben, aber Rother schien keinen sonderlichen Anstoß daran zu nehmen; vielleicht, weil es auf der anderen Seite auch nicht *so* außergewöhnlich war.

»Auf jeden Fall noch sehr jung«, fuhr er mit einem neuerlichen, angedeuteten Lächeln fort. Auch dazu sagte Robin vorsichtshalber nichts, obwohl sie es gekonnt hätte. Der dunkelhaarige Tempelritter konnte nicht sehr viel älter sein als sie. Allenfalls in Salims Alter, wenn überhaupt. »Man erzählt sich, Ihr hättet die letzten beiden Jahre in der Gefangenschaft der Assassinen verbracht?«

Robin überlegte sich ihre Antwort sehr genau, und allein um Zeit zu gewinnen, fuhr sie sich mehrmals mit der Zungenspitze über die Lippen, die noch immer rissig und aufgeplatzt, zum ersten Mal seit Tagen aber nicht mehr so rau wie sonnenverbrannter Stein waren. Schweigegelübde hin oder her – natürlich war ihr klar, dass die Männer hinter ihrem Rücken über sie redeten. Sie wusste bloß nicht, was. Ganz instinktiv wollte sie Rother vertrauen, einfach seiner kleinen, menschlichen Geste von gerade wegen, und weil er ihr sympathisch war, doch sie war schon zu oft auf ein freundliches Gesicht und ein zuvorkommendes Wort hereingefallen, um sich einem Fremden öffnen zu können. »Ich war bei den Assassinen«, antwortete sie ausweichend.

»Aber nicht als ihr Gefangener?«, vermutete Rother.

Wieder richtete sich Robin ein wenig auf, drehte sich halb um und deutete in die Richtung zurück, in der Dariusz und die anderen Ritter in gut einhundert Schritten Entfernung lagerten, und wieder diente diese Geste einzig dem Zweck, Zeit zu gewinnen. »Ihr wisst, dass ich zusammen mit Bruder Dariusz in dieses Land gekommen bin, Bruder Rother?«

Der Templer antwortete mit einer Mischung aus einem Nicken und einem Kopfschütteln. »Rother reicht«, erklärte er lächelnd.

»Dann habt Ihr vielleicht auch davon gehört, dass wir von Piraten überfallen worden sind«, fuhr Robin fort, die eine Hälfte seiner Bewegung als Zustimmung deutend. »Es ist eine lange Geschichte, aber sie läuft darauf hinaus, dass ich in Gefangenschaft geriet und als Sklave verkauft wurde. Der Herr der Assassinen hat mich freigekauft, und vielleicht bin ich tatsächlich noch so etwas wie sein Sklave. Immerhin hat er den Preis für mich bezahlt. Aber behandelt haben sie mich wie einen Gast.«

»Ihr wart auf seiner Burg?« Rothers Augen wurden groß. »Auf der Burg des Alten vom Berge?«

Robin gemahnte sich innerlich zu noch größerer Vorsicht. »Ja«, sagte sie. »Aber bevor Ihr fragt Bru... Rother«, korrigierte sie sich rasch. »Ich habe nichts von all den Wundern und himmlischen Freuden gesehen, die es dort angeblich geben soll. Aber auch nichts von den Schrecken der Hölle. Vielleicht hat man mir nicht alles gezeigt, doch soweit ich es erlebt habe, ist es nichts als eine ganz normale Burg. Wenn auch die gewaltigste, die ich jemals zu Gesicht bekommen habe.«

»Dann habt Ihr Akkon noch nicht gesehen«, gab Rother zurück. »Oder Kerak. Aber das ist nicht der Punkt ... Ihr wart fast zwei Jahre lang Gefangener der Assassinen, und auch wenn sie Euch als Gast behandelt haben, so seid Ihr doch in diesen zwei Jahren nicht mit uns geritten. Was Dariusz von Euch verlangt, ist unmöglich.«

Robin wollte widersprechen, aber Rother schnitt ihr mit einer raschen Bewegung das Wort ab und sah noch einmal über die Schulter zurück, bevor er weitersprach. »Ich habe gehört, was Ihr heute Morgen zu Dariusz gesagt habt, Robin. Und nicht nur ich. Wir alle haben es gehört.«

»Oh«, machte Robin betroffen. Sie sah Rother fast ängstlich an, aber der junge Tempelritter schüttelte nur abermals den Kopf und zwang ein rasches, beruhigendes Lächeln auf seine Lippen, das seine Wirkung zwar hoffnungslos verfehlte, dessen gute Absicht Robin aber spürte. »Ihr habt Recht, Robin«, sagte er.

Robin blinzelte. »Wie?«

»Ihr seid nicht der Einzige hier, der so denkt«, bestätigte Rother. Seine Stimme wurde eine Spur leiser und unsicherer. »Bruder Dariusz verlangt Unmögliches, nicht nur von Euch. Wir haben noch Tage vor uns, und das schlimmste Stück erwartet uns erst noch. Wenn es so weitergeht, wird die Hälfte der Männer sterben, bevor wir Safet auch nur erreichen.«

»Und warum sagt ihm das niemand?«, fragte Robin.

»Weil keiner von uns den Mut hatte, so mit ihm zu sprechen wie Ihr, Robin«, antwortete Rother.

»Mut?«, wiederholte Robin mit einem dünnen, schmerzerfüllten Lächeln. »Ich glaube, es war eher Dummheit.«

»Manchmal liegt beides dicht beieinander«, widersprach Rother. »Und manchmal entscheidet erst der Ausgang einer Geschichte, ob eine Tat unglaublich mutig oder unglaublich dumm war.«

Robin setzte zwar zu einer Antwort an, besann sich aber dann eines Besseren. Sie war mittlerweile fast sicher, Rother vertrauen zu können, aber eben nur *fast*. Robin war weit davon entfernt, sich bereits damit abgefunden zu haben, Salim zu verlieren, aber sie konnte – und wollte – keine Gefühle mehr investieren; nicht in einen Menschen, nicht in das Schicksal, nicht einmal in sich selbst. Sie schwieg nur und rettete sich schließlich in ein neuerliches, nur angedeutetes Achselzucken, als Rother sie weiter fragend ansah.

Der junge Tempelritter wirkte enttäuscht, aber er sagte nichts mehr, und er versuchte auch nicht, weiter in sie zu dringen, sondern stützte die flachen Hände auf die Oberschenkel und stemmte sich ächzend in die Höhe. Robin wollte es ihm gleichtun, aber Rother winkte ab. »Bleibt hier im Schatten sitzen und ruht Euch noch ein wenig aus. Dieser Landstrich ist sicher. Es wäre wahrscheinlich nicht einmal notwendig, Wachen aufzustellen. Ich kann auf uns beide aufpassen.«

»Ihr habt schon genug für mich riskiert«, wandte Robin ein.

»Dann kommt es auf eine Kleinigkeit mehr oder weniger ja nicht an«, erwiderte Rother lächelnd. »Aber wenn es Euer Gewissen erleichtert, könnt Ihr mich gerne später ablösen. Ich gebe Euch Bescheid. Und keine Sorge«, fügte er augenzwinkernd hinzu, »ich werde Euch warnen, wenn Bruder Dariusz oder einer der anderen herkommt. Ich huste einfach zweimal.«

Robin warf ihm noch einen kurzen, dankbaren Blick zu, dann ließ sie Kopf und Schultern wieder gegen den rauen Stein der Wand sinken und schloss die Augen, während Rother sich endgültig umwandte und zum anderen Ende des verfallenen Gebäudes ging. Dahinter erstreckte sich eine trostlose, rotbraune Einöde, nur gelegentlich von einem Flecken kränklichen Grüns oder verdorrten Brauns gesprenkelt, und darüber ein schon fast unnatürlich blauer Himmel, der so makellos war, dass schon die bloße Vorstellung, es hätte hier jemals eine Wolke vorbeiziehen können, geradezu absurd erschien.

Robin versuchte sich zu entspannen, gleichzeitig aber auch sorgsam darauf Acht zu geben, dass sie nicht etwa einschlief und auf diese Weise Rothers Warnung überhörte, was schlechterdings unmöglich war. Sie schlief nicht ein, aber sie fand natürlich auch keine wirkliche Ruhe. Gerade, als sie die Ruine betreten hatten, war es ihr im Schatten kühl und angenehm vorgekommen, fast schon kalt, aber nun begann sie die Hitze, die sich unter ihrem Kleid, dem schweren Kettenhemd und dem rot-weißen Wappenrock angestaut hatte, immer qualvoller zu spüren. Obwohl sie reglos dasaß und sich darauf konzentrierte, möglichst ruhig ein- und wieder auszuatmen, begann ihr Herz wieder zu klopfen, und auch ihre alte Freundin, die Übelkeit, war wieder da. Sie war nicht schlimm, und das würde sie auch nicht werden, solange sie sich nicht bewegte, aber sie hielt an; gerade intensiv genug, um sich in Erinnerung zu bringen.

Was hatte Rother gesagt? Das schwerste Stück liegt erst vor uns? Robin versuchte sich vorzustellen, was denn noch schlimmer werden könnte, aber es gelang ihr nicht. Auch wenn es zweifellos nicht an ihrer mangelnden Fantasie lag, sondern eher daran, dass sie es sich nicht vorstellen *wollte*.

Ihre Glieder wurden schwer. Plötzlich fand sie die Hitze, die ihr noch vor einem Moment den Atem genommen hatte, als wohltuend wie die Umschließung unsichtbarer, schützender Arme, und sie konnte selbst spüren, wie ihre Gedanken langsamer und träger wurden. Sie spürte auch die Gefahr, doch plötzlich erschien es ihr als viel zu mühsam – und warum auch? –, dagegen anzukämpfen. Selbst die Vorstellung, Dariusz könne unvermittelt neben ihr auftauchen und sie schlafend während der Wache vorfinden, schreckte sie in diesem Moment nicht mehr wirklich (auch wenn ein Dutzend Stockschläge auf den nackten Rücken zu

Dariusz' bevorzugten Strafen gehörte, was unzweifelhaft bedeuten würde, dass man sie vorher ausziehen und so ihrer blanken Brust ansichtig werden würde – eine Katastrophe, die ihren und den Tod aller Eingeweihten zur Folge haben musste). Unbeschadet von allem, was sie sich in den zurückliegenden Tagen immer und immer wieder selbst eingeredet hatte, hatte ein Teil von ihr bereits resigniert. Ihr Verstand klammerte sich noch immer an das Versprechen, das sie Saila gegeben hatte, und ersann einen verwegenen Fluchtplan nach dem anderen, den sie ebenso schnell auch wieder verwarf, und ein kleiner Teil von ihr war trotz Erschöpfung, Müdigkeit und Mutlosigkeit stets hellwach und hielt nach der besten Gelegenheit Ausschau, sich zu entfernen und die Flucht zu ergreifen, aber da war noch ein anderer, leiserer und stillerer Teil, der längst aufgegeben hatte.

Es war die reine Logik, die ihr sagte, wie vollkommen unmöglich eine Flucht war. Obwohl es eigentlich gar nicht ging, ließ Dariusz sie nicht eine Minute des Tages aus den Augen, und des Nachts war sie zusammen mit einem Dutzend Männer in einem Raum eingesperrt, in dem schon ein Husten oder eine unvorsichtige Bewegung ausreichte, sie alle zu wecken – ganz davon abgesehen, dass vor der Tür stets eine Wache postiert war – und selbst, wenn sie das Unmögliche möglich gemacht hätte und irgendwie entkommen wäre ... Dariusz würde wortwörtlich Himmel und Hölle in Bewegung setzen, um ihrer wieder habhaft zu werden. Sie wusste nicht, warum, aber sie spürte ganz genau, dass er selbst seinen Heerzug nach Safet abbrechen würde, um sie wieder einzufangen. Eine einzelne Frau, in einem von Krieg, fremden Besatzern, Räubern und plündernden Banden heimgesuchten Land würde keine fünf *Stunden* überleben, geschweige denn fünf Tage. Nein, sie musste auf eine Gelegenheit warten, bei der Dariusz und die anderen hinlänglich und für mehr als nur ein paar Minuten abgelenkt waren, und mit jeder Meile, die sie sich weiter nach Osten bewegten, erschien es ihr unwahrscheinlicher, dass sich eine solche Gelegenheit überhaupt noch ergeben könnte.

Salims Gesicht tauchte vor ihr auf. Seine dunklen Augen schienen ihr zuversichtlich zuzulächeln, aber sie verscheuchte das Bild fast erschrocken, riss die Augen auf und straffte fast trotzig die Schultern. Man hätte meinen können, dass ihr der Gedanke an Salim Kraft gab, aber das genaue Gegenteil war der Fall. Wenn sie an ihn dachte, schloss sich eine kalte Hand aus Furcht um ihr Herz. Furcht um ihn. Salim würde schwerlich die Hände in den Schoß legen und gar nichts tun, aber gerade das war es, was ihr Angst machte.

Mit einem Male hatte sie das Gefühl, die Untätigkeit nicht mehr auszuhalten. Obwohl ihr jede Bewegung noch immer große Mühe abverlangte, hatte ihr die kurze Erholungspause doch spürbar gut getan. Ihre Knie zitterten leicht, als sie aufstand und zu Rother hinüberging, aber zumindest die Übelkeit war größtenteils verflogen.

Der junge Tempelritter hatte die Arme vor der Brust verschränkt und lehnte in nachlässiger Haltung an einem Mauerrest, hinter dem der Hügel wie abgeschnitten aufhörte und gute sechs oder acht Meter weit senkrecht in die Tiefe stürzte. Er wirkte nicht besonders aufmerksam, sondern schien im Gegenteil eher mit offenen Augen vor sich hinzudösen, aber mehr war nach Robins Meinung auch nicht nötig. Wenn sie jemals einen Platz gesehen hatte, der sich *nicht* für einen Hinterhalt eignete, dann diesen. Von der Kuppe des Hügels aus fiel ihr Blick über Meilen ungehindert über das weite Land mit seinen ausgedörrten Hügelrücken und den fruchtbaren, flachen Tälern. Ab und zu gewahrte Robin zwar eine Bewegung, aber es waren nur die üblichen Herden, deren Hirten sich vor dem näher kommenden Heer versteckt hatten. Nur ein Stück unterhalb ihres improvisierten Aussichtsturms suchte sich ein schmales Rinnsal seinen Weg zwischen Felsen und verbranntem Erdreich hindurch, und der bloße Anblick allein reichte schon, Robins Durst erneut zu wecken.

»Warum nutzt Ihr die Gelegenheit nicht und ruht Euch noch ein wenig aus?«, fragte Rother. Er wirkte fast verärgert, auf jeden Fall aber ertappt; möglicherweise hatte er tatsächlich stehend und mit offenen Augen geschlafen, eine Fähigkeit, die viele ihrer ehemaligen Ordensbrüder im Laufe der Jahre zu wahrer Meisterschaft entwickelt hatten.

»Ihr habt schon ...« Robin verbesserte sich: »*Du* hast schon genug für mich getan, Rother. Und Dariusz würde nur misstrauisch, wenn ich zu ausgeruht von der Wache zurückkehre.«

Rother sah sie an, als wisse er nicht genau, was er von diesen Worten zu halten habe, hob aber dann nur die Schultern und löste sich mit einem leisen Seufzen von seinem Halt. Er nahm die Arme herunter, während er sich umdrehte und aus eng zusammengekniffenen Augen zu Dariusz und den anderen Rittern zurücksah. »Wenn du schon einmal da bist ...«

»Ja?«

Rother deutete mit einer Kopfbewegung auf den Wasserschlauch zu seinen Füßen, und Robin verstand. »Geh ihn ruhig auffüllen«, sagte sie. »Ich halte inzwischen Wache.«

Der junge Tempelritter lächelte flüchtig, als hätte sie einen guten Scherz zum Besten gegeben, bückte sich nach dem Schlauch und begann mit erstaunlichem Geschick die nahezu lotrechte Abbruchkante hinunterzuklettern. Robin folgte seinen Bewegungen aufmerksam, drehte sich zwischendurch aber auch immer wieder um und sah zu Dariusz und dem Rest des Heeres zurück. Die Hand voll Templer lagerte ein Stück abseits der Haupttruppe. Die meisten Männer hatten sich erschöpft zu Boden sinken lassen und redeten leise miteinander; etliche stierten auch einfach nur ins Leere oder hatten versucht, sich unauffällig in den kümmerlichen Schatten zu setzen, den ihre eigenen Pferde warfen.

Robin fragte sich, warum Dariusz die Hand voll Männer nicht alle hier auf die Ruine geführt hatte. Das winzige Geviert aus zerfallenen Steinen war zwar nicht groß, doch die Schatten hätten gereicht, ihnen wenigstens die Illusion von Linderung zu vermitteln. Er gewann nichts, wenn er seine Männer dort draußen ungeschützt in der Gluthitze lagern ließ. Vielleicht war es einfach wieder eine seiner verrückten Übungen, mit denen er die Krieger abzuhärten meinte. Je länger sie über den hochrangigen Tempelritter nachdachte, desto weniger verstand sie, warum er so war, wie er war. Dariusz war gewiss kein guter Mensch, er war niemand, dessen Nähe sie gesucht oder dessen Freundschaft sie auch nur gewollt hätte, aber er war auch kein Dummkopf. Robin hatte es nie endgültig herausgefunden – es hatte sie auch nicht wirklich interessiert –, aber sie wusste, dass Dariusz in der komplizierten Hierarchie des Ordens noch ein gutes Stück über ihrem Mentor Abbé rangierte, und er wäre nicht so schnell und weit aufgestiegen, wäre er nichts weiter als ein einfältiger Leuteschinder.

Dennoch war ihr schon auf dem Schiff während der Überfahrt von Genua aus aufgefallen, wie unbarmherzig er seine Leute antrieb und was für übermenschliche Ansprüche er an sie stellte. Der Fairness halber musste sie zugeben, dass Dariusz bei sich selbst keine anderen Maßstäbe anlegte oder wenn, dann allenfalls noch strengere. Aber das machte es eher schlimmer. Auch er musste mit seinen Kräften längst am Ende sein. Sie verstand längst nicht mehr, was ihn antrieb und warum er immer mehr und mehr von sich und den Seinen verlangte, obwohl ihm sein Verstand ganz zweifellos sagen musste, dass Willenskraft und Entschlossenheit allein nicht ausreichten, eine Schlacht zu gewinnen, wenn der Arm einfach nicht mehr die Kraft hatte, das Schwert zu führen. Und was sie gerade in Rothers Augen gelesen und zwischen seinen Worten gehört hatte, ließ sie zu der Überzeugung kommen, dass sie mit ihrer Einschätzung nicht allein war.

Nachdem sie sicher war, dass niemand zu ihnen kommen würde und sie auch vor Dariusz' neugierigen Blicken halbwegs geschützt waren, wandte sie sich um und sah zu Rother hinab. Der Ritter hatte den halb ausgetrockneten Bachlauf mittlerweile erreicht und war auf ein Knie gesunken, um seinen Wasserschlauch zu füllen. Er drehte langsam den Kopf nach links und rechts und wieder zurück, um seine Umgebung dabei aufmerksam zu studieren, und irgendetwas schien dabei sein Misstrauen zu erregen. Sorgfältig füllte er seinen Schlauch und legte ihn neben sich auf den Boden, schöpfte sich dann ein paar Hand voll Wasser ins Gesicht und stand auf, kehrte aber nicht sofort zurück, sondern drehte sich noch einmal langsam um sich selbst, wobei Robin selbst auf die große Entfernung erkennen konnte, wie misstrauisch und aufmerksam sein Blick den Boden abtastete. Schließlich entfernte er sich ein paar Schritte, kniete erneut nieder und fuhr mit den Fingerspitzen über das ausgedörrte Braun und Ocker der Erde. Dann hob er den Kopf und blickte fast eine Minute lang reglos nach Osten.

Robin fragte sich, ob er etwas entdeckt hatte, und wenn ja, was. Auch sie sah in die entsprechende Richtung, aber das Bild hatte sich nicht geändert: Hier und da graste eine Ziege, und in vielleicht zwei oder drei Meilen Entfernung trottete eine einsame Schafherde dahin, und nahezu am Horizont, gerade an der Grenze der Entfernung, ihn überhaupt noch sehen zu können, schwebte ein dunkler Punkt am Himmel; vielleicht ein einsamer Falke, dessen scharfes Auge die Wüste unter ihm nach Beute absuchte.

Endlich wandte sich Rother um, hob seinen Schlauch auf und kam zurück. Am Fuße des Felsabsturzes blieb er stehen, warf Robin den Schlauch zu – sie fing ihn geschickt auf, aber er war so prall gefüllt und unerwartet schwer, dass sie einen Schritt zurücktaumelte und ihre liebe Mühe hatte, nicht zu stürzen – und begann dann mit einem Geschick, das in Robin ein heftiges Gefühl absurden Neids hervorrief, die Wand wieder heraufzuklettern.

»Hast du irgendetwas ... entdeckt?«, fragte Robin zögernd. Rothers Gesicht hatte einen beunruhigend ernsten Ausdruck angenommen.

Er griff nach seinem Schlauch, warf ihn sich mit einer geschickten Bewegung über die Schulter und drehte sich in dieselbe Richtung, in die er gerade so gebannt geblickt hatte, bevor er antwortete. »Ich bin nicht sicher«, sagte er, mehr zu sich selbst gewandt als wirklich an Robin. »Da ... waren Spuren.«

»Reiter?«, fragte Robin beunruhigt.

Wieder vergingen etliche Augenblicke, bevor Rother antwortete. »Ja. Aber sie könnten alt sein. Einen Tag oder auch zwei.« Er hob fast hilflos die Schultern, eine Bewegung, die durch den prall gefüllten Schlauch auf seinem Rücken sonderbar unbeholfen wirkte. »Ich bin nicht besonders gut im Spurenlesen, um ehrlich zu sein.«

»Aber hier ist doch nichts«, antwortete Robin nervös. »Ich meine: Niemand könnte sich hier ...«

»Die Sarazenen sind Meister im Verstecken und Anschleichen«, unterbrach sie Rother. Sein Blick tastete misstrauisch über das Muster aus Braun und blassem Grün, das sich unter ihnen ausbreitete wie ein zu groß geratener Flickenteppich. »Zwischen diesen Dünen kann sich eine ganze Armee verstecken.« Er warf Robin einen flüchtigen Blick zu, wie um sich davon zu überzeugen, dass sie seine Worte auch verstanden hatte, dann wandte er sich wieder nach Osten, und seine Hand deutete auf die Schafherde, die Robin gerade schon beobachtet hatte; über die große Entfernung hinweg waren es nicht mehr als einige Dutzend heller Punkte, die immer wieder mit dem fleckigen Braun der Wüste zu verschmelzen schienen oder manchmal auch wie aus dem Nichts daraus auftauchten. »Man muss die Herden beobachten«, fuhr Rother fort, noch leiser und jetzt in einem Ton, von dem Robin nicht mehr sagen konnte, ob er nachdenklich, besorgt oder vielleicht schon alarmiert klang. »Wenn sie die Hänge hinauf fliehen, könnte das ein Hinweis sein.«

So wie diese Herde?, dachte Robin unbehaglich. Die Tiere waren gerade ein Stückchen zu weit weg, als dass sie sicher sein konnte. Aber gerade, als sie schon einmal zu ihnen hingesehen hatte, waren sie ihr irgendwie ... ruhiger erschienen.

»Siehst du die Staubwolke dort hinten?«, fragte Rother plötzlich. Seine Hand deutete jetzt auf einen Punkt ein kleines Stückchen links neben der Schafherde. Robin strengte ihre Augen an, und tatsächlich, da war etwas – aber sie konnte beim besten Willen nicht sagen, ob es tatsächlich die Staubwolke war, für die Rother es zu halten schien, oder nur das Flimmern heißer Luft über dem Sand.

»Besser, wir sagen Dariusz Bescheid«, entschied Rother.

Nebeneinander verließen sie die Ruine wieder und kehrten zu den anderen Rittern zurück. Als Robin aus den Schatten heraustrat, war es wie ein Schlag. Die Hitze schien sich verdoppelt zu haben, und sie hatte das Gefühl, geradewegs in einen Backofen hineinzutreten. Augenblicklich brach ihr der Schweiß aus, und ihre Hände begannen zu zittern. Die Gestalten der anderen Tempelritter und ihrer Pferde schienen sich in weiße Schemen aufzulösen, die sich in eine Richtung zu bewegen versuchten, die es gar nicht gab. Ihr Herz hämmerte, als sie die Reiter erreichten und Dariusz sich mit einer fließenden Bewegung erhob, um ihnen entgegenzutreten.

»Was ist geschehen?«, fragte er unwillig. »Wieso verlasst ihr euren Posten?«

Rother setzte zu einer Antwort an, aber Dariusz schnitt ihm mit einer herrischen Geste das Wort ab, bevor er auch nur einen Ton herausbringen konnte. Sein Gesicht verfinsterte sich noch weiter, während sein Blick über den gefüllten Schlauch über Rothers Schulter tastete und schließlich – für Robins Geschmack gerade einen Moment zu lange – an den dunklen Wasserflecken auf seinem Gewand hängen blieb.

»Ihr habt Wasser gefunden, wie ich sehe«, sagte er.

»Ein kleiner Bach, nicht weit von hier«, bestätigte Rother. »Und dabei ...«

Abermals brachte Dariusz ihn mit einer zornigen Handbewegung zum Schweigen. Ohne ein weiteres Wort trat er auf Rother zu, nahm ihm den Schlauch von der Schulter und goss das Wasser langsam vor seinen Füßen aus. Es versickerte so schnell, dass der Sand sich nicht einmal richtig dunkel färbte.

»Jetzt berichtet«, sagte er kühl.

Rother starrte den leeren Schlauch vor seinen Stiefelspitzen einen Herzschlag lang finster an, doch als er wieder zu Dariusz aufsah, war ihm nicht mehr die geringste Regung anzusehen. »Ich habe Spuren gefunden«, sagte er ruhig, »nur ein kleines Stück hinter der Ruine. Reiter. Zwei, vielleicht drei. Aber ich kann nicht sagen, ob sie frisch sind.«

»Und eine Staubwolke«, fügte Robin hinzu. »Im Osten.«

»Eine Staubwolke, so«, wiederholte Dariusz. »Mehr nicht?«

Robin tauschte einen unsicheren Blick mit Rother. »Es könnte immerhin bedeuten ...«, begann sie, wurde aber ebenfalls und fast sofort von Dariusz unterbrochen: »Ich weiß sehr wohl, was es bedeuten *könnte*, Bruder Robin. Aber das muss es nicht, oder?« Ganz offensichtlich erwartete er keine Antwort auf seine Frage, denn er fuhr mit einem Kopfschütteln und praktisch sofort fort: »Dieser Landstrich ist sicher. Alles, was es hier gibt, sind ein paar Banden von Räubern und Halsabschneidern. Sie müssten verrückt sein, sich mit uns anzulegen.«

»Vielleicht sollten wir trotzdem Späher vorausschicken«, schlug Robin vor.

»Was für eine hervorragende Idee«, antwortete Dariusz sarkastisch. »Abgesehen von der Kleinigkeit, dass es der sichere Tod dieser Männer wäre, sollten dort vorne tatsächlich Saladins Truppen auf uns warten.« Er schüttelte noch einmal und heftiger den Kopf. »Sollen wir uns wie ein Haufen jammernder Feiglinge benehmen, nur weil dort vorne vielleicht ein Dutzend Plünderer auf uns wartet?«

»Ein Dutzend Plünderer«, widersprach Robin, »würde es wohl kaum wagen, einem Heer wie dem unseren aufzulauern.«

Dariusz' Augen wurden fast schwarz vor Wut, als er sich vollends zu Robin umdrehte, aber seine Stimme klang überraschend ruhig, als er antwortete: »Vorausgesetzt, sie sind sich darüber im Klaren, mit wem sie es zu tun haben, ja.«

Im allerersten Moment verstand Robin nicht, was er damit meinte – ging sein Fanatismus mittlerweile schon so weit, dass er sich einbildete, Gott hätte ihre Gegner allesamt mit Blindheit geschlagen? –, aber dann drehte sie sich in dieselbe Richtung, in die sein ausgestreckter Arm deutete.

Die Templer hatten auf der Kuppe des Hügels Halt gemacht, unweit der Ruine, die ihnen gerade als Aussichtspunkt gedient hatte, der Großteil des Heeres aber an seinem gegenseitigen Fuß; bestimmt zwei- oder dreihundert Schritte entfernt. Für jeden, der sie aus sicherer Entfernung beobachtete, musste es tatsächlich aussehen, als handele es sich lediglich um ein kleines Grüppchen versprengter Ritter, ein Dutzend Männer, das sich durch die glühende Mittagshitze schleppte und ein leichtes Opfer für jeden entschlossenen Gegner abgab. Und ganz plötzlich war Robin fast sicher, dass auch das kein Zufall war. Bruder Dariusz fürchtete einen Überfall nicht nur nicht – eher suchte er den Kampf und schien alles in seiner Macht Stehende zu tun, um ihn zu provozieren.

»Aber gut, Bruder Robin«, fuhr Dariusz fort, nunmehr in eindeutig spöttischem Ton und mit ganz leicht erhobener Stimme, gerade genug, um sicherzugehen, dass auch alle anderen Ritter seine Worte hörten. »Wenn Ihr so sehr einen Hinterhalt fürchtet, dann wäre es fahrlässig, sich nicht darauf vorzubereiten. Macht euch kampfbereit!« Die drei letzten Worte hatte er mit lauterer Stimme gerufen.

Während sich die Ritter, ohne zu murren, und schnell, dennoch aber mit erschöpft wirkenden, mühsamen Bewegungen erhoben und noch mühevoller in die Sättel ihrer Pferde stiegen, wandte sich Dariusz mit einer befehlenden Geste an Rother. »Kehrt zu den anderen zurück«, befahl er. »Die Männer sollen uns in einigem Abstand folgen. Aber ich will nicht, dass man sie sieht.«

Rother eilte davon, und auch Robin wandte sich um und ging mit hängenden Schultern zu ihrem Pferd. Es schnaubte protestierend, als sie sich in den Sattel hinaufzog, wie um sich über die viel zu kurze Rast zu beschweren, und als sie den schweren Topfhelm überstülpte, hatte sie im ersten Moment das Gefühl, ersticken zu müssen. Die Hitze war grausam, und ihr eigener Atem, den sie unter dem Helm einatmete, roch so schlecht, dass ihr allein davon übel wurde.

Dariusz stieg als Letzter in den Sattel, befestigte mit einer raschen Bewegung den großen, dreieckigen Schild mit dem roten Tatzenkreuz der Templer am linken Arm und schloss die rechte Faust um seine Lanze, an deren Ende der weiß-rote Wimpel mit dem Symbol des Ordens flatterte. Ohne ein weiteres Wort sprengten sie los und verfielen fast sofort in scharfes Tempo. Robin wandte mühsam den Kopf und sah, dass eines der Pferde zurückgeblieben war. Ihr Tempo nahm noch zu, als sie die gegenüberliegende Flanke des Hügels herabsprengten und jetzt direkt auf die Staubwolke weit vor ihnen Kurs nahmen. Robin gab die ohnehin nicht sehr realistische Hoffnung auf, dass es eine vollkommen harmlose Bedeutung für die Staubwolke geben könnte.

Dafür begann sie allmählich ernsthaft an Dariusz' Verstand zu zweifeln. Wenn der Templer tatsächlich annahm, dass dort vorne zwischen den Dünen mehr als eine Herde versprengter Schafe war, die ein bisschen Staub aufwirbelten, so musste er sich und seine Begleiter wohl als Köder ansehen, der den Feind aus dem Versteck hervorlocken und binden sollte, bis die Hauptmacht heran war. Doch was nützte ein Köder, wenn die Falle, zu der er gehörte, noch gar nicht aufgestellt war? Rother würde endlose Minuten brauchen, um das Lager des Hauptheeres zu erreichen und Dariusz' Befehle zu überbringen, und es würde noch einmal und noch länger dauern, bevor sich die Männer in Bewegung setzten und ihnen folgten, und das noch dazu deutlich langsamer als sie selbst. Robin maßte sich nicht an, irgendetwas von Strategie oder Kriegsführung zu verstehen, – aber das, was Dariusz nun tat, hatte nichts mit einem von beidem zu tun. Es war reine Tollkühnheit; allerdings jene ganz besondere Art von Tollkühnheit, durch die Schlachten nicht gewonnen wurden, sondern im Allgemeinen in einer Katastrophe endeten und über die auch keine Heldenlieder gesungen oder Geschichten am Lagerfeuer erzählt wurden.

Nachdem sie den Hügel hinter sich gebracht hatten und ihnen das Gefälle noch mehr Schwung verlieh, fielen die Tiere in einen schnellen, gleichmäßigen Galopp. Der Boden begann unter den Hufen der Pferde zu dröhnen, und die Luft war vom aufgewirbelten Staub erfüllt, den sie wie eine gewaltige Schleppe hinter sich herzogen. Der kleine Trupp überquerte zwei weitere felsige Hügel und sprengte durch einen Bach, dessen Wasser bis zu den Oberkörpern der Reiter hinaufspritzte. Robin hatte mit dem Gegenteil gerechnet, aber ihre Übelkeit war verflogen, und so absurd ihr das selbst beinahe vorkommen mochte, spürte sie, wie neue Kraft ihre Glieder durchströmte und sich eine sonderbare, fast erschreckende Zuversicht in ihr breit zu machen begann. Vielleicht war es dasselbe, was sie schon am Morgen gestört hatte: eine fast schon euphorische Stimmung, die sie glauben ließ, ihre Feinde auf jeden Fall besiegen zu können, und die sie wegen ihrer Absurdität erschreckte, ohne aber verhindern zu können, dass sie selbst davon mitgerissen wurde. Tatsächlich galt ihre einzige Sorge in diesen Augenblicken der Frage, ob ihre Pferde, die ebenso erschöpft und ausgelaugt sein mussten wie ihre Reiter, die Kraft für eine längere Verfolgung aufbringen würden.

Während sie auf die allmählich deutlicher erkennbare Staubwolke zusprengten und es mehr oder weniger den Pferden überließen, ihren Weg auf dem mittlerweile von Steinen und Geröll übersäten Boden zu finden, fühlte sich Robin fast nicht mehr wie sie selbst, sondern nur noch als Teil dieses gewaltigen, unsichtbaren Heeres, dem nichts auf der Welt standhalten konnte. Das Donnern der Hufe, das Klirren der Waffen, die wehenden weißen Umhänge der Männer, all das riss sie einfach mit. Vielleicht war die Zeit, die sie in Abbés Komturei verbracht hatte, doch nicht so spurlos an ihr vorübergegangen, wie sie bisher gemeint hatte. Sie hatte ihr Leben gedanklich zumindest damals der Aufgabe gewidmet, ein Ritter zu werden, und sie hatte dieses Ziel gegen alle Vernunft, gegen jede Logik und gegen alle noch so gewaltigen und unverbindlich erscheinenden Hindernisse erreicht, und nun lag ihre erste richtige Schlacht vor ihr. Das Massaker auf der *Sankt Christophorus* während der Hinfahrt in dieses Land unglaublicher Gegensätze, in der bittere Armut und verschwenderischer Luxus, Grausamkeit und Großherzigkeit oft erschreckend nah beieinander lagen, hatte sie niemals als ein solches gewertet – vielleicht, weil es so gar nicht ihren Vorstellungen eines ritterlichen Kampfes entsprochen hatte, und auch den Überfall auf die Sklavenkarawane hatte sie nur als nahezu unbeteiligtes, wehrloses Opfer miterlebt. Nun würde sie dem Gewand, das sie trug, zum ersten Mal wirklich Ehre machen können.

Sie überquerten einen weiteren Hügel, danach schwenkte die ganze Kolonne scharf nach links durch einen gut fünffach mannshohen Spalt zwischen den Felsen, und als die Wände wieder vor ihnen zurückwichen, lag ein lang gestrecktes, schmales Tal vor ihnen, zwischen dessen grün gewachsenen Flanken sich die Häuser eines kleinen Dorfes erhoben. Ganz flüchtig empfand Robin so etwas wie ein sachtes Bedauern, den Krieg nun auch in dieses kleine Dorf zu tragen, dann sah sie genauer hin und erkannte, dass er es bereits erreicht hatte.

Aus etlichen der kleinen, braun verputzten Häusern aus unterschiedlich großen Bruchsteinen schlugen Flammen. Was sie von weitem für eine Staubwolke gehalten hatte, war Rauch, der Rauch eines Feuers, das nur deshalb noch nicht den gesamten Ort verzehrt hatte, weil es in den einfachen Steinbauten und ihrer Einrichtung nicht genug Nahrung fand. Große Rußflocken trieben ihnen entgegen wie schwarzer Schnee aus den Abgründen der Hölle. Es stank nach brennendem Holz und Öl, nach verschmortem Haar und anderen, schlimmeren Dingen, die sie nicht identifizieren wollte (obwohl etwas in ihr es sehr wohl tat), und trotz des Trommelns der Pferdehufe, das von den Wänden des schmalen Tales zurückgeworfen und noch verstärkt zu werden schien, glaubte sie ein fernes Weinen und Wehklagen zu hören, vielleicht das Wimmern eines Kindes.

Ohne langsamer zu werden, sprengte der Trupp zwischen den Häusern dahin. Nirgendwo war ein Zeichen von Leben zu sehen.

Vor der gemauerten Ölpresse, die sich in der Mitte des Dorfes erhob, lag ein erschlagener Esel unter seinem Joch, und nur wenig dahinter entdeckte sie drei tote, große Hunde, die mit Pfeilen niedergestreckt worden waren, als wäre, wer immer dieses Dorf angegriffen und niedergebrannt hatte, in Raserei verfallen, die es ihm unmöglich gemacht hätte, auch nur eine Spur von Leben zurückzulassen.

Doch dann wurden das Wehklagen und die Schreie lauter, und plötzlich senkte Dariusz, der noch immer an der Spitze des kleinen Heeres dahinpreschte, seinen Speer und deutete auf eine einfache Moschee, die das letzte Gebäude des Ortes war und kein Minarett, wohl aber die typische, halbrunde Kuppel auf dem Dach hatte. Jemand hatte ein großes Holzkreuz auf dieser Kuppel errichtet und vermutlich damit das Todesurteil über das Dorf und all seine Bewohner gesprochen. Das Kreuz war noch vorhanden, aber es stand in hellen Flammen, und auch aus dem Inneren des kleinen Gebäudes drang schwarzer, fettiger Rauch, in dem es dann und wann dunkelrot zuckte und drohend aufblitzte. Robins Herz zog sich zusammen, als ihr Verstand ihr sagte, dass nichts und niemand in dieser Kirche überlebt haben konnte, aber die Schreie kamen eindeutig von dort.

Erst als sie fast heran war, entdeckte sie die Frau, die an der Wand der ausgebrannten Moschee lehnte. Ihr Gesicht war blutüberströmt. Schleier und Kopftuch waren heruntergerissen, und aus ihrer Schulter ragte der Schaft eines abgebrochenen Pfeils. Ein in blutgetränkte Tücher gewickeltes, regloses Kind lag in ihren Armen. Als sie die heransprengenden Ritter gewahrte, versuchte sie sich kraftlos aufzurichten, aber es gelang ihr nicht. Zitternd sank sie abermals zurück und stieß einen schrillen, gepeinigten Schrei aus, deutete aber zugleich mit den Armen auf das jenseitige Ende des Tales. Robins Blick folgte der Geste, und für einen winzigen Moment glaubte sie wehende Mäntel, Turbane und bunte Burnusse nach Art der Heidenkrieger zu erkennen, dann waren sie verschwunden, aufgesogen von dem wirbelnden Staub, der ihren Weg markierte.

Sie war nicht die Einzige, die die Männer gesehen hatte. Dariusz' Lanze stieß mit einer befehlenden Geste nach vorne. »Tötet sie alle!«, schrie er. »*Gott will es!*«

Noch einmal schneller werdend, setzten die Ritter den fliehenden Sarazenen nach. Auch Robin beugte sich tiefer über den Hals ihres Pferdes und versuchte, es noch einmal zu größerer Schnelligkeit anzuspornen. Als sie an der brennenden Moschee vorbeikam, brach die junge Frau endgültig zusammen. Das leblose Bündel entglitt ihren Armen und rollte über den Boden, und ihr Kopf schlug schwer gegen den harten Stein des Türrahmens. Der schwarze Rauch, der aus dem Inneren des Gebäudes drang, griff wie eine riesige Hand nach ihrem Gesicht, und Robins Herz zog sich zu einem harten Ball aus Eis zusammen. Sie lenkte ihr Pferd ein winziges Stück zur Seite, wie um möglichst weit an der sterbenden Frau und ihrem toten Kind vorüberzugaloppieren, und ein Gefühl von Kälte und Entschlossenheit machte sich in ihr breit, das sie selbst erschreckte. Wenn schon nicht wegen allem anderen, was hier geschehen war, so würde sie die feigen Mörder allein um ihretwillen büßen lassen.

»*Gott will es!*«, schrie Dariusz noch einmal, und diesmal stimmten alle anderen Ritter in seinen Schlachtruf ein. Rasch fielen die Häuser des geschändeten Dorfes hinter ihnen zurück, und im gleichen Maße schien der Abstand zwischen den Templern und der braungrauen Staubwolke, die noch immer das Ende des Tales verhüllte, zusammenzuschrumpfen. Wenn die Sarazenen überhaupt vor ihnen flohen – und Robin war plötzlich gar nicht mehr so sicher, dass es tatsächlich so war –, dann nicht besonders schnell.

Dann hatten sie die Staubwolke erreicht und waren hindurch,

und Robin hätte um ein Haar aufgeschrien, als sie die Feinde erblickte. Sie begriff sofort, dass sie nicht auf einen Teil von Saladins Heer gestoßen waren, sondern dass Dariusz Recht gehabt hatte: Es war nicht mehr als eine Bande von Plünderern. Allerdings eine Bande von erschreckender Größe.

Die Zahl der Männer, die größtenteils auf kleinen, sonderbar zierlich wirkenden Pferden oder auch Maultieren saßen, musste die ihres gesamten Heeres erreichen, wenn nicht übertreffen. Kaum einer von ihnen trug eine Rüstung, einen Helm oder auch nur einen Schild, doch so weit Robin das erkennen konnte, waren sie ausnahmslos – und ausnahmslos gut! – bewaffnet, und viele von ihnen führten zusätzliche Packpferde und Mulis mit sich, deren Sättel schwer von der Last der erbeuteten Nahrungsmittel, Kleider und anderer Schätze waren. Sie bewegten sich schnell – sogar schneller als sie. Der Staub hatte sich hier, zwischen den Felsen am schmalen Ausgang des Tales, gefangen und so den Eindruck erweckt, dass der Trupp nicht nennenswert von der Stelle käme, aber ihr Abstand war mittlerweile noch weiter angewachsen, und vor ihnen lag nun ein weites, nahezu ebenes Gelände, in dem sie das überlegene Tempo ihrer schlanken Tiere noch besser ausspielen konnten.

Dariusz schien das wohl im gleichen Moment zu begreifen wie sie, denn er ließ zum dritten Mal sein fanatisches *Gott will es!* erschallen und versuchte zugleich, sein Pferd zu noch größerer Schnelligkeit anzutreiben, doch es gelang ihm nicht, so wenig wie irgendeinem der anderen Ritter. Die Tiere waren an den Grenzen ihrer Kraft angelangt. Robin verfluchte Dariusz dafür, die Reiter auf dem Weg hierher so angetrieben zu haben, dass die Pferde bereits erschöpft waren, noch bevor sie den Feind stellen konnten, aber aller Zorn half ihr in diesem Moment nicht. Der Abstand zwischen den Sarazenen und den Rittern auf ihren großen, schwerfälligen Schlachtrössern wuchs unerbittlich weiter.

Schließlich hob Dariusz seine Lanze und gab damit das Zeichen, die sinnlos gewordene Verfolgung abzubrechen. In diesem Moment geschah etwas Überraschendes, das sich allem Anschein nach nicht nur Robin im ersten Moment nicht erklären konnte: Der Hauptteil der Sarazenen hielt weiter und in scharfem Tempo auf das offene Land zu, aber mindestens anderthalb oder zwei Dutzend von ihnen schwenkten plötzlich nach rechts und links weg und begann in einem großen Bogen wieder auf sie zuzureiten. Dariusz wirkte irritiert. Sie konnte sein Gesicht unter dem Helm nicht erkennen, aber sein Kopf bewegte sich immer hektischer von rechts nach links und wieder zurück, während er versuchte, die beiden etwa gleich großen Reitertrupps gleichzeitig im Auge zu behalten.

Einer nach dem anderen hielten die Templer an. Auch Robin starrte die nur langsam näher kommenden Sarazenen an und fragte sich vergeblich nach dem Sinn dieses Manövers. Der gesamte feindliche Trupp wäre ihnen mit Sicherheit überlegen gewesen, aber zwei Dutzend Sarazenen ohne Rüstung oder gar Schilde gegen zwölf schwer gepanzerte Tempelritter auf ihren riesigen Schlachtrössern, das wäre kein fairer Kampf, sondern der pure Selbstmord.

Doch die Sarazenen hatten auch nicht vor, sich zum Kampf zu stellen. Jedenfalls nicht auf die Art, die Dariusz erwartet zu haben schien. Als sie auf vielleicht fünfzig Schritte heran waren, beschleunigten sie ihre Pferde wieder und sprengten plötzlich auf sie zu, schwenkten dann aber im letzten Moment nach rechts und links, und erst jetzt gewahrte Robin die kurzen, geschwungenen Bögen, die die Männer in den Händen hielten.

Ihre Reaktion wäre um ein Haar zu spät gekommen. Im buchstäblich allerletzten Moment riss Robin den Schild in die Höhe und duckte sich dahinter. Ein harter Schlag traf ihren linken Arm und ließ sie im Sattel wanken, dann schrammte ein zweiter Pfeil an ihrer Brust entlang und verletzte sie nur deshalb nicht, weil er in einem Winkel aufgeprallt war, in dem ihn das engmaschige Eisengeflecht des Kettenhemdes ablenkte.

Der Ritter neben ihr hatte weniger Glück. Zufall oder nicht – auch er wurde von zwei Pfeilen nahezu gleichzeitig getroffen. Wie Robin wehrte auch er das erste Geschoss mit seinem Schild ab, der andere Pfeil aber bohrte sich tief in den Hals seines Pferdes. Der Hengst stieg mit einem schrillen Schmerzensschrei in die Höhe, schlug mit den Vorderhufen aus und brach dann zusammen. Sein Reiter konnte sich im letzten Moment zur Seite werfen, um nicht unter dem stürzenden Pferd begraben zu werden.

Dann waren die Sarazenen vorbei. Robin beobachtete mit einer Mischung aus Entsetzen und widerwilliger Bewunderung, wie sich zwei der Männer trotz des rasenden Galopps im Sattel umdrehten und auf die nahezu wehrlosen Ritter schossen. Sie sah nicht, ob sie trafen oder nicht, doch *was* sie sah, reichte aus, ihr einen Schauer des blanken Entsetzens über den Rücken laufen zu lassen.

Der Reiter neben ihr war nicht der Einzige, der getroffen worden war. Mindestens vier oder fünf Pferde lagen am Boden und wanden sich vor Qual oder rührten sich gar nicht mehr, und der Reiter, der den Abschluss der kleinen Kolonne gebildet hatte, war nach vorne gesunken und hing reglos über dem Hals seines Pferdes. Der gefiederte Schaft eines Pfeils ragte aus seinem Rücken.

Und es war noch nicht vorbei. Noch während die Templer versuchten, ihren Schrecken zu überwinden und sich zu einer neuen, engeren Schlachtformation aufzustellen, machten die beiden Reitertrupps hinter ihnen kehrt und sprengten erneut und womöglich noch schneller heran.

Diesmal waren die Templer vorbereitet – aber es nutzte ihnen nichts. Keiner der Männer wurde getroffen, denn sie duckten sich geschickt hinter ihre großen Schilde oder wurden von ihren schweren Rüstungen geschützt, aber Robin begriff plötzlich und mit kaltem Entsetzen, dass die Angreifer auch gar nicht auf sie und ihre Ordensbrüder zielten. Vielmehr schossen sie auf ihre Pferde, und ihre Pfeile trafen ihr Ziel mit schon fast unheimlicher Präzision. Als die Reiter das zweite Mal an ihnen vorübergaloppiert waren, waren Robin, Dariusz und ein weiterer Ritter die Einzigen, die noch im Sattel saßen. Alle anderen Pferde waren zusammengebrochen, und mehr als eines hatte seinen Reiter dabei unter sich begraben.

Die Luft war so voller Staub, dass Robin unter dem schweren Helm kaum noch atmen konnte und qualvoll zu husten begann. Sie sah nichts mehr als wirbelnden Staub und ein Chaos aus reiner Bewegung. Irgendetwas traf ihre Seite, hart genug, um ihr auch noch das allerletzte bisschen Luft aus den Lungen zu pressen, aber nicht hart genug, um sie aus dem Sattel zu werfen.

Robin hustete noch einmal und noch qualvoller, riss sich den schweren Helm vom Kopf und rang fast verzweifelt nach Luft. Im ersten Moment schien es nichts zu nutzen. Ihre Kehle war wie zugeschnürt, und ihr Herz hämmerte immer schneller. Wäre sie in diesem Moment angegriffen worden, sie wäre vollkommen hilflos gewesen.

Aber niemand griff sie an. Der Reitertrupp hatte in einiger Entfernung angehalten und wieder kehrtgemacht, eine doppelte Reihe lautloser schwarzer Gespenster, die mit dem braungrauen Staub zu verschmelzen schienen, als hätte die Wüste selbst dämonische Gestalt angenommen, um die Eindringlinge zu vernichten, aber die Männer zögerten aus einem unerklärlichen Grund, ein drittes Mal anzugreifen und ihren Gegnern endgültig den Todesstoß zu versetzen. Mit ziemlicher Sicherheit, dachte Robin bitter, war der nächste Angriff ihr Ende. Die Männer würden sich nicht auf einen Nahkampf einlassen, den sie verlieren mussten, sondern sie aus sicherer Entfernung mit ihren Bögen erledigen.

Nur, dass sie es nicht taten.

6. Kapitel

Behutsam legte sie den Helm vor sich in den Sattel, blinzelte sich den Schweiß aus den Augen und versuchte, die Gestalten genauer zu erkennen. Das doppelte Dutzend Reiter stand noch immer vollkommen reglos da, vielleicht dreißig, vierzig Schritte entfernt und somit in sicherer Schussweite, aber dennoch weit genug entfernt, um sofort den Rückzug antreten zu können, sollte einer der verbliebenen Reiter vielleicht doch noch einen Angriff wagen. Und einen Moment lang sah es sogar tatsächlich so aus, als wäre Dariusz selbst jetzt noch wahnsinnig genug dazu. Sein Pferd tänzelte so nervös, dass er Mühe hatte, es unter Kontrolle zu halten. Obwohl die Schlachtrösser der Templer ausgezeichnet ausgebildet waren und im Allgemeinen selbst im wildesten Kampfgetümmel noch zuverlässig gehorchten, musste er all seine Kraft aufwenden, um es am Ausbrechen zu hindern, als hätte es gespürt, was den anderen Tieren zugestoßen war.

Dennoch zwang der Tempelritter sein scheuendes Tier, sich ein halbes Dutzend widerwilliger Schritte auf die Reihen der Sarazenen zuzubewegen, bevor er anhielt, die Lanze in den lockeren Sandboden rammte und noch in derselben wütenden Bewegung das Schwert aus dem Gürtel riss.

»Stellt euch zum Kampf, ihr elenden Feiglinge!«, brüllte er. »Kommt hierher! Nur ihr und ich, wenn ihr den Mut dazu habt!«

Er meinte das wirklich ernst, dachte Robin entsetzt. Und das Schlimmste war: Sie war in diesem Moment nicht einmal sicher, dass Dariusz diesen scheinbar so ungleichen Kampf tatsächlich verlieren würde.

Dariusz schien in diesem Moment kaum noch etwas Menschliches an sich zu haben. Hoch aufgerichtet auf dem Rücken seines gewaltigen, weiß verhüllten Schlachtrosses, das Schwert hoch in die Luft gestreckt und den wehenden weißen Mantel mit dem blutroten Tatzenkreuz um die Schultern wehend, erschien er ihr eher wie ein biblischer Racheengel, vor dessen Toben die Welt erzitterte. Und auch wenn die Sarazenen auf der anderen Seite seine Worte vermutlich gar nicht verstanden, so musste sie der Anblick des tobenden Ritters doch ebenso erschrecken. Ein einzelner Pfeil flog heran. Dariusz wischte ihn mit einer fast nachlässigen Bewegung seines Schildarmes aus der Luft und brüllte den Kriegern weiter seine Herausforderung entgegen, doch der Angriff wiederholte sich nicht, ja, keiner der Männer rührte sich auch nur. Selbst ihre Pferde waren zu vollkommener Reglosigkeit erstarrt, als spürten sogar die Tiere den heiligen Zorn der riesigen, rot-weißen Gestalt.

Dann war der fast magische Augenblick vorbei. Dariusz' Pferd bäumte sich auf und schlug mit den Vorderläufen in die Luft, und im gleichen Moment, in dem seine Hufe den Boden wieder berührten, wandten die Sarazenen ihre Pferde einer nach dem anderen um und sprengten davon.

Endlich fiel auch die Spannung von Robin ab. Dariusz saß noch immer reglos, das Schwert herausfordernd in die Luft erhoben, im Sattel seines nervös hin und her tänzelnden Pferdes, doch sie selbst löste rasch den Schild vom linken Arm, ließ ihn kurzerhand fallen und glitt aus dem Sattel, noch bevor er ganz zu Boden gestürzt war. Jetzt, wo sie ihren Blick von Dariusz und den muslimischen Reitern losgerissen hatte, bot sich ihr ein Bild des Entsetzens. Abgesehen von ihr selbst und Dariusz saß nur noch ein einzelner Tempelritter im Sattel; alle anderen Tiere waren gestürzt und tot oder schwer verwundet, und nur wenige Schritte neben ihr bemühten sich zwei Ritter vergeblich, einen ihrer Brüder unter dem reglosen Leib seines Pferdes hervorzuziehen, das von gleich drei Pfeilen niedergestreckt worden war. Das hellrote Blut färbte den weißen Stoff seiner Schabracke und begann die Umrisse des aufgenähten roten Tatzenkreuzes zu verwischen.

Robin war mit zwei, drei schnellen Schritten dort und griff ebenfalls zu, doch nicht einmal ihre vereinten Kräfte reichten aus. Erst als zwei weitere Männer hinzutraten, gelang es ihnen, den verwundeten Tempelritter unter seinem Pferd herauszuziehen. Der Mann stöhnte vor Schmerz, und etwas schien mit seinem rechten Bein nicht zu stimmen, denn als seine Retter ihn losließen, brach er in die Knie und wäre augenblicklich wieder gestürzt, hätten die Männer nicht rasch zugegriffen.

Und dennoch, dachte Robin schaudernd, hatten sie ein fast unvorstellbares Glück gehabt. Nur ein einziger Ritter war tatsächlich von den Pfeilen der Angreifer getroffen worden, und auch er war noch am Leben und stand sogar – wenn auch schwankend – auf seinen eigenen Füßen. Robin war plötzlich nicht einmal mehr sicher, ob der einzelne Pfeil, der seinen Rücken getroffen hatte, auch tatsächlich auf ihn gezielt gewesen war. Der Angriff hatte tatsächlich nicht ihnen, sondern ihren Pferden gegolten.

Dennoch war seine Wirkung verheerend gewesen. Ohne ihre gewaltigen Schlachtrösser waren die Templer im Grunde nur ein Schatten ihrer selbst. Hätten die Angreifer auch nur noch eine einzige, weitere Pfeilsalve abgeschossen, so hätten sie sie alle töten können, ohne sich auch nur in ihre Nähe zu wagen. Robin verstand nicht wirklich, warum sie diese Gelegenheit ungenutzt hatten verstreichen lassen – bis sie sich umdrehte und wieder in die Richtung sah, aus der sie gekommen waren.

Der schmale Felsspalt, der den Ausgang des Tales bildete, war noch immer hinter einer braungrauen Staubwolke verborgen, aber nicht mehr leer. Ein gutes Dutzend Reiter, angeführt von einem einzelnen Tempelritter, sprengte in scharfem Tempo auf sie zu, und dahinter glaubte Robin die Umrisse zahlreicher, weiterer Männer zu erkennen. In das Rauschen des Blutes in ihren Ohren mischte sich nun herannahender dröhnender Hufschlag. Rother und der Rest des Heeres waren gekommen.

Robin unterdrückte im letzten Moment den Impuls, die Hand zu heben und dem jungen Tempelritter zuzuwinken. Stattdessen drehte sie sich um und ließ ihren Blick noch einmal über die schreckliche Szene schweifen. Nur ein kleines Stück neben ihr kniete einer ihrer Ordensbrüder neben seinem gestürzten Pferd. Er hatte den Helm abgenommen und neben sich in den Sand gelegt, und seine Hand umschloss den Griff seines Schwertes so fest, als versuche er ihn zu zerquetschen. Auf seinem Gesicht war ein Ausdruck von Schmerz zu erkennen, den Robin noch vor kurzem bei keinem dieser Männer für möglich gehalten hätte. Das Pferd des Ritters war noch am Leben, aber es war schwer verwundet. Ein Pfeil hatte sich tief in seinen Hals gebohrt, und das Tier atmete schwer und ließ ein leises, gequältes Schnauben hören. Seine Hinterläufe zuckten, sodass Robin in einem großen Bogen um das Pferd herumgehen musste, um nicht getroffen zu werden.

»Soll ich es tun, Bruder?«, fragte sie, leise und mit einer Kopfbewegung auf das Schwert in der Hand des Ritters.

Im ersten Moment schien es, als hätte der Mann die Worte gar nicht gehört. Dann hob er langsam, so mühevoll, als müsse er gegen einen unsichtbaren Widerstand ankämpfen, den Kopf und blickte sie voller Trauer und stummer Dankbarkeit an. »Nein«, flüsterte er. »Das ist meine Aufgabe. Aber ich danke dir.«

Robin wandte sich ab, während der Ritter aufstand und das Schwert mit beiden Händen ergriff, um das Tier von seinen Qualen zu erlösen. In ihrem Hals war plötzlich ein bitterer, harter Kloß, der ihr das Atmen schwer machte.

Mittlerweile waren Rother und die anderen Ritter fast heran. Ihr Tempo war so ungestüm, dass Robin halbwegs damit rechnete, dass sie einfach weitergaloppieren und die Verfolgung der flüchtenden Sarazenen aufnehmen würden, doch Dariusz machte eine befehlende Geste mit seinem Schwert, und der ganze Trupp wurde langsamer und hielt schließlich an. Aus der Staubwolke weit hinter ihnen tauchten nun auch die einfachen Soldaten auf, sichtlich erschöpft und am Ende ihrer Kräfte nach dem Gewaltritt, den Rother ihnen aufgezwungen hatte, und viel zu spät. Zum allerersten Mal begriff Robin wirklich, wie wichtig die Hilfstruppen waren, auf die Dariusz und die anderen mit so unverblümter Verachtung hinabsahen, um die Ritter in der Schlacht zu beschützen. Ein scharfes Schwert und eine unüberwindliche Rüstung allein waren noch längst kein Garant für den sicheren Sieg; eine Lektion, die Robin in diesem Moment begriff und deren wahre Tragweite sie in nicht mehr allzu ferner Zukunft und auf ungleich schrecklichere Weise noch kennen lernen sollte.

»Bruder Dariusz!«, schrie Rother, noch während er versuchte, sein scheuendes Pferd unter Kontrolle zu halten. »Was ist passiert? Gott im Himmel – was haben sie getan?« Er schlug hastig das Kreuzzeichen vor Stirn und Brust.

Dariusz sprang mit einer wütenden Bewegung aus dem Sattel, rammte das Schwert in die lederne Scheide an seinem Gürtel zurück und starrte den jungen Tempelritter so hasserfüllt an, als wäre er ganz allein schuld an dem Debakel. »Diese feigen Hunde haben uns in einen Hinterhalt gelockt. Sie kämpfen nicht wie Männer, sondern wie Feiglinge! Wo seid Ihr so lange gewesen?«

Robin sah Dariusz eindeutig verwirrt an, und auch Rother schwieg einige Augenblicke überrascht. Wenn sie ihren Vorsprung bedachte und den Umstand, dass Rother die Männer erst hatte holen müssen, dann hatten er und seine Begleiter ein kleines Wunder vollbracht, sie so schnell einzuholen. Und selbst Dariusz musste doch begreifen, dass der junge Templer und seine Begleiter ihm und allen anderen hier das Leben gerettet hatten, denn es war zweifellos nur ihrem Auftauchen zu verdanken, dass die Sarazenen auf ihren letzten, entscheidenden Angriff verzichtet hatten.

»Wir sind gekommen, so schnell wir konnten«, antwortete Rother schließlich. »Sollen wir sie verfolgen?«

Dariusz schien tatsächlich einen Moment lang über diesen Vorschlag nachzudenken, auch wenn ihm zweifellos klar sein musste, dass es auch Rother und seinen Begleitern nicht anders ergehen würde als ihnen. Schließlich aber (und zu Robins unendlicher Erleichterung) schüttelte er wütend den Kopf. »Nein. Lasst sie ihren feigen Sieg ruhig genießen. Umso größer wird ihr Entsetzen sein, wenn wir über sie kommen und sie Gottes Strafe trifft.«

Robin konnte Rothers Gesicht unter dem schweren Helm nicht erkennen, aber sie spürte, dass er auch mit dieser Antwort nicht wirklich etwas anzufangen wusste. Einen kurzen Moment lang sah der junge Tempelritter Dariusz einfach nur wortlos an, dann schwang er sich aus dem Sattel, nahm Helm und Schild ab und ging wortlos auf den verwundeten Ritter zu, der sich mittlerweile auf einem Stein niedergelassen hatte und mit schmerzverzerrtem Gesicht und vergebens versuchte, den Pfeil zu erreichen, der aus seinem Rücken ragte. Robin wollte ihm folgen, um sich um den Verwundeten zu kümmern, aber Dariusz befahl sie mit einer unwilligen Geste zurück.

»Kommt mit mir«, sagte er grob.

Robin folgte ihm, während er sich zehn oder zwölf Schritte weit von den anderen entfernte, und aus ihrem unguten Gefühl wurde etwas anderes, Schlimmeres, als er wieder stehen blieb und mit einer fast zornigen Bewegung zu ihr herumfuhr. »Nun?«, begann er wütend. »Habt Ihr das bekommen, was Ihr erwartet habt?«

»Dariusz?«, erwiderte Robin hilflos. Sie verstand überhaupt nichts.

»Das war es doch, wovor Ihr mich vorhin warnen wolltet, oder?«, erwiderte Dariusz mit einer wütenden Handbewegung auf die toten Pferde. »Ist es das, was Ihr in den zwei Jahren bei den Assassinen gelernt habt?«

Robin verstand immer noch nicht wirklich, worauf Dariusz hinauswollte. Das hieß: Eigentlich verstand sie es schon. Nur erschien ihr der Gedanke selbst jetzt noch und selbst für einen Mann wie Dariusz so absurd, dass sie sich einfach *weigerte*, es zu glauben. »Bruder Dariusz, ich wollte doch nur ...«

»Mir ist vollkommen egal, was Ihr *wolltet*, Bruder Robin«, fuhr ihr Dariusz ins Wort. Seine Stimme zitterte. »Ich habe vorhin nichts gesagt, weil ich Euch nicht vor den anderen demütigen wollte, aber noch einmal werde ich nicht so großzügig sein. Ich warne Euch, Robin. Nur dieses eine Mal. Stellt nie wieder meine Autorität infrage, weder, wenn wir allein sind, noch vor den anderen.«

»Das lag nicht in meiner Absicht«, antwortete Robin, so ruhig, wie sie es gerade noch vermochte. Was nicht besonders ruhig war. Jetzt, nachdem sie ihre erste Überraschung überwunden hatte, musste auch sie sich beherrschen, den brodelnden Zorn im Zaum zu halten, der plötzlich in ihr hochstieg. Ganz offensichtlich suchte Dariusz einfach nach jemandem, dem er die Schuld an der Katastrophe in die Schuhe schieben konnte, in der ihr Angriff geendet hatte. Und ebenso offensichtlich kam sie ihm dafür gerade recht. »Ich wollte lediglich darauf hinweisen ...«

»Ich weiß, was Ihr wolltet, Robin«, unterbrach sie Dariusz

erneut, jetzt mit kalter, schneidender Stimme. Er trat einen Schritt auf sie zu, und Robin musste all ihre Willenskraft zusammennehmen, um nicht erschrocken um die gleiche Distanz zurückzuweichen. »Ich warne Euch noch einmal, Robin«, sagte er. »Ihr mögt mächtige Freunde haben. Ihr mögt Euch sicher unter ihrem Schutz fühlen, und vielleicht habt Ihr damit sogar Recht. Aber treibt es nicht zu weit. Ich werde nicht zulassen, dass Ihr unserer Sache schadet oder dem Ruf des Ordens. Ganz gleich, wer seine schützende Hand über Euch hält oder auch nicht.«

Robin war nun vollends verwirrt. Sie verstand nicht einmal im Ansatz, wovon Dariusz überhaupt sprach, aber sie begann sich zu fragen, ob sein plötzliches Auftauchen vor fünf Tagen tatsächlich so zufällig gewesen war, wie er bisher behauptet hatte. Fast hilflos hob sie die Schultern und sagte noch einmal: »Ich verstehe nicht, was Ihr meint, Bruder.«

Dariusz' Stoß kam so unerwartet, dass sie ihn nicht einmal sah. Seine flache Hand rammte gegen ihre Schulter, brachte sie aus dem Gleichgewicht und ließ sie zwei Schritte rückwärts stolpern und dann schwer zu Boden fallen. Ein scharfer Schmerz schoss durch ihren Rücken, trieb ihr fast die Tränen in die Augen, doch ungleich größer noch als der Schmerz war der Schrecken, der sie durchfuhr, als Dariusz ihr nachsetzte und breitbeinig und mit vor Wut zu Fäusten geballten Händen über ihr stehen blieb. Seine Augen loderten, und Robin war klar, dass er in diesem Augenblick nichts lieber getan hätte, als sein Schwert zu ziehen und sie zu erschlagen; ganz gleich, was danach geschah.

»Zum allerletzten Mal«, zischte er. »Treibt es nicht zu weit, oder ich schwöre Euch, Robin, nicht einmal Gott selbst wird Euch vor meinem Zorn beschützen!«

7. Kapitel

Die meisten Feuer waren erloschen, als Robin und die anderen ins Dorf zurückkehrten; nicht weil sie irgendjemand gelöscht, sondern weil die Flammen in ihrer Gier längst ihre eigene Grundlage aufgezehrt hatten. Nur aus der brennenden Moschee quoll noch schwarzer Rauch. Das einfache Holzkreuz, das jemand auf ihrem Kuppeldach aufgerichtet hatte, brach just in dem Augenblick in einem Funkenschauer zusammen, in dem Robin und Rother an dem brennenden Gebäude vorübergingen. Der junge Ritter und sie waren abgesessen und führten ihre Tiere am Zügel hinter sich her, so wie alle anderen auch. Einzig Dariusz war wieder aufgesessen und trabte im Schritttempo zwischen den ausgebrannten Ruinen des Dorfes entlang. Obwohl der Kampf vorüber war und trotz der Gluthitze des Tages, die sich zwischen den engen Talwänden noch zusätzlich zu stauen schien, hatte er den Helm wieder aufgesetzt und den Schild an seinem linken Arm befestigt; seine Rechte ruhte locker auf dem Oberschenkel, aber es war eine beiläufige Geste, die ganz bewusst täuschte. Unter Rüstung und Helm war jeder Muskel seines Körpers zum Zerreißen angespannt, so als fürchte er auch jetzt noch einen Hinterhalt.

Die Frau lag noch immer vor dem Eingang der Kirche, aber zumindest war jemand rücksichtsvoll genug gewesen, das tote Kind fortzuschaffen. Wenigstens glaubte Robin das im ersten Moment, bis sie das blutige Bündel nahezu auf der anderen Seite der Straße entdeckte, wohin es die Hufe der vorübergaloppierenden Pferde geschleudert hatten. Robin wusste, dass sie einen großen Fehler beging, aber sie konnte nicht anders: Ohne ein weiteres Wort drückte sie Rother die Zügel in die Hand, ging zu dem zerfetzten Bündel hin und hob es auf. Sie vermied es sorgsam, auch nur einen Blick unter die blutbesudelten Tücher zu werfen, sondern trug es nur ein paar Schritte weit davon, bis sie eine Stelle neben einem der Häuser erreicht hatte, wo der Boden locker genug war, um mit ihrem Messer eine flache Grube auszuheben. Behutsam legte sie das tote Kind hinein, schaufelte das improvisierte Grab mit den bloßen Händen wieder zu und murmelte ein kurzes Gebet, bevor sie das Kreuzzeichen schlug und hastig aufstand.

Als sie sich umdrehte, stand Dariusz hinter ihr. »Was für ein herzergreifender Anblick«, sagte er. Die Worte hätten hämisch klingen können und hatten es zweifellos auch gesollt, wäre sein Blick nicht so hart wie geschmiedeter Stahl gewesen. »Ich hoffe doch sehr, Ihr habt das arme Kind vorher getauft, damit seine Seele auch Einlass in Gottes Himmelreich erlangt.«

Robin schwieg. Was sollte sie auch sagen?

»In diesen Häusern liegen noch mehr Leichen, Bruder Robin«, fuhr Dariusz fort. Er wirkte verärgert, vielleicht, weil Robin nicht geantwortet hatte. »An die dreißig, wenn ich richtig gezählt habe. Ich nehme nicht an, dass Ihr sie auch alle mit Euren bloßen Händen beerdigen wollt?«

Robin schwieg beharrlich weiter, schon weil sie spürte, dass Dariusz sich darüber mehr ärgerte als über alles, was sie möglicherweise hätte antworten können.

»Ich beginne mich zu fragen, *Bruder* Robin«, fuhr er nach einer abermaligen Pause fort, und wieder betonte er das Wort *Bruder* dabei auf eine Art, die Robin einen eisigen Schauer über den Rücken laufen ließ, »wem Eure Sympathien in Wahrheit gehören. Und ob Ihr nicht vielleicht zu lange bei den Assassinen gelebt habt.«

»Weil ich ein totes Kind beerdigt habe?«, fragte Robin. »Das war nicht mehr, als ich für jedes Tier getan hätte, Bruder Dariusz. Ihr nicht?« Sie spürte selbst, wie verächtlich ihre Stimme klang, aber sie konnte in diesem Moment einfach nicht anders. Ihr war sogar klar, dass Dariusz sie ganz bewusst reizte, vielleicht um zu sehen, wie weit sie gehen würde, aber selbst das war ihr in diesem Augenblick gleich.

»Es war aber kein totes Tier«, antwortete Dariusz kalt. »Ihr verhöhnt unsere Sitten und alle christliche Tradition, indem Ihr einem Heidenkind ein christliches Begräbnis gewährt.« Er legte eine winzige Pause ein, um seinen nachfolgenden Worten die gehörige Wirkung zu verleihen. »Von den Regeln unseres Ordens ganz zu schweigen. Was hat Euch Bruder Abbé in den Jahren Eurer Ausbildung eigentlich gelehrt?«

»Jedenfalls nicht, einer unschuldigen Kinderseele den Weg in den Himmel zu verwehren«, antwortete Robin, »nur weil es im falschen Teil der Welt geboren worden ist. Ich bin sicher, dass Gott der Herr in die Seele dieses Kindes schaut und nicht danach urteilt, ob es schon alt genug war, die heiligen Sakramente zu empfangen oder getauft zu werden.«

Dariusz' Blick verfinsterte sich noch weiter, aber zugleich glaubte sie auch etwas wie einen kurzen, bösen Triumph in seinen Augen aufflammen und sofort wieder verschwinden zu sehen. Sie waren nicht allein, wie ihr voller Schrecken zu Bewusstsein kam. Die anderen Templer, aber auch die weltlichen Ritter aus ihrem Gefolge hatten sich überall im Dorf verteilt, durchsuchten die Häuser, durchkämmten das Gebüsch und die Felsen auf den Hängen auf der Suche nach eventuell versteckten Feinden oder Überlebenden oder hatten sich einfach erschöpft irgendwo in den Schatten gehockt und versuchten, nach dem

Gewaltmarsch wieder zu Atem zu kommen, aber genug Männer standen nahe genug bei ihnen, um jedes Wort gehört zu haben. Mehr als ein Gesicht hatte sich in ihre Richtung gewandt, und in mehr als einem Augenpaar las sie einen Ausdruck von Schrecken und fassungslosem Unglauben. Was sie gerade gesagt hatte, das grenzte an Ketzerei, aber erst das kurze, böse Flackern in Dariusz' Blick hatte ihr klar gemacht, dass der Tempelritter sie dazu hatte bringen wollen, ganz genau das zu tun. Robins Mut sank. Am Ende war sie Dariusz doch in die Falle getappt, und er hatte sich nicht einmal sonderlich anstrengen müssen.

»Ihr werdet später noch Gelegenheit haben, diese Worte zu erklären«, sagte Dariusz unerwartet ruhig, zugleich aber auch laut genug, um von mindestens einem Dutzend Ohren gehört zu werden.

Robin antwortete mit einer scheinbaren Gelassenheit, die sie selbst vielleicht am meisten überraschte und die in Wahrheit wohl nichts anderes als Fatalismus war. »Ich sehe keinen Grund dazu, Bruder Dariusz«, antwortete sie. »Ganz im Gegenteil: Ich beginne mich zu fragen, warum Ihr den braven Menschen hier ein christliches Begräbnis vorenthalten wollt.«

Im allerersten Moment wirkte Dariusz einfach nur verblüfft. Dann verdüsterte sich sein Gesicht noch weiter. »Was erdreistet Ihr Euch, Bruder Robin?«, fragte er scharf. »Diese Menschen hier sind ...«

»Christen«, unterbrach ihn Robin. »Oder habt Ihr das Kreuz auf dem Dach des Gotteshauses übersehen, Bruder?«

Einen Herzschlag lang war sie vollkommen sicher, dass Dariusz sie abermals schlagen würde. Sie sah, wie sich alle seine Muskeln spannten und er dazu ansetzte, auf sie zuzutreten. Dann aber machte er mitten in der Bewegung kehrt und drehte mit einem Ruck den Kopf in Richtung der brennenden Moschee. »Ihr meint diesen heidnischen Götzentempel?«

Robin schüttelte den Kopf. Sie selbst war wohl am meisten erstaunt über ihren Mut, aber sie hatte nun einmal angefangen, und sie konnte jetzt nicht mehr aufhören, ohne alles noch viel schlimmer zu machen. »Die heidnischen Symbole wurden entfernt und das Kreuz der Christenheit auf seinem Dach aufgepflanzt«, sagte sie bestimmt.

»Ein Holzkreuz macht aus einem Götzentempel noch keine Kirche«, antwortete Dariusz.

»Das ist seltsam«, erwiderte Robin. »Ihr habt mich gerade gefragt, was Bruder Abbé mich gelehrt hat. Nun, er hat mich gelehrt, dass Gottes Haus überall ist, wo Menschen zu ihm beten. Sollte er sich geirrt haben?«

In Dariusz' Augen loderte jetzt die blanke Mordlust. Robin war sich vollkommen darüber im Klaren, wie gefährlich das Spiel war, das sie spielte – und doch war es vielleicht ihre allerletzte, verzweifelte Chance, es überhaupt zu überleben. Unter all der Wut und dem heiligen Zorn auf Dariusz' Gesicht war plötzlich noch etwas anderes; eine Unsicherheit, wie sie sie noch niemals an ihm bemerkt und auch niemals für möglich gehalten hätte, und dann ein Zorn gänzlich anderer Art, der nicht einmal mehr *ihr* zu gelten schien. »Es liegt mir fern, Bruder Dariusz«, fuhr sie fort, »Euch zu verbessern oder gar maßregeln zu wollen, doch ich war der Meinung, dass dieses Dorf von Christenmenschen bewohnt wird.« Sie unterstrich ihre Worte mit einer Geste auf das brennende Gotteshaus. »Warum sonst hätten Saladins Truppen es niederbrennen und all seine Bewohner erschlagen sollen?«

Dariusz' Blick wurde lauernd. Ganz offensichtlich fragte er sich, ob Robin ihn auf diese Weise nur weiter demütigen oder ihm eine goldene Brücke bauen wollte, sodass er die Situation beenden konnte, ohne das Gesicht zu verlieren. Schließlich antwortete er mit einem gezwungenen, abfälligen Lachen. »Ihr seid wirklich noch jung, Bruder Robin«, sagte er verächtlich. »Ich frage mich, ob Ihr nicht vielleicht *zu* jung seid, um dieses Gewand zu tragen.« Er schüttelte den Kopf. »Glaubt Ihr wirklich, diese Menschen hier hätten ihrem heidnischen Glauben abgeschworen und sich Gott zugewandt? Denkt Ihr tatsächlich, sie hätten von heute auf morgen diesen Götzentempel in ein Gotteshaus verwandelt und ihre Herzen dem wahren Herrn der Welt geöffnet?«

»Ihr nicht?«, fragte Robin.

»Ich *möchte* es glauben«, antwortete Dariusz. »Gott weiß, dass ich jede Nacht darum bete, er möge den Geist dieser armen Menschen erhellen und sie dem wirklichen Glauben zuführen.« Plötzlich wurde seine Stimme sanfter. »Möglicherweise habe ich Euch Unrecht getan, Bruder Robin. Wenn es so ist, dann bitte ich Euch um Vergebung. Manchmal vergesse ich, wie jung Ihr noch seid und dass auch ich einmal genauso jung war und genauso gedacht habe.« Auch er deutete auf die brennende Moschee. »Glaubt mir, Robin, dieses Kreuz hat nichts mit ihrem wirklichen Glauben zu tun. Diese Menschen sind und bleiben Heiden. Ich habe zu oft versucht, das Gegenteil zu glauben, und ich bin zu oft enttäuscht worden. Wäre unsere Aufgabe so leicht, dann wäre unsere Anwesenheit hier gar nicht vonnöten. Sie richten vielleicht ein Kreuz auf. Sie beten und gehen zum Gottesdienst, aber ihre Herzen gehören ihren falschen Göttern.«

»Und warum dann das Kreuz?«, fragte Robin.

»Weil sie vielleicht keine guten Christenmenschen sind, aber nicht dumm«, antwortete Dariusz. »Sie richten ein Kreuz über ihren Tempeln auf, um sich damit unter unseren Schutz zu stellen, und nur zu viele von uns sind so gutmütig und naiv wie Ihr, Robin, und glauben ihnen.«

»Ihr glaubt, das alles wäre nur eine Täuschung gewesen?«, erwiderte Robin. Sie schüttelte verwirrt den Kopf. »Aber ... warum?«

»Um sich unseren Schutz zu erkaufen«, antwortete Dariusz, nun schon wieder etwas heftiger. »Das Land von hier bis an die Ufer des Nils steht unter der Kontrolle der Christenheit. Sie hängen ihre Fahne in den Wind, weil sie glauben, sich auf diese Weise unser Wohlwollen und damit ein besseres Leben zu erkaufen.«

Robin sagte nichts mehr dazu, sondern drehte sich halb um und blickte auf das armselige Grab hinab, das sie dem toten Kind bereitet hatte; einem Menschen, der vielleicht erst wenige Tage alt gewesen war und niemals auch nur die Chance bekommen hatte, sich zu entscheiden, an welchen Gott er glauben wollte. Das Einzige, was sich dieses Kind, seine Eltern und jede andere Seele in diesem Dorf mit dem schlichten Holzkreuz auf dem Dach der Moschee erkauft hatten, war ein grausamer Tod gewesen.

Sie hütete sich, diesen Gedanken laut auszusprechen, doch Dariusz schien ihn deutlich ihrem Gesicht ablesen zu können, und er reagierte ganz anders darauf, als sie noch einen Augenblick zuvor erwartet hätte. Statt sie erneut zu schelten, trat er plötzlich hinter sie, streckte den Arm aus und legte ihr seine schwere Hand auf die Schulter.

»Verzeiht mir meine groben Worte, Bruder Robin«, sagte er. »Was Ihr gesagt habt, war vielleicht falsch, doch Ihr habt ein gutes Herz, und das zählt tausendmal mehr als ein unbedachtes Wort. Zumindest was dieses Kind anbelangt, habt Ihr Recht. Es kann nichts dafür, was seine Eltern oder deren Vorfahren getan haben. Und ich bin sicher, Gott wird es in sein Himmelreich aufnehmen.« Er schob Robin mit sanfter Gewalt aus dem Weg, ließ sich auf das rechte Knie herabsinken und segnete das schlichte Grab, indem er mit aneinander gelegtem Zeige- und Mittelfinger das Kreuzzeichen darüber schlug. Seine Lippen formten lautlose Worte, und so gerne Robin sich auch in diesem Moment das Gegenteil eingeredet hätte, sah sie doch, dass der Ausdruck von

Trauer und Mitleid, der sich währenddessen auf seinen Zügen breit machte, echt war.

Schließlich stand Dariusz wieder auf, und noch während er sich zu ihr umdrehte, ergriff die übliche Härte und Unnahbarkeit von seinem Gesicht Besitz. »Jetzt geht und helft den anderen, Robin. Die Plünderer haben auf ihrer Flucht eine Anzahl Pferde und Ponys zurückgelassen. Wir müssen sie einfangen, um unsere verlorenen Tiere zu ersetzen.«

Sie brauchten nahezu den Rest des Tages, um das karge Ödland zu überqueren, über das die Sarazenen vor ihnen geflohen waren. Anfangs fanden sie noch Spuren des großen Reitertrupps: ein verlorenes Kleidungsstück, einen achtlos weggeworfenen leeren Wasserschlauch und einmal ein blutgetränktes, noch feuchtes Tuch, das bewies, dass sich die Einwohner des Dorfes nicht vollends ohne Gegenwehr in ihr Schicksal ergeben hatten. Nach und nach aber wurden diese Spuren weniger, und schließlich verschwanden sie ganz. Robin vermutete, dass die Räuber ihren Kurs geändert hatten, was auch ziemlich nahe lag: Safet war jetzt nur noch einen knappen Tagesritt entfernt, und die Gefahr, auf weitere und vielleicht besser auf einen Kampf vorbereitete christliche Truppen zu treffen, wuchs mit jeder Meile, die sie weiter nach Osten geritten wären.

Dariusz blieb trotzdem wachsam. Obwohl sich das Land rings um sie herum so flach und deckungslos erstreckte, dass sie jeden Späher schon aus großer Entfernung entdeckt hätten, bestand er nun darauf, dass sowohl sie als auch die anderen Ritter absaßen und sich in der Masse der Turkopolen und einfachen Waffenknechte weiterbewegten, um ihre wahre Stärke zu verbergen, vermutlich aber auch (auch wenn er es niemals zugegeben hätte), um die Pferde zu schonen. Ohne auf die geharnischten Proteste der anderen Ritter zu reagieren, hatte Dariusz kurzerhand deren Pferde beschlagnahmt und ihnen die weißen Schabracken ihrer verlorenen Tiere übergeworfen, was wiederum dazu führte, dass etliche der weltlichen Ritter, die ihnen am Morgen auf stolzen Hengsten und prachtvollen Stuten gefolgt waren, nun mit ehemaligen Packpferden, lahmen Kleppern und einige sogar mit Mauleseln vorlieb nehmen mussten. Entsprechend schlecht war die Stimmung in der Reitertruppe, die dem Dutzend Templer auch zuvor schon zwar mit großer Ehrerbietung, zugleich aber auch mit jener Art von Verachtung begegnet war, die aus dem Gefühl der Unterlegenheit und Furcht geboren wird.

Zu allem Überfluss stieg auch die Hitze noch weiter unbarmherzig an, selbst als die Sonne längst ihren Zenit überschritten hatte und die Schatten, die der Trupp auf den staubigen Boden warf, allmählich länger zu werden begannen. Erst eine Stunde vor Sonnenuntergang wurde es ein wenig kühler, und auch die Landschaft hatte ein Einsehen mit ihnen. Vor ihnen erschien ein dunkler Streifen am Horizont, der quälend langsam, aber beständig heranwuchs, und als die Sonne sank, marschierten sie nicht mehr über sonnenverbrannten, harten Wüstenboden, sondern hatten ein sanftes, von fruchtbaren Tälern durchzogenes Bergland erreicht. Gelegentlich gab es sogar kleine Zedernwälder mit zum Teil himmelhoch aufragenden Bäumen, die sich hartnäckig an den kargen Felsbrocken klammerten, und als die Nacht vollends hereinbrach, erreichten sie einen winzigen, von zwei Bachläufen gespeisten See inmitten eines dieser Haine. Dariusz gab Befehl, an seinem Ufer das Lager aufzuschlagen.

Während die Männer rings um sie herum ihre Pferde versorgten, sich aus Satteldecken oder ihren eigenen Mänteln einfache Betten errichteten oder schlichte Konstruktionen aus Stöcken und Zeltplanen aufstellten, um sich vor dem Wind zu schützen, der hier, in den Randgebieten der Wüste, ebenso eisig sein konnte wie die Tage heiß, lehnte sich Robin nur erschöpft gegen die Flanke ihrer Stute, die ohne ihr Zutun zum Wasser getrabt war und lautstark schlürfend ihren Durst stillte, und sah zu Dariusz hin. Ihre Glieder schienen mit flüssigem Blei gefüllt. Sie hatte grässlichen Durst, und alles drehte sich um sie, aber sie widerstand sogar der Versuchung, sich ebenfalls auf die Knie fallen zu lassen, um ihren Durst zu stillen, denn sie war sicher, dass Dariusz sie scharf beobachtete und sie sofort wieder zu sich befehlen und für die erste (oder auch für alle) Nachtwachen einteilen würde, allein, um sie für die Respektlosigkeit zu bestrafen, die sie sich an diesem Tag erlaubt hatte.

Dariusz überraschte sie jedoch ein weiteres Mal. Er teilte sie weder zur Wache ein, noch ließ er sich etwas anderes einfallen, um sie zu quälen, sondern ignorierte sie für den Rest des Abends. Erst am nächsten Morgen, eine Stunde vor Sonnenaufgang und eine halbe Stunde nach ihrem Morgengebet, ließ er sie und Bruder Rother von einem seiner Turkopolen zu sich rufen.

Der Anblick, der sich ihnen bot, überraschte Robin ein wenig. Schon nach dem Morgengebet war sie verwundert gewesen, dass sie nicht sofort wieder aufgesessen waren und ihren Weg fortgesetzt hatten. Sie wusste, dass Safet nicht mehr allzu weit entfernt sein konnte, und ganz unabhängig davon, dass Dariusz bisher keine Gelegenheit hatte verstreichen lassen, sie unbarmherzig anzutreiben, wäre es einfach klüger gewesen, die kühle Zeit vor Sonnenaufgang zu nutzen, um ein möglichst großes Stück des verbliebenen Weges hinter sich zu bringen, statt sich wieder endlose Meilen durch die glühende Sonnenhitze zu quälen. Obwohl vielleicht zum ersten Mal seit ihrem Aufbruch an frischem Wasser kein Mangel herrschte und Robin mittlerweile so viel getrunken hatte, dass sie zu platzen meinte, hatte sie schon wieder das Gefühl, durstig zu sein. Vielleicht hatte sich der Durst so sehr in ihre Kehle eingegraben, dass sie ihn nie wieder ganz loswerden würde, ganz egal, wie viel sie auch trank.

Dariusz machte jedoch nicht den Eindruck eines Mannes, der im nächsten Augenblick aufbrechen würde. Ganz im Gegenteil. Er und eine Hand voll anderer Templer saßen – zwar bereits wieder in Kettenhemd, Wappenrock und Mantel, aber ohne Helm oder Waffen – im Halbkreis um die Glut eines fast heruntergebrannten Feuers, dessen Licht und Wärme vergeblich gegen die Kälte ankämpfte, die die Wüstennacht über dem Lager zurückgelassen hatte. Als er Rother und sie gewahrte, winkte er sie mit einer ausholenden, fast jovialen Geste heran, machte dann jedoch eine winzige, dennoch unmissverständliche Bewegung mit der anderen Hand, als Rother seine Einladung offenbar ernster nahm, als sie gemeint war, und tatsächlich Anstalten machte, sich an dem erlöschenden Feuer niederzulassen. Robin unterdrückte ein flüchtiges Lächeln, als sie an ihr gestriges Gespräch mit dem Ritter dachte. Zumindest in dem einen oder anderen Punkt war Rother offensichtlich jünger und naiver als sie.

»Guten Morgen, Bruder Robin, Bruder Rother«, begann Dariusz umständlich. »Ich hoffe, ihr hattet einen ruhigen Schlaf und habt Gelegenheit gehabt, wieder zu neuen Kräften zu finden.«

Robin musste sich beherrschen, als sie Rothers überrascht-erfreutes Kopfnicken aus den Augenwinkeln gewahrte. Anscheinend ging der junge Ritter tatsächlich davon aus, dass sich Dariusz für sein Befinden interessierte. Robin glaubte das nicht; und wenn, so würden sie die neu erworbenen Kräfte, nach denen sich Bruder Dariusz so fürsorglich erkundigte, wahrscheinlich bitter nötig haben. Sie nickte nur knapp.

»Das freut mich«, fuhr Dariusz in verdrießlichem Ton fort. »Obwohl Ihr nicht besonders gut aussieht, wenn ich offen sein soll.« Sein Blick tastete missbilligend über ihre zerknitterten und schmutzigen Kleider, aber der scharfe Verweis, gegen den sich Robin innerlich wappnete, blieb aus. Stattdessen seufzte er plötzlich tief und sah dann kaum weniger unglücklich auch an sich selbst herab. »Aber das gilt wohl für jeden von uns, fürchte ich. Wir haben einen langen Weg hinter uns, und man sieht es uns an.«

Robin schwieg beharrlich weiter. Dariusz wollte auf etwas Bestimmtes hinaus – Dariusz tat *nichts* ohne Grund –, aber sie würde ihm nicht die Genugtuung gönnen, sie erschrocken zu sehen.

»Bruder ... Dariusz?«, fragte Rother in leicht verwirrtem Ton.

»Wir haben unser Ziel fast erreicht«, fuhr Dariusz fort, nunmehr direkt an Robin gewandt. »Nur noch wenige Stunden. Würden wir sofort aufbrechen, könnten wir Safet noch vor der Mittagsstunde erreichen.«

»Könnten?«, wiederholte Robin. »Befürchtet Ihr Schwierigkeiten, Bruder?«

Dariusz zögerte für ihren Geschmack einen winzigen Moment zu lange, bevor er antwortete – mit einem Kopfschütteln. »Nein«, sagte er. »Und wenn, dann nicht mehr als die, die wir bisher schon überwunden haben. Aber schaut uns an. Wir sehen aus wie die Bettler! Wollt Ihr, dass wir so unter die Augen unserer Brüder treten – oder gar die des Königs?« Er schüttelte heftig den Kopf, um seine eigene Frage zu beantworten. »Ihr werdet uns allen und auch Euch selbst die Demütigung ersparen, auf diesen armseligen Kleppern durch die Ordensbesitzungen zur Burg zu reiten. Ihr werdet nach Bruder Horace fragen, dem Komtur von Safet und Befehlshaber der Festung. Er wird Euch frische Pferde und angemessene Kleidung für uns mitgeben, damit wir dem König nicht wie Flüchtlinge unter die Augen treten müssen.«

»Bruder ... Horace?«, wiederholte Robin. Klang sie erschrocken? Ihr Herz begann zu klopfen.

»Ja«, antwortete Dariusz. In seinen Augen blitzte es kurz und boshaft auf. »Ihr kennt ihn. Offensichtlich habt Ihr ja doch nicht alles vergessen.« Er legte den Kopf schräg. »Aber Ihr seht nicht besonders erfreut aus.«

»Das täuscht«, antwortete Robin. »Ich freue mich, Bruder Horace wiederzusehen.« Sie war verwirrt, mehr noch: alarmiert. Sosehr sie der Gedanke an das bevorstehende Ende ihrer Reise auch im allerersten Moment erleichtert hatte, ebenso sehr überraschte sie Dariusz' Ansinnen auf den zweiten Blick. Jemanden vorauszuschicken, um für sich und seine Begleiter neue Kleider und frische Pferde zu holen, passte durchaus zu diesem eitlen Gecken – aber ausgerechnet *sie*? Dariusz hatte vom ersten Moment an keinen Hehl daraus gemacht, dass er ihr misstraute. Er musste zumindest damit *rechnen*, dass sie die Gelegenheit nutzen würde, um zu fliehen.

»Dann solltet Ihr keine Zeit mehr verlieren«, antwortete Dariusz. »Es sind vier oder fünf Stunden bis Safet und noch einmal dieselbe Zeit zurück. Und ich möchte, dass wir alle die kommende Nacht in der Sicherheit der Burg verbringen.« Er winkte Rother, näher heranzutreten, behielt Robin dabei aber fest im Auge. »Ihr seid mir persönlich dafür verantwortlich, dass Robin wohlbehalten in Safet ankommt, Bruder Rother. Gebt gut auf ihn Acht. Auch auf dem letzten Stück des Weges können durchaus noch Gefahren auf uns lauern, und er ist noch sehr jung und vielleicht manchmal etwas ungestüm.«

»Bruder Robin ist bei mir in guten Händen«, versicherte Rother. »Ich werde ihn mit meinem eigenen Leben beschützen, wenn es sein muss.«

»Ich habe nichts anderes erwartet«, antwortete Dariusz, noch immer, ohne dass er Robin aus den Augen ließ, und etwas Neues erschien in seinem Blick, das Robin einen eisigen Schauer über den Rücken laufen ließ. Es dauerte einen Moment, bis sie begriff, aber dann erschrak sie so sehr, dass sie sich nur noch mit allerletzter Kraft beherrschen konnte. *Er weiß es,* dachte sie entsetzt. *Er weiß, wer ich bin. Er weiß, was ich bin!*

Ihre Hände begannen zu zittern. Sie ballte sie zu Fäusten,

damit es nicht auffiel, aber sie spürte auch, wie alles Blut aus ihrem Gesicht wich und ihr Herz wie rasend zu hämmern begann. *Dariusz wusste es. Er hatte vom ersten Augenblick an gewusst, wer sie wirklich war!*

Das böse Glitzern in Dariusz' Augen nahm noch zu, und für einen winzigen Moment erschien ein dünnes, böses Lächeln auf seinen Lippen, und der stechende Blick seiner Augen wurde noch intensiver.

»Dann geht«, sagte Dariusz. »Gebt Acht, dass Robin Euch nicht abhanden kommt, Rother. Das Land ist groß, und es lauern eine Menge Gefahren auf einen jungen Ritter ohne Erfahrung. Und eilt Euch. Jede Minute, die Ihr weiter hier vertrödelt, ist eine Minute mehr, die Ihr unter der Hitze leiden werdet.«

Rother warf Robin einen irritierten Blick zu, entfernte sich dann aber rückwärts gehend und sehr hastig, ohne noch ein einziges Wort zu sagen, und auch Robin wollte gehen, aber sie war für den Moment wie gelähmt. Ihr Herz hämmerte bis zum Hals, und sie wartete darauf, dass Dariusz das aussprach, was sie in seinen Augen las; einige wenige Worte, die ihrem Leben ein Ende bereiten würden.

Aber er sagte nichts. Sein Blick ließ keinen Zweifel daran, dass er um ihr Geheimnis wusste, aber es war ein Blick, der nur ihr galt, und sie war die Einzige, die das böse Versprechen darin las. *Bald. Wenn die Zeit reif ist.*

Vollkommen verstört ging sie dorthin zurück, wo sie ihr Pferd angebunden hatte, fand das Tier aber bereits fertig aufgezäumt und gesattelt vor. Gerade als sie hinzutrat, befestigte einer der anderen Templer einen prall gefüllten Wasserschlauch am Sattel. Rother, der bereits aufgesessen war, streckte den Arm aus, um Robin aufs Pferd zu helfen, aber sie ignorierte ihn, schwang sich mit einer fast schon zornig wirkenden Bewegung in den Sattel und bedeutete Rother mit einer abgehackten Geste vorauszureiten. Der junge Templer wirkte ein bisschen verletzt, dass Robin seine freundliche Geste so derb zurückwies, hob aber dann nur die Schultern und ritt los.

Robin folgte ihm in einigem Abstand, und dieser Abstand vergrößerte sich sogar noch, als sie an der Stelle vorbeikamen, wo Dariusz und die anderen noch immer um das erlöschende Feuer herumsaßen. Beinahe ohne ihr Zutun wurde Robin noch einmal langsamer, und ihr Herz hämmerte bis in ihre Fingerspitzen hinein. Dariusz sah sie mit vollkommen ausdrucksloser Miene an, aber sie hätte den bösen Triumph in seinem Blick selbst dann noch gespürt, wenn sie nicht einmal in seine Richtung gesehen hätte. *Er wusste es. Er hatte es die ganze Zeit über gewusst, von Anfang an. Aber warum hatte er nichts gesagt? Warum sagte er* jetzt *nichts?*

Sie war vollkommen überzeugt davon, dass Dariusz sie passieren lassen und gerade lange genug warten würde, um sie in Sicherheit zu wiegen, ganz genau lange genug, damit sie neue Hoffnung schöpfen konnte, um sie dann zurückzurufen und vor aller Augen ihr Geheimnis zu lüften.

Aber er tat es nicht. Er tat es jetzt so wenig, wie er es gestern getan hatte oder Tage zuvor oder in dem Moment, in dem sie sich an der Küste wiedergesehen hatten. Unbehelligt passierte sie die Lagerstatt, lenkte ihr Pferd in westliche Richtung und schloss allmählich wieder zu Rother auf. Erst als der junge Ritter nahezu neben ihr war, wurde ihr klar, dass gar nicht sie schneller, sondern Rother langsamer geworden war. Er sah sie auf eine sehr sonderbare Weise an, aber er sagte nichts, sondern drehte nur flüchtig den Kopf, sah auf die gleiche, schwer zu deutende Art in Richtung des Lagers zurück, das bereits hinter ihnen in der Dunkelheit verschwunden war, obwohl sie sich gerade einmal wenige hundert Schritte von ihm entfernt hatte, und blickte dann wieder nach vorne. Erst nachdem sie eine geraume Weile schweigend nebeneinander her den Bergen entgegengeritten waren, hinter denen in einer Stunde die Sonne aufgehen würde, fragte er, leise, und ohne sie dabei anzusehen: »Darf ich dir eine Frage stellen, Robin?«

»Gern«, antwortete Robin, aber sie war nicht sehr erstaunt, dass es eine Weile dauerte, bis Rother fortfuhr – selbst bei diesem einen Wort hatte ihre Stimme so abweisend, ja, fast feindselig geklungen, dass sie an Rothers Stelle vielleicht gar nicht weitergesprochen hätte.

»Du musst nichts sagen, wenn du meinst, es ginge mich nichts an«, sagte Rother. Sein Blick war noch immer starr geradeaus gerichtet, und seine Stimme klang ein ganz klein bisschen unsicher. Es musste ihm mindestens so schwer fallen, seine Frage zu stellen, wie ihr, sie zu beantworten. »Was ist das zwischen Bruder Dariusz und dir?«

Robin war nicht im Geringsten überrascht. Rother und die anderen Ritter hätten schon blind und taub auf einmal sein müssen, nicht zu begreifen, dass es zwischen Dariusz und ihr nicht zum Besten stand. Es überraschte sie allenfalls ein wenig, dass Rother diese Frage stellte. Trotzdem antwortete sie: »Ich verstehe nicht genau, was du meinst.«

»Du willst nicht darüber reden«, seufzte Rother. »Das verstehe ich. Verzeih, dass ich gefragt habe.«

»Nein – ich verstehe wirklich nicht, wovon du sprichst«, behauptete Robin, auch wenn sie dabei fast selbst das Gefühl hatte, sich lächerlich zu machen. »Wir kennen uns von früher, das ist richtig. Aber zwischen uns ist nichts Außergewöhnliches vorgefallen, wenn du das glaubst.« Sie lachte leise und nicht besonders überzeugend. »Jedenfalls hat er mich nicht schlechter behandelt als alle anderen – was immer auch das heißt.«

Rother sah sie nun doch an und verzog flüchtig die Lippen, aber sein Blick blieb ernst und wurde noch nachdenklicher. Sie spürte, wie schwer es ihm fiel weiterzusprechen, aber seine Neugier war ganz offensichtlich größer als seine Scheu und sein (falls es überhaupt vorhanden war) schlechtes Gewissen, das Schweigegelübde so grob zu verletzen. »Ihr kennt euch schon lange?«, vergewisserte er sich.

Robin nickte zwar, doch sie ließ ganz bewusst einige Augenblicke verstreichen, bevor sie antwortete. »Ich beantworte gerne alle deine Fragen, Rother«, sagte sie dann, »aber dazu musst du sie auch stellen.«

Diesmal war es Rother, der verunsichert war und sie fast erschrocken ansah. Dann lächelte er erneut, und diesmal wirkte es echt. »Niemand von uns weiß viel über Bruder Dariusz«, bekannte er schließlich. »Man erzählt sich das eine oder andere ...«

»Und was?«, fragte Robin.

»Gerüchte«, erwiderte Rother und hob die Schultern. »Du weißt, wie es ist. Man reitet wochenlang durch die Wüste, und es gibt nicht viele Ablenkungen. Man fängt eben an zu erzählen. Und sich seine Gedanken zu machen.«

»Was bei einem Mann wie Bruder Dariusz nicht besonders schwer fällt«, pflichtete ihm Robin bei. »Aber ich kann dir nicht helfen. Ich war zusammen mit Dariusz auf den Schiffen, die uns von Genua aus hergebracht haben. Aber wir waren nicht einmal auf demselben Schiff. Wir haben uns nur ein paar Mal gesehen, das ist alles.« Sie schwieg einen Moment und fragte dann in leicht verändertem Ton: »Was für Gerüchte erzählt man sich denn über ihn?«

»Gerüchte eben«, antwortete Rother ausweichend. »Das übliche dumme Zeug. Du hast Recht – bei einem Mann wie Bruder Dariusz fällt es leicht, sich das Schlimmste vorzustellen.« Er räusperte sich ebenso gekünstelt wie unbehaglich. »Wir sollten schneller reiten. Ich stimme Dariusz ja ungern zu, aber in einer Hinsicht hat er Recht. Jede Meile, die wir vor Sonnenaufgang zurücklegen, ist eine Meile weniger in der Gluthitze des Tages.«

Er ließ sein Pferd ein wenig schneller ausgreifen, und Robins Stute passte sich dem Tempo des anderen Tieres ohne ihr Zutun an, als hätte sie genau verstanden, was Rother meinte und würde seine Meinung teilen. Robin nahm das Gespräch nicht wieder auf, obwohl sie Rothers Frage zutiefst verwirrt hatte. Dass er und die anderen Ritter die Spannung gespürt hatten, die zwischen Dariusz und ihr herrschte, verwunderte sie kein bisschen. Aber sie hatte das Gefühl, dass der junge Ritter auf etwas ganz Bestimmtes hinauswollte und ihn nur im allerletzten Moment der Mut verlassen hatte, seine Frage wirklich auszusprechen. Und dass es sich möglicherweise als sehr wichtig für sie erweisen könnte, mehr über die Natur der Gerüchte zu erfahren, die über Dariusz und sie unter den Rittern kursierten.

Dennoch sagte sie nichts mehr, sondern ließ ihr Pferd nun ganz bewusst ein paar Schritte zurückfallen, um Rother auf diese Weise die Möglichkeit zu nehmen, das Gespräch ganz beiläufig und wie durch Zufall fortzuführen. Obwohl sie die Neugier des jungen Ritters durchaus verstand und auf ihre Weise teilte, gab es doch andere Dinge, um die sie sich Gedanken machen sollte.

So erleichtert sie war, dass Dariusz ihr Geheimnis letzten Endes doch nicht gelüftet hatte, wuchs ihre Besorgnis doch zugleich stetig. Es war gewiss kein Zufall gewesen, dass Dariusz sich ihr ausgerechnet heute offenbart hatte – aber sie verstand den Grund nicht. Im allerersten Moment hatte sie es für eine Drohung gehalten; aber Dariusz war kein Mann, der Drohungen nicht sehr genau auf den Punkt zu bringen verstand. Und genau das hatte er nicht getan.

Eine gute halbe Stunde lang ritten sie schweigend nebeneinander her. Rother warf ihr dann und wann einen fast scheuen

Blick zu, aber er versuchte nicht noch einmal, sie anzusprechen, wofür ihm Robin im Stillen dankbar war; aber zugleich ertappte sie sich selbst ein paar Mal dabei, den Abstand zu ihm wieder zu verringern, als wäre da etwas in ihr, das fast verzweifelt seine Nähe suchte oder einfach die Nähe *irgendeines* Menschen.

Dennoch stand ihr Entschluss fest. Sie hatte auf eine Gelegenheit zur Flucht gewartet, und der Weg, der noch vor Rother und ihr lag, war die beste Gelegenheit, die sie bekommen würde, schon weil es die *einzige* Gelegenheit war. Wenn sie Safet und damit Balduins Heer erst einmal erreicht hatten, war es vorbei. Sobald sich die Gelegenheit ergab, würde sie fliehen.

8. Kapitel

Die Chance, auf die sie gewartet hatte, kam eine halbe Stunde nach Sonnenaufgang. Sie hatten trotz allem ein scharfes Tempo vorgelegt und einen deutlich größeren Teil der Strecke nach Safet zurückgelegt, als Robin auch nur zu hoffen gewagt hätte – oder zu fürchten, je nachdem. Rother ritt mittlerweile wieder fast direkt neben ihr, und sie hatten seit dem verunglückten Beginn ihres Gespräches am Morgen keine drei Sätze mehr miteinander gewechselt. Robin behielt den jungen Tempelritter dennoch aufmerksam im Auge, und so war ihr nicht entgangen, dass er sich schon seit einer geraumen Weile immer unbehaglicher im Sattel hin und her bewegte. Schließlich ließ er sein Pferd anhalten und deutete mit einer Kopfbewegung nach rechts. Links und hinter ihnen erstreckte sich das Land flach und nahezu vollkommen eben bis zum Horizont, rechterhand jedoch erhoben sich gleichförmige, gelbbraune Sanddünen, die gute fünf oder auch sechs Meter hoch sein mussten. Dahinter erhoben sich die Kämme weiterer, höherer Dünen, und dahinter wiederum höhere, eine zu Sand erstarrte Brandung, die vom Landesinneren kommend gegen die Ebene anrannte und sie vielleicht in gar nicht allzu ferner Zukunft verschlingen würde.

»Ich fürchte, ich muss kurz hinter dieser Düne verschwinden«, begann er unbehaglich, »um …«

»Dann hast du heute Morgen wohl mehr getrunken, als du ausschwitzen konntest«, bemerkte Robin. »Ich verstehe. Geh ruhig. Ich halte so lange dein Pferd.« Sie streckte auffordernd die

Hand aus und schickte gleichzeitig ein stummes Stoßgebet zum Himmel, dass Rother ihr ihre Erleichterung nicht zu deutlich ansehen mochte. Wenn sie die verbliebene Entfernung richtig überschlagen hatte, konnten es allerhöchstens noch zwei oder drei Stunden bis Safet sein, und sie hatte sich schon zu fragen begonnen, ob der junge Ritter eigentlich nie ein menschliches Bedürfnis verspürte.

»Wenn du zurück bist, machen wir es anders herum«, fügte sie hinzu, als Rother aus irgendeinem Grund zögerte. Offensichtlich war sie nicht die Einzige gewesen, der Dariusz' sonderbare Worte zu denken gegeben hatten.

Rother zögerte auch jetzt noch, rang sich aber schließlich zu einem – widerwilligen – Nicken durch, kletterte steifbeinig aus dem Sattel und reichte Robin die Zügel. Sie wich seinem Blick aus, während sie sie entgegennahm, und obwohl sie innerlich jubilierte, meldete sich zugleich ihr schlechtes Gewissen heftig zu Wort. Möglicherweise würde Dariusz Rother hart bestrafen, wenn er zurückkam und ihm beichten musste, dass ihm Robin *abhanden gekommen* war. Aber darauf konnte sie keine Rücksicht nehmen. Sobald ihr Vorsprung groß genug war, würde sie sein Pferd freilassen und darauf hoffen, dass das Tier mit ein bisschen Glück zu seinem Herrn zurückfand. Mehr konnte sie nicht für ihn tun.

Rother versuchte die Düne hinaufzueilen, hatte dabei aber unerwartet große Schwierigkeiten, denn der lockere Sand gab immer wieder unter seinen Füßen nach, sodass er ein paar Mal fast um die gleiche Distanz zurückrutschte, die er gerade mühsam erklommen hatte, und einmal sogar auf Hände und Knie hinabfiel. Oben angekommen, richtete er sich mühsam auf und warf ihr ein verlegenes Grinsen zu, bevor er auf der anderen Seite der Düne verschwand.

Robin musste sich beherrschen, um nicht auf der Stelle loszugaloppieren. Sie hatte hinlänglich Zeit. Rother würde einige Augenblicke brauchen, um auf der anderen Seite wieder hinabzuklettern, und wenn sie Glück hatte, dann drückte ihn ja nicht nur das *Wasser,* das er am Morgen getrunken hatte – die Ordensbrüder waren untereinander nicht so schamhaft, dass er *das* nicht einfach in ihrer Gegenwart erledigt hätte, wodurch sie schon mehr als einmal in eine peinliche Situation geraten war. Sie hatte Zeit genug, das Pferd lautlos umzudrehen und sich ebenso lautlos ein paar Dutzend Schritte zu entfernen, statt einfach loszusprengen und ihn durch den Hufschlag frühzeitig zu alarmieren.

Im allerersten Moment weigerte sich das Pferd, ihr zu gehorchen, und warf nicht nur den Kopf zurück, sondern versuchte sogar nach ihr zu beißen, dann aber beruhigte es sich schlagartig und ließ sich gehorsam in einem engen Halbkreis herumführen. Robin atmete innerlich auf. Es hätte ihr zutiefst widerstrebt, dem Pferd die Kehle durchzuschneiden, aber sie hätte es tun müssen, denn auf ein Wettrennen mit Rother konnte sie sich auf keinen Fall einlassen – und schon gar nicht auf einen Kampf. Sie war sehr erleichtert, das Tier nicht töten zu müssen, dessen einziges Verbrechen darin bestand, seinem Herrn treu ergeben zu sein.

Bei diesem Gedanken musste sie an Guy denken, und ein so intensives Gefühl von Schuld ergriff von ihr Besitz, dass es fast körperlich wehtat. Sie schüttelte die Erinnerung mit einiger Mühe ab und ergriff den Zügel fester, und auf dem Dünenkamm über ihr rief Rother: »Robin!«

Robin hätte vor Enttäuschung am liebsten laut aufgeschrien. Jetzt würde sie doch mit Rother kämpfen müssen. Sie wusste, dass sie ihn ohne Mühe besiegen konnte, aber sie *wollte* ihn nicht verletzen. Ihn von allen Männern aus Dariusz' Begleitung am allerwenigsten. Dennoch ließ sie den Zügel los und senkte die Hand auf den Schwertgriff, während sie sich langsam im Sattel umdrehte.

Rother sah jedoch noch nicht einmal in ihre Richtung, sondern hatte sich halb in die Hocke sinken lassen und deutete mit ausgestrecktem Arm nach Westen, in die Richtung, aus der sie gekommen waren. Mehr überrascht als erleichtert folgte Robins Blick der Geste. Sie nahm die Hand nicht vom Schwert.

Es vergingen noch einige Augenblicke, aber dann sah sie es auch: Über der Ebene war eine Anzahl winziger Punkte erschienen, die sich in der hitzeflimmernden Luft in beständiger zitternder Bewegung zu befinden schienen. Es war schwer, ihre genaue Anzahl zu schätzen; es konnte ein halbes Dutzend sein, aber auch doppelt so viele. Wäre Rother nicht auf die Düne hinaufgestiegen, hätte er sie wohl kaum bemerkt.

»Ich sehe sie auch«, sagte sie. »Kannst du erkennen, wer es ist?«

Rother beschattete die Augen mit der Hand und konzentrierte sich, schüttelte aber dann nur den Kopf und begann wortlos die Düne wieder herunterzulaufen. Er sah besorgt aus, und Robin erging es nicht viel anders. Auch wenn die Gebiete von hier bis Akkon unter christlicher Verwaltung und der Herrschaft der verschiedenen christlichen Orden standen, so befanden sie sich doch *de facto* in Feindesland, wie der Vorfall von gestern nur zu deutlich bewiesen hatte. Fremde waren hier mit äußerster Vorsicht zu genießen.

»Wir reiten besser weiter«, sagte Rother. Er hatte sie mittlerweile schon fast erreicht, verhielt einen Moment im Schritt und runzelte fragend die Stirn, als er sah, in welche Richtung sie die Pferde gedreht hatte, ging jedoch nicht weiter darauf ein, sondern stieg mit einer raschen Bewegung in den Sattel und deutete nach Osten. Ohne ein weiteres Wort sprengten sie los.

Rother legte von Anfang an ein scharfes Tempo vor, was seine Behauptung, er wisse nicht, um wen es sich bei ihren vermeintlichen Verfolgern handelte, in einem anderen Licht erscheinen ließ. Sie ritten zu schnell, als dass sie eine entsprechende Frage stellen konnte, aber Robin machte sich ihre Gedanken; und vor allem auch über die Frage, wieso Rother eigentlich so schnell zurück gewesen war. Die Antwort, auf die sie kam, gefiel ihr nicht.

Sie ritten eine geraume Weile weiter geradeaus in östlicher Richtung. Ihre Pferde griffen kräftig aus, sodass sie zügig von der Stelle kamen und die Schemen ihrer Verfolger schon nach kurzer Zeit hinter ihnen zurückfielen, aber Robin machte sich nichts vor: Die Staubwolke, die sie hinter sich herzogen, musste über viele Meilen hinweg zu sehen sein, und ihre Pferde würden das Tempo nicht mehr lange durchhalten. Es waren kräftige, zähe Tiere, aber die zurückliegenden Tage waren auch an ihnen nicht spurlos vorübergegangen. Von den Lefzen ihrer Stute tropfte bereits flockiger weißer Schaum, und ihr Atem ging scharf und rasselnd, und auch Rothers Tier befand sich in keinem wesentlich besseren Zustand. Auf diese Weise würden sie ihre Verfolger ganz bestimmt nicht abschütteln können.

Rother musste wohl zu demselben Schluss gekommen sein, denn er sprengte zwar noch einige weitere Minuten in unverändertem Tempo dahin und versuchte sogar, es noch einmal zu steigern, gab es aber schließlich auf und hielt an. Sein Pferd tänzelte nervös auf der Stelle, und Robin hätte nicht sagen können, wessen Atem schneller ging – seiner oder der seines Reiters.

»Das hat keinen Zweck«, sagte er, nachdem auch Robin ihr scheuendes Tier neben ihm zum Stehen gebracht hatte. »Wir brauchen ein Versteck.«

»Es kann nicht mehr weit sein bis Safet«, antwortete Robin nervös. »Vielleicht eine Stunde oder zwei.« Sie drehte sich im Sattel um und suchte nach ihren Verfolgern, aber alles, was sie sah, war hitzeflimmernde Luft und eine Sonne, die so grell war, dass es fast in den Augen schmerzte, auch nur in ihre *Richtung* zu sehen.

»Eher drei«, antwortete Rother ernst und schüttelte zugleich den Kopf. »So lange halten die Pferde nicht mehr durch. Wir brauchen ein Versteck.« Er sah sich suchend um und deutete schließlich auf einen verschwommenen Schatten irgendwo vor ihnen. »Dort vorne scheint ein Wald zu sein oder eine Oase.«

»Und genau dort werden sie uns zuerst suchen«, antwortete Robin.

Rother hob die Schultern. »Wir haben keine Wahl. Hier auf der Ebene haben wir gar keine Chance.«

Robin fragte sich flüchtig, warum Rother eigentlich so selbstverständlich davon ausging, dass die Reiter hinter ihnen ihre *Feinde* waren, aber sie kam nicht dazu, den Gedanken weiterzuverfolgen, denn Rother ließ die Zügel knallen und ritt weiter. Robin folgte ihm, aber nicht ohne sich noch einmal in Richtung ihrer Verfolger umgedreht zu haben. Irgendwo hinter ihnen schien eine größere Reitergruppe näher zu kommen, aber sie war nicht sicher.

Sie galoppierten weiter. Ihre Pferde gaben ihr Bestes, aber die Kräfte der Tiere ließen spürbar nach; Robins Stute stolperte mehr dahin, als sie lief, und auch Rothers Tier geriet mehr als einmal aus dem Tritt; und je mühsamer sich ihr Vorwärtskommen gestaltete, desto weiter schien sich ihr Ziel von ihnen zu entfernen. Endlich aber wurden aus Schatten Umrisse und aus Schemen klar erkennbare Konturen. Rother hatte Recht gehabt: Vor ihnen lag ein ausgedehnter Zypressenhain, durch dessen Unterholz es hell und silbern aufblitzte. Dort vorne waren nicht nur Bäume, sondern auch Wasser.

Die Tiere schienen die Nähe des Wassers zu spüren, denn sie verfielen auf dem letzten Stück ganz von selbst in einen schnelleren Trab, auch wenn Robin das Gefühl hatte, dass dies Rother gar nicht so recht war. Die letzten dreißig oder vierzig Schritte flogen sie regelrecht dahin, und auch als sie den kleinen Zypressenhain erreichten, wurden sie nicht merklich langsamer, sondern fielen ganz im Gegenteil auf dem letzten Stück in einen leichten Galopp; vielleicht einfach, weil sie die Nähe des Wassers spürten. Robin rechnete fest damit, dass Rother den kleinen See im Herzen des Haines einfach ignorieren und so schnell daran vorübergaloppieren würde, wie er nur konnte, aber er brachte sein Tier ganz im Gegenteil mit einem vollkommen überflüssig harten Ruck am Zaumzeug unmittelbar am Ufer des kleinen Sees zum Halten – er war so erbärmlich, dass er diesen Namen eigentlich gar nicht verdiente; mehr eine schlammige Pfütze, von der ein nicht besonders einladender Geruch aufstieg – und glitt mit einer fließenden Bewegung aus dem Sattel, noch bevor das nervös tänzelnde Tier vollends zum Stehen gekommen war. Hastig gestikulierte er ihr zu, es ihm gleichzutun, und griff sogar nach ihrem Arm, als sie der Aufforderung für seinen Geschmack ganz offensichtlich nicht schnell genug nachkam.

»Was soll denn das?«, beschwerte sich Robin lautstark, wurde aber sofort und mit einer noch energischeren Geste von Rother zum Schweigen gebracht. Während er mit der linken Hand vor ihrem Gesicht in der Luft herumfuchtelte, griff seine andere bereits nach dem Schwert und zog es.

»Dafür ist jetzt keine Zeit!«, fuhr er sie an. »Wir müssen uns verstecken! Lauf in die Dünen!«

Robin starrte ihn im ersten Moment nur verständnislos an, aber dann fuhr sie trotzdem auf dem Absatz herum und lief mit wehendem Mantel auf die ockergelbe, haushohe Wand zu, die das kümmerliche Wäldchen an einer Seite begrenzte. Sie verstand den Grund für Rothers unübersehbare Furcht nicht, doch was sie in seinen Augen gelesen hatte, das machte ihr klar, dass er es ernst meinte. Wer immer die Reiter waren, die sie verfolgten, Rother wusste ganz offensichtlich mehr über sie, als er bisher zugegeben hatte. Die Erkenntnis ärgerte Robin, aber jetzt war auch gewiss nicht der richtige Moment, ihn zur Rede zu stellen.

So schnell sie konnte, durchquerte sie das kleine Wäldchen, nutzte ihren eigenen Schwung, um die erste der Sanddünen zu erklimmen und begann lauthals zu fluchen, als der lockere Sand unter ihren schweren Stiefeln nachzugeben begann und sie mehr und mehr Kraft darauf verwenden musste, ihr Gleichgewicht zu bewahren und nicht etwa schneller zurückzurutschen, als sie die Düne erklomm. Dennoch legte sie das letzte Stück auf Händen und Knien kriechend zurück, und oben angekommen, war sie nicht nur schon wieder in Schweiß gebadet, sondern auch vollkommen und hoffnungslos außer Atem. Erschöpft sank sie auf dem Kamm der Düne zusammen, tat eine geschlagene halbe Minute nichts anderes, als wie ein Fisch auf dem Trockenen nach Luft zu schnappen und dem rasenden Hämmern ihres eigenen Herzens zu lauschen, und brachte erst dann die Energie auf, sich wieder aufzurichten und in der gleichen Bewegung halb umzudrehen.

Was sie sah, war auch nicht gerade dazu angetan, sie in irgendeiner Art fröhlicher zu stimmen. Die Reiter waren noch ein gutes Stück entfernt – sicher zehn Minuten, selbst wenn sie ihre Tiere erbarmungslos antrieben –, doch sie konnte sie von ihrer erhöhten Position aus nun weitaus besser erkennen. Sie hatte sich nicht getäuscht, was ihre Zahl anging: Es mussten zwischen acht und zehn sein, und sie waren ausnahmslos dunkel gekleidet und trugen ausnahmslos Turbane, und ganz offensichtlich waren sie ebenso ausnahmslos bewaffnet, denn das Sonnenlicht spiegelte sich immer wieder auf blankem Stahl und ließ grelle goldfarbene und silberne Lichtblitze über die näher kommenden Gestalten tanzen. Plötzlich verstand sie Rothers Besorgnis um einiges besser. Wenn ihnen diese Männer tatsächlich feindselig gesinnt waren, dann taten sie wirklich gut daran, ihnen aus dem Weg zu gehen. Rother war ein hervorragender Schwertkämpfer, und auch sie hatte es bislang mit nahezu jedem Gegner aufnehmen können, auf den sie getroffen war, doch diese Übermacht war einfach zu groß; und vermutlich auch die Verlockung, die von den beiden Tempelrittern ausging, die leichtsinnig genug gewesen waren, sich ganz allein von ihrem Heer zu entfernen.

Mit einiger Mühe riss sie ihren Blick von dem näher kommenden Reitertrupp los und suchte nach Rother, konnte ihn zu ihrer Überraschung aber nicht mehr entdecken.

Von hier oben aus betrachtet wirkte der Zypressenhain noch kleiner und erbärmlicher. Er bestand aus kaum zwei Dutzend der Robin immer noch fremdartig anmutenden Bäume, von denen mindestens die Hälfte nicht so aussah, als würden sie nach dem nächsten Sandsturm noch stehen. Es gab kaum Unterholz, und der See sah nicht einmal mehr aus wie eine Pfütze, sondern allenfalls wie etwas, das ihre Stute im Sand hinterlassen hatte. Weder von Rother noch von den beiden Pferden war noch etwas zu sehen. Robin konnte ihre Spuren noch ein kurzes Stück weit verfolgen, bevor sie sich auf der anderen Seite des Wäldchens wieder im Sand der Wüste verloren.

Dafür sah sie ihre eigenen Spuren umso deutlicher.

Ihr Herz zog sich vor Schrecken zusammen, als sie die breite Spur erblickte, die sie bei ihrer ungeschickten Kletterpartie die Düne hinauf im Sand hinterlassen hatte. Ihre Verfolger mussten wahrlich keine geübten Fährtenleser sein, um sie hier oben aufzuspüren. Ganz im Gegenteil, dachte Robin finster: Sie hätten schon mit Blindheit geschlagen sein müssen, um sie *nicht* zu sehen.

Robin blickte noch einmal zu den näher kommenden Reitern hin – die Distanz zwischen ihnen und dem Hain schien sich halbiert zu haben, seit sie das letzte Mal zu ihnen hingesehen hatte, und dass sie sich selbst sagte, dass dieser Eindruck nur von ihrer eigenen Nervosität kam, machte es keinen Deut besser – und kam dann zu einem Entschluss. Mit ausgebreiteten Armen auf ihrer eigenen Spur zurückbalancierend, schlitterte sie die Düne wieder hinab, riss sich den Mantel von den Schultern und sank in die Hocke. Indem sie den Mantel mit regelmäßigen Bewegungen nach beiden Seiten über den Sand gleiten ließ, versuchte sie ihre Spuren zu verwischen, während sie abermals, diesmal rückwärts und in der Hocke gehend, ihrer eigenen Spur zum Hügelkamm hinauf folgte.

»Eine interessante Technik«, sagte eine Stimme hinter ihr.

Robin hätte um ein Haar laut aufgeschrien. Sie fuhr in der Hocke herum und griff in der gleichen Bewegung nach dem Schwert, aber das einzige Ergebnis dieser viel zu hastigen Bewegung war, dass sie das Gleichgewicht verlor und hintenüber die Düne hinabgestürzt wäre, hätte Rother nicht blitzschnell zugegriffen und sie am Arm festgehalten.

»Lernt man so etwas bei den Assassinen?«, griente er, während er sie mit einem kraftvollen Ruck endgültig auf den Dünenkamm hinauf- und auf der anderen Seite ein kleines Stück wieder an sich heranzog.

Robin landete unsanft auf dem Bauch, schlitterte ein gutes Stück die Düne hinab und bremste ihren Sturz mit mehr Glück als wirklichem Geschick ab. Sie setzte zu einer wütenden Entgegnung an, bekam prompt den Mund voller Sand und hatte einige Augenblicke lang das Gefühl, ersticken zu müssen. Statt Rother zu sagen, was sie von seinem Sinn für Humor wirklich hielt, spuckte sie den Sand aus, hustete qualvoll und widerstand mit einiger Mühe der Versuchung, den restlichen Sand in ihrer Kehle herunterzuschlucken, was alles nur noch viel schlimmer gemacht hätte. Stattdessen konzentrierte sie sich auf die speziellen Atemübungen, die Salim ihr beigebracht hatte, und nach einigen Sekunden wurde es tatsächlich besser; das quälende Brennen in ihrer Kehle verschwand nicht ganz, sank aber auf ein halbwegs erträgliches Maß herab. Sie hatte nicht mehr das Gefühl, Glassplitter zu atmen, sondern nur noch glühenden Sand.

Mühsam richtete sie sich auf, wischte sich mit dem Handrücken den Sand aus den Augen und kroch auf Händen und Knien zu Rother zurück. Sie konnte sogar selbst spüren, wie finster ihr Gesichtsausdruck war, was Rother aber nicht daran hinderte, sie nur umso breiter und mit unverhohlener Schadenfreude anzugrinsen. Robin ersparte sich jeden Kommentar, kroch neben ihn und riss mit einer zornigen Bewegung ihren Mantel an sich. Rothers Grinsen wurde noch breiter, während sie sich neben ihm im Sand ausstreckte und mit klopfendem Herzen über den Dünenkamm blickte.

Zu ihrem großen Verdruss musste sie sich eingestehen, dass Rothers Spott nicht so unberechtigt war, wie sie es gerne gehabt hätte. Sie hatte ihre Spur tatsächlich verwischt, aber nicht annähernd gut genug. Man sah jetzt vielleicht nicht mehr, dass ein *Mensch* die Düne hinaufgelaufen war, sehr wohl aber, *dass* etwas hier heraufgekommen war, und das vor noch nicht allzu langer Zeit. Immerhin, dachte sie spöttisch, mussten ihre Verfolger jetzt nicht mehr blind sein, um ihre Spuren zu übersehen. Es reichte vollkommen, wenn sie schlecht sahen. *Ziemlich* schlecht.

Ihr Blick suchte die Reiter. Sie *waren* näher gekommen, und diesmal war es kein böser Streich, den ihr ihre Nerven spielten.

»Wo sind die Pferde?«, fragte sie.

»Du hast geglaubt, dass ich dich im Stich lasse, wie?«, fragte Rother, ohne ihre Frage zu beantworten – und übrigens auch, ohne sie dabei anzusehen. Sein Blick war wie gebannt nach Süden gerichtet.

»Nein«, antwortete Robin wahrheitsgemäß. »Wo sind die Pferde?«

»Fort«, antwortete Rother. »Ich habe sie weggejagt.« Er hob

rasch die Hand, als sie auffahren wollte. »Keine Angst. Mein Hengst ist gut trainiert. Er wird eine Weile herumlaufen und genug Spuren hinterlassen, um jeden zu verwirren, und dann zurückkommen.«

»Wie schön, wenn dein Hengst zurückkommt«, sagte Robin sarkastisch, und Rother fuhr in unverändertem Ton fort: »Und deine Stute wird ihm folgen. So ist das. Stuten folgen immer dem Hengst.«

Robin schenkte ihm einen giftigen Blick, verbiss sich aber jeden Kommentar und sah stattdessen wieder zu den Reitern hin. Sie waren mittlerweile nahe genug herangekommen, um Robin erkennen zu lassen, dass die Männer nicht nur alle in Schwarz gekleidet waren, sondern auch ausnahmslos nachtschwarze Pferde ritten. Das war nicht das einzig Außergewöhnliche an ihnen. Robin konnte nicht genau sagen, was es war – aber irgendetwas kam ihr an dieser Reitertruppe auf ebenso unheimliche Weise vertraut vor, wie es sie zugleich erschreckte. Wer waren diese Männer?

»Das müssen dieselben sein, die das Dorf überfallen haben«, murmelte Rother, fast nur zu sich selbst gewandt, aber dennoch so, als hätte sie ihre Frage laut ausgesprochen und nicht nur gedacht.

»Wie kommst du darauf?«, gab Robin zurück. Sie wusste, dass Rother sich irrte. Sie wusste nicht, wer diese Männer waren; aber etwas in ihr wusste ganz genau, was sie *nicht* waren.

»So viele Räuberbanden gibt es hier nun auch wieder nicht«, antwortete Rother achselzuckend. »Vielleicht haben sie uns sogar die ganze Zeit über beobachtet, um sich an uns zu rächen.«

Robin sah ihn zweifelnd an, und Rother zuckte mit den Schultern und fügte, nach ein paar Augenblicken und in fast entschuldigendem Tonfall, hinzu: »Dariusz hat eine entsprechende Vermutung geäußert.«

»Wann?«, fragte Robin.

»Gestern Abend«, antwortete Rother.

»Und trotzdem hat er uns allein vorausgeschickt?«, fragte sie.

Der junge Tempelritter hob abermals die Schultern. »Es war ja nur eine Vermutung.« Sein Blick blieb weiter unverwandt auf die näher kommenden Reiter gerichtet. »Außerdem hätte ich nicht geglaubt, dass sie den Mut haben würden, uns offen anzugreifen.«

Robin fragte sich, was Rothers Meinung nach so mutig daran war, wenn acht oder zehn Männer Jagd auf zwei einzelne Ritter machten. Aber sie stellte diese Frage nicht laut, sondern warf Rother nur noch einen weiteren, unsicheren Blick zu, bevor sie ihre Aufmerksamkeit wieder nach Süden wandte, den schwarz gekleideten Reitern zu. Im nächsten Moment riss sie ungläubig die Augen auf und fragte sich, wie sie nur so blind hatte sein können.

Es war nicht weiter verwunderlich, dass ihr etwas an diesen Männern so vertraut erschienen war.

Es waren Assassinen.

»Still jetzt«, flüsterte Rother, obwohl sie nicht den geringsten Laut von sich gegeben hatte. »Und keine Bewegung!«

Robin hätte nicht einmal etwas sagen können, wenn sie es gewollt hätte. Ihr Herz hämmerte plötzlich, als wollte es im nächsten Moment zerspringen. Ihre Hände begannen zu zittern. Assassinen! Das waren Assassinen! Salims Männer waren gekommen, um sie zu retten! Endlich!

»Da stimmt doch etwas nicht«, murmelte Rother. »Das sind...« Er brach mit einem erschrockenen Laut ab, und obwohl Robin nicht einmal in seine Richtung sah, konnte sie hören, wie heftig er zusammenfuhr.

Sie selbst hatte immer größere Mühe, ihre Erregung unter Kontrolle zu halten. Alles in ihr schrie danach, einfach aufzuspringen und diesen Männern zuzuwinken, loszustürmen und den Reitern entgegenzurennen. Es war nicht Salim. Natürlich war Salim selbst nicht bei ihnen. Obwohl die Gesichter der Männer hinter schwarzen Tüchern verborgen und sie alle auf die gleiche Weise gekleidet waren, hätte sie ihn erkannt. Aber es waren seine Männer, und es konnte kein Zufall sein, dass sie ausgerechnet jetzt und ausgerechnet hier erschienen!

Die Reiter kamen ganz allmählich näher. Sie wurden tatsächlich langsamer, je mehr sie sich dem kleinen Zypressenhain näherten, und hielten schließlich ganz an. Robin presste sich fester gegen den heißen Sand der Düne, und sie konnte spüren, wie sich auch Rother neben ihr spannte. Ihr Herz hämmerte immer schneller. Warum sprang sie nicht auf? Warum gab sie sich nicht zu erkennen? Salims Männer waren endlich gekommen, um ihr Martyrium zu beenden. Sie musste nur den Arm heben und winken, und der Albtraum würde ein Ende haben.

Stattdessen glitt sie behutsam ein weiteres Stück zurück, presste sich noch fester gegen den Boden und hielt schließlich sogar den Atem an, während sich die Reiter wieder in Bewegung setzten und ganz langsam auf sie zurückten. Ein Teil in ihr wollte nichts mehr, als aufzuspringen und den Männern zuzuwinken, sich ihnen zu erkennen zu geben, um dem Albtraum ein Ende zu machen und endlich wieder in Salims Umarmung zurückzukehren. Doch sie tat nichts von alledem. Sie lag nur wie gelähmt da, starrte den Reitern mit klopfendem Herzen entgegen und war vollkommen unfähig, auch nur einen Finger zu rühren.

Nur zwei der Reiter saßen ab, als sie den See erreichten, der Rest blieb nicht nur in den Sätteln, sondern nahm auch in einem lockeren Dreiviertelkreis Aufstellung, die Hände locker auf den Waffen und in vermeintlich entspannter Haltung, die Robin aber keinen Moment lang täuschte. Die Männer waren wachsam und angespannt. Ihnen entging nichts. Schon gar nicht die Spur, die sie auf der Düne hinterlassen hatte ...

Neben ihr bewegte sich Rother unruhig. Obwohl ihr Blick die schwarz gekleideten Reiter keinen Moment losließ, bemerkte sie doch aus den Augenwinkeln, wie Rothers Hand zum Gürtel glitt und sich um den Schwertgriff darin schmiegte. Sein Atem ging plötzlich schneller. Sie spürte seine Erregung – seine Furcht! –, und sie spürte ebenso deutlich, wie dicht er davor stand, etwas wirklich Dummes zu tun. Erschrocken wandte sie den Kopf und setzte dazu an, ihm warnend zuzuwinken, doch dann erstarrte sie mitten in der Bewegung.

Sie hatte sich getäuscht. Rothers Hand war zum Gürtel geglitten, aber seine Finger hatten sich nicht um den Griff des Schwertes geschlossen, sondern um den des schmalen Dolches, den er daneben trug. Und sein Blick war nicht auf die Assassinen unter ihnen gerichtet, sondern auf sie. Und was Robin darin las, das ließ ihr einen eisigen Schauer über den Rücken laufen.

Für einen Moment war es, als wäre die Zeit stehen geblieben. Sie konnte die eisige Entschlossenheit in seinem Blick sehen, aber sie spürte auch die Qual, die sich dahinter verbarg, und den stummen, verzweifelten Kampf, den er nicht erst seit diesem Moment mit sich ausfocht. Seine Finger hatten sich so fest um den Griff des Messers geschlossen, dass das Blut aus ihnen wich und seine Haut so bleich wie die eines Toten aussah, und der Schweiß, der auf seinem Gesicht und seiner Stirn perlte, hatte seine Ursache nicht nur in der glühenden Sonne am Himmel über ihnen.

»Warum wartest du nicht einfach noch einen Moment, Rother?«, fragte sie leise. »Vielleicht bemerken Sie uns ja gar nicht.«

Rother starrte sie weiter mit diesem sonderbar gequälten Ausdruck an. Er sagte nichts, aber er bewegte sich auch nicht und machte auch keine Anstalten, seine Waffe endgültig zu ziehen, und schließlich ließ Robin seinen Blick los und wandte sich wieder den Reitern unter ihnen zu. Wenn Rother jetzt sein Messer zog und das tat, was Bruder Dariusz ihm mit Sicherheit aufgetragen hatte, dann war sie vollkommen wehrlos. Er war stärker als sie, hatte seine Waffe praktisch schon gezogen und befand sich in einer viel vorteilhafteren Lage; sie würde vermutlich nicht einmal merken, was geschah, bevor es zu spät war. Robin wusste das alles, und sie glaubte Salims tadelnden Blick regelrecht zu sehen und seine besorgt-spöttische Stimme zu hören, die ihr klar zu machen versuchte, dass sie zu vertrauensselig war und ihr unerschütterlicher Glaube an das Gute im Menschen sie irgendwann einmal das Leben kosten würde. Sie wusste auch, dass er Recht hatte. Und doch sah sie nicht einmal mehr in Rothers Richtung. Sie war des Kämpfens müde. Vielleicht nicht einmal so sehr des Kämpfens. Sie war es müde, Menschen zu misstrauen. Sie wollte nicht mehr hinter jedem freundlichen Gesicht einen Verräter, hinter jedem belanglosen Wort eine Falle und hinter jeder großzügigen Geste Verrat wittern.

Die beiden Reiter, die aus dem Sattel geglitten waren, hatten sich mittlerweile zum Ufer des kleinen Wasserloches begeben. Einer hatte sich auf die Knie herabsinken lassen und tastete mit den Fingerspitzen über die Spuren, die Rother, sie selbst und ihre Pferde im aufgeweichten Boden am Ufer hinterlassen hatten, der andere stand hoch aufgerichtet da und schien reglos ins Leere zu starren. Schließlich, nach einer kleinen Ewigkeit, wie es Robin vorkam, wandte er den Kopf nach links, dann nach rechts, und Robins Herz machte einen erschrockenen Sprung und hämmerte doppelt schnell und hart weiter, als sein Blick über die Sanddüne glitt und schließlich an der nur unzureichend verwischten Spur hängen blieb, die sie darin hinterlassen hatte.

Neben ihr sog Rother scharf die Luft zwischen den Zähnen ein, und Robin konnte hören, wie die Messerklinge aus ihrer ledernen Scheide glitt. Robin schloss die Augen, zählte in Gedanken langsam bis drei und stand auf.

»Bruder Robin ...!«, sagte Rother gequält.

»Tu einfach, was du glaubst, tun zu müssen«, antwortete Robin. Sie sah Rother bei diesen Worten nicht an, sondern hob den linken Arm und winkte den Männern unter ihnen zu. Nur einer von ihnen reagierte überhaupt auf ihre Geste, die anderen blieben sorglos wie lebensgroße Statuen in den Sätteln sitzen. Sie zeigten keinerlei Überraschung über ihr plötzliches Auftauchen. Sie hatten die ganze Zeit über gewusst, wo Rother und sie waren.

»Bruder Robin, bitte!«, flehte Rother. »Ich muss …«

»Tun, was du tun musst«, unterbrach ihn Robin. »Ja, ich weiß.« Sie nickte dem Assassinen unter sich langsam, aber mit schon fast übertriebener Gestik zu und wandte sich dann ebenso langsam zu Rother um. Auch er hatte sich auf die Knie erhoben, aber er saß in einer Haltung da, als müsse er sich gegen unsichtbare Ketten stemmen, die ihn zurückzuhalten versuchten. Seine Hand umklammerte noch immer den Dolch, und sein Gesicht war ein einziger Ausdruck von Qual, während sein Blick abwechselnd über Robins Gesicht und das hinter schwarzem Tuch verhüllte Antlitz des einzelnen Assassinenkriegers glitt, der sich von seinem Platz am Ufer des kleinen Tümpels gelöst hatte und nun langsam, aber ebenso leichtfüßig wie zielstrebig zu ihnen heraufkam.

Robin hob die Hand, und der Krieger hielt mitten im Schritt inne und blieb auf halber Strecke stehen. Rothers Kiefer begannen zu mahlen. Unter der Sonnenbräune verlor sein Gesicht auch noch das allerletzte bisschen Farbe, und seine Hand schloss sich jetzt so fest um den Dolch, dass tatsächlich Blut unter seinen Fingernägeln hervorquoll. Und dann – endlich – ließ er den Dolch los und stieß ein halblautes, fast gequält klingendes Seufzen aus.

»Nein«, flüsterte er. »Ich kann es nicht.«

»Ich weiß«, antwortete Robin ernst. »Und ich bin froh, dass du dich so entschieden hast. Um deinetwillen.«

Rother sah sie fragend an, und Robin deutete mit einer Kopfbewegung auf einen Punkt hinter dem jungen Tempelritter. Rother starrte sie noch einen Atemzug lang verständnislos an, dann stemmte er sich umständlich vollends in die Höhe und drehte sich erst dann und ebenso umständlich herum, um ihrem Blick zu folgen.

Er wirkte nicht einmal wirklich erschrocken. Vielleicht war er nicht mehr in der Verfassung, ein so komplexes Gefühl wie Schrecken zu empfinden. Eine kleine Ewigkeit lang stand er einfach nur da und starrte die drei in der Farbe der Nacht gekleideten Gestalten an, die auf dem Kamm der nächsten Düne standen und mit ihren kurzen, geschwungenen Bögen auf ihn zielten, und schließlich drehte er sich ebenso langsam wieder zu Robin um und maß sie mit einem Blick, von dem sie nicht genau wusste, ob sie ihn deuten konnte oder es auch nur *wollte*.

»Also doch«, murmelte er.

»Nein«, antwortete Robin. »Ich glaube nicht, dass du es wirklich verstehst. Aber ich bin froh, dass du dich richtig entschieden hast. Bitte mach jetzt keinen Fehler.«

Rother schwieg, aber der Blick, mit dem er sie nun maß, traf Robin härter als alles, was er hätte sagen können. In seinen Augen waren weder Zorn noch Verachtung oder gar Hass – das alles kannte sie zur Genüge, und sie hatte in ihrem kurzen Leben so viel davon erfahren, dass es sie nicht mehr wirklich zu verletzen vermochte. *Was* sie dagegen in seinen Augen las und was sich wie die Klinge eines dünnen, aber glühenden Dolches in ihr Herz bohrte, das waren Enttäuschung und Trauer.

Robin brach den Gedanken mit einiger Anstrengung ab und wandte sich wieder dem Assassinen zu. Der Krieger ging im gleichen Moment weiter, in dem sich ihre Blicke trafen, und blieb zwei Schritte unter dem Dünenkamm stehen; ganz gewiss nicht durch Zufall gerade so, dass sich sein Gesicht eine Winzigkeit unter dem ihren befand und sie auf ihn hinabsehen konnte. Zu ihrer

Erleichterung sagte er kein Wort, sondern bekundete ihr seine Ehrerbietung nur durch ein angedeutetes Nicken. Aber selbst das war schon fast mehr, als ihr in Rothers Gegenwart recht war.

Sie erwiderte seinen stummen Gruß auf die gleiche Art und wandte sich noch einmal um. Zwei der drei Assassinen auf dem anderen Dünenkamm hatten ihre Bögen sinken lassen, und auch der dritte hatte seine Sehne entspannt, und der Pfeil deutete nur noch nachlässig in Rothers Richtung, wovon sich Robin aber keine Sekunde lang täuschen ließ. Sie wusste, wie perfekt diese Männer ihre Waffen beherrschten. Das waren keine dahergelaufenen Plünderer wie die Männer, mit denen sie es gestern zu tun gehabt hatten, und selbst diese hatten schon hervorragend mit Pfeil und Bogen umzugehen verstanden. Die Assassinen aber waren nicht nur in der Lage, auf eine größere Entfernung ein Pferd zu treffen, sondern ihm auch mit einem gezielten Schuss ein Auge auszuschießen, wenn es sein musste. Wenn Rother auch nur die winzigste falsche Bewegung machte, würde er nicht einmal mehr lange genug leben, um das Geräusch der Bogensehne zu hören. Sie betete, dass er sich ruhig verhielt, doch sie sah ihn ganz bewusst nicht an, sondern drehte sich mit einer abrupten Bewegung wieder um und wandte sich an den Assassinen.

»Schickt dich Salim?«, fragte sie.

Der Mann nickte. Er schwieg, beinahe als hätte er ihre Gedanken gelesen, und Robin begann vorsichtige Hoffnung zu schöpfen. Entweder Salim hatte ihn ausgezeichnet instruiert, oder es war in diesem Moment tatsächlich so leicht, in ihrem Gesicht zu lesen. Das Ergebnis blieb sich gleich. Vielleicht hatte Rother doch noch eine Chance, am Leben zu bleiben.

»Welche Befehle hat er euch gegeben?«, fragte sie.

Der Mann zögerte einen winzigen Moment, nicht weil er die Antwort auf ihre Frage nicht kannte, sondern viel mehr, weil er sich zu wundern schien, warum sie sie überhaupt stellte.

Robin versuchte sein Gesicht zu erkennen, aber alles, was davon sichtbar war, war ein schmaler Streifen über Nasenwurzel und Augen. Dennoch trafen sich für einen Moment ihre Blicke, und Robin las die stumme Frage in den Augen des Assassinen und beantwortete sie auf die gleiche, lautlose Art. Sie fragte sich, ob Rother das stumme Zwiegespräch bemerkte.

»Wir sollen Euch zu ihm bringen«, antwortete der Krieger.

Ein Teil von ihr jubilierte. Es war vorbei. Der Albtraum hatte ein Ende. Salims Männer waren gekommen, um sie zu holen, und alles war – endlich! – vorbei. Sie würde zurückkehren auf die Burg seines Vaters, zurück in ihre stillen, kühlen Gemächer, in denen es stets nach Rosen und kostbaren Essenzen roch, zurück in seine Umarmung und den Schutz, den seine bloße Nähe verhieß. Alles war vorbei. Bruder Dariusz, die Hitze, der Krieg und die Entbehrungen, das alles gehörte von diesem Moment an der Vergangenheit an.

Ebenso wie Rother.

»Wo ist er jetzt?«, fragte sie.

Sie las Verwirrung in den Augen des Mannes, aber auch eine Spur von Ärger. Dann erkannte sie ihn. Sie erinnerte sich nicht an seinen Namen, aber es war ein Mann aus Salims persönlicher Leibwache – und somit auch ihrer –, und Robin spürte ihr schlechtes Gewissen; immerhin lebte sie nicht nur seit annähernd zwei Jahren mit diesen Männern zusammen, sondern hatte es bisher auch als ganz selbstverständlich hingenommen, dass jeder einzelne dieser Männer, ohne zu zögern, sein Leben hingegeben hätte, um sie zu beschützen.

»Salim erwartet Euch in seinem Zelt vor Safet«, antwortete der Assassine endlich. »Wir sollen Euch zu ihm bringen.«

»Nach Safet?«, wiederholte Robin überrascht. »Salim ist in…?«

»Safet«, bestätigte der Assassine, als sie nicht weitersprach, sondern ihn nur überrascht ansah. »Er erwartet Euch in seinem Zelt.«

Zwei, drei, schließlich zehn endlose, schwere Atemzüge lang blickte der Assassine sie ebenso durchdringend wie erwartungsvoll an, während Robins Gedanken sich wie durch zähen Teer bewegten. Was er gesagt hatte, war nicht das, was seine Worte bedeuteten. Sie hätte nicht einmal in die dunklen Augen über dem schwarzen Tuch blicken müssen, um das zu begreifen.

»Ich verstehe«, sagte sie leise. »Dann reitet voraus und sagt *meinem Herrn*, dass ich zu ihm kommen werde, sobald ich meinen Auftrag erfüllt habe.«

Der Assassine zog – leicht verstört, wie es ihr vorkam – die Augenbrauen zusammen. Ihm war nicht entgangen, auf welch sonderbare Weise sie die Worte *meinem Herrn* betont hatte, und Robin konnte nur hoffen, dass er begriff, was sie ihm damit hatte sagen wollen. Einen winzigen Augenblick lang blickte er fragend in Rothers Richtung, und Robin schüttelte kaum merklich den Kopf. Etwas im Ausdruck der dunklen Augen änderte sich. Sie hätte nicht genau sagen können, was es war, aber sie hatte das Gefühl, dass sie für diesen Moment (der Schwäche?) noch würde bezahlen müssen.

»Der Auftrag unseres Herrn lautete ...«, begann der Krieger dann auch prompt.

»Ich weiß, wie sein Auftrag lautet«, unterbrach ihn Robin kühl. »Doch im Moment diene ich einem höheren Herrn. Ich bin sicher, Salim wird das verstehen. Also reitet weiter und richtet ihm aus, dass er sich keine Sorgen um mich zu machen braucht. Ich werde mich bei ihm melden, sobald es mir möglich ist.«

Vielleicht war dies der gefährlichste Moment überhaupt. Robin versuchte vergeblich, in den Augen ihres Gegenübers zu lesen. Der Mann war zutiefst verwirrt, aber das war es nicht allein. Zweifellos hatte Salim ihm und den anderen ganz klare

Befehle erteilt, und ebenso zweifellos widersprach das, was sie gerade gesagt hatte, diesen Befehlen. Robin wagte nicht vorherzusagen, was er tun würde. Diese Situation war neu, sowohl für sie als auch für ihn. Trotz all der Zeit, die sie nun mit diesen Männern verbracht hatte, trotz all der – vermeintlichen – Vertrautheit, die sich zwischen ihnen entwickelt hatte, hatte es niemals einen Augenblick wie diesen gegeben, in dem sie sich zwischen dem Gehorsam ihrem Herrn gegenüber und dem Respekt vor seiner Gemahlin entscheiden mussten.

Robin glaubte den inneren Kampf zu spüren, den der Assassine ausfocht, und sie fragte sich ganz flüchtig, ob sie wirklich ermessen konnte, was sie von ihm verlangte. Diese Männer hatten Salim und seinem Vater Treue und Gehorsam bis in den Tod geschworen, doch sie war Salims Frau, und somit wog ihr Wort fast ebenso schwer wie das seine. Wie sich seine Entscheidung – ganz gleich, wie sie ausfallen mochte – für ihn auswirken musste, das vermochte sie nicht einmal zu erahnen, aber vielleicht war sie ja dramatischer, als sie bisher angenommen hatte. Es war so viel, was sie bisher als ganz selbstverständlich hingenommen hatte, obwohl es sich in Wahrheit vielleicht um die Entscheidung über Leben und Tod oder doch zumindest das Schicksal eines ganzen Menschenlebens handelte.

»Und richtet Salim Folgendes aus«, fügte sie hinzu, wobei sie versuchte, gerade Verständnis heischend genug zu klingen, ohne den Unterschied im Rang zwischen ihnen vollkommen zu verwischen. »Ich will weder seinem Befehl trotzen noch das Wort meines neuen Herrn über das seine stellen. Doch es wäre unklug, meinen Auftrag nicht zu Ende zu führen. Seine Erfüllung ist auch in Salims Sinne und in dem seines Vaters.«

»Bitte ... verzeiht«, antwortete der Assassine; leise, erst nach einer geraumen Weile und in fast gequältem Tonfall. »Aber der Auftrag unseres Herrn lautete ganz eindeutig ...«

»Mich sicher und unversehrt zu ihm zu bringen«, unterbrach ihn Robin, nunmehr eine Spur lauter und in ganz leicht schärferem Ton; längst noch nicht in dem eines Befehls oder gar Verweises, doch auch nicht mehr um Verständnis bettelnd. »Du kannst ja einen Mann vorausschicken und Salim meine Worte ausrichten lassen. Und wenn du dich so um unsere Sicherheit sorgst, dann folgt uns meinetwegen in gebührendem Abstand.«

Der Blick ihres Gegenübers machte ihr klar, was er von dem Wort *unsere* in ihrer Antwort hielt, und noch einmal, für einen allerletzten, winzigen, aber schlimmen Moment war Robin fast sicher, dass er nunmehr zu dem Entschluss gekommen war, ihre Weigerung zu ignorieren und wortwörtlich das zu tun, was Salim ihm aufgetragen hatte. Doch dann senkte er fast demütig den Blick und machte einen einzelnen Schritt rückwärts die Düne hinab, bevor er tief das Haupt beugte und flüsterte: »Wie Ihr befehlt.«

Robin atmete innerlich auf. Sie wagte es nicht, sich ihre Erleichterung zu deutlich anmerken zu lassen, doch sie wusste, wie schmal der Grat gewesen war, auf dem sie sich bewegt hatte. Sie hatte möglicherweise mehr von diesem Mann verlangt, als ihr zustand. Dennoch wurde ihre Stimme eher noch kühler, als sie nach einigen Augenblicken fortfuhr: »Es ist gut. Jetzt nimm deine Kameraden und geh. Richte Salim meine Botschaft aus.«

Der Mann entfernte sich rückwärts gehend und mit gesenktem Haupt, und Robin sah ihm ebenso wort- wie reglos nach, bis er am unteren Ende der Düne angekommen war, wo er sich umdrehte und mit schnellen Schritten zu den anderen Männern zurückging. Sie rührte sich auch dann noch nicht, sondern blieb schweigend und reglos stehen, bis der Mann wieder im Sattel saß und sich zusammen mit seinen Kameraden in dieselbe Richtung entfernte, aus der sie gekommen waren. Als sie sich umdrehte, war auch der Kamm der gegenüberliegenden Düne leer. Die drei

Assassinen waren ebenso lautlos und schnell wieder verschwunden, wie sie aufgetaucht waren; wie schwarze Gespenster, die die Nacht ausgespien und im nächsten Lidschlag wieder in ihr schweigendes Reich zurückgeholt hatte. Mit einem Gefühl, von dem sie selbst nicht genau sagen konnte, ob darin nun Verwirrung oder Furcht überwog, stellte Robin fest, dass sie nicht einmal Spuren im Sand hinterlassen hatten.

Rother starrte sie aus großen Augen an, als sie sich wieder zu ihm umdrehte. Robin verstieß bewusst gegen ihre eigene, eiserne Regel, indem sie ihm beruhigend zulächelte, aber er schien es nicht einmal zur Kenntnis zu nehmen. In seinen Augen war etwas, das weit über bloße Verwirrung und Furcht hinausging.

»Also doch«, murmelte er.

»Also doch – *was?*«, fragte Robin. Der sonderbare Unterton in seiner Stimme verwirrte sie im ersten Moment, dann ärgerte er sie. Begriff dieser Dummkopf eigentlich nicht, dass sie ihm gerade das Leben gerettet hatte?

Verletzt durch seine vermeintliche Undankbarkeit wandte sie sich brüsk ab und starrte einen Moment lang in die Richtung, in der die Reiter verschwunden waren, bevor sie ihre Frage noch einmal und in hörbar schärferem Ton wiederholte: »Also doch *was*, Rother?«

»Das waren ... Assassinen, nicht wahr?«, entgegnete der junge Tempelritter. »Die Männer des Alten vom Berge.«

»Und wenn?«, fragte Robin spröde und noch immer, ohne ihn anzusehen. Ihr Blick tastete unstet über die Ebene, auf der die Reiter verschwunden waren. Seit ihrem Aufbruch waren erst – sehr wenige – Augenblicke vergangen, und es gab weit und breit nichts, was den Männern als Versteck hätte dienen können. Sie hätte sie unbedingt sehen müssen – aber sie waren ebenso spurlos und schnell verschwunden wie die Assassinen hinter ihnen. Robin verspürte ein kurzes, aber eisiges Frösteln. Obwohl sie nun schon so lange mit diesen Männern zusammen war, versetzte sie ihre Fähigkeit, sich so lautlos und schnell wie Schatten zu bewegen, immer noch in Erstaunen; und zugleich machte sie ihr auch ein wenig Angst. Sie hatte Salim einmal gebeten, sie in dieser Kunst zu unterrichten, die auch er perfekt beherrschte, doch das hatte er rundheraus abgelehnt, und er hatte dabei so erschrocken und zugleich fast zornig geklungen, dass Robin es nicht gewagt hatte, ihre Bitte noch einmal zu wiederholen.

Nach einer Weile fiel ihr auf, dass Rother nicht auf ihre Frage geantwortet hatte. Erzwungen und deutlich langsamer, als ihr zumute war, drehte sie sich wieder zu ihm um, aber die scharfen Worte, die ihr auf der Zunge lagen, kamen ihr nicht über die Lippen. Rother starrte sie noch immer auf eine Art an, die sie einfach nicht deuten konnte oder *wollte*. In seinem Blick war alles oder auch nichts zu lesen, vor allem aber eine bestürzte Verwirrung, die in Robin etwas auslöste, dem sie einfach nicht erlauben durfte, Gestalt anzunehmen.

»Du hast noch niemals einen von Sheik Raschids Männern gesehen?«, vermutete sie.

»Ich habe von ihnen gehört«, antwortete Rother.

»Und ich kann mir ungefähr vorstellen, was«, sagte Robin düster. »Du solltest vielleicht nicht alles glauben, was man sich abends an den Lagerfeuern erzählt. Die Hälfte dieser Geschichten ist sicherlich hoffnungslos übertrieben.« *Und über die andere Hälfte werde ich dir bestimmt nichts erzählen,* fügte sie in Gedanken hinzu.

»Man sagt, sie wären mit dem Teufel im Bunde und verstünden sich auf die schwarzen Künste«, antwortete Rother.

»Unsinn!«, erwiderte Robin. »Sie sind sicherlich fähige Krieger und wahrscheinlich die schlimmsten Gegner, die du dir nur vorstellen kannst. Aber sie sind weder mit dem Teufel im Bunde, noch können sie zaubern, glaube mir.«

Rother sah sie auf eine Art an, die ihr unzweifelhaft klar machte, dass er ihr *nicht* glaubte. Er starrte sie nur an. Nicht der geringste Laut kam über seine Lippen, doch in seinem Gesicht arbeitete es, und als Robin eine winzige Bewegung machte, wie um auf ihn zuzutreten, sog er scharf die Luft ein und prallte ein kleines Stück zurück. Allmählich wurde Robin wütend. Sie hatte kaum erwartet, dass Rother ihr vor lauter Dankbarkeit um den Hals fiel, aber er führte sich auf, als stünde er dem Teufel persönlich gegenüber! »Was hat dir Dariusz über mich erzählt?«, fragte sie scharf.

»Über dich?« Rother wich ihrem Blick aus. »Nichts«, behauptete er. »Nur, was jedermann weiß.«

»Und was wäre das?«, beharrte Robin.

Es war zumindest mehr als *nichts*, wie sie deutlich auf Rothers Gesicht ablesen konnte. Es fiel ihm immer schwerer, ihrem Blick standzuhalten, und schließlich gab er auch auf, es überhaupt versuchen zu wollen. Robin, die immer ärgerlicher wurde, setzte dazu an, ihn in scharfem Ton zur Rede zu stellen, besann sich aber dann im allerletzten Moment eines Besseren und drehte sich stattdessen mit einem Ruck weg. Ein unbehagliches, lastendes Schweigen begann sich zwischen ihnen auszubreiten.

Schließlich räusperte sich Rother unecht und wartete, bis Robin ihren gekränkten Stolz so weit überwunden hatte, sich zu ihm umzudrehen und ihn anzusehen. »Wir sollten ... nach den Pferden suchen«, sagte er unbehaglich. »Es ist noch ein schönes Stück Weg bis Safet. Und ... danke«, fügte er nach einer hörbaren Pause hinzu.

»Wofür?«

Rother begann sich unter ihrem Blick immer unbehaglicher zu fühlen, was Robin ihm in diesem Moment jedoch von Herzen gönnte. »Du ... hast mir das Leben gerettet«, gestand er fast widerwillig.

»Ach? Habe ich das?«

»Die Assassinen hätten mich getötet, wenn du mit ihnen gegangen wärst«, vermutete Rother.

Robin schwieg. Sie hätte ihm gerne widersprochen, aber sie musste sich eingestehen, dass Rother die Lage durchaus richtig eingeschätzt hatte: Salims Männer pflegten keine Spuren zu hinterlassen; weder im Sand noch solche auf zwei Beinen. Sie hob nur die Schultern. Ihr Blick tastete über seine Gestalt und blieb für einen winzigen Moment am Griff des Dolches hängen, der aus seinem Gürtel ragte. Rother fuhr leicht zusammen und sah sie – nun eindeutig schuldbewusst – an, dann fragte er: »Warum hast du es nicht getan?«

»Was?«

»Sie begleitet«, antwortete Rother. Robin suchte einen Moment nach Worten, doch Rother hob die Hand, machte eine erklärende Geste in die Richtung, in der die Reiter verschwunden waren, und fuhr fort: »Sie hätten dich mitgenommen. Du wärst frei.«

»Frei?«, wiederholte Robin überrascht. »Was bringt dich auf die Idee, dass ich zu ihnen zurückwill?«

»Nichts«, sagte Rother ernst. »Ich weiß nicht, ob du dich wieder den Assassinen anschließen willst. Aber ich weiß, dass du nicht bei uns sein willst.«

»Du ...«

»Mach mir nichts vor«, unterbrach sie Rother kopfschüttelnd. »Und vor allem dir selbst nicht. Ich habe dich beobachtet, Robin. Ich weiß, du gibst dir Mühe, es dir nicht anmerken zu lassen. Die anderen mögen darauf hereingefallen sein, aber ich sehe dir an, dass du unglücklich bist.« Er schüttelte den Kopf. »Warum tust du dir das an, Bruder Robin?«

»Was?«, fragte Robin.

»Du gehörst nicht zu uns«, sagte Rother geradeheraus.

»Ja, der Meinung ist Bruder Dariusz auch«, sagte Robin mit einem gequälten Grinsen, aber Rother blieb ernst.

»Das meine ich nicht«, sagte er. »Du bist nicht glücklich bei uns. Vielleicht fällt es den anderen nicht auf, aber ich sehe dir an, wie du leidest.«

»Du bist ein guter Beobachter, wie?«, fragte Robin. *Zumindest, was mich angeht,* fügte sie in Gedanken hinzu. Rother schwieg, und Robins Blick suchte erneut nach dem Dolch in seinem Gürtel. »Hat Dariusz dir aufgetragen …?«

»Darauf zu achten, dass du in Safet ankommst – oder nirgendwo?« Rother nickte. »Ja.«

Robin war nicht überrascht. »Und warum hast du seinen Befehl nicht befolgt?«

Rother hob nur die Schultern. Er schwieg.

»Dann sind wir ja quitt«, sagte Robin achselzuckend. »Was mich angeht, müssen Dariusz und die anderen nichts von diesem Treffen erfahren.«

»Ich verstehe«, sagte Rother. »Ich soll nicht nur seinen Befehl missachten, sondern ihn auch noch belügen.«

»Etwas *nicht* zu sagen ist nicht unbedingt eine Lüge«, stellte Robin richtig, aber sie hatte die Worte noch nicht einmal ganz ausgesprochen, als ihr auch schon klar wurde, dass auch sie schon wieder falsch gewesen waren.

»Eine Lüge wegzudiskutieren macht sie noch lange nicht zur Wahrheit«, widersprach Rother.

Er klang traurig; irgendwie verletzt, fand Robin. Sie verzichtete darauf, irgendetwas von alledem zu sagen, was sie zu diesem Thema – vor allem im Zusammenhang mit Bruder Dariusz – hätte sagen können, sondern sah Rother nur noch einen Moment lang schweigend an und balancierte dann mit vorsichtig ausgebreiteten Armen die Düne hinunter, um sich auf die Suche nach ihren Pferden zu begeben.

9. Kapitel

Der Ritt nach Safet dauerte noch gute drei Stunden. Rother sprach in dieser Zeit kein einziges Wort mehr mit ihr, und auch der Abstand, in dem er sein Pferd neben ihrer Stute hertraben ließ, war deutlich größer als vor ihrem Zusammentreffen mit den Assassinen. Robin war nicht ganz sicher, ob sie das als Zeichen seiner Verletztheit oder des genauen Gegenteils deuten sollte – spätestens Rothers verräterischer Griff nach dem Dolch hatte ihr klar gemacht, dass Dariusz dem jungen Ritter ganz eindeutige Befehle erteilt hatte, was sie anging; aber sie hatte ihre Chance gehabt, genau das zu tun, was Dariusz offenbar vorausgesehen hatte, und sie hatte darauf verzichtet, sie zu ergreifen. Warum also sollte er sie weiter bewachen?

Robin spürte dennoch, dass das nicht die alleinige Erklärung dafür war, dass Rother jetzt nicht nur einen sehr viel größeren Abstand zu ihr einhielt, sondern auch ihrem Blick auswich. Die wenigen Male, die sich ihre Blicke zufällig begegneten, las sie eine sonderbare Mischung aus Verachtung und einem Gefühl tiefer Enttäuschung in seinen Augen, die sie sich zwar nicht erklären konnte, die aber schmerzte. Sie versuchte sich damit zu beruhigen, dass Rother erstens ein vollkommen Fremder für sie war und er zweitens in wenigen Tagen ebenso rasch und spurlos wieder aus ihrem Leben verschwinden würde, wie er darin aufgetaucht war, und es ihr gleich sein konnte, was Rother über sie dachte – aber es wollte ihr nicht recht gelingen. Der junge Tempelritter bedeutete ihr mehr, als sie sich selbst eingestehen wollte. Unter all den Männern, mit denen sie zusammen gewesen war, seit sie das kleine Fischerdorf und ihr altes Leben hinter sich gelassen hatte, war Rother vielleicht der, auf den der Begriff *Freund* noch am ehesten zutraf; und Freundschaft war ein zu kostbares Gut, als dass Robin bereit war, es so einfach aufzugeben. Rother war ganz eindeutig nicht in der Stimmung, mit ihr zu reden. Aber sie nahm sich fest vor, es bei der ersten Gelegenheit nachzuholen, die sich ihr bot.

Nun aber – endlich – kam Safet in Sicht. Die Ordensfestung lag auf einem flachen Hügel, der das ebene Land ringsum trotzdem weit überragte und der darauf errichteten Festung eine hervorragende strategische Position verlieh. Auch die Festung selbst, ein dem Hügel angepasstes, lang gezogenes Rechteck mit soliden Wehrtürmen, auf denen die Banner des Ordens wehten, war nicht besonders groß, verglichen mit vielen anderen Burgen, in denen sie gewesen war, doch was für den Hügel galt, das traf auf den aus gelblich-braunem Sandstein errichteten Bau noch viel deutlicher zu: In einem Land, in dem schon ein Hügel zum Berg wurde, wirkte auch ein kleines Kastell wie eine mächtige Trutzburg.

Genau genommen war Safet weder das eine noch das andere, sondern schien irgendwo dazwischen angesiedelt zu sein; so, wie sich Robin auch nicht wirklich entscheiden konnte, ob die dazugehörige Ansammlung von Gebäuden nun ein besonders großes Dorf oder eine zu klein geratene Stadt darstellte. Die Siedlung schmiegte sich unterhalb der eigentlichen Burg an den Berg; ein wahres Sammelsurium der unterschiedlichsten Baustile und Architekturen, als hätte jeder einzelne der zahllosen Herren, die Safet in den zurückliegenden Jahrhunderten gehabt hatte, fast schon eifersüchtig versucht, der Stadt das Antlitz seiner eigenen Kultur und Weltanschauung zu verleihen. Etliche der Gebäude waren so alt, dass der Verfall schon sichtlich an ihnen nagte und sie – zumindest aus der Entfernung betrachtet – kaum noch mehr als Ruinen zu sein schienen, aber es gab auch größere, fast schon prachtvolle Gebäude und auf halber Strecke zur Festung hin einen Komplex, der für sich allein genommen schon beinahe so etwas wie eine kleine Burg darstellte.

Die meisten Gebäude waren auf typisch maurische Art errichtet, aber es gab auch einige, die ganz eindeutig abendländischen Schnittes waren, und zwei oder drei, die Robin gar nicht einordnen konnte. Genau aus dem Zentrum der Stadt stach die spitze Nadel eines Minaretts in den Himmel, und der momentane Stadthalter der Burg war zumindest umsichtig genug gewesen, *kein* christliches Kreuz auf ihrem golden schimmernden Kuppeldach zu errichten, sondern es bei den Fahnen des Templerordens zu belassen, die trotzig über den Zinnen und Wehrtürmen der Burg wehten. Robin fragte sich mit einem Gefühl leiser Sorge, wie lange das noch so bleiben würde. Sie konnte sich beim besten Willen nicht vorstellen, dass Bruder Dariusz ein solches Symbol heidnischer Götzenverehrung auch nur einen Tag in einer Stadt dulden würde, über die ein *christlicher* Herrscher gebot.

Dann fiel ihr noch etwas auf.

»Wo ist ... das Heer?«, fragte sie überrascht.

Die Frage galt eigentlich nur ihr selbst, nachdem Rother während des gesamten restlichen Rittes so beharrlich geschwiegen hatte, aber der junge Ritter richtete sich dennoch ein wenig im Sattel auf und deutete mit ausgestrecktem Arm zur Burg hoch. »Dort oben. Die Zelte. Siehst du sie nicht?«

Am Fuß der Mauern waren tatsächlich zahlreiche bunte Zelte aufgeschlagen, die Robin allein durch ihre schiere Zahl und die bunte Farbenvielfalt beinahe als Allererstes aufgefallen waren; gleich nach der goldenen Kuppel der Moschee. Es *war* ein Heerlager; ein ziemlich großes sogar. Nie zuvor hatte Robin so viele prächtige Zelte beieinander gesehen – es mussten über hundert Zelte unterhalb der Burg aufgeschlagen sein, und dazwischen bewegten sich zahllose, gerüstete Gestalten. Und trotzdem hatte sie nach Dariusz' Worten eindeutig *mehr* erwartet. Es war schwer, die Anzahl der Ritter und Waffenknechte zu schätzen, die dieses Zeltlager beherbergte, aber Robin glaubte nicht, dass es mehr als tausend waren. Und das sollte das gewaltige Heer sein, mit dem der König Saladins vereinte Armeen schlagen wollte?

Sie kleidete ihren Gedanken in Worte, schon um das bedrückende Schweigen nicht wieder Gewalt über sie gewinnen zu lassen. Rother sah sie einen Moment lang nachdenklich an, und irgendwie brachte er selbst dabei das Kunststück fertig, ihrem Blick auszuweichen, obwohl er ihr zugleich fest in die Augen sah. Schließlich hob er die Schultern und machte eine vage Kopfbewegung in nördlicher Richtung.

»Das Hauptlager liegt einen halben Tagesritt entfernt, bei Toron«, antwortete er. »Wir werden später zu den anderen stoßen, sobald Dariusz und unsere Brüder eingetroffen sind.«

»Und sich Bruder Dariusz umgezogen und seine Waffen und seinen Helm auf Hochglanz poliert hat, meinst du«, fragte Robin lächelnd.

Rother blieb ernst. »Nach all der Zeit und all den Anstrengungen und Entbehrungen freue ich mich ebenfalls darauf, mir den Staub der Reise von der Haut zu waschen und ein sauberes Kleid anzuziehen.« Mit einem fast schüchtern wirkenden Lächeln, das ihn für einen Moment noch jünger aussehen ließ – vielleicht zum ersten Mal so jung, wie er tatsächlich war, dachte Robin –, fügte er hinzu: »Und vielleicht sogar eine Nacht in einem richtigen Bett.«

Nun war Robin ehrlich überrascht. Nach allem, was sie – nicht nur in diesem Land, sondern auch zu Hause und auf dem Weg hierher – mit ihren Ordensbrüdern erlebt hatte, war *Sauberkeit* so ziemlich das Letzte, was sie auf Rothers – oder der Wunschliste irgendeines anderen Tempelritters – erwartet hätte; Bruder Dariusz vielleicht einmal ausgenommen.

Rother wollte weiterreiten, aber Robin beugte sich rasch im Sattel vor und griff nach dem Zaumzeug seines Pferdes. »Warte.«

Der Hengst warf mit einem ärgerlichen Schnauben den Kopf zurück und versuchte sogar nach ihr zu beißen, fast als hätte er ihre Gedanken vom Vormittag gelesen und ihr noch immer nicht endgültig verziehen, dass sie auch nur mit dem *Gedanken* gespielt hatte, ihn zu töten, und auch Rother sah sie fast schon erschrocken an.

»Eine Frage noch«, sagte Robin – nachdem sie hastig die Hand zurückgezogen und dem Hengst einen irritierten Blick zugeworfen hatte. Rother legte fragend den Kopf auf die Seite.

»Vorhin«, sagte Robin. »Salims Männer ... ich muss einfach wissen, ob du Dariusz alles haarklein erzählen willst.«

Sie konnte Rother ansehen, in welche Verlegenheit sie ihn mit dieser Frage stürzte, aber er würde sie so oder so beantworten müssen – entweder jetzt und ihr oder sich selbst und später, wenn er Dariusz gegenübertrat. Er antwortete auch nicht gleich, sondern zögerte gerade lange genug, um ihrer nagenden Sorge neue Nahrung zu geben, und schließlich fragte er: »Warum bist du nicht mit ihnen gegangen?«

»Hättest du es denn zugelassen?«

Sie bedauerte augenblicklich, die Frage überhaupt gestellt zu haben. Sie kannte die Antwort darauf. Rother hätte sie schwerlich einfach gehen lassen, aber er hätte sie auch nicht zurückhalten können. Hätte sie sich entschieden, den Assassinen zu folgen, so wäre ihm nur die Wahl geblieben, die Achtung vor sich selbst zu verlieren oder sich von Salims Männern umbringen zu lassen.

»Es macht keinen so großen Unterschied mehr«, sagte sie, als Rother auch darauf nicht antwortete. »Du hast gehört, was die Männer gesagt haben: Salim erwartet mich in seinem Zelt vor der Stadt. Wir werden tun, was Dariusz uns aufgetragen hat, und dann werde ich zu ihm gehen.«

»Warum?«, fragte Rother.

Robin wollte ganz impulsiv antworten, aber dann las sie etwas tief in seinen Augen, was ihr sagte, dass von ihrer Antwort möglicherweise mehr abhing, als ihr bewusst war, und so formulierte sie ihre Worte äußerst sorgfältig. »Immerhin hat Sheik Sinan mich aus der Sklaverei freigekauft. Streng genommen bin ich sein Eigentum – zumindest nach seinen Wertvorstellungen.« Sie hob rasch die Hand, als sie sah, wie Rother auffahren wollte, und fuhr mit einem Kopfschütteln und der Spur eines angedeuteten Lächelns fort: »Ich weiß, was du sagen willst, Rother. Kein Christenmensch kann der Sklave eines Heiden sein, und ein Bruder unseres Ordens schon gar nicht. Aber ich habe dem Alten vom Berge meine Freiheit zu verdanken und vielleicht sogar mein Leben. Und sie haben mich gut behandelt. Ich habe ihm mein Wort gegeben, nicht zu fliehen.«

»Er ist ein Heide«, sagte Rother. »Du bist nicht an das Wort gebunden, das du ihm gegeben hast. Schon gar nicht unter Druck.«

»Das mag sein«, antwortete Robin ruhig, obwohl ihr danach zumute war, etwas gänzlich anderes zu sagen. »Und Sheik Sinan ist ein vernünftiger Mann, der das wohl ebenso sehen wird. Aber er ist auch ein Mann, der großen Wert auf Ehre und die Einhaltung seiner Regeln legt. Und die Assassinen sind unsere Verbündeten. Es wäre dumm, dieses Bündnis ohne Not zu gefährden. Ich bin sicher, Bruder Dariusz und er werden eine Lösung finden.«

Rother starrte sie an. In seinem Gesicht arbeitete es, und Robin konnte ihm regelrecht ansehen, dass er nach einem Fehler in ihrer Argumentation suchte, irgendeiner Ungereimtheit, mit der er sie der Lüge überführen konnte. Seine Antwort fiel auch entsprechend aus. »Und das ist dann auch wirklich alles?«

»Was sollte es denn noch sein?«, fragte Robin. Rother schwieg, nicht weil er die Antwort nicht wusste, sondern weil sie ihm sichtlich unangenehm war, und nach ein paar Augenblicken fuhr Robin fort: »Was ist, Rother?« Sie machte eine ausholende Handbewegung in die Richtung, aus der sie gekommen waren. »Du hast schon einmal eine solche Andeutung gemacht. Was sind das für *Gerüchte*, die man sich über mich erzählt?«

Es war ein Schuss ins Blaue. Genau genommen drehten sich die Gerüchte, von denen Rother ihr erzählt hatte, um Bruder Dariusz, nicht um sie. Aber sie erkannte an seiner Reaktion, dass sie ihn getroffen hatte.

»Also?«

Rother wich ihrem Blick aus. »Dieser ... Salim, von dem die Assassinen vorhin gesprochen haben ...«

»Sinans Sohn.«

»Der Sohn des Alten vom Berge, ja«, bestätigte Rother. »Man erzählt sich, er ... er wäre nicht nur den Frauen zugeneigt.«

Robin starrte ihn verblüfft an. Es dauerte einige Augenblicke, bis ihr der Sinn von Rothers Worten wirklich bewusst wurde – und dann wusste sie nicht, ob sie empört reagieren oder lauthals loslachen sollte. »Salim und ...?« Robin konnte ein Grinsen nicht mehr ganz unterdrücken, das allerdings weitaus mehr Rothers Reaktion galt als dem, was er gesagt hatte. Unter der Sonnenbräune und all dem Schmutz auf seinem Gesicht lief der junge Tempelritter tatsächlich rot an. »Ganz bestimmt nicht.«

»Man sagt, es gäbe einen jungen Tempelritter, mit dem Sinans Sohn das Zelt teilt«, antwortete er. »Und nicht nur das.«

Robin fand es beinahe rührend, dabei zuzusehen, wie Rother von etwas zu reden versuchte, woran er seiner Auffassung nach vermutlich nicht einmal *denken* durfte, ohne mit mindestens einem Jahrhundert Fegefeuer bestraft zu werden. Und schließlich konnte sie nicht mehr anders, als vor Lachen laut herauszuplatzen.

»Was ist so komisch?«, erkundigte sich Rother in beleidigtem Ton.

»Du«, antwortete Robin, nachdem sie sich wieder halbwegs beruhigt hatte, aber immer noch mit einem breiten Grinsen. »Ihr alle, Rother. Ich dachte immer, dass nur die Waschweiber Klatsch und Tratsch verbreiten, aber meine eigenen Ordensbrüder scheinen schlimmer zu sein.«

»Diese Gerüchte ...«

»... stimmen«, fiel ihm Robin ins Wort. Ihr Grinsen wurde noch breiter, während sie sich unverhohlen an dem Ausdruck wachsender Fassungslosigkeit weidete, der von seinem Gesicht Besitz ergriff. Schließlich fuhr sie leise lachend fort: »Dieser junge Tempelritter, über den ihr euch offensichtlich trotz Bruder Dariusz' Schweigegelübde die Mäuler zerrissen habt, bin ich.«

Rother wurde kreidebleich. »Du?!«

»Ich *habe* das Zelt mit ihm geteilt«, bestätigte Robin genüsslich, »und oft genug auch sein Gemach in der Burg seines Vaters. Salim und ich sind gute Freunde geworden.« Sie lachte laut auf, als sich der Ausdruck von Fassungslosigkeit auf Rothers Zügen in etwas verwandelte, das sie nur noch als blankes Entsetzen bezeichnen konnte, warnte sich aber zugleich selbst in Gedanken, den Bogen nicht zu überspannen.

»Und gerade deshalb kann ich dir eines versichern, Rother«, fuhr sie fort. »Salim ist ganz gewiss nicht dem männlichen Geschlecht zugetan. Ganz im Gegenteil.«

Rother fuhr sich nervös mit dem Handrücken über das Kinn. Das Gespräch wurde ihm immer peinlicher. Er wich ihrem Blick aus. »Ich ... glaube nicht, dass ich Einzelheiten hören will«, sagte er unbehaglich.

»Ich hatte auch nicht vor, sie vor dir auszubreiten«, antwortete Robin amüsiert. »Es sei denn, du bestehst darauf.«

Rother funkelte sie an, dann zwang er seinen Hengst mit einem schon fast brutalen Ruck am Zügel herum und ritt weiter. Robin sah ihm kopfschüttelnd und immer noch breit grinsend nach, und sie ließ ihm auch ganz bewusst zwanzig oder dreißig Schritte Vorsprung, ehe sie ihm folgte. Sosehr sie der kleine Zwischenfall – und vor allem Rothers Reaktion – auch amüsiert hatte, machten ihr die Worte des jungen Ritters doch klar, wie dünn das Eis war, auf dem sie sich bewegte. Rother hatte sich das nicht ausgedacht. Es *gab* diese Gerüchte, und sie kamen der Wahrheit näher, als ihr lieb sein konnte. Robin hatte bisher geglaubt, in Sinans Bergfestung nicht nur am Ende der Welt, sondern auch mehr oder weniger von ihr vergessen zu sein, aber es schien wohl doch eher *weniger* gewesen zu sein. So unterschiedlich sie auch sein mochten, in diesem Punkt unterschieden sich ihre Heimat und dieses fremde Land nicht sonderlich: Auch hier hatten Gerüchte Flügel, und sie wurden größer, je absurder die aufgestellten Behauptungen waren.

Eines aber verstand sie nun umso weniger: Ganz zweifellos mussten diese Gerüchte auch Bruder Dariusz zu Ohren gekommen sein. Warum hatte er nicht darauf reagiert? Bewiesen oder nicht, dieser Verdacht allein hätte ihm jeden Vorwand geliefert, sie in Ketten zu legen oder auch gleich zu töten. Das war etwas, was sie im Auge behalten – und worüber sie vor allem mit Salim reden – musste, sobald sie sich wiedersahen.

Salim ...

Ein Gefühl warmer Vorfreude begann sich in ihr auszubreiten, als sie an Salim dachte. Seit dieser Albtraum angefangen hatte, hatte sie ihn ganz bewusst aus ihren Gedanken verbannt, denn es gab keine größere Qual als enttäuschte Hoffnung, aber nun gab es keinen Grund mehr dafür. Bald, vielleicht in wenigen Stunden schon, würde sie ihn wiedersehen, und es war nicht nur die Erinnerung an seine starke Umarmung und seine sanften Küsse, die aus dem bloßen Gedanken an ihn ein ungeduldiges, warmes Kribbeln werden ließ, das sich langsam in ihrem ganzen Körper ausbreitete. Selbst der Gedanke an Dariusz und das, was er möglicherweise (nein: bestimmt!) plante, vermochte sie nicht mehr zu erschrecken. Salim war hier, und er würde sie beschützen, vor Bruder Dariusz, vor diesen dummen Gerüchten, und wenn es sein musste, vor der ganzen Welt.

10. Kapitel

Sie brauchten noch eine gute halbe Stunde, um den Fuß des Hügels und damit die Stadt zu erreichen. Schon von weitem drangen ihnen Lärm und ein aufgeregtes Durcheinander von Stimmen und Rufen entgegen, und der Weg hinauf zur eigentlichen Burg war gedrängt voll. Es gab schwerfällige Ochsenkarren, Esel, Kamele und Maultiere, die mit Vorräten, Zelten, Tonkrügen, Fässern und Kisten beladen waren und sich in einer schier endlosen Kolonne die grob gepflasterte Straße zur Festung hinaufquälten. Das Stimmengewirr wurde so laut, dass sie nicht einmal mehr dann mit Rother hätte reden können, wenn sie es gewollt hätte, und ein paar Mal wurden sie in dem Gewimmel aus Menschen, Tieren und hoch beladenen Fahrzeugen voneinander getrennt. Niemand nahm Notiz von ihnen. So auffällig ihre weißen Mäntel bisher gewesen waren, so normal war der Anblick bewaffneter christlicher Ritter hier offensichtlich. Beim Ritt durch die Siedlung bemerkte Robin, dass auf die meisten Häuser mit roter Farbe das Tatzenkreuz der Templer aufgemalt war. Sie gehörten dem Orden. Safet mochte als Sammelpunkt für die verschiedenen christlichen Heere dienen, aber diese *Stadt* stand ganz eindeutig unter dem Befehl der Templer. Die Häuser waren hellbraun verputzt, doch da, wo dieser Putz abbröckelte, sah man denselben Naturstein, aus dem auch die Burg gebaut war.

Vom Zeltlager her wehte Bratengeruch herüber, der Robin das Wasser im Mund zusammenlaufen ließ. Ihr Magen knurrte hörbar und erinnerte sie daran, dass sie seit Tagen von nichts anderem als abgestandenem Wasser und schmalen Rationen lebte, die selbst ohne den anstrengenden Ritt kaum ausgereicht hätten, ihren Hunger zu stillen.

Eine hölzerne Brücke führte über einen Graben, der vor dem Burgtor in den nackten Fels geschlagen worden war. Hinter dem Fallgatter bog der Torweg scharf nach rechts ab, ein Anblick, der Robin auf schon fast unheimliche Art an den Zugang zu Sinans Bergfestung erinnerte. Der Weg führte parallel zum Burggraben wie ein Tunnel durch die meterdicke Mauer der Festung; ein gemauerter Tunnel, in dem nur trübes Zwielicht herrschte. Wie Speere aus Licht stachen einige Sonnenstrahlen durch das Dunkel. Sie fielen durch faustgroße Löcher hoch über ihnen in der gewölbten Decke, vermutlich Pechnasen, um Angreifer, die durch den Tunnel stürmten, mit siedendem Öl zu begießen. Der Hufschlag ihrer Pferde hallte laut im Tunnel wider, und nach der Hitze des Mittags war es hier drinnen angenehm kühl. Nach allem, was sie auf dem Weg hierher erlebt hatten, hätte sich Robin in dieser uneinnehmbar scheinenden Festung sicher fühlen müssen, aber das genaue Gegenteil war der Fall: Sie fühlte sich eingesperrt und gefangen, so sehr, dass sie das Gefühl hatte, kaum noch atmen zu können. Als Robins Augen sich an die Dunkelheit gewöhnt hatten, bemerkte sie Wächter in weißen Waffenröcken, die in den Nischen des Tunnels auf gemauerten Bänken kauerten. Die meisten schenkten den beiden Reitern mit den weißen Mänteln kaum Aufmerksamkeit, was sie im ersten Moment erleichterte; aber nur im wirklich *allerersten* Moment. Danach war sie erschüttert, wie leicht es in dieser Gewandung war, alle Wachen zu passieren und die Festung zu betreten.

Nach kaum dreißig Schritten machte der Tunnel eine scharfe Biegung und öffnete sich auf den Burghof. Das helle Tageslicht blendete Robin. Knechte eilten herbei, um ihr und Rother aus den Sätteln zu helfen und ihre Pferde zu versorgen, aber Robin sah im allerersten Moment nur verschwommene Schemen. Jemand sprach sie an, wandte sich dann aber mit einem wortlosen Achselzucken ab, als sie nicht antwortete, und Robin blinzelte ein paar Mal und fuhr sich schließlich mit dem Handrücken über die Augen, um die Tränen fortzuwischen. Sie spürte, wie sie dabei auch den Schmutz und Staub auf ihrem Gesicht noch weiter verschmierte, tröstete sich aber damit, dass der Unterschied wahrscheinlich kaum noch auffiel.

Der Hof war voller Menschen. Gesinde, Männer in leinenen Bußgewändern und barfuß, Ritter und Turkopolen, Waffenknechte in Waffenröcken aller Farben. Auf der linken Seite des Hofes lagen die Stallungen. Eine breite Treppe führte hinauf zum östlichen Wehrgang. Genau gegenüber des Ausgangs aus dem Tortunnel lag eine kurze Treppe, die hinauf zum mit prächtigen Steinmetzarbeiten versehenen Torbogen des Hauptportals des Palas führte, dem Wohnbereich der Burg.

Besonders ins Auge sprang Robin jedoch eine Sänfte aus dunklem Holz, die mit scharlachroten Vorhängen verhängt war. Eine Gruppe junger, ausnehmend schöner Männer saß in der Nähe auf dem nackten Boden oder den Treppenstufen. Sie trugen Wämser, auf die das goldgelbe Kreuz des Königreichs Jerusalem gestickt war. Dicht bei der Sänfte standen Ritter in voller Montur – langes Kettenhemd, schwarzer Schild, schwarzer Waffenrock. Ihre Gesichter waren verdeckt durch ein feinmaschiges, ebenfalls schwarzes Kettengeflecht, das unter dem Nasenschutz ihrer normannischen Helme eingehakt war. Im allerersten Moment dachte Robin an Johanniter und wunderte sich ein wenig, diese Ordensritter inmitten einer Templerburg zu sehen. Dann bemerkte sie, dass die Ritter kein weißes Kreuz auf dem Waffenrock trugen, wie es bei den Johannitern üblich war. Auch schien sich niemand in die Nähe dieser schwarzen Ritter oder der Sänfte zu wagen. Knechte wie Ritter machten einen weiten Bogen um die Schwarzgewandeten, wenn ihr Weg sie über diesen Teil des Hofs führte.

Rother warf ihr einen warnenden Blick zu, auf den sie aber nur mit einem hilflosen Schulterzucken antworten konnte. Sie wusste nicht, wer diese Männer waren, aber ganz offensichtlich gefielen sie ihm ebenso wenig wie ihr. Rother wirkte weiter unschlüssig, während Robin ihr Unbehagen abschüttelte – schließlich waren sie hier in einer Ordensburg! – und den Fremden neugierig entgegenging, als der Vorderste plötzlich herumfuhr, mit einer hölzernen Rassel herumlärmte und mit heiserer Stimme »Unrein! Unrein!« rief.

Erschrocken zuckte Robin zurück. Die rechte Hand des Ritters war mit Verbänden umwickelt und wirkte unförmig, als wären die Finger unter dem schmutzigen Stoff deutlich dicker als die der anderen Hand oder als hätte er *mehr* Finger, als er haben sollte ... Seine Rassel war mit einer groben Schnur an der Hand festgebunden. Das Gesicht des schwarzen Ritters war nicht zu sehen, denn er trug einen Gesichtsschutz aus Kettengeflecht, der nur die Augen freiließ.

Eine Hand griff nach Robins Schulter. Sie wurde ruckartig zurückgezogen und hätte um ein Haar das Gleichgewicht verloren. Mit hastig rudernden Armen fand sie ihre Balance wieder, fuhr noch in der gleichen Bewegung heraus auf dem Absatz herum und wollte wütend auffahren, machte aber dann nur ein überraschtes Gesicht. Es war niemand anderer als Rother, der sie so unsanft zurückgerissen hatte. »Was ...?«

»Du solltest diesen Rittern besser nicht zu nahe kommen«, sagte Rother rasch. Er zog die Hand zurück; so hastig, als wäre es ihm unangenehm, sie berührt zu haben, und wich rasch um einen weiteren Schritt zurück.

»Was soll das?«, fragte Robin verärgert. »Wer sind diese Männer? Und wieso glauben sie, ich wäre *unrein?*«

Rother lächelte flüchtig. »Nicht du«, sagte er. »Sie sind unrein. Niemand darf ihnen nahe kommen. Sie wollten dich warnen.«

»Warnen?« Robin sah verwirrt über die Schulter zu dem Ritter in Schwarz zurück, der seinen Weg unbeeindruckt fortsetzte. »Wovor?«

»Das sind Ritter vom Orden des Heiligen Lazarus«, antwortete Rother. »Du hast noch nie von ihnen gehört?« Robin verneinte, und Rother fuhr mit einer erklärenden Geste – und einem übertrieben geschauspielerten Schaudern und einer entsprechenden Grimasse – fort: »Sie alle haben die Lepra. Du darfst ihnen nicht nahe kommen. Alles, was sie berühren, wird unrein.«

Robin wollte antworten, doch in diesem Augenblick öffnete sich das hohe Tor des Palas. Eine Gruppe Männer kam die Treppe herab, angeführt von einer schlanken Gestalt in einem prachtvollen roten Waffenrock, den zwei Ritter vom Orden des Heiligen Lazarus stützen mussten.

»Wer ist das?«, fragte Robin stirnrunzelnd. »Noch ein leprakranker Ritter?«

»König Balduin«, flüsterte Rother. Seine Stimme bebte vor Ehrfurcht.

Robin fuhr überrascht zu ihm herum. Ihr Blick irrte unstet zwischen Rother und der ausgemergelten Gestalt zwischen den beiden Lazarusrittern hin und her. »König Balduin?«, wiederholte sie ungläubig. *Diese Jammergestalt?* Sie war trotz ihrer Überraschung klug genug, diese letzten beiden Worte nicht laut auszusprechen, aber irgendwie schien Rother sie trotzdem zu hören, denn aus seinem Gesicht wich auch noch das allerletzte bisschen Farbe, und in seinem Blick erschien ein Ausdruck puren Entsetzens. Er sagte kein Wort, aber er blickte Robin fast flehend an, nicht weiterzusprechen. Als Robin sich wieder zur Treppe umwandte, sah sie aus den Augenwinkeln, wie sich Rother auf das linke Knie hinabsinken ließ und demütig das Haupt senkte;

und nicht nur er. Rasch und so gut wie lautlos sank – mit Ausnahme der Ritter in den schwarzen Rüstungen – jedermann auf dem Hof auf die Knie, bis sie selbst praktisch die Einzige war, die noch aufrecht stand.

Hastig holte sie ihr Versäumnis nach, aber möglicherweise doch nicht schnell genug, denn nicht nur Rother starrte sie weiter beinahe verzweifelt an. Hier und da drehte sich ein Kopf in ihre Richtung. Stirnen wurden strafend gerunzelt, und Robin glaubte die missbilligenden Blicke, die sie in den Rücken trafen, beinahe körperlich zu spüren. Und das Schlimmste war, dass auch die ausgemergelte Gestalt in dem roten Wappenrock den Kopf drehte und kurz in ihre Richtung sah. Ihr Gesicht war durch einen Schleier verhüllt, sodass Robin nur einen schmalen Streifen seiner Stirn erkennen konnte, die blass wie Marmor war. Dennoch glaubte sie seinen Blick durch den feinmaschigen Stoff des Schleiers hindurch zu spüren, und für einen winzigen Moment war sie vollkommen sicher, dass Balduin seinen Weg unterbrechen und sie ansprechen würde. Aber der König ging an ihr vorüber, ohne auch nur im Schritt zu stocken, und Robin schalt sich in Gedanken eine Närrin. Sie nahm sich eindeutig zu wichtig. Für den König war sie nur ein Ritter unter Dutzenden hier auf dem Hof, wenn nicht Hunderten. Warum sollte er sie ansprechen?

Der König und seine beiden Begleiter waren nicht allein aus dem Haus gekommen. In einigem Abstand folgten ihnen eine Gruppe weltlicher Ritter in bunten Waffenröcken sowie einige Templer in vollem Ordensornat, bei deren Anblick Robins Herz unwillkürlich schneller zu schlagen begann.

Rother nickte verstohlen in Richtung des vordersten Templers, eines hoch gewachsenen Mannes mit asketischem, fast schon ausgezehrt wirkendem Gesicht, dessen schwarzes Haar an den Schläfen bereits grau zu werden begann. »Odo von Saint-

Amand«, flüsterte er. »Unser Großmeister. Und der grimmig Blickende hinter ihm ist Gerhard von Ridefort, der Ordensmarschall.«

Also hatte Dariusz nicht übertrieben, dachte Robin. Ganz offensichtlich war die gesamte Führungsspitze des Ordens hier zusammengekommen; und wohl nicht nur des Templerordens.

Ein Ritter im gelben Waffenrock, dessen Wappen eine zersprengte Kerkerkette zeigte, lachte schallend auf, als hätte er ihre Verblüffung bemerkt und amüsiere sich köstlich darüber. Was natürlich der pure Unsinn war. Robin saß mittlerweile wie alle anderen auf ein Knie herabgesunken und mit gesenktem Haupt da und beobachtete ihn und die anderen Ritter verstohlen aus den Augenwinkeln. Dennoch fiel ihr auf, wie sehr sich dieser Ritter von den meisten Männern hier unterschied. Nahezu alle anderen Gesichter (einschließlich ihres eigenen, wie sie vermutete) waren verhärmt und ausgezehrt, von den Spuren überstandener Strapazen gezeichnet oder vernarbt. Sie sah nirgendwo ein Lächeln oder auch nur einen Ausdruck wirklicher Zuversicht – außer auf dem Gesicht dieses Mannes. Es war nicht nur sein Lachen, das auf dem plötzlich so still gewordenen Burghof ungewohnt und beinahe störend wirkte. *Er selbst* strahlte eine Zuversicht und Kraft aus, die Robin selbst über die Entfernung hinweg spürte.

»Wer ist das?«, fragte sie im Flüsterton.

»Rainald de Châtillon«, antwortete Rother ebenso leise. »Fürst von Oultrejourdain und sicher einer der tapfersten Ritter des Königreichs. Kaum jemand hat so viele Heiden erschlagen wie er.« Obwohl er flüsterte, konnte Robin deutlich die Begeisterung in seiner Stimme hören, die Rother allein beim Klang dieses Namens verspürte. Und auch wenn sie selbst noch nie von diesem angeblich so tapferen Recken gehört hatte, glaubte sie Rother fast zu verstehen.

Rainald de Châtillion war ihr praktisch auf Anhieb sympathisch – was sie fast ebenso unmittelbar mit einem heftigen schlechten Gewissen erfüllte. Er war von stattlicher Statur und hatte schulterlanges, hellblondes Haar, das im hellen Licht der Nachmittagssonne fast weiß schimmerte, und alles an ihm schien pure Lebenskraft und Energie auszustrahlen. Er war nicht einmal wirklich so groß, wie Robin im allerersten Moment geglaubt hatte, aber die unbändige Kraft, die er ausstrahlte, ließ jeden anderen Mann in seiner Nähe seltsam klein wirken. Seinem wettergegerbten Gesicht sah man deutlich an, dass er schon lange unter der Sonne des Orients lebte.

Abermals meldete sich ihr schlechtes Gewissen. Auch wenn es ihr selbst fast albern vorkam, so hatte sie doch das absurde Gefühl, sich irgendwie gegen Salim zu versündigen, wenn sie diesen gut aussehenden jungen Ritter auch nur zu lange ansah. Und außerdem war da noch Rother. Auch wenn Robin nicht einmal in seine Richtung sah, konnte sie seine Blicke doch fast körperlich spüren. Auch wenn er sich mit ihrer Erklärung über ihre Beziehung zu Salim zufrieden gegeben hatte, so war sein Misstrauen doch noch lange nicht endgültig zerstreut. Besser, sie ließ ihn nicht *zu* deutlich sehen, wie sehr sie einen *Mann* bewunderte ...

Als sie wieder in Richtung der Sänfte blickte, stemmten die hübschen Jünglinge die Sänfte des Königs gerade in die Höhe, und der Zug verließ, begleitet von den unheimlichen schwarzen Rittern des Lazarusordens, den Burghof. Robin atmete innerlich auf, auch wenn sie die Erleichterung, die sie beim Anblick der abziehenden Ritter überkam, selbst nicht ganz verstand. Sie hatte das unheimliche Gefühl gehabt, dass etwas Schreckliches geschehen würde, wenn sie noch lange in der Nähe des Königs und seiner unheimlichen Begleiter bliebe.

»Wir müssen Bruder Horace suchen.« Rothers Stimme holte sie in die Wirklichkeit zurück, während er ächzend aufstand und sich den Staub vom Knie klopfte; was angesichts seines vollkommen verdreckten Aufzuges einigermaßen lächerlich wirkte. »Wir haben schon viel zu viel Zeit verloren. Bruder Dariusz wartet auf die Pferde und saubere Kleider.«

»Das wäre ja fast ein Grund, sich erst einmal in aller Ruhe die Burg anzusehen«, antwortete Robin, wurde aber sofort wieder ernst, als sie Rothers Blick begegnete. Sie deutete auf den Torbogen, durch den der König verschwunden war.

»Was ist mit ihm?«

»Mit wem?«

»Balduin«, antwortete Robin. »Der König. Was fehlt ihm?«

Der Ausdruck von Verständnislosigkeit auf Rothers Gesicht nahm eher noch zu. »Du ... weißt nicht, dass der König krank ist?«

Robin schüttelte den Kopf. »Ich war in den letzten beiden Jahren ... anderweitig beschäftigt«, sagte sie. Und in der Zeit davor hatte sie sich wenig für den König interessiert; so wenig, wie sie es auch im Grunde jetzt noch tat. Die Könige von Outremer wechselten so schnell, dass es sich kaum lohnte, sich ihre Namen zu merken. Dennoch hatte sie gehört, dass es um König Balduins Gesundheit nicht zum Besten stand. Nicht umsonst nannte man ihn auch (hinter vorgehaltener Hand) überall den *kranken König*. Aber das ...

»Du weißt es wirklich nicht«, sagte Rother, der nun ehrlich verblüfft klang. Er senkte die Stimme. »Der König hat Lepra.«

Robin riss ungläubig die Augen auf. »König Balduin ist aussätzig?«, entfuhr es ihr.

Rother gestikulierte ihr hastig zu, leiser zu sprechen. »Du solltest dieses Wort vielleicht besser nicht verwenden.« Er fuhr sich nervös mit der Zungenspitze über die Lippen und wich ihrem Blick aus. »Sprich mit Bruder Dariusz darüber, wenn du willst, aber jetzt lass uns unseren Auftrag erfüllen.«

Sie betraten den Palas über die Außentreppe. Rother bewegte sich schnell und so sicher, dass Robin nicht daran zweifelte, dass er den Weg kannte. Er war nicht zum ersten Mal hier. Robin wurde mehr und mehr bewusst, wie wenig sie im Grunde über den jungen Tempelritter wusste. Sie hatte nie darüber nachgedacht, warum Dariusz ausgerechnet Rother und sie nach Safet vorausgeschickt hatte, immerhin die beiden jüngsten und unerfahrensten Mitglieder seiner kleinen Truppe, aber zumindest was Rother anging, hatte sie nun die Antwort. Rother war nicht nur eindeutig schon einmal hier gewesen, sondern kannte sich ganz offensichtlich aus; die Schritte, mit denen er vorauseilte, waren die selbstverständlichen, zielsicheren Bewegungen eines Menschen, der sich auf vertrautem Terrain bewegt. Robin fragte sich, ob das nur auf die Baulichkeiten zutraf.

Im Inneren des Gebäudes war es kühl und so dunkel, dass Robin ohne Rothers Führung vollkommen hilflos gewesen wäre. Die Ritter, die ihnen entgegenkamen – ausnahmslos Templer – trugen hier drinnen weder Kettenhemden noch Wappenröcke, sondern schlichte, lange Gewänder, mit einer groben Schnur anstelle eines Gürtels. Sie sahen eher aus wie Mönche. Keiner von ihnen war bewaffnet.

Als sie das Treppenhaus erreichten, stieg Essensduft von unten zu ihnen herauf. Robins Magen knurrte erneut und diesmal so laut und nachhaltig, dass Rother im Gehen über die Schulter zurücksah und ihr einen amüsierten Blick zuwarf.

»Nicht mehr lange«, sagte er. »Wir reden mit Bruder Horace und überbringen ihm Dariusz' Wünsche, und danach wird man uns sicher etwas zu essen geben.«

Robin lächelte matt. »Sieht man es mir so deutlich an?«

»Dass du Hunger hast?« Rother schüttelte den Kopf und verlangsamte seine Schritte gerade weit genug, damit sie zu ihm aufschließen konnte. »Nein. Aber du hast in den letzten

Tagen noch viel weniger gegessen als ich. Und *ich* sterbe vor Hunger.«

Robin sah ihn nachdenklich an. »Du hast mich ziemlich aufmerksam beobachtet, wie? Hat Bruder Dariusz dir den Auftrag dazu erteilt?«

»Jedem von uns wird ein anderer Bruder zugewiesen, den er im Auge behält«, sagte Rother ausweichend.

»Das ist keine Antwort«, sagte Robin.

»Und wenn?«, fragte Rother trotzig.

Diesmal war es Robin, die ihm die Antwort schuldig blieb. Vielleicht wollte sie sie gar nicht wissen. Von allen, die sie seit ihrem Weggang aus dem Fischerdorf getroffen hatte, war Rother der Einzige, für den sie so etwas wie Sympathie empfand, und vielleicht sogar ein bisschen mehr, denn er war zugleich auch der Einzige, der ihr nicht mit Misstrauen oder unverhohlener Verachtung begegnet war. Der Gedanke, dass sein freundliches Verhalten nichts anderes als Kalkül gewesen sein sollte, schmerzte sie mehr, als sie sich eingestehen wollte.

Endlich erreichten sie einen schmalen Gang mit Schießscharten auf der einen Seite und drei Türen auf der anderen. Rother klopfte an eine dieser Türen. Eine Stimme drang dumpf durch das dicke Holz. Robin konnte die Worte nicht verstehen, und sie bezweifelte auch, dass Rother es tat. Dennoch schien ihm diese Antwort zu genügen, denn er schob den Riegel zurück und trat, ohne zu zögern, in den dahinter liegenden Raum. Robin folgte ihm.

Genau zwei Schritte weit, bevor sie so plötzlich stehen blieb, als wäre sie gegen ein unsichtbares Hindernis gelaufen. Ihr Atem stockte, und sie konnte selbst spüren, wie das Blut aus ihrem Gesicht wich, während sie den Komtur von Safet anstarrte, der in einem hochlehnigen Stuhl hinter einem niedrigen Tisch saß und ihr ruhig entgegensah.

Wie oft hatten Bruder Dariusz und Rother den Namen des

Komturs von Safet genannt und wie oft hatte sie ihn gehört und – obwohl er ungewöhnlich genug war – nicht verstanden?

»Bruder ... Horace ...?«, murmelte sie fassungslos. Ihr Herz begann zu klopfen.

»Das ist richtig«, antwortete Horace. Sein Gesicht blieb vollkommen ausdruckslos, und selbst in seinen Augen zeigte sich allenfalls eine Spur vager Neugier, während er den Kopf auf die Seite legte und sie mit einem raschen Blick von Kopf bis Fuß taxierte. Robin suchte vergeblich nach irgendeiner Spur von Erkennen in seinem Blick. »Und Ihr seid ...?«

»Ich bin Bruder Rother«, antwortete Rother, bevor Robin Gelegenheit fand, selbst etwas zu sagen. Mit einer entsprechenden Handbewegung (und einem raschen, deutlich verwirrten Blick in Robins Richtung) fügte er hinzu: »Das ist Bruder Robin.«

Horace blickte Robin noch einen halben Herzschlag lang mit unveränderter Miene an, bevor er sich mit deutlicher Anstrengung von ihrem Anblick losriss und zu Rother umdrehte. Ein fast nur angedeutetes Stirnrunzeln erschien auf seinem Gesicht, und auch der Tonfall seiner Stimme schien sich um eine Winzigkeit zu ändern und klang nun ganz leicht missbilligend. »Und was führt Euch zu mir, Bruder?«

Rother wirkte im allerersten Moment fast hilflos. Ganz offensichtlich hatte er eine andere Begrüßung erwartet, und ebenso offensichtlich war er nicht nur verstört über Horaces Reaktion, sondern auch ein wenig verärgert. Er sah noch einmal rasch zu Robin hin (war das Vorwurf, was sie plötzlich in seinen Augen las?), bevor er sich wieder an den Komtur wandte und mit einer tiefen, dennoch aber nicht übermäßig respektvoll wirkenden Verbeugung fortfuhr. »Verzeiht, dass wir Euch ohne Anmeldung stören. Ich weiß, dass Ihr ein viel beschäftigter Mann seid, und im Augenblick wohl noch mehr als sonst. Aber ich habe eine persönliche Botschaft von Bruder Dariusz für Euch.«

»Dariusz?« In Horaces Augen leuchtete nun doch ein schwaches Interesse auf. Er beugte sich leicht in seinem Stuhl nach vorn und legte den Kopf auf die andere Seite. Wieder streifte sein Blick flüchtig Robins Gesicht, und diesmal war sie vollkommen sicher, nicht die mindeste Spur von Wiedererkennen oder irgendeinem anderen Gefühl darin zu lesen. Konnte es sein, dass Horace sie nicht erkannte? Das konnte sich Robin nur schwer vorstellen. Sie selbst hatte im allerersten Moment alle Mühe gehabt, sich ihre Überraschung – und ihre Wiedersehensfreude! – nicht zu deutlich anmerken zu lassen, und vermutlich hätte Rother beides dennoch bemerkt, hätte er ihr in diesem Moment direkt ins Gesicht geblickt. Sicher, es war gute zwei Jahre her, dass Horace und sie sich das letzte Mal gegenübergestanden hatten. Seit dem Gefecht auf der *Sankt Christophorus* hatte Robin ihn nicht mehr gesehen; so wenig wie irgendeinen anderen der Ritter, die zusammen mit ihr in Genua an Bord des Schiffes gegangen waren. Er war deutlich älter geworden; viel mehr als die zwei Jahre, die seither ins Land gegangen waren. Sein Gesicht war schmaler geworden und wirkte nun wie das eines Raubvogels. Er hatte graue Schläfen bekommen, und viel von der Wärme und Herzlichkeit, die Robin früher in seinen Augen gelesen hatte, war nun etwas anderem gewichen, von dem sie gar nicht so genau wissen wollte, was es war.

Dennoch zweifelte sie nicht einen Moment lang daran, dass er sie ebenso erkannt hatte wie sie umgekehrt ihn. Was ging hier vor?

»Bruder Dariusz, ja«, bestätigte Rother, der seine gewohnte Ruhe und Selbstsicherheit nun rasch wiederfand. »Er befindet sich zusammen mit einem kleinen Heer weltlicher Ritter und freiwilliger Kämpfer auf dem Weg nach Safet. Sie sind noch einen halben Tagesritt entfernt.«

Horace hob die Hand und unterbrach ihn. »Lasst mich raten,

Rother. Er hat Euch vorausgeschickt, um für ihn und Eure Brüder frische Kleider zu holen und alles für ihr Eintreffen hier vorzubereiten.«

Rother wirkte ein ganz kleines bisschen verwirrt. »Ja«, bestätigte er, »aber hier ...«

»Wenn das so ist, muss ich Euch enttäuschen«, fiel ihm Horace erneut ins Wort. Er lächelte dünn, schüttelte zugleich aber auch den Kopf. »Ich fürchte, uns stehen weder die Mittel noch das Personal zur Verfügung, Bruder Dariusz den Empfang zu bereiten, der ihm und seinen Begleitern zweifellos gebührt. Dariusz wird das verstehen, wenn er erst einmal hier eingetroffen ist.«

Rother wand sich wie ein getretener Wurm. »Verzeiht, Bruder Horace«, sagte er fast gequält. »Aber das ist es nicht allein.«

»Nein?« Horaces linke Augenbraue rutschte ein Stück weit an seiner Stirn nach oben. Sein Gesicht blieb weiterhin vollkommen unbewegt. »Sondern?«

»Ich fürchte, ich muss Euch um ein Dutzend Pferde für Dariusz und den Rest unserer Brüder bitten«, antwortete Rother voll unübersehbaren Unbehagens. Sein Blick wanderte unstet über den Boden, den Tisch, selbst die Armlehnen des Stuhles, auf dem Horace saß, hütete sich aber, dem Blick des hochrangigen Tempelritters zu begegnen. »Bruder Robins Stute und mein Hengst waren die einzigen Pferde, über die wir noch verfügten.«

»Was ist geschehen?«, erwiderte Horace, zwar noch immer mit ungerührtem Gesicht, aber nun in hörbar interessierterem, vielleicht alarmiertem Ton.

»Ein Hinterhalt«, antwortete Rother. Robin hatte Mühe, ihn nicht überrascht anzusehen, und Horace zog zweifelnd die Augenbrauen zusammen.

»Ein Hinterhalt?«, wiederholte er. »Es fällt mir schwer zu glauben, dass ein Mann wie Dariusz in einen Hinterhalt reitet. Berichtet, Bruder.«

Rother gehorchte. Mit wenigen Worten erzählte er, was sie in dem niedergebrannten Dorf vorgefunden hatten und was danach geschehen war. Zu Robins nicht geringer Überraschung hielt er sich dabei Wort für Wort an die Wahrheit, auch wenn Dariusz bei dieser Schilderung vielleicht nicht so gut wegkam, wie er es sicherlich gerne gehabt hätte. Sie hatte fest damit gerechnet, dass Rother das Verhalten seines Ordensbruders in einem besseren Licht schildern würde, aber er blieb bei den Tatsachen, und er ließ auch seine (und Robins) persönliche Einschätzung am Schluss nicht aus, dass sie es einzig purem Glück und dem verfrühten Eintreffen der Nachhut zu verdanken hatten, dass die improvisierte Schlacht nicht einen noch viel schlimmeren, blutigen Ausgang für die Tempelritter genommen hatte. Horace hörte schweigend zu, aber sein Mienenspiel und sein Blick, der sich mit fast jedem Wort, das ihm zu Gehör kam, weiter verfinsterte, ließ keinen Zweifel daran, was er von Dariusz' wenig weitsichtiger Strategie hielt. Als Rother zu Ende gekommen war, schwieg er eine geraume Weile, und für dieselbe Zeit schien sein Blick geradewegs durch den jungen Tempelritter hindurchzugehen und sich auf einen Punkt irgendwo im Nichts zu richten. Schließlich seufzte er tief, räusperte sich und ließ sich wieder in seinen Stuhl zurücksinken. Das schwere Möbelstück aus uraltem Holz ächzte hörbar.

»Ja, das klingt ganz nach meinem alten Freund Dariusz«, sagte er. »Ich danke Euch, dass Ihr Euch bei der Schilderung der Ereignisse an die Wahrheit gehalten habt, Bruder Rother – auch, wenn Dariusz Euch zweifellos aufgetragen hat, es damit in diesem einen Fall vielleicht einmal nicht ganz so genau zu nehmen.« Er hob die Hand, als Rother widersprechen wollte. »Nichts anderes als das, was Ihr mir gerade berichtet habt, hätte ich geglaubt, Rother. Und nun verlangt Dariusz selbstverständlich nach frischen Pferden und sauberen Mänteln für seine Männer. Ein

Mann wie er kann schwerlich auf einem Maultier in die Burg einreiten, und noch dazu in einem zerrissenen Mantel.« Er schüttelte seufzend den Kopf. »Obwohl ich versucht bin, ihn genau das tun zu lassen. Möglich, dass er danach ein wenig über die Bedeutung des Wortes *Hochmut* nachdenkt.« Er seufzte erneut. »Aber keine Sorge, Rother. Natürlich werde ich es nicht tun. Und ich werde ihm auch nichts von unserem Gespräch berichten, sondern mir seine Version der Geschehnisse anhören. Macht Euch keine Sorgen.«

»Das ist sehr freundlich von Euch, Bruder«, begann Rother, »aber ich ...«

Horace unterbrach ihn abermals, indem er mit einer unerwartet raschen Bewegung aufstand. »Nun gut«, seufzte er. »Dann geht hinunter zum Stallmeister, Rother. Sagt ihm, dass er Euch so viele Pferde geben soll, wie Ihr braucht. An frischer Kleidung herrscht im Moment leider ein gewisser Mangel. Dafür gibt es umso mehr blutige Mäntel, die auf einen neuen Besitzer warten.«

Sein Blick wurde hart, und auch wenn diese Härte ganz gewiss nicht Rother galt, schien der junge Ritter darunter doch sichtlich zusammenzuschrumpfen. »Bruder Dariusz wird die Schmach überstehen, so in die Stadt einzureiten, als käme er vom Schlachtfeld.« Er wedelte, plötzlich fast ungeduldig, mit der Hand. »Du bist entlassen, Bruder Rother. Geh und richte dem Stallmeister meine Worte aus, und danach fragst du nach Marius, meinem persönlichen Mundschenk. Er soll dir und Bruder Robin so viel zu essen geben, wie ihr wollt. Ich bin sicher, ihr habt einen anstrengenden Ritt hinter euch.«

Rother schien noch etwas sagen zu wollen. Einen Moment lang rang er sichtlich mit sich selbst, dann aber nickte er nur knapp, verbeugte sich tief und entfernte sich rückwärts gehend. Als er bei der Tür angekommen war und sich umwandte, wollte auch Robin folgen, aber Horace hielt sie mit einer raschen Geste zurück.

»Bruder Robin – bleibt.«

Robin sah ihn überrascht an, und auch Rother hielt mitten in der Bewegung inne und blickte irritiert über die Schulter zurück. Diesmal war sie sicher, sich das misstrauische Funkeln in seinen Augen nicht nur einzubilden.

»Ich habe noch einige Fragen an dich, bevor uns die Glocke zum Gebet ruft«, sagte Horace.

Rother starrte ihn und Robin noch immer abwechselnd und mit immer größer werdender Verwirrung an, bis Horace demonstrativ den Kopf wandte und ihm einen kurzen, aber eisigen Blick zuwarf. Dann führte er seine unterbrochene Bewegung hastig zu Ende, trat aus dem Zimmer und zog die Tür hinter sich zu. Robin wollte etwas sagen, doch Horace gebot ihr mit einer raschen Geste, still zu sein, war mit drei schnellen Schritten an der Tür und öffnete sie einen Spaltbreit. Wie eine Küchenmagd, die sichergehen will, nicht beim neuesten Klatsch und Tratsch belauscht zu werden, lugte er auf den Gang hinaus, schloss die Tür erst nach einer geraumen Weile wieder und sehr leise und legte den Riegel vor. Einen Moment lang blieb er vollkommen reglos stehen, bevor er sich umdrehte und sie mit einem ebenso langen wie undeutbaren Blick maß.

»Bruder Robin«, murmelte er. »Oder sollte ich besser sagen ... *Schwester?*«

»Horace?«, murmelte Robin verständnislos.

Horace seufzte. »Wenn man ein Unheil nicht ausmerzt, dann wird es einen immer wieder einholen«, sagte er kopfschüttelnd. »Bruder Abbé hatte Recht.«

»Bruder Horace?«, fragte Robin erneut; und mittlerweile vollkommen verstört. Sie wusste einfach nicht mehr, was sie von Horaces sonderbarem Benehmen halten sollte.

Der Komtur deutete durch nichts an, ob er Robins Verwirrung bemerkte oder nicht. Robin vermochte seinem Blick nicht standzuhalten. »Ich habe behauptet, du hättest den Anstand gehabt, zusammen mit der *Sankt Christophorus* unterzugehen«, sagte er. »Er beharrte darauf, du würdest das nicht tun.« Er seufzte. »Er hatte Recht.«

»Bruder Horace?«, murmelte Robin zum dritten Mal. Ihre Stimme zitterte. Ihr Blick glitt mit wachsender Verunsicherung über Horaces Gesicht und blieb schließlich an seinen so gnadenlos erscheinenden, durchdringenden Augen hängen, in denen noch immer nicht das geringste Gefühl zu erkennen war. »Ich ... ich verstehe nicht ...«

»Was?«, unterbrach sie Horace. Sein Gesicht blieb vollkommen starr und unbewegt. »Wenn sich jemand einen Spaß mit dir macht?« Und plötzlich begann er zu lachen, trat auf sie zu und schloss sie so ungestüm in die Arme, dass ihr die Luft wegblieb.

Robin stand ein paar Augenblicke lang wie gelähmt da, bis Horace sie wieder losließ und hastig einen Schritt zurückwich. Augenscheinlich war ihm seine kleine Entgleisung peinlich, denn er trat einen Moment lang unbehaglich von einem Bein auf das andere und wich ihrem Blick aus, aber Robin sah trotzdem, dass die Härte aus seinem Blick verschwunden war und einem amüsierten Funkeln Platz gemacht hatte; und einem Ausdruck so tiefer Erleichterung und Freude, wie sie es bei diesem unerbittlichen Mann niemals erwartet hätte.

»Bitte verzeih«, sagte er und räusperte sich unbehaglich. »Ich war ...«

»Überrascht?«, schlug Robin vor, als Horace nicht weitersprach.

Der Tempelritter schüttelte den Kopf. »Unendlich erleichtert, dich lebend wiederzusehen«, sagte er, »und allem Anschein nach zumindest äußerlich unversehrt. Du bist doch unversehrt, oder?«

Robin hatte nicht das Gefühl, dass Horace tatsächlich eine Antwort auf diese Frage erwartete, und selbst wenn es so gewesen wäre – sie hätte in diesem Moment gar nichts sagen können. Ihre Verwirrung hatte ein Ausmaß erreicht, das ihr fast körperlich den Atem nahm. Sie deutete nur ein Nicken an, das Horace aber als Antwort vollkommen zu genügen schien, denn der Ausdruck von Verlegenheit wich nun endgültig von seinen Zügen.

»Das ist gut«, sagte er. »Ich danke Gott, dass er so gut auf dich Acht gegeben hat.« Er schlug das Kreuzzeichen vor Brust und Stirn. »Wir alle waren in großer Sorge, als wir hörten, dass du dich in der Gewalt des Alten vom Berge befindest.«

Robin starrte ihn an. Es dauerte einen Moment, bis ihr wirklich klar wurde, was Horace da gerade gesagt hatte. »Ihr ... ihr habt gewusst, dass ich noch lebe?«

Nun trat ein fast amüsiertes Funkeln in die Augen des hoch gewachsenen Tempelritters. »Gott achtet auf jedes einzelne seiner Schäfchen«, antwortete er. »Und wir auch.«

»Seit wann?«, entfuhr es Robin. Dann wurde ihr klar, wie leicht es wäre, diese Frage falsch zu verstehen, und sie fügte fast hastig hinzu: »Ich meine: Seit wann habt ihr es gewusst?«

»Wir haben nach dir gesucht«, antwortete Horace. »Hätte dieser Sklavenhändler dich nicht weggeschafft, wären wir zwei Tage später bei dir gewesen. Als uns zu Ohren kam, dass seine Karawane von Assassinen überfallen worden ist, haben wir schon das Schlimmste befürchtet.« Sein Blick wurde ganz leicht spöttisch. »Aber wie es aussieht, hat sich ja alles zum Besten gewendet.«

Robin schwieg eine geraume Weile, in der sie Horace nur ansah. Als sie schließlich weitersprach, war ihre Stimme leiser, gefasst, aber nicht ganz frei von Vorwurf. »Ich nehme an, es hat ganz gut in Eure Pläne gepasst, den Sohn des Alten vom Berge mit einer Christin verheiratet zu sehen?«

Sie bedauerte die Worte augenblicklich, aber es war zu spät.

Horace lächelte unerschütterlich weiter, aber es war ein Lächeln, das nun um mehrere Grade kühler wirkte. »Es hat ganz gut in unsere Pläne gepasst«, antwortete er, »dich am Leben und in Sicherheit zu wissen. Was Bruder Abbé damals getan hat, war ein schwerer Fehler, der nicht nur ihn, sondern den ganzen Orden in große Gefahr hätte bringen können. Zugleich war es vor Gott richtig, denn das Leben jedes einzelnen Menschen ist heilig, und es steht auch dem Mächtigsten unter uns nicht zu, es gegen Argumente der Politik aufzuwiegen.«

Und so etwas sagte ein Mann, dachte Robin verstört, der gerade im Begriff stand, das Leben *Tausender* zu opfern, nur aus Gründen der Politik und des Machterhalts heraus?

»Und was das Verheiratetsein angeht«, fuhr Horace fort, »so wurde euer Bund nicht nach den Gesetzen der Christenheit und schon gar nicht vor Gott geschlossen, wenn ich richtig informiert bin.«

Auch darüber würde sie nachdenken müssen, dachte Robin, von allem, was er bisher gesagt hatte, vielleicht sogar am intensivsten. Bei aller Wiedersehensfreude, die sie empfand, sollte sie nicht vergessen, wie mächtig und auch gefährlich dieser Mann war. Horace hatte zweifellos die Wahrheit gesagt – er würde niemals so weit gehen, sie zu töten, um diesen Schandfleck vom ohnehin alles andere als blütenweißen Gewand des Templerordens zu tilgen, aber es gab andere Wege, einen Menschen unschädlich zu machen. Zugleich hatte sie das sichere Gefühl, dass er ihr mit diesen Worten eine Frage gestellt hatte, auf die er eine Antwort erwartete. Stattdessen stellte sie selbst eine.

»Wenn ihr all das gewusst habt, warum habt ihr niemals einen Boten zu mir geschickt? Wieso ist keiner von euch gekommen?«

Seinem weiter abkühlenden Lächeln nach zu urteilen, war dies eine Frage, die ihr ganz eindeutig nicht zustand. Er beantwortete sie trotzdem. »Warum sollten wir? Es war alles gut so, wie es gekommen ist. Und es wäre auch weiter gut geblieben, hätte dieser Narr Dariusz einfach getan, was man ihm aufgetragen hat.«

»Und was wäre das gewesen?«, fragte Robin.

Horaces Blick verdüsterte sich, doch sie spürte auch, dass sein Zorn nicht ihr galt. »Nichts anderes, als seine Männer hierher zu führen, ohne nebenbei seine eigenen Pläne und Absichten zu verfolgen.« Er schüttelte zornig den Kopf. »Wenn es wahr ist, was Rother gerade berichtet hat ...«

»Es ist wahr«, sagte Robin.

Horace fuhr mit einem ärgerlichen Stirnrunzeln fort. »... dann hattet ihr mehr Glück als Verstand. Wären es Krieger gewesen, auf die ihr in diesem Dorf gestoßen seid, und nicht feige Wegelagerer und Banditen, dann wäre jetzt keiner von euch noch am Leben. Wir brauchen die Männer für die bevorstehende Schlacht gegen Saladins Truppen, und nicht, um ein paar Halsabschneider und Tagediebe zu jagen.«

Anscheinend, dachte Robin, hatte Horace doch nicht wirklich zugehört. Die Männer, gegen die sie gekämpft hatten, mochten Plünderer gewesen sein, aber es konnte durchaus sein, dass sie sich in dem bevorstehenden Kampf Saladins Truppen anschlossen. Aber sie ersparte es sich, darauf hinzuweisen. »Ist Bruder Abbé ... auch hier?«, fragte sie stattdessen.

»Ja«, antwortete Horace. »Du wirst später Gelegenheit haben, mit ihm zu reden. Doch wir sollten unser kleines Gespräch nicht zu lange fortsetzen, um nicht das Misstrauen deines kleinen Freundes zu erregen.«

»Rother?«, fragte Robin. Ohne dass sie selbst genau hätte sagen können, warum, war es ihr unangenehm, dass Horace Rother als ihren *Freund* bezeichnete.

»Ja.« Horace nickte. »Er ist ohnehin schon misstrauisch geworden. Ich nehme an, Dariusz hat ihm aufgetragen, dich ganz genau im Auge zu behalten.«

Eine Erinnerung schoss Robin durch den Kopf: Sie sah Rothers Hand, die nach dem Dolch in seinem Gürtel tastete. Sie hütete sich, Horace davon zu erzählen, doch möglicherweise schwieg sie einen Moment zu lange, und wahrscheinlich spiegelte ihr Gesicht in diesem Moment sehr deutlich das wider, was sie empfand, denn Horace nickte, so als *hätte* sie seine Frage beantwortet, und fuhr in kühlerem Tonfall fort: »Ja, das habe ich mir gedacht. Wir müssen überlegen, wie wir weiter mit Rother verfahren.«

»Wie meint Ihr das?«, fragte Robin erschrocken.

Ein flüchtiges Lächeln huschte über Horaces Lippen. »Vielleicht gibt es ja eine wichtige Nachricht, die sofort nach Jerusalem gebracht werden muss oder zu einem noch viel weiter entfernten Ort. Und vielleicht muss sie auf den Weg gebracht werden, bevor Dariusz und die anderen hier eintreffen.«

Robin dachte einen Moment lang über seine Worte nach, dann schüttelte sie den Kopf. »Nein«, sagte sie. »Bitte, tut das nicht.« Alles in allem würde sie Rother damit keinen Gefallen erweisen, das wusste sie. Dariusz wäre nicht Dariusz, würde er nicht seine Schlüsse aus dem plötzlichen Verschwinden des jungen Tempelritters ziehen, und wie sie selbst schmerzhaft hatte erfahren müssen, war er kein Mann, der vergaß oder gar *vergab*. Und sein Arm reichte weit.

»Dir liegt eine Menge an diesem Jungen, nicht wahr?«, fragte Horace.

»Rother ist kein Junge«, erwiderte Robin, aber Horace wischte ihre Worte mit einer Bewegung fort, als wolle er ein lästiges Insekt verscheuchen.

»Er ist ein Kind«, sagte er. »Er mag aussehen wie ein Mann und sich zumindest einbilden, sich wie ein solcher zu benehmen, aber er bleibt ein Junge.« Er schüttelte den Kopf, und sein Blick verdüsterte sich noch weiter. Seine Stimme wurde leiser. »Wie die meisten. Gott möge uns verzeihen, aber wir schicken eine Armee von Kindern in den Krieg.«

Robin wusste nicht genau, was sie darauf sagen sollte, doch Horace schien auch keine Antwort zu erwarten. Er starrte noch einen Moment ins Leere, dann seufzte er tief, gab sich einen sichtbaren Ruck und ging mit schnellen Schritten um den Tisch herum. Er ließ sich schwer in seinen Sessel fallen, bevor er mit veränderter, nunmehr rein sachlicher Stimme fortfuhr: »Wie wird sich dein Schwiegervater in dem Krieg verhalten, der dem König von Jerusalem droht?«

Robin fuhr sich nervös mit der Zungenspitze über die Lippen. Die Stimmung hatte sich von einem Augenblick auf den anderen geändert, und ihr war, als wäre die Temperatur im Raum plötzlich um mehrere Grade gefallen. Sie überlegte fast verzweifelt, wie sie Zeit gewinnen konnte, um sich eine Antwort auf diese unerwartete Frage zurechtzulegen. Sie hatte keine Ahnung, was Sheik Raschid al-Din Sinan plante. Bis vor wenigen Tagen hatte sie ja noch nicht einmal etwas von der bevorstehenden Schlacht geahnt.

»Ich ... weiß es nicht«, gestand sie schließlich und rettete sich in ein Schulterzucken und ein verlegenes Lächeln. »Salim hat nie mit mir über Politik gesprochen.«

»Das wundert mich«, sagte Horace. »Bruder Abbé rühmt dich als einen der kostbarsten Spitzel unseres Ordens, *Bruder*. Sollte er sich so in dir getäuscht haben?«

»Salim hat nie mit mir über Politik gesprochen«, sagte Robin noch einmal. »So wenig wie sein Vater.«

»Du warst zwei Jahre lang bei ihnen«, beharrte Horace. »Nicht als Gefangene oder als Gast, sondern als Eheweib seines Sohnes.«

»Mit dem er so wenig über Politik und seine Pläne gesprochen hat, wie es ein christlicher König mit dem Weib seines Sohnes täte«, antwortete Robin.

Horace seufzte. Seine Fingerspitze malte unregelmäßige Kreise auf dem verwitterten Holz der Tischplatte. »Verzeih die Wahl meiner Worte, Robin«, sagte er nach einer Weile, und ohne sie direkt anzusehen. »Sie war ungeschickt. Ich wollte dich nicht beleidigen. Aber es wäre von großer Bedeutung für uns alle, zu wissen, wo Sinan steht.«

Robin war enttäuscht. Nach der ehrlichen Wiedersehensfreude, die sie in Horaces Augen gelesen hatte, tat der Gedanke doppelt weh, dass sie auch für Abbé und Horace am Ende nichts weiter als ein nützliches Werkzeug war. Dennoch überlegte sie einen Moment lang angestrengt. »Ich weiß es nicht«, sagte sie schließlich. »Aber so, wie ich Raschid kennen gelernt habe, wird er abwarten, bis sich zeigt, wer der Stärkere ist – und dann den Schwächeren unterstützen.«

Horace hob überrascht den Blick. »Ich wüsste nicht, dass jemand den Alten vom Berge jemals für einen Einfaltspinsel gehalten hätte.«

»Ich weiß nicht, was Ihr mit diesem Wort ausdrücken wollt«, antwortete Robin steif. »Sheik Sinan ist ein Mann von großem Ehrgefühl und mit einem ausgeprägten Sinn für Gerechtigkeit.«

»Sheik Raschid al-Din Sinan?«, vergewisserte sich Horace. »Der Alte vom Berge? Wir sprechen von demselben Mann? Dem Obersten der Assassinen? Dem Herrn der Meuchelmörder und Attentäter und Giftmischer?«

Robin gemahnte sich zur Vorsicht, als sie den lauernden Unterton wahrnahm, der plötzlich in Horaces Stimme war. Zweifellos hatte Horace sogar Recht, von seinem Standpunkt aus – aber wo war letzten Endes der Unterschied, ob man einen Attentäter oder ein ganzes Heer aussandte, um seine Feinde zu töten?

Als hätte er ihre Gedanken gelesen, sagte Horace: »Ich beginne mich zu fragen, ob du nicht vielleicht zu lange Zeit bei den Assassinen verbracht hast.«

Robin zuckte die Achseln. »Ihr wolltet meine Einschätzung hören, Bruder Horace. Ich kann Euch nicht mehr sagen als das, was ich gesehen habe. Wenn Sheik Sinan etwas zutiefst verabscheut, dann ist es die Willkür des Starken dem Schwächeren gegenüber.«

Das war ganz und gar nicht das, was Horace hatte hören wollen, das sah sie ihm an, aber Robin war es leid zu lügen, ganz davon abgesehen, dass es ihr vermutlich nichts genutzt hätte. In einem gewissen Sinne schien Horace tatsächlich ihre Gedanken zu lesen.

»Gottes Wege sind wahrlich sonderbar«, seufzte der Tempelritter schließlich. »Als wir hörten, dass Dariusz dich ausfindig gemacht hat und zusammen mit dir auf dem Weg hierher ist, waren wir in großer Sorge. Und doch scheint es mir, dass unser gütiger Herr den richtigen Moment erwählt hat, dich zu uns zurückzubringen.«

»In Sorge?«, fragte Robin. »Weshalb?«

Ein Lächeln huschte über das Gesicht des Komturs. »Du hast vorhin gefragt, warum sich keiner von uns bei dir gemeldet oder wir dir nicht wenigstens eine Nachricht gesandt haben. Ich will dir deine Frage beantworten: Wir hielten es nicht für nötig. Gott hat dich damals in Abbés Komturei gesandt, um uns alle vor einer großen Gefahr zu warnen, und er hat dich auf Raschids Burg geschickt, solange du dort sicher warst. Aber das bist du nun nicht mehr.«

»Wieso?«, erkundigte sich Robin alarmiert. »Gibt es denn nicht ein Bündnis zwischen den Assassinen und uns?«

Horace nickte, schüttelte aber gleich darauf den Kopf. Sein Zeigefinger fuhr fort, kleine, unregelmäßige Kreise auf die Tischplatte zu zeichnen. »Der Einfluss des Ordens ist leider nicht so groß, wie es gut wäre, und auch nicht so groß, wie manche von uns glauben. Jerusalem missbilligt unser Bündnis mit den Assassinen schon seit langem, und es gibt auch innerhalb des Ordens mehr als eine Stimme, die dagegen ist, dass sich Gottes Krieger mit dem Herrn der Diebe und Meuchelmörder einlassen.« Robin wollte protestieren, doch Horace hatte dies offensichtlich vorausgesehen und hob abwehrend die Hand, noch bevor sie überhaupt etwas sagen konnte. »Das sind nicht meine Worte, Kind. Ich kenne Raschid. Ich weiß, dass er ganz genau der Mann ist, als den du ihn mir gerade geschildert hast. Doch meine Stimme allein zählt nicht. Nein.« Er seufzte tief. »Ich fürchte, ganz gleich, ob nun Saladin obsiegt oder unsere Truppen triumphieren – wer immer die Vormacht in Galiläa und den Ebenen bis Damaskus erringt, der wird als Nächstes die Assassinen vertreiben.«

»Aber ... warum?«, murmelte Robin hilflos.

»Vielleicht gerade weil Raschid Sinan der Mann ist, als den du ihn kennen gelernt hast. Wir leben in schlimmen Zeiten, mein Kind. Und schlimme Zeiten sind schlechte Zeiten für aufrechte Männer.«

»Und was ... bedeutet das?«, fragte Robin leise. Ihr Herz begann zu klopfen.

Bevor Horace antworten konnte, drang ein helles Glockengeläut durch das schmale Fenster herein, und er erhob sich mit einem Ruck und so schnell, als hätte er nur auf dieses Zeichen gewartet, um nicht antworten zu müssen. »Kommt mit mir, *Bruder*«, sagte er, mit sonderbarer Betonung und einem angedeuteten Lächeln. »Die Stunde des mittäglichen Gebetes ist gekommen. Die Zeit, dem Herrn für all das zu danken, was er uns in seinem Land so überreich beschert.«

Robin fragte sich, wie Horace diese Worte wohl meinte. Eigentlich war er kein Mann, der Andeutungen oder Ironie schätzte, doch in diesem Moment war sie sich dessen ganz und gar nicht mehr sicher.

11. Kapitel

Goldenes Licht stach in langen Strahlen durch die schmalen Fenster des Refektoriums der Burg herab, in dem sich die Tempelritter zum Mittagsmahl versammelt hatten. Robin fühlte sich unbehaglich. Ihr Magen knurrte hörbar, und angestachelt durch den intensiven Essensgeruch, der in der Luft lag, und unter dem allgegenwärtigen Hunger, der in ihren Eingeweiden wühlte und den weder der Duft nach gebratenem Fleisch noch der Geruch von gedünstetem Gemüse und frischem Käse, der übermäßig in der Luft lag, zu besänftigen vermochten, begann eine andere, Robin auf höchst unwillkommene Art bekannte Übelkeit zu rumoren. Während der letzten zwei oder drei Tage hatte sie dieses Gefühl fast vergessen, und sie hatte schon Hoffnung geschöpft, es wäre ganz vorbei; aber offensichtlich zu früh.

Während Robin auf den freigebliebenen Stuhl direkt neben Horaces Platz zuging, den der Komtur ihr angewiesen hatte, versuchte sie, möglichst tief und ruhig zu atmen, um ihre revoltierenden Eingeweide zu beruhigen. Sie fühlte sich in Gegenwart all dieser hochrangigen Tempelritter und Fürsten ohnehin unwohl, und sie spürte durchaus die Gefahr, dass sich ihre Übelkeit bis zum Erbrechen steigern könnte. Auch wenn ihr allein der Essensgeruch in der Luft das Wasser im Munde zusammenlaufen ließ, so nahm sie sich doch vor, nur sehr wenig zu essen, und auch das nur mit äußerster Vorsicht. Die Vorstellung, sich auf die Füße des Komturs von Safet zu erbrechen – wenn nicht gleich in den Schoß des Großmeisters –, war nicht besonders erbaulich.

Horace, der ganz offensichtlich um ihr Gedächtnis besorgt zu sein schien, denn er hatte ihr auf dem Weg von der Kapelle hier herauf noch einmal in aller Nachdrücklichkeit eingeschärft, sich streng an die Ordensregel zu halten und kein Wort zu reden, es sei denn, sie würde direkt von einem höherrangigen Ritter angesprochen, sprach ein kurzes Gebet und gab ihr dann mit einem verstohlenen Nicken zu verstehen, dass sie Platz nehmen solle. Für einen Moment wich die fast atemlose Stille in dem großen Speisesaal einem hektischen Stühlerücken und Scharren, als die gut siebzig Ritter, die hier zusammengekommen waren, Platz nahmen. Robin sah sich unauffällig um, und ihr Unbehagen wuchs noch weiter, als sie feststellte, dass es tatsächlich ausnahmslos *Ritter* waren, keine Waffenknechte oder Knappen.

An der Spitze der langen Tafel, nur zwei Stühle links von Horace und drei von ihr, saß Odo von Saint-Amand, der Großmeister des Ordens, den sie schon vorhin unten im Hof gesehen hatte. Zu seiner Rechten hatte Ridefort Platz genommen, der Ordensmarschall, und auch die übrigen Stühle an diesem Ende des Tisches waren mit Edelleuten besetzt, deren Namen ihr Horace zugeraunt hatte, als sie hereingekommen waren. Robin war viel zu aufgeregt gewesen, um sich auch nur einen davon zu merken, und ihre Aufregung legte sich keineswegs, sondern wurde nur noch stärker, als sie den Blick des Großmeisters für einen kurzen Moment auf sich spürte. Hastig, aber nicht so schnell, dass es wie ein Zeichen von schlechtem Gewissen aussah, senkte sie den Kopf und begann die Lippen zu bewegen, als flüsterte sie ein lautloses Gebet. Sie wusste nicht, ob sie damit Odos Wohlgefallen errang, wohl aber, dass nicht einmal der Großmeister des Templerordens es wagen würde, einen seiner Brüder zu unterbrechen, während er in stummem Zwiegespräch mit Gott versunken war.

»Lasset uns beten«, sagte Horace. Robin faltete die Hände über der Tischplatte und senkte das Haupt noch ein wenig weiter, und auch die anderen Ritter taten es ihr nach. Für eine geraume Weile war nichts anderes zu hören als das gedämpfte Murmeln aus dreißig Kehlen, die die vorgeschriebenen sechzig Vaterunser – dreimal zehn für die lebenden Ordensbrüder und noch einmal so viele für die toten – aufsagten, und kaum war das letzte Wort verklungen, da gingen die Türen auf, und Bedienstete in einfachen braunen Kutten begannen das Essen aufzutragen. Robins Eingeweide revoltierten noch heftiger, und sie spürte, wie sich saurer Speichel unter ihrer Zunge zu sammeln begann. Sie schluckte ihn herunter, machte es damit aber nur noch schlimmer. Und als wäre das allein noch nicht genug, knurrte ihr Magen nun so laut, dass nicht nur Horace ihr einen missbilligenden Blick zuwarf, sondern auch Odo selbst den Kopf wandte und sie stirnrunzelnd und eindeutig länger musterte, als ihr lieb war. Robin versuchte beharrlich, weiter so zu tun, als bemerke sie seine Blicke nicht, aber sie spürte auch selbst, von wie wenig Erfolg dieser Versuch gekrönt war.

»Wer ist dieser junge Ritter neben Euch, Bruder Horace?«, fragte Odo.

Horace fuhr leicht zusammen und gab sich keinerlei Mühe, den missbilligenden Ausdruck von seinem Gesicht zu verbannen, der ganz offensichtlich der Tatsache galt, dass niemand anderes als der Großmeister selbst das noch immer geltende Schweigegelübde brach. Er antwortete trotzdem. »Bruder Robin, Odo. Er und Bruder Rother ...«, er machte eine Handbewegung zum anderen Ende der Tafel, wo Rother Platz genommen hatte und sich ganz offensichtlich kaum noch beherrschen konnte, nicht nach einem der Tabletts mit dampfend heißen Speisen zu greifen, die die Bediensteten vorübertrugen, »gehören zu Bruder Dariusz. Sie wurden vorausgeschickt, um frische Pferde für ihn und die Seinen zu holen.«

»Ah ja, Dariusz«, antwortete Odo mit einer Betonung, die so sonderbar war, dass sich Robin beherrschen musste, ihn nicht überrascht anzusehen. »Ich habe davon gehört. Er ist in einen Hinterhalt geraten.« Er runzelte die Stirn. »Bruder Robin? *Der* Bruder Robin, der im Gefolge Bruder Abbés gereist ist?«

Etwas an seinem Tonfall ließ Robin einen eisigen Schauer über den Rücken laufen. Sie gab das Versteckspiel auf und sah Odo nun – wenn auch scheu – ins Gesicht. Der Großmeister musterte sie interessiert, aber kalt. Wusste er etwas?

Horace bejahte seine Frage. »Sind Gottes Wege nicht manchmal wundersam, Bruder? Nach dem Untergang der *Sankt Christophorus* hielten wir ihn alle für tot. Und doch hat es Gott in seiner unergründlichen Weisheit gefallen, ihm ein neues Leben zu schenken.«

»Als Sklave der Assassinen, wie mir zu Ohren gekommen ist«, sagte Odo. Robin wollte den Blick senken, doch er hob die Hand und bedeutete ihr mit einer Geste, ihn direkt anzusehen. »Wie ist es dir in der Gefangenschaft der Heiden ergangen, Bruder?«, fragte er.

Des warnenden Blickes, den Horace ihr verstohlen zuwarf, hätte es nicht bedurft, damit sich Robin ihre Antwort ganz genau überlegte. »Sie haben mich gut behandelt«, sagte sie bedächtig. »Mehr wie einen Gast als einen Gefangenen.«

Odos Augen wurden schmal. »Dann hast du sicher auch Raschid Sinan selbst gesehen?«

»Er selbst war es, der mich aus der Gewalt des Sklavenhändlers befreit hat«, antwortete Robin.

»Warum?« Es war Ridefort, der diese Frage stellte, nicht Odo, und sie kam schnell und scharf wie ein Peitschenhieb.

Robin suchte fast verzweifelt nach einer Antwort, doch Horace kam ihr zuvor. »Vermutlich ist ihm zu Ohren gekommen, dass sich einer der Unseren unter den Sklaven befindet«, sagte er.

»Immerhin gibt es ein Bündnis zwischen uns und den Assassinen. Möglich, dass er geglaubt hat, es wäre von Vorteil für ihn, einen gefangenen Ordensbruder aus der Gewalt der Sklavenhändler zu befreien.«

Ridefort sah ihn eindeutig verärgert an, doch Horace zeigte sich wenig beeindruckt. Der Marschall stand in der Hierarchie des Ordens eindeutig über Horace, was diesen – zumal als Komtur und damit Hausherr dieser Burg – aber nicht im Geringsten zu beeindrucken schien. »Das klingt einleuchtend«, gestand er schließlich. »Doch ich frage mich, warum er Bruder Robin dann nicht sofort zu uns geschickt, sondern ihn volle zwei Jahre auf seiner Burg festgehalten hat.«

Horace zuckte betont gelangweilt mit den Schultern. »Wer weiß schon, was im Kopf eines Heiden vorgeht? Bruder Robin ist in den Schoß des Ordens zurückgekehrt, und das allein zählt. Wir sollten Gott dafür danken.«

Robin hätte schon blind sein müssen, um nicht zu sehen, wie es plötzlich hinter der Fassade von Rideforts mühsam aufrechterhaltener Selbstbeherrschung brodelte, doch der scharfe Verweis, mit dem sie fest rechnete, kam nicht. Stattdessen deutete Ridefort nur ein Nicken an und beließ es mit einem abschließenden, eindeutig drohenden Blick in Robins Richtung, dann lehnte er sich in seinem Stuhl zurück und winkte einem der Bediensteten, das Essen zu bringen. Robin atmete insgeheim auf, auch wenn sie wusste, dass die Angelegenheit damit noch ganz und gar nicht erledigt war.

Immerhin nahmen weder Odo noch der Marschall das Thema wieder auf, sondern wandten sich stattdessen den Speisen zu, die aufgetragen wurden. Robin tat dasselbe, auch wenn sie im ersten Moment die Zähne zusammenbeißen musste, um ihre Übelkeit zu unterdrücken. Auf den einfachen Holztellern, die die Diener vor ihnen abstellten, befanden sich Hammelfleisch mit einer dicken, würzig riechenden Soße, köstlich duftendes Brot, Gemüse und Obst, und jeder einzelne dieser Bissen für sich war schon mehr, als sie sich in den letzten Tagen auch nur zu träumen gewagt hatte. Ihr Magen knurrte noch einmal und jetzt so laut, dass Ridefort sie missbilligend und Odo mit einem fast schadenfroh anmutenden, breiten Grinsen ansahen.

»Täusche ich mich, Bruder Horace, oder hat Bruder Dariusz seine alte Angewohnheit immer noch nicht abgelegt, seine Männer zu schlecht zu verköstigen?«

»Ich werde mit ihm darüber reden«, sagte Horace. »Bescheidenheit mag eine gottgefällige Eigenschaft sein, doch der Arm, der ein Schwert schwingt, braucht auch die Kraft, es zu halten.«

»Wohl gesprochen«, sagte Odo. »Und wo wir schon einmal dabei sind – wie viele Mäuler habt ihr hier auf Safet zu stopfen?«

»Mehr als eintausenddreihundert«, antwortete Horace. Er klang ein bisschen besorgt, fand Robin, und schon seine nächsten Worte machten ihr auch klar, warum. »Ihr habt die Ochsenkarren, Esel und Kamele gesehen, die unentwegt zur Burg heraufkommen. Und doch fürchte ich, werden unsere Vorratskammern bald wieder leer sein. Die Burg ist nicht für eine so große Anzahl von Männern gebaut.«

Robin erschrak. Eintausenddreihundert Männer? Die Zahl allein war mehr, als sie sich vorstellen konnte. Safet war groß, aber nicht *so* groß. Dazu kam, dass sich hier im Speisesaal allerhöchstens siebzig Ritter aufhielten, und unter ihnen waren noch etliche Gäste aus dem Gefolge des Großmeisters. Es fiel ihr schwer, zu glauben, dass für die Burg und die angrenzenden Ländereien so viele Knechte arbeiten und so viele Soldaten vorhanden sein sollten. Von der Stadt unten am Fuße der Burg ganz zu schweigen.

»Wir werden Eure Gastfreundschaft nicht mehr lange strapazieren müssen«, sagte Odo. »Schon in den nächsten Tagen werden die letzten Truppen eintreffen. Der Augenblick der Schlacht ist nicht mehr weit.«

In seiner Stimme schwang eine Begeisterung mit, die Robin erschauern ließ, aber sie unterdrückte den Impuls, erschrocken zu ihm aufzusehen, sondern beugte sich nur noch ein Stückchen tiefer über ihren Teller und begann vorsichtig zu essen. Als sie den ersten Bissen kaute, wurde ihr tatsächlich übel. Sie musste all ihre Willenskraft aufbieten, um das Essen im Mund zu behalten, und als sie den Bissen heruntergeschluckte, schien es, als wollte er mit aller Macht wieder hinaus. Irgendwie gelang es ihr, des Brechreizes Herr zu werden, und sie brachte sogar das Kunststück fertig, sich zu einem zweiten Bissen zu zwingen; danach wurde es tatsächlich besser.

Robins Blick tastete verstohlen die lange, überreich gedeckte Tafel ab. In ihren Eingeweiden wühlte noch immer die Übelkeit, zu der sich nun ein dumpfer Schmerz gesellte, aber ihr war zumindest nicht mehr speiübel, und mit jedem Bissen, den sie nahm, schmeckte das Essen besser. Auch wenn es nicht so war, so hatte sie doch das Gefühl, sich kaum noch erinnern zu können, wann sie das letzte Mal so gut gegessen hatte; geschweige denn, so *reichlich*. Ganz leise meldete sich ihr schlechtes Gewissen, als sie an die Männer dachte, die bei Dariusz zurückgeblieben waren, was ihrem Appetit aber keinen wirklichen Abbruch tat. Ein gutes Gewissen war eine Sache, aber ein knurrender Magen eine ganz andere. Sie tröstete sich damit, dass Bruder Horace zweifellos Recht hatte: Der Arm, der ein Schwert führte, brauchte auch die Kraft, es zu halten. Rother schien das wohl ganz ähnlich zu sehen, denn er griff mit so unübersehbarem Appetit zu, dass ihm die Ritter neben ihm immer amüsiertere Blicke zuwarfen.

Robin riss sich mit einiger Mühe vom Anblick des jungen Tempelritters los und ließ ihren Blick über die Gesichter der anderen Männer beiderseits der langen Tafel schweifen. Einige von ihnen kannte sie – es waren Männer, die sie unten im Burghof oder auf dem Weg hierher getroffen hatte –, die meisten aber waren ihr fremd, und das eine Gesicht, nach dem sie suchte, war nicht dabei. Bruder Horace hatte ihr gesagt, dass sich Abbé ebenfalls hier auf Safet aufhielt, und er hatte auch gesagt, dass sich *alle* anwesenden Tempelritter zu diesem gemeinsamen Mittagsmahl versammelt hatten. Wo also war er?

Sie wagte es nicht, nach ihm zu fragen, aber ihre suchenden Blicke blieben weder Horace noch Odo oder dem Ordensmarschall verborgen. Ridefort verzog abfällig die Lippen, während Horace ihr fast verzweifelt etwas mit Blicken zu signalisieren versuchte, was sie nicht verstand. Sie fühlte sich in die Enge getrieben, so hilf- und wehrlos wie eine Spielfigur auf dem Schachbrett, die weder weiß, wie der nächste Zug des Spiels ausfallen würde, noch in der Lage war, ihn irgendwie zu beeinflussen.

Ein einzelner Ritter stand auf und ging zu einem niedrigen Schreibpult, auf dem eine aufgeschlagene Bibel lag, und begann daraus zu lesen.

»*Seht, der Tag des Herrn kommt, voll Grausamkeit, Grimm und glühendem Zorn*«, begann er mit ruhiger, aber sonderbar durchdringender Stimme, »*und er wird die Erde zur Wüste machen und die Sünder von ihrem Antlitz tilgen. Und ich werde auf der Erde die Bosheit heimsuchen und über die Gottlosen Gericht halten.*«

»Das Buch Jesaja«, sagte Odo und nickte Horace anerkennend zu. »Eine gute Wahl, Bruder Horace. Ich bin sicher, dass die Heiden, die ins Königreich gekommen sind, um zu plündern, schon nur allzu bald zerschmettert sein werden, so wie zu Jesajas Zeiten Babylon durch Gottes Willen ein schreckliches Strafgericht fand.«

»*Und wer schuldig gefunden wird, soll durchbohrt werden, und wer flüchtig ergriffen wird, soll durchbohrt werden*«, fuhr der Ritter fort. »*Vor ihren Augen werden ihre Kinder zerschmettert, ihre Häuser geplündert, ihre Frauen geschändet. Wilde Hunde werden in ihren Palästen heulen und Schakale in den Schlössern der Lust. Und seine Zeit steht nahe bevor, und nicht verlängert sollen seine Tage sein.*«

Horace reagierte nicht auf die Worte des Großmeisters, sondern machte im Gegenteil keinen Hehl aus seiner Missbilligung darüber, dass Odo das von ihm selbst aufgestellte Schweigegelübde weiter so beharrlich missachtete. Schließlich gab es der Großmeister auf und konzentrierte sich wieder ganz auf seine Mahlzeit, doch an seiner Stelle ergriff Ridefort das Wort.

»Sagt, Bruder Horace, wo ist Bruder Abbé?« Sein Blick streifte Robin, und das abfällige Glitzern darin nahm eine andere, beunruhigende Qualität an. »Ich hätte erwartet, dass er herbeieilt, um das Mysterium von Bruder Robins wundersamer Errettung mit uns zu feiern.«

Deutlicher, dachte Robin, ging es wohl kaum noch. Sie war selbst ein wenig erstaunt, wie gut es ihr gelang, ihr Erschrecken über die Worte des Marschalls zu verbergen, doch Horace reagierte eindeutig nervös. Einen Moment lang sah er Ridefort beinahe hilflos an, bevor er sich in ein noch viel hilfloseres Lächeln rettete.

»Zweifellos wäre er gerne hier, um Bruder Robin willkommen zu heißen«, antwortete er. »Doch er führt einen Trupp Späher an, um die Plünderer zu verfolgen, auf die Dariusz gestoßen ist. Sie versuchen ihr Hauptlager aufzuspüren. Wir können es Männern wie ihnen nicht erlauben, ihr Unwesen direkt vor unserer Haustür zu treiben. Wie können wir erwarten, dass die Menschen sich in diesem Land zum wahren Glauben bekennen, wenn wir sie nicht einmal vor ein paar dahergelaufenen Banditen beschützen können?«

Ridefort entging der kaum verhohlene Tadel in diesen Worten

keineswegs. In seinen Augen blitzte es wütend auf, und seine Lippen wurden für einen Moment zu einem dünnen, blutleeren Strich. Mit einem wütend-herausfordernden Blick wandte er sich an den neben ihm sitzenden Odo, erntete aber nur ein spöttisches Lächeln. »Ja, da mögt Ihr wohl Recht haben, Horace«, antwortete er daraufhin mit geheuchelter Höflichkeit, »und doch frage ich mich, ob das wirklich eine Aufgabe für einen Mann wie Abbé ist.«

»Zweifelt Ihr an Abbés Mut, Bruder?«, erkundigte sich Horace.

»Nein«, antwortete Ridefort. »Jeder hier weiß, dass Bruder Abbé einer der Tapfersten von uns ist. Doch er ist kein junger Mann mehr, und ich frage mich, ob sein unbestritten scharfer Verstand für uns hier in Safet nicht von weit größerem Nutzen ist, als sein Schwert im Kampf gegen ein paar Wegelagerer.«

»Warum stellt Ihr ihm diese Frage nicht selbst, sobald er zurück ist?«, fragte Horace kühl.

Ridefort wollte auffahren, aber Odo brachte ihn mit einer raschen Handbewegung zum Schweigen. Statt sich an einen der beiden Kampfhähne zu wenden, suchte sein Blick den Robins. »Du kennst Bruder Abbé von uns allen vielleicht am besten, Robin«, sagte er. »Immerhin hast du mehr Zeit mit ihm verbracht als irgendein anderer hier im Raum. Glaubst du auch, er wäre zu alt, um es mit einer Räuberbande aufzunehmen?«

»Es ist ... lange her, dass ich Bruder Abbé das letzte Mal gesehen habe«, erwiderte Robin ausweichend. Sie versuchte, in Odos Augen zu lesen, um herauszufinden, was er von ihr erwartete – ob er einfach nur neugierig war oder von ihr erwartete, Partei für Horace auf der einen oder Ridefort auf der anderen Seite zu ergreifen. Schließlich spürte sie selbst, dass ihr Schweigen zu lange währte, und fuhr mit einem unschlüssig wirkenden Achselzucken fort. »Ich war fast noch ein Kind, als ich ihn das erste Mal gesehen habe. Damals hat er mich beeindruckt.«

»Damals?«, hakte Ridefort nach.

»Ebenso wie später«, sagte Robin. Sie wich dem Blick des Marschalls aus und sah stattdessen dem Großmeister fest in die Augen. »Ich habe fast alles, was ich weiß, von Bruder Abbé gelernt. Er mag ein alter Mann sein im Vergleich mit Euch, aber er schwingt das Schwert besser als so mancher halb so alte Mann, den ich getroffen habe. Als die Piraten die *Sankt Christophorus* angegriffen haben, ist mehr als einer von ihnen unter seiner Klinge gefallen.«

Ridefort funkelte sie eindeutig feindselig an, doch bei Odo – und zu ihrer Überraschung auch Horace – war es ihr unmöglich zu entscheiden, ob sie ihre Worte billigten oder vielleicht eher das Gegenteil zu hören erwartet hatten. Schließlich hob sie abermals die Schultern und schloss: »Das ist alles, was ich Euch sagen kann.«

»Und du, Bruder?«, fragte Odo.

»Ich?«, murmelte Robin verstört. »Was … meint Ihr?«

Odo lächelte dünn. »Nun, immerhin warst du fast zwei Jahre lang des Sheik Sinans Gast. Man erzählt sich ja wahre Wunderdinge von seinen Assassinen.«

»Es heißt, sie könnten sich selbst im hellen Sonnenlicht lautlos und unsichtbar wie die Schatten bewegen«, pflichtete ihm Ridefort mit einem Nicken bei. Auch er sah Robin an, doch wo der Blick des Großmeisters einfach nur neugierig war, meinte Robin in seinen Augen etwas Lauerndes zu bemerken, als warte er nur darauf, dass sie die falsche Antwort gab.

»Davon weiß ich nichts«, sagte sie ausweichend. »Wie Ihr selbst gesagt habt, Bruder – ihre herausragendste Eigenschaft ist es wohl, sich unsichtbar zu machen. Ich habe jedenfalls nur sehr wenige von ihnen zu Gesicht bekommen.«

Ridefort japste hörbar nach Luft, und sie bemerkte aus den Augenwinkeln, wie auch Horaces Gesicht jede Farbe verlor. Erst da wurde ihr klar, welche Antwort sie dem zweitwichtigsten Mann des Templerordens gerade gegeben hatte. Sie erschrak so tief, dass ihre Hände zu zittern begannen. Für einen einzelnen, aber schier endlosen Moment schien die Zeit anzuhalten ... und dann begann Odo schallend zu lachen.

Horace sah für einen Moment regelrecht konsterniert aus, und auch überall am Tisch hoben sich Köpfe, blickten Gesichter fragend in ihre Richtung, erschien ein bestürzter Ausdruck auf dem einen oder anderen Antlitz oder auch ein unverhohlen missbilligendes Stirnrunzeln. Nichts von alledem schien Odo zu irritieren. Er lachte nur noch lauter, warf schließlich den Kopf in den Nacken und schlug dem neben ihm sitzenden Marschall die flache Hand zwischen die Schultern. Ridefort sah für einen Moment aus, als hätte ihn nicht nur im wortwörtlichen, sondern auch im übertragenen Sinne der Schlag getroffen. Er sog scharf die Luft zwischen den Zähnen ein, und was Robin für einen halben Herzschlag in seinen Augen las, das war nichts anderes als blanke Mordlust. Dann aber zwang er sich zu einem gequälten Lächeln.

»Nun, ich glaube, das habt Ihr Euch redlich verdient, Bruder«, sagte der Großmeister, immer noch leise lachend und mit einem Blick in Robins Richtung. »Was habt Ihr erwartet von einem jungen Ritter wie Bruder Robin? Dass er seinen Lehrmeister einen Schwächling und alten Mann nennt?«

»Wohl kaum«, gestand Ridefort. Sein Lächeln wirkte immer noch verkrampft. Robin empfand plötzlich den intensiven Wunsch, auf die Größe einer Maus zusammenzuschrumpfen, um sich irgendwo in einer Fußbodenritze verstecken zu können, und sie sah auch Horace an, dass er sich in diesem Moment weit, weit weg wünschte.

»So Gott will«, sagte Horace mit einem angedeuteten, nervösen Lächeln in Odos Richtung, »wird Bruder Abbé schon sehr bald Gelegenheit haben, uns seine Fähigkeiten unter Beweis zu stellen.«

»Und das vielleicht eher, als Ihr jetzt noch glaubt«, fügte Ridefort hinzu. Horace sah ihn mit einem Ausdruck leiser Verwirrung an, und Ridefort fuhr fort: »Mit ein wenig Glück – und Gottes Hilfe – werden die letzten Truppen schon morgen hier eintreffen. Der Moment, in dem wir Saladin stellen, ist nicht mehr fern.«

Unbeschadet dessen, was er noch vor einem Atemzug selbst gesagt hatte, wirkte Horace nicht unbedingt begeistert. »So schnell?«, fragte er. »Sind die Truppen denn bereit für die Schlacht?«

»So bereit, wie sie nur sein können«, erwiderte Ridefort großspurig. »Dieses Heidenpack wird dem Schwert der Christenheit nicht widerstehen.«

»Dieses ... Heidenpack«, erwiderte Horace vorsichtig, »ist uns zahlenmäßig immer noch weit überlegen.« Er warf Odo einen Beifall heischenden Blick zu, doch der Großmeister des Templerordens schüttelte nur heftig den Kopf.

»Wir stehen nicht Saladins gesamtem Heer gegenüber ...«, begann er. »... was auch keinen Unterschied machen würde«, fügte Ridefort hinzu, und Odo fuhr ungerührt fort: »... sondern weniger als der Hälfte seiner Truppen. Unsere Späher berichten, dass er sein Heer geteilt hat. Saladin selbst hat sich mit dem Hauptteil seiner Truppen nach Damaskus zurückgezogen. Sein Neffe Faruk-Schah führt den Rest des Heeres an – eine Bande von Tagedieben und Mördern, die Überfälle auf die Herden und Dörfer zwischen Sidon und Beirut ausführen, weil sie zu feige sind, sich zum offenen Kampf zu stellen.« Er lächelte abfällig. »Auch wenn ich Bruder Rideforts Meinung nicht immer teile, was die Schwäche der Muselmanen angeht, so muss ich ihm in diesem Falle doch beipflichten. Gott hat es so eingerichtet, dass wir Saladin im Moment überlegen sind, sowohl an Zahl als auch an Entschlossenheit.«

Horace wirkte zögerlich. »Das Gelände ist ungünstig«, gab er zu bedenken. »In diesem bewaldeten Bergland ist es leicht, eine Falle zu stellen.« Er machte eine Kopfbewegung auf Robin. »Vergesst nicht, was Bruder Dariusz und den Seinen passiert ist.«

»Einem Dutzend Ritter!«, sagte Ridefort. »Keinem Heer.«

»Einem Dutzend unserer Besten. Vielleicht sollten wir Gott danken, dass es nur ein Dutzend Ritter war, und es als Warnung betrachten«, beharrte Horace. »Es könnte sich wiederholen, nur in weit größerem Maßstab. Was einer Hand voll Plünderern einfällt, das kann einem Mann wie Saladin erst recht in den Sinn kommen. Das Gebirge ist kein guter Platz, um die Überlegenheit der schweren Reiterei auszuspielen.«

Robin folgte dem Gespräch mit einer Mischung aus Unbehagen und morbider Faszination. Die Erinnerung an die Katastrophe, der sie um Haaresbreite entgangen waren, war noch zu frisch in ihr, als dass ihr die Aussicht, in eine offene Feldschlacht zu ziehen, irgendetwas anderes als blanke Furcht einjagen konnte – und zugleich empfand sie eine sonderbare Erregung bei genau diesem Gedanken. Auch wenn sie selbst nicht wirklich verstand, warum. Sie wünschte sich, das Essen wäre bald vorbei.

Horace und der Großmeister debattierten noch eine Weile weiter über die bevorstehende Schlacht und ihre unterschiedlichen Auffassungen über die besten Strategien, doch Robin hörte nicht mehr wirklich hin. Ihre eigene Situation kam ihr immer unwirklicher vor – saß sie, ein einfaches Mädchen aus Friesland, dem das Leben als einzig Außergewöhnliches einen fremdartigen Namen mitgegeben hatte, den Namen eines Vaters noch dazu, den sie niemals in ihrem Leben kennen gelernt hatte, tatsächlich hier, in einem Land am anderen Ende der Welt, zusammen mit den wichtigsten Männern der Christenheit und unterhielt sich mit ihnen fast wie mit Gleichgestellten? Und als wäre das noch nicht genug, hatte sie soeben den Marschall des Templerordens beleidigt, und vermutlich hatte sie diese Beleidigung aus dem einzigen Grund nicht sofort mit dem Leben bezahlt, weil sich der einzige noch mächtigere Mann im Raum über den unübersehbaren Ärger amüsierte, den Ridefort über ihre Worte empfand.

»Bruder Robin?«

Robin fuhr erschrocken zusammen, als der Klang von Odos Stimme in ihre Gedanken drang, hob rasch den Kopf und erschrak dann noch einmal und deutlich heftiger, als sie Odos Blick begegnete und ihr der Ausdruck in seinen Augen klar machte, dass er sie nicht zum ersten Mal angesprochen hatte.

»Bruder ... Odo?«, fragte sie nervös. Sie bemerkte aus den Augenwinkeln, wie Horace die Augen verdrehte und plötzlich so aussah, als wollte er am liebsten im Boden versinken, doch das amüsierte Glitzern in Odos Augen nahm eher noch zu. Nach allem, was sie bisher über den Großmeister des Templerordens gehört hatte, hätte sie eine solche Reaktion von ihm als Allerletzten erwartet, aber Odo schien an diesem Tag in ganz besonders großzügiger Stimmung zu sein.

»Zweifellos warst du gerade in stummer Zwiesprache mit Gott«, sagte er amüsiert. »Ich habe gefragt, ob du es warst, den Bruder Abbé damals in seiner Komturei auf den Spion des Alten vom Berge angesetzt hat.«

Einen Herzschlag lang sah Robin den schmalgesichtigen Ritter nur mit einem Ausdruck vollkommener Verständnislosigkeit an. Sie war so sehr in ihre Gedanken versunken gewesen, dass sie sich fühlte, als erwache sie aus einem tiefen, von Albträumen heimgesuchten Schlaf, und es ihr im ersten Moment vollkommen unmöglich war, diesen Worten irgendeinen Sinn abzugewinnen. »Sein ... Spion?«

»Sein Name war Saled«, fügte Ridefort hinzu.

»Salim«, berichtigte ihn Horace, betont beiläufig, zugleich aber auch mit einem raschen, beinahe beschwörenden Blick in Robins Richtung. »Ja, das ist richtig. Bruder Abbé hat Robin damals den vermeintlichen Sklaven als Leibdiener und Knappen zugewiesen.« Er lächelte dünn. »Wie ich das alte Schlitzohr kenne, wird er heute behaupten, schon damals gewusst zu haben, dass dieser Heide in Sinans Auftrag gekommen ist, uns auszuspionieren. Aber wenn Ihr mich fragt, war es wohl reiner Zufall.«

»Vermutlich«, sagte Odo nickend.

»Oder Gottes Fügung«, fügte Ridefort hinzu. Seine Stimme nahm wieder jenen lauernden Ton an, der Robin schon mehrmals darin aufgefallen war. »Wisst Ihr, wo sich der Heidenhund heute aufhält?«

»In einem Zelt weniger als eine Stunde von hier«, sagte Horace. Nicht nur Ridefort sah ihn überrascht an, sondern auch Odo wandte mit einem Ruck den Kopf und runzelte fragend die Stirn, und Robin fuhr so heftig zusammen, dass sie um ein Haar ihren Trinkbecher umgeworfen hätte. Salim war also tatsächlich hier!

»Dieser Spion besitzt die Dreistigkeit ...«, begann Ridefort.

»*Dieser Spion*«, unterbrach ihn Horace betont, »ist als offizieller Vertreter Raschid Sinans hier – unseres Verbündeten.«

»Der in der Wahl seiner Botschafter vielleicht etwas sorgfältiger sein sollte«, sagte Ridefort.

Horace hob die Schultern. »Vielleicht. Unglückseligerweise ist dieser Salim Sinans Sohn – jedenfalls ist es mir so zu Ohren gekommen.«

»Sein Sohn?«, fragte Odo. Wieso sah er Robin dabei an?

Ridefort schnaubte. »Der Bastard eines Heidenfürsten, der durch Mord und Intrigen an die Macht gekommen ist«, sagte er abfällig. »Vermutlich hat er fünfzig Söhne. Oder hundert.«

»Salim«, sagte Odo noch einmal. Er klang nachdenklich, und sein Blick, der weiterhin beharrlich auf Robins Gesicht lastete, wurde noch nachdenklicher. »Ich habe eine Geschichte gehört, über diesen ... Salim. Es heißt, er hätte eine Christenfrau geheiratet. Weißt du etwas darüber, Bruder Robin? Es heißt, es hätte in Sinans Felsennest Masyaf ein großes Fest gegeben, zu dem auch ein Bruder unseres Ordens geladen war. Als Ehrengast, wie man mir berichtet hat.«

Robin war am Rande der Panik. Was sollte sie sagen? Sie konnte Odo die Antwort auf seine Frage nicht einfach schuldig bleiben, aber sie hatte zugleich das schreckliche Gefühl, dass sich einfach *alles,* was sie sagen konnte, gegen sie wenden würde. Wussten die beiden Templer um ihre wahre Identität und spielten nur ein grausames Spiel mit ihr?

»Davon ... weiß ich nichts«, antwortete sie ausweichend. »Ich habe davon gehört, dass es ein großes Fest gegeben haben soll, aber ich selbst ...« Sie schwieg einen Moment. Ihre Gedanken überschlugen sich. »Vielleicht war es in der Zeit, in der ich krank war.«

»Krank?«, fragte Ridefort misstrauisch. »Davon hat uns niemand etwas gesagt.«

»Es war nicht der Rede wert«, erwiderte Robin rasch. Sie sah den Marschall nicht an. »Ich wurde verletzt, als die Assassinen die Sklavenkarawane angegriffen haben, und musste mehrere Wochen das Bett hüten.«

»Aber du hast Salims Frau gesehen«, beharrte Ridefort. »Du musst wissen, ob sie eine Christin ist.«

»Ich habe sie gesehen«, bestätigte Robin, während sie sich zugleich beinahe selbst für diese Worte verfluchte. Horace warf ihr mittlerweile fast verzweifelte Blicke zu, und damit hatte er nur zu Recht. Sie lief mit jedem Wort größere Gefahr, sich in Widersprüche und Ungereimtheiten zu verstricken. Ob sie Gerhard von Ridefort nun mochte oder nicht, eines war er ganz gewiss nicht: ein Dummkopf. Noch ein paar geschickte Fragen –

und ein paar etwas weniger geschickte Antworten von ihr –, und er würde zwei und zwei zusammenzählen und zum richtigen Ergebnis kommen.

Falls das nicht schon längst geschehen war.

»Und?«, fragte Odo. »Ist es wahr? Ist sie eine Christin?«

»Und eine ausgesprochen hübsche dazu?«, fügte Ridefort hinzu.

Robin ignorierte ihn. »Das weiß ich nicht«, erwiderte sie, an Odo gewandt und mit leiser, aber fester Stimme. »Ich habe ihr Gesicht nie gesehen.«

»Ihr kennt die Sitten dieser Heiden«, sagte Horace rasch. »Sie verhüllen die Gesichter ihrer Frauen. Wahrscheinlich hätte es Robin das Leben gekostet, hätte er ihr Gesicht gesehen.«

Rideforts Züge verhärteten sich. »Dennoch muss er …«

»*Dennoch*«, fiel ihm Horace betont ins Wort, »sollten wir das Gespräch zu einem späteren Zeitpunkt fortführen, und an einem anderen Ort. Und vielleicht zusammen mit Bruder Abbé.«

Robin hielt die Luft an. Es war nicht das, *was* Horace gesagt hatte, sondern die Art, *wie* er es gesagt hatte. Wenn Robin jemals so etwas wie einen scharfen Verweis gehört hatte, dann jetzt. Rideforts Miene verdüsterte sich noch weiter, aber auch jetzt war es wieder der Großmeister, der zu Robins Überraschung Horaces Partei ergriff.

»Bruder Horace hat Recht«, sagte er. »Wie können wir von unseren Brüdern erwarten, dass sie sich an unsere Regeln halten, wenn wir selbst nicht mit gutem Beispiel vorangehen?« Er nickte in Horaces Richtung. »Ich danke Euch, Bruder Horace, dass Ihr uns auf unseren Fehler aufmerksam macht.« Er faltete die Hände über der Tischplatte. »Lasset uns beten und Gott für alles danken, was er uns in seiner unermesslichen Güte zuteil werden lässt.«

12. Kapitel

Sie erwachte schweißgebadet, mit einem üblen Geschmack im Mund und so heftig klopfendem Herzen, dass es ihr fast den Atem nahm. Ihr war entsetzlich übel, und in ihrem Schoß wühlte ein dumpfer Schmerz, der ihr fremd war und sie vielleicht gerade deshalb erschreckte. Ein schriller, rhythmisch an- und abschwellender Ton marterte ihr Ohr, und als sie die Augen zu öffnen versuchte, gelang es ihr im ersten Moment nicht. Ihre Lider waren verklebt, und es tat ihr regelrecht weh, sie zu heben. Natürlich tat sie es trotzdem.

Der Schmerz war nicht so schlimm, wie sie erwartet hatte; eigentlich war das Gefühl allenfalls unangenehm, aber dafür stach das Licht der einzelnen Kerze, die in ihrem Gemach brannte, wie mit dünnen rot glühenden Nadeln in ihre Augen. Robin stemmte sich unsicher auf die Ellbogen hoch, unterdrückte mit einiger Mühe ein Gähnen – was einigermaßen absurd war, denn sie war völlig allein in der schäbigen Kammer, die Horace ihr zugewiesen hatte – und blinzelte verschlafen in die Runde. Viel gab es allerdings nicht zu sehen. Die Kammer, deren Wände aus unverputztem braunem Sandstein bestanden, bot gerade Platz für die schmale, mit einem viel zu dünnen Strohsack gepolsterte Bettstatt und einen dreibeinigen Schemel, auf dem die mittlerweile fast heruntergebrannte Kerze stand. Die Flamme bewegte sich unruhig in der Zugluft, die durch das schmale Fenster hereinpfiff, und nicht zum ersten Mal wurde sich Robin schmerzhaft der Tatsache bewusst, wie bitterkalt die Nächte in diesem tagsüber von der Sonne verbrannten Land werden konnten.

Während sie sich schlaftrunken aufsetzte und fröstelnd den Mantel enger um die Schultern zog, folgte ihr Blick dem Spiel von Licht und Schatten, die lautlos über die Wände tanzten. Für einen Moment schienen sie sich zu nervösen Szenen zu gruppieren; winzige Schattenkrieger, die einander hetzten und umschlichen, lautlose Heere, die behäbig zur Schlacht aufmarschierten und wieder verschwanden, Jäger und Beute, die in rasendem Wechsel die Plätze tauschten, und dann, für einen Moment, glaubte sie ein Gesicht in den Schatten zu erkennen.

Aber es war nur Einbildung. Salim war nicht hier.

Das Schrillen in ihren Ohren hielt an. Robins Benommenheit war mittlerweile weit genug verflogen, dass sie das Geräusch erkannte: Es war die Glocke, die zum Matutin rief, dem mitternächtlichen Gebet, und sie hatte sie nicht nur aus tiefstem Schlaf gerissen, sondern auch aus den Klauen eines ebenso wirren wie beklemmenden Albtraumes befreit. Robin erinnerte sich nicht genau, was sie geträumt hatte, aber es war schlimm gewesen. Nicht einmal mehr im Schlaf schien sie Frieden zu finden.

Das Schrillen der Glocke schien nun ungeduldiger zu klingen. Robin schüttelte den Rest ihrer Benommenheit ab, schwang die Beine aus dem Bett und biss mit einem scharfen Laut die Zähne zusammen, als ihre nackten Fußsohlen den eiskalten Boden berührten. Sie sollte sich besser beeilen. Odo würde es ganz gewiss nicht positiv vermerken, wenn sie zu spät zum Matutin – oder gar überhaupt nicht! – kam, und was Gerhard von Ridefort anging ... Nein, Robin zog es vor, lieber nicht darüber nachzudenken, in welchem Maße sie sich den Groll des Ordensmarschalls zugezogen haben mochte. Horace jedenfalls hatte mehr als besorgt ausgesehen, als er sie nach dem Essen hier heruntergebracht hatte. Robin hatte eine entsprechende Frage gestellt, doch der Komtur hatte sie so derb angefahren, dass sie es nicht gewagt hatte, ihre Frage zu wiederholen.

Rasch schlüpfte sie in ihre Stiefel, wobei sie sich vielleicht zu schnell oder auch zu weit vorbeugte, denn ihr wurde prompt wieder übel, sodass sie weitere, kostbare Augenblicke damit verlor, reglos und mit zusammengebissenen Zähnen dazusitzen und darauf zu warten, dass ihr Magen seine Versuche einstellte, ihre Kehle heraufzukriechen. Robin vertrieb sich die Zeit damit, lautlos auf die Unzulänglichkeit ihres eigenen Körpers zu fluchen, der sie in letzter Zeit immer schmählicher im Stich ließ. Sie verfluchte sich selbst dafür, auf Salim gehört und nicht mehr mit ihren Waffen geübt zu haben. Die zwei Jahre, die sie mit kaum etwas anderem verbracht hatte, als eine Frau zu sein, rächten sich nun bitter. Sie war verweichlicht, und ihr Körper präsentierte ihr unerbittlich die Rechnung für all die Monate, die sie in Überfluss und Bequemlichkeit verbracht hatte.

Endlich hörte ihr Magen auf zu revoltieren, sodass sie aufstehen und ihre Kammer verlassen konnte. Das Läuten der Glocke brach ab, als sie die schwere Holztür hinter sich schloss, aber Robin wandte sich trotzdem hastig um und lief so schnell den nur von wenigen, heftig rußenden Fackeln erhellten Gang hinab, wie sie gerade noch konnte, ohne wirklich zu rennen. Gottlob hatte sie sich den Weg zum Hof hinab gründlich eingeprägt, sodass sie nicht Gefahr lief, sich in den labyrinthischen Gängen und Tunnelgewölben der Festung zu verlaufen.

Dennoch war sie die Letzte, die – gerade noch mit dem allerletzten Schlag der Glocke – in die kleine Kapelle trat. Sämtliche Templer waren hier versammelt – Odo, Horace und Ridefort standen ganz vorne in der rechten der beiden sich an den Längsseiten der Kapelle gegenüberstehenden Bankreihen –, und Robin fuhr leicht erschrocken zusammen, als sie sah, dass sie als Einzige barhäuptig eingetreten war. Hastig schloss sie die Tür hinter sich, schlug in der gleichen Bewegung die Kapuze ihres Mantels hoch und kniete in der letzten Bankreihe nieder; gerade noch im letzten Moment, bevor die Messe begann.

Robin hatte Mühe, dem Zeremoniell zu folgen. Ihre Lippen bewegten sich, ohne die lateinischen Worte des Gebetes wirklich zu formen, und es wurde noch schlimmer, als die Ritter im Wechselspiel der beiden Seiten zu singen begannen. Plötzlich war sie sehr dankbar für die weit nach vorne gezogene Kapuze ihres Mantels, die ihr Gesicht fast vollkommen verbarg, sodass ihr kleiner Betrug wenigstens nicht auf den ersten Blick auffiel. Sie hatte so vieles vergessen und so vieles erst gar nicht gewusst. Während ihrer Zeit in der Komturei in Friesland hatte Abbé sie so manches gelehrt, ihr aber vor allem beigebracht, möglichst glaubwürdig den *Anschein* zu erwecken, sich in den komplizierten Riten und Zeremoniellen des Templerordens auszukennen. Niemals hatte sie vorgehabt, tatsächlich bei den Templern zu *leben*, und schon gar nicht hier, im innersten Zirkel der Macht. Sie fragte sich, wie lange diese Maskerade wohl noch gut gehen würde, bevor sie einen entscheidenden Fehler machte und ihr ganzes Lügengebäude zusammenbrach.

Ein dünner, aber rot glühender Schmerz bohrte sich erbarmungslos in ihren Leib, und Robin krümmte sich und konnte gerade noch einen Schmerzenslaut unterdrücken. Der Moment ging so schnell vorüber, wie er gekommen war, aber vielleicht trotzdem nicht schnell genug, denn der Ritter neben ihr unterbrach für einen Augenblick sein gemurmeltes Gebet und sah sie ebenso aufmerksam wie alarmiert an. Er sagte nichts, doch sein Blick wurde so durchdringend, dass Robin schon wieder beinahe in Panik zu geraten drohte. Ihr war klar, dass man auf der Burg ohnehin über sie redete; Schweigegelübde hin oder her. Und auch das war etwas, was sie dank der unbarmherzigen Knute, unter der Dariusz seine Männer hielt, beinahe vergessen hatte:

Gerade *weil* das Leben der Tempelritter so hart und entbehrungsreich war, achteten die Männer aufeinander. Das Mitleid eines ihrer Ordensbrüder zu erregen konnte sie sich ebenso wenig leisten wie sein Misstrauen. Auch wenn sich die Krieger Gottes Askese, Entbehrung und Härte sich selbst gegenüber in großen Lettern auf die Fahnen geschrieben hatten, so gab es auch Ärzte unter ihnen, und so wenig, wie sie sich eine schwere Verletzung erlauben konnte, konnte sie es sich leisten, etwa in den Verdacht zu geraten, krank zu sein. Solange sie Wappenrock und Rüstung der Tempelritter trug, mochte sie als Mann unter Männern durchgehen, aber ein Arzt würde sie auf den ersten Blick enttarnen.

Im Grunde lief es immer wieder auf dasselbe hinaus, dachte sie niedergeschlagen. Sie hätte niemals herkommen sollen. Aber da das nun einmal geschehen war, durfte sie keine Stunde länger auf Safet verbringen, als unbedingt nötig war.

Robin verfluchte sich selbst in Gedanken dafür, heute Morgen auf ihren Verstand und nicht auf die Stimme ihres Herzens gehört zu haben, als sie vor der Entscheidung stand, den Assassinen zu folgen oder Rothers Leben zu retten. Vielleicht hätten die Männer ihn gar nicht getötet. Vielleicht – nein, sicher! – hätte ein einziges Wort von ihr genügt, und sie hätten ihn verschont, und hätte sie auch nur einen einzigen Moment nachgedacht, statt einem ebenso sentimentalen wie schädlichen Gefühl nachzugeben, so könnte sie jetzt schon wieder bei Salim sein, in seinen Armen liegen und die kostbarsten Speisen und das Gefühl des edelsten Stoffes auf der Haut genießen, statt mit schmerzenden Knien auf hartem Steinboden zu hocken, zu frieren und dem Knurren ihres Magens zu lauschen, dem die Mahlzeit vom Mittag längst nicht gereicht hatte, ihn alle überstandenen Entbehrungen der letzten Tage vergessen zu lassen.

Unter dem weit nach vorne gezogenen Rand ihrer Kapuze hervor suchte sie nach Rother, der sich irgendwo hier in der Kirche befinden musste. Sie sah ihn nicht, doch plötzlich blieb ihr Blick an einer knienden Gestalt in einer der vorderen Bankreihen auf der anderen Seite hängen. Für einen winzigen Moment hatte der Ritter den Kopf gehoben, um das Kreuzzeichen zu schlagen und den Blick dem einfachen Altar an der Stirnseite der Kirche zuzuwenden, und Robins Atem stockte, als sie sein Gesicht im Profil sah. Der Augenblick ging zu schnell vorüber, um mehr als einen flüchtigen Eindruck zu gewinnen, und doch: Sie war beinahe sicher, unter dem kaum noch vorhandenen Haar das rundliche Gesicht Bruder Abbés erkannt zu haben.

Konnte es sein?, dachte sie aufgeregt. Sicher, Bruder Horace hatte gesagt, Abbé befinde sich auf einer Mission außerhalb der Burg, aber er hatte nicht gesagt, wann mit seiner Rückkehr zu rechnen wäre. Und seither waren Stunden vergangen.

Robins Herz begann aufgeregt zu klopfen, und sie faltete die Hände fester, damit der Mann neben ihr, der sie noch immer insgeheim aus den Augenwinkeln beobachtete, wie sie sehr wohl merkte, das Zittern ihrer Finger nicht sah. Die Kapelle war nur schlecht beleuchtet. Es brannten nur einige wenige Kerzen, die deutlich mehr Schatten als Licht in den Raum brachten, und der Ritter hatte das Haupt nun wieder gesenkt, sodass sie nur noch seine Kapuze sah. Trotzdem ... er war nicht sehr groß. Unter dem schmutzigen Stoff seines Mantels spannten sich breite, fleischige Schultern, und selbst im Knien war ihm seine Leibesfülle durchaus anzusehen. Aber wenn es Abbé war – warum war er dann nicht schon längst zu ihr gekommen?

Die Messe schien kein Ende zu nehmen. Nie waren ihr die Lieder so lang, die Gebete so endlos und die Predigt, die Odo selbst hielt, so ermüdend und unendlich vorgekommen. Als der Großmeister schließlich ein letztes Gebet sprach und sie mit seinem Segen entließ, hatte sie das Gefühl, stundenlang auf dem harten

Steinboden gekniet und auf das Ende des Gottesdienstes gewartet zu haben.

Während die Ritter einer nach dem anderen und in Anbetracht ihrer großen Zahl erstaunlich lautlos aufstanden, um die Kapelle zu verlassen, versuchte sie einen unauffälligen Blick unter die Kapuze des Mannes zu erhaschen, in dem sie Bruder Abbé erkannt zu haben glaubte, doch es gelang ihr nicht. Wie fast alle anderen ging er mit gebeugten Schultern und demütig gesenktem Haupt, die Hände auch jetzt noch im Gebet vor der Brust gefaltet, und da sich die Ritter schnell und sehr diszipliniert bewegten, wagte es Robin nicht, einfach stehen zu bleiben und zu warten, bis er näher heran war. Doch allein die Art, wie sich der Mann bewegte, machte ihren Verdacht beinahe zur Gewissheit. Es *war* Bruder Abbé. Aber er musste doch wissen, dass sie hier war! Er musste doch mit Horace gesprochen haben!

Auch draußen auf dem Hof wurde es nicht besser. Die Ritter stellten sich in zwei präzise ausgerichteten Reihen vor der kleinen Kapelle auf und marschierten dann schweigend über den verlassenen Hof. Es war ihr vollkommen unmöglich, sich ihrem alten Lehrmeister zu nähern, ohne die Ordnung zu stören und damit die allgemeine Aufmerksamkeit auf sich zu lenken.

Erst als sie den Palas erreicht hatten und die Ritter in verschiedenen Richtungen davongingen, um zu ihren Schlafquartieren zu eilen, löste sich die allgemeine Ordnung auf. Noch immer sprach niemand, doch die Männer hatten es nun sehr eilig. In wenigen Stunden schon würde die Glocke wieder zum Morgengebet rufen, und die viel zu wenigen Augenblicke Schlaf, die ihnen bis dahin vergönnt waren, waren zu kostbar, um sie mit etwas so Banalem wie Reden zu vergeuden; selbst wenn es ihnen gestattet gewesen wäre.

Auch Robin schlug den Weg zu ihrem Quartier ein, ging aber ein wenig langsamer als die anderen und blieb nach wenigen

Schritten stehen, um so zu tun, als müsse sie etwas an ihrem Stiefel richten. Was die anderen Ritter anging, so schien ihre Einschätzung richtig gewesen zu sein: Niemand nahm Notiz von ihr. Die Männer strebten rasch an ihr vorüber, um dem einzigen Feind zu entgehen, der vielleicht noch schlimmer und auf jeden Fall hartnäckiger als die allgegenwärtige Hitze war: der Müdigkeit. Unter dem Rand ihrer Kapuze hervor beobachtete sie, wie der vermeintliche Abbé durch eine Tür am anderen Ende des Ganges verschwand. Langsamer, als nötig gewesen wäre, aber nicht so langsam, dass es auffiel, richtete sie sich wieder auf, setzte ihren Weg fort und machte kehrt, als sie endlich allein war.

Mit wenigen, weit ausgreifenden Schritten erreichte sie die Tür, durch die Abbé verschwunden war, zögerte noch einen allerletzten Moment und zuckte dann in Gedanken resignierend mit den Schultern. Wenn sie irgendeiner der anderen Templer beobachtete oder ansprach, dann war sie verloren, aber dieses Risiko würde sie einfach eingehen müssen. Wenn es sich bei dem Mann tatsächlich um Abbé handelte (und sie war sich dessen mittlerweile sicher), dann *musste* sie mit ihm reden. Falls irgendetwas Unvorhergesehenes geschah, konnte sie immer noch versuchen, aus Safet zu fliehen und sich zu Salim durchzuschlagen. Robin hatte die Hoffnung, die sie insgeheim gehegt hatte, nämlich, dass sich auch hier in der Templerburg Männer Salims oder seines Vaters aufhielten, mittlerweile aufgegeben, doch sie war zugleich auch sicher, dass die Burg aufmerksam von seinen Assassinen beobachtet wurde.

Hinter der Tür begann eine schmale, in engen Windungen in die Tiefe führende Treppe, deren ausgetretene Stufen so schmal waren, dass Robin sich mit den flachen Händen rechts und links an den Wänden abstützte, um auf dem spiegelglatten Stein nicht den Halt zu verlieren. Es war nahezu vollkommen dunkel. Nur aus der Tiefe drang ein schwacher, rötlicher Lichtschein zu ihr herauf, der ihr zumindest die Richtung wies. Sie versuchte die Stufen zu zählen, kam aber schon nach einem knappen Dutzend durcheinander und gab es auf. In ihrem Kopf begann eine leise, aber penetrante Stimme zu flüstern, die ihr zu erklären versuchte, was für ein Wahnsinn dieses Unternehmen sei. Sie hatte Mühe gehabt, den Weg aus ihrer Kammer heraus zum Hof zu finden, obwohl sie ihn sich vorher extra eingeprägt hatte, und sie lief mehr als nur Gefahr, sich zu verlaufen. Dennoch beschleunigte sie ihre Schritte nur noch, als sie endlich am Fuß der Treppe angelangt war, wo sie sich in einem niedrigen, von einer heftig rußenden Fackel erhellten Gewölbe wiederfand.

Es gab nur eine einzige Tür, die noch dazu halb offen stand, sodass ihr die Wahl nicht schwer fiel, dahinter schlossen sich eine Art Vorratsraum und eine weitere Treppe an, die in ebenso engen und Schwindel erregenden Windungen wieder nach oben führte wie die, die sie gerade erst herabgestiegen war. Nach einem oder zwei Dutzend Stufen passierte sie ein schmales Fenster, durch das eisiger Wind hereinpfiff, und warf einen flüchtigen Blick hindurch. Die Nacht war so vollkommen schwarz, als hätte der Himmel den Mond und einen Großteil der Sterne verschluckt, aber sie erkannte dennoch, dass sie sich in einem der Türme der Burg befinden musste. Sie zögerte einen kurzen Moment weiterzugehen. Wenn Abbé die Treppe ganz hinaufgegangen war, dann war ihre Verfolgung hiermit zu Ende. Dort oben gab es Wachen, an denen sie sich ganz bestimmt nicht unbemerkt vorbeischleichen konnte.

Aber sie hatte keine Wahl. Ohne auf die immer lauter werdende Stimme ihrer Vernunft zu hören (hätte sie das jemals getan, dann wäre sie jetzt nicht hier, sondern tausend Meilen entfernt in einem kleinen Fischerdorf an der friesischen Küste), setzte sie ihren Weg fort und erreichte nach einer Weile einen Treppenabsatz, von dem aus eine Tür tiefer ins Innere des Turms führte. Sie stand offen. Blassroter Lichtschein fiel auf die Treppe heraus, und Robin glaubte Geräusche zu hören. Stimmen?

Lauschend legte sie das Ohr an den Türspalt. Die Stimmen wurden lauter, leider aber nicht deutlicher. Sie konnte hören, dass es zwei Männer waren, die miteinander redeten – vielleicht stritten –, und ihr Herz schlug noch einmal schneller, als sie nun ganz eindeutig die Stimme Bruder Abbés identifizierte. Ganz egal, wie groß das Risiko auch sein mochte – sie musste einfach weitergehen.

So leise, wie es überhaupt nur möglich war, öffnete sie die Tür gerade weit genug, schlüpfte durch den entstandenen Spalt und sah sich rasch nach rechts und links um. Sie befand sich in einem niedrigen, fensterlosen Gang. Das düsterrote Licht, das sie gesehen hatte, aber auch die Stimmen kamen von links. Zu sehen war niemand. Lautlos näherte sie sich der Abzweigung, blieb einen halben Schritt davor stehen und lauschte mit angehaltenem Atem, während sie sich unendlich behutsam weiter nach vorne schob in dem Versuch, um die Ecke zu spähen.

Ihr Atem stockte endgültig, als sie die beiden Männer sah, die nur wenige Schritte entfernt dastanden. Beide hatten ihre Kapuzen zurückgeschlagen. Einer der Männer wandte ihr den Rücken zu, sodass sie nur seinen dunklen Haarschopf sehen konnte, doch dafür erkannte sie das Gesicht des anderen umso deutlicher.

Es war Bruder Abbé.

Er war älter geworden. Ganz wie auch bei Horace schienen die Jahre, die seit ihrem letzten Treffen vergangen waren, ein Mehrfaches ihrer Last auf seinen Schultern abgeladen zu haben. Sein Gesicht war noch immer rundlich und wollte nicht so recht zu einem Mann passen, der ein Leben in Enthaltsamkeit und Demut zu führen gelobt hatte, aber es wirkte auf eine schwer zu beschreibende Weise zugleich auch ausgezehrt und verhärtet. Die unerschütterliche Fröhlichkeit, die Robin stets in seinen

Augen gelesen hatte, war einer neuen Bitterkeit gewichen, die ihr einen kalten Schauer den Rücken hinabrieseln ließ. Darüber hinaus flammten seine Augen im Moment vor Wut. Robin konnte immer noch nicht verstehen, was Abbé und der andere Ritter miteinander redeten, denn sie bedienten sich einer Sprache, die Robin zwar kannte – des Französischen –, deren sie aber nicht mächtig war. Allerdings begriff sie auch so, dass sie Zeuge eines heftigen Streits wurde, und als sie den Namen Rainald de Châtillion herauszuhören glaubte, zuckte sie unwillkürlich zusammen.

Abbé machte eine zornige Handbewegung und drehte sich gleichzeitig halb herum, und Robin prallte hastig zurück, um nicht gesehen zu werden. Abbé war einer der wenigen Menschen auf der Welt, denen sie vorbehaltlos vertraute, und dennoch spürte sie, dass es im Moment gefährlich für sie wäre, von ihm hier entdeckt zu werden. Sie war nicht sicher, ob er tatsächlich noch derselbe Mann war, den sie das letzte Mal auf dem Deck der sinkenden *Sankt Christophorus* gesehen hatte. Bei diesem Gedanken überkam sie eine Mischung aus Bitterkeit und Zorn, der keinem speziellen Ziel galt, sondern einem Schicksal, das ihr nun offensichtlich auch noch das Letzte nahm, was ihr geblieben war.

Die Stimmen auf der anderen Seite des Ganges brachen plötzlich ab, und dann war das Geräusch hastiger Schritte zu hören, die sich schnell entfernten. Eine Tür schlug. Robin war für einen Moment vollkommen verwirrt – hatte sie ein Geräusch gemacht und sich damit verraten?

Abermals hörte sie das Geräusch von Schritten; aber diesmal war es hinter ihr! Erschrocken fuhr sie herum, und ihr Herz begann schon wieder wie wild zu klopfen, als sie die hoch gewachsene, in ein schmuckloses, knöchellanges Kettenhemd gehüllte Gestalt sah, die aus der Dunkelheit des Ganges hinter ihr aufgetaucht war. Der Mann schien im allerersten Moment mindestens genauso verblüfft zu sein, sie zu sehen, wie sie umgekehrt ihn, doch er fand seine Fassung weitaus schneller wieder als sie. Mit einem herausfordernden Schritt trat er auf sie zu und blieb gerade dicht genug vor ihr stehen, dass es ihr unangenehm war. »Halt!«, sagte er mit fordernder, scharfer Stimme. »Wer seid Ihr?«

Robin starrte den Mann einen halben Atemzug lang einfach nur verstört an. Ihre Gedanken überschlugen sich, schienen sich zugleich aber auch so träge zu bewegen, als wäre ihr Kopf mit halb geschmolzenem Pech gefüllt. Der Mann – zweifellos ein Wachtposten auf seiner Runde – war einen guten Kopf größer als sie und mindestens dreimal so alt. Sein stoppelbärtiges Gesicht war von den endlosen Jahren verbrannt, die er es in die unbarmherzige Sonne des Orients gehalten hatte, und allein der Klang seiner Stimme machte Robin klar, wie wenig er sich von ihrem weißen Templergewand beeindrucken ließ. Er trug nur das knöchellange Kettenhemd und nicht einmal Schuhe, hatte aber einen Schild am linken Arm befestigt, einen Speer in der rechten Hand und ein wuchtiges Schwert in einer ledernen Scheide am Gürtel, dessen deutliche Abnutzungsspuren am Griff verrieten, dass er die Waffe nicht nur zur Zierde mit sich führte. Sein mehr als schulterlanges, grau gewordenes Haar lugte in Strähnen unter einem verbeulten Helm hervor, der ihm nicht nur um mindestens eine Nummer zu groß war, sondern auch nicht so recht zum Rest seiner Ausrüstung passen wollte. Vermutlich ein Beutestück, das seinem früheren Besitzer wenig Glück gebracht hatte.

»Was Ihr hier sucht, habe ich gefragt«, wiederholte er scharf, als Robin nicht sofort antwortete, sondern ihn nur weiter verwirrt ansah.

Sie sagte auch jetzt noch nichts, sondern zog sich rasch einen halben Schritt von dem Mann zurück. Er hatte die Distanz, in der sie die Nähe irgendeines anderen Menschen – mit Ausnahme

Salims vielleicht – ertrug, eindeutig unterschritten, und er stank nach Knoblauch, Schweiß und anderen, schlimmeren Dingen.

Robin geriet endgültig in Panik. Alles, was sie gelernt hatte, schien vergessen, alles, was Bruder Abbé, Salim und seine Assassinen ihr beigebracht hatten, zählte nicht mehr. Ohne dass es einen wirklichen Grund dafür gegeben hätte, spürte sie nichts anderes als nackte Angst vor diesem Mann. Und es wurde schlimmer. Ihre Reaktion war so falsch, wie sie nur sein konnte, und aus dem Misstrauen in seinem Blick wurde etwas anderes, weit Gefährlicheres.

»Bruder Robin! Da bist du ja! Endlich!«

Robin fuhr abermals und vielleicht noch erschrockener zusammen, und auch der Wachtposten runzelte überrascht die Stirn und drehte sich dann mit einer schnellen Bewegung herum, als die Stimme hinter ihm erklang. Eine weitere Gestalt trat aus den nachtschwarzen Schatten heraus, die den Gang erfüllten, und Robin riss erstaunt die Augen auf, als die Gestalt mit einer beidhändigen raschen Bewegung die Kapuze zurückschlug und Rothers Gesicht darunter zum Vorschein kam.

»Und ich dachte schon, ich würde dich gar nicht mehr finden«, fuhr Rother mit einem leisen Lachen fort. Sein Blick streifte betont beiläufig das Gesicht des Wächters, bevor er kopfschüttelnd und in gutmütig-spöttischem Ton fortfuhr: »Ich glaube, du bist der einzige Mensch, den ich kenne, der es auch noch fertig bringt, sich in seinem eigenen Quartier zu verlaufen. Habe ich dir nicht gesagt, du sollst immer dicht hinter mir bleiben?«

Robin schwieg. Sie war immer noch völlig verstört, und ihr Herz klopfte bis zum Hals. Der Blick des Wachtpostens irrte misstrauisch zwischen ihrem Gesicht und dem Rothers hin und her, und er wirkte nicht unbedingt überzeugt von dem, was er gehört hatte. »Wer …?«

»Ihr müsst Bruder Robin sein Verhalten nachsehen«, sagte

Rother, nunmehr direkt an den Posten gewandt. »Es ist nicht das erste Mal, dass er sich verläuft.« Er seufzte. »Bruder Horace wird dich fünfhundert Ave Maria aufsagen lassen, wenn er davon hört, Robin. Warum bist du nicht einfach bei mir geblieben, wie ich es dir gesagt habe?«

»Ich wollte nur ...«, begann Robin, wurde aber sofort wieder von Rother unterbrochen, »... wieder einmal falsch abbiegen, ich weiß«, sagte er kopfschüttelnd. »Irgendwann einmal wirst du den Unterschied zwischen rechts und links noch begreifen, hoffe ich.«

Endlich verstand Robin. Sie warf Rother einen raschen, dankbaren Blick zu, der dem Wachtposten gottlob entging, denn er hatte sich nun vollends zu dem jungen Tempelritter umgewandt und musterte ihn um keinen Deut weniger misstrauisch als sie zuvor. »Und wer seid Ihr?«, fragte er. »Ihr habt in diesem Teil der Burg ...«

»... nichts zu suchen, ich weiß«, unterbrach ihn Rother, zwar mit ganz leicht erhobener Stimme, aber auch einem offenen, um Verzeihung bittenden Lächeln. »Ich werde Bruder Horace Meldung machen, wie aufmerksam du auf deinem Posten bist.« Er wandte sich direkt an Robin. »Komm jetzt. Oder möchtest du, dass aus den fünfhundert Ave Maria tausend werden?«

Rasch und mit gesenktem Blick trat Robin an dem Wachtposten vorbei, und auch Rother drehte sich um und machte einen einzelnen Schritt, blieb dann aber noch einmal stehen und sah über die Schulter zurück. »Ich weiß, dass es mir nicht zusteht«, begann er, »aber darf ich dich trotzdem um etwas bitten?«

Der Posten starrte ihn mit steinernem Gesicht an. Erst nach etlichen Augenblicken nickte er.

»Würdest du davon absehen, Bruder Horace Meldung von diesem Zwischenfall zu machen?«, fuhr Rother fort. »Ich weiß, dass es eigentlich deine Pflicht ist, aber du würdest Bruder Robin eine Menge Ärger ersparen. Er ist ein tapferer Ritter und einer der gottesfürchtigsten unter uns, aber mit seiner Orientierung steht es leider nicht zum Besten.«

Wieder ließ der Mann deutlich mehr Zeit verstreichen, als Robin lieb war, doch schließlich rang er sich zu einem abermaligen, abgehackten Nicken durch. »Gut«, sagte er. »Aber gib Acht, dass er nicht in die falsche Richtung läuft, wenn Ihr gegen die Muselmanen zieht.«

Wahrscheinlich waren diese Worte nur scherzhaft gemeint, doch Rothers Blick verdüsterte sich schlagartig weiter, und auch seine Stimme klang hörbar kühler, als er mit unbewegtem Gesicht antwortete: »Das werde ich. Und habt Dank.«

Sie setzten ihren Weg fort. Rother ging an der Tür vorbei, durch die Robin hereingekommen war, eilte trotz der mittlerweile vollkommenen Finsternis mit traumwandlerischer Sicherheit voraus und machte sich dann lautstark an einem hölzernen Riegel zu schaffen, der nach einem Augenblick scharrend zurückglitt. Eisige Nachtluft und blasses Sternenlicht schlugen ihnen entgegen, als er eine Tür öffnete und mit einer einladenden Geste beiseite trat, um Robin vorbeizulassen. Sie gehorchte und fand sich unversehens auf einem schmalen hölzernen Absatz außerhalb des Turms wieder, von dem aus etwas in die Tiefe führte, wovon sie nicht ganz sicher war, ob es eine besonders steile Treppe oder vielleicht doch nur eine mit einem Geländer versehene Leiter war. Rother zog die Tür hinter sich wieder ins Schloss, und sie stieg rasch nach unten, ohne auf eine weitere Aufforderung zu warten.

Sie befanden sich jetzt wieder im Innenhof. Der weite, gepflasterte Platz lag vollkommen leer und dunkel vor ihnen, aber Robin hatte trotzdem das intensive Gefühl, beobachtet zu werden. Vielleicht war der Posten ihnen gefolgt, um sich davon zu überzeugen, dass sie auch wirklich zu ihren Quartieren zurückgingen.

Sie wartete, bis Rother an ihre Seite getreten war, und setzte dazu an, etwas zu sagen, doch er brachte sie mit einer fast erschrockenen Geste und einem eindeutig beschwörenden Blick zum Schweigen, machte eine Kopfbewegung zum Palas und eilte los. Erst als sie den Hof überquert und das wuchtige Hauptgebäude der Burg betreten hatten, blieb er wieder stehen und wandte sich zu ihr um. Der Blick, mit dem er sie bedachte, war alles andere als freundlich. »Ich hoffe, dir ist klar, dass der Mann Meldung machen wird«, sagte er. »Besser, du denkst dir schon einmal eine gute Geschichte aus, wenn Bruder Horace dich fragt, was du in diesem Turm gesucht hast.«

Eigentlich hatte Robin sich bei ihm bedanken wollen. Sie wagte es nicht einmal, sich auszumalen, was geschehen wäre, wäre Rother nicht im letzten Moment aufgetaucht und hätte den Posten einfach überrumpelt. Aber sein tadelnder Ton machte sie zornig. »Vielleicht wird Bruder Horace dich ja fragen, warum du für mich gelogen hast«, sagte sie anstelle der Worte, die sie sich eigentlich zurechtgelegt hatte. »Oder was *du* dort oben gesucht hast.« Sie legte den Kopf auf die Seite, und ihre Augen wurden schmal. »Spionierst du mir nach?«

Sie bedauerte die Worte, noch bevor sie sie ganz ausgesprochen hatte, denn Rother wurde keineswegs wütend – womit sie gerechnet hätte –, sondern wirkte einen Moment lang vollkommen hilflos, und dann zutiefst verletzt. Im nächsten Moment breitete sich auch schon ein Ausdruck von Trotz auf seinem Gesicht aus.

»Und wenn es so wäre?«, fragte er patzig.

»Dann würde ich mich fragen, warum«, gab Robin zurück. Sie versuchte sich selbst in Gedanken zur Ordnung zu rufen. Ganz egal, warum – Rother hatte sie aus einer zumindest unangenehmen Situation gerettet, und sie dankte es ihm, indem sie ihn attackierte! Was sie tat, war zumindest unfair. Und trotzdem hörte sie sich beinahe zu ihrem eigenen Entsetzen fortfahren: »Bruder Dariusz scheint eine sichere Hand in der Wahl seiner Spione zu haben. Berichte ihm ruhig, was du gesehen hast. Aber vergiss dabei nicht zu erzählen, dass ich dir das Leben gerettet habe.«

Rother blickte sie jetzt nicht mehr mit einem Ausdruck von Verletztheit an. Es war viel schlimmer. Einen kurzen Moment lang sah er entsetzt aus, und für einen noch kürzeren Augenblick hatte Robin das sichere Gefühl, dass er nur noch mit allerletzter Anstrengung die Tränen zurückhielt. Dann verhärteten sich seine Züge. Er ballte die Hände zu Fäusten, fuhr auf dem Absatz herum und stürmte mit wehendem Mantel davon.

Robin blickte ihm hilflos nach. Sie streckte den Arm aus, wie um ihn zurückzuhalten, und alles in ihr schrie danach, ihm zuzurufen, dass sie es nicht so gemeint hatte, dass es ihr Leid täte, aber ihre Kehle war zugleich auch wie zugeschnürt. Vollkommen reglos stand sie da und sah ihm nach, während er durch die Halle lief und schließlich wieder auf dem Hof verschwand, und sie blieb auch dann noch eine geraume Weile in unveränderter Haltung stehen und fragte sich vergebens, warum sie das gesagt hatte. Es war nicht das erste Mal, seit dieser Irrsinn begonnen hatte, dass sie etwas sagte oder auch tat, was sie nicht wollte; als wäre da plötzlich ein Teil in ihr erwacht, der mit aller Macht an ihrer eigenen Zerstörung arbeitete.

Aber vielleicht war auch das nur eine billige Ausrede, um sich nicht selbst eingestehen zu müssen, dass sie sich wie eine hysterische Närrin verhalten hatte.

Niedergeschlagen und den Tränen nahe, wandte sie sich um und kehrte in ihr Quartier zurück. Unterwegs begegnete ihr niemand, auch wenn sie das bedrückende Gefühl, beobachtet zu werden, nicht für einen Moment abschütteln konnte.

Die Tür zu dem winzigen Zimmer, das ihr Horace zugewiesen hatte, stand offen. Seltsam – sie war fast sicher, sie vorhin trotz der Eile, in der sie gewesen war, hinter sich geschlossen zu haben. Aber wahrscheinlich war sie nicht mehr in der Verfassung, ihren eigenen Erinnerungen trauen zu können.

Robin trat gebückt ein. Die Kerze, die auf dem dreibeinigen Schemel neben dem Bett stand, war nahezu heruntergebrannt, und die Flamme flackerte bedrohlich in dem Luftzug, den sie mit ihrer eigenen Bewegung verursachte. Ohne hinzusehen, griff sie nach dem schlichten Holzregal neben der Tür, auf dem Horace ihr eine Anzahl weiterer Kerzen zurückgelassen hatte, entzündete den Docht an der fast heruntergebrannten Flamme und beschützte das noch winzige Flämmchen mit der hohlen Hand, während sie das Ende der frischen Kerze in das geschmolzene Wachs drückte.

Erst als sie sich wieder aufrichtete, sah sie den Stoffstreifen, der auf ihrem Bett lag.

Robin erstarrte mitten in der Bewegung.

Sie hatte sich nicht getäuscht. Jemand war hier gewesen.

Einen halben Atemzug lang starrte sie das kleine Stück aus harmlosem Leinenstoff vollkommen reglos an, dann prallte sie so abrupt zurück, als hätte sie an seiner Stelle einen Skorpion oder eine giftige Spinne auf ihrem Bett entdeckt, und ihre Hand schloss sich ohne ihr Zutun, ja beinahe ohne dass sie es überhaupt registrierte, um den Schwertgriff an ihrem Gürtel. Sie hatte die Waffe schon zu einem Drittel gezogen, als ihr klar wurde, wie albern sie sich benahm. Trotzdem schob sie das Schwert nicht wieder in seine Scheide zurück, sondern warf einen raschen, nervösen Blick durch die offen stehende Tür auf den Gang hinaus, bevor sie die Waffe gänzlich zog und den Stoffstreifen fast behutsam mit der Spitze des Schwertes berührte.

Nichts geschah.

Robin sagte sich zum zweiten Mal, dass sie sich wie eine komplette Närrin benahm, aber sie trat trotzdem nicht näher an das

Bett heran, sondern schob die Schwertklinge nur behutsam unter den Leinenstreifen und hob ihn dann mit einem Ruck an.

Darunter kam nichts Bedrohliches zum Vorschein; weder eine Spinne, noch ein Skorpion oder eine Schlange oder irgendein anderes, giftiges Getier. Aber sie sah, dass auf der Rückseite des kaum handgroßen Stofffetzens etwas geschrieben stand.

Endlich schob Robin das Schwert in die Scheide zurück, ging zur Tür und legte mit einer fast unbewussten Bewegung den Riegel vor, bevor sie sich umdrehte und mit klopfendem Herzen zum zweiten Mal ans Bett herantrat. Ihre Finger zitterten leicht, als sie den Fetzen aufhob und ihn so ins schwache Kerzenlicht hielt, dass sie die Schrift darauf erkennen konnte.

Im allerersten Moment erschienen ihr die zwar in sichtlicher Hast, dennoch kunstvoll hingekritzelten Buchstaben und Worte keinen Sinn zu ergeben. Die Tinte war noch frisch. Als Robin mit dem Daumen darüber rieb, blieb ein schmieriger schwarzer Streifen auf ihrer Haut zurück, und eines der Worte wurde gänzlich unleserlich.

Robin ging neben dem Schemel in die Knie und brachte den Stoff näher an die Kerze heran. Das flackernde Licht schien die Buchstaben zu unheimlichem Leben zu erwecken, als versuchten sie aus dem Stoff herauszuspringen, um ihr ihre Botschaft zu übermitteln. Nachdem sie sie einige Augenblicke lang angestrengt angestarrt hatte, wurde ihr zumindest klar, dass die Worte in lateinischer Schrift geschrieben waren. Vor mehr als zwei Jahren, in einer anderen Welt und einem anderen Leben, hatte Bruder Abbé versucht, ihr zumindest die Grundzüge dieser Sprache beizubringen, und obwohl er es irgendwann aufgegeben und bei einer spöttischen Bemerkung der Art belassen hatte, dass es wohl einfacher sei, einem Ochsen das Tanzen beizubringen als einem Bauerntrampel die Sprache der Gelehrten, hatte Robin doch mehr Worte behalten, als ihr bis zu diesem Moment selbst klar gewesen war. Es war ihr nicht möglich, die Botschaft wortwörtlich und ganz genau zu übersetzen, aber es war ihr auch ebenso unmöglich, sie *nicht* zu verstehen.

Was dort in einer hastigen, aber trotzdem gestochen scharfen Handschrift stand, die in ihrer energischen Art auf eine fast schon Angst machende Weise als die einer hochgestellten Persönlichkeit erkennbar war, das bedeutete sinngemäß nichts weniger als eine Warnung.

Eine Warnung, dass sie besser daran täte, sich aus der bevorstehenden Schlacht herauszuhalten, wenn sie keine Katastrophe heraufbeschwören wollte.

13. Kapitel

Es war das größte Heerlager, das sie jemals gesehen hatte, und hätte man ihr in diesem Augenblick erzählt, es sei das größte, das es jemals gegeben hatte, sie hätte sogar das geglaubt. Selbst jetzt, in der hereinbrechenden, kurzen Dämmerung des Orients, wirkte es gewaltig. In den wenigen Augenblicken, in denen Tag und Nacht miteinander rangen und die Schatten so schnell länger zu werden schienen, dass selbst ein galoppierendes Pferd Mühe haben musste, ihnen zu folgen, erschien es Robin beinahe noch beeindruckender als vor einer Stunde, als der gewaltige Tross hier an den Ufern des Litani Halt gemacht und die Männer damit begonnen hatten, das Lager aufzuschlagen; ein Lager, das das letzte vor der bevorstehenden Schlacht und für nur zu viele von ihnen wohl das letzte überhaupt werden würde. Die bunten Zelte der Ritter, in denen Kerzen oder Öllampen brannten, leuchteten in der blasser werdenden Dämmerung wie riesige, farbenfrohe Laternen.

Robin wusste nicht, wie viele Männer aus Safet aufgebrochen waren und wie viele sich unterwegs noch zu ihnen gesellt hatten. Es mussten Tausende sein, aber diese Zahl war im Laufe des Tages bedeutungslos geworden. Zum allerersten Mal befand sich Robin inmitten eines wirklichen Heeres, nicht eines kleinen Trüppchens, das sich nur mit diesem Wort schmückte. Während sie mit Dariusz und seinen Männern nach Osten gezogen war, hatte sie geglaubt, Teil einer gewaltigen Armee zu sein, doch schon der erste Blick, den sie am Morgen in die Ebene hinabgeworfen hatte, als sie neben Horace aus dem Tor der Templerburg geritten war, hatte sie eines Besseren belehrt. Die Zahl der Reiter und Fußtruppen, die in gewaltigen, unordentlich wirkenden Blöcken am Fuße des Festungsberges Aufstellung genommen hatten und auf die Templer, die Ritter des Lazarusordens und vor allem den König warteten, sprengte ihr Vorstellungsvermögen. Es blieb sich gleich, ob sie Hunderte, Tausende oder noch mehr zählten – es waren unendlich *viele*.

Und es waren mehr geworden, je weiter sie sich nach Osten bewegten. Jetzt, am frühen Abend, hatten sich die Truppen mit dem Heer König Balduins vereinigt und Lager hier am Ufer dieses schmalen, schlammigen Flusses aufgeschlagen, und obwohl sie seit mehr als einer Stunde beschäftigt waren, war ein Ende immer noch nicht abzusehen, wuchs das Heerlager noch immer in alle Richtungen und breitete sich entlang des Flussufers aus wie ein riesiger, bunter Flickenteppich, in dem sich zahllose Glühwürmchen verfangen hatten.

Robin streifte seit nahezu einer Stunde ziellos durch das Lager, zerrissen von den unterschiedlichsten Fantasievorstellungen und Gefühlen. Das in Latein verfasste Geschmiere auf dem Stoffstreifen, das sie in ihrer Kammer in Safet vorgefunden hatte, rumorte in ihr wie ein Stück nicht mehr ganz frischen Fleisches, das einem auch nach einem Tag noch sauer aufstoßen kann. Doch sosehr sie sich auch den Kopf zerbrach: Sie kam nicht im Geringsten darauf, wer es verfasst haben könnte. Bruder Horace und Bruder Abbé fielen ihr als Verdächtige genauso ein wie Rother; aber vielleicht war es auch irgendein anderer Templer gewesen, der sich von ihr herausgefordert fühlte oder einen Grund hatte, ihr eine gut gemeinte Warnung zukommen zu lassen. In jedem Fall gedachte sie nicht daran, ihr nachzugeben. Ganz im Gegenteil, sie hatte ihren Trotz geweckt.

Und das war beileibe noch nicht alles, was ihre Gefühle in Wallung brachte. Auch wenn sie bislang nirgends eine Spur von Salim und den Assassinen hatte ausmachen können, war sie sicher, dass er schon ungeduldig auf sie warten würde. Ihr Herzschlag, der sich bei dem Gedanken an ihn spürbar beschleunigte, verriet, wie sehr sie sich nach Salims Umarmungen und seinen leidenschaftlichen Küssen sehnte. Doch das musste warten, sie konnte und wollte die Templer nicht vor der Schlacht verlassen; vielleicht weniger, weil sie sich auf eine morbide Art ihnen noch immer zugehörig fühlte, sondern vielmehr, weil es ihr – besonders jetzt – wie die feige Flucht vor dem anstehenden Waffengang vorgekommen wäre.

Das alles trug nicht gerade zur Verbesserung ihrer Stimmung bei. Sie war müde wie ganz gewiss jeder einzelne Mann hier, denn der Tag war lang und grausam heiß gewesen, und Balduin und seine Ritter hatten dem Heer nur eine einzige, viel zu kurze Rast gegönnt, aber sie spürte zugleich auch, dass sie jetzt noch keine Ruhe finden würde. In ihrer zerrissenen Stimmung konnte sie trotz ihrer Müdigkeit und Erschöpfung auch nicht im Entferntesten an Schlaf denken, und sie musste nur einen einzigen Blick in die Runde werfen, um zu begreifen, dass es den meisten anderen hier wohl ebenso erging; wenn auch mit Sicherheit sonst niemand die Sehnsucht nach *seinem* Liebsten verzehrte.

Ansonsten war hier alles so vollkommen anders, als sie es sich vorgestellt hätte. Sie hatte geglaubt, dass die Stimmung in einem Heerlager, noch dazu am Vorabend einer großen Schlacht, deren Ausgang nicht annähernd so gewiss war, wie Odo und Ridefort am vergangenen Tag behauptet hatten, niedergeschlagen, gedrückt und vielleicht sogar ängstlich wäre, doch das genaue Gegenteil war der Fall. Sah sie einmal von dem kleinen Geviert ab, in dessen unsichtbaren Grenzen die Templer ihre Zelte aufgeschlagen hatten, so wurde fast überall gelacht und fröhlich geschwätzt. Aus manchen Zelten drang Musik, an mehr als einem Lagerfeuer wurden Schläuche herumgereicht, in denen sich vermutlich *kein* Wasser befand, es roch nach gebratenem Fleisch und frisch gebackenem Brot, und hier und da sah sie auch einen Weiberrock in einem Zelt verschwinden oder auch die Hand eines Ritters ganz unverblümt sich unter einen solchen schieben.

Sie hörte das heisere Kreischen von Wetzsteinen, die über Klingen gezogen wurden, das Scheppern von Metall, wo ein Schild ausgebeult oder ein zerschlagener Helm gerichtet wurde, das Peitschen von Bogensehnen, die ein letztes Mal prüfend gespannt und losgelassen wurden, das erleichterte Schnauben von Pferden, die nach einem langen ermüdenden Tag endlich vom Gewicht ihres Sattelzeugs und der Schabracken befreit waren. Musik drang in schrillen, misstönenden Fetzen an ihr Ohr, und einmal blieb sie eine Weile stehen und beobachtete einen Knappen, der ein schäbiges kleines Fass scheinbar ziellos mit dem Fuße hin und her rollte. Erst nach einer geraumen Weile wurde ihr klar, dass sich darin feiner Sand und das Kettenhemd eines Ritters befanden, das auf diese Weise effektiv vom letzten Stäubchen Flugrost gereinigt wurde. Auch das gehörte zu den viel zu vielen Dingen, die Bruder Abbé und die anderen ihr beigebracht und die sie wieder vergessen hatte.

Robin fragte sich mit einem ihr selbst nicht ganz verständlichen Gefühl von Trauer, wie viele es noch sein mochten. Nachdem sie Salims Frau geworden war, hatte sie geglaubt, sich von ihrem alten Leben, das doch im Grunde aus nicht sehr viel mehr als einer Aneinanderreihung von Entbehrungen, Erniedrigungen, Schmerzen, Demütigungen und Lügen bestanden hatte, ohne allzu große Wehmut oder gar Trauer verabschieden zu können, und die Monate, die sie auf Masyaf verbracht hatte, schienen ihr Recht zu geben. Nur sehr selten hatte sie an diese Zeit zurückgedacht, und noch sehr viel seltener hatte sie dabei das

Gefühl gehabt, tatsächlich etwas verloren zu haben, irgendetwas oder irgendjemandem nachtrauen zu müssen. Vielleicht Bruder Abbé, der ihr nicht nur das Leben gerettet hatte, sondern – mit Ausnahme ihrer Mutter – vielleicht bis dahin der einzige Mensch gewesen war, der es ganz selbstlos wirklich gut mit ihr gemeint hatte, der ihr einfach geholfen hatte, ohne etwas zu verlangen. Nun aber begann sie sich zu fragen, ob sie sich nicht vielleicht die ganze Zeit über etwas vorgemacht hatte. All das hier war noch immer ein Teil ihres Lebens, und vielleicht ein größerer, als sie sich selbst hatte eingestehen wollen.

Vielleicht hätte sie noch länger dagestanden und dem Jungen zugesehen, der mit missmutigem Gesicht sein Fass über den sandigen Boden trat und immer öfter ärgerliche Blicke in ihre Richtung warf, hätte sie nicht plötzlich wieder das Gefühl gehabt, angestarrt zu werden. Hier in diesem Lager war das eigentlich nichts Außergewöhnliches. Obwohl das Heer Tausende und Abertausende zählte, stellte der weiße Mantel eines Tempelritters doch noch immer etwas ganz Besonderes dar, das ganz natürlich neugierige Blicke auf sich zog, zumal wenn er von einem Ritter getragen wurde, der kaum dem Knabenalter entwachsen zu sein schien. Dieses Gefühl aber war anders. Unangenehm.

Robin drehte sich um und stellte ohne Überraschung zweierlei fest: Sie hatte sich nicht getäuscht, und es war kein Fremder, der sie beobachtete.

»Du musst nicht dort drüben im Schatten stehen und mich anstarren, Rother«, sagte sie kopfschüttelnd. »Komm ruhig her zu mir. Vielleicht entgeht dir sonst am Ende noch ein verräterisches Wimpernzucken oder ein sündiger Blick, von dem du Dariusz berichten kannst.«

Einen Moment lang geschah nichts. Der junge Tempelritter blieb einfach weiter reglos im Schatten eines großen, nur nachlässig aufgebauten Zeltes stehen, das ein wenig windschief wirkte, und obwohl Robin in dem rasch nachlassenden Licht sein Gesicht nicht erkennen konnte, kam er ihr in diesem Moment vor wie ein Kind, das sich bei einer Missetat ertappt fühlte und einfach die Augen schloss und hoffte, nicht gesehen zu werden, solange es die anderen nicht bemerkten. Der Gedanke erschien ihr absurd, zauberte aber schon im nächsten Moment ein flüchtiges Lächeln auf ihre Lippen, als ihr klar wurde, dass sie sich an eine Begebenheit aus ihrer eigenen Jugend erinnerte. Sie selbst war es gewesen, die im Spiel das Gemüsebeet einer Nachbarin zertrampelt und ganz genau so reagiert hatte.

Rother gab sein albernes Verhalten schließlich auf und kam mit langsamen Schritten auf sie zu. Sein Blick streifte den Knappen mit dem Fass, und er schürzte kurz und fast verächtlich die Lippen. Ganz offensichtlich hielt er nicht viel von solcherlei kleinen Tricks, so nützlich sie auch sein mochten. Wahrscheinlich, dachte Robin, teilte er Dariusz' Meinung, dass ein Ritter, der diese Bezeichnung wirklich verdiente, es gar nicht erst so weit kommen lassen würde, dass seine Rüstung Rost ansetzte.

»Warum bist du nicht in deinem Zelt?«, fragte er.

»Weil es mir niemand befohlen hat«, antwortete Robin spöttisch. Rother sah sie leicht verwirrt an, und Robin rang sich zu einem entschuldigenden Lächeln durch und fügte mit einer entsprechenden Geste und veränderter, versöhnlicher Stimme hinzu: »Du hast völlig Recht, Rother. Ich sollte die Zeit nutzen und schlafen. Aber ich finde keine Ruhe.«

Rothers Blick wurde für einen Moment abschätzend. Wahrscheinlich, dachte Robin, fragte er sich, ob diese freundlichen Worte nur der Vorbereitung einer neuen, gezielten Attacke dienten, und wahrscheinlich hatte sie genau das verdient. Obwohl es ihr schwer fiel, sprang sie innerlich über ihren Schatten und fuhr fort: »Gehen wir ein Stück gemeinsam? Nicht, dass ich mich am Ende verirre und du mich abermals suchen musst.«

Auch diese Worte konnte er sehr wohl falsch verstehen, das war ihr klar.

Er hob jedoch nur die Schultern und deutete aus der gleichen Bewegung ein Nicken an. Vielleicht war er es einfach müde, mit ihr zu streiten. »Dann gehen wir ein Stück«, sagte er in einem Ton, als wäre es sein Vorschlag gewesen. Ohne Robins Antwort abzuwarten, ging er an ihr vorbei und ein paar Schritte weit so schnell voraus, dass sie beinahe rennen musste, um ihn wieder einzuholen. Als sie zu ihm aufgeschlossen hatte, ging er wieder langsamer und sah fast ein bisschen verlegen aus.

»Morgen ist der Tag, auf den wir schon so lange warten«, sagte Rother, nachdem sie eine Weile schweigend nebeneinander hergegangen waren.

Robin sah ihn fragend an.

»Ich habe vorhin ein Gespräch zwischen Odo und Gerhard von Ridefort mit anhören können«, erklärte Rother. »Die Späher sind zurück. Wir werden spätestens morgen Abend auf Faruks Heer treffen. Vielleicht schon eher.«

In seiner Stimme schwang ein vollkommen unangemessener Unterton von Begeisterung mit, fand Robin. »Du klingst, als ob du dich darauf freust.«

»Du nicht?« Rother klang ehrlich verwundert.

Robin überlegte sich ihre Antwort sehr genau. »Morgen werden viele gute Männer sterben.«

»Wenn es Gottes Wille ist.« Rother schien sogar selbst zu merken, wie sich seine Worte anhören mussten, denn er rettete sich in ein verlegenes Schulterzucken und senkte den Blick, während er mit langsamen Schritten neben ihr herging. »Ja, du hast Recht. Viele gute Männer werden morgen sterben. Vielleicht auch ich.« Er warf ihr einen fast scheuen Seitenblick zu. »Vielleicht auch du.«

»Vielleicht«, sagte Robin einsilbig.

»Hast du Angst?«, fragte Rother.

»Zu sterben?« Robin dachte einen Moment lang ernsthaft über diese Frage nach und nickte schließlich. »Ja. Du nicht?«

»Ich weiß es nicht«, gestand Rother. Er schürzte fast trotzig die Lippen. »Ja, du hast Recht. Es werden eine Menge guter Männer sterben. Zu viele. Aber sie werden nicht umsonst sterben. Wenn die Sonne das nächste Mal aufgeht, gehört das Heilige Land endgültig uns.«

»Wie meinst du das?«

»Wir werden die Schlacht gewinnen«, sagte Rother überzeugt. »Saladin hätte seine Armee niemals teilen dürfen. Selbst seinem ganzen Heer wären wir überlegen – seine halbierte Armee ist kein Gegner für uns!«

»Bruder Horace schien mir da anderer Meinung zu sein«, sagte Robin.

Rother machte ein abfälliges Geräusch. »Bruder Horace ist ein alter Mann. Vielleicht einer unserer besten, aber dennoch ein alter Mann, dem es an Zuversicht und Gottvertrauen mangelt.«

Robin schluckte die Antwort herunter, die ihr auf der Zunge lag. Vielleicht hatte Rother ja sogar Recht. »Immerhin sind uns selbst Faruks Truppen zahlenmäßig überlegen«, gab sie zu bedenken.

»Saladins *Neffe!*« Rother spie das Wort aus wie eine Obszönität. »Ein Kuhhirte! Seine Heldentaten bestehen aus Überfällen auf wehrlose Frauen und Kinder und alte Männer. Selbst die Plünderer, auf die wir vor zwei Tagen gestoßen sind, lachen über ihn.«

»Du meinst die Männer, die uns alle beinahe getötet hätten?«, fragte sie sanft.

Rother wurde wütend. Er blieb mit einer abrupten Bewegung stehen, ergriff sie grob an der Schulter und machte mit der anderen Hand eine ausholende, fast wütend-deutende Geste in die

Runde. »Sieh dich doch um! Sieh dir diese Männer an! Glaubst du wirklich, Saladins Schafhirten und Kameltreiber wären diesem Heer gewachsen?« Er beantwortete seine eigene Frage mit einem heftigen Kopfschütteln. »Das hier ist die Faust Gottes, Bruder Robin! Sie wird die Heiden zerschmettern!«

Und das glaubst du wirklich?, dachte Robin traurig. Sie warf nur einen einzigen Blick in Rothers Augen und beantwortete ihre eigene Frage selbst. *Ja.* Er glaubte es.

Ihre zweifelnden Blicke blieben Rother nicht verborgen. Mit einer fast wütenden Bewegung ergriff er sie abermals am Arm, zerrte sie grob herum und deutete heftig gestikulierend mit der freien Hand auf einen Hügel nur ein Dutzend Schritte entfernt am Rande des Lagers. Bevor das Heer gekommen war, hatte es dort Gras und einiges kärgliche Buschwerk gegeben; jetzt war es zertrampelt, und der Wind trug die dünne Krume in Form von wehenden graubraunen Staubwolken davon. Der Anblick stimmte Robin traurig. In diesem sonderbaren, verbrannten Land war jedes Stück fruchtbarer Boden kostbar, jede Pflanze, die sie zu Hause achtlos zertreten hätte, ein unersetzlicher Schatz. Unzählige Jahre musste die Natur gebraucht haben, der Wüste dieses kleine Stück Grün abzutrotzen, und sie hatten nur wenige Augenblicke benötigt, das Werk von Jahrhunderten zu zerstören. Und es war nicht nur dieser Hügel. Das Heer hatte eine breite Spur der Verwüstung durch das Land gezogen, die seinen Weg vielleicht noch eine Generation später markieren würde. Obwohl es eigentlich gar nicht ihre Art war, solcherlei Gedanken zu denken, machten sie Robin traurig und wütend zugleich.

Es war jedoch nicht dieser Anblick gedankenloser Zerstörung, den Rother ihr hatte zeigen wollen. Robin glaubte nicht, dass er jemals auch nur einen einzigen Gedanken daran verschwendet hatte. Seine ausgestreckte Hand deutete auf einen in eine schlichte, in der Dämmerung schwarz erscheinende Kutte gekleideten

Geistlichen, der hoch aufgerichtet auf dem höchsten Punkt des flachen Hügels stand und eine flammende Predigt hielt. Sie waren zu weit entfernt und der Lärm des Lagers ringsum zu laut, als dass Robin die Worte hätte verstehen können, aber das musste sie auch nicht. Der Ausdruck heiligen Zorns auf dem Gesicht des Predigers und seine ausgreifenden, fordernden Gesten verrieten ihr auch so, welcher Art die Predigt war, die er einem guten Dutzend prachtvoll gekleideter Ritter hielt, die im Halbkreis am Fuße des Hügels knieten und ihm mit verzückten Gesichtern lauschten. »Siehst du diese Männer?«, fragte Rother. Auch er schrie fast.

Robin nickte.

»Es sind die edelsten der Edlen«, fuhr Rother erregt fort. »Aber siehst du auch ihre Füße? Weißt du, warum sie die Stiefel ausgezogen haben und barfuß beten?«

Robin sah genauer hin. Rother hatte Recht – die Männer hatten ihr Schuhwerk ausgezogen und knieten barfuß im warmen Sand. Sie nickte und schüttelte praktisch in der gleichen Bewegung den Kopf.

»Weil Gottesfurcht und das Vertrauen in seine Führung die schärfste Waffe im Kampf gegen die Heiden sind!«, antwortete Rother. »Du kennst die Geschichte vom Kampf der barfüßigen Ritter um Jerusalem!«

Robin schüttelte abermals den Kopf, was Rother zu einem neuerlichen, ebenso überraschten wie fast verärgerten Stirnrunzeln veranlasste. Offensichtlich hatte er vorausgesetzt, dass sie wusste, wovon er sprach. »Es ist fast hundert Jahre her«, sagte er. »Gottes Krieger hatten Jerusalem schon lange und vergebens belagert. Am Abend vor dem letzten Sturm befahl ihr Heerführer ihnen, barfuß und mit unbedeckten Häuptern betend um die Stadtmauern zu ziehen, während sie von ihren Feinden auf den Wällen verspottet und mit Unrat und Abfällen beworfen wurden.

Doch am Tag darauf ist mit Gottes Hilfe und gegen jede vernünftige Chance der Sturmangriff auf Jerusalem geglückt, und die Heiden wurden aus der Stadt des Herrn verjagt!«

»Aha.« Robin machte sich mit sanfter Gewalt aus Rothers Griff los und sah ihn fragend an. »Und? Willst du mir damit sagen, dass wir Faruks Truppen morgen barfüßig gegenübertreten sollen?«

Sie bedauerte die Worte augenblicklich, aber das war etwas, woran sie sich in Rothers Gegenwart allmählich zu gewöhnen begann. Anscheinend war es ihr Schicksal, dem jungen Tempelritter gegenüber mit untrüglicher Sicherheit immer den falschen Ton anzuschlagen.

Fast zu ihrem Erstaunen blieb Rother jedoch ruhig. »Nein«, sagte er. »Ich will damit sagen, dass es nicht die Anzahl der Krieger ist, die über den Ausgang einer Schlacht entscheidet. Es ist allein Gottes Wille. Wenn ihm unser Tun gefällig ist, dann wird er uns den Sieg schenken.«

»Und wenn nicht?«, fragte Robin.

»Dann haben wir es wohl nicht anders verdient«, antwortete Rother ernst. Dann lächelte er. »Aber wir werden siegen. Ich sage nicht, dass es leicht sein wird, aber der Sieg ist uns gewiss. Gott will es.«

Das Schlimme war, dachte Robin traurig, dass er das wirklich glaubte. Es hätte so vieles gegeben, was sie darauf hätte erwidern können, aber sie sprach nichts von alledem aus. Es wäre sinnlos gewesen. Rother *konnte* sie nicht verstehen, und sie wollte ihn nicht noch mehr verletzen, als sie es ohnehin schon getan hatte.

Sie wurde einfach nicht schlau aus diesem jungen Ritter. Von allen Männern in Dariusz' Begleitung war er der einzige, zu dem sie so etwas wie Zutrauen gefasst hatte, und sie spürte auch, dass es Rother umgekehrt ganz genau so erging, und dennoch gelang es ihr nicht, wirklich zu ihm durchzudringen. Hinter seinem freundlichen Lächeln und seinem scheinbar so zugänglichen Wesen verbarg sich etwas, von dem sie nicht wusste, ob es Angst oder vielleicht etwas ganz anderes war.

»Vielleicht ... hast du Recht«, sagte sie ausweichend. »Es ist spät. Wir sollten schlafen. Morgen wird ein sehr anstrengender Tag.«

»Ein sehr *wichtiger* Tag«, verbesserte sie Rother. Wollte er ihr ein Gespräch aufzwingen?

»Ja, das sicher auch«, antwortete sie mit einem Achselzucken. Sie hatte nicht einmal die Unwahrheit gesagt – sie *war* müde. Auf jeden Fall zu müde, um sich mit Rother auf ein theologisches Streitgespräch einzulassen. Und schon gar nicht durfte sie sich dazu verführen lassen, ihm mit einem unbedachten Wort zu verstehen zu geben, dass sie beinahe mehr an Salim als an die morgige Schlacht dachte.

»Dann begleite ich dich zu deinem Zelt«, sagte er. »Bevor du dich am Ende tatsächlich noch verläufst.«

Robin seufzte resignierend. »Ich kann dich ja wahrscheinlich sowieso nicht davon abhalten.«

»Das Lager ist groß«, sagte Rother anstelle einer direkten Antwort.

»Und Bruder Dariusz' Arm reicht weit«, fügte Robin hinzu. »Was hat er dir angedroht, für den Fall, dass du mich nicht jede Minute des Tages im Auge behältst?«

»Bruder Dariusz hat nichts damit zu tun«, antwortete Rother ernst. Robin hatte damit gerechnet, dass er wütend werden oder auch wieder verletzt reagieren würde, aber er blieb ganz ruhig. »Ich bin kein Spion wie deine Freunde, die Assassinen.«

Robin beschloss, den letzten Teil seiner Antwort zu ignorieren. »Den Eindruck hatte ich gestern nicht.«

»Bruder Dariusz hat mir aufgetragen, dafür zu sorgen, dass du sicher in Safet ankommst. Seine anderen Anweisungen habe ich wohl nicht ganz richtig verstanden«, antwortete Rother.

Robin spürte, dass er es ehrlich mit ihr meinte. »Warum läufst du mir dann ständig nach?«, fragte sie dennoch.

»Das tue ich nicht«, behauptete Rother, nur, um praktisch im gleichen Atemzug hinzuzufügen: »Ich mache mir Sorgen um dich, Bruder Robin. Etwas stimmt nicht mit dir. Du verbirgst ein Geheimnis.«

Sah man es ihr so deutlich an?, fragte sich Robin erschrocken, nur um sich ihre eigene Frage gleich selbst zu beantworten. Selbstverständlich sah man es ihr an. Im Grunde war es schon fast ein Wunder, dass es nicht auch alle anderen längst gemerkt hatten.

Aber vielleicht hatten sie es ja, und Rother war nur der Einzige, der ehrlich – oder dumm – genug war, sie ganz offen darauf anzusprechen.

»Das Wesen eines Geheimnisses ist es, Rother«, sagte sie, »dass es nur so lange eines bleibt, wie man nicht darüber spricht.«

»Und das Wesen unserer Gemeinschaft ist es«, antwortete Rother, »dass wir keine Geheimnisse voreinander haben.«

»Ich habe ja auch nicht gesagt, dass ich ein Geheimnis hätte«, sagte Robin. »Wenn ich mich richtig erinnere, hast *du* das gesagt.«

Rothers Miene verfinsterte sich. »Du hast eine flinke Zunge, Bruder Robin. Aber das ändert nichts daran, dass du etwas vor uns verbirgst.«

»Dann nehme ich an, dass du mich doch nicht zu meinem Zelt zurückbegleiten willst«, vermutete Robin kühl. Rother starrte sie noch einen Herzschlag lang beinahe wütend an, dann fuhr er auf dem Absatz herum und stürmte mit wehendem Mantel davon. Robin sah ihm kopfschüttelnd nach – und mit einem heftigen Gefühl von schlechtem Gewissen. Auch wenn Rother sie mit jedem Moment mehr verwirrte, so spürte sie doch zugleich auch, dass er es gut mit ihr meinte. Aber vielleicht war gerade das das Problem. Bruder Abbé hatte vor langer Zeit einmal zu ihr gesagt, dass es kaum etwas Schlimmeres gäbe als Menschen, die es gut mit einem meinen, aber sie begann erst jetzt allmählich zu begreifen, was er wirklich damit hatte ausdrücken wollen.

Sie schüttelte den Gedanken ab und sah sich rasch und fast verstohlen nach beiden Seiten um. Ihr kleiner Disput mit Rother war nicht unbemerkt geblieben. Hier und da war ein Gespräch unterbrochen worden, ein Gesicht in ihre Richtung gedreht oder eine Stirn gerunzelt worden, und sie bemerkte sehr wohl die schadenfrohen Blicke, auch wenn die meisten Männer rasch die Köpfe senkten, sobald sie in ihre Richtung sah. So viel zu ihrem Vorsatz, nicht aufzufallen. Sie war sicher, dass Horace auch von diesem Zwischenfall Kenntnis erlangen würde.

Mit einem resignierenden Seufzer schob sie auch diesen Gedanken von sich und setzte ihren Weg fort. Ziellos wanderte sie weiter durch das Lager. Sie hatte ihr Zelt nicht nur verlassen, um sich umzusehen oder sich lediglich die Zeit zu vertreiben. Genau genommen hielt sie nach Bruder Abbé Ausschau. Den ganzen Tag über hatte sie insgeheim unter den Tempelrittern nach ihm gesucht, ohne ihn allerdings zu entdecken, und mehr als einmal waren ihr Zweifel gekommen, ob sie ihn am vergangenen Abend *wirklich* gesehen hatte oder vielleicht nur einer Täuschung aufgesessen war, die ihren Ursprung einfach in dem *Wunsch* gehabt hatte, ihn zu treffen.

Zugleich war sie sicher, sich *nicht* getäuscht zu haben. Sie hatte das Gesicht unter der Kapuze nur für den Bruchteil eines Atemzuges aufblitzen sehen, und nicht einmal deutlich, aber wer Bruder Abbé einmal zu Gesicht bekommen hatte, der vergaß ihn nicht. Und diese sonderbare Nachricht ... sie *kannte* diese Handschrift, auch wenn ihr ihre Bedeutung noch immer nicht gänzlich klar war. Eine freundliche Warnung von Abbé oder Horace? Eine Drohung von Feinden innerhalb des Templerordens? Auch das war möglich, aber wenn – von wem?

Sie dachte an die merkwürdigen Anspielungen des Großmeisters, dass sie auf Masyaf, der Festung des Alten vom Berge, Ehrengast bei einer Hochzeit gewesen war, was stimmte. Und sie konnte nur hoffen, dass Odo nicht wusste, dass es sich dabei um *ihre eigene* Hochzeit gehandelt hatte ...

Und sie dachte erneut an Salim, und dieser Gedanke wurde von einem dünnen, tief gehenden Schmerz begleitet, der sich wie ein glühender Dolch in ihr Herz bohrte. Wie sehr sie ihn vermisste!

In den letzten Tagen war es ihr immer wieder gelungen, ihn für eine kurze Zeit aus ihren Gedanken zu verbannen. Oh, sie *hatte* an ihn gedacht – immer wieder hatte es seit jenem schicksalhaften Moment in dem kleinen Dorf am Ufer des Mittelmeeres Momente gegeben, in denen sie an ihn gedacht, sein Gesicht vor sich gesehen oder sich nach dem sanften Klang seiner Stimme zurückgesehnt hatte. Dennoch war es ihr gelungen, es bei einer bloßen Erinnerung zu belassen; Bilder und Geräusche, voller Schmerz und Wehmut, aber dennoch bloße Erinnerungen. Sie hatte den Schmerz und das Gefühl, etwas unbeschreiblich Wertvolles verloren zu haben, bis zu diesem Abend nicht wirklich an ihr Herz herangelassen. Nun aber wurde ihr klar, dass diese vermeintliche Härte sich selbst gegenüber nichts anderes als ein Schutz gewesen war. Und dass diese letzte Mauer, die sie um ihr Herz errichtet hatte, zunehmend zu bröckeln begann. Die Männer, auf die Rother und sie in der Wüste getroffen waren, als sie sich auf dem Ritt nach Safet befanden, hatten gesagt, Salim erwartete sie in seinem Zelt ganz in der Nähe der Kreuzfahrerburg. Doch sie hatte nirgends ein Assassinenzelt entdecken können, und sie hatte es nicht gewagt, danach zu fragen. Morgen, dachte sie matt. Spätestens morgen, wenn sich die unterschiedlichen Heere trafen und miteinander vereinigten, würde sie Salim wiedersehen. Und dann ...

Nein. Robin gestattete sich nicht, diesen Gedanken weiterzudenken. Sie wusste einfach nicht, was geschehen würde. Sie wusste, was sie tun *wollte*, aber sie war ganz und gar nicht sicher, was sie wirklich tun *würde*.

Ohne dass sie es selbst gemerkt hätte, hatten sie ihre Schritte immer weiter ins Zentrum des Heerlagers geführt. Die Nacht war längst hereingebrochen, doch es brannten so viele Lagerfeuer, Kochstellen und Fackeln, dass es fast ebenso hell wie am Tage war. Die Luft war erfüllt vom beißenden Rauch des brennenden Holzes, dem Geruch nach gebratenem Fleisch und Fisch, dem Schweiß von Mensch und Tier, einem ganzen Chor der unterschiedlichsten Geräusche und Laute und dem roten Licht der Feuer. Nachdem die Sonne untergegangen war, hätte es deutlich kälter werden müssen, doch Robin hatte ganz im Gegenteil das Gefühl, dass die Hitze noch zugenommen hatte. Zusammen mit dem flackernden roten Feuerschein, dem Lärm, dem Lachen und Rufen aus unzähligen, rauen Kehlen, dem Wiehern der Pferde und dem Klirren von Metall und Fetzen misstönender Musik, die manchmal an ihr Ohr drangen, hatte die Szene für sie plötzlich etwas Infernalisches.

Wenn man bedachte, was diesen Männern am nächsten Tag bevorstand, dann waren diese Augenblicke vielleicht die letzten Momente des Friedens, die viele von ihnen erleben mochten, doch die allgemeine Stimmung schien Robin nun auch jeden Rest von Ängstlichkeit und stiller Andacht verloren zu haben. Sie wirkte ganz im Gegenteil beinahe schon aufgekratzt; und dennoch hatte sie plötzlich das unheimliche Gefühl, durch den Vorhof der Hölle zu schreiten. Und zumindest einen Moment lang kam es ihr tatsächlich so vor, als wäre diese Vision weit mehr als ein Trugbild, mit dem sie ihre eigenen Nerven narrten. Direkt vor ihr, vielleicht noch ein Dutzend Schritte oder weniger entfernt, erhob sich ein gewaltiges, rundes Zelt von blutroter Farbe. Ein gutes Dutzend vermummter, schwarz gekleideter Gestalten, die so reglos wie lebensgroße unheimliche Statuen dastanden, umgab dieses Zelt und schien allein durch seine Anwesenheit dafür zu sorgen, dass es niemand wagte, sich ihm weiter als bis auf ein Dutzend Schritte zu nähern, und selbst das allgemeine Lachen und Musizieren und Lärmen schien in der unmittelbaren Umgebung leiser zu klingen.

Auch Robin stockte ganz instinktiv im Schritt. Doch fast im selben Moment wurde ihr klar, dass an diesem Zelt rein gar nichts Mystisches oder gar Teuflisches war, ebenso wenig wie an dem Dutzend Ritter, die es bewachten. Sie hätte das Wappen über dem Eingang nicht einmal mehr sehen müssen, um zu wissen, dass es das Zelt König Balduins war, dessen rote Farbe nur von den zahllosen flackernden Feuern ringsum zu vermeintlichem Leben erweckt wurde, und die scheinbaren Dämonen, die es bewachten, niemand anderes als die Ritter des geheimnisumwitterten Lazarusordens – obwohl sie sich bei ihnen ganz und gar nicht sicher war, ob es sich tatsächlich noch um Menschen handelte. Jedenfalls nicht in dem Sinn, in dem sie das Wort bisher benutzt hatte.

Robin näherte sich mit klopfendem Herzen dem Zelt und blieb dann endgültig stehen. Es war nicht ausdrücklich verboten, dem König nahe zu kommen, aber sie wusste natürlich, dass niemand es wagte, sich ihm ohne seine ausgesprochene Einladung oder Erlaubnis zu nähern oder ihn gar anzusprechen. Es hätte auch keinen Grund für sie gegeben, so etwas zu tun; ganz im Gegenteil – schon am vergangenen Morgen hatte sie der Anblick des kränklichen, geschlagenen Königs erschreckt, und obwohl sie sein Gesicht noch nie gesehen hatte, jagte ihr schon der bloße

Gedanke, einen Blick hinter seinen Schleier zu werfen, einen eisigen Schauer über den Rücken.

Sie wollte sich gerade umdrehen und möglichst unauffällig wieder davongehen, als der undeutliche Klang erhobener Stimmen aus dem Zelt zu ihr herausdrang. Sie konnte weder hören, was gesprochen wurde, noch erkannte sie eine dieser Stimmen, aber ihr Tonfall war scharf, zum Teil regelrecht wütend, sodass sich Robin in ihrem Entschluss nur bestärkt sah, möglichst ebenso schnell wieder von hier zu verschwinden, wie sie gekommen war. Vermutlich waren etliche der Lazarusritter ohnehin schon auf sie aufmerksam geworden, und sie konnte nur hoffen, dass die Männer ihr Gesicht in dem unsicheren Licht nicht zu deutlich erkannten oder sich vielleicht auch gar nicht die Mühe machten, es sich zu merken. Nach dem gestrigen Tag hatte sie wahrlich keine Lust, nach den Fragen des Großmeisters auch noch die des Königs beantworten zu müssen.

Gerade als sie sich umdrehte, wurde die Plane vor dem Eingang zum Zelt zurückgeschlagen, und Robin erschrak nun *wirklich*, als sie niemand anderen als Odo von Saint-Amand und den Ordensmarschall Gerhard von Ridefort herauskommen sah. Odos Gesicht war wie eine zu Stein erstarrte Maske des Zorns, und Ridefort gestikulierte aufgeregt mit beiden Händen, wobei er ununterbrochen weiter auf den Großmeister einredete. Es war nicht zu übersehen, dass beide außer sich vor Wut waren.

Aber sie kamen aus dem Zelt des Königs!, dachte Robin verwirrt. Was sollte es dort drinnen zu besprechen geben, das diese beiden Männer so in Wut versetzte? Sie waren Verbündete!

Obwohl der Marschall und Odo nicht so aussahen, als ob sie in ihrem Zorn noch von irgendetwas anderem rings um sich herum Notiz nehmen konnten, wich Robin vorsichtshalber einige weitere Schritte zurück und in den Schatten eines der größeren Zelte, die die unsichtbare Linie rings um das Zelt des Königs markierten, die keiner der gemeinen Soldaten und Ritter zu überschreiten wagte. Ohne dass es ihr selbst bewusst gewesen wäre, bewegte sie sich dabei ebenso rasch wie lautlos und auf eine Art, die sie, hätte sie sich selbst beobachten können, auf schon fast erschreckende Weise an die Art der Assassinen erinnert hätte: Auf eine schwer in Worte zu fassende Weise und trotz ihrer auffälligen, weißen Kleidung schien sie für einen Moment selbst zum Schatten zu werden, den man sah und trotzdem nicht bemerkte und an den sich schon einen Lidschlag später niemand mehr wirklich erinnern würde.

Vermutlich wäre ihre kleine Flucht ohnehin überflüssig gewesen. Ridefort und Odo kamen zwar im Sturmschritt aus dem Zelt heraus, wandten sich aber in die entgegengesetzte Richtung, und es war so, wie Robin vermutet hatte: Sie waren so aufgebracht, dass sie niemanden mehr zu sehen schienen. Um ein Haar wäre Ridefort mit einem der reglos dastehenden Lazarusritter zusammengeprallt, und der Umstand, dass Odo ihn im letzten Moment am Arm ergreifen und zurückreißen musste, weil der Ritter keinerlei Anstalten machte, ihm aus dem Weg zu gehen, schürte seinen Zorn nur noch.

In einigem Abstand und deutlich ruhiger folgte ihnen ein dritter, grauhaariger Tempelritter, den Robin mit einer Mischung aus Erleichterung und Sorge als Bruder Horace erkannte, den Komtur von Safet. Er ging nicht nur allein und deutlich langsamer als die beiden anderen, er wirkte auch sehr viel ruhiger. Beinahe kam es ihr vor, als spiele etwas wie ein Lächeln um seine Lippen, aber die Entfernung war zu groß und das Licht der flackernden Lagerfeuer und Fackeln zu ungewiss, als dass sie wirklich sicher sein konnte.

Vorsichtshalber zog sie sich noch einen weiteren Schritt in den Schatten des Zeltes zurück, doch diesmal kam ihre Bewegung zu spät. Horace war nicht nur deutlich ruhiger als die beiden anderen, sondern auch um einiges aufmerksamer. Nach ein paar Schritten blieb er wieder stehen, legte fragend den Kopf auf die Seite und blickte aus eng zusammengekniffenen Augen direkt in ihre Richtung, sodass sie sich zwar noch für die Dauer eines Herzschlages an die Hoffnung klammern konnte, es könne bloßer Zufall sein, aber selbst wusste, dass das nicht stimmte.

»Bruder Robin?«, fragte er. »Seid Ihr das?«

Für einen noch kürzeren Augenblick spielte Robin ganz ernsthaft mit dem Gedanken, sich einfach umzudrehen und davonzulaufen. In dem Gewirr aus Zelten, Lagerfeuern und Menschen wäre es ihr vermutlich ein Leichtes gewesen, zu verschwinden, und Horaces Frage machte ihr klar, dass er sie offensichtlich nicht ganz genau erkannt hatte. Doch sie verwarf diesen Gedanken auch ebenso schnell wieder, wie er ihr gekommen war. Mit einem resignierenden, lautlosen Seufzer und möglichst unbewegtem Gesicht trat sie wieder aus dem Schatten des steilwandigen Zeltes heraus und deutete ein Nicken an, während sie sich dem Komtur näherte.

Der Ausdruck, der von Horaces Gesicht Besitz ergriff, als sie näher kam, spiegelte deutlich mehr Verärgerung als Überraschung. »Was tut Ihr hier?«, fragte er.

»Nichts«, behauptete Robin. Sie ging bewusst langsam auf Horace zu, und es kostete sie tatsächlich körperliche Überwindung, dabei zwischen zwei der schwarz gekleideten Lazarusritter hindurchzuschreiten; fast als gäbe es da tatsächlich eine unsichtbare, sehr wohl aber vorhandene Barriere, die das gemeine Volk vom König und seinem engsten Gefolge trennte.

»Nichts?«, wiederholte Horace mit einem fragenden Hochziehen der Augenbrauen. »Das ist vielleicht nicht gerade die Antwort, die ich von einem Ritter Eures Standes erwartet hätte, Robin«, fuhr er fort. »Falls ich Euch tatsächlich darauf aufmerksam machen muss: Tätet Ihr wirklich *nichts*, wärt Ihr schwerlich hier.«

»Ich war ... unruhig«, sagte Robin mit einem angedeuteten Schulterzucken. »Ich konnte nicht schlafen, also wollte ich mir das Lager ansehen. Und die Männer.«

Aus irgendeinem Grund hatte sie das Gefühl, dass diese Antwort Horace eher noch mehr verstimmte, aber er sagte nichts dazu, sondern ging weiter und gab ihr mit einer ebenso beiläufigen wie befehlend wirkenden Geste zu verstehen, dass sie ihm folgen sollte. Erst als sie sich mehr als ein Dutzend Schritte vom Zelt des Königs und aus der Hörweite seiner Wachen entfernt hatten, und ohne sie dabei anzusehen, fragte er: »Hattest du bei diesen *Männern* eine bestimmte Person im Auge?«

Robin wäre um ein Haar erschrocken zusammengefahren. Horace war von all den Männern, die ihr in den letzten Tagen begegnet waren, der einzige, der *wirklich* wusste, wer sie war – er konnte doch unmöglich so leichtsinnig sein, dieses Geheimnis um einer ironischen Bemerkung willen aufs Spiel zu setzen! »Ich verstehe nicht ganz ...«, begann sie.

Horace beschleunigte seine Schritte ein wenig, bis sie ebenso schnell gingen wie Odo und der Marschall, die schon einen gehörigen Vorsprung vor ihnen gewonnen hatten, ohne dabei allerdings wirklich zu ihnen aufzuschließen, bevor er antwortete. »Man hat mir berichtet, dass du vergangene Nacht in einem Teil der Burg gesehen worden bist, der weit entfernt von deinem Quartier liegt.«

Robin seufzte. »Ich wusste, dass sich Rother nicht an das Schweigegelübde hält. Aber ich wusste nicht, dass er ein Plappermaul ist.«

Täuschte sie sich, oder huschte ein kurzes, aber sehr ehrliches Lächeln über Horaces Gesicht, als er sie flüchtig von der Seite her musterte? Seine Stimme zumindest klang ernst. »Vielleicht solltest du froh sein, dass er nur zu mir gekommen ist. Es gibt einige unter uns, die selbst eine so kleine Verfehlung hart bestrafen würden.«

»Und Ihr gehört nicht dazu?«

»Zumindest nicht an einem Tag wie diesem«, antwortete Horace. »Wir werden morgen jedes bisschen Kraft brauchen, das wir aufbringen können. Eine Stunde auf den Knien und frische Narben auf dem Rücken sind der Kampfkraft eines Ritters nicht unbedingt zuträglich.«

»Wie schade, dass nicht jeder unserer Brüder dieser Meinung ist«, antwortete Robin. »Viele von uns würden sonst morgen wesentlich kraftvoller in die Schlacht reiten können.«

Horace sah sie auf eine sonderbare Weise an, ein wenig irritiert, aber auch nachdenklich. Dabei fragte sich Robin selbst, warum sie das eigentlich gesagt hatte. Sie verstieß damit nicht nur gegen das Schweigegelübde, das – obgleich es hier offensichtlich von kaum jemandem ernst genommen wurde – immer noch galt, sondern erzählte Horace auch wahrlich nichts Neues. Schon während der Überfahrt auf der *Sankt Christophorus* war sie Zeugin mehr als eines Streites zwischen ihm und Dariusz geworden, bei dem es um ganz genau dieses Thema gegangen war. Sie gestand sich ein, dass sie einfach plapperte, um Horace vielleicht davon abzubringen, eine andere Frage zu stellen, deren Beantwortung ihr sehr viel unangenehmer gewesen wäre.

Natürlich tat er es doch, und natürlich tat er es auch genau in diesem Moment, fast als hätte er ihre Gedanken gelesen. »Nun, um bei Eurer wenig ritterlichen Art der Sprache zu bleiben, Bruder Robin – man hat mir tatsächlich zugetragen, dass Ihr neugierig seid und viele Fragen stellt. Und mir selbst ist aufgefallen, wie aufmerksam Ihr die Gesichter unserer Brüder studiert habt.« Er lächelte. »Ihr habt Euch von der Kolonne entfernt, nicht wahr?«

Robin gab auf. Horace verfügte offensichtlich nicht nur über eine Menge neugieriger Augen und großer Ohren, die ihm alles zutrugen, sondern war darüber hinaus auch selbst ein aufmerksamer Beobachter, dem kaum etwas entging. Schon gar nicht das, was er eigentlich nicht sehen sollte.

»Ihr habt Recht«, gestand sie, wobei sie den zerknirschten Ton in ihrer Stimme nicht einmal zu spielen brauchte. »Ich habe ...« Sie fuhr sich nervös mit der Zungenspitze über die Lippen, die plötzlich so trocken und spröde geworden zu sein schienen, dass sie kaum noch weitersprechen konnte, und setzte neu an. »Gestern Nacht, während des Matutin ... ich dachte, ich hätte Bruder Abbé gesehen.«

»Und Ihr wart auf der Suche nach ihm?«, fragte Horace, ohne dabei auch nur mit einer Silbe auf ihre eigene Frage einzugehen. »Warum seid Ihr nicht einfach zu mir gekommen?«

Robin sah ihn einen Moment lang fast hilflos an und musste sich dann eingestehen, dass sie es nicht wusste. Die Wahrheit war, dass sie gar nicht auf diese Idee gekommen war.

»Abbé ist nicht hier«, fuhr Horace fort. Robin sagte auch dazu nichts. Sie hoffte, dass sie ihre Züge diesmal besser unter Kontrolle hatte als gerade. So unglaublich es ihr selbst erschien – sie spürte, dass Horace log. Außerdem war sie mittlerweile *sicher*, Abbé gestern Abend erkannt zu haben.

»Und wäre er hier«, fuhr Horace fort, nachdem er etliche Schritte schweigend neben ihr einhergegangen war und vergeblich auf eine Antwort gewartet hatte, »so hätte er Besseres zu tun, als das Wiedersehen mit Euch zu feiern, *Bruder* Robin.«

Die sonderbare Art, in der er das Wort *Bruder* betonte, war kein Zufall, das war Robin klar. Er wollte ihr damit etwas ganz Bestimmtes sagen, aber sie wusste nicht, was. Sie reagierte auch darauf nicht, und zu ihrer Erleichterung schien sich Horace damit zufrieden zu geben, denn er verfolgte das Thema nicht weiter. Eine ganze Weile gingen sie schweigend nebeneinander her, und Robin fiel abermals auf, wie streng Horace darauf zu achten schien, den Abstand von guten dreißig oder vierzig Schritten, die sie zu Odo und Ridefort einhielten, nicht kleiner werden zu lassen. Sie musste an das Streitgespräch in dem Zelt denken, dessen Ohrenzeuge sie geworden war, und an den Ausdruck unverhohlener Wut auf den Gesichtern der beiden hochrangigen Tempelritter, als sie herausgekommen waren. Schließlich hielt sie es nicht mehr länger aus und kleidete ihre Neugier in eine Frage.

Fast zu ihrer Überraschung beantwortete Horace sie. »Unser Großmeister und der Marschall sind verärgert«, räumte er unverblümt ein.

»Aber sie kamen von einer Audienz des Königs«, sagte Robin verwundert. »Ich dachte bisher, unser Orden genießt sein ganz besonderes Vertrauen und sein besonderes Wohlwollen.«

Horace bemühte sich, ein zerknirschtes Gesicht zu machen, aber wieder hatte Robin das sichere Gefühl, die Andeutung eines Lächelns über seine Lippen huschen zu sehen, als er antwortete. »Ja, das dachten Odo und Marschall Ridefort bis zum heutigen Abend wohl auch.«

»Was ist geschehen?«, fragte Robin.

»Mir scheint, König Balduin wird allmählich erwachsen«, erwiderte Horace. Nicht, dass Robin mit dieser Antwort irgendetwas anfangen konnte.

»Haben wir uns ... durch irgendetwas seinen Unmut zugezogen?«, fragte sie zögernd.

Diesmal war das Lächeln, das Horaces Kopfschütteln begleitete, mehr als nur angedeutet. »Nein. Es ist wohl eher so, dass er nicht mehr auf alles hört, was ihm jemand mit einem beeindruckenden Titel und einer langen Liste vermeintlicher oder auch wirklicher Heldentaten rät. Ich habe Odo gewarnt, aber er hat meine Worte in den Wind geschlagen. Er hält Balduin für krank – er ist es – und schwach – er ist es nicht – und scheint nicht begreifen zu wollen, dass er in wachsendem Maße die Tugenden eines wirklich großen Herrschers entwickelt. Großmut, Klugheit und Willensstärke.«

»Und was bedeutet das?«

»Zum Beispiel, dass König Balduin den Großmeister und den Marschall unseres Ordens brüskiert hat, indem er uns und unsere Brüder morgen nicht im Herzen der Schlacht haben will.«

Nun war Robin ehrlich überrascht. Auch wenn sie noch niemals eine *richtige* Schlacht erlebt hatte, so wusste sie doch, dass die Templer traditionell die Speerspitze eines Angriffes bildeten, und das nicht nur, weil ihr Glaube es von ihnen verlangte oder sie überheblich genug waren, sich als unbesiegbar zu fühlen. In gewissem Maße waren sie es sogar. Selbst die tapfersten und stärksten muslimischen Reiter konnten dem Anprall einer Hundertschaft schwer gepanzerter Tempelritter auf ihren gewaltigen Schlachtrössern nicht widerstehen.

»Unsere Aufgabe morgen ist es lediglich, die Flanken des Heeres zu sichern«, fuhr Horace fort. »Eine sehr wichtige Aufgabe, wenn du mich fragst. Mehr als eine Schlacht ist schon entschieden worden, weil ein kluger Feldherr dafür gesorgt hat, dass Flanken und Rücken des Heeres gedeckt sind.«

»Aber Odo sieht das anders«, vermutete Robin.

»Ja«, seufzte Horace. »Um es mit deinen Worten auszudrücken: Er und Ridefort schäumen vor Wut. Sie fühlen sich zu reinen Zuschauern degradiert.« Er lachte ganz leise. »Ich fürchte, sie werden in dieser Nacht nicht besonders gut schlafen.«

»Aber Ihr schon«, vermutete Robin. In ihrer Stimme war ein leicht vorwurfsvoller Ton, der sie selbst überraschte und auch erschreckte, denn erst er machte ihr klar, dass ein Teil von ihr den Zorn und die Enttäuschung der beiden Tempelritter nicht nur verstand, sondern auch teilte. Auf eine völlig absurde, widersinnige Art fühlte sie sich um ihre erste große Feldschlacht betrogen – als ob sie jemals vorgehabt hätte, wirklich daran teilzunehmen!

Horace musste auffallen, dass sie nicht unbedingt seiner Meinung war. Er maß sie mit einem eindeutig tadelnden Blick. »Diesmal wird unseren Brüdern, den Johannitern, die Ehre zuteil, als Erste auf die Armeen Saladins zu treffen.«

»Oh«, machte Robin nur. Auch wenn sie den Grund dafür niemals wirklich verstanden hatte, so wusste sie natürlich um die uralte Rivalität zwischen dem Templer- und dem Johanniterorden. Mit einem Male konnte sie den Zorn des Großmeisters noch besser verstehen. Nicht unmittelbar an der Schlacht teilnehmen zu dürfen, musste ihn verletzt und vielleicht in seiner Ehre gekränkt haben, diesen Platz jedoch an die alten Rivalen des Johanniterordens abtreten zu müssen, musste für ihn wie ein Schlag ins Gesicht gewesen sein.

»Und was können sie besser, was wir nicht können?«, fragte sie.

»Nichts«, antwortete Horace. Er gab sich jetzt keine Mühe mehr, seine wahren Gefühle zu verhehlen. Warum auch immer, irgendetwas an der Situation schien ihn über die Maßen zu amüsieren. »Politik, Robin. Es ist nichts als Politik.«

»Politik?«

»Du weißt nicht viel über den König und den Hof in Jerusalem, nicht wahr?«, erkundigte er sich.

Robin schüttelte den Kopf. Sie war auch nicht sicher, ob sie wirklich viel mehr darüber wissen *wollte*, als sie in den letzten Stunden und Tagen erfahren hatte.

»Seit Balduin den Thron von Jerusalem bestiegen hatte«, begann Horace, »hat in Wahrheit seine Mutter regiert, Agnes von Courtenay, eine Schlampe, die mit jedem Mann ins Bett hüpft, weshalb sie auch von Balduins Vater Amalrich verstoßen wurde.«

Robin sah ihn leicht verwundert an. Horace war normalerweise kein Mann, der über solcherlei Dinge sprach, schon gar nicht in diesem Ton.

»Unglückseligerweise hat Agnes beste Verbindungen zu den Templern und zu Rainald de Châtillion, dem Grafen von Oultrejourdain, und etlichen anderen wichtigen Adeligen, mit denen sie vermutlich das Lager geteilt hat oder die hoffen, dass sie es tun wird, wenn sie ihr nur lange genug zu Gefallen sind. Sie plädiert für eine radikale Kriegspolitik gegen Saladin, und solange Balduin ihre gehorsame Marionette war und getan hat, was sie von ihm verlangte ...« Er hob mit einem leisen Seufzen die Schultern und fuhr kopfschüttelnd und in verändertem und noch amüsierterem Ton, wie es Robin schien, fort: »Auf der anderen Seite steht Maria Komnena, die Stiefmutter Balduins, eine byzantinische Prinzessin und eine sehr kluge Frau. Zusammen mit den Johannitern und nicht wenigen Fürsten aus der nördlichen Hälfte des Königreiches ist sie für ein friedliches Nebeneinander mit den Heiden, zum Wohle aller.«

Sein Blick streifte flüchtig Robins Gesicht, als wolle er auf diese Weise unhörbar hinzufügen, dass sie selbst, Robin, schließlich der lebende Beweis dafür war, dass diese vermeintliche Häresie sehr wohl funktionieren konnte. »Beide, Mutter und Stiefmutter, wirken ständig auf Balduin ein. Selbst ein gesunder junger Mann könnte dabei in tiefste Verwirrung gestürzt werden.«

»Aber Balduin ist alles andere als gesund«, stellte Robin fest.

Horace nickte bekümmert. »Leider nicht. Gerade jetzt, da er endlich zu einem eigenen Willen findet und sich den Einflüsterungen seiner falschen Berater entzieht und Dinge selbst entscheidet, wird die Krankheit schlimmer.«

»Vielleicht ist es ein Zeichen Gottes«, murmelte Robin.

Horace ignorierte die Bemerkung. »Er tut mir Leid«, sagte er, leise und in einem sehr ehrlich bekümmert klingenden Ton. »Er lädt Sternendeuter und muslimische Wunderärzte an seinen Hof in Jerusalem ein, und er vertraut immer mehr und mehr den Rittern und Priestern des Lazarusordens.«

»Und was hat das damit zu tun, dass er uns nicht in die Schlacht ziehen lässt?«, fragte Robin.

»Balduin stärkt die Flanken, weil er ein kluger Mann ist. Ein weiser Feldherr hält seine stärkste Waffe stets in Reserve. Sollte sich die Schlacht ungünstig entwickeln, können seine besten Ritter das Blatt vielleicht doch noch einmal wenden. Verläuft die Schlacht hingegen günstig, wirft er seine Auserwählten in den Kampf, wenn die Reihen der Gegner zu wanken beginnen, und versetzt ihnen so den Todesstoß. Odo und Gerhard sind zweifelsohne tapfere Ritter, aber in ihrem Ungestüm vergessen sie manchmal Maß und Ziel. Odo versteht einfach nicht, dass unser Orden durch Balduins Entschluss geehrt und nicht etwa zurückgesetzt wurde.«

»Das ist eine Art von Ehre, die ich nicht ganz verstehe«, bekannte Robin.

»Das habe ich auch nicht erwartet«, erwiderte Horace. »Du wirst es verstehen, später. Und vielleicht sorgt das, was der König an diesem Abend entschieden hat, dafür, dass du auch lange genug lebst, um es verstehen zu können.«

Robin wollte abermals widersprechen, doch mittlerweile hatten sie das kleine Zeltlager der Templer inmitten des größeren Lagers fast erreicht, und Horace machte eine knappe Geste. »Genug«, sagte er. »Es spielt auch keine Rolle, ob du oder ich es verstehen oder irgendjemand hier mit Balduins Befehl einverstanden ist oder nicht. Es ist der Wille des Königs. Auch unser Großmeister und der Marschall werden sich ihm beugen, keine Sorge.« Er wiederholte seine abwehrend-befehlende Geste, obwohl Robin gar nichts gesagt hatte. »Und nun geh in dein Zelt. Wir alle sollten uns frühzeitig zur Ruhe begeben, um morgen bei Kräften zu sein. Für heute wurde uns das Gebet zum Matutin erlassen. Wir werden uns erst zur Prima wieder zum gemeinsamen Gebet versammeln. Ruh dich aus, Robin. Morgen wird ein harter Tag. Auch für dich.«

Gerade die letzte Bemerkung verstand Robin nicht, bekam aber auch keine Gelegenheit mehr, noch eine weitere Frage zu stellen. Horace deutete nur noch einmal knapp auf das etwas kleinere, einzeln stehende Zelt ganz am Rande des Lagers, das er ihr zugewiesen hatte, und wandte sich dann mit einer schon fast brüsken Bewegung um und ging.

Robin blieb völlig verstört zurück. Immer intensiver hatte sie das Gefühl, dass Horace ihr etwas ganz Bestimmtes hatte mitteilen wollen und es im allerletzten Moment doch nicht getan hatte. Aber was?

Obwohl sie spürte, dass sie noch immer viel zu aufgewühlt war, um auch nur an Schlaf zu denken, wandte sie sich gehorsam um und ging zu ihrem Zelt, schon um sich nicht endgültig Horaces Unmut zuzuziehen, wenn ihm zu Ohren kam, dass sie seinen nur als guten Rat getarnten Befehl abermals missachtet hatte. Körperlich müde, innerlich aber zitternd vor Anspannung, ließ sie sich auf die schmale Pritsche sinken, die die gesamte Einrichtung des kleinen Zeltes darstellte. Anders als alle anderen Ritter hier im Lager hatte Robin ein Zelt für sich ganz allein. Sie vermutete, dass Horace ihr dieses Privileg verschafft hatte, was außer ihm allenfalls noch Odo und dem Ordensmarschall zustand, aber sie fragte sich dennoch, wie er diese Sonderbehandlung wohl begründen würde, sollte ihn einer der anderen Ritter danach fragen. Während sie Kettenhemd und Gambeson ablegte, fragte sie sich besorgt, wie lange sie ihr Geheimnis wohl noch wahren konnte, wenn sie so auffällig begünstigt wurde.

Müde und nur noch mit einem dünnen Hemd bekleidet, streckte sie sich auf ihrer Lagerstatt aus und löschte mit den Fingern die Flammen der kleinen Öllampe, die daneben auf dem Boden stand.

Sie schlief ein, noch bevor die Dunkelheit gänzlich über ihr zusammenschlagen konnte.

14. Kapitel

Es war noch dunkel in ihrem Zelt, als Robin erwachte. Etwas hatte sie aus ihren Träumen geschreckt, aber sie war deswegen nicht böse, denn es waren keine angenehmen Träume gewesen; wirres Zeug zum größten Teil, an das sie sich nicht wirklich erinnerte und es auch nicht wollte, bis auf einen einzelnen kurzen Part unmittelbar vor dem Erwachen: Sie hatte geträumt, ein Schatten wäre in ihr Zelt eingedrungen, und wahrscheinlich war es auch genau dieses Gefühl gewesen, das sie letztendlich geweckt hatte.

Robin lauschte noch einen Moment mit geschlossenen Augen in sich hinein, und sie spürte zweierlei: zum einen, dass es noch tiefste Nacht war, Stunden, bis die kleine Glocke, die Horace eigens zu diesem Zweck mitgebracht hatte, zur Prima – dem Morgengebet in der ersten Stunde des Tages – rief, und zum anderen, dass sie keinen Schlaf mehr finden würde. Sie hatte sich in dem sicheren Gefühl niedergelegt, vor lauter Nervosität und Anspannung ohnehin nicht einschlafen zu können, und ihr Körper hatte sie eines Besseren belehrt. Nun aber war sie wieder wach, die Anspannung war noch immer da – sogar größer als zuvor –, und sie spürte, dass jeder Versuch, sich zum Einschlafen zu zwingen, es nur noch schlimmer machen würde. Robin seufzte lautlos in sich hinein. Sie hatte sich in den letzten Tagen so oft den Kopf über die Frage zermartert, wer denn nun ihr Freund und wer ihr Feind sei, dass sie möglicherweise das Nächstliegende übersehen hatte. Vielleicht war die Einzige, vor der sie sich *wirklich* in Acht nehmen musste, sie selbst ...

Behutsam stemmte sie sich auf beide Ellbogen hoch und blinzelte aus noch immer vom Schlaf verquollenen Augen in die Runde. Es war nicht ganz so dunkel in dem winzigen Zelt, wie es ihr im allerersten Moment vorgekommen war. Matt drang das Licht eines nahen Lagerfeuers durch das Tuch der Zeltwand, und sie hörte Geräusche: das dumpfe Raunen und Wispern des Lagers selbst, das fast wie das Geräusch einer fernen, aber ungeheuer machtvollen Meeresbrandung klang, nur dann und wann unterbrochen vom einsamen Wiehern eines Pferdes oder einem einzelnen, metallenen Klang. Nicht weit entfernt klangen manchmal regelmäßige langsame Schritte auf und verschwanden dann wieder, wenn sich der Posten auf seiner Runde dem Zelt näherte und dann weiterging. Obwohl sie sich inmitten eines der größten Heere befanden, das die Kreuzfahrer jemals zusammengezogen hatten, hatten die Templer trotzdem die nötige Vorsicht walten lassen und ausreichend Wachen aufgestellt. Nicht weit entfernt schnarchte ein Mann so laut, dass das Geräusch ohnehin jeden anderen Laut bis hin zum Dröhnen einer näher kommenden Reiterarmee übertönt hätte.

Ihre Unruhe kehrte zurück. Eigentlich war sie niemals weg gewesen. Robin fragte sich erneut, was sie eigentlich geweckt hatte. Sie blinzelte in die Finsternis und lauschte noch einmal und noch konzentrierter, aber es blieb dabei: Sie war allein. Robin schalt sich in Gedanken eine hysterische Gans und wollte sich schon entspannt zurücksinken lassen, als sie eine Bewegung unter der Decke spürte.

Es war nicht einmal wirklich eine Bewegung, sondern kaum mehr als der Hauch einer Berührung, aber es *war da*, und es war etwas, das dort aber auch rein gar nichts zu suchen hatte. Etwas schob sich an ihrem Oberschenkel hinauf unter ihr Hemd. Stumpfe Krallen tasteten zitternd über ihre Haut. Etwas, fast so groß wie eine Hand, kroch an ihr hoch.

Robins Herz begann zu klopfen. Sie wagte es nicht, sich zu bewegen oder auch nur laut zu atmen. Sie spürte, wie ihr der Schweiß aus allen Poren rann, während das Kratzen und Schaben winziger harter Klauen auf ihrer Haut anhielt.

»Rühr dich nicht! Atme nicht einmal!«

Die Stimme erklang irgendwo neben und hinter ihr in der Dunkelheit. Sie hörte ein leises, eisernes Scharren, und Metall blitzte rot in dem schwachen Licht, das durch die Zeltbahn drang. Jemand war doch hier drinnen, und sie hatte sogar das Gefühl, die Stimme der in heiserem Flüsterton hervorgestoßenen Worte kennen zu müssen, war aber zugleich viel zu aufgeregt, um den Gedanken weiterzuverfolgen. Ihr Herz hämmerte immer lauter. Sie konnte nun sehen, wie sich etwas unter der dünnen Leinendecke bis hinauf zu ihrem Bauch schob und schließlich dort verharrte. Eine flache Wölbung unter der Decke ... Angst tobte in immer heftigeren Wellen durch ihre Adern und begann sich wie eine große, stachelige Faust in ihrem Magen zusammenzuballen. Ein Skorpion. Aber er musste viel größer als alle Skorpione sein, die sie bisher gesehen hatte!

Robin befolgte den Rat, den ihr der Schatten gegeben hatte, wenn auch nicht ganz freiwillig: Sie *konnte* gar nicht mehr atmen, denn die Angst schnürte ihr buchstäblich die Kehle zu.

»Ganz ruhig«, fuhr die Stimme hinter ihr fort. »Es ist gleich vorbei.«

Wieder hatte Robin das Gefühl, den Besitzer dieser Stimme kennen zu müssen, aber in ihrer Panik kam es ihr auch so vor, als höre sie einen Ton boshafter Vorfreude darin. Plötzlich war ihr alles klar. Der Skorpion hatte sich keineswegs zufällig in ihr Zelt verirrt, und schon gar nicht unter ihre Decke. Jemand hatte ihn herein*gebracht*, und ganz offensichtlich wollte sich dieser Jemand mit eigenen Augen davon überzeugen, dass sein feiger Mordanschlag auch von Erfolg gekrönt wurde. Das ergab zwar überhaupt keinen Sinn, aber Robin war in Todesangst und der Panik näher als jemals zuvor und zu keinem klaren Gedanken mehr in der Lage.

»Noch einen Schritt, und ich schreie«, flüsterte sie.

Der Schemen blieb tatsächlich stehen, und zu Robins nicht geringer Überraschung klang seine Stimme leicht amüsiert, als er antwortete: »Aber dann würde dich der Skorpion stechen, und du würdest sterben. Ich habe gehört, dass es ein sehr qualvoller Tod sein soll. Es dauert sehr lange.«

Die Kreatur unter ihrem Hemd machte einen einzelnen trippelnden Schritt und erstarrte dann wieder, wie um die Drohung des Fremden noch zu unterstreichen, und Robins Herz hämmerte mittlerweile so schnell, dass sie das Gefühl hatte, den Skorpion tatsächlich in ihrer Kehle emporkriechen zu spüren. Aber der Anblick weckte auch ihren Trotz.

»Dann bleibt mir wenigstens noch Zeit genug, um zuzusehen, wie man dich tötet«, sagte sie.

»Eine Todesdrohung als Gruß zur Nacht ...«, seufzte eine vertraute Stimme. »Ich hätte wirklich auf meinen Vater hören und mich nicht mit einem Weib einlassen sollen, das sich für einen Ritter hält.«

Robin riss ungläubig die Augen auf. »*Salim?!*«

»Bist du inzwischen noch eines anderen Mannes Weib, oder was soll die Frage?«, erwiderte Salim. Es *war* Salim, kein Zweifel! Robin hätte ihn auch dann erkannt, wenn er nicht in diesem Moment näher gekommen wäre, sodass das blasse Licht, das seinen Weg durch die Zeltbahn fand, auf sein Gesicht fiel. Aber wie war das möglich? Sie befanden sich mitten im Herzen des Heerlagers, nur einen Steinwurf vom Zelt des Königs entfernt!

»Das ... das ist jetzt wirklich nicht die richtige Zeit für deine Scherze«, antwortete sie gepresst. »Auf meinem Bauch ... sitzt ... ein Skorpion.«

»Ich weiß«, antwortete Salim. »Was mich viel mehr bewegt, ist die Frage: Ist es ein *männlicher* oder ein *weiblicher* Skorpion?«

»*Wie?!*«, ächzte Robin. Sie spürte den gepanzerten harten Leib des Skorpions über ihre Haut schrammen. Etwas hatte ihn beunruhigt. Er begann sich wieder zu bewegen. Ihr Blick hing wie gebannt auf der handgroßen Beule in der Decke, die sich langsam in Richtung ihrer Brüste vorwärts schob. Das Gefühl seiner winzigen harten Klauen auf der Haut war das vielleicht Grässlichste, was sie jemals erlebt hatte.

Salim hob unendlich langsam ein Ende der Decke an. Ein Ausdruck größter Konzentration erschien auf seinem Gesicht, aber da war zugleich noch immer etwas wie ein leicht amüsiertes Funkeln in seinen Augen, das Robin in einem Moment wie diesem vollkommen unangemessen schien; ganz gleich, welchen Grund es auch haben mochte.

Mit einem plötzlichen Ruck riss Salim die Decke herunter, und im gleichen Bruchteil eines Atemzuges wirbelte sein Schwert wie ein silberner Blitz durch die Luft. Die Klinge durchtrennte ihr Hemd, traf mit einem leisen, aber ungemein *hässlichen* Knirschen auf den Panzer des Skorpions und zerschmetterte ihn. Die Beine des winzigen Ungeheuers krallten sich im Todeskampf in ihren Bauch, und für einen fürchterlichen Moment war Robin sicher, den dünnen, weiß glühenden Schmerz zu spüren, mit dem sich der Stachel des sterbenden Tieres in ihre Haut bohrte, doch dann tropfte nur etwas Klebriges und auf widerwärtige Weise *Warmes* auf ihre Haut.

Robin atmete unendlich erleichtert auf, während Salim das Schwert von der rechten in die linke Hand wechselte und mit den frei gewordenen Fingern vorsichtig das zerschnittene Hemd zur Seite zog. Robin senkte den Blick, und ein neuerlicher eisiger Schauer lief ihr über den Rücken. Salims Klinge hatte das Tier präzise in der Mitte durchtrennt, ohne ihre Haut auch nur zu ritzen. Einzelne Beine des Skorpions zuckten noch, und Robin hatte plötzlich alle Mühe, ein entsetztes Stöhnen zu unterdrücken, als sie sah, wie groß sein Stachel war.

Salim beugte sich neugierig vor, griff mit spitzen Fingern nach den beiden Hälften des zerschnittenen Tieres und hielt sie ins schwache Licht, um sie eingehend zu begutachten. Dann nickte er.

»Ein Weibchen«, sagte er. Er klang erleichtert. »Ich kann Euch beruhigen, holde Jungfer. Eure Tugend war keinen Moment in Gefahr. Und meine Ehre auch nicht.«

Robin fand das nicht witzig. Besorgt sah sie zu, wie Salim mit dem mehr als fingerlangen Schwanz des riesigen schwarzen Skorpions spielte. »Sei vorsichtig«, sagte sie mit belegter Stimme. »Das Gift ...«

Salim fuhr leicht erschrocken zusammen, ließ die *vordere* Hälfte des Skorpions fallen und betastete mit der Fingerspitze den Stachel des toten Tieres. Dann zuckte er erneut zusammen, hob die Hand vor die Augen und runzelte die Stirn, während er den einzelnen Blutstropfen musterte, der aus seiner Fingerspitze quoll. »Tatsächlich«, sagte er. »Spitz wie eine Nadel.«

Robin schlug mit einem entsetzten Keuchen die Hand vor den Mund. »Salim! Dein Finger!«

»Ich habe mich gestochen, ja«, sagte Salim. »Das kommt davon, wenn man leichtsinnig ist.« Er ließ den toten Skorpion fallen, steckte den blutenden Finger in den Mund und fuhr leicht nuschelnd fort: »Was das angeht, sind sich Allah und euer Christengott ziemlich ähnlich. Kleine Sünden bestrafen sie manchmal sofort.«

»Aber das Gift!«, keuchte Robin.

»Was für ein Gift?«, fragte er. »Diese Sorte hat kein Gift.«

Robin starrte ihn an. »Wie bitte?«

»Sie ist so groß, dass sie es nicht braucht«, erklärte Salim. Er bückte sich nach dem Kelch, aus dem sie am vergangenen Abend getrunken hatte, tauchte einen Zipfel seines Gewandes hinein und begann mit dem nassen Stoff Blut und Schleim des toten Skorpions von ihrem Bauch zu wischen. Robin sog scharf die Luft zwischen den Zähnen ein, als sie die Berührung seiner Finger auf der Haut spürte.

»Du hast das gewusst«, sagte sie anklagend.

»Was?«, fragte Salim.

»Das mit dem Skorpion«, antwortete sie. »Dass er nicht giftig ist.«

Salim fuhr fort, mit dem feuchten Tuch über ihren Leib zu wischen, obwohl auf ihrer Haut längst nichts mehr war, was er hätte wegwischen können. Seine Berührung war auf eine sonderbare Weise nicht einmal angenehm, aber sie ließ Robin trotzdem erschauern.

»Aber woher hätte ich das wohl wissen sollen?«, fragte er mit fast überzeugend gespieltem Erstaunen. Er ließ den Tuchzipfel fahren, zog die Hand aber keineswegs zurück, sondern fuhr nun sacht mit den Fingerspitzen über ihren Bauch. Ganz instinktiv griff Robin nach seiner Hand, um sie wegzuschieben oder wenigstens festzuhalten, aber sie konnte weder das eine noch das andere.

»Du *hast* es gewusst«, beharrte sie. Ihr Atem ging ein wenig schneller, und statt seine Hand zur Seite zu stoßen, was in diesem Moment das einzig Vernünftige gewesen wäre, hielt sie sie einen Atemzug lang fest und schob sie dann ein kleines Stück weiter nach oben. Salim zog fragend die Augenbrauen hoch, lächelte aber dann und ließ seine Finger von sich aus weiter in dieselbe Richtung wandern. Robin wartete, bis sie ihr Ziel fast erreicht hatten, dann umschlang sie mit den Fingern sein Handgelenk, hielt es fest und schob ihn mit der anderen Hand ein kleines Stück weit von sich weg. »Hast du, oder hast du nicht?«

Salim verdrehte die Augen. »Also gut«, seufzte er, »ich gebe mich geschlagen. Ich habe es gehofft.«

»Gehofft?«, ächzte Robin. »Du hast es *gehofft?!*«

»Ich war sogar ziemlich sicher«, antwortete Salim. »Es gibt nur eine einzige Sorte Skorpione, die so groß werden, und die sind nicht giftig.«

»Und du hast es nicht für nötig befunden, es mir zu sagen?«, grollte Robin. »Ich hatte Todesangst!«

»Ich war ja nicht ganz sicher«, antwortete Salim mit dem unschuldigsten Gesicht der Welt. Dann grinste er plötzlich. »Außerdem sagt man, dass so ein kleiner Schrecken dann und wann ungemein anregend sein soll.«

»Du elender Schuft«, grollte Robin. »Weißt du, was ich dich könnte?«

Salims Grinsen wurde nur noch breiter. »Da würde mir schon das eine oder andere einfallen. Aber glaubst du wirklich, jetzt wäre der richtige Moment dafür? Ich meine: Es könnte jeden Moment jemand hereinkommen. Andererseits ...« Er seufzte, schüttelte dann jedoch plötzlich den Kopf und streifte dann in einer einzigen raschen Bewegung Turban und Mantel ab. Darunter trug er nur ein schlichtes, schwarzes Hemd.

Robin riss die Augen auf. »Was tust du da?«

»Wenn du es schon selbst sagst ...« Salim glitt mit einer so raschen Bewegung neben sie auf die Liege, dass Robin kaum begriff, was er tat, bevor er sie auch schon mit den Armen umschlang und ihre Lippen mit einem Kuss verschloss. Im allerersten Moment wehrte sie sich ganz instinktiv, aber ihr Widerstand schmolz so schnell dahin wie eine Schneeflocke am heißesten Tag des Jahres in der Wüste. Nach einem einzigen Atemzug erwiderte sie seine Umarmung nicht nur, sondern zog ihn mit aller Kraft an sich. Wie sehr, wie unendlich schmerzhaft hatte sie ihn vermisst, und wie sehr hatte sie sich nach diesem

Augenblick gesehnt! Robin hatte das Gefühl, vor lauter Glück, vor lauter Glückseligkeit zerspringen zu müssen, während sie seinen warmen Atem an ihrem Hals spürte und er mit halb erstickter Stimme all die Kosenamen flüsterte, die sie so sehr vermisst hatte. Seine Hand kroch unter ihr zerrissenes Hemd und erkundete jene Bereiche ihres Körpers, die sie sonst so sorgsam vor jedem neugierigen Blick verbarg. Die Berührung seiner Finger schien ihre Haut in Flammen zu setzen. Sie verzehrte sich vor Sehnsucht nach ihm.

Dennoch legte sie ihm nach wenigen weiteren Augenblicken die Hand auf die Brust und schob ihn sanft, aber nachdrücklich von sich weg. »Das ... das dürfen wir nicht, Salim«, flüsterte sie mit bebender Stimme.

»Wieso nicht?« Salims Lippen fuhren zärtlich an ihrem Hals empor und suchten nach ihrem Mundwinkel, und Robin musste sich mit aller Kraft beherrschen, um nicht laut aufzustöhnen. »Natürlich dürfen wir das«, flüsterte er. »Wir sind schließlich Mann und Frau.«

»Aber es ist viel zu gefährlich«, keuchte Robin. »Wenn uns jemand überrascht, sind wir beide verloren.«

»Da hast du Recht«, entgegnete Salim und küsste sie erneut und noch zärtlicher, und Robin gab auf. Sie hatte ohnehin nicht wirklich vorgehabt, sich zu wehren.

15. Kapitel

Obwohl sie sich fest vorgenommen hatte, es nicht dazu kommen zu lassen, war sie eingeschlafen, nachdem sie sich geliebt hatten, und sie erwachte nicht auf ihre gewohnte, rasche Art, sondern dämmerte ganz allmählich aus der Umarmung eines Schlafes, der zum ersten Mal seit einer Ewigkeit nicht mit Albträumen und Angst über sie gekommen war, in eine andere, höchst *reale* Umarmung hinüber, die sie mit einem Gefühl von Geborgenheit und Wärme erfüllte, das sie schon beinahe vergessen glaubte. Ein wohliger Schauer rann ihr über den Rücken, und sie lauschte noch einmal in sich hinein, wie um die Erinnerung noch einmal zurückzuzwingen. Nicht nur ihre Gedanken erinnerten sich, sondern auch ihr Körper. Auf ihren Lippen war noch immer der Geschmack seiner Haut, und ihr Schoß glühte von der Inbrunst, mit der sie ihn in sich gespürt hatte. Salim hatte sie zweimal genommen, das erste Mal wild und ungestüm und schnell, das zweite Mal so zärtlich und sanft, dass sie das Gefühl hatte, es hätte Stunden gedauert – und es musste Stunden gedauert haben, denn draußen war es bereits hell!

Robin fuhr mit einer fast entsetzten Bewegung hoch oder wollte es zumindest, aber das einzige Ergebnis ihres Versuches war ein scharfer Schmerz, der durch ihre Schulter schoss, und ein harter Ruck, mit dem sie zurückgerissen wurde. Salim lag auf ihrem Arm, und der klare Blick seiner Augen, mit dem er sie ebenso zärtlich wie besorgt musterte, sagte ihr, dass es nicht erst ihre hektische Bewegung war, die ihn geweckt hatte.

»Hast du schlecht geträumt?«, fragte er.

»Wir müssen auf!«, sagte Robin alarmiert. »Es ist bereits hell, und ...«

»Nein, das ist es nicht«, unterbrach sie Salim. »Es ist noch fast eine Stunde bis zu eurem Morgengebet.«

»Aber es ist ...« Robin brach verwirrt ab und betrachtete das rote Licht, das durch die dünnen Wände ihres Zeltes drang. Salim hatte Recht. Das rote Licht, das das Zelt nun viel intensiver erfüllte als vorhin, war der flackernde Schein von Lagerfeuern und Fackeln, nicht die Glut des Sonnenaufgangs. Ganz leise und weit entfernt hörte sie Stimmen.

»Anscheinend bist du nicht die Einzige hier, die keine sehr ruhige Nacht hat«, sagte Salim amüsiert. Das rote Licht, das durch die Zeltbahn drang, floss wie flüssiges Feuer über seine nackte Brust und verwandelte seine Haut nicht nur in geschmolzenes Kupfer, sondern ließ auch die Wärme aus Robins Schoß ausbrechen und sich in kribbelnden Wellen in ihrem ganzen Körper ausbreiten. Nur mit Mühe widerstand sie der Versuchung, seinen Körper nicht nur mit Blicken zu liebkosen.

»Du musst jetzt wirklich gehen, Liebster«, flüsterte sie.

»Muss ich das?« Salim küsste sie zärtlich auf die Stirn, verzog aber dann in übertrieben gespieltem Misstrauen das Gesicht. »Wieso? Erwartest du jemanden? Einen deiner Ordensbrüder vielleicht?«

»Ich hatte gehofft, dass Bruder Dariusz noch zu mir kommt, um mir seinen Segen zu erteilen«, antwortete sie ernsthaft, »aber ich fürchte, er hat es bisher nicht geschafft, zu uns zu stoßen.«

»Dariusz ist hier«, antwortete Salim. »Sein Zelt ist nur ein paar Schritte entfernt. Wenn du willst, kann ich ihn holen. Er hat gleich als Erstes nach dir gefragt, kaum dass er angekommen war.«

»Dariusz ist hier?«, wiederholte Robin alarmiert.

»Wir sind nahezu gleichzeitig hier eingetroffen«, bestätigte Salim. »Wir hätten sogar ein gutes Stück des Weges gemeinsam reiten können, aber ich fürchte, dein Freund ist kein sehr geselliger Mensch.«

Robin blieb ernst. »Wenn Dariusz hier ist, solltest du erst recht verschwinden. Er darf dich auf gar keinen Fall auch nur in meiner *Nähe* sehen. Er ist ohnehin schon misstrauisch. Und er ist der Schlimmste von allen.«

»Der Schlimmste von allen?«, wiederholte Salim. »Bist du sicher?«

Robin überlegte einen Moment lang ernsthaft, dann schüttelte sie den Kopf. »Nein.«

»Ich auch nicht.« Salim setzte sich mit einer fließenden Bewegung auf und griff nach seinem Hemd, zog es aber nicht an, sondern hielt es nur in der Hand und sah über die Schulter zurück und auf eine Art auf sie herab, die aus dem bloßen Kribbeln in ihrem Leib etwas anderes machte.

Aber er beließ es bei diesem Blick. Statt irgendetwas von dem zu tun, was sie in diesem Moment ebenso sehr herbeisehnte wie fürchtete, bückte er sich plötzlich und hob etwas auf, was Robin nach einigen Augenblicken – und zu ihrer nicht geringen Überraschung – als den Kadaver des toten Skorpions erkannte.

»Das ist seltsam«, sagte er in nachdenklichem Ton.

»*Was* ist seltsam?«

Salim wedelte mit dem halbierten Skorpion. »Ich hatte Recht, weißt du? Das hier *ist* die ungiftige Art, für die ich sie gehalten habe.«

»Soll das heißen, dass du bisher nicht ganz sicher warst?«, fragte Robin. Ein ganz leiser Unterton von Hysterie schwang in ihrer Stimme mit.

Salims Antwort bestand nur aus einem neuerlichen Grinsen, und Robin zog es vor, nicht weiter über die Bedeutung dieser

Geste nachzudenken. »Und ... was ist daran so seltsam?«, fragte sie stockend.

»Dass diese Sorte Skorpion gar nicht in dieser Gegend vorkommt«, antwortete er. »Eigentlich gibt es sie nur in der Negevwüste südlich von Jerusalem oder den Wüsten des Sinai.«

»Anscheinend wohl doch nicht«, erwiderte Robin nervös. »Oder der da hat sich ziemlich weit verlaufen.«

»Das dachte ich auch«, antwortete Salim stirnrunzelnd. »Manchmal verirren sie sich unter eine Decke oder in das Bett eines Menschen. Die Nächte hier sind sehr kalt, und sie suchen die Wärme. Aber dieses Tier ...« Er schüttelte nachdenklich den Kopf. »Es dürfte nicht hier sein.«

»Da kann ich dir nur beipflichten«, sagte Robin mit einem übertriebenen Schaudern, aber Salim blieb ernst. Er betrachtete den Kadaver des Skorpions noch einen Moment lang nachdenklich, dann ließ er ihn zu Boden fallen, sah sich aufmerksam im Inneren des Zeltes um und war dann mit einem einzigen, nicht einmal sehr großen Schritt an der Rückwand, wo er sich wieder in die Hocke sinken ließ.

»Das habe ich mir gedacht«, murmelte er.

Robin betrachtete fasziniert das Spiel von Licht und Schatten auf seiner Haut und seinem schlanken und doch muskulösen Rücken. Das warme Gefühl in ihrem Leib nahm zu, und es fiel ihr plötzlich schwer, weiter ruhig liegen zu bleiben oder sich auch nur auf seine Worte zu konzentrieren. »Was?«, fragte sie mühsam.

Salim warf ihr einen strafenden Blick zu. »Das.« Er deutete auf einen Schatten in der Rückwand des Zeltes, von dem sie selbst jetzt erst auf den zweiten oder dritten Blick bemerkte, dass es gar kein Schatten war, sondern ein gut handlanger, gerader Schnitt, offenbar mit einer sehr scharfen Klinge ausgeführt.

»Dieses Tier ist *nicht* zufällig hier hereingekommen. Es ist unter deine Decke gekrochen, weil es deine Körperwärme gespürt hat, aber zuvor hat es jemand hier hereingesetzt.« Ein dünnes, freudloses Lächeln spielte für einen Moment um seine Lippen und erlosch beinahe schneller wieder, als es gekommen war. »Du bist wirklich gut darin, dir innerhalb kürzester Zeit tödliche Feinde zu machen, habe ich dir das eigentlich schon einmal gesagt?«

»Nein«, antwortete Robin. »Nicht einmal. Tausendmal, wenn nicht mehr.«

»Aber ganz offensichtlich noch nicht oft genug.« Ein Ausdruck ehrlicher Sorge erschien auf seinem Gesicht, während er sich wieder aufrichtete und zu ihr zurückkam. »Wie hast du es nur geschafft, dir innerhalb einer knappen Woche schon wieder einen Todfeind zu machen?«

»Vielleicht hatte ich ihn schon vorher«, sagte Robin in nachdenklichem Tonfall.

Salim sah stirnrunzelnd auf sie herab. »Dariusz?« Er setzte dazu an, sein Hemd überzustreifen, aber Robin ergriff rasch seinen Arm und hielt ihn fest.

»Ich glaube, er ... weiß es«, sagte sie. »Zumindest hat er einen Verdacht. Er hat mir nicht wirklich geglaubt.«

»Soll ich ihn töten?«, fragte Salim.

Robin dachte tatsächlich einen Moment über diesen Vorschlag nach, aber dann erschrak sie über ihre eigenen Gedanken. Sie würde Dariusz keine Träne nachweinen, sollte ihm etwas zustoßen, aber über seine *Ermordung* nachzudenken? Wie weit war es mit ihr gekommen?

»Das würde es nur schlimmer machen«, sagte sie kopfschüttelnd. »Außerdem bin ich nicht einmal sicher, dass er wirklich dahinter steckt.« Sie wiegte nachdenklich den Kopf und erzählte ihm dann mit wenigen, möglichst sachlichen Worten, was seit ihrer Ankunft in Safet – aber auch auf dem Weg dorthin – geschehen war. Salim hörte ihr schweigend zu, aber vor allem in dem Teil, in dem sie von ihrem Gespräch mit Odo und dem Ordensmarschall berichtete, verdüsterte sich sein Gesicht zusehends.

»Du lässt wirklich keine Gelegenheit aus, dir neue Freunde zu suchen«, sagte er mit einem spöttischen Kopfschütteln. »Mein Vater wird höchst irritiert sein zu hören, wie seine angeblichen *Freunde* über ihn reden, wenn er nicht dabei ist.«

»Genau genommen«, verbesserte ihn Robin, »haben sie über *dich* gesprochen.«

Salim schoss einen giftigen Blick in ihre Richtung ab und zog es darüber hinaus vor, ihre Bemerkung zu ignorieren. »Ich erweitere mein Angebot gern auf euren Großmeister und Ridefort. Vielleicht sollte ich sie auch umbringen.«

»Warum nicht gleich den gesamten Orden?«, fragte Robin.

»Hätten sie dir auch nur ein Haar gekrümmt«, sagte Salim sehr ernst, »dann hätte ich es getan. Du bist mein Weib. Niemand bedroht meine Frau. Und einen Mordanschlag auf sie nehme ich persönlich übel.«

»Aus Sorge um mich«, fragte Robin, »oder weil es gegen deine Ehre geht?« Salim wollte auffahren, doch Robin fuhr mit leicht erhobener Stimme, aber trotzdem eher nachdenklichem Ton fort: »Ich bin nicht einmal wirklich sicher, dass es ein Mordanschlag gewesen ist.«

»Und wofür hältst du das?« Salim blickte fragend auf den toten Skorpion hinab.

Robin musste wieder an die sonderbare Nachricht denken, die sie auf ihrem Bett gefunden hatte. »Vielleicht eine Warnung?«

»Eine Warnung?« Salim lachte. »Ja, von einem guten Freund, den du im Orden hast, wie? Aber wer immer es war, hat in der Wahl seines Botschafters keine gute Hand bewiesen.« Er stupste den toten Skorpion mit dem Fuß an und lachte dann leise. »Es muss wohl stimmen, was ihr Christen über die Überbringer schlechter Nachrichten sagt.«

Robin blieb ernst. »Und wenn er es gewusst hat?«

»Was?«

»Dass der Skorpion nicht giftig ist.«

»Du meinst, jemand wollte dir nur einen Schrecken einjagen?«

»Wenn ja, dann ist es ihm gelungen«, antwortete Robin, zuckte mit den Schultern und schüttelte fast in der gleichen Bewegung den Kopf. »Es hätte in den letzten Tagen genug Gelegenheiten gegeben, mich zu töten. Gar nicht zu reden von der bevorstehenden Schlacht. Ein verirrter Pfeil, ein fehlgeleiteter Schwerthieb ...«

Salim schien einen Moment lang ernsthaft über diese Möglichkeit nachzudenken, aber schließlich machte er eine wegwerfende Geste. »Ihr Christen seid mir zu kompliziert. Außerdem spielt es keine Rolle mehr.«

»Wieso?«

»Du hast mich noch gar nicht gefragt, warum ich eigentlich hergekommen bin«, sagte Salim, ohne ihre Frage damit zu beantworten.

Robin lächelte schelmisch. »Ich dachte, das wüsste ich schon. Zweimal, wenn ich mich richtig erinnere.«

»Ach, das.« Salim machte eine wegwerfende Geste. »Ich wollte lediglich etwas ausprobieren, was mir eine der neuen nubischen Sklavinnen meines Vaters gezeigt hat, und ...«

Robin knuffte ihn in die Rippen, und Salim verzog mit einem übertrieben gespielten Keuchen das Gesicht und tat so, als krümme er sich vor Schmerz, und Robin nutzte die Gelegenheit, seine Hände zu ergreifen und ihn mit einem überraschenden Ruck zu sich herunterzuziehen.

»Lügner«, keuchte sie, nachdem sich ihre Lippen wieder voneinander gelöst hatten und sie wenigstens halb wieder zu

Atem gekommen war. »Dein Vater hat keine nubischen Sklavinnen.«

»Natürlich nicht.« Salims Hände strichen sanft über ihren Rücken. »Jetzt nicht mehr. Ich habe ihn gebeten, sie mir zu schenken. Das kannst du doch verstehen, oder? Ich meine: Du warst nicht da, und ich bin ein Mann mit gewissen Bedürfnissen.«

»Aber natürlich«, antwortete Robin. »Nur eins verstehe ich nicht: Wenn sie dir wirklich etwas Neues gezeigt hat, warum behältst du es dann für dich?«

Salims Hände hörten für einen Moment auf, sanft über ihren Rücken zu streichen. »Ich hätte dich doch bei dem Sklavenhändler lassen sollen.«

»Stimmt«, antwortete Robin. »Ich bin sicher, über kurz oder lang hätten wir uns aneinander gewöhnt. Im Grunde war er ein sehr gut aussehender Mann.«

»Er lebt noch«, sagte Salim. »Ich glaube, ich habe ihn vor kurzem gesehen, als ich unten in den Kerkern meines Vaters war. Die zwei Jahre dort haben ihm möglicherweise nicht besonders gut getan, aber wenn du ihn richtig pflegst ... soll ich meinen Vater bitten, ihn dir zu schenken?«

»Warum nicht?«, sinnierte Robin. »Die Mühe könnte sich lohnen. Ich wollte schon immer wissen, wie es mit einem richtigen Mann ist.«

Salim lachte zwar, aber Robin sah auch das warnende Glitzern in seinen Augen und spürte, dass sie im Begriff war, eine Grenze zu überschreiten, die sie besser nicht überschreiten sollte. Für einen Mann seines Volkes – noch dazu einen Mann mit *Macht* – ließ er ihr ungewöhnlich viel durchgehen, aber er konnte letzten Endes nicht aus seiner Haut. Und vielleicht war es auch gut so. Was sie vor Wochenfrist über Saila und ihre Tochter gedacht hatte, das galt vielleicht ebenso – vielleicht noch viel mehr – für sie selbst. Solange sie unter Salims Schutz stand, konnte sie sich beinahe jede Freiheit herausnehmen, aber sie tat ihm damit keinen Gefallen und sich selbst auch nicht.

»Hast du vorhin die Wahrheit gesagt über Dariusz?«, fragte sie. »Er ist wirklich hier?«

»Wir sind praktisch zusammen hier eingetroffen«, bestätigte Salim noch einmal, »wenn auch nicht gemeinsam. Sein weißer Mantel ist nun wirklich nicht zu übersehen. Er leuchtet meilenweit durch die Nacht. Wie eine Zielscheibe.«

»Du wirst ihm nichts tun«, sagte Robin ernst.

»Weil du so sehr um sein Wohl besorgt bist?«

»Weil ich nicht will, dass er *ermordet* wird«, sagte Robin ernst.

»Und das sagt die Schwiegertochter des Mannes, dem man nachsagt, er wäre Herr der Meuchelmörder und Attentäter?«

Robin schwieg dazu, aber sie wusste, dass dem nicht so war. Man sagte viel über Raschid Sinan, den Alten vom Berge, und manches davon mochte wahr sein. Manches kam der Wahrheit vermutlich nicht einmal nahe. Aber eines war er gewiss nicht: ein Mörder.

»Mach dir keine Sorgen«, sagte Salim und küsste sie erneut, lange und sehr zärtlich. »Ich bringe dich hier weg. Noch bevor es hell wird.«

Robin schob ihn überrascht ein kleines Stück von sich weg und versuchte sich unter ihm aufzurichten, aber Salim war zu schwer. Er stützte sich rechts und links von ihr mit den Ellbogen auf und ließ ihr gerade genug Raum, Hinterkopf und Schultern eine Winzigkeit von ihrem harten Lager zu erheben, rührte sich aber ansonsten nicht.

»Heute noch?«, fragte sie zweifelnd. »Noch vor der Schlacht?«

»Ganz bestimmt *vor der Schlacht*«, antwortete Salim, betont und mit einem sonderbaren Blick. »Ich bin wie der Teufel geritten, um dich hier wegzubringen, bevor dieser Irrsinn beginnt.«

Robin antwortete auch darauf nicht, und was hätte sie denn auch sagen sollen? Auch wenn sie das Gefühl bisher mit mehr oder weniger Erfolg unterdrückt hatte, so hatte sie doch tief in sich drinnen furchtbare Angst vor dem gehabt, was morgen geschehen würde. Trotzdem schob sie Salim abermals von sich, als er sie küssen wollte.

»Aber das geht nicht«, sagte sie fast erschrocken. »Ich kann nicht einfach am Morgen vor der Schlacht verschwinden! Alle werden glauben, ich wäre feige davongelaufen!«

»Wäre das denn so falsch?«, fragte Salim, hob aber rasch die Hand, als sie etwas sagen wollte, und schnitt ihr mit einer energischen Bewegung das Wort ab. Einen Moment lang blickte er noch ebenso nachdenklich wie verärgert auf sie herab, dann setzte er sich mit einem Ruck auf, schwang die Beine von der schmalen Pritsche und bückte sich nach seinem Hemd, das er vorhin fallen gelassen hatte, zog es aber noch nicht an, sondern sah nur über die Schulter auf eine so sonderbar abschätzende Art auf sie herab, dass Robin sich – absurd genug – plötzlich ihrer Nacktheit schämte und in einer fast unbewussten Bewegung die zerschlissene Decke, die zerknüllt und von ihrer beider Schweiß getränkt neben ihr lag, fast bis zu den Schultern hochzog.

»Du hast Angst, dass man Bruder Robin einen Feigling nennen wird, der vor der Schlacht geflohen ist«, fuhr Salim fort. »Niemand wird das tun.«

»Und wenn doch?«, hörte sich Robin fast zu ihrer eigenen Überraschung antworten. »Die Templer vergessen nicht. Ich möchte nicht, dass sie mich als Feigling in Erinnerung behalten.«

»Niemand wird sich an dich erinnern«, widersprach Salim ruhig. »Sie werden sich an *Bruder* Robin erinnern, einen jungen Ritter, der als Protegé eines alten Mannes in den Orden aufgenommen wurde und ein paar Jahre mit ihnen geritten ist. Vielleicht werden sie ihn einen Feigling nennen, aber das glaube ich nicht einmal. Sie werden ihn vergessen. Er wird ebenso spurlos wieder verschwinden, wie er aufgetaucht ist. Für immer.«

Robin wollte auffahren, doch Salim brachte sie abermals und mit einer diesmal eindeutig ärgerlichen Geste zum Verstummen. »Es ist vorbei, Robin. *Bruder* Robin ist tot. Er ist gestorben, gerade jetzt, in diesem Moment.«

Natürlich hatte er Recht, dachte Robin. Seit sich Dariusz' und ihre Wege wieder gekreuzt hatten, hatte sie sich nichts sehnlicher gewünscht, als dass dieser Albtraum endlich ein Ende haben würde, als dass sie wieder an Salims Seite, in den Schutz seiner starken Arme und die Sicherheit und das angenehme Leben in seiner Bergfestung Masyaf zurückkehren könnte. Und doch … warum erfüllte sie der Gedanke, einfach davonzulaufen, mit einer so sonderbaren Bitterkeit?

»Morgen zu dieser Stunde«, fuhr Salim fort und machte eine ausholende Bewegung mit der Hand, die die Hälfte des Lagers jenseits der Zeltplanen einschloss, »wird die Hälfte dieser Männer dort draußen tot sein und die andere Hälfte verwundet. Zu welcher Hälfte möchtest du gehören?«

»Ich habe einen Eid geschworen«, sagte Robin, ohne seine Frage damit direkt zu beantworten. Was hätte sie auch sagen sollen?

»Nein, das hast du nicht«, antwortete Salim heftig. »*Bruder Robin* hat diesen Eid geschworen. Aber damit ist es jetzt aus. Ich habe diesen Unsinn lange genug geduldet, doch jetzt ist es genug.«

»Unsinn?«, fragte Robin. »Was genau meinst du mit *Unsinn*?«

»Deine Ritterspielchen«, erwiderte Salim. Seine Stimme wurde keinen Deut lauter, aber merklich schärfer. Von einem Atemzug auf den anderen war aus dem berauschenden Moment ihres Wiedersehens etwas geworden, das Robin fast Angst machte. Es schien dunkler im Zelt zu werden. Und kälter.

»Spielchen«, wiederholte sie. »War es das, was ich die ganze Zeit für dich war? Ein Spielzeug?«

Blanke Wut blitzte in seinen Augen auf, aber er beherrschte sich. Nicht einmal seine Stimme wurde lauter. »Nein«, behauptete er, obwohl Robin in seinen Augen las, wie nahe sie der Wahrheit – zumindest in einem gewissen Sinne – damit gekommen war. Ein bitterer Geschmack war mit einem Mal in ihrem Mund. »Nicht du. Aber das, was du tust. Ich habe dich bisher gewähren lassen, weil ich weiß, wie viel dir dieser alberne Wappenrock und ein Schwert bedeuten. Und ich weiß, wie gut du mit einer Waffe umzugehen verstehst. Besser als so mancher Mann, den ich kenne. Die Hälfte meiner Assassinen wäre dir nicht gewachsen. Aber in dieser irrsinnigen Schlacht, in die euer König euch heute führt, zählen ein Kettenhemd und ein gutes Schwert nicht viel. Viele Männer werden heute sterben, Männer, die stärker sind als du, tapferer und ebenso geübt mit ihren Waffen. Es ist eine Sache, deine Klinge in einen freundschaftlichen Kampf mit mir zu kreuzen oder auch einem einzelnen Mann in einem fairen Duell gegenüberzutreten, aber eine ganz andere, sich zehntausender Lanzenreiter gegenüberzusehen oder einem Hagel von Pfeilen. Selbst ich wäre ganz und gar nicht sicher, die Schlacht zu überleben oder auch nur ohne schwere Verwundungen davonzukommen. Ich werde nicht zulassen, dass du dein Leben wegen eines albernen Schwurs riskierst.«

Er schüttelte noch einmal und noch heftiger den Kopf. Seine Stimme wurde eine Spur lauter. »Ich bin hergekommen, um dich zu holen, und ganz genau das werde ich jetzt tun. Wir werden dieses Lager und diesen Landstrich verlassen und nach Masyaf zurückkehren, und es wird keinen Bruder Robin mehr geben.«

Es fiel Robin immer schwerer, sich zu beherrschen. Natürlich hatte er Recht, mit jedem Wort, das er gesagt hatte. Und dennoch erfüllte sie der bloße Gedanke, einfach davonzulaufen, mit einem Gefühl von Scham, das fast körperlich wehtat. Hatten sie die Jahre, die sie mit Bruder Abbé verbracht hatte, so verändert? Obwohl sie das Leben bei den Templern – zumindest bis zu ihrer Ankunft in diesem Land – geliebt hatte und obwohl sie frühzeitig hatte lernen müssen, sich ihrer Haut zu wehren und ihr Leben auch mit der Waffe in der Hand zu verteidigen, blieb sie doch eine Frau, die das Töten hasste und Gewalt und Kampf aus tiefstem Herzen verabscheute; gerade *weil* sie so oft erlebt hatte, welch unendliches Leid und wie viele bittere Tränen und tiefen Schmerz ein beiläufig erteilter Befehl, eine unbedachte Bewegung oder eine bloße taktische Entscheidung verursachen konnten. Vielleicht, dachte sie, hatte Salim ja gerade eine Wahrheit ausgesprochen, vor der sie bisher stets die Augen verschlossen hatte. Vielleicht war alles, was bisher geschehen war, für sie im Grunde nichts weiter als ein Spiel gewesen. Ein Spiel mit dem Feuer, das mehr als einmal lebensgefährlich geworden war, aber trotzdem nicht mehr als ein Spiel.

»Ich habe draußen einen Beutel mit Kleidern versteckt«, fuhr Salim fort, nachdem er eine Weile vergebens darauf gewartet hatte, eine Antwort von ihr zu bekommen. »Du wirst dich umziehen.«

Robin blickte an sich herab. Sie trug nichts außer der zerschlissenen dünnen Decke. Die scherzhafte Bemerkung, die ihr auf der Zunge lag, schluckte sie jedoch vorsichtshalber herunter, als sie Salims Blick begegnete.

»Deine Rüstung und dein Schwert nehmen wir mit«, fuhr Salim fort, »damit dein Verschwinden nicht sofort auffällt. Später können wir sie irgendwo vergraben. Meinetwegen kannst du sie auch behalten und dir als Andenken an die Wand deines Zimmers hängen, aber du wirst diese Kleider nie wieder tragen.«

Robin wagte nicht, zu widersprechen. Salim war nicht wirklich lauter geworden, auch nicht wirklich schärfer, doch in seiner Stimme war mit einem Male etwas, das jeden Gedanken an Widerspruch von vornherein ausschloss. Und er hatte ja Recht, dachte sie traurig. Sie hatte sich auf ein gefährliches Spiel eingelassen, und eigentlich grenzte es jetzt schon fast an ein Wunder, dass sie überhaupt noch lebte.

Salim nickte noch einmal, um seine Worte zu bekräftigen, dann setzte er dazu an, sein Hemd überzustreifen, und genau in dem Moment, in dem er die Arme über den Kopf hob, wurde die Zeltplane vor dem Eingang zurückgeschlagen, und Rother kam herein.

Für einen Moment war es Robin, als wäre die Zeit stehen geblieben. Der junge Ritter machte einen einzelnen, gebückten Schritt in das Zelt, hob dann den Kopf und erstarrte mitten in der Bewegung. Trotz des nur blassen Lichtes konnte Robin sehen, wie alle Farbe aus seinem Gesicht wich und seine Augen groß wurden. »Also doch ...«, flüsterte er.

Salim fuhr so heftig zusammen, dass das Hemd seinen Fingern entglitt und zu Boden fiel. Seine Hand zuckte zur Hüfte, wo er normalerweise sein Schwert trug, und er sprang in der gleichen Bewegung auf die Füße. Rother keuchte, prallte zurück und war dann ebenso schnell wieder aus dem Zelt verschwunden, wie er aufgetaucht war, und Salim setzte mit einem wütenden Knurren dazu an, ihm hinterherzustürmen.

»Salim! Nicht!«, keuchte Robin.

Salim machte einen weiteren Schritt und war schon fast aus dem Zelt heraus, prallte aber dann zurück und sah einen Moment lang so wütend aus, wie sie ihn noch nie zuvor erblickt hatte; aber auch unendlich verwirrt und hilflos.

»Was?« Seine Stimme war schrill. »Ich muss ihn aufhalten!«

»So?« Robin machte eine sprechende Kopfbewegung, und der Ausdruck von Hilflosigkeit auf Salims Gesicht nahm noch zu, als sein Blick ihrer Geste folgte und er an sich herabsah. Er war vollkommen nackt.

»Aber er hat uns gesehen!«, murmelte er. »Wenn er Alarm schlägt ...!«

Robin setzte sich mit einem Ruck auf. Die Decke glitt an ihr herab, aber sie zog sie mit einer instinktiven Bewegung wieder hoch; nur, um sie im nächsten Moment erneut fallen zu lassen. Rasch erhob sie sich von ihrer Lagerstatt und bückte sich nach ihrem Kleid.

»Verschwinde von hier«, sagte sie. »Schnell, bevor er tatsächlich Alarm schlägt und die anderen hier sind!«

Salim rührte sich nicht. Er sah sie nur fast erschrocken an. »Bist du verrückt?«, murmelte er. »Wir müssen weg. Sofort!«

Robin schlüpfte mit einer raschen Bewegung in das grobe, baumwollene Unterkleid, das ihr gerade bis zur Mitte der Oberschenkel reichte, beugte sich hastig vor und strampelte ihre Beine in die knielangen Leinenhosen und verknotete den einfachen, weißen Strick, der als Gürtel diente. »Verdammt!«, keuchte sie. »Zieh dich endlich an und verschwinde von hier! Wenn er mit Verstärkung zurückkommt, haben wir sowieso keine Chance zu entkommen. Das ganze Lager wird uns suchen. Du kannst dich vielleicht in einen Schatten verwandeln, aber kannst du dich auch unsichtbar machen?«

Salim sah sie einfach nur weiter fassungslos an. Sie hatte ihn noch nie so hilflos und zornig zugleich wie jetzt erlebt. Auch Robin war der Panik nahe, schlüpfte aber dennoch mit einer sehr schnellen Bewegung in die beiden eng anliegenden Beinlinge, die sie über die Waden bis zum Oberschenkel hochzog. Um ihr Leibchen mit dem Gürtel der Hose zu verknoten, musste sie noch einmal ihr Hemd anheben. »Salim!«, sagte sie beschwörend.

»Du kannst nicht hier bleiben«, murmelte Salim. »Er hat uns gesehen.«

Er hatte weit mehr als das, dachte Robin betrübt. Er hatte Salim gesehen, einen Mann, den er zwar nicht von Angesicht kannte, aber da er nackt und breitbeinig auf ihrer Lagerstatt gesessen hatte, ganz eindeutig ein *Mann*, und er hatte auch sie eindeutig mit nichts als einer dünnen Decke bekleidet hinter ihm liegen gesehen. Vielleicht war es ja zu dunkel für seine Augen gewesen, um zu erkennen, was sie wirklich war, doch Robin hätte in diesem Moment nicht sagen können, welcher der beiden Eindrücke, die Rother gewonnen haben musste, in seinen Augen der schlimmere war. Vermutlich spielte es auch keine Rolle.

Sie angelte nach ihrem Kettenhemd, hielt aber dann mitten in der Bewegung inne und warf Salim einen weiteren, flehenden Blick zu, und endlich erwachte er aus seiner Erstarrung. Rasch bückte er sich nach seinem Hemd, streifte es über und wollte gerade nach seinem Mantel greifen, als von draußen schnelle, schwere Schritte näher kamen. Salim sah erschrocken zum Eingang hin – und war dann einfach verschwunden.

Obwohl Robin schon mehr als einmal erlebt hatte, wie schnell und lautlos er sich bewegen konnte, war sie für die Dauer eines Atemzuges so überrascht, dass sie einfach erstarrt dasaß und die Stelle anblickte, wo er gerade noch gewesen war. Etwas raschelte ganz leise, als Salim durch den Schnitt in der Rückwand des Zeltes verschwand, durch den ihr der unbekannte Attentäter in der Nacht den Skorpion hereingeschoben hatte. Sie hörte das Geräusch von reißendem Stoff, dann war er endgültig verschwunden, zusammen mit seinem Mantel, seinem Schwert und den Sandalen. Robins Herz machte einen erschrockenen Sprung in ihrer Brust, als sie sah, dass er seinen Turban zurückgelassen hatte. Hastig wollte sie sich danach bücken, doch es war zu spät. Die Plane vor dem Eingang wurde mit einem Ruck zurückgeschlagen, und zwei Gestalten betraten das Zelt. Bei einem der

Männer handelte es sich um Rother, und Robin hätte um ein Haar laut aufgestöhnt, als sie den anderen erkannte.

»Ihr werdet zu spät zum Morgengebet kommen, Bruder Robin«, sagte Dariusz. »Habt Ihr den Weckruf nicht gehört?«

Robin spürte, wie sie zur Antwort den Kopf schüttelte, doch die Bewegung erfolgte nahezu ohne ihr Zutun. Dariusz! Wieso war er hier? Was wollte er? Sie hatte keinen Weckruf gehört, und es hatte auch keinen gegeben, und selbst wenn – ein Mann wie Dariusz würde ganz gewiss nicht durch die Zelte gehen und jeden einzelnen Ritter wecken, damit er das Gebet nicht versäumte. Ihr Herz begann zu hämmern. Plötzlich zitterten ihre Hände so heftig, dass das Kettenhemd in ihren Fingern leise klirrte, und sie hatte Mühe, sein Gewicht überhaupt noch zu halten.

Dariusz' Blick glitt misstrauisch durch das Zelt, dann über ihr Gesicht und – für Robins Geschmack eindeutig zu lange und zu aufmerksam – über ihren Körper. Blieb er einen Herzschlag lang auf ihren Brüsten hängen? Sie trug nur das dünne Leinenkleid, unter dem sich ihr Körper viel zu deutlich abzeichnete, und mit einem Male fiel ihr siedend heiß ein, dass sich Salim in den letzten Wochen mehr als einmal lobend darüber geäußert hatte, wie voll und weiblich ihre Brüste geworden waren.

»Worauf wartet Ihr?«, fragte Dariusz grob. »So langsam, wie Ihr Euch ankleidet, Bruder, könnte man glauben, uns bliebe noch alle Zeit der Welt. Der Großmeister selbst wird heute Morgen die Prima leiten. Ihr wisst, wie streng die Strafen sind, wenn man zu spät erscheint? Schert Euch das gar nicht?«

Wieder tastete sein Blick aufmerksam über ihre Gestalt, und diesmal war Robin sicher, dass er länger als notwendig an ihrer Brust hängen blieb. Er *musste* es einfach sehen. Es war dunkel im Zelt, aber längst nicht dunkel genug.

Endlich löste sie sich aus ihrer Erstarrung und drehte sich möglichst unauffällig ein Stück zur Seite, damit sie die Bewegung nicht endgültig verriet, mit der sie die Arme hob und in das schwere Kettenhemd schlüpfte. Als ihr Blick wieder in Dariusz' Gesicht fiel, war sie sicher, es in seinen Augen spöttisch aufblitzen zu sehen. Er sagte nichts, aber Robins Verdacht, dass er es wusste, begann sich zur Gewissheit zu verdichten.

Und Rother? Während sie aufstand und sich hastig nach dem Gambeson bückte, versuchte sie unauffällig, einen Blick auf sein Gesicht zu erhaschen. Es gelang ihr nicht wirklich. Er stand halb hinter Dariusz und wich ihrem Blick aus, aber sie glaubte zu erkennen, dass er noch immer sehr bleich war.

Dann tat er etwas Sonderbares. Möglichst unauffällig schob er sich hinter Dariusz entlang, blieb wie durch Zufall dicht neben ihm stehen, und Robins Herz machte schon wieder einen erschrockenen Schlag und schien zu einem harten Kloß in ihrer Kehle zu erstarren, als sie das schwarze Tuch sah, das unmittelbar neben Rothers Fuß lag. Salims Turban! Vielleicht hatte Rother bisher geschwiegen, weil er nicht sicher war, wem Dariusz glauben würde, wenn sie einfach abstritt, was er gerade mit eigenen Augen gesehen hatte. Nun aber lag der Beweis direkt vor ihm.

Doch statt sich danach zu bücken und ihr Schicksal damit endgültig zu besiegeln, stieß Rother das Tuch mit einer raschen und doch unauffälligen Bewegung seines linken Fußes zwischen ihre Lagerstatt und die Zeltwand. Robin war so überrascht, dass sie sich nur noch mit Mühe beherrschen konnte und nicht einmal ganz sicher war, dass es ihr wirklich gelang.

»Soll Bruder Rother Euch beim Ankleiden helfen?«, fragte Dariusz spöttisch.

Robin verzichtete vorsichtshalber auf eine Antwort und beeilte sich, auch noch den Rest ihrer Kleidung anzulegen. Nachdem Dariusz ihren entsprechenden, fragenden Blick mit einem angedeuteten Kopfschütteln beantwortet hatte, verzichtete sie darauf, auch Schild, Helm und Schwertgurt mitzunehmen, und so vergingen nur mehr wenige Augenblicke, bis sie hinter ihm und Rother aus dem Zelt trat. Rings um sie herum flackerten offene Feuer und Fackeln, und sie sah, dass die meisten ihrer Brüder tatsächlich schon wach und angekleidet waren und sich einige von ihnen bereits, wenn auch ohne Hast, in Richtung des kleinen Platzes in der Mitte des Lagers bewegten, auf dem die Morgenmesse stattfinden sollte.

Nachdem Dariusz gerade so sehr zur Eile gedrängt hatte, wurden nun auch seine Schritte langsamer, kaum dass sie das Zelt verlassen hatten. Nach ein paar Schritten schlenderte er geradezu dahin, und Robin hatte das Gefühl, sie müssten nur noch eine Winzigkeit langsamer gehen, um vollends stehen zu bleiben. Sie wagte es nicht, eine entsprechende Bemerkung zu machen oder gar eine Frage zu stellen, aber sie versuchte, Rother einen fragenden Blick zuzuwerfen. Der junge Ritter antwortete mit einem nur mit den Augen angedeuteten Kopfschütteln, das Robin aber eher verwirrte, als ihr irgendwie weiterzuhelfen. Sie verstand einfach nicht, warum er Dariusz bisher so ganz offensichtlich noch nicht Bericht erstattet hatte; und sie verstand noch sehr viel weniger, warum er das verräterische Tuch weggestoßen hatte. Damit hatte er ihr nicht nur das Leben gerettet, sondern sich auch selbst in höchste Gefahr gebracht. Robin zweifelte nicht daran, dass sie sich noch vor Beginn der Schlacht nebeneinander auf demselben Scheiterhaufen wiedergefunden hätten, hätte Bruder Dariusz es gesehen und das Tuch gefunden und die richtigen Schlüsse daraus gezogen. Ob Rother auch nur ahnte, welches Risiko er eingegangen war?

»Du wirst dich sicher fragen, warum ich dich angetrieben habe, wo wir doch so sichtlich viel Zeit bis zur Prima haben«, sagte Dariusz plötzlich und von einem Moment auf den anderen zum vertraulichen *Du* wechselnd.

Robin schwieg. Wenn Dariusz irgendein grausames Spiel mit ihr spielen wollte, so konnte sie ihn nicht daran hindern, aber sie würde gewiss nicht auch noch freiwillig dabei mitmachen.

»Ich will es dir sagen, Bruder Robin«, fuhr Dariusz fort und blieb nun endgültig stehen. »Ich habe es getan, um dir all das hier zu zeigen.«

Robin schwieg beharrlich weiter.

»All diese Männer hier«, fuhr Dariusz mit einer deutenden Geste in die Runde fort. »All unsere Brüder, all die weltlichen Ritter und Gefolgsleute, all die freiwilligen Kämpfer, ob Ritter oder der niedrigste Schildknappe, haben sich in der vergangenen Nacht auf die Schlacht vorbereitet. Viele haben gebetet. Manche haben getrunken, und manche haben gesündigt und sich der fleischlichen Lust hingegeben. Ein jeder auf seine Art. Hast du das ebenfalls getan, Bruder Robin?«

Robin erschrak bis ins Mark. »Was?«, fragte sie mit belegter Stimme. Ihr Herz klopfte bis zum Hals. Wusste Dariusz doch Bescheid und war des grausamen Spiels überdrüssig geworden?

»Dich auf die Schlacht vorbereitet und Gott um Beistand und Schutz gebeten«, antwortete Dariusz.

»Selbstverständlich«, sagte Robin rasch. Dariusz' Augen wurden schmal, und Robin ließ einen kurzen Moment verstreichen und fügte mit einem leicht verlegenen Lächeln hinzu: »Nun, um ehrlich zu sein: Ich habe gebetet, aber vielleicht nicht so viel, wie ich gesollt hätte. Ich war sehr müde und habe geschlafen, um Kraft für den heutigen Tag zu sammeln.«

»So?«, fragte Dariusz. »So ausgeruht siehst du aber gar nicht aus.«

»Ich habe nicht besonders gut geschlafen«, räumte Robin ein.

»Am Abend vor einer Schlacht ist das nur verständlich«, sagte Dariusz. »Hast du Angst?«

»Nein«, antwortete Robin. In diesem Moment war das nicht einmal gelogen. Sie war einfach nur verwirrt.

»Dann bist du ein Dummkopf«, sagte Dariusz. »Keiner dieser Männer hat in der vergangenen Nacht gut geschlafen, aus Angst vor dem, was heute geschieht. Auch ich habe Angst. Es ist nicht schwer, Mut zu zeigen, wenn man keine Angst kennt.«

Robin sah ihn fragend an, schwieg aber immer noch. Worauf wollte Dariusz hinaus?

»Es wird deine erste große Feldschlacht, habe ich Recht?«, fuhr Dariusz fort.

Robin nickte.

»Was würdest du darum geben, nicht daran teilhaben zu müssen?«, fragte Dariusz.

»Bruder?«, murmelte Robin.

»Die Hälfte der Männer hier hat Gott den Herrn in dieser Nacht insgeheim angefleht, diesen Kelch an ihnen vorübergehen zu lassen«, sagte Dariusz geradeheraus. »Ich vermute, selbst einige unserer eigenen Brüder, und ich kann es ihnen nicht einmal verdenken. Angst ist nichts Verwerfliches, Bruder Robin. Gott hat uns die Angst gegeben, um unsere Leben zu beschützen.«

Robins Verwirrung wuchs mit jedem Wort, das sie hörte. War das wirklich derselbe Dariusz, den sie kannte? Nein. Es *musste* eine Falle sein! Aber sie verstand einfach nicht, worauf er hinauswollte.

Dariusz ging weiter, und Robin folgte ihm. Als Rother sich ihnen anschließen wollte, scheuchte Dariusz ihn mit einer fast unwilligen Geste fort und wartete, bis er außer Hörweite war. Robin fiel allerdings auch auf, dass er ihnen trotzdem folgte, wenn auch nun in größerem Abstand.

»Du hast noch nie zuvor eine wirkliche Schlacht erlebt, nicht wahr?«, fuhr Dariusz fort, aber er erwartete nicht wirklich eine Antwort, denn er redete praktisch sofort weiter. »Den Lärm. Den

Gestank nach Blut und Schweiß. Die angreifenden Feinde. Die Schreie und der Anblick der sterbenden Freunde. Die Angst. All das ist grauenhaft, Bruder Robin. Manchmal frage auch ich mich, warum Gott der Herr ein solch gewaltiges Opfer von uns verlangt.«

»Worauf wollt Ihr hinaus, Bruder Dariusz?«, fragte Robin leise. »Warum erzählt Ihr mir das alles?«

Dariusz blieb abermals stehen. »Du bist noch sehr jung, Robin. Ich weiß, wie gut du mit Schwert und Speer umzugehen verstehst und was für ein ausgezeichneter Reiter du bist. Aber dein Leben hat gerade erst begonnen. Es wäre eine Sünde, es wegzuwerfen.«

»Ich verstehe nicht genau, worauf Ihr ...«

»Du musst heute nicht mit uns reiten, Bruder Robin«, sagte Dariusz. »Ich kann dich mit einer dringenden Botschaft zurück nach Safet schicken. Einer Botschaft, die zu wichtig ist, um sie irgendeinem beliebigen Soldaten anzuvertrauen.«

»Dann schickt Rother«, antwortete Robin in schärferem Ton, als sie selbst beabsichtigt hatte. »Er hat sich Eures Vertrauens doch schon in der Vergangenheit als würdig erwiesen, wenn ich mich nicht täusche.«

Sie war zu weit gegangen. In Dariusz' Augen blitzte es wütend auf, und einen Moment lang war sie vollkommen sicher, dass er sie schlagen würde. Aber dann gewann er seine Fassung zurück und nickte nur.

»Er könnte dich begleiten, wenn du so sehr um sein Wohl besorgt bist«, sagte er gepresst. »Ein Schwert mehr oder weniger wird den Ausgang der Schlacht kaum verändern. Vor allem jetzt nicht«, fügte er finster hinzu, »wo man uns praktisch zu Zuschauern der Schlacht degradiert hat.«

Robins Verwirrung stieg ins Unermessliche. Dariusz hatte ihr gerade mehr oder weniger angeboten, ihr die Flucht zu ermöglichen. Aber warum um alles in der Welt sollte er das tun? *Ausgerechnet Dariusz?*

»Was soll das?«, fragte sie. »Noch vor einer Woche ...«

»Vor einer Woche«, fiel ihr Dariusz ins Wort, »wusste ich noch nicht, was für mächtige Freunde du hast.«

»Wie?«, machte Robin verständnislos.

»Jemand hält seine schützende Hand über dich«, antwortete Dariusz. »Ich kann dir nicht sagen, wer es ist, doch es gibt jemanden, der nicht will, dass du zu Schaden kommst. Du wirst das Lager gleich nach der Prima verlassen und nach Safet reiten. Ob du Bruder Rother mit dir nimmst oder nicht, ist deine Entscheidung, doch du wirst gehen, noch bevor die Sonne aufgeht. Und nun komm, bevor wir noch tatsächlich zu spät zum Gebet kommen.«

16. Kapitel

Die Zahl der Tempelritter war gestiegen. Als sie Safet verlassen hatten, waren sie siebzig gewesen. Jetzt waren es an die zweihundert Männer, die im Kreis um Odo von Saint-Amand niedergekniet waren und mit ehrfürchtig gesenkten Häuptern seinen Worten lauschten. Auch Robin kniete mit gebeugtem Nacken und gefalteten Händen da, aber sie lauschte nicht, und als die Männer rings um sie herum zu singen begannen, bewegten sich zwar ihre Lippen, doch sie hätte nicht einmal sagen können, welches Lied es war.

Robin war noch immer vollkommen verwirrt. Dariusz' Worte hatten einleuchtend geklungen, und sie hatte seine Wut gespürt, sich einem Befehl beugen zu müssen, der ihm so zuwider war – und doch spürte sie zugleich, dass etwas an seiner Geschichte nicht stimmte. Dariusz war kein Mann, der sich so ohne weiteres erpressen ließ oder zu irgendetwas zwingen. Aber warum sollte ausgerechnet er dafür sorgen wollen, dass ihr nichts geschah?

Sosehr sie sich auch den Kopf über diese Frage zerbrach, sie fand keine Antwort, und sie war so sehr in ihre Gedanken versunken, dass sie nicht einmal merkte, als die Prima zu Ende ging und der Großmeister die Krieger Gottes mit seinem Segen entließ. Sie war die Letzte, die sich erhob, und selbst das nur, weil sie die missbilligenden Blicke der anderen rings um sich herum spürte. Rasch sprang sie auf, rief sich in Gedanken zur Ordnung und spürte selbst, wie wenig dieser Versuch fruchtete; ganz im

Gegenteil schien ihre Nervosität eher noch anzuwachsen, und als sie sich umdrehte und die Hände dabei weiter gefaltet vor der Brust hielt, tat sie es nicht, um stumm weiterzubeten, wie manche der Männer hier, sondern einzig, damit man ihr Zittern nicht sah.

Verstohlen suchte sie nach Rother. Er war ganz in ihrer Nähe niedergekniet, um zu beten, und er folgte ihr auch jetzt in nur wenigen Schritten Abstand, doch er wich ihren Blicken so beharrlich aus, dass Robin den Gedanken verwarf, ihn anzusprechen.

Bruder Dariusz wartete am Rande des freigebliebenen Platzes im Herzen des Lagers, auf dem sie sich zum Gebet versammelt hatten. Robin zerbrach sich einen Moment lang fast panisch den Kopf darüber, wie sie ausweichen könnte, ohne dass es auffiel oder er Gelegenheit fand, sie zurückzurufen, aber natürlich ließ Dariusz es gar nicht erst so weit kommen. Sie war noch gute zehn oder zwölf Schritte von ihm entfernt, als er auch schon die rechte Hand hob und sie zu sich befahl; in der anderen hielt er etwas Kleines, Weißes, das Robin im noch immer schwachen Licht des Morgens nicht richtig erkennen konnte; wahrscheinlich die Nachricht, von der er gesprochen hatte. Robin bezweifelte, dass auf dem eng zusammengerollten Pergament irgendetwas von Wichtigkeit stand, falls überhaupt etwas. Gerade wollte er sie ansprechen, als hinter ihr eine scharfe, leicht verärgert klingende Stimme ihren Namen rief.

Robin zögerte, und aus ihrem unguten Gefühl wurde etwas anderes, als sie den halb erschrockenen, halb auch verärgerten Ausdruck auf Dariusz' Gesicht gewahrte, als auch dieser den Blick hob und nach dem Rufer Ausschau hielt. Mit klopfendem Herzen drehte sie sich um.

Niemand anderes als Odo von Saint-Amand und der Ordensmarschall selbst kamen mit raschen Schritten auf sie zu. Odo sah müde aus. In seinem ohnehin abgespannt wirkenden Gesicht waren neue, tiefe Linien erschienen, und seine Schritte wirkten ein ganz kleines bisschen schleppend, als trüge er eine unsichtbare Last auf den Schultern. Vermutlich hatte er in dieser Nacht nicht besonders viel geschlafen. Auch Ridefort wirkte auf die gleiche Art erschöpft, viel mehr jedoch noch verärgert.

»Bruder Robin«, begann der Ordensmarschall. »Was ist das? Eine Herausforderung oder nur Nachlässigkeit?«

Robin verstand nicht einmal, wovon er sprach, doch sie wäre auch nicht dazu gekommen, zu antworten, denn Ridefort blieb zwei Schritte vor ihr stehen, machte eine herrische Handbewegung und fuhr in noch schärferem, lauterem Ton fort: »Wo sind Euer Schwert und Helm? Wieso erscheint Ihr barhäuptig und ohne Waffen zur Messe?«

Robin drehte sich verwirrt zu Dariusz um. Erst jetzt, im Nachhinein, fiel ihr auf, dass sie tatsächlich die Einzige unter allen Männern hier war, die weder ihren Helm noch ihre Waffen mitgebracht hatte. Sie warf Dariusz einen fast flehenden Blick zu – schließlich war er es gewesen, der sie angewiesen hatte, beides in ihrem Zelt zurückzulassen, wenn auch nicht mit Worten –, den der grauhaarige Tempelritter jedoch ignorierte. Um ein Haar hätte sie das, was sie nur dachte, laut ausgesprochen, schluckte die Worte jedoch im letzten Moment herunter. Dariusz die Schuld an ihrem Fehler zu geben (auch, wenn es die Wahrheit war) hätte es nur schlimmer gemacht.

Unsicher drehte sie sich wieder zu Ridefort und dem Großmeister um. In Rideforts Augen brodelte die blanke Wut, eine Wut, von der Robin schwerlich glauben konnte, dass ihr Grund einzig die kleine Verfehlung war, deren sie sich schuldig gemacht hatte, während Odo sie kalt, aber auf eine Art maß, die fast schlimmer erschien als die Blicke, mit denen Ridefort sie aufzuspießen versuchte.

»Mir scheint, Ihr seid mit Euren Gedanken nicht ganz bei der

Sache, Bruder Robin«, sagte der Marschall. »Ihr werdet Euch nach der Schlacht bei mir melden, um Eure gerechte Strafe in Empfang zu nehmen.«

»Ich bitte Euch, seid nicht zu streng mit Bruder Robin.«

Robin drehte sich abermals überrascht zu Dariusz um, und sie bemerkte aus den Augenwinkeln, wie auch Ridefort den Kopf wandte und fragend die Stirn in Falten legte. Anscheinend war sie nicht die Einzige, die es immer noch zutiefst verwirrte, ausgerechnet von Dariusz in Schutz genommen zu werden.

»Es war wohl meine Schuld«, fuhr Dariusz fort. »Ich bin vor der Messe in Bruder Robins Zelt gewesen, um eine wichtige Angelegenheit mit ihm zu besprechen. Bei allem muss er vergessen haben, sein Schwert umzubinden. Ich hätte es merken müssen. Wenn Ihr jemanden für dieses Versäumnis bestrafen wollt, dann mich.«

»Und was gab es so Wichtiges zu besprechen, dass Bruder Robin darüber sogar seine Pflichten vergisst?«, fragte Ridefort.

»Ich habe Bruder Robin gebeten, für mich einen wichtigen Botenritt zurück nach Safet zu erledigen«, antwortete Dariusz.

»Einen Botenritt?«, wiederholte Ridefort, als wäre er nicht sicher, Dariusz tatsächlich richtig verstanden zu haben. »Zurück nach Safet? Einen Tagesritt? Jetzt?«

»Es handelt sich um eine Nachricht von äußerster Dringlichkeit«, antwortete Dariusz und wedelte mit einem zusammengebundenen Pergament, an dem Robin jetzt ein schmales Samtband und ein Siegel aus rotem Wachs erkannte, das im blassen Licht der heraufziehenden Dämmerung wie geronnenes Blut aussah. »Bruder Robin hat sich schon einmal als verlässlicher Bote erwiesen, und von allen hier ist er aufgrund seiner Jugend vielleicht der, den wir am leichtesten entbehren können.«

Robin schien in diesem Moment nicht die Einzige hier zu sein, der es schwer fiel, diese Erklärung zu glauben. Ridefort schwieg eine geraume Weile, in der er das Papier in Dariusz' Hand so durchdringend anstarrte, dass Robin fast sicher war, er würde im nächsten Augenblick die Hand ausstrecken und fordern, die Botschaft lesen zu können. Schließlich jedoch schüttelte er nur den Kopf, und ein dünnes, fast abfälliges Lächeln erschien auf seinen Lippen. »Ich fürchte, ich muss Eure Bitte abschlägig bescheiden, Bruder. Auch wenn der König in seiner unermesslichen Weisheit entschieden hat, uns heute aus dem Schlachtgeschehen herauszuhalten, so weiß man doch nie, was der Tag bringt. Es mag sein, dass wir doch kämpfen müssen, und sollte es dazu kommen, so kann es sehr wohl sein, dass wir jedes einzelne Schwert brauchen, selbst das eines so jungen Ritters. Zumal man mir berichtet hat, was für ein ausgezeichneter Kämpfer Robin trotz seiner Jugend bereits ist.«

»Aber ...«, protestierte Dariusz, doch diesmal war es Odo selbst, der ihn zum Schweigen brachte.

»Bruder Dariusz«, sagte er. »Ihr habt den Ordensmarschall gehört. Wollt Ihr mich zwingen, aus seiner Erklärung einen Befehl zu machen? Schickt einen anderen Mann mit Eurer Nachricht zurück nach Safet. Oder überbringt sie selbst, sobald die Schlacht vorüber ist. Spätestens beim nächsten Sonnenaufgang werden die Heiden besiegt und wir schon wieder auf dem Rückweg sein.«

Dariusz' Gesicht schien für einen Moment zu Stein zu erstarren. Seine Finger schlossen sich so fest um die Pergamentrolle, dass er sie zerknitterte, und Robin wäre nicht besonders überrascht gewesen, hätte er selbst dem Großmeister widersprochen. Dann aber deutete er nur ein Nicken an und trat respektvoll einen Schritt zurück. »Ganz, wie Ihr wünscht, Bruder.«

»Es ist schon erstaunlich, wie viele sich um das Wohl dieses jungen Ritters sorgen«, stellte Ridefort fest. »Vor allem solche, von denen man das am allerwenigsten erwartet hätte.«

»Was ... wollt Ihr damit sagen?«, erkundigte sich Dariusz.

»Nun, Ihr seid nicht der Erste, der an diesem Morgen mit dem Wunsch zu uns gekommen ist, Bruder Robin aus dem Schlachtgeschehen herauszuhalten«, antwortete Ridefort. Er machte eine unwillige Handbewegung hinter sich, und Robins Blick folgte der Geste. Im ersten Moment sah sie nichts außer Tempelrittern in weißen Mänteln, die sich rasch in alle Richtungen entfernten, dann gewahrte sie jedoch eine einzeln stehende Gestalt, die ganz am Rande des Gebetsplatzes stand und in ihrem schwarzen Mantel nahezu mit der Dunkelheit der Nacht verschmolz. Ihr Herz schlug schneller, als ihr klar wurde, *um wen* es sich handelte.

»Wer ist das?«, fragte Dariusz. Er klang verstört.

Ridefort lachte leise. »Einer unserer Verbündeten vom Berg Masyaf«, sagte er verächtlich.

»Ein ... Assassine?«, vergewisserte sich Dariusz.

»Ein Bote des Alten vom Berge, ja«, bestätigte Ridefort. Odo schwieg noch immer, doch obwohl Robin es sorgsam vermied, auch nur in seine Richtung zu blicken, konnte sie spüren, wie durchdringend er sie anstarrte. Salim? Salim war gekommen, um mit dem Großmeister selbst zu sprechen? Er musste den Verstand verloren haben!

»Leider ist er nicht gekommen, um die versprochenen Krieger zu schicken«, fuhr Ridefort fort, »sondern um etwas von uns zu verlangen.«

»Was?«, fragte Dariusz.

»Sheik Raschid Sinan fordert sein Eigentum zurück«, spie Ridefort regelrecht heraus. Er deutete anklagend auf Robin. »Unser junger Bruder hier muss ihn über die Maßen beeindruckt haben, als er sein Gast war. Er verlangt, dass er unverzüglich ausgeliefert und zurück nach Masyaf gebracht wird.«

»Mit welchem Recht?«, fragte Dariusz scharf. War das ein Unterton von Panik, den sie in seiner Stimme wahrnahm?

Ridefort lachte. »Mit keinem. Jedenfalls mit keinem, das für uns Gültigkeit hätte.«

»Vielleicht sollten wir nicht zu vorschnell mit unserem Urteil sein, Bruder«, wandte Odo ein. Seine Stimme klang so müde, wie sein Gesicht aussah, doch als Robin ihren Blick endlich von Salims schattenhafter Gestalt auf der anderen Seite des Platzes losriss und sich vollends zu ihm und dem Marschall umwandte, erkannte sie nicht die geringste Spur von Schwäche in seinen Augen.

»Ihr wollt doch dieser unverschämten Forderung nicht etwa nachgeben?«, fragte Ridefort.

»Natürlich nicht«, antwortete Odo. Er maß Robin mit einem raschen, seltsamen Blick. »Auf der anderen Seite sollten wir nicht vergessen, dass die Assassinen seit vielen Jahren unsere treuen Verbündeten sind. Überaus wichtige Verbündete. Vielleicht wäre es unklug, sie unnötig zu verärgern.« Er seufzte. »Sinan betrachtet Bruder Robin noch immer als sein Eigentum. Schließlich hat er ihn von einem Sklavenhändler gekauft.«

»Kein Christenmensch kann das Eigentum eines Heiden sein«, antwortete Dariusz zornig. »Und erst recht keiner, der das Kreuz unseres Ordens trägt. Ihr könnt nicht ernsthaft in Erwägung ziehen, einen der Unseren auszuliefern wie ein Stück Vieh, das dieser Heide auf dem Markt gekauft hat!«

Odos Gesicht verdüsterte sich, und auch Ridefort wirkte verärgert von dem übertrieben scharfen Ton, den Dariusz angeschlagen hatte; nur noch einen Deut davon entfernt, tatsächlich zu schreien. Trotzdem wandte er sich nach einem Moment mit einem zustimmenden Nicken an Odo.

»Ich hätte es vielleicht in andere Worte gefasst als Bruder Dariusz«, sagte er, »aber er hat Recht. Was würden die anderen dazu sagen, wenn sie davon erführen? Wir können keinen der Unseren in die Sklaverei ausliefern. Fragt diesen Heiden, welchen

Preis sein Herr für Bruder Robin bezahlt hat, und gebt ihm das Doppelte, bevor Ihr ihn zurückschickt.«

Odo wirkte unentschlossen. Auch er drehte sich um und musterte die dunkle Gestalt auf der anderen Seite des Platzes nachdenklich, bevor er einen leisen, aber fast resignierend klingenden Seufzer ausstieß. »Ja, so soll es geschehen«, sagte er. »Aber erst, wenn alles vorbei ist. Ich traue diesen Assassinen nicht. Sie sind nicht umsonst für ihre Verschlagenheit und Heimtücke bekannt.« Er seufzte noch einmal und fuhr dann mit finsterer Stimme und direkt an Dariusz gewandt fort: »Nehmt Euch einige Männer und setzt diesen Assassinen gefangen. Krümmt ihm kein Haar, aber tragt Sorge dafür, dass er das Lager nicht verlässt, bevor wir zurück sind. Danach gebt ihm, was seinem Herrn zusteht. Ich werde ihm einen persönlichen Brief an den Alten vom Berge mitgeben, in dem ich ihm meinen Standpunkt erkläre, und ich bin sicher, er wird ihn verstehen.«

Dariusz starrte ihn und Ridefort einen Moment lang abwechselnd und mit steinernem Gesicht an, doch dann wandte er sich mit einem gehorsamen Nicken um und eilte davon, um Odos Befehl auszuführen.

Robin sah ihm mit klopfendem Herzen nach. Ihre Kehle war wie zugeschnürt, als sie beobachtete, wie er auf Salim zuging und dabei Rother und drei weiteren Rittern mit einer Geste bedeutete, ihm zu folgen, und plötzlich spürte sie, wie kalt der Morgen noch immer war. Sie hatte Angst. Entsetzliche Angst.

Obwohl die Schlacht meilenweit entfernt war, ließ ihr Echo die Erde erzittern und dröhnte wie Donnerhall in Robins Ohren. Der Tag war so heiß geworden wie alle anderen zuvor, und obwohl Hunderte von Pferdehufen und Tausende von Füßen den Staub rings um sie herum in dichten Wolken hochwirbeln ließen, schien die Luft zugleich von einer seltenen Klarheit, sodass der

Blick zumindest von Robins erhöhter Position aus ungehindert meilenweit reichte – oder es jedenfalls getan hätte, wäre er nicht kurz vor der Spitze des Heereszuges von den steil emporstrebenden, mit kränklich aussehendem, dürrem Gras und vereinzelten, sonderbar verbrannt wirkenden Bäumen bewachsenen Hängen des Tales aufgehalten worden. Trotz des Schlachtenlärms, der über die Hügel heranwehte, schien gleichzeitig eine fast unheimliche Stille zu herrschen, als wären alle anderen Laute einfach erloschen, um dem Dröhnen der aufeinander prallenden Heere, dem Klirren von Stahl, den Todesschreien von Mensch und Tier Platz zu machen.

Robin fuhr sich müde mit dem Handrücken über das Gesicht und versuchte den Schweiß wegzublinzeln, der ihr immer wieder in die Augen lief und sie brennen ließ. Es war ein unheimlicher, fast bizarrer Anblick, der sich ihr und den anderen Tempelrittern bot, die auf Balduins Befehl hin in diesem schmalen Tal nordwestlich des eigentlichen Schlachtfelds Aufstellung genommen hatten. Ihr Auftrag – so hatte ihr Dariusz erklärt – lautete, den Truppen Faruk Schahs den Rückweg abzuschneiden, sobald es dem Hauptheer der Barone und Grafen sowie den Johannitern gelungen war, ihren Widerstand zu brechen und sie in die Flucht zu schlagen. Wäre es nach Dariusz' vollmundigen Worten gegangen, so hätte dies schon längst passiert sein müssen. Die Schlacht tobte jetzt seit einer guten Stunde, und obwohl immer wieder Reiter mit Nachrichten von der Schlacht über die Hügel zu ihnen gekommen waren, die nichts anderes besagten, als dass es genau so kam wie von Balduin und den Johannitern vorausgesehen. Die Sarazenen waren an allen Fronten geschlagen worden, aber trotzdem waren ihre Reihen offensichtlich doch noch nicht ganz zusammengebrochen. Trotz der schrecklichen Verluste, von denen Dariusz mit leuchtenden Augen berichtete, hatten sie sich zumindest bisher noch immer nicht zur Flucht gewandt, sondern hielten dem christlichen Heer wider aller Erwartung stand.

Während der letzten Zeit war Dariusz zusehends unruhiger geworden. Seine Finger spielten immer nervöser abwechselnd mit den Zügeln seines Pferdes und dem Schwertgriff in seinem Gürtel, und er bewegte sich unruhig im Sattel. Sein Blick wanderte unstet zwischen den Hängen rechts und links und dem schmalen Ausgang des Tales eine halbe Meile vor ihnen hin und her, und auf seinem Gesicht hatte sich ein Ausdruck zwischen Nervosität und Ungeduld ausgebreitet, der mit jedem Moment stärker wurde. Hätte irgendein anderer Mann als Dariusz neben ihr auf dem gewaltigen Schlachtross gesessen, Robin wäre sicher gewesen, dass er einfach unter der Hitze litt. Aber es war Dariusz, und Robin wusste, dass er eher sterben würde, bevor er sich anmerken ließ, dass ihm die Hitze ebenso sehr zu schaffen machte wie allen anderen hier. Was es ihm unmöglich machte, still im Sattel sitzen zu bleiben, das war das Wissen um die Schlacht, die auf der anderen Seite der Hügel tobte und an der er nicht teilhaben durfte. Sein Schwert gierte nach dem Blut der Feinde, und der bloße Gedanke, dass kaum mehr als eine Meile entfernt in diesem Moment eine Schlacht geschlagen wurde, die möglicherweise das Schicksal der gesamten Christenheit entscheiden konnte und er nicht daran teilhaben durfte, musste für ihn vollkommen unerträglich sein.

Robin hatte sich gehütet, noch einmal auf das Thema einzugehen, doch je länger sie Dariusz betrachtete, desto sicherer war sie, dass er sie am Morgen mit der Behauptung angelogen hatte, die Angst vor einem Waffengang ebenfalls zu kennen. Wenn Dariusz überhaupt wusste, was das Wort Angst hieß, so hatte es für ihn eine vollkommen andere Bedeutung als für sie und jeden einzelnen Mann hier.

Das Tal wurde vor ihnen schmaler, zugleich wuchsen seine

Wände weiter an, sodass es auf den letzten fünfzig Schritten beinahe zu einer lotrechten Schlucht wurde, ganz ähnlich der, hinter deren Biegung sie damals auf die vermeintlichen Plünderer gestoßen waren. Nach weiteren zwanzig oder dreißig Schritten machte der Canyon einen scharfen Knick, sodass sie nicht sehen konnten, was dahinter lag, und vielleicht war das der simple Grund, aus dem sie der Anblick mit einem so unguten Gefühl erfüllte. Die Bilder waren sich zu ähnlich und die Erinnerung an die Beinaheniederlage, die sie an einem fast identischen Ort erlitten hatten, noch zu frisch in ihrem Gedächtnis.

Robin versuchte sich selbst damit zu beruhigen, dass es diesmal anders kommen würde. Sie waren keine Hand voll Reiter, die unter dem Kommando eines heißblütigen Fanatikers einfach lospreschen würden, sondern eine ganze Armee, wenn auch nur einen Bruchteil so stark wie das Haupteer des Königs, das auf der anderen Seite der Hügel mit den Sarazenen focht, so doch das gewaltigste Heer, das Robin jemals gesehen hatte. Zu den gut zweihundert berittenen Templern hatte sich ein vielfach größeres Kontingent weltlicher Ritter unter dem Befehl Graf Raimunds gesellt, und dazu kamen Hunderte und Aberhunderte von Fußtruppen, deren Speere wie ein Wald aus scharf geschliffenem eisernem Schilf über die Wolke aus flirrendem Staub emporragten, durch den sich der Tross langsam weiter auf das Ende des Tales zubewegte.

Odo, der Ordensmarschall, und Dariusz bildeten die Spitze der Templer, die sich zu so etwas wie einer kleinen Armee innerhalb einer Armee zusammengeschlossen hatten, und nicht nur zu Robins Verwunderung hatte Dariusz darauf bestanden, dass auch sie selbst und Bruder Rother direkt neben ihm Aufstellung nahmen; eine Position, die weder ihr noch dem jungen Ritter aufgrund ihrer Stellung innerhalb des Ordens zukam. Dariusz hatte jedoch darauf bestanden, und da weder der Großmeister noch

Ridefort – obwohl sie einen überraschten Blick getauscht hatten – Einwände erhoben hatten, hatte es Robin nicht gewagt, diese Entscheidung zu hinterfragen. Vermutlich musste sie sich aber keine Sorgen machen. Wenn die Schlacht tatsächlich so lief, wie die Meldereiter berichteten, würde Raimunds Ersatzheer erst gar nicht zum Einsatz kommen.

Der grauhaarige Tempelritter neben ihr drehte plötzlich den Kopf und beschattete die Augen mit der linken Hand, um in Richtung eines einzelnen Reiters zu blinzeln, der in scharfem Tempo über die flachen Hügel zur Rechten herangesprengt kam. Der zweifarbige Wimpel an seiner Lanze identifizierte ihn als Meldereiter, und obwohl er direkt aus der Sonne herauskam und somit kaum deutlicher denn als schwarze Silhouette zu sehen war, glaubte Robin Wappenrock und Mantel eines Johanniters zu erkennen.

Ein so hochrangiger Ritter, der die einfache Aufgabe eines Boten übernahm?, dachte Robin überrascht. Das bedeutete entweder etwas ganz besonders Gutes oder etwas außergewöhnlich Schlechtes.

Sowohl Dariusz als auch Ridefort und der Großmeister schienen wohl zu demselben Schluss gelangt zu sein, denn die drei Ritter setzten sich wie ein Mann in Bewegung, um dem Boten entgegenzureiten, und auch Robin und Rother schlossen sich ihnen an, obwohl es unter normalen Umständen ein schweres Vergehen war, seinen Platz in der Schlachtordnung ohne ausdrücklichen Befehl zu verlassen. Aber Dariusz hatte sie schließlich strengstens angewiesen, immer und unter allen Umständen in seiner Nähe zu bleiben, selbst – und sogar ganz besonders! – wenn es wider Erwarten doch zum Kampf kommen sollte.

Nicht zum ersten Mal fragte sich Robin, warum eigentlich. Sie fand auch nicht zum ersten Mal keine Antwort darauf, aber die Frage beunruhigte sie jedes Mal, wenn sie sie sich stellte, ein wenig mehr. Dariusz tat nichts ohne Grund, und es fiel Robin ziemlich schwer, etwa daran zu glauben, dass er sein ungerechtes Verhalten ihr gegenüber bedauerte und die plötzliche Besorgnis vielleicht seine Art war, ihr Abbitte zu tun. Vielleicht hoffte er insgeheim ja immer noch, dass sie in die Schlacht eingreifen würden. Wenn es dazu kam, würde sich Robin zweifellos im Zentrum der schwersten Kämpfe wiederfinden, und sie war ganz und gar nicht sicher, ob sie dem Geschehen in ihrem Rücken dann nicht ebenso viel Aufmerksamkeit schenken musste wie dem, was vor ihr geschah …

Sie dachte einen Moment lang ernsthaft darüber nach, ob sie Dariusz einen heimtückischen Mord zutraute, und kam fast zu ihrem eigenen Erstaunen zu dem Ergebnis: nein. Trotz allem war Dariusz ein Mann, dem seine Ehre wichtiger war als sein Leben, möglicherweise sogar wichtiger als sein Glaube. Aber dieser Gedanke war nicht wirklich beruhigend. Dariusz würde sie niemals hinterrücks ermorden, aber er würde ohne Mühe einen Weg finden, sie zu beseitigen, der zu seinen verqueren Begriffen von Ehre und Gottesfurcht passte. Besser, sie blieb auf der Hut.

Robin schrak aus ihren Gedanken hoch, als die drei Reiter vor ihr plötzlich langsamer wurden und sie einen Deut zu spät reagierte. Um ein Haar wäre sie mit Dariusz zusammengeprallt, dem ihr Missgeschick natürlich nicht entging, der es aber erneut bei einem bloßen, ärgerlichen Blick bewenden ließ. Entweder, dachte Robin, er sammelte Punkte für eine lange Liste von Verfehlungen, die er ihr nach der Schlacht präsentieren würde, oder mit dem grauhaarigen Tempelritter war etwas geschehen, was ihn tatsächlich vollkommen verändert hatte. Robin konnte sich allerdings nichts Geringeres als das Erscheinen der Heiligen Jungfrau Maria persönlich vorstellen, was in der Lage gewesen wäre, das zu bewerkstelligen.

Die drei Tempelritter vor ihr waren langsamer geworden, um

Platz für zwei weitere Berittene zu machen, die sich ihnen dabei anschlossen, dem Boten entgegenzureiten. In einem von ihnen erkannte Robin überrascht niemand anderen als Graf Raimund selbst, den anderen kannte sie nicht, doch er trug eine prachtvolle Rüstung und einen mit goldenen und silbernen Motiven bestickten Mantel in königlichem Rot, woraus sie schloss, dass es sich ebenfalls um einen hochrangigen Adeligen handeln musste. Odo tauschte nur ein kühles Kopfnicken mit dem Grafen aus, während es Ridefort und Bruder Dariusz vorzogen, so zu tun, als hätten sie die beiden Neuankömmlinge gar nicht bemerkt; ein Verhalten, das mehr über die wahren Gefühle der Tempelritter aussagte, als ihnen vielleicht selbst bewusst war.

»*Sieg! Sieg!*«, schrie der näher kommende Reiter. Er hatte die Zügel seines Pferdes losgelassen, schwenkte die Lanze mit dem flatternden Wimpel an der Spitze und riss nun auch die andere Hand in einer triumphierenden Geste über den Kopf. »*Sieg!*«

Graf Raimund zügelte sein Pferd, und Robin konnte sehen, wie er überrascht den Kopf auf die Seite legte, als müsse er sich lauschend davon überzeugen, tatsächlich richtig gehört zu haben. Der Bote kam noch immer näher, wurde aber nun deutlich langsamer. Obwohl die Männer vor ihm hastig auseinander zu weichen versuchten, um ihm Platz zu machen, standen sie doch einfach zu dicht gedrängt, um schnell genug zurückzuweichen. Er schrie noch immer seine Botschaft, die aus einem einzigen Wort bestand, und nach und nach nahmen immer mehr Stimmen dieses Wort auf, bis das ganze Tal von Triumphgebrüll aus Tausenden Kehlen widerzuhallen schien.

Graf Raimund drehte sich halb im Sattel um und machte eine Geste mit der linken Hand. »Wartet hier«, sagte er, sowohl an seine Begleiter als auch an die drei Tempelritter gewandt. Praktisch gleichzeitig ließ er die Zügel knallen und sprengte los, sodass sich etliche Männer vor ihm gerade noch mit hastigen

Sprüngen in Sicherheit bringen oder ihre Pferde mit einer fast entsetzten Bewegung herumreißen mussten, um nicht einfach niedergeritten zu werden. Ridefort und der Großmeister tauschten einen zornigen Blick aus, und Robin konnte Dariusz ansehen, dass er den Befehl des Grafen einfach ignoriert hätte, wäre es nach ihm gegangen. Auch Odo und Ridefort fiel es sichtbar schwer, zu tun, was Raimund ihnen befohlen hatte, doch sie beherrschten sich.

Während sich Graf Raimund und der Botenreiter – von dem Robin nun sah, dass es sich tatsächlich um einen Johanniter handelte – mit immer mehr Mühe durch das Gewühl von Männern und Pferden aufeinander zubewegten, sah sich Robin mit einer Mischung aus vorsichtiger Erleichterung und einem absurderweise gleichzeitig immer intensiver werdenden, unguten Gefühl um. Die Aufregung, die von dem näher kommenden Johanniter ausging, erfasste das Heer wie die Wellen eines ins Wasser geworfenen Steines. Jubelrufe wurden laut, hier und da hatten Männer sogar ihre Posten verlassen oder ihre Speere gesenkt, um sich jubelnd zu umarmen oder gegenseitig auf die Schultern zu klopfen.

Robin hatte es längst aufgegeben, die Zahl der Männer zu schätzen, inmitten derer sie sich befand. Es mussten Tausende sein, die Fußtruppen, Waffenknechte und freiwilligen Kämpfer mitgerechnet, die sich ihnen auf dem Weg ins Tal von Mardsch Ayun, dem Tal der Quellen zwischen dem Litanifluss und dem oberen Jordan, angeschlossen hatten. Obwohl sie sich von ihrer Position an der Spitze des Heeres entfernt hatten, waren es noch immer größtenteils Tempelritter, die sie umgaben, so weit ihr Blick reichte, und wieder ertappte sie sich dabei, nach einem ganz bestimmten Gesicht in der Menge zu suchen. Da der Kampf bisher nicht unmittelbar bevorgestanden hatte und der Tag unerträglich heiß war, hatten nur die wenigsten ihrer Ordensbrüder ihre Helme aufgesetzt, und Robin hatte auf dem Weg hierher jede Gelegenheit genutzt, einen Blick in ihre Gesichter zu werfen. Das, nach dem sie suchte, war nicht dabei. Vielleicht, dachte sie, hatte sie sich ja wirklich getäuscht. Vielleicht war Bruder Abbé tatsächlich nicht hier.

Statt endlich das Gesicht ihres alten Mentors zu gewahren, begegnete sie dem Blick Bruder Rothers, der sein Pferd nur eine halbe Manneslänge hinter ihr angehalten hatte. Auch er war bleich vor Anstrengung und Müdigkeit, sein Gesicht glänzte vor Schweiß, aber ihn schien weder der näher kommende Bote noch seine Siegesnachricht zu interessieren. Robin verspürte ein kurzes, eisiges Frösteln, als sie den Ausdruck in seinen Augen bemerkte. Mit einem leichten Schenkeldruck brachte sie ihr Pferd dazu, einen Schritt zurückzugehen, sodass sie nun unmittelbar neben ihm stand. Selbst wenn die Männer in ihrer Nähe nicht voll und ganz damit beschäftigt gewesen wären, dem Johanniter zuzujubeln und ihre Freude herauszuschreien, hätte jetzt niemand mehr ihre Worte hören können. »Ich habe dir noch gar nicht gedankt«, sagte sie.

Sie hatte nicht wirklich damit gerechnet, dass Rother ihr antworten würde, und er tat es auch nicht. In seinem Gesicht rührte sich kein Muskel. Er starrte sie nur kalt und mit einem Ausdruck von Verachtung in den Augen an, der vielleicht mehr schmerzte, als jedes Wort es gekonnt hätte. Trotzdem fuhr sie nach einem Moment und mit einem angedeuteten Lächeln fort: »Beantwortest du mir eine Frage?«

Rother reagierte immer noch nicht, aber sie deutete sein Schweigen als Zustimmung. »Warum hast du nichts gesagt?«

»Worüber?«, fragte er. Sein Blick wurde womöglich noch kälter.

»Über das, was du heute Morgen gesehen hast«, antwortete sie.

»Woher willst du das wissen?«, gab Rother kalt zurück. »Vielleicht habe ich es ja gesagt.«

Robin schüttelte entschieden den Kopf. »Ich wäre jetzt nicht mehr am Leben, hättest du es getan, Rother. Und auch wenn ich weiß, dass du mir wahrscheinlich nicht glaubst: Ich schwöre dir, dass du nicht das gesehen hast, das gesehen zu haben du glaubst.«

Rothers Antwort bestand nur aus einem verächtlichen Verziehen der Lippen, das sich wie ein dünner, heißer Schmerz in ihre Brust bohrte. Aber was hatte sie erwartet?

»Ich weiß nicht, warum ich Bruder Dariusz nichts gesagt habe«, antwortete er schließlich. »Vielleicht, weil ...« Er brach ab, biss sich auf die Unterlippe und schien einen Moment krampfhaft nach Worten zu suchen. Sein Blick ging dabei geradewegs durch sie hindurch, und in seinen Augen erschien ein Ausdruck von Qual, der Robin fast noch unerträglicher war als die Verachtung, die sie gerade darin gelesen hatte. Schließlich hob er die Schultern und fuhr in verändertem, noch kälterem Tonfall fort. »Was immer du angeblich getan hast, Bruder, während ich etwas anderes gesehen habe – mach es mit deinem Gewissen und mit Gott aus. Ich bin sicher, sie werden die gerechte Strafe dafür finden.«

»Rother, ich ...« Robin sprach nicht weiter, nicht nur weil Rother mit einem demonstrativen Ruck den Kopf zur Seite drehte und sie auf diese Weise spüren ließ, dass er nichts mehr hören wollte. Sie hätte es gar nicht mehr gekonnt. Ihre Kehle war wie zugeschnürt. Rother war viel mehr als irgendein beliebiger Ordensbruder für sie, und unendlich schlimmer als das, was er gesagt hatte, schmerzte sie die Verachtung, die sie in seinen Augen las. Für einen Moment musste sie mit aller Macht gegen die Tränen ankämpfen, die plötzlich ihre Augen füllten.

Sie verlor diesen Kampf und hob rasch den Arm, um sich mit dem Handrücken über das Gesicht zu fahren. Niemand bemerkte es, denn es war eine Geste, die jeder einzelne Mann hier an diesem Tag schon zahllose Male gemacht hatte; die Mittagsstunde war längst vorbei, doch die Hitze schien mit jeder Minute, die sich die Sonne auf ihrem Weg zum Horizont dem Abend näherte, noch zuzunehmen. Einzig Dariusz sah sie einen Moment lang nachdenklich an, drehte sich dann aber wieder im Sattel nach vorne, ohne sich irgendeine Reaktion anmerken zu lassen, und Robin blinzelte noch einmal, presste die Augenlider für einen Moment so fest zusammen, dass bunte Lichtblitze über ihre Netzhäute huschten, und wandte sich dann ebenfalls demonstrativ wieder im Sattel nach vorne.

Graf Raimund hatte den Boten mittlerweile erreicht. Robin sah, wie er sich gestenreich mit ihm unterhielt und er und der Johanniter dabei abwechselnd mit dem Arm zum vorderen Teil des Tales deuteten; dorthin, wo sich die sanften Hänge plötzlich in eine steilwandige Schlucht verwandelten, hinter der sich der Ausgang zum Flusstal des Jordan auftat. Es vergingen nur wenige Augenblicke, bis der Johanniter das Gespräch mit einem abschließenden Nicken beendete, von dem Robin selbst über die große Entfernung hinweg sehen konnte, wie wenig echter Respekt in dieser Bewegung lag, sein Pferd auf der Stelle herumzwang und dann, schneller werdend, wieder in die gleiche Richtung zurückritt, aus der er gekommen war. Auch Raimund machte kehrt und kam zurück.

»Was ist geschehen?«, begrüßte ihn Odo. »Wir haben gesiegt? Ist Faruk gefallen?«

»Seine Truppen wurden geschlagen«, antwortete Raimund. »Was von ihnen noch übrig ist, befindet sich in wilder Flucht. Balduin und das Heer verfolgen sie. Der König ist sicher, sie am Flussufer stellen und endgültig aufreiben zu können.«

»Dann müssen wir ihnen zu Hilfe eilen«, sagte Dariusz. »Unsere Befehle lauten …«

»… genau hier zu warten und dafür Sorge zu tragen, dass keiner von Faruk Schahs Männern entkommt«, unterbrach ihn Raimund.

Für einen Moment wirkte nicht nur Dariusz völlig verstört. Auch Odo und der Marschall sahen nicht nur überrascht, sondern nach einem Herzschlag der Verblüffung regelrecht wütend aus.

»Aber der Schlachtplan des Königs sah vor …«, begann Ridefort, wurde jedoch sofort wieder von Raimund und in diesmal schärferem Ton unterbrochen.

»Offensichtlich wurde der Plan geändert«, sagte Raimund. »Der Johanniter hat einen direkten Befehl des Königs überbracht, und es steht weder mir noch Euch zu, ihn zu kritisieren. Einen sehr klugen Befehl, wie ich hinzufügen möchte.«

»Was ist klug daran, wie Feiglinge dazustehen und auf ein paar Versprengte zu warten, die uns in die Speere laufen?«, fragte Dariusz.

In Raimunds Augen blitzte es kurz und wütend auf, aber seine Stimme klang erstaunlich beherrscht, als er antwortete. »Faruk Schah mag der Neffe Saladins sein, aber das gleiche Blut zu teilen bedeutet nicht, auch automatisch ein ebenso begnadeter Feldherr zu sein. Faruk Schah hat den entscheidenden Fehler gemacht, Balduins Truppen viel zu lange trotzen zu wollen. Sein Heer existiert praktisch nicht mehr. Was noch davon übrig ist, ist verwundet oder befindet sich in wilder Flucht. Balduins Reiter treiben sie vor sich her und werden sie am Ufer des Jordan in die Zange nehmen. Dieses Tal stellt den einzigen Fluchtweg dar, den es noch für sie gibt. Ihr werdet Euren Kampf bekommen, Tempelherr, keine Sorge. Balduins ausdrücklicher Befehl lautet, keinen der Sarazenen entkommen zu lassen. Wir machen keine Gefangenen. Faruk Schahs Heer soll nicht geschlagen, sondern bis auf den letzten Mann aufgerieben werden.« Er schüttelte den

Kopf und schwieg einen winzigen Moment, doch was in diesem Augenblick auf seinem Gesicht vorging, machte wohl nicht nur Robin klar, was er von diesen Befehlen hielt.

Dennoch klang seine Stimme vollkommen ungerührt, als er fortfuhr: »Man mag davon halten, was man will, doch auf die Sarazenen – und vor allem die Männer, die Saladin anführt – wird diese Nachricht eine vernichtende Wirkung haben.« Er hob müde die Hand. »Und nun sollten wir alle auf unsere Posten zurückkehren. Es wird nicht mehr lange dauern, bis die ersten Sarazenen hier auftauchen, und Ihr wollt doch nicht den Anfang der Schlacht versäumen, mein Freund, oder?«

Dariusz' Lippen wurden zu einem dünnen, blutleeren Strich, doch er fing im allerletzten Moment einen warnenden Blick aus Odos Augen auf und schluckte alles hinunter, was ihm so sichtbar auf der Zunge gelegen hatte. Statt zu antworten, zwang er sein Pferd mit einem schon fast brutalen Ruck herum und ritt los. Robin, aber auch Rother und die beiden anderen Tempelritter hatten fast Mühe, mit ihm Schritt zu halten, als sie ihre Positionen an der Spitze des kleinen Templerheeres wieder einnahmen.

Robin war entsetzt von dem, was sie gerade gehört hatte. Ihre vorsichtige Erleichterung, der Hölle der bevorstehenden Schlacht vielleicht doch noch entrinnen zu können, begann dem dumpfen Begreifen zu weichen, dass nun nicht nur das genaue Gegenteil der Fall sein würde, sondern ihnen auch noch der allerschlimmste Teil in diesem grässlichen Geschehen zugedacht worden war. Sie konnte kaum glauben, was Raimund berichtet hatte. Sie *wollte* es nicht glauben.

Robin wusste wenig über König Balduin und noch weniger über die Johanniter, und doch konnte sie sich einfach nicht vorstellen, dass er tatsächlich den Befehl erteilt haben sollte, das Heer der Sarazenen bis auf den letzten Mann auszulöschen. Keine Gefangenen? Das widersprach nicht nur allem, was selbst

Dariusz über Gnade und die ritterlichen Tugenden immer wieder sagte, das war auch schlichtweg *dumm*. Selbst Robin, die herzlich wenig von Taktik und militärischen Dingen verstand, war klar, wie Saladin darauf reagieren musste – nämlich keineswegs voller Schrecken, sondern schlichtweg indem er dasselbe tat. Krieger, die sich auf der Flucht befanden oder sich gar ergeben wollten, wie Vieh zu schlachten, würde den Krieg nur auf eine neue, noch blutigere Stufe heben.

Sie hatten ihre Positionen an der Spitze des Heeres wieder erreicht. Raimund und sein Begleiter sprengten in scharfem Tempo an ihnen vorbei und schwenkten dann nach links, um sich ihren eigenen Truppen anzuschließen, während Dariusz streng darauf achtete, dass sie ihre Positionen in der vorderen der beiden aus je gut hundert Reitern bestehenden Reihen aus weiß und rot gepanzerten Tempelrittern exakt wieder einnahmen. Der Schlachtenlärm, der bisher wie ferner Donner über die Hügel herangerollt war, schien Robin nun deutlich näher gekommen zu sein. Nervös blickte sie nach vorne. Vorhin, als sich das Heer langsam auf den Ausgang des Tales zubewegt hatte, hatte ein Trupp von gut fünf- oder sechshundert Lanzenträgern die Spitze der Armee gebildet, der traditionelle, lebende Schutzschild, den jede Reiterarmee in einer offenen Feldschlacht vor sich herschob, um den verwundbarsten Teil eines Ritterheeres – die Schlachtrösser, wie Robin vor einigen Tagen schmerzhaft selbst in Erfahrung hatte bringen müssen – zu schützen. Nun wichen die Männer rasch nach rechts und links auseinander, sodass die beiden Reihen aus Tempelrittern tatsächlich die Spitze des Heeres bildeten.

»Euer Helm, Bruder Robin«, sagte Dariusz scharf.

Robin fuhr leicht zusammen, als ihr klar wurde, dass sie tatsächlich mittlerweile die Einzige war, die ihren Helm noch nicht aufgesetzt hatte. Hastig holte sie das Versäumte nach und hatte eine Sekunde lang das Gefühl, unter dem schweren eisernen Topfhelm ersticken zu müssen. Das trockene Stroh, mit dem er ausgestopft war, stach wie ein Kissen aus dünnen, heißen Nadeln in ihre Kopfhaut, und das Eisen selbst schien zu glühen. Die Welt vor ihren Augen schrumpfte zu einem kaum fingerbreiten Strich aus gleißender Helligkeit zusammen, und die Luft, die sie atmete, verwandelte sich in ihrer Kehle zu geschmolzenem Blei, an dem sie zu ersticken glaubte. Robin musste drei- oder viermal tief und langsam ein- und wieder ausatmen, bis sie wieder zu sich kam, und ihr Herz begann wie verrückt zu schlagen. Trotzdem senkte sie die Hand auf das Schwert, zog sie dann – um ein Haar hätte sie schon wieder einen Fehler gemacht – hastig wieder zurück und löste die leichte Angriffslanze mit der doppelseitig geschliffenen Eisenspitze vom Sattelgurt. Am Morgen, als sie die Waffe befestigt hatte, hatte sie ihr Gewicht kaum gespürt. Nun schien sie eine Tonne zu wiegen.

Dariusz beugte sich leicht im Sattel zur Seite, und Robin war sicher, dass er ihr einen neuen, scharfen Verweis erteilen würde. Den sie verdient hätte. Was war nur mit ihr los? Einen guten Teil ihres Lebens hatte sie mit nichts anderem zugebracht als damit, genau das, was sie nun tat, immer und immer wieder zu üben. Odo hatte ihr keineswegs schmeicheln wollen, als er noch am Morgen gesagt hatte, wie gut sie trotz ihrer Jugend bereits mit ihren Waffen umzugehen verstand. Nun schien es, als würde sie alles falsch machen, was sie nur falsch machen konnte, als hätte sie alles vergessen.

Sie erlebte eine Überraschung. Dariusz wollte sie keineswegs maßregeln. »Du weichst keinen Schritt von meiner Seite, Robin«, drang seine Stimme dumpf und verzerrt unter dem schweren Helm hervor. »Was immer auch geschieht, du bleibst bei mir. Hab keine Furcht. Ich werde darauf achten, dass dir nichts geschieht.«

Robin starrte ihn fassungslos an. Wollte sich Dariusz über sie lustig machen, sie verhöhnen?

»Sollte ich verwundet oder wir getrennt werden«, fuhr Dariusz fort, »dann fliehst du. Versuche nicht, mich zu retten oder den Helden zu spielen. Bring dich in Sicherheit und warte später im Lager auf mich.«

»Aber ...«, begann Robin verwirrt, doch Dariusz fiel ihr sofort in noch schärferem Ton ins Wort: »Das ist ein Befehl. Du wirst gehorchen.«

Er beendete das Gespräch, indem er sich wieder aufrichtete und seine eigene Lanze vom Sattelgurt löste, um sie mit einer tausendfach geübten Bewegung unter den rechten Arm zu klemmen und anzulegen. Neben ihm kam für einen kurzen Moment Unruhe in die ansonsten wie erstarrt dastehenden Reihen aus weiß gekleideten Rittern, als sich ein weiterer Reiter zu ihnen gesellte, der eine deutlich längere Lanze mit einem großen, in schlichtem Schwarz und Weiß gehaltenem Wimpel trotzig in die Luft reckte, dem *Baussant*, dem heiligen Banner des Templerordens, unter dem sie in jede Schlacht zogen.

Robin überkam ein sonderbares Gefühl von Ehrfurcht, als sie das schlichte Banner betrachtete, ein Gefühl, das sie im ersten Moment zutiefst verwirrte, weil sie es niemals bei sich selbst erwartet hätte. Ihren Ordensbrüdern war dieses Banner heilig. Dem Ritter, der es in die Schlacht tragen durfte, wurde eine besondere Ehre zuteil, und es war ihm bei schwerer Strafe verboten, die Fahne zu senken, um sie etwa im Angriff wie eine Lanze zu verwenden, obgleich auch sie von einer messerscharf geschliffenen Klinge gekrönt wurde. Tat er es doch, verlor er für ein Jahr und einen Tag den weißen Mantel des Ritters und damit alle seine Privilegien, musste im Speisesaal auf dem nackten Boden sitzen, um zu essen, und war nicht nur gezwungen, die niedersten Arbeiten zu verrichten, sondern auch die Verachtung und den Hohn und Spott seiner Brüder zu ertragen. Robin hatte Geschichten von unglaublichen Heldentaten gehört, die vollbracht worden waren, nur um diese Fahne zu retten, und sie hatte sie nie wirklich verstanden. Für sie war das Baussant bis jetzt nichts weiter als ein Fetzen Stoff gewesen, ein Zeichen, unter dem sich die Ritter versammelten oder an dem sie sich orientierten, aber nicht mehr. Doch plötzlich glaubte sie zu verstehen, was hinter diesen Geschichten steckte. Es war nichts Heiliges an diesem Stoff. Was sie für einen Moment fast vor Ehrfurcht erschauern ließ, das war der Gedanke daran, was im Namen dieses Banners getan worden war und wozu sein bloßer Anblick und das Wissen darum, wofür es stand, Männer befähigt hatte.

Mühsam riss sie ihren Blick von der schwarz-weißen Fahne los und sah wieder nach vorne. In dem schmalen Ausschnitt des Tages, zu dem der Sehschlitz ihres Helmes die Welt verwandelte, kam ihr der Ausgang aus dem Tal plötzlich dunkler vor, gefährlicher und vor allem schmaler. Ihr Herz klopfte noch immer so hart, dass sie jeden einzelnen Schlag in der Kehle spürte, und sie versuchte vergeblich, sich selbst einzureden, dass es nur an der Hitze lag, unter der sie immer noch litt.

Wieder ließ sie ihren Blick über die Reihen der wie erstarrt dastehenden Tempelritter schweifen; weiße Gespenster, deren Mäntel mit Blut bemalt waren und die sich in der hitzeflimmernden Luft des Nachmittags aufzulösen schienen. Nichts rührte sich. Es war fast unheimlich still. Sie hatte entsetzliche Angst.

Dann, nach einer schieren Ewigkeit, wie es ihr vorkam, erschienen die ersten Reiter hinter der Biegung des schmalen Tales. Es waren nicht viele; eine Hand voll, fünf oder sechs, und es waren genau die Männer, die sie erwartet hatten: Gestalten mit Turban und in langen, dunklen Mänteln, die Speere und Rundschilde trugen und die hier typischen kleinen, zähen Pferde ritten, aber sie *benahmen* sich nicht so, wie sie sollten. Robin konnte den Unterschied nicht in Worte fassen – jedenfalls nicht sogleich –, und doch wusste sie sofort und mit unerschütterlicher Sicherheit, dass dies nicht die Reiter Faruk Schahs waren, die sich auf der verzweifelten Flucht vor dem nachrückenden Heer des Königs befanden. Die Sarazenen ritten schnell, aber sie *flohen* nicht.

Robin beobachtete am linken Rand des schmalen Ausschnittes der Welt, den sie durch den Sehschlitz ihres Helmes überblicken konnte, wie Raimund den linken Arm hob; nicht zu einer Geste des Angriffes, sondern dem genauen Gegenteil. Niemand rührte sich. Irgendwo schnaubte unruhig ein Pferd, ein anderes Tier scharrte nervös mit den Hufen über den steinigen Boden, als wäre es genau wie sein Reiter begierig darauf, sich endlich dem Feind entgegenzuwerfen. Die Sarazenen galoppierten noch ein kurzes Stück in scharfem Tempo weiter auf sie zu, als würden sie vom Schwung ihrer eigenen Bewegung mitgerissen, zügelten aber dann ihre Pferde und wurden langsamer, kurz bevor sie den schmalen Teil der Schlucht hinter sich gebracht hatten.

Sie waren viel zu weit entfernt, als dass ihre Gesichter mehr als helle Flecke unter den schwarzen Turbanen gewesen wären, und trotzdem glaubte Robin für einen Moment den Ausdruck maßlosen Entsetzens zu erkennen, der von ihren Zügen Besitz ergriff. Plötzlich wurde ihr klar, wie erbärmlich ihre eigene Angst war. Diese Männer dort vorne waren gerade dem sicheren Tod entkommen, und nun, als sie im buchstäblich allerletzten Moment und wahrscheinlich gegen alles, was sie selbst zu hoffen gewagt hatten, einen Ausweg gefunden zu haben glaubten, sahen sie sich einer zweiten, noch dazu ausgeruhten Armee von Feinden gegenüber. Sie konnte das Entsetzen des halben Dutzend Reiter fast körperlich nachempfinden.

Odo machte eine schnelle, weit ausholende Geste mit dem linken Arm, der den Schild hielt, und eine rasche Bewegung lief durch die Reihen der Tempelritter. Robin war nach wie vor nicht in der Lage, sich zu rühren. Ihre Gedanken drehten sich immer schneller im Kreis. Sie hatte all das hundertfach geübt, kannte jedes Manöver, jeden Befehl wie im Schlaf, und doch wusste sie plötzlich nicht mehr das Geringste. Es war ihr Pferd, das reagierte, nicht sie, als sich die Templer in einer raschen, fast spielerisch anmutenden Bewegung umgruppierten. Aus zwei Reihen gepanzerter Schlachtrösser wurden vier, als die Männer ihre Aufstellung änderten, denn das Tal vor ihnen war viel zu schmal, um hundert Reitern nebeneinander Platz zu bieten. Die Reiter hielten jeweils einen Abstand von gut drei Pferdelängen zueinander, damit die nachrückenden Reiter Zeit hatten, zu reagieren, wenn der Mann vor ihnen stürzte oder ein anderes, unvorhergesehenes Manöver machte. Sie standen jetzt so dicht beieinander, dass sich ihre Knie berührten. Robin roch den scharfen Schweiß der Pferde, lauschte dem Klopfen ihres eigenen, immer schneller schlagenden Herzens und versuchte ruhiger zu atmen. Es ging nicht. Unter dem Helm war es so heiß, dass sie hecheln musste, um überhaupt noch Luft zu bekommen.

Die Sarazenen hatten ihre Tiere mittlerweile vollkommen zum Stehen gebracht, und Robin sah, wie sie sich heftig gestikulierend miteinander unterhielten. Seltsam – sie hatte nicht den Eindruck, dass sie Angst hatten. Jedenfalls nicht so viel, wie sie haben sollten.

Rechts von ihnen hob Odo abermals den linken Arm mit dem Schild, und auf der anderen Seite sagte Raimund rasch und mit scharfer, weithin verständlicher Stimme: »Bleibt, wo Ihr seid, Odo! Ihr kennt den Befehl des Königs!«

Der Großmeister des Templerordens senkte langsam, widerwillig, wie es Robin erschien, den Arm, und erneut lief eine kaum spürbare Welle der Bewegung durch die nun vier Reihen in Eisen und strahlendem Weiß gepanzerten Reiter. Ein winziger Teil der Anspannung, den Robin bisher gefühlt hatte, wich. Aber nicht viel.

»Was tut dieser Feigling?«, murmelte Dariusz neben ihr. Er sprach nicht laut, und sein Helm dämpfte und verzerrte seine Worte zusätzlich, aber Robin war ihm nahe genug, um sie trotzdem zu verstehen. »Wir können sie ... sie nicht einfach entkommen lassen.«

»Niemand rührt sich!«, rief Graf Raimund noch einmal und noch lauter. Seine Stimme bebte vor Anspannung, auch wenn Robin ganz und gar nicht sicher war, wem diese Anspannung tatsächlich galt.

Die Sarazenen saßen noch immer gute hundertfünfzig oder zweihundert Schritte vor ihnen reglos in den Sätteln ihrer Pferde. Sie hatten aufgehört, miteinander zu debattieren, und starrten für endlose Sekunden einfach nur zu ihnen hin. Dann, so präzise, als beobachtete Robin einen tausendfach eingeübten Tanz, rissen sie alle im gleichen Bruchteil eines Lidschlages ihre Pferde herum und sprengten in die Richtung zurück, aus der sie gekommen waren.

Vielleicht war es gerade diese eine, eigentümliche Bewegung, die die Katastrophe auslöste. Robin sollte noch oft und vergebens darüber nachdenken, was es gewesen war, Absicht, ein blinder Reflex, vielleicht der Wille des Schicksals oder einfach nur Dummheit ... alles ging unglaublich schnell, und nachdem es einmal begonnen hatte, wäre vielleicht niemand mehr in der Lage gewesen, es noch aufzuhalten.

»Nein«, sagte Dariusz mit zitternder Stimme. »Das wird nicht geschehen!« Und damit riss er seine Lanze in die Höhe, schwenkte sie so mühelos wie ein anderer Mann sein Schwert hoch über dem Kopf in der Luft und schrie mit vollem Stimmaufwand: »*Gott will es!*«

Gleichzeitig sprengte er los. Robin bemerkte aus den Augenwinkeln, wie Graf Raimund beinahe entsetzt mit beiden Armen zu gestikulieren begann, und sie glaubte auch seine Stimme zu hören, wie sie sich schrill und beinahe überschlagend vergebens bemühte, gegen den Lärm von achthundert Pferdehufen anzukommen, die praktisch gleichzeitig losgaloppierten.

Nichts davon zeigte irgendeine Wirkung. Auch Robins Pferd setzte sich vollkommen ohne ihr Zutun in Bewegung und fiel in den schnellen, kräftesparenden Trab, den Dariusz und die anderen einschlugen, und falls Odo und Ridefort vorgehabt hatten, ihren übereifrigen Bruder zurückzuhalten, so gingen ihre Befehle im Dröhnen der Hufschläge und dem *Gott will es!* unter, das die zweihundert Reiter aufnahmen und wie einen lauter und lauter werdenden Schlachtruf wiederholten, als sie, allmählich schneller werdend, auf den schmalen Ausgang des Tales zuritten. Die senkrecht aufstrebenden Felsen hallten wider vom Dröhnen der Pferdehufe, dem Klirren von Stahl und dem an- und abschwellenden Schlachtruf.

Plötzlich schien für Robin alles unwirklich zu werden. Die Hitze unter dem Helm wurde immer unerträglicher, ihr Herz hämmerte wie verrückt, und sie verspürte eine Furcht wie niemals zuvor im Leben, und dennoch erschien ihr all dies plötzlich sonderbar irreal, als wäre sie unversehens in einen Traum geraten, der sie einfach mit sich riss und aus dem aufzuwachen ihr vollkommen unmöglich war. Die Wände des Tales flogen nur so an ihnen vorüber, obwohl die Pferde noch längst nicht ihr volles Tempo entwickelt hatten, dann hatten sie die Biegung erreicht, preschten herum – und aus dem Albtraum wurde etwas anderes, viel, viel Schlimmeres.

Nur ein Dutzend Schritte vor ihnen erweiterte sich der schmale Spalt im Felsen zu einer weiten, zum Flussufer hin sanft abfallenden Ebene, auf der es keine Felsen, sondern nur dürres, von der

Sonne verbranntes Gras und ein wenig kärgliches Buschwerk gab.

Sie war schwarz von Reitern.

Robin hätte vor Entsetzen beinahe laut aufgestöhnt. Sie hatte eine Hand voll sich in kopfloser Flucht befindender, geschlagener Männer erwartet, doch was sich da vor ihnen befand, das war ein gewaltiges, nach Tausenden zählendes Reiterheer, und es befand sich nicht in kopfloser Aufregung und auf der Flucht, sondern ganz im Gegenteil in militärisch präziser Ausrichtung und bewegte sich *direkt auf sie zu!* Ihre Anzahl musste das Zehnfache ihrer eigenen betragen, wenn nicht mehr.

Hinter ihnen wurde eine schrille Stimme laut. Ohne langsamer zu werden, drehte Robin den Kopf und gewahrte einen einzelnen Reiter, der weit im Sattel nach vorne gebeugt herangepresst kam und wie von Sinnen mit dem linken Arm gestikulierte. Es war Graf Raimund.

»*Odo von Saint-Amand!*«, schrie er. »*Ich befehle Euch, haltet ein! Zieht Euch zurück!*«

Robin glaubte nicht, dass der Großmeister den Befehl des Grafen absichtlich missachtete. Viel mehr war sie nahezu sicher, dass er Raimunds Worte so wenig gehört, wie er ihn gesehen hatte, zumal Dariusz genau in diesem Moment eine weitere, befehlende Geste mit seiner Lanze machte, woraufhin die Templer abermals ihre Formationen änderten und nun wieder in zwei hintereinander gestaffelten Reihen ritten und gleichzeitig schneller wurden. Raimund gestikulierte immer verzweifelter mit den Armen, versuchte mit aller Gewalt, schneller zu werden und wäre um ein Haar von der sich auseinander faltenden Schlachtreihe der Templer niedergeritten worden. Das Letzte, was Robin von ihm sah, war sein nervös zur Seite tänzelndes Pferd, das ihn um ein Haar abgeworfen hätte.

»*Gott will es!*«, brüllte Dariusz und senkte seine Lanze.

Gleichzeitig wechselten die Pferde von schnellem Trab in einen rasenden Galopp, und das Reiterheer der Sarazenen schien ihnen regelrecht entgegenzuspringen.

Vielleicht einen halben Atemzug, bevor die beiden ungleichen Heere aufeinander prallten, sah Robin noch etwas anderes: Von rechts, aus der Richtung, aus der seit einer Stunde der Kampflärm zu ihnen gedrungen war, näherten sich weitere Reiter. Es waren viele, wenn auch nur ein Bruchteil der gewaltigen Armee, der sie sich entgegenwarfen, und *sie* befanden sich in kopfloser panischer Flucht, verfolgt von einer ungleich größeren Anzahl bunt gekleideter, gepanzerter Reiter, die unter den wehenden Fahnen und Bannern der Christenheit heranstürmte. Balduins Heer, das Faruk Schahs geschlagene Truppen vor sich herjagte. Wer aber waren die Krieger, auf die *sie* gestoßen waren?

Robin kam nicht dazu, sich diese Frage noch einmal zu stellen. Sie hatten die Sarazenen erreicht. Instinktiv senkte sie ihre Lanze und hielt sie mit aller Kraft fest, während sie gleichzeitig den linken Arm mit dem Schild höher hob, die Füße in die Steigbügel stemmte und sich gegen den erwarteten Anprall wappnete.

Irgendetwas traf ihren Schild und prallte mit einem hässlichen Geräusch, das sich als vibrierender Schmerz durch ihren Arm bis in die Schultern hinauf fortpflanzte, von dem harten Holz ab. Gleichzeitig spürte sie, wie ihre Lanze auf Widerstand stieß, mit solcher Kraft, dass sich das harte Holz durchbog und den Bruchteil eines Atemzuges später einfach zersplitterte.

Um ein Haar hätte sie schon dieser allererste Zusammenprall aus dem Sattel geworfen. Es war einzig ihr Pferd, das sie weiterriss, und kaum mehr als schieres Glück, dass die Schlacht für sie nicht schon in den ersten Sekunden zu Ende war.

Fast hätte sie sich gewünscht, sie wäre es.

Das Templerheer war auf breiter Front in die Flanke der Sarazenen geprallt, und es war, als wäre der Sturm in ein Kornfeld gefahren. Die Reihen der Sarazenen wankten nicht – sie zerbarsten einfach wie der aus Pergament gefertigte Spielzeugschild eines Kindes unter dem Hieb eines Panzerhandschuhs. Im ersten Moment nahm nicht einmal ihr Tempo merklich ab. Die kaum gepanzerten Sarazenen auf ihren kleineren und leichteren Pferden hatten keine Chance gegen die Tempelritter auf ihren gewaltigen Schlachtrössern. Sie wurden einfach niedergeritten. Rings um sie herum bäumten sich Pferde auf, stürzten Männer aus den Sätteln oder brachen mit ihren Tieren zusammen, und mehr als ein Sarazene wurde einfach unter den Hufen der gewaltigen Schlachtrösser zu Tode getrampelt.

Und während die Speerspitze der christlichen Reiter tiefer und tiefer in das muselmanische Heer eindrang und dabei immer noch nicht spürbar an Tempo verlor, ging eine fast unheimliche Veränderung mit Robin vonstatten.

Ihr linker Arm schmerzte noch immer, und ihr Herz schlug schneller und härter als zuvor, aber plötzlich hatte sie keine Angst mehr. Überall rings um sie herum tobten erbitterte Kämpfe, schlug Stahl auf Stahl oder Fleisch, starben Männer und Tiere, und sie war sich vollkommen der Gefahr bewusst, in der sie schwebte, und dennoch fühlte sie sich zugleich auf eine sonderbare Weise fast unverwundbar. Es war, als wäre sie nicht mehr allein nur noch sie selbst, sondern zugleich Teil von etwas anderem und Größerem. Sie waren die Speerspitze des Christentums, die Faust Gottes, die die Feinde der Christenheit zerschmettern würde, ganz gleich, wie fanatisch sie sie auch zu bekämpfen versuchten.

Dann traf ein furchtbarer Schlag ihren Schild und ließ sie vor Schmerz aufschreien. Robins Pferd bäumte sich auf, und ein zweiter, noch härterer Schlag traf ihren Schild und spaltete ihn, ohne dass er tatsächlich in Stücke brach. Aus dem Schmerz, der ihren Arm ergriffen hatte, wurde ein Gefühl dumpfer Betäubung, das alle Kraft aus der linken Seite ihres Körpers zu saugen schien, und prompt und selbstverständlich im unpassendsten aller nur denkbaren Augenblicke meldete sich eine gute alte Bekannte zurück: die Übelkeit. Robin wankte im Sattel, sah einen verschwommenen, riesigen Umriss neben sich aufragen und wartete auf den dritten Hieb, der alles beenden würde. Tödlicher Stahl zuckte in einer rasend schnellen Bewegung auf sie herab. Irgendwie gelang es ihr trotz allem noch einmal, den linken Arm in die Höhe zu reißen, aber sie wusste auch, dass der zerbrochene Schild sie nicht mehr schützen konnte.

Und dann war plötzlich ein zweiter, riesiger Reiter neben ihr. Stahl prallte auf Stahl. Funken stoben, als Dariusz' Schwert gegen die Klinge des Sarazenen prallte und sie beiseite schlug. Praktisch im gleichen Augenblick stieß er auch mit dem linken Arm zu. Sein Schildschlag schleuderte den Angreifer aus dem Sattel und war sogar noch wuchtig genug, selbst sein Pferd straucheln zu lassen.

»Alles in Ordnung, Bruder Robin?«

Robin brachte nicht mehr als ein angedeutetes Kopfschütteln zustande, aber das schien Dariusz vollkommen zu genügen, denn er zwang sein Pferd mit einem brutalen Ruck herum und stürzte sich mit hoch erhobenem Schwert erneut in den Kampf, und auch Robin schüttelte ihre Benommenheit mühsam ab. Selbst die Übelkeit legte sich, auch wenn sie nicht ganz verschwand, und ein bitterer Geschmack nach Galle und Blut blieb auf ihrer Zunge zurück.

Mittlerweile hatte der Angriff der Templer doch an Schwung verloren, und überall waren erbitterte Einzelgefechte ausgebrochen, bei denen sich ihre Ordensbrüder nur zu oft gegen zwei, drei oder gar vier Feinde gleichzeitig verteidigen mussten, und es wären wahrscheinlich noch mehr gewesen, hätte der Platz dazu nur gereicht. Dennoch gewannen die Tempelritter nahezu jedes

Duell. Ihre Gegner kämpften ebenso verbissen wie tapfer, aber ihre Krummsäbel und Speere schienen fast wirkungslos von den schweren Rüstungen der christlichen Ritter abzuprallen, während die breiten Klingen der Templer grausam unter ihren Feinden wüteten, deren einfache Mäntel und Burnusse ihnen praktisch keinen Schutz vor den mächtigen Schwertern der Templer boten; ebenso wenig wie ihre runden Schilde, die meist schon unter dem ersten ernst gemeinten Hieb zerbrachen. Robin gewahrte nur ein einziges, reiterloses Pferd im Weiß und Rot der Tempelritter.

Und dennoch: Ihr Vormarsch war zum Stehen gekommen, und ihre Brüder fielen möglicherweise nur vereinzelt unter den Hieben der Sarazenen – aber sie *fielen*, und die Übermacht der Feinde war gewaltig.

Irgendetwas prallte gegen ihr Bein. Es war kein Angriff, sondern nur ein hochgewirbelter Stein oder Erdbrocken. Es tat nicht einmal weh, aber der Schlag riss Robin endgültig in die Wirklichkeit zurück. Obwohl sie sich noch immer fast an vorderster Front des Templerheeres befand, hatte sie doch in den letzten Augenblicken niemand angegriffen – zu ihrem Glück. Wäre es geschehen, wäre sie jetzt tot.

Aber das würde nicht mehr allzu lange so bleiben, wie sie voller Entsetzen begriff. Der Angriff der Templer war nicht nur zum Stillstand gekommen. Die Sarazenen griffen nun ihrerseits an, und obwohl die Schwerter der Kreuzritter weiter grauenhaft unter ihnen wüteten, stürmte doch Welle auf Welle heran, und die Reihen der Templer begannen allmählich unter dem unbarmherzigen Druck zu wanken. Noch hielten sie stand – aber wie lange noch?

Robin ließ die zerbrochene Lanze fallen, die sie nach wie vor in der rechten Hand hielt, und zog stattdessen das Schwert. Die Waffe kam ihr doppelt so schwer vor wie noch am Morgen, als sie sie eingesteckt hatte, und die Luft unter dem Helm war so heiß, dass sie zu ersticken glaubte. Die Atemnot schürte ihre Angst noch. Wieder griff Panik nach ihrem Herzen. Sie wollte nicht kämpfen. Sie wollte nicht *töten*, und sie wollte auch nicht getötet werden. Wo war Dariusz? Warum war Salim nicht hier, um sie zu beschützen?

Sie sah keinen von beiden, doch dafür gewahrte sie nicht weit von sich entfernt das flatternde schwarz-weiße Baussant, und unmittelbar daneben Marschall Ridefort, der wie ein Berserker focht und sich gegen eine erdrückende Übermacht von Angreifern hielt. Von Odo war keine Spur zu sehen, und auch Dariusz war irgendwo im Kampfgewühl verschwunden. Dafür schienen immer mehr und mehr Sarazenen auf Ridefort und seinen Begleiter einzudringen, als hätten sie das heilige Banner der Templer erkannt und versuchten nun, es um jeden Preis zu erobern.

Und schließlich kam es, wie es kommen musste. Das schwarzweiße Banner wankte, als der Reiter unter dem Anprall von gleich zwei Feinden erzitterte. Ridefort löste sich von dem Gegner, mit dem er gerade focht, und schlug einen der Männer mit einem wuchtigen Hieb aus dem Sattel. Der andere senkte seine Lanze und rammte sie mit aller Gewalt gegen die Brust des Bannerträgers. Der Wappenrock des Ritters hing schon lange in Fetzen, doch das schwere Kettenhemd, das er darunter trug, fing den tödlichen Stoß ab. Der Reiter wankte im Sattel, aber die Lanze vermochte das engmaschige Kettengeflecht nicht zu durchdringen. Stattdessen brach ihre Spitze ab. Der Speer schrammte mit einem hässlichen Laut über das Kettenhemd nach oben, fand – ob gezielt oder durch einen grausamen Zufall – den schmalen Spalt zwischen Kettenhemd und Helm und bohrte sich hinein. Der Reiter kippte im Sattel nach hinten. Ein Sturzbach von sonderbar hellrotem Blut ergoss sich unter dem Rand seines Helmes hervor und besudelte sein zerrissenes Gewand. Einen Moment lang klammerte sich seine Hand noch im Todeskampf an das Sattelhorn, dann verließen ihn seine Kräfte, er kippte zur Seite und ließ das Banner fallen.

Ridefort schrie auf, als hätte der Speer ihn selbst durchbohrt, und warf sich mit einer fast verzweifelt wirkenden Bewegung vor, um das stürzende Banner aufzufangen, und beinahe hätte er es sogar geschafft. Seine Finger verfehlten die Lanze, die der Hand des sterbenden Ritters entglitt, nur um Haaresbreite, aber sie *verfehlten* sie. Die Lanze stürzte, und das Baussant flatterte noch einmal wie ein Fanal des Untergangs und verschwand dann hinter dem plötzlich reiterlosen Pferd seines bisherigen Trägers.

Ridefort schrie noch einmal und noch gellender auf, war mit einem gewaltigen Satz aus dem Sattel und auf der anderen Seite des bockenden Pferdes und fiel auf die Knie, um das Banner aufzuheben, doch der Zwischenfall war nicht unbemerkt geblieben. Plötzlich drangen von überall her Sarazenen auf ihn ein, um ihm die heilige Fahne des Templerordens zu entreißen. Ridefort verschaffte sich mit zwei, drei wuchtigen Schwerthieben Luft, und auch einige andere Templer ließen von ihren Gegnern ab, um dem Marschall und vielmehr noch dem Baussant zu Hilfe zu eilen, doch das Banner flatterte ein zweites Mal zu Boden, bevor Ridefort es endgültig ergreifen und festhalten konnte, und aus den Reihen der Sarazenen erhob sich ein tausendstimmiges Triumphgeheul.

Später sollte Robin klar werden, dass dies der Moment war, in dem der Angriff endgültig zusammenbrach. Es gab keinen Grund dafür. Ridefort hatte das Banner längst wieder ergriffen und reckte es trotzig in die Höhe, aber die Sarazenen hatten es zweimal fallen sehen, und dieser Anblick schien sie mit neuer, wilder Kraft zu erfüllen. Robin konnte *spüren*, wie der Ansturm des Templerheeres erlahmte wie eine Welle, die sich unversehens an einem Felsen brach, und das gesamte Heer dann wie ein einziger, riesiger Körper erzitterte, als sich die Sarazenen zu Tausenden gegen sie warfen. Wieder hielten die gewaltigen Schwerter der Tempelritter furchtbare blutige Beute unter den Angreifern, doch die feindliche Übermacht war einfach zu groß. Ein Ritter nach dem anderen fiel aus dem Sattel oder wurde mitsamt seinem Pferd niedergeworfen, und für jeden Gegner, den sie erschlugen, schienen drei neue wie aus dem Nichts aufzutauchen.

»Haltet stand«, schrie Ridefort und schwenkte fast verzweifelt seine Fahne. »Für Gott und den König! Weicht nicht zurück! *Gott will es!*«

Aber vielleicht hätte nicht einmal mehr Gott selbst die Niederlage abwenden können. Wenn er tatsächlich in diesen Kampf eingriff, dann tat er es auf der falschen Seite. So unaufhaltsam, wie die stählerne Faust der Tempelritter vor wenigen Augenblicken unter die Sarazenen gefahren war, so unaufhaltsam wurden sie nun zurückgetrieben. Und als hätte das Schicksal entschieden, dass ihre Atempause schon viel zu lange gewährt hatte, fand sich auch Robin plötzlich im schlimmsten Kampfgetümmel wieder.

Vielleicht überlebte sie die folgenden Minuten nur, weil es eben kein ritterlicher Kampf Mann gegen Mann war, wie sie ihn erwartet hatte, sondern ein brutales, blutiges Gemetzel ohne Regeln oder Plan, ein wüstes Hauen und Stechen, bei dem jeder gegen jeden kämpfte und Hiebe, Stiche und Stöße nahezu ziellos austeilte. Robin erinnerte sich hinterher nicht mehr wirklich an Einzelheiten, und sie hätte es auch nicht gewollt. In ihrer Erinnerung verschmolzen die Minuten, in denen der Angriff des Templerheeres endgültig zusammenbrach und aus dem Stolz der Christenheit ein zerschlagener Haufen flüchtender, verzweifelter Männer wurde, der ums nackte Überleben kämpfte, zu einem einzigen Albtraum aus Lärm und Schmerz und Gestank und Furcht, aus tanzenden Schatten und blitzendem Metall, aus sterbenden Männern und zusammenbrechenden Pferden und dem Gestank von Blut.

Robin schlug und hackte verzweifelt um sich, traf und wurde getroffen. Etwas schrammte an ihrem Rücken entlang und konnte ihr Kettenhemd zwar nicht durchdringen, hinterließ aber dennoch eine Linie aus brennendem Schmerz, der ihr die Tränen in die Augen trieb. Ein harter Schlag warf sie um ein Haar aus dem Sattel. Robin fing sich im letzten Moment wieder, zwang ihr Pferd herum und sah sich unversehens einem riesigen Krieger mit wehendem Mantel und einem blitzenden kupferfarbenen Pickelhelm gegenüber, dessen Krummsäbel auf ihren Hals zielte. Verzweifelt versuchte sie, ihr eigenes Schwert in die Höhe zu reißen, und spürte, dass sie nicht schnell genug sein würde, aber im allerletzten Moment kam irgendwo aus dem Kampfgetümmel hinter ihr ein Speer herangeflogen und durchbohrte den Sarazenen. Der Krieger warf die Arme in die Luft und kippte rücklings aus dem Sattel, und Robin riss ihr Pferd herum und sprengte los, ohne weiter als ein halbes Dutzend Schritte zu kommen.

Erneut prallte irgendetwas so hart gegen sie, dass sie sich nur noch mit verzweifelter Kraft im Sattel halten konnte. Ihr Pferd bäumte sich auf und hätte sie zusätzlich beinahe abgeworfen. Die tobende Gewalt, die überall rings um sie herum explodierte, die Schreie und der Gestank nach Blut und Tod machten das Tier fast wahnsinnig. Überall wurde gekämpft und starben Menschen, aber sie wusste nicht mehr, wer gegen wen kämpfte oder warum, wer Freund oder Feind war. Plötzlich war alles sinnlos geworden. Sie wollte nicht mehr kämpfen. Sie *konnte* nicht mehr kämpfen. Sie wollte kein Ritter mehr sein. Sie wollte nur noch hier weg. Panik griff nach ihren Gedanken und fegte auch noch den allerletzten Rest von Vernunft davon. Sie sprengte blindlings los und prallte so wuchtig gegen einen Sarazenen, dass dessen Tier strauchelte und seinen Reiter abwarf. Er stand nicht wieder auf, sondern wurde zu Tode getrampelt, und auch Robin hätte um ein Haar den Halt verloren und wäre gestürzt, was auch für sie einem sicheren Todesurteil gleichgekommen wäre. Wer in diesem Zusammenprall zweier gewaltiger Reiterheere vom Pferd fiel, bekam nie wieder Gelegenheit aufzustehen.

Aber auch so rechnete sie sich kaum noch Chancen aus, das Schlachtfeld lebend zu verlassen. Warmes Blut lief über ihren Rücken und ihre Schulter. Sie war verletzt, sie wusste nicht, wie schlimm, und seltsamerweise hatte sie keine Schmerzen, aber sie spürte, wie ihre Kräfte immer mehr und mehr schwanden. Wenn sie das nächste Mal angegriffen wurde, würde sie vielleicht nicht einmal mehr die Kraft haben, ihr Schwert zu heben. Sie wusste nicht einmal, ob sie es wollte. Vielleicht war der Tod die schnellste Möglichkeit, dieser Hölle zu entkommen. Das war nicht die heroische Schlacht, die sie sich vorgestellt hatte. Es war einfach nur Wahnsinn. Ihre Angst war so schlimm geworden, dass sie körperlich wehtat. Es musste doch irgendwann einmal *vorbei* sein!

Doch es war nicht vorbei. Robin wurde ganz im Gegenteil wieder angegriffen, und diesmal von zwei Reitern zugleich. Fast zu ihrem eigenen Erstaunen gelang es ihr, das Schwert hochzureißen und nicht nur den Speer beiseite zu schlagen, mit dem einer der Männer nach ihr stocherte, sondern ihn auch aus der gleichen Bewegung heraus schwer genug zu treffen, um ihm die Lust auf einen weiteren Angriff zu nehmen, aber praktisch im gleichen Moment landete der andere einen fürchterlichen Schwerthieb gegen ihren Hinterkopf. Die Klinge vermochte den schweren Eisenhelm nicht zu durchdringen, aber der Schlag war so gewaltig, dass Robin nach vorne geworfen wurde und ihr das Blut aus Nase und Mund schoss. Sie hatte noch immer keine Schmerzen, doch ihr Schädel dröhnte, als wolle er zerplatzen, und auch der letzte Rest von Kraft wich aus ihren Gliedern. Hilflos brach sie über dem gepanzerten Hals ihres Pferdes zusammen. Das Schwert entglitt ihren Fingern und fiel zu Boden, und alles begann vor ihren Augen zu verschwimmen. Dennoch sah sie, wie der Sarazene zu einem zweiten und diesmal mit Sicherheit tödlichen Hieb ausholte. Sie hatte keine Kraft mehr, sich zu wehren, aber sie war trotz allem zu stolz, um die Augen zu schließen und auf den Tod zu warten.

Gerade als sie sicher war, mit dem nächsten Atemzug die Antwort auf die Frage zu bekommen, ob es Gott nun gab oder nicht, tauchte ein weiterer Sarazene hinter dem Angreifer auf und stieß ihm sein Schwert in den Rücken. Der Mann kippte wie vom Blitz getroffen aus dem Sattel, und Robin starrte aus fassungslos aufgerissenen Augen zu der vollkommen in Schwarz gekleideten Gestalt hoch, die sie im allerletzten Moment gerettet hatte. Sie verstand nicht, was sie sah. Es war unmöglich, und es machte keinen Sinn.

Der Reiter verharrte einen Moment vollkommen reglos und starrte auf sie herab, dann zwang er sein Pferd mit einem raschen Schenkeldruck herum und ritt an ihre Seite. Noch immer vollkommen verständnislos sah Robin zu, wie er sich im Sattel vorbeugte und das Schwert aufhob, das sie fallen gelassen hatte.

»Das war jetzt das zweite Mal, kleines Mädchen«, sagte er, während er ihr die Waffe mit dem Griff voran reichte. »Vielleicht gestehst du dir allmählich ein, dass ein Schlachtfeld kein Spielplatz ist. Ich werde vielleicht nicht immer da sein, um dir das Leben zu retten.«

Robin griff ganz instinktiv nach der Waffe, aber sie registrierte die Bewegung kaum. Ihr Blick saugte sich am schmalen Ausschnitt des Gesichtes des Sarazenen fest, den sie erkennen konnte; ein kaum fingerbreiter Streifen über Nasenwurzel und Augen. Augen, die …

Aber das war doch unmöglich! »Salim?«, murmelte sie. »Aber wie …?«

»Verschwinde endlich!«, unterbrach sie Salim. »Ich versuche, dich zu decken, aber selbst den Zauberkräften eines Assassinen sind Grenzen gesetzt.«

Robin richtete sich taumelnd im Sattel auf und versuchte ganz instinktiv, sich mit dem Handrücken über das Gesicht zu fahren, um das Blut wegzuwischen, das noch immer aus ihrer Nase lief, doch ihr Kettenhandschuh scharrte nur nutzlos über den eisernen Helm. »Salim?«, murmelte sie abermals. »Aber wieso …« Sie richtete sich mit einem Ruck endgültig auf. »Komm mit mir!«

Salim lachte rau. »Was für eine großartige Idee. Damit wir uns aussuchen können, welche von beiden Seiten uns umbringt?« Er machte eine zornige Handbewegung. »Jetzt reite endlich! Wir treffen uns im Lager. Falls genug von euch übrig bleiben, um ein Lager aufzuschlagen, heißt das.«

Robin verstand das so wenig wie das meiste andere, was er ihr in den letzten Augenblicken gesagt hatte, doch Salim ließ ihr keine Zeit, eine weitere Frage zu stellen, sondern riss sein Pferd herum und war im nächsten Moment im Schlachtgetümmel verschwunden. Robin starrte ihm noch einen Herzschlag lang wie gelähmt nach, aber dann zwang sie ihr Pferd herum und tat, was er ihr geraten hatte.

Sie floh.

17. Kapitel

Noch vor einer Stunde hätte sie den bloßen Gedanken empört von sich gewiesen, feige davonzurennen, aber sie war nicht die Einzige; aus dem widerwilligen Zurückweichen der Templer war längst eine planlose Flucht geworden, die allmählich auch vom Rest der christlichen Truppen Besitz ergriff. Robin konnte nicht sagen, wer zuerst gewichen war, Raimunds Reiterei oder die Templer, aber es spielte auch keine Rolle: Die Schlacht war entschieden, und nicht nur Odos Truppen wichen zurück. Nur eine Hand voll Unbelehrbarer hatte sich um Ridefort geschart, der noch immer unerschütterlich das Baussant in die Höhe reckte, und so gewaltig die Übermacht auch war, an dieser Stelle zumindest hielten sie stand. Fahne und Reiter ragten wie ein Fels aus blutbeflecktem Weiß und besudeltem Silber aus einem kochenden Meer schwarzer Mäntel und Turbane und blitzender Pickelhauben und Speere, und über ihnen flatterte trotzig das schwarz-weiße Banner im Sturm, das die Schlacht entfesselt hatte.

Einen ganz kurzen Moment lang überlegte Robin sogar ernsthaft, sich ihnen anzuschließen, und möglicherweise hätte sie es sogar getan, wäre es nicht ausgerechnet Ridefort gewesen, der das Häufchen Unerschrockener anführte. Aber sie verwarf diesen Gedanken fast ebenso schnell wieder, wie er ihr gekommen war. Er war nur noch ein schwaches Echo von etwas gewesen, woran zu glauben man sie gelehrt hatte; Gewohnheit, keine Überzeugung mehr. Salim hatte Recht gehabt, dachte sie bitter. Trotz allem, was sie zu wissen geglaubt hatte, hatte sie die bevorstehende Schlacht vor allem als großes, aufregendes Abenteuer gesehen. Aber an diesem Grauen erregenden Gemetzel war nichts Abenteuerliches. Die Welt, in der sie noch vor einer Stunde gelebt hatte, hatte nichts mehr mit der gemein, durch die sie nun torkelte. Nichts war so, wie es sein sollte. Alles, woran sie je geglaubt hatte, was ihr je wichtig gewesen war, war zerbrochen, in Stücke gerissen und mit den Schreien der Sterbenden verweht. Sie wollte nur noch weg hier.

Aber wohin? Je weiter sie sich dem Rand des Schlachtfeldes näherte, desto auswegloser erschien ihr ihre Lage. Die Schlacht hatte längst um sich gegriffen wie ein Feldbrand, der außer Kontrolle geraten war.

Die flüchtenden Truppen waren auf das siegreiche Heer Balduins gestoßen und rissen es einfach mit sich, und die Sarazenen setzten nach und lösten das ganze Heer der Christen im Chaos auf. Robin hatte längst die Orientierung verloren. Über dem Schlachtfeld brodelte der Staub so heftig, als ritte sie durch dichten Nebel, und die kämpfenden Gestalten ringsum schienen sich mehr und mehr in unheimliche Schatten zu verwandeln, die wie Gespenster aus den wirbelnden Schwaden auftauchten und wieder darin verschwanden. Robins Nase blutete noch immer und machte ihr das Atmen schwer, und Staub und Schweiß brannten in ihren Augen und machten sie fast blind. Zum Feldlager, hatte Salim gesagt. Aber in welcher Richtung lag es? Plötzlich wurde ihr klar, dass sie sich inmitten der beiden ineinander verkeilten Heere hoffnungslos verirrt hatte. Sie wusste nicht mehr, wo sie war, und noch viel weniger, wohin sie sich wenden sollte. Ringsum herrschte unbeschreiblicher Lärm. Fliehende jammerten in Panik, Ritter versuchten Befehle zu brüllen, die niemand mehr hörte, Verwundete und Sterbende schrien ihr Leid heraus, verängstigte Pferde wieherten. Überall ertönte Schwertergeklirr, und die Luft war brütend heiß und dazu so voller Staub, dass sie kaum noch atmen konnte.

»*Bruder Robin! Hier!*«

Im gleichen Moment, in dem die Stimme verzerrt und schrill durch das Schreien und den Schlachtenlärm an ihr Ohr drang, prallte irgendetwas mit einem dumpfen Schlag gegen ihre Seite. Robin wischte den Pfeil weg, der sich im Geflecht ihres Kettenhemdes verfangen hatte, ohne es durchdringen zu können, und hielt, von einer wilden Hoffnung erfüllt, nach dem Besitzer der Stimme Ausschau, die ihren Namen gerufen hatte. Etwas Weißes und Silbernes blitzte irgendwo links von ihr auf und verschwand wieder, und noch einmal glaubte sie zu hören, wie ihr Name gerufen wurde.

Ein zweiter, diesmal besser gezielter Pfeil flog so dicht an ihrem Helm vorbei, dass sie tatsächlich das Geräusch hören konnte, mit dem sein gefiedertes Ende an dem Eisen vorbeistrich. Robin duckte sich, zwang ihre scheuende Stute herum und sprengte auf die Insel aus aufblitzendem Weiß und schimmerndem Metall zu, die inmitten des Chaos vor ihr brodelte.

Es war nicht Salim. Für einen winzigen, von wilder Hoffnung erfüllten Moment glaubte sie eine gedrungene Gestalt zu erkennen, die ein mächtiges Bastardschwert schwang, dann riss der Vorhang aus Staub und tanzenden Schatten auf, und eine eisige Hand schien nach Robins Herz zu greifen und es zusammenzudrücken, als sie erkannte, dass es auch nicht Bruder Abbé war, der ihren Namen gerufen hatte. Vor ihr erhob sich eine Festung aus lebenden Körpern und Eisen, über der trotzig ein schwarz-weißes Banner flatterte. Im allerersten Moment dachte sie, es wäre Ridefort gewesen, der sie erkannt und ihren Namen gerufen hatte, dann jedoch erblickte sie die riesige, breitschultrige Gestalt, die unmittelbar neben dem Ordensmarschall im Sattel eines gewaltigen Streitrosses saß und ihr zuwinkte. Dariusz?, dachte sie verwirrt. Ganz egal, was auch immer er ihr zu Beginn der Schlacht gesagt hatte: Warum sollte sich *Dariusz* in einem solchen Moment wie diesem um sie sorgen?

Die Reihen der Templer teilten sich, als sie näher kam, um sie hindurchzulassen, und Robins Pferd griff fast ohne ihr Zutun schneller aus. Keuchend vor Erschöpfung und nicht mehr in der Lage, auch nur einen einzigen klaren Gedanken zu fassen, langte sie neben Dariusz' und dem Marschall an und starrte verständnislos in die dunklen Augen des grauhaarigen Tempelritters, die sie durch den schmalen Sehschlitz seines Helmes mit einem Ausdruck wirklicher Sorge musterten. Robin versuchte erst gar nicht, dieser Erkenntnis irgendeinen Sinn abzugewinnen – aber Dariusz' Blick machte ihr klar, dass er tatsächlich *Angst* um sie gehabt hatte und nun sehr erleichtert war, sie lebend und unversehrt wiederzusehen. Sie wollte etwas sagen, doch Dariusz schnitt ihr mit einer groben Bewegung das Wort ab und bedeutete ihr mit einer zweiten, eindeutig befehlenden Geste, hinter ihm und Ridefort Aufstellung zu nehmen. Als sie gehorchte und ihr Pferd an ihm vorbeilenkte, griff er wortlos zu und pflückte zwei abgebrochene Pfeile aus ihrem Kettenhemd; Robin hatte nicht einmal bemerkt, dass sie getroffen worden war.

»Bleib hinter mir!«, schrie Dariusz. »*Ganz egal, was passiert!*«

Robin hätte gar nicht anders gekonnt, als seinem Befehl Folge zu leisten. Es mochten gute zwei Dutzend Ritter sein, die sich um Ridefort und das Baussant geschart hatten, und der Druck der von allen Seiten auf sie einstürmenden Angreifer wurde so groß, dass sich ihre Pferde kaum noch bewegen konnten, selbst wenn sie es gewollt hätten.

Dennoch wurden sie Schritt für Schritt zurückgedrängt. Robin duckte sich, als sie einen Schatten aus den Augenwinkeln heraus auf sich zufliegen sah. Der Speer verfehlte sie, traf den Ritter hinter ihr und prallte wirkungslos an seiner Rüstung ab; dennoch war seine Wucht so gewaltig, dass der Mann taumelte und aus dem Sattel gestürzt wäre, wäre er nicht gegen den Reiter neben sich geprallt und von diesem aufgefangen worden. Und immer mehr und mehr Sarazenen stürmten heran. Die Templer in ihren schweren Rüstungen und auf ihren gepanzerten Pferden bildeten ein nahezu unüberwindliches Hindernis, an denen sich die Flut der säbelschwingenden Angreifer brach wie Meeresbrandung an einem unüberwindlichen Riff, und kaum einer der Angreifer überlebte auch nur den ersten Zusammenprall. Doch ihre Zahl schien unerschöpflich, und statt sie einzuschüchtern oder gar in die Flucht zu schlagen, schien ihnen der Anblick der flatternden schwarz-weißen Fahne nur immer mehr Kraft und Kampfeswillen zu verleihen. Langsam, aber unbarmherzig, Schritt für Schritt und eine schreckliche Spur aus toten und sterbenden Männern und verwundeten Tieren und zerbrochenen Waffen und blutgetränkten Kleidern zurücklassend, wurden Ridefort und sein kleines Häufchen unerschrockener Verteidiger zurückgedrängt. Auch ihre Zahl schmolz zusammen. Ganz langsam nur, aber sie wurden weniger.

Und schließlich zerbrach auch die lebende Festung, inmitten derer sich Ridefort, Dariusz und sie selbst befanden. Es war ein einzelner Reiter, der die Katastrophe auslöste. Robin sah, wie er zwei, drei wuchtige Schwerthiebe mit einem besonders hartnäckigen Angreifer austauschte, der mit zwei Schwertern gleichzeitig und ohne Schild kämpfte; eine Technik, die sie ein paar Mal auch bei Salim beobachtet hatte, und ihr Herz machte einen erschrockenen Sprung in ihrer Brust, als sie sah, dass der Reiter ganz in Schwarz gehüllt war und sich auch sein Gesicht hinter einem schwarzen Tuch verbarg, dann aber wurde ihr klar, dass er viel größer und deutlich älter war als Salim. Der Tempelritter trieb den schwarz gekleideten Sarazenen, rücksichtslos darauf vertrauend, dass seine schweren Rüstungen die Schwerthiebe abwehren würde, vor sich her und verließ dabei die geschlossene Reihe, die die gepanzerten Pferde bisher gebildet hatten.

Es war nicht nur sein Todesurteil.

Der brutalen Kraft seiner Hiebe hatte der Sarazene nichts entgegenzusetzen. Mit seinen beiden Schwertern gelang es ihm, die ersten zwei oder drei Schläge noch abzuwehren, dann zerschmetterte ein Hieb des gewaltigen Breitschwerts nicht nur seine Klinge, sondern grub sich auch tief in seine nur von dünnem Stoff geschützte Schulter. Der Mann stürzte tödlich getroffen vom Pferd, doch auch um den Ritter war es geschehen. Nicht mehr inmitten seiner Kameraden, war er dem Angriff von nahezu einem Dutzend Kriegern zugleich schutzlos ausgeliefert. Der Reiter verschwand einfach unter einer Flut heranstürmender Gegner, und noch bevor er zusammenbrach, drängten weitere Sarazenen heran und versuchten die Lücke zu verbreitern, die der Reiter in der Verteidigungslinie der Templer hinterlassen hatte. Mit dem Mut der Verzweiflung warfen sich die Ritter den Angreifern entgegen, doch diesmal nutzte ihnen alle Tapferkeit nichts mehr. Die Lücke verbreitete sich, und die gesamte Formation begann zusammenzubrechen.

»Zurück!«, schrie Ridefort. »Zieht euch zurück! Alles zu mir! Verteidigt die Fahne!«

Seine Männer versuchten es, aber die Formation, einmal im Auseinanderbrechen begriffen, war nicht mehr zu halten. Aus der lebenden Festung, als die er und seine Hand voll verbliebener Getreuer dem Ansturm des Sarazenenheeres bisher noch getrotzt hatten, wurde ein heilloses Durcheinander. Die bisher nahezu unüberwindliche geschlossene Formation zerfiel in Dutzende erbitterter Einzelkämpfe und Handgemenge, in denen sich die erdrückende Überzahl der Gegner nun endgültig durchzusetzen begann.

Dennoch zögerte Dariusz, seinem Befehl zu folgen. Sein Pferd tänzelte so nervös auf der Stelle, dass er es mit einem brutalen Ruck am Zaumzeug zur Ruhe bringen musste. »Fliehen?«, keuchte er. »Wir sollen wie die Feiglinge vor diesen Heiden davonlaufen? Das kann nicht Euer Ernst sein, Marschall.«

»Das ist nicht nur mein Ernst, Bruder Dariusz«, antwortete Ridefort gereizt. »Das ist ein Befehl! Gehorcht!«

Dariusz riss sein Pferd herum, allerdings nur, um den Angriff eines Sarazenenkriegers abzuwehren, dem es gelungen war, die Reihen der Templer zu durchbrechen.

»Ich werde nicht feige davonlaufen!«, schrie er, noch bevor der getroffene Krieger vollends aus dem Sattel gesunken war. »Unsere Regeln ...«

»Unsere Regeln«, unterbrach ihn Ridefort, und seine Augen blitzten so wütend auf, dass Robin es selbst hinter den schmalen Sehschlitzen seines Helmes noch erkennen konnte, »verbieten es uns nicht, unser Leben zu retten, wenn ein Kampf keine Aussicht auf Erfolg mehr hat, Bruder Dariusz! Im Gegenteil! Ich werde nicht die Leben tapferer Männer sinnlos opfern, die wir später noch bitter brauchen! Begreift Ihr denn nicht, Ihr Narr?« Ridefort machte eine wütende Geste mit dem Baussant in die Runde. »Das sind nicht Faruk Schahs flüchtende Truppen! *Das ist Saladins ganzes verdammtes Heer!* Sie haben uns eine Falle gestellt, und wir sind blind hineingerannt!«

Er wiederholte seine wütende Bewegung mit der Lanze, an deren Ende das Banner flatterte. »Wir ziehen uns ins Tal zurück. Dort können wir uns zu einem neuen Angriff sammeln. Gehorcht Ihr, oder soll ich Euch Eures Kommandos entheben?«

Die Situation kam Robin mit jedem Atemzug bizarrer und unwirklicher vor. Sie befanden sich inmitten einer tobenden Schlacht, und diese beiden Ritter hatten nichts Besseres zu tun, als über die Auslegung ihrer Ordensregel zu streiten?

Und doch, so absurd es ihr auch vorkam, es vergingen noch

einmal zwei oder drei endlose schwere Herzschläge, bis Dariusz schließlich sein Schwert senkte und widerwillig nickte. Doch obwohl sie sein Gesicht hinter dem schweren Helm nicht erkennen konnte, spürte sie doch, dass die Angelegenheit für ihn damit noch lange nicht erledigt war.

»Los!«, fuhr Dariusz sie an. »Du hast den Marschall gehört!«

Sie gehörten mit zu den Letzten, die vor den heranstürmenden Sarazenen zurückwichen. Obwohl sie nur ein kleines Grüppchen waren, eine Hand voll Reiter in einem Heer berittener Gestalten, erhob sich doch aus den Reihen der Sarazenen ein johlendes Triumphgeschrei, als das Baussant endlich herumschwenkte und sich dann zurückzog, und für einen winzigen Moment verstand Robin Dariusz beinahe. Es spielte keine Rolle, ob ein Dutzend Reiter mehr oder weniger auf dem Schlachtfeld war, doch das heilige Banner der Tempelritter zurückweichen zu sehen musste den Sarazenen ebenso viel Kraft geben, wie es den Templern und ihren Verbündeten nahm. Dennoch war Rideforts Entscheidung die einzig richtige gewesen. Aller Tapferkeit und Kraft zum Trotz hätten sie dem Ansturm so oder so nur noch wenige Augenblicke standhalten können, und das Baussant *fallen* zu sehen hätte eine noch ungleich verheerendere Wirkung auf die Kampfmoral der Truppen gehabt.

Falls es in dem nahezu in Auflösung begriffenen Heer noch so etwas wie Kampfmoral gab. Robin tat, was Dariusz ihr befohlen hatte, und versuchte sich möglichst in seiner Nähe zu halten, und nachdem die kleine Schlacht um das Baussant innerhalb der großen Schlacht vorüber war, gesellten sich immer mehr und mehr Reiter zu ihnen, um ihren Rückzug zu decken, doch sie hatte längst den Überblick nicht nur über ihre eigene Lage, sondern auch den Verlauf der Schlacht verloren. So etwas wie eine Ordnung oder nach strategischen Gesichtspunkten vorgehende Truppenteile schien es nicht mehr zu geben. Es wurde einfach überall rings um sie gekämpft, und Robin konnte selbst nicht mehr sagen, welche Seite im Moment im Vorteil war oder ob überhaupt eine. Sie glaubte zu spüren, dass es um die Sache der Christen nicht gut bestellt war, doch es konnte ebenso gut genau anders herum sein. Das Gelände zwischen dem Flussufer und dem Tal, in dem der so katastrophal beendete Angriff seinen Anfang genommen hatte, brodelte einfach vor Menschen. Hier und da bildeten sich kleine Inseln versprengter Fußsoldaten, die der Flut der Feinde standzuhalten – oder einfach ihr Leben zu retten – versuchten, indem sie sich Rücken an Rücken gegenseitig Deckung gaben oder in kleinen Gruppen zusammenfanden, um sich gegen den übermächtigen Feind zu stemmen, und zumindest um diese Männer stand es tatsächlich nicht gut. Wer nicht einfach niedergeritten wurde, der wurde von den Sarazenen mit Schwertern, Keulen oder Speeren niedergemacht oder ging unter einem Hagel von Pfeilen zu Boden, und nur zu oft sah sie berittene Gestalten mit spitzen Helmen und runden Schilden, die flüchtende Krieger wie die Tiere hetzten.

Sie erblickte jedoch auch immer wieder einzelne, gepanzerte Ritter, die sich gegen eine drei-, vier- oder auch fünffache Übermacht hielten. Die meisten von ihnen fielen letztendlich doch, aber ihre schweren Waffen und die Rüstungen, Helme und Schilde verlangten ihren Feinden einen fürchterlichen Blutzoll ab. Wie immer die Schlacht letzten Endes auch ausgehen mochte, der Preis, den die Sarazenen dafür bezahlen mussten, würde ungleich höher sein als der ihrer Gegner.

Auch Robin wurde ununterbrochen angegriffen, und mindestens zweimal spürte sie einen harten Schlag, wenn ein weiterer Pfeil von ihrer Rüstung abprallte. Vermutlich hatte sie es nur Dariusz zu verdanken, dass sie den Rückweg zum Tal überhaupt überlebte; warum auch immer – er griff mindestens zweimal ein, um ihr beizustehen, als sie in Bedrängnis geriet, und vermutlich sogar öfter, ohne dass sie es bemerkte. In Robins Kopf überschlugen sich die Gedanken viel zu sehr, als dass sie tatsächlich darüber nachdenken konnte, doch es schien, als hätte sie in dieser Schlacht nicht einen, sondern gleich zwei Schutzengel.

Doch vielleicht war selbst das nicht genug.

Sie hatten das rettende Tal fast erreicht. Rings um sie herum wurde immer noch gekämpft, aber längst nicht mehr so heftig wie bisher, und vor ihnen lagen vielleicht noch hundertfünfzig oder zweihundert Pferdelängen. Robin wollte gerade erleichtert aufatmen, als sie etwas sah, das ihr vor Entsetzen schier die Kehle zuschnürte.

Die schmale Schlucht, die in das rettende Tal hineinführte, war plötzlich nicht mehr leer. Reiter strömten heraus. Hunderte, Aberhunderte von Reitern.

Aber es waren keine Templer, Johanniter oder christliche Ritter. Es waren Gestalten auf kleinen, schlanken Pferden, die spitze Helme und Rundschilde trugen und in bunte Burnusse gehüllt waren!

Neben ihr schrie Dariusz wütend auf, und auch Ridefort brüllte irgendetwas, das sie nicht verstand, und die vielleicht sechzig oder siebzig Reiter, auf die ihre Anzahl mittlerweile wieder angewachsen war, schloss sich binnen eines einzigen Augenblickes wieder zu einer perfekt ausgerichteten, geraden Linie zusammen. Als gäbe es die gewaltige Übermacht gar nicht, auf die sie zusprengten, nahmen die Reiter ihre typische Angriffsformation ein, und statt zu tun, worauf Robin instinktiv wartete, nämlich ihre Tiere herumzureißen und ihr Heil in der Flucht zu suchen, wurden sie plötzlich wieder schneller und senkten auf dem allerletzten Stück ihre Lanzen.

Robin hatte keine Lanze mehr, und hätte sie eine gehabt, es hätte ihr nichts genutzt. Dariusz schlug plötzlich mit dem Schild zu und versetzte ihrem Pferd einen Hieb gegen den Hals, der es zwar nicht taumeln ließ, aber nachhaltig aus dem Tritt brachte, sodass sie ein kurzes Stück zurückfiel und alle Hände voll damit zu tun hatte, nicht abgeworfen zu werden, und diese winzige Zeitspanne reichte. Als Robin die Gewalt über ihr Tier zurückerlangt hatte, prallten die beiden Reitertrupps aufeinander.

Die Erde erzitterte. Es war, als führe ein gigantischer Hammer auf einen noch gigantischeren Amboss herab. Für einen Moment schien die Welt aus nichts anderem als dem Krachen der aufeinander prallenden Körper zu bestehen, und vor Robins ungläubig aufgerissenen Augen wiederholte sich das Wunder, dessen Zeuge sie schon einmal geworden war: Ungeachtet der gewaltigen Überzahl der Sarazenen schienen die Templer das feindliche Heer einfach zu zermalmen. Die schiere Wucht ihres Angriffes ließ die Reihen der Sarazenen einfach zusammenbrechen. Es waren *Saladins* Truppen, nicht die Tempelritter, die zurückwichen, und für einen ganz kurzen Moment sah es beinahe so aus, als sollte sich das Schlachtenglück noch einmal wenden. Und vielleicht wäre es Ridefort und seinen Männern tatsächlich gelungen, das Schicksal noch einmal herumzureißen, allein durch den beispiellosen Mut seiner Männer und ihren unbedingten Willen zu siegen, denn die Truppen, die sich ihnen entgegengeworfen hatten, wankten nicht nur, sie begannen *zurückzuweichen*, und Panik machte sich unter Mensch und Tier breit.

Plötzlich war es, als lege sich der Schatten einer riesigen Hand über das Schlachtfeld. Robin hob erschrocken den Blick. Auf den Felsen oberhalb des Talausgangs standen Männer. Hunderte von Männern, die kurze, geschwungene Hornbögen in den Händen hielten. Und der Himmel war schwarz von Pfeilen. Ihr blieb gerade noch Zeit, den Arm mit dem zerbrochenen Schild in die Höhe zu reißen, aber nicht mehr, um wirklich zu begreifen, was geschah, bevor die Geschosse wie tödlicher schwarzer Regen auf sie herunterzuprasseln begannen.

Keiner der aus großer Entfernung abgeschossenen Pfeile vermochte ihre Rüstung oder ihren Helm zu durchschlagen, doch die pure Wucht der Geschosse riss ihren Arm zurück und warf sie im Sattel nach hinten, und so gut geschützt sie auch sein mochte, ihr Pferd war es nicht. Das Tier schrie gequält auf, als sich gleich vier oder fünf Pfeile gleichzeitig durch seine Schabracke bohrten und tief und quälend in sein Fleisch bissen, stieg auf die Hinterläufe hoch und warf sie ab, und Robin konnte sich gerade noch mit einer verzweifelten Bewegung zur Seite rollen, um nicht unter dem sterbenden Pferd begraben zu werden. Seine im Todeskampf zuckenden Hufe streiften ihren Helm, und der Schlag war so gewaltig, dass ihr schwarz vor Augen wurde und sie einen Moment lang mit aller Kraft gegen die Bewusstlosigkeit kämpfen musste.

Als sich die schwarzen und blutroten Schleier vor ihren Augen wieder verzogen, bot sich ihr ein Anblick, den sie nie wieder wirklich vergessen sollte. Sie hatte trotz allem Glück gehabt. Dariusz' Stoß mit dem Schild hatte sie weit genug zurückgeworfen, sodass der Regen aus tödlichen schwarzen Pfeilen sie nur gestreift hatte. Dariusz selbst und der Rest ihrer Ordensbrüder hatten weniger Glück.

Hunderte, wenn nicht Tausende von Pfeilen regneten von der Höhe der Felsen aus auf sie herab, trafen Ritter und Sarazenen, christliche und muslimische Pferde ohne Unterschied und verwandelte den bisher so unaufhaltsam erscheinenden Ansturm der Tempelritter in ein einziges Chaos aus zusammenbrechenden Pferden und stürzenden Menschen. Robin beobachtete entsetzt, dass die allermeisten Pfeile Saladins eigene Männer trafen, deren wollene Mäntel und Burnusse ihnen keinen Schutz vor dem Tod boten, der erbarmungslos aus dem Himmel auf sie herabregnete. Vielleicht blieb der Angriff der Templer einfach stecken, weil sie plötzlich über einen Berg aus zusammenbrechenden Pferden und Männern stolperten. Die verzweifelte Hoffnung, die sie für einen Moment noch gehabt hatte, wurde von einem Atemzug auf den anderen von Entsetzen und schierem Grauen abgelöst, als sich die Schlacht vor ihr in reines Chaos verwandelte.

Als der Pfeilregen nach der dritten oder vierten Salve aufhörte, war kaum noch einer der Tempelritter im Sattel. Neun von zehn Pferden lagen tot oder sterbend am Boden, viele hatten ihre Reiter unter sich begraben, und nur einige wenige Tiere galoppierten reiterlos davon. Die Anzahl der Opfer unter Saladins Reitern musste ungleich größer sein, doch aus dem schmalen Tal strömten immer noch mehr und mehr Sarazenen heran, für die die Templer nun, ohne ihre gewaltigen Schlachtrösser, leichte Opfer sein mussten. Wie durch ein Wunder sah sie, wie sich Ridefort inmitten des Getümmels aufrichtete und die schwarzweiße Fahne der Templer schwenkte, und in der breitschultrigen Gestalt neben ihm erkannte sie niemand anderen als Dariusz, der mit einer fast trotzigen Bewegung seinen Schild hob und sich schützend neben dem Ordensmarschall aufbaute.

Auch Robin taumelte mühsam auf die Füße. Der zerbrochene Schild war beim Sturz vollends von ihrem Arm geglitten, und sie hatte auch ihr Schwert fallen gelassen. Mühsam bückte sie sich danach und hob es auf, und ohne wirklich zu denken, wollte sie herumfahren und zu Dariusz, Ridefort und den anderen laufen. Doch als hätte er die Bewegung gespürt, drehte sich der breitschultrige Ritter neben Ridefort plötzlich um und machte eine winkende Bewegung mit dem Schwert in ihre Richtung.

»Robin!«, schrie er. »Flieh! Wir sehen uns in Safet!«

18. Kapitel

Selbst über die große Entfernung hinweg sah Robin, wie Ridefort überrascht den Kopf wandte und erst Dariusz, dann sie und dann wieder Bruder Dariusz anstarrte, und für einen winzigen Moment wusste sie nicht, was sie tun sollte. Ein Teil von ihr, der immer noch Tempelritter war und sich an den Eid gebunden fühlte, den sie vor so langer Zeit abgelegt hatte, drängte danach, weiterzulaufen und ihren Platz an der Seite ihrer Ordensbrüder einzunehmen, auch wenn das vermutlich ihren sicheren Tod bedeutet hätte, aber da war plötzlich noch eine andere, mächtigere Stimme, und diese Stimme wollte nichts anderes als leben. Nicht einmal für sich. Sie konnte das Gefühl nicht begründen – und doch *wusste* sie plötzlich einfach, dass ihr Leben nicht mehr ihr allein gehörte, sie nicht das Recht hatte – nicht mehr! –, damit zu verfahren, wie es ihr beliebte, sondern dass da noch etwas anderes, Wichtigeres war, für das sie weiterleben musste. Sie machte nur noch einen einzigen, stolpernden Schritt, dann blieb sie stehen und verschwendete noch eine weitere, kostbare Sekunde damit, hilflos zu Dariusz und den anderen hinzusehen. Dann aber fuhr sie auf dem Absatz herum und stürmte los, so schnell sie konnte.

Was nicht besonders schnell war. Dass die Pfeile ihr Kettenhemd und ihren Helm nicht durchschlagen hatten, bedeutete nicht, dass sie nicht verletzt war. Robin spürte, dass sie aus zahllosen Schrammen und Abschürfungen blutete, und jeder einzelne Muskel in ihrem Körper schien verkrampft zu sein; es bereitete ihr immer größere Mühe, einen Fuß vor den anderen zu setzen, und das Schwert in ihrer Hand schien plötzlich Zentner zu wiegen. Hinter ihr erscholl ein gewaltiges Krachen und Bersten, gefolgt von einem Chor aus Schmerz- und Wutschreien, doch Robin wagte es nicht, sich auch nur umzusehen, sondern raffte im Gegenteil all ihre verbliebene Kraft zusammen und stolperte schneller weiter.

Trotzdem hätte sie es nicht geschafft, wäre in diesem Moment nicht ein dritter Schutzengel aufgetaucht, den ihr das Schicksal sandte. Er erschien in Gestalt eines reiterlosen Pferdes im Weiß und Rot der Tempelritter, das plötzlich wie aus dem Nichts neben ihr stand und sie aus großen, verängstigten Augen anblickte.

Robin verschwendete keine Zeit damit, darüber nachzudenken, ob dieses neuerliche Wunder nun purer Zufall war oder Gott vielleicht tatsächlich etwas Besonderes mit ihr vorhatte. Mit dem letzten bisschen Kraft, das sie aufbringen konnte, griff sie nach dem Zaumzeug des Pferdes, langte mit der anderen Hand zum Sattelhorn und zog sich mit allerletzter Anstrengung hinauf. Das Pferd wieherte nervös und begann unruhig auf der Stelle zu tänzeln, sodass sie um ein Haar sofort wieder abgeworfen worden wäre, beruhigte sich aber dann, als es das vertraute Gewicht eines Reiters auf dem Rücken spürte. Robin schob mit zitternden Fingern das Schwert in die Scheide, griff mit beiden Händen nach den Zügeln und drehte sich nun doch im Sattel um.

Was sie sah, war nicht so schlimm, wie sie erwartet hatte. Es war schlimmer. Wie durch ein Wunder flatterte das Baussant immer noch über dem Schlachtfeld, doch von dem Mann, der es hielt, und seinen Brüdern war nichts mehr zu sehen. Der Bereich vor dem Talausgang war schwarz von Reitern, die von allen Seiten zugleich auf die Tempelritter eindrangen. Robin wusste, dass die Männer keine Chance hatten. Sie kam sich wie eine Verräterin vor.

Doch ihr wurde auch klar, dass sie keineswegs außer Gefahr war. Auch wenn das letzte Gefecht der Tempelritter zwei- oder dreihundert Schritte hinter ihr stattfand, so wurde doch auch überall rings um sie herum gekämpft. Schon war ein weiterer Sarazene auf sie aufmerksam geworden und galoppierte, seinen Speer unter dem Arm angelegt wie ein christlicher Ritter seine Lanze, auf sie zu. Robin griff automatisch nach ihrem Schwert. Plötzlich waren Schmerzen und Furcht vergessen, und alles, was sie fühlte, war eine kalte, mörderische Entschlossenheit, auch diesen Kampf zu gewinnen.

Mit einem Mal erschien ihr dieser einzelne Krieger als alles, was noch zählte. All ihr Zorn, ihre Furcht und dieser neue, absolute Wille zu überleben konzentrierten sich mit einem Mal auf ihn, irgendeinen der zahllosen Krieger aus Saladins Heer, den sie so wenig kannte wie er sie, und der trotzdem wild entschlossen war, sie zu töten. Es war nur ein winziger Moment, und er war fast so schnell vorbei, wie er gekommen war, und doch spielten die Schlacht, der Krieg, das große, hehre Ziel der Christenheit, für das sie gelebt hatte, plötzlich gar keine Rolle mehr. Für diesen einen Moment, in dem der Sarazene heransprengte und sie ihr Schwert aus dem Gürtel zog, um seinen Angriff abzuwehren, war es eine persönliche Sache zwischen ihr und ihm. Mit einer Bewegung, die ihr selbst sonderbar schwerelos vorkam, zwang sie das Pferd herum, zerschmetterte mit einem einzigen Hieb die Lanze des Sarazenen und ließ die Bewegung in einem nach oben führenden Bogen enden, der die Schwertklinge diagonal über seine Brust führte, als er an ihr vorübergaloppierte. Der Mann kippte mit einem Schrei aus dem Sattel und warf die Arme in die Luft, bevor er auf dem Boden aufschlug, und so schnell es auch ging, sah Robin trotzdem den Ausdruck maßloser Verblüffung und allmählich aufkeimenden Entsetzens in seinen Augen, der von einem heftigen, jähen Schmerz hinweggefegt wurde.

Dann schlug der Reiter auf dem Boden auf und rollte davon, sein Pferd verschwand irgendwo hinter ihr, und es war vorbei. Mit einem Mal holte sie die Vergangenheit ein. Sie war wieder am Strand, kniete wieder über Guy und starrte ihre eigenen Hände an, mit denen sie seinen Kehlkopf zerschmettert hatte. Plötzlich begann sie am ganzen Leib zu zittern. Sie hatte einen Menschen getötet. Es war absurd – der Reiter war garantiert nicht der Erste gewesen, der in dieser Schlacht von ihrer Hand gefallen war, und sie würde auch nicht zögern, es wieder zu tun, wenn es um ihr Leben ging – und doch war es ein gewaltiger Unterschied. Indem sie den Kampf mit ihm zu einer persönlichen Sache gemacht hatte, war er von einem feindlichen Krieger, der in der Schlacht fiel, zu einem Menschen geworden, den sie *ermordet* hatte. Ihr wurde übel.

Sie ließ das Schwert fallen, dessen Klinge noch rot vom Blut des Erschlagenen war, krümmte sich im Sattel und schaffte es gerade noch, sich den Helm vom Kopf zu reißen, bevor sie sich qualvoll würgend übergab.

Alles drehte sich um sie. In das Getöse der Schlacht in ihren Ohren mischte sich ein immer lauter werdendes, an- und abschwellendes Rauschen und Brausen, und die Übelkeit wurde schlimmer, nicht besser, und nun gesellte sich auch noch ein dünner, aber weiß glühender Schmerz dazu, der sich wie ein heißer Dolch in ihren Unterleib bohrte. Zitternd brach Robin über dem Hals des Pferdes zusammen, klammerte sich mit letzter Kraft an den rauen Stoff seiner Schabracke fest und übergab sich noch einmal, so lange, bis nur bittere Galle und Blut über ihre Lippen kamen.

Sie saß vielleicht zwei oder drei Minuten lang reglos über den Hals des Pferdes gebeugt da, und es war ein schieres, weiteres Wunder, dass sie diese Zeit überlebte und kein anderer Feind die Gelegenheit nutzte, den so offensichtlich wehrlos dasitzenden

Tempelritter anzugreifen. Vielleicht hielt man sie auch für tot. Irgendwann klang das Wüten in ihrem Leib ab, und auch die Übelkeit verebbte, ohne ganz zu erlöschen. Taumelnd richtete sich Robin im Sattel auf, fuhr sich mit dem rauen Kettenhandschuh über die Lippen und blinzelte die Tränen weg, die ihre Augen füllten. Rings um sie herum tobte die Schlacht mit unverminderter Wucht und Härte weiter, aber alles kam ihr plötzlich irreal und ... *falsch* vor, als wäre sie an einem Ort, an den sie nicht gehörte. Es war vorbei. Sie hatte einen Mann zu viel getötet.

Angewidert von sich selbst, schnallte sie mit zitternden Fingern den Schwertgurt ab und warf ihn zu Boden, dann griff sie nach den Zügeln des Pferdes und ritt los. Diese Schlacht ging sie nichts mehr an. Für sie war der Krieg vorbei, und sie hatte ihn verloren. Da war noch immer eine – leiser werdende – hysterische Stimme in ihrem Kopf, die ihr zuzuschreien versuchte, dass sie feige war, ihren Eid brach und ihre Brüder im Stich ließ, dass ihr Platz an der Seite der anderen war und dass sie sich so ganz nebenbei auch noch immer in Lebensgefahr befand, denn der Anblick eines waffenlos und ohne Schild und Helm dasitzenden Tempelritters musste für jeden von Saladins Kriegern geradezu eine Einladung darstellen, sich auf sie zu stürzen, aber diese Stimme wurde leiser und hatte keine Gewalt mehr über sie. Sie würde nicht mehr töten. Sie hatte viel zu lange bei diesem Irrsinn mitgemacht. Safet, hatte Dariusz gesagt. Dort würde sie Salim wiedersehen.

Später, wenn sie über diese grässlichen Augenblicke nachdachte – und sie sollte es oft tun in endlosen, schlaflosen Nächten, in denen sie die furchtbaren Bilder heimsuchten –, sollte sie sich immer und immer wieder vergebens fragen, welchem Wunder sie es zu verdanken hatte, den Weg zum Fluss hinab lebend überstanden zu haben. Niemand griff sie an, obgleich sie zwei- oder dreimal in die Nähe erbitterter Kämpfe geriet, niemand stellte sich ihr in den Weg oder versuchte sie aufzuhalten, ja, es war, als wichen Freund und Feind vor ihr zurück, sobald sie näher kam, als wäre da ein unsichtbarer Schutzschild, der sie umgab. Es war das Pferd, das den Weg zum Fluss hinab fand, nicht sie, vielleicht weil das Tier instinktiv den einzigen Ausweg suchte, den es aus dieser Orgie des Tötens und Mordens gab.

Auch über die Ufer des Litani hatte der Krieg seinen Schatten geworfen. Das Wasser des ruhig dahinfließenden Flusses hatte sich rot vom Blut der Erschlagenen gefärbt. Die Leichen von Menschen und Tieren trieben in seinen Fluten oder hatten sich im dichten Schilf des Ufers gefangen, und auch hier war das Klirren von Waffen und das Schreien sterbender und verwundeter Männer der einzige Laut, den sie hörte. Dennoch schien die Schlacht hier nahezu vorüber zu sein.

Und nahezu verloren, wie Robin bitter begriff. Die Leichen, die mit der Strömung vorübertrieben, waren fast ausschließlich die muselmanischer Krieger, doch sie wusste auch, wie furchtbar falsch dieser Eindruck war, wurden doch die Körper erschlagener christlicher Ritter vom Gewicht ihrer Rüstungen sofort unter Wasser gezogen. Noch immer langsam reitend, waffen- und wehrlos und mit leerem Blick, erreichte sie den Gürtel aus mannshohem Schilf, der das Ufer säumte, und hielt an.

Hier bot sich ihr ein anderer, grausam ehrlicher Anblick. Überall zwischen dem niedergebrochenen, geknickten Schilf lagen die Leichen leicht gerüsteter Fußsoldaten, die keine Kettenhemden oder Rüstungen getragen hatten, die sie vor den Pfeilen oder Schwertern der Sarazenen hätten schützen können. Es mussten Hunderte sein, wenn nicht Tausende, niedergestreckt wie Stroh unter der Klinge eines grausamen Schnitters, viele von ihnen noch am Leben, aber dennoch todgeweiht. Robin begriff plötzlich, wie schrecklich falsch der Eindruck gewesen war, den sie trotz allem bisher von der Schlacht gewonnen hatte. Inmitten der schwer gepanzerten Reiterei der Tempelritter war sie sich auch im Angesicht heranstürmender Feinde nahezu unverwundbar vorgekommen, doch das Privileg, das für die Soldaten Christi galt, hatte wenig Gültigkeit für die einfachen Fußtruppen und Waffenknechte gehabt. Was hier stattgefunden hatte, das war keine Schlacht gewesen, dachte sie bitter, sondern ein Massaker. Wohin sie auch blickte, sah sie verwundete und tote Männer beider Seiten und erschlagene Pferde.

Mit einer unendlich müden Bewegung lenkte sie ihr Pferd herum und dichter an den sumpfigen Uferstreifen heran. Blut und hochgespritztes Wasser hatten den Morast zu einem hässlichen Rosa verfärbt, in dem ihr Pferd immer wieder wegzurutschen drohte, und ein süßlicher, ekelerregender Geruch nach Verwesung stieg ihr in die Nase und ließ sie würgen. Sie wusste nicht, in welche Richtung sie sich wenden sollte, wo Safet war oder das Feldlager, sondern schlug die Richtung ein, in der die Kämpfe am wenigsten schlimm schienen. Eine verwundete Gestalt stemmte sich neben ihr aus dem Morast und streckte ihr eine blutbesudelte Hand entgegen. Gesicht und Kleidung waren so voller Schlamm und Blut, dass Robin nicht erkennen konnte, zu welcher Seite er gehörte. Spielte es eine Rolle?

Robin starrte mit leerem Blick auf ihn hinab. Ihr Pferd trabte langsam weiter, und dennoch war da eine leise Stimme in ihr, die ihr zuflüsterte, dass sie diesem Mann helfen müsse. Er war verwundet und brauchte sie, und es spielte keine Rolle, unter welcher Fahne er gekämpft hatte, ob es ein von einem christlichen oder einem heidnischen Hammer geschmiedetes Schwert gewesen war, das ihn verwundet hatte. Er würde sterben, noch bevor der Tag zu Ende war, und in derselben Erde begraben werden wie seine Mörder.

Sie ritt noch ein kurzes Stück weiter, hielt dann doch an und drehte sich müde im Sattel herum. Irgendetwas an dem Verletzten hatte ihre Aufmerksamkeit erregt, aber sie konnte selbst nicht sagen, was. Er war nur einer von hunderten, die im zertrampelten Schilf des Ufers lagen, und doch ...

Vielleicht war es nur ihr Gewissen, das ihr zu schaffen machte. Sie hatte ein Leben genommen, und so absurd der Gedanke war, vielleicht war es einfach ihre Pflicht, ein anderes dafür zu retten.

Es kostete sie erhebliche Mühe, das widerstrebende Pferd auf der Stelle umzudrehen und wieder zu dem Verletzten zurückzureiten. Die Hufe des Tieres kamen nur schwer aus dem sumpfigen Boden frei und verursachten dabei schmatzende Geräusche, als versuche der Morast mit aller Kraft, sein Opfer festzuhalten, und Robin überlegte einen Moment ganz ernsthaft, ob sie diesen Umstand als Omen deuten und vielleicht doch weiterreiten sollte.

Natürlich tat sie es nicht. Sie glaubte nicht an Omen, so wenig wie an göttliche Fügung oder die lenkende Macht des Schicksals. Was sie in der zurückliegenden Stunde gesehen hatte, das hatte sie eines mit unerschütterlicher Gewissheit begreifen lassen: Was zählte, das war nicht Gottes Wille oder ein übermächtiges Schicksal, sondern einzig das, was Menschen einander im Namen des einen oder anderen antaten.

Was sie gerade gedacht hatte, war die Wahrheit gewesen: Sie war es diesem Mann schuldig, sein Leben zu retten. Oder es wenigstens zu versuchen.

Gerade als sie ihr Pferd mit deutlich mehr Gewalt als gutem Zureden aus dem Uferschlamm herausgebracht hatte und die fünfzehn oder zwanzig Schritte zu dem Verwundeten zurückreiten wollte, sprengte eine ganze Abteilung christlicher Ritter heran. Sie hielten so direkt auf den Mann zu, dass es unmöglich ein Zufall sein konnte – doch dann geschah etwas Sonderbares: Kaum war der erste nahe genug heran, um den Mann wirklich zu sehen, da riss er sein Pferd mit einer so abrupten Bewegung zurück, dass das Tier erschrocken scheute und ihn um ein Haar abgeworfen hätte, und auch die anderen Reiter hielten abrupt inne. Für einen Moment breitete sich etwas wie ein kleiner Aufruhr unter dem halben Dutzend Männern aus, ein heftiges Gestikulieren und Kopfschütteln und Deuten. Einer der Reiter löste eine Armbrust von seinem Sattel und steckte sie wieder weg, als einer der anderen mit einem wütenden Kopfschütteln darauf reagierte. Dann riss das halbe Dutzend Reiter wie ein Mann seine Pferde herum und sprengte davon.

Robin sah ihnen verstört nach. Sie versuchte das Wappen zu erkennen, das auf den Schilden und Mänteln der Männer prangte, aber ihre Kleider waren zu schmutzig und die Männer zu schnell im Staub verschwunden. Was hatte das zu bedeuten?

Trotz allem neugierig geworden, stieg sie aus dem Sattel und bereute diese Idee sofort, denn dem Tier schien endgültig aufgegangen zu sein, dass es nicht sein legitimer Besitzer gewesen war, der es in diese ungastliche Umgebung gelenkt hatte; es riss sich los und sprengte mit einem protestierenden Wiehern davon. Robin sah ihm ärgerlich – auf sich selbst, nicht auf das Pferd – nach, dann wandte sie sich endgültig um und ging mit schnellen Schritten los.

Irgendetwas Seltsames ging hier vor, und sie würde herausfinden, was. Die sonderbare Stimmung, die von ihr Besitz ergriffen hatte, verflog mit jedem Schritt, mit dem sie sich dem Verwundeten näherte, mehr. Vielleicht war das, was sie gedacht hatte, auch einfach nur melancholischer Unsinn, und die Belastung der Schlacht war einfach zu viel für sie gewesen. Robin beschleunigte ihre Schritte noch einmal – und blieb dann ebenso überrascht stehen wie die Ritter gerade vor ihr.

Der Verwundete war nicht der einzige Ritter, der im blutig-rot gefärbten Schilf des Uferstreifens lag. Robin schätzte die Anzahl der Erschlagenen auf mindestens ein Dutzend, und die Männer trugen ausnahmslos nachtschwarze Mäntel, geschwärzte Kettenhemden und Helme und dreieckige schwarze Schilde ohne Wappen oder irgendwelche Insignien.

Dennoch wusste Robin sofort, wen sie vor sich hatte.

Einem der erschlagenen Lazarusritter war der Helm vom Kopf gerutscht. Er lag mit dem Gesicht nach unten in einer Pfütze aus brackigem Wasser, aber Robin war fast froh, ihn nicht genau erkennen zu können. Das Wenige, was sie von seiner Haut sah, war schon beinahe mehr, als sie sehen wollte. Dennoch blieb sie stehen, und für einen kurzen Moment fochten Neugier und Furcht einen stummen Kampf hinter ihrer Stirn aus.

Die Neugier gewann. Zögernd ließ sich Robin in die Hocke sinken und streckte den Arm aus, um den Toten auf den Rücken zu drehen, aber dann verließ sie im letzten Moment doch der Mut. Was sie von der Haut des Mannes sehen konnte, bot einen verheerenden Anblick. Nässende Geschwüre und Pusteln bedeckten seine vernarbte Wange, und ein Teil seiner Unterlippe fehlte, was ihm ein schreckliches, für alle Zeiten erstarrtes Totenkopfgrinsen verlieh. Robin stand fast erschrocken wieder auf und legte die letzten Schritte zu dem Verwundeten beinahe rennend zurück.

Sie war nicht einmal wirklich überrascht. Ob der König verletzt war oder nicht, konnte sie nicht sagen, denn sein Pferd war gestürzt und lag quer über seinen Beinen. Das Tier lebte noch und schnaubte leise vor Schmerz, war aber nicht mehr in der Lage, sich zu bewegen. Die zersplitterten Schäfte von gleich drei Pfeilen ragten aus seiner Flanke.

»Und ich hätte geschworen, dass Ihr weiterreitet und mich meinem Schicksal überlasst. Immerhin habt ihr Tempelherren allen Grund, mir zu grollen.«

Robin wappnete sich innerlich gegen den Anblick, der sich ihr bieten musste, wenn sie in Balduins zerstörtes Gesicht blickte, doch es war wie gerade, als sie an ihm vorbeigeritten war: Sie sah auch jetzt nichts außer einer fast konturlosen schlammbraunen Masse, in der das einzige Lebendige ein Paar fast schon unnatürlich klarer, stechend grüner Augen war, das sie ebenso aufmerksam wie besorgt, aber auch mit einem deutlichen Anteil von Spott musterte. Im allerersten Moment schnürte ihr der Anblick die Kehle zu, denn sie glaubte, ein einziges Grauen erregendes Geschwür zu sehen, zu dem die Krankheit sein Gesicht gemacht hatte, doch sie erkannte auch fast sofort ihren Irrtum. Balduin hatte das schwarze Kettenhemd, das er unter seinem Wappenrock trug, so weit nach oben gezogen, dass er seinen Rand am Nasenschutz des wuchtigen Helmes einhaken konnte, sodass sein Gesicht fast vollkommen bedeckt war, und in dem engmaschigen Kettengeflecht hatten sich Klumpen blutigen Morastes festgesetzt.

»Majestät?«, fragte sie.

Der König gab ein sonderbar kehliges Lachen von sich. »Balduin reicht«, sagte er mühsam. »Majestät dürft Ihr mich wieder nennen, wenn ich nicht mehr vor Euch im Schlamm liege.« Er versuchte sich hochzustemmen, aber das Gewicht seines gestürzten Hengstes drückte ihn so unerbittlich nieder, als wäre er unter Tonnen von Felsen begraben. Robin sah erst jetzt, dass das Gewicht des Tieres den König schon so weit in den weichen Morast hineingepresst hatte, dass er sich mit beiden Händen abstützen musste, um nicht im Schlamm zu ersticken.

»Wo wir schon einmal dabei sind ...« Balduin streckte mühsam einen Arm in ihre Richtung, mit dem anderen stützte er sich am Uferschlamm ab. »Nur falls Ihr gerade nichts Dringendes vorhabt. Bruder – könntet Ihr mir vielleicht dabei behilflich sein, unter diesem Stück zukünftigen Sauerbratens hervorzukommen?«

Robin starrte Balduins Hand an. Auch seine Finger steckten in einem feinmaschigen Kettengeflecht, von dem Schlamm und brackiges Wasser tropften.

»Keine Angst, edler Ritter«, sagte Balduin spöttisch, als er ihr Zögern bemerkte. »Ich trage Handschuhe, wie Ihr seht. Außerdem ist es nicht ansteckend. Das behaupten jedenfalls diese Quacksalber, die sich meine Ärzte schimpfen.«

Robin griff hastig zu, ergriff Balduins ausgestreckten Arm und stemmte sich mit gespreizten Beinen in den Boden, während sie mit aller Kraft zerrte. Auch Balduin tat sein Möglichstes, um unter dem gestürzten Hengst hervorzukriechen. Im allerersten Moment schien es, als reichten nicht einmal ihre gemeinsamen Kräfte aus, um den König aus seiner lebensbedrohlichen Lage zu retten, dann aber kam er mit einem so plötzlichen Ruck frei, dass Robin zurückstolperte und mit hilflos rudernden Armen der Länge nach im Morast landete.

Balduin begann schallend zu lachen, allerdings nur für einen kurzen Moment; dann ging sein Lachen in ein qualvolles Husten über, und er ließ sich direkt neben ihr ebenfalls zu Boden sinken.

»Ich danke Euch, Bruder ...?« Er legte den Kopf auf die Seite und sah sie fragend an. »Ich möchte ja nicht aufdringlich erscheinen, aber wenn ich mich später bei Euch bedanken will, wäre es möglicherweise von Vorteil, Euren Namen zu kennen.«

»Robin«, antwortete Robin.

Da sie Balduins Gesicht nicht sehen konnte, war es ihr auch nicht möglich, den Ausdruck darauf zu deuten, aber sie konnte seine Überraschung deutlich spüren. »Robin?«, vergewisserte er sich. »Robin von Tronthoff?«

Um ein Haar hätte sie den Kopf geschüttelt. Es war so lange her, dass sie ihren – falschen – Nachnamen das letzte Mal gehört hatte, dass sie sich kaum noch daran erinnerte. »Ihr ... habt von mir gehört, Majestät?«, fragte sie unbehaglich.

»Balduin«, verbesserte er sie. »Majestät bin ich erst wieder, wenn ich stehe. Und: Ja, natürlich habe ich von Euch gehört, dem jungen Tempelritter, der vor zwei Jahren mit Bruder Abbé aus dem fernen Friesland gekommen ist. Ihr seid doch der junge Ritter, der zwei Jahre lang der Gefangene des Alten vom Berge war.«

»Ihr seid ... gut informiert, Maje... Balduin«, erwiderte Robin ausweichend. Ihr Herz begann zu klopfen. Gab es denn in diesem ganzen Land eigentlich niemanden, der ihre Geschichte nicht kannte?

»Das gehört sich auch für einen König«, antwortete Balduin spöttisch. Plötzlich lachte er wieder. »Und da sage noch einer, Gott hätte keinen Sinn für Humor! Zehntausend Männer sind hier versammelt, und von allen rettet mir ausgerechnet derjenige das Leben, der den wenigsten Grund dazu hätte.«

Robin fuhr sich nervös mit der Zungenspitze über die Zähne. Sie hatte das fast sichere Gefühl, dass der junge König auf etwas ganz Bestimmtes hinauswollte. Beinahe nur, um Zeit zu gewinnen, fragte sie: »Was ist hier geschehen, Majestät?«

Diesmal verzichtete Balduin darauf, sie zu verbessern. »Wenn ich das wüsste«, seufzte er. »Meine ebenso unfähigen wie inzwischen wohl ausnahmslos toten Leibwächter und ich sind ganz harmlos des Weges geritten, als wir wohl unversehens in einen Krieg geraten sein müssen.« Er deutete auf sein erschossenes Pferd. »Seht Euch das an, Robin! Wenn ich nicht genau wüsste, dass es unmöglich ist, könnte ich auf die Idee kommen, dass jemand etwas gegen mich hat.«

Robin verbiss sich jede Antwort. Wäre ihr der Gedanke nicht zu respektlos erschienen, hätte sie fast an Balduins Verstand gezweifelt. Sie saßen am Rande eines Schlachtfeldes, und es war nur noch eine Frage der Zeit, bis ein paar von Saladins Reitern auf sie aufmerksam wurden oder den König gar erkannten, und

Balduin trieb seine Scherze? Statt etwas zu sagen, betrachtete sie Balduins totes Pferd – und runzelte plötzlich die Stirn.

»Das ist seltsam«, murmelte sie.

»Ah, Ihr habt also auch den Verdacht, dass es kein Versehen gewesen sein könnte?«, fragte Balduin.

Robin blieb ernst. Einen Moment lang blickte sie noch das tote Pferd an, dann stand sie auf, ging zu einem der erschlagenen Lazarusritter und ließ sich neben ihm auf die Knie sinken. Fast beiläufig registrierte sie, dass nahezu alle Männer erschossen worden waren. Sie achtete sorgsam darauf, das Gesicht des Mannes nicht anzusehen und auf keinen Fall seine Haut zu berühren, während sie den Pfeil aus seiner Seite zog.

»Seht Ihr das, Majestät?«

»Ein Pfeil, in der Tat«, sagte Balduin betrübt. »Jetzt müsste ich allmählich wirklich verletzt sein. Mit einem ordinären Pfeil auf mich zu schießen! Geschmolzenes Gold in die Kehle oder Diamantsplitter, die man insgeheim unter das Essen mischt, das ist ein Tod, der eines Königs würdig ist – aber ein ordinärer Pfeil? Das ist blamabel.«

Robin ignorierte seinen spöttischen Ton. »Das ist kein gewöhnlicher Pfeil«, sagte sie.

»Nein?« Balduins Augen leuchteten auf.

»Er ist schwarz«, sagte Robin ungerührt. »Ebenso wie alle anderen hier. Seht Ihr? Ein schwarzer Schaft, eine geschwärzte Spitze und sogar schwarze Federn.«

»Und? Hättet Ihr erwartet, dass man ihn in den königlichen Farben bemalt, bevor man damit auf mich schießt?« Balduin scherzte noch immer, aber der Blick seiner durchdringenden grünen Augen schien plötzlich wacher zu werden.

»Pfeile wie diese benutzen Sheik Raschids Männer«, fuhr Robin fort.

»Die Assassinen?«, fragte Balduin zweifelnd. »Ihr müsst Euch irren, Robin. Der Alte vom Berge gehört seit vielen Jahren zu unseren treuesten Verbündeten.«

»Und doch ist allgemein bekannt, dass nur die Assassinen diese Art von Pfeilen benutzen«, beharrte Robin, legte eine kurze, bewusst dramatische Pause ein und fuhr dann fort: »Aber diesen Pfeil hat kein Assassine gefertigt.«

»Gerade hast du noch gesagt, dass nur die Assassinen schwarze Pfeile benutzen«, sagte Balduin. Jede Spur von Spott war aus seiner Stimme verschwunden. »Und er ist schwarz.«

»Dennoch stammt er nicht aus Masyaf«, beharrte Robin. »Die Spitze ist anders. Und auch die Form der Federn ist nicht vollkommen korrekt. Er sieht ihm ähnlich, aber er stammt nicht von den Assassinen.«

Balduin streckte die Hand aus. Robin reichte ihm den Pfeil, und Balduin drehte ihn eine geraume Weile nachdenklich in den Händen. »Seid Ihr sicher?«

»Ihr wisst, wer ich bin«, antwortete Robin ernst. »Ich habe lange genug bei ihnen gelebt, und ich habe genug von diesen Pfeilen in der Hand gehabt. Dieser Pfeil stammt nicht von den Assassinen. Aber jemand hat sich große Mühe gegeben, ihn so aussehen zu lassen.« Tatsache war, dass sie zahllose Pfeile wie diesen nicht nur in der Hand gehabt, sondern selbst angefertigt hatte. Und dass sie ausgezeichnet damit umgehen konnte. Hätte sie – oder irgendein Assassine, den sie kannte – diesen Pfeil abgeschossen, wäre Balduin jetzt nicht mehr in der Lage, diese Frage zu stellen. Allerdings zog sie es vor, das nicht laut zu sagen, zumindest im Moment noch nicht.

»Das ist interessant«, murmelte Balduin. Er wandte kurz den Kopf, um in die Richtung zu blicken, in die die Reiter verschwunden waren, dann schob er den Pfeil unter seinen Gürtel und versuchte aufzustehen, sank aber mit einem schmerzerfüllten Grunzen wieder zurück, als er sein rechtes Bein zu belasten versuchte. Stöhnend streckte er die Hand nach Robin aus. »Ich muss mich noch weiter bei Euch verschulden, fürchte ich«, ächzte er. »Bitte helft Eurem lahmen König aufzustehen. Sosehr mich unsere kleine Plauderei auch amüsiert, fürchte ich doch, dass dringende Geschäfte auf mich warten. Ich muss noch einen Krieg verlieren.«

Robin musste gegen ihren Willen lachen. Mit einer einzigen kraftvollen Bewegung zog sie Balduin auf die Füße, und der König legte ihr ohne viel Federlesens den Arm um die Schulter und stützte sich mit seinem ganzen Körpergewicht auf sie. Robin ächzte, und sie redete sich sogar selbst mit Erfolg ein, dass es einzig an seinem Gewicht lag. Balduin war kaum größer als sie, aber er trug immerhin einen Zentner Eisen am Körper, wenn nicht mehr.

»Ich sagte doch, es steckt nicht an«, sagte Balduin gepresst. Anscheinend bereitete ihm sein verletztes Bein große Schmerzen. »Und wenn doch, mache ich Euch zum Hauptmann meiner neuen Wache.«

Robin hatte nicht einmal Luft, um zu antworten. Balduin war zweifellos verletzt, aber auch sie befand sich in keinem sehr viel besseren Zustand. Die kurze Rast am Rande des Schlachtfeldes hatte ihr gut getan, aber sie machte sich nichts vor. Weniger als eine Pfeilschussweite entfernt tobte die wütende Schlacht mit unverminderter Heftigkeit weiter. Wenn sie kein Pferd fand, waren ihre Aussichten, lebend sicheres Gelände zu erreichen, gleich null.

Balduin blieb plötzlich stehen und sog erschrocken die Luft ein, und auch Robin sah alarmiert hoch. Gleich drei Reiter sprengten in gestrecktem Galopp auf sie zu, christliche Ritter in wehenden Mänteln und mit schweren Rüstungen, in denen Robin auf den zweiten Blick Mitglieder derselben Gruppe erkannte, die gerade tatenlos davongesprengt war, statt dem

König zu helfen. Auch der Reiter mit der Armbrust war unter ihnen. Er hatte seine Waffe wieder gehoben und versuchte sie im Reiten zu spannen, während die beiden anderen lange Bögen hielten, auf deren Sehnen schwarze Pfeile lagen.

»Was zum Teufel …?«, keuchte Balduin.

Hinter den drei Rittern preschte eine weitere, schlanke Gestalt heran. Sie war vollkommen in Schwarz gekleidet und hielt ebenfalls einen Bogen in der Hand, mit dem sie auf einen der Reiter schoss, scheinbar ohne auch nur gezielt zu haben. Trotzdem traf der Pfeil den vordersten Reiter mit tödlicher Präzision und schleuderte ihn aus dem Sattel.

Die beiden anderen schossen im gleichen Augenblick. Der Bogenschütze bewegte sich zu hastig und verriss seine Waffe, sodass der Pfeil sein Ziel verfehlte und harmlos meterweit entfernt in den Boden fuhr, doch dafür zielte der andere Mann mit umso größerer Präzision. Robin sah, wie Salim herangejagt kam und seinen Bogen gegen einen blitzenden Krummsäbel austauschte, den er mit gewaltiger Kraft nach dem Schädel des Armbrustschützen schwang, und sie sah auch, dass er treffen würde, und dennoch war er nicht schnell genug. Der Finger des Mannes krümmte sich um den Abzug seiner heimtückischen Waffe, und Robin reagierte, ohne zu denken, und warf sich schützend vor den König.

Einen Pfeil hätte das schwere Kettenhemd, das sie unter ihrem zerrissenen Wappenrock trug, vielleicht selbst auf die kurze Entfernung aufgehalten, aber es war kein Pfeil, der sie traf. Der Bolzen durchschlug ihr Kettenhemd, ihre Schulter und selbst noch die Haut in ihrem Rücken.

Aber das merkte sie schon nicht mehr.

19. Kapitel

Eine weiche und sehr kleine Hand lag auf ihrer Stirn, als sie erwachte, und das Erste, was sie spürte, war, dass viel Zeit vergangen sein musste; nicht Stunden, sondern Tage, und deutlich mehr als einer oder zwei. Sie hatte schrecklichen Durst. Der schlechte Geschmack eines Fiebers, das sie noch lange nicht überstanden hatte, war in ihrem Mund, und hätte sie sich nicht mit aller Kraft dagegen gewehrt, dann wären die Bilder eines furchtbaren Albtraumes über sie hergefallen, den sie durchlitten hatte, während sie besinnungslos dagelegen hatte.

Ganz schien er noch nicht vorbei zu sein – auch wenn es jetzt sicherlich kein Albtraum mehr war –, denn das Erste, was sie sah, als sie die Augen aufschlug, war ein Gesicht, das es hier gar nicht geben konnte. Darüber hinaus handelte es sich um eine höchst hartnäckige Vision, denn sie weigerte sich nicht nur zu verschwinden, als sie mit den Augen blinzelte, sondern strahlte sie im Gegenteil an und sprang mit einem Satz von dem Hocker, auf dem sie bisher gesessen hatte, und stürmte so schnell davon, dass ihre Zöpfe wild auf und ab hüpften. »Sie ist wach! Sie ist wach!«, schrie sie immer wieder. »Sie ist wach! Schnell!«

Verwirrt stemmte sich Robin auf die Ellbogen hoch, brachte die Bewegung aber nur halb zu Ende. Ihre linke Schulter schmerzte höllisch, und als sie den Kopf drehte und an sich herabsah, erkannte sie, dass sie unförmig angeschwollen und so dick bandagiert war, dass sie wie eine Buckelige aussah. Auf der anderen Seite des kleinen Zimmers, in dem sie aufgewacht war, fiel eine Tür ins Schloss, aber sie hörte Nemeths aufgeregte Stimme noch immer durch das Holz dringen.

Nemeth? Aber wieso ...?

Eine wilde Hoffnung loderte in Robin auf. Sie setzte sich mit einem Ruck hoch und sah sich um, erreichte damit aber nicht mehr, als dass ihr schwindelig wurde und sie mit einem zwischen den Zähnen hervorgepressten Stöhnen wieder zurücksank.

Mit geschlossenen Augen wartete sie, bis die Dunkelheit hinter ihren Lidern aufgehört hatte, sich wild im Kreise zu drehen, bevor sie die Augen abermals aufschlug und sie sich noch einmal umsah. Ihre Hoffnung verschwand so schnell, wie sie gekommen war. Das kleine Zimmer, in dem sie aufgewacht war, war praktisch leer und hatte nur ein kleines, außerhalb ihres Gesichtsfeldes liegendes Fenster und ließ praktisch keine Rückschlüsse auf ihren Aufenthaltsort zu, aber der graue Stein der Wände gehörte ganz eindeutig nicht zu den aus dem gewachsenen Fels herausgehauenen Mauern Masyafs.

Aber wenn sie nicht in Sinans Festung war, wie kam dann Nemeth hierher?

Sie fühlte sich noch zu benommen und auf eine sonderbar unangenehme Art schlaftrunken, um wirklich über diese Frage nachzudenken, aber sie tröstete sich mit dem Gedanken, dass das Mädchen schließlich genug Lärm machte. Zweifellos würde gleich jemand kommen, der all ihre Fragen beantwortete.

Sie schloss wieder die Augen und lauschte in sich hinein. Ihre Schulter tat weh, wenn auch nicht so schlimm, wie sie erwartet hatte, wenigstens solange sie sich nicht bewegte. Wo ihre Erinnerungen sein sollten, war nur ein Durcheinander aus größtenteils unangenehmen Bildern und aufblitzenden Impressionen, Geräuschen und erstaunlicherweise Gerüchen, die ihr von allem vielleicht am meisten zu schaffen machten.

Auch darüber machte sie sich keine allzu großen Sorgen. Es

gehörte gewiss nicht zu ihrem Alltag, das Bewusstsein zu verlieren, aber es war auch nicht das erste Mal, und sie mutmaßte, dass ihre Erinnerungen zurückkehren würden, wenn sie sich nur ein wenig Zeit ließ. Sie war nicht einmal ganz sicher, ob sie sich wirklich erinnern *wollte*. Sie war verletzt worden, und …

Ein so jäher Schrecken durchfuhr sie, dass sie hochfuhr und nicht einmal den stechenden Schmerz zur Kenntnis nahm, den die unvorsichtige Bewegung in ihrer Schulter auslöste. Mit einem Ruck fegte sie die Decke zur Seite und atmete erleichtert auf, als sie sah, dass sie darunter wenigstens nicht nackt war, sondern ein einfaches leinenes Gewand trug. Allerdings war es eine Erleichterung, die nicht sehr lange anhielt. Sie war verletzt worden, und jemand hatte sie verbunden, und das bedeutete zwangsläufig, dass man sie *ausgezogen* hatte! War ihr Geheimnis noch gewahrt?

Sie wusste es nicht. Sie versuchte sich damit zu beruhigen, dass vermutlich schon die bloße Tatsache, dass sie noch am Leben war, diese Frage mit einem ganz klaren Ja beantwortete. Sie war nicht in Ketten. Sie befand sich – vermutlich – nicht in einem Kerker, und der Schnelligkeit nach zu schließen, mit der Nemeth verschwunden war, stand vor ihrer Tür auch keine Wache – aber was besagte das schon?

Der Gedanke wollte Panik in ihr auslösen, doch das ließ sie nicht zu. Stattdessen zog sie die Decke wieder hoch und setzte sich auf, vorsichtig und soweit es ihre verletzte Schulter zuließ. Sie musste vor allem Ruhe bewahren, gleich, ob ihr Geheimnis nun gelüftet war oder nicht. Sie atmete ein paar Mal gezwungen tief ein und aus und lauschte in sich hinein. Das rasende Hämmern ihres Herzens beruhigte sich wieder, und sie fühlte sich auch sonst erstaunlich gut. Selbst der Schmerz in ihrer Schulter war nicht besonders schlimm; wenigstens so lange sie sich nicht bewegte, war es eher ein dumpfer Druck als ein wütendes Pochen.

Als sie die Augen wieder öffnete, flog die Tür auf, und Nemeth kam hereingestürmt, auf dem Fuß gefolgt von einer zwanzig Jahre älteren Ausgabe ihrer selbst, die allerdings im Gegensatz zu ihrer Tochter nicht freudestrahlend hereingehüpft kam, sondern sich im Gegenteil bemühte, eine möglichst strenge Miene aufzusetzen. Auch wenn es ihr nicht wirklich gelang.

»Ja, das habe ich mir gedacht!«, begann sie in scharfem Ton, kaum dass sie sich dem Bett auf drei Schritte genähert hatte. »Kaum schlägt sie die Augen auf, hat sie auch schon wieder nur Unsinn im Kopf!«

Nemeth verdrehte die Augen und schlenkerte kurz die Hand aus dem Gelenk vor dem Gesicht, als wäre sie versehentlich mit den Fingern an einen heißen Topf geraten. Robin blinzelte ihr verschwörerisch zu, bevor sie sich mit einem Lächeln an Saila wandte.

»Ja, ich freue mich auch, dich zu sehen«, sagte sie. »Wie geht es dir?«

»Ganz bestimmt besser als Euch«, antwortete Saila, während sie sich neben Robins Bett aufbaute und herausfordernd die Fäuste in die Hüften stemmte; eine Haltung, die möglicherweise beeindruckend gewirkt hätte, wäre sie dreißig Jahre älter und zweihundert Pfund schwerer gewesen. Es gelang ihr auch nicht ganz, den Ausdruck von Erleichterung in ihren Augen zu unterdrücken. Dennoch fuhr sie mit einem missbilligenden Kopfschütteln und in noch viel missbilligenderem Ton fort: »Wollt Ihr Euch umbringen, Herrin? Ihr seid schwer verletzt, habt ein schlimmes Fieber hinter Euch – und das alles noch dazu in Eurem Zustand ...«

Robin unterbrach sie mit einer müden, zugleich aber auch sehr entschlossenen Geste. »Mein Zustand ist nichts gegen den der meisten Männer, die mit mir in die Schlacht geritten sind«, sagte sie. Saila sah sie so irritiert an, als hätte sie in einer fremden Sprache geredet, sodass sich Robin genötigt fühlte hinzuzufügen: »Immerhin lebe ich noch, was man wohl nicht von sehr vielen anderen behaupten kann. Mit dem Fieber allerdings hast du Recht, fürchte ich.« Sie fuhr sich demonstrativ mit der Zungenspitze über die Lippen, was es aber eher noch schlimmer zu machen schien. Ihre Zunge war so trocken wie ein Stück Holz. Sie wunderte sich fast, dass sie überhaupt reden konnte. »Ein Schluck Wasser wäre nicht schlecht.«

Saila rührte sich nicht, aber Nemeth fuhr auf dem Absatz herum und wuselte davon, während ihre Mutter sie weiter auf eine Art ansah wie eine Lehrerin, die es mit einem ganz außergewöhnlich uneinsichtigen Kind zu tun hatte. Allmählich begann sich Robin darüber zu ärgern. Natürlich war dies eben Sailas Art, um derentwillen sie sie ja auch schätzte, aber manchmal kannte sie weder Maß noch Ziel, und Robin war auch nicht in der Verfassung, allzu viel Geduld zu zeigen.

»Wie ist die Schlacht ausgegangen?«, fragte sie in merklich kühlerem Ton, wovon sich Saila allerdings wenig beeindruckt zeigte.

»Das weiß ich nicht«, behauptete sie. »Ich bin eine Frau, und Eure Schlachten interessieren mich so wenig, wie sie Euch interessieren sollten. Habt Ihr denn wirklich nichts anderes im Sinn als Eure unwürdigen Ritterspiele?«

Nemeth kam zurück und brachte ihr einen Becher Wasser, und sie gewann ein wenig Zeit damit, ihn entgegenzunehmen und einen großen Schluck zu trinken. Er löschte ihren Durst nicht wirklich, löste aber dafür einen heftigen Hustenanfall aus, sodass sie sich im Bett krümmte und die Hälfte des Wassers verschüttete, bevor Saila ihr den Becher abnahm und sie mit einem langen und beinahe schon zufriedenen Blick maß. Sie verkniff es sich, irgendetwas zu sagen, aber das war auch gar nicht nötig.

»Ist es möglich, dass Salim auch hier ist?«, fragte Robin, nachdem sie wieder halbwegs zu Atem gekommen war. Saila nickte, und Robin fügte in griesgrämigem Ton hinzu: »Das dachte ich mir. Ich nehme an, du hast dich lange und ausgiebig mit ihm unterhalten.«

»Das war gar nicht notwendig«, erwiderte Saila schnippisch. »Was Eure Rolle als sein Weib und die zukünftige Königin über Masyaf angeht, so sind wir einer Meinung.«

»Dann hätte er vielleicht besser dich heiraten sollen«, erwiderte Robin gereizt. Ihr scharfer Ton tat ihr fast sofort wieder Leid, zumal sie sich allmählich wirklich miserabel zu fühlen begann. Das Eingeständnis, dass Saila durchaus Recht hatte, machte es auch nicht unbedingt besser. »Dann wäre es vielleicht nett, wenn du Salim holst«, fuhr sie fort. »Ich nehme an, wenigstens er wird sich freuen, mich zu sehen.«

Saila gab ihrer Tochter einen entsprechenden Wink, aber das Mädchen zögerte. Offensichtlich wollte es mit Robin sprechen und war nun enttäuscht, fortgeschickt zu werden.

»Hast du die Herrin nicht gehört?«, fuhr Saila sie an. »Geh und sag dem Herrn Bescheid!«

»Das ist nicht mehr notwendig«, sagte eine wohl bekannte Stimme von der Tür her. Robin drehte überrascht den Kopf und hätte beinahe vor Freude laut aufgeschrien, und Bruder Abbé kam näher und fuhr mit einem gutmütig-spöttischen Lächeln in Sailas Richtung fort: »Deine Tochter war laut genug, um im ganzen Haus gehört zu werden. Und ich fürchte, nicht nur da.«

»Abbé!«, entfuhr es Robin. Sie wollte aufspringen, erinnerte sich aber gerade noch rechtzeitig genug daran, was das letzte Mal geschehen war, und beließ es dabei, sich vorsichtig ein wenig höher aufzusetzen. Dennoch machte Abbé eine schon vorauseilend besänftigende Geste und verstrubbelte Nemeth im Vorbeigehen aus derselben Bewegung heraus das Haar, während er weiter auf Robin zukam. »Und ich hatte schon Angst, du würdest mich nicht mehr erkennen, nach all der Zeit, die vergangen ist, und allem, was du erlebt hast, meine Tochter.«

Robin riss erschrocken die Augen auf, doch Abbé kam ihrem Protest zuvor. »Keine Angst«, sagte er rasch. »Du bist hier in Sicherheit. Diese Wände haben zwar Ohren, aber keine Münder, um all die Geheimnisse auszuplaudern, die sie schon gehört haben.« Er lachte leise und sah sich bezeichnend um. »Leider, oder gottlob – das kommt wohl ganz darauf an, wen du fragst, vermute ich.«

»Wo ... sind wir hier?«, fragte Robin zögernd. Tief verborgen hinter Abbés Lächeln war ein Ausdruck, der sie irritierte. Der Templer verheimlichte ihr etwas.

»In Sicherheit«, antwortete Abbé, was im Grunde keine Antwort war, fuhr aber auch fast unmittelbar fort: »In diesem Haus bist du nichts als eine verwundete Frau, die von ihrer Sklavin und ein paar Freunden hergebracht wurde, um gesund gepflegt zu werden. Es wurde kein verletzter Tempelritter hergebracht.«

»Und ... Bruder Robin?«, fragte Robin. »Ist er ... tot?«

»In der Schlacht gefallen, meinst du?« Abbé schüttelte den Kopf. »In der Tat habe ich einen Moment ernsthaft über diese Möglichkeit nachgedacht. Ein eleganter Ausweg, um dieser unerquicklichen Situation zu entkommen. Leider ist uns diese Möglichkeit im Moment verwehrt.«

»Wieso?«, fragte Robin. Ihre eigene Reaktion überraschte sie. Abbé hatte vollkommen Recht: In der Schlacht waren Hunderte von Männern gefallen, wenn nicht Tausende. Einer mehr oder weniger machte keinen Unterschied. Niemand würde sich etwas dabei denken, wenn auch Bruder Robin nicht von den Ufern des Litaniflusses zurückkehrte.

»Weil Bruder Robin von Tronthoff – gepriesen sei der Herr ...«, Abbé unterbrach sich, um das Kreuzzeichen zu schlagen, aber das fast jungenhafte Grinsen, das sich dabei auf seinem Gesicht ausbreitete, negierte die fromme Bewegung sofort wieder, »... weil also Bruder Robin einer höchst wichtigen Persönlichkeit das Leben gerettet hat.«

»Balduin«, sagte Robin. Ihre Erinnerungen waren ohne eine Spur von Überraschung wieder da. »Ich weiß.«

»Dem König«, verbesserte sie Abbé. Er klang ein bisschen düpiert.

»Nicht, solange er vor mir im Schlamm lag«, antwortete Robin kopfschüttelnd.

Abbé blinzelte verwirrt, ging dann aber nicht weiter auf das Thema ein, sondern setzte seine unterbrochene Rede fort: »Gott in seiner unermesslichen Weisheit hat es also gefallen, einem gewissen Bruder nicht nur dem König das Leben retten zu lassen, sondern das auch dergestalt zu tun, dass er sein eigenes Leben dabei aufs Spiel gesetzt hat und schwer verwundet wurde.«

»Also ist Bruder Robin jetzt so etwas wie ein Held?«, fragte Robin. Das hatte ihr gerade noch gefehlt!

»Theoretisch ja«, antwortete Abbé. »In der Praxis ist es aber so, dass besagter Bruder ihm nicht nur das Leben gerettet hat, sondern ihm auch noch so ganz nebenbei eine Verschwörung aufgedeckt hat.« Er wiegte den mittlerweile fast vollkommen kahl gewordenen Schädel. »Eine Verschwörung, die sich bis in die höchsten Kreise am Hofe Jerusalems erstreckt, wie ich hinzufügen möchte. König Balduin selbst hat den Befehl erteilt, dass alles getan werden soll, um das Leben dieses tapferen jungen Bruders zu retten.«

»Oh«, machte Robin.

»Ja, genau das war auch das Erste, was mir dazu eingefallen ist«, pflichtete ihr Abbé bei. »Aber Politik ist eine sonderbare Sache, mein Kind. Aus bestimmten Gründen möchte der König nicht, dass der feige Anschlag auf sein Leben ruchbar wird. Jedenfalls jetzt noch nicht. Er hat also niemandem etwas gesagt, sondern diesen tapferen, schwer verletzten jungen Ordensritter in aller Heimlichkeit nach Safet gebracht und von unseren zuverlässigsten Rittern bewachen lassen. Später will er ihn dann zu sich rufen lassen. Ich vermute, um sich in aller Form bei ihm zu bedanken.« Er verzog flüchtig das Gesicht. »Vielleicht mit einem Bruderkuss?«

Robin verspürte einen kurzen Anflug von Ekel, auch wenn ihr natürlich klar war, dass Abbé sie nur foppen wollte. »Wie geht es dem König?«, fragte sie.

»Gut«, sagte Abbé. »Jedenfalls den Teilen, die noch von ihm übrig sind.«

Robin überging die Bemerkung, schon, um nicht vor Lachen laut herauszuplatzen, was ihr unziemlich erschienen wäre. Immerhin sprachen sie über den König. »Wir sind also in Safet«, stellte sie fest.

»Ich sagte, *Bruder Robin* ist in Safet«, verbesserte sie Abbé. »*Wir* sind in Jerusalem.«

»*Jerusalem?*« Robin richtete sich kerzengerade auf, was eine neue Welle von Schmerz in ihrer Schulter auslöste – die sie in diesem Moment aber nicht einmal wirklich zur Kenntnis nahm. Sie waren in Jerusalem? Sie hatte alles, was hinter ihr lag, im Grunde nur auf sich genommen, um *hierher* zu kommen, die Heilige Stadt der Christenheit mit eigenen Augen zu sehen und über den gesegneten Boden zu schreiten, den Gottes Sohn selbst berührt hatte!

So viel, hörte sie eine dünne, aber unüberhörbar spöttische Stimme irgendwo in ihren Gedanken, zu ihrer eigenen Behauptung, sie wäre keine gute Christin mehr.

Sie verscheuchte den Gedanken.

»Ja«, antwortete Abbé. »Und das schon seit einer Woche.«

»*Eine Woche?*«, wiederholte Robin ungläubig. »Ich habe *eine Woche* geschlafen?«

Abbé zog sich einen Schemel heran, auf den er sich nicht nur mit einem erschöpften Seufzer sinken ließ, sondern der auch hörbar unter seinem Gewicht ächzte. Robin fiel erst jetzt auf, dass der pausbäckige Tempelritter, abgesehen von einem rapiden Verlust seiner restlichen Haare, zwar in den zurückliegenden beiden Jahren keinen Tag älter geworden zu sein schien, dafür aber gehörig an Gewicht zugelegt hatte. Seltsam – sie hätte das genaue Gegenteil erwartet.

»Nicht eine Woche«, antwortete er schließlich. »Fünfzehn Tage.«

Robin starrte ihn an.

»*Zwei* Wochen und einen Tag«, bestätigte Abbé. »Es ist ein weiter Weg von den Ufern des Litani bis nach Jerusalem. Und den Umweg über Safet nicht zu vergessen, wo wir den bedauernswerten Bruder Robin abliefern mussten, um ihn in der Obhut von Bruder Horace zurückzulassen.«

Es fiel Robin immer noch schwer, Abbés Worten glauben zu schenken. Vergeblich lauschte sie in sich hinein. Sie müsste es doch spüren, wenn sie *zwei Wochen* im Fieber dagelegen hätte!

»Wieso kann ich mich nicht erinnern?«, fragte sie schaudernd.

»Deine treue Dienerin da«, antwortete Abbé mit einer Kopfbewegung und einem strafend gespielten Blick auf Saila, »hat dir dreimal täglich einen Trunk eingeflößt, angeblich, um deine Wunden zu heilen und dein Fieber zu bekämpfen. Wäre ich kein Mann Gottes, so würde ich glatt behaupten, es handele sich um ein Hexengebräu vom Berge Masyaf. Immerhin sagt man deinem äh … *Schwiegervater* nach, er wäre nicht nur der Herr der Mörder und Attentäter, sondern auch ein großer Hexenmeister.«

»Und einer der wichtigsten Verbündeten des Ordens«, fügte Robin hinzu.

»Und einer unserer wichtigsten Verbündeten«, bestätigte Abbé. »Deshalb ist es ja auch ganz und gar ausgeschlossen, dass er wirklich die schwarze Magie betreibt. Würden wir uns sonst mit ihm einlassen?«

»Bestimmt nicht«, sagte Robin ernsthaft.

»Eben.« Bruder Abbé wandte sich zu Nemeth um. »Wie es scheint, warst du gerade doch nicht laut genug, mein Kind, auch wenn ich für einen Moment geglaubt habe, die Posaunen von Jericho erschallen zu hören. Warum gehst du nicht und suchst nach Salim, um ihn zu holen? Ich bin sicher, er kann es kaum noch erwarten, seine Gattin in die Arme zu schließen.«

Saila warf ihm einen strafenden Blick zu, wagte es aber nicht, auch nur ein Wort zu sagen, zumal sich Abbé nun auch an sie wandte und in nur ganz leicht, aber dennoch hörbar kühlerem Ton hinzufügte: »Und du, mein Mädchen, solltest hinab in die Küche gehen und eine kräftige Mahlzeit für deine Herrin zubereiten. Immerhin hat sie seit zwei Wochen nichts mehr gegessen.«

Robin wurde allein bei dem Gedanken an Essen schon fast übel, aber sie schwieg, bis Saila und ihre Tochter die Kammer verlassen hatten. »Wieso schickst du sie weg?«, fragte sie dann. »Ich habe keine Geheimnisse vor ihnen. Sie wissen alles über mich.«

»Alles ist manchmal zu viel«, sagte Abbé. »Ich war schon immer der Meinung, dass ein Geheimnis im Grunde nur dann ein Geheimnis ist, wenn möglichst wenige von ihm wissen.«

»Oder gar keiner?«, schlug Robin vor.

»Richtig«, antwortete Abbé ungerührt. »Wir sollten jetzt genau überlegen, was zu tun ist. Ich will ehrlich zu dir sein, Robin. Das Spiel, das wir gemeinsam spielen, beginnt allmählich gefährlich zu werden. Nicht nur für dich. Ich habe meine schützende Hand über dich gehalten, solange ich konnte, aber auch meine Macht ist begrenzt. Vor allem jetzt, wo Odo nicht mehr da ist.«

»Der Großmeister ist gefallen?«, entfuhr es Robin.

Abbé schüttelte den Kopf und schlug hastig das Kreuzzeichen. »Gottlob nein. Aber er ist in Gefangenschaft geraten, zusammen mit nur zu vielen anderen.« Er hob die Schultern. »Das ist nicht nur für dich und mich ein schwerer Schlag, sondern für den gesamten Orden – auch wenn der eine oder andere hinter vorgehaltener Hand meint, es wäre nur Gottes gerechte Strafe, nach dem, was er getan hat.«

»Was hat er denn getan?«, erkundigte sich Robin.

»Eigentlich nichts Besonderes«, antwortete Abbé. »Außer vielleicht, dass er den Krieg für uns verloren hat.«

»Er hat was?«, wiederholte Robin.

»Mancher behauptet, es wäre so«, bestätigte Abbé. »Wir hätten die Schlacht gewinnen müssen, Robin. Unser Heer war ebenso stark wie das der Heiden, selbst *mit* Saladins so überraschend aufgetauchten Männern! Wir hätten siegen *müssen*, und wir *hätten* gesiegt, ohne Odos selbstmörderischen Angriff. Wir hätten sie zerschmettert. Doch als das Baussant zurückwich, ist der ganze Angriff zusammengebrochen.« Er schüttelte zornig den Kopf. »Dieser Narr! Ich achte und verehre ihn als Mensch, aber er hängt zu sehr an den Buchstaben unserer Ordensregeln! Kein Soldat Christi weicht vor dem Angesicht des Feindes zurück, es sei denn, er ist in mehr als dreifacher Überzahl! *Pah!* Es war die *zehnfache* Überzahl, in diesem Moment!«

»Das konnte er nicht sehen«, antwortete Robin. »Wir befanden uns in einem Tal. Wir hatten keine Sicht auf das Schlachtfeld.«

Abbé wirkte ehrlich verblüfft, ausgerechnet *sie* Odo von Saint-Amand verteidigen zu hören, dann aber ballte er nur umso wütender die Faust; fast wie um ihre Worte zu packen und zwischen den Fingern zu zerquetschen. »Dann hätte er Späher vorausschicken müssen«, beharrte er, und Robin fügte noch leiser hinzu: »Und es war nicht er, der den Angriff befohlen hat.«

Diesmal starrte Abbé sie länger an. Er schwieg.

»Es war nicht Odo, der den Angriff befohlen hat«, sagte Robin noch einmal. »Es war Bruder Dariusz. Odo hat sich, im Gegensatz zu Graf Raimund, von ihm mitreißen lassen. Das ist das einzige Versäumnis, das Ihr ihm vorhalten könnt, soweit ich das beurteilen kann.«

Abbé starrte sie weiter durchdringend an. Fassungslos? »Das kann nicht sein«, sagte er schließlich. »Gerhard von Ridefort behauptet ebenfalls ...«

»Dann lügt er«, unterbrach ihn Robin. Sie war selbst ein wenig überrascht über die Schärfe in ihrer Stimme, aber sie wurde eher noch lauter, als sie fortfuhr: »Ich weiß, was ich gesehen habe!«

»Das ist eine sehr schwere Anschuldigung, die du da vorbringst, Robin«, sagte er schließlich. »Ist dir das klar? Nicht nur Marschall Ridefort bestätigt Dariusz' Darstellung der Dinge, sondern auch zahlreiche Ritter aus seinem unmittelbaren Gefolge.«

»Dann lügen sie alle«, sagte Robin wütend. »Ich weiß, was ich gesehen habe! Sagt, Bruder Abbé – wenn der Großmeister nicht zurückkommt, wer wird dann sein Nachfolger?«

Abbé japste hörbar nach Luft, und alle Farbe wich aus seinem Gesicht. Doch seine Reaktion fiel ganz anders aus, als Robin erwartet hatte. »Was erdreistest du dich?«, fuhr er sie an. Seine Augen blitzten. Für einen Moment wirkte er so wütend, dass Robin nicht überrascht gewesen wäre, hätte er sie geschlagen. »So etwas will ich nie wieder von dir hören, hast du mich verstanden? Nie mehr!«

»Verzeiht, Bruder«, sagte Robin steif. »Das war respektlos, und ich entschuldige mich dafür. Aber was das andere angeht, so bleibe ich bei dem, was ich gesehen habe.«

Abbé ließ sich wieder zurücksinken. Seine Hände zitterten. »Das ... das ist ungeheuerlich«, murmelte er. »Ja ... aber jetzt ergibt alles einen Sinn ...«

»*Was* ergibt einen Sinn?«, fragte Robin.

Abbé ignorierte die Frage. »Ich glaube dir, Robin«, sagte er ernst. »Doch das allein wird uns nicht viel nutzen, fürchte ich. Nicht, wenn Dariusz und Ridefort und so viele andere das Gegenteil behaupten.«

»Graf Raimund kann meine Darstellung bestätigen«, sagte Robin nach kurzem Überlegen. »Er hat sich fast die Kehle aus dem Leib geschrien, um uns aufzuhalten.«

Abbé schüttelte traurig den Kopf. »Nicht einer von Raimunds Männern ist aus der Schlacht zurückgekehrt«, sagte er. »Raimund selbst liegt schwer verwundet darnieder. Er wurde am Kopf getroffen. Niemand weiß, ob er sich je wieder erholen wird oder ob er vielleicht blöde bleibt.« Er schüttelte erneut den Kopf, dann stand er mit einem Ruck auf und seufzte tief. »Umso richtiger war unsere Entscheidung, dich hier zu verstecken«, fuhr er fort, während er mit kleinen, unruhigen Schritten im Zimmer auf und ab zu gehen begann. »Ich werde sofort einen Reiter nach Safet schicken, um Bruder Horace Anweisungen zu erteilen.« Er blieb stehen und sah sie mit einem sonderbar freudlosen Lächeln an. »Mein Beileid, Bruder Robin«, sagte er. »Ihr seid gerade gestorben.«

»Das ist das erste halbwegs kluge Wort, das ich von Euch höre, Tempelherr«, sagte Salim von der Tür aus. Robin hatte weder gehört, wie er sie geöffnet hatte, noch wie und wann er hereingekommen war.

Abbé musste es wohl ähnlich ergangen sein, denn er maß Salim mit einem nicht besonders erfreuten Blick und fragte scharf: »Wie lange steht Ihr schon da hinter der Tür und lauscht, Assassine?«

»Wie Ihr selbst sagt, Tempelherr«, erwiderte Salim ruhig, »ich bin ein Assassine. Und wir sind im Haus eines Assassinen. Glaubt Ihr wirklich, ich hätte es nötig zu lauschen?« Er erwartete keine Antwort auf diese Frage, sondern ging mit schnellen Schritten an ihm vorbei, und nun gab es für Robin kein Halten mehr. Mit einem Schrei sprang sie aus dem Bett, warf sich in Salims Arme und küsste ihn so wild und fordernd, dass er unter ihrem Ansturm zurücktaumelte und tatsächlich um sein Gleichgewicht kämpfen musste. Erst als in ihren Lungen keine Luft mehr war und sie das Gefühl hatte, im nächsten Moment ersticken zu müssen, lösten sich ihre Lippen von den seinen, aber nur ihre Lippen; als er zurückweichen wollte, zog sie ihn nur umso fester an sich.

»Nichts da«, sagte sie atemlos. »Ich lasse dich nie wieder gehen.«

»Das ist wahrscheinlich ein typisches Frauenversprechen«, griente Salim. »Es hält gerade so lange, wie man braucht, um es auszusprechen.«

Robin knuffte ihm in die Rippen und küsste ihn wieder, diesmal nicht so stürmisch und fordernd wie gerade, sondern sanft und zärtlich. Neben ihr räusperte sich Bruder Abbé übertrieben, aber Robin ignorierte ihn einfach. Ihre Zunge tastete über seine Lippen und seine Zähne, suchten den Weg dazwischen hindurch und die Berührung seiner eigenen Zunge. Doch plötzlich zog sich Salim zurück und drehte den Kopf auf die Seite.

»Was?«, fragte Robin.

»Oh, äh ... nichts«, antwortete Salim, eine Spur zu hastig und nicht überzeugend, zumal er dabei ihrem Blick auswich. »Es ist alles in Ordnung. Wirklich. Ich meine, du ... du küsst wirklich gut ... für eine Tote.«

»Wie?«, fragte Robin lauernd.

Salim beeilte sich zu nicken. »Bestimmt. Das Problem ist nur, du ... du schmeckst auch ein bisschen so.«

»He!«, protestierte Robin. »Du hast mich schon an ganz anderen Stellen ...«

»Da warst du auch gewaschen und parfümiert«, antwortete Salim, »und hast nicht zwei Wochen im Fieber dagelegen und all die Zeit den Zaubertrank meines Vaters genossen. Ich meine: Er ist wirklich gut. Selbst ich verdanke ihm mein Leben. Aber das ändert leider nichts daran, dass er schmeckt wie ein Kamel am falschen Ende.«

Wahrscheinlich hatte er damit sogar Recht, dachte Robin, während sie sich mit der Zungenspitze über die Zähne fuhr. Wenn ihre Küsse so schmeckten wie das, was sie jetzt empfand, dann musste Salim sie noch weit mehr lieben, als sie bisher geglaubt hatte.

Vielleicht konnte sie ja herausfinden, wie sehr. »Wann hast du denn das letzte Mal ein Kamel am richtigen Ende geküsst?«, fragte sie.

Salim dachte einen Moment angestrengt nach. »Vor fünfzehn Tagen«, sagte er dann. »Oder sind es mittlerweile schon sechzehn?«

Hinter ihr räusperte sich Abbé noch einmal und deutlich lauter, und Robin knuffte Salim abermals und diesmal so hart in die Rippen, dass er ächzend nach Luft rang. Dann aber ließ sie es gut sein. Sie hätte zwar nicht übel Lust gehabt, Abbé noch eine Weile in seinem eigenen Saft schmoren zu lassen (wer weiß, dachte sie spöttisch, vielleicht ja in wortwörtlichem Sinne), aber die Situation war zu kompliziert, um noch mehr Zeit zu verschwenden. Sie ließ Salim zwar nicht völlig los, lockerte ihren Griff aber ein wenig und drehte sich zu Abbé um.

»Verzeiht, Bruder«, sagte sie spöttisch. »Ich wollte Euch nicht in Verlegenheit bringen. Immerhin seid Ihr ein Mann Gottes und den Anblick verwerflicher fleischlicher Genüsse nicht gewohnt.«

Abbé spießte sie mit Blicken regelrecht auf, überging das Thema aber ansonsten diskret und wandte sich direkt an Salim.

»Wenn Ihr schon gelauscht habt, Assassine, dann habt Ihr mir wenigstens die Mühe abgenommen, alles noch einmal erklären zu müssen.«

»Es wäre sowieso unnütz.« Salim schlang seinen Arm um ihre Schulter und drückte sie mit sanfter Kraft an sich. Die Berührung tat gut und gab ihr das Gefühl, ebenso geborgen wie sicher zu sein, aber sie hatte auch etwas fast Besitzergreifendes, das ihr nicht gefiel. Sie widerstand dem Impuls, seinen Arm abzustreifen, doch es kostete sie Mühe.

»Ich bringe Robin zurück nach Masyaf«, fuhr Salim fort. »Mein Vater wird in drei oder vier Tagen hier eintreffen. Wir schließen uns seinem Gefolge an, sobald er Jerusalem wieder verlässt.« Seine Finger strichen zärtlich über ihre Wange. »Keine Angst, Geliebte. Ich werde nicht zulassen, dass man dir noch einmal wehtut.«

Robin schob seine Hand weg, aber er nahm es gar nicht zur Kenntnis, und auch Abbé fuhr direkt an ihn gewandt fort: »Der einzig vernünftige Vorschlag«, sagte er, wobei er gewiss nicht durch Zufall Salims eigene Worte benutzte. »Wenn Dariusz auch nur den Verdacht hat, sie könnte noch am Leben sein, gäbe ich keinen Pfifferling mehr um ihr Leben.«

»He!«, protestierte Robin. Verwirrt und ärgerlich sah sie von Salim zu Abbé und wieder zurück. »Hättet ihr vielleicht die Güte, in meiner Gegenwart nicht so über mich zu sprechen, als wäre ich gar nicht da?«

»Wird der König nicht misstrauisch werden?«, fragte Salim. »Er weiß immerhin, dass Robin nur an der Schulter getroffen wurde.«

»Aber er weiß nichts von den Zauberkräften deines Vaters, Assassine«, antwortete Abbé. »Hast du schon einmal gesehen, was der Wundbrand selbst aus einer harmlosen Verletzung machen kann?«

Salim blieb unschlüssig. »Er hat ihr Gesicht gesehen.«

»Für einen Augenblick, und es war gezeichnet von der Schlacht und voller Blut und Schweiß.« Abbé schüttelte düster den Kopf. »Wir werden einen Toten finden, der ihr hinlänglich ähnlich sieht. An Leichen herrscht auf Safet im Moment wahrlich kein Mangel!«

»He!«, protestierte Robin. »Habe ich dazu vielleicht auch noch etwas zu sagen?«

»Nein«, antworteten Salim und Bruder Abbé gleichzeitig und wie aus einem Mund.

»König Balduin ist nicht dumm«, versuchte sie es noch einmal.

»Er wird es merken.« Darauf antwortete Abbé erst gar nicht. Robin fuhr fast verzweifelt fort: »Aber ... aber Ihr habt gehört, was ich über Dariusz erzählt habe! Und die Verschwörung gegen den König! Wollt Ihr denn gar nichts dagegen tun?«

»Es war schon immer die erklärte Linie des Ordens«, antwortete Abbé, »sich nicht in die Politik einzumischen. Könige kommen und gehen, aber der Orden bleibt.«

Das war hanebüchener Unsinn, das wusste Robin. Trotzdem fragte sie: »Und Dariusz?«

»Wir werden uns darum kümmern«, sagte Abbé ernst.

»Und wenn ihr es nicht tut, dann tue ich es«, fügte Salim hinzu.

»Das habe ich jetzt nicht gehört«, sagte Abbé kopfschüttelnd. »Was immer Bruder Dariusz auch getan haben mag, ich kann nicht zulassen, dass er von der Hand eines gedungenen Mörders fällt, auch wenn ich Euch gut verstehen kann. Gott wird ihn richten, und wenn nicht er, dann wir.«

Salim sagte nichts mehr dazu, aber sein Blick machte klar, dass er keinen Deut von seiner Drohung zurückwich. Dariusz war jetzt schon so gut wie tot, dachte sie bitter. Sie würde ihm keine Träne nachweinen, aber wollte sie wirklich seinen Tod?

Abbé beendete das Thema mit einer bestimmenden Geste. »Genug. Ich kann deine Gefühle verstehen, Robin. Du bist noch immer so stolz und stur wie damals, als wir uns kennenlernten. Aber das hier ist keine Frage des Stolzes.« Er deutete auf Salim. »Auch auf die Gefahr hin, mir damit den Hass deines Gemahls zuzuziehen, so könnten dich nicht einmal die Mauern Masyafs vor Dariusz schützen, wüsste er, dass du am Leben bist, und auch alle seine Männer nicht. Bruder Robin wird sterben, so oder so.«

Robin wusste ja, dass er Recht hatte. Was er sagte, blieb vermutlich noch weit hinter der Wahrheit zurück. Dariusz würde nicht zulassen, dass ein Zeuge seiner Tat zurückblieb. Er würde vielleicht nicht einmal zögern, ihretwegen einen Krieg anzufangen.

So wenig wie Salim, übrigens.

»Und nun müsst ihr mich entschuldigen, Kinder«, fuhr Abbé in vollkommen verändertem Ton fort. »Mich rufen dringende Geschäfte, wie ihr ja sicher verstehen könnt. Ich muss ein paar Briefe schreiben. Vorbereitungen treffen … ihr wisst schon.« Sein Grinsen wurde anzüglich. »Und ich nehme an, dass ihr euer Wiedersehen gebührend feiern wollt.«

Und damit verschwand er, noch bevor Robin auch nur eine weitere Frage stellen konnte.

Salim nahm den Arm von ihrer Schulter und griff in die Tasche seines schwarzen Mantels. Als er die Hand wieder hervorzog, lagen einige saftige dunkelgrüne Blätter darauf.

»Was ist das?«, fragte Robin misstrauisch.

Salim grinste breit. »Eukalyptusblätter«, sagte er. »Gegen den Kamelgeschmack.«

20. Kapitel

In den nächsten beiden Tagen sah sie Bruder Abbé gar nicht, Salim dafür aber umso öfter wieder. Der Sohn des Alten vom Berge hatte verschiedene Pflichten, denen er in diesem Assassinenhaus inmitten von Jerusalem nachkommen musste, aber sie nahmen nur wenige Stunden am Tage in Anspruch, und seine gesamte übrige Zeit verbrachte er mit ihr.

Natürlich genoss sie die Zeit, die sie in seinen Armen lag oder eng an ihn gekuschelt am Fenster saß und auf den schmalen Ausschnitt der Stadt hinuntersah, den sie von hier aus erkennen konnte. Er beantwortete all ihre Fragen über Jerusalem und all die Wunder, die die Mauern der Stadt beherbergten, mit großer Geduld und in aller Ausführlichkeit. Ihre hartnäckig vorgebrachten Bitten jedoch, sie mit hinaus in die Stadt zu nehmen, sodass sie all diese Wunder mit eigenen Augen schauen konnte, beschied er immer wieder abschlägig; mehr noch: Robin verlegte sich schließlich darauf, ihn wenigstens um ein anderes Zimmer zu bitten, sodass sie einen anderen Ausschnitt der Stadt betrachten konnte, doch selbst das lehnte er ab, ohne zu erklären, warum. Ob es Robin gefiel oder nicht, sie begann den Gedanken zu akzeptieren, dass sie trotz allem eine Gefangene war.

Natürlich gefiel ihr das nicht.

Am dritten Tag, nachdem sie in diesem Zimmer aufgewacht war, verabschiedete sich Salim mit der Eröffnung, dass die Ankunft seines Vaters in den nächsten Stunden erwartet wurde und es durchaus Abend werden könnte, bis er zu ihr zurückkam.

Robin verabschiedete ihn mit einem langen Kuss und einem Bedauern, das nicht vollkommen geheuchelt war. Sie hatten sich an diesem Morgen bereits zweimal geliebt, und dennoch erregte sie der Anblick seiner muskulösen und doch schlanken Brust schon wieder. Ihre Hand kroch an seinem Bein empor, aber Salim hielt ihre Finger fest, bevor sie ihr Ziel erreichten.

»Du bist ja unersättlich«, sagte er mit gespielter Missbilligung.

»Du etwa nicht?«, fragte Robin mit einer Geste dorthin, wohin ihre Hand unterwegs gewesen war.

Salim folgte ihrem Blick und zog die Augenbrauen noch weiter zusammen. »Das muss an den Eukalyptusblättern liegen. Sie erinnern mich an mein Lieblingskamel, weißt du?«

»Welches Ende?«, wollte Robin wissen.

Salim lachte und küsste sie spielerisch auf die Nase, hielt ihre Hand jedoch weiter fest und schob sie dann sogar weg, während er aufstand und sich nach seinem Hemd bückte. »Es tut mir Leid, aber ich muss wirklich noch eine Menge Vorbereitungen treffen, bevor mein Vater hier ist. Später, wenn wir wieder in Masyaf sind, haben wir so viel Zeit für uns, wie wir nur wollen. Ich gebe dir mein Wort, dass ich nie wieder von deiner Seite weichen werde. Auch«, fügte er hinzu, während er die Arme hob und in sein Hemd schlüpfte, und seine Stimme drang dabei nur noch gedämpft unter dem groben schwarzen Stoff hervor, »wenn ich nicht ganz sicher bin, ob ich dir auf die Dauer gewachsen sein werde.« Er streifte seinen Mantel über, warf ihr mit spitzen Lippen einen Kuss zu und begann noch im Hinausgehen seinen Turban zu wickeln.

Robin zog eine Schnute und ließ sich wieder in das weiche Kissen ihres Bettes zurücksinken. Ihre Schulter schmerzte ein bisschen – das war kein Wunder, nach der letzten Stunde –, aber die Heilung machte dennoch erstaunlich gute Fortschritte. Die Salbe, die Saila ihr zweimal am Tag auftrug, wirkte wahre Wunder.

Es würde zwar noch lange dauern, bis sie den Arm wieder richtig benutzen konnte (davon, einen Schild zu tragen und etwa die Wucht eines Schwerthiebes damit aufzufangen, gar nicht zu reden), aber wenn Saila die Verbände wechselte, dann erblickte sie eine Wunde, die aussah, als wäre sie mindestens zwei Monate alt, nicht zwei Wochen.

Salims Geruch haftete noch an der Bettwäsche. Robin sog ihn tief in die Nase ein und schloss die Augen, als sich ein wohliges Kribbeln in ihrem Leib auszubreiten begann, allein ausgelöst von der Erinnerung an Salims Nähe, das unbeschreibliche Gefühl, ihn in sich zu spüren. Es wurde stärker, als ihre Hände über ihre Brüste und weiter hinab zu ihrem Schoß zu wandern begannen.

Dann fuhr sie erschrocken zusammen, zog ihre Hand mit einem heftigen schlechten Gewissen zurück und setzte sich mit einem Ruck auf. Was war nur mit ihr los?

Gut, ihr schlechtes Gewissen hielt sich in Grenzen, aber Salims spielerischer Vorwurf war nicht ganz so aus der Luft gegriffen, wie es ihr im Grunde lieb gewesen wäre. Seit sie Salims Frau geworden war, hatte sie die Freuden dessen, was Bruder Abbé so gerne als fleischliche Genüsse bezeichnete, kennen und in weitaus größerem Maße schätzen gelernt, als sie in seiner Gegenwart jemals zugegeben hätte. Doch seit ihrer Rückkehr hierher war sie tatsächlich fast unersättlich geworden. Sie brauchte Salims Wärme in sich mindestens zweimal am Tag, wenn nicht öfter – und es war dennoch, als könne sie einfach nicht genug bekommen. Vielleicht, weil sie sich in diesen Momenten auf unbeschreibliche Weise *lebendig* fühlte.

Vielleicht hatte es mit der Schlacht zu tun, dachte sie. Ihre Gier nach allem, was Lebendigkeit verströmte und ihr dabei das Gefühl gab, selbst lebendig zu *sein*. Vielleicht hatte sie für ein einziges Leben einfach zu viel Leid und Tod gesehen.

Sie streifte die Decke endgültig ab und schwang gerade die Beine aus dem Bett, als die Tür aufging und Nemeth hereinkam. Das Mädchen streifte sie mit einem sonderbaren Blick, und Robin fragte sich, ob sie sie belauscht oder Salim und sie gar beobachtet hatte. Das Ergebnis, zu dem sie kam, war einem Ja deutlich näher als einem Nein, aber sie verzichtete darauf, dem Mädchen die Frage laut zu stellen. Was hatte sie davon, Nemeth in Verlegenheit zu bringen? Darüber hinaus war sie bald alt genug, sich mit gewissen Dingen des Lebens vertraut zu machen.

»Benötigt Ihr etwas, Herrin?«, fragte Nemeth. »Wasser oder etwas zu essen?«

Robin schüttelte stumm den Kopf und trat ebenso wortlos an das Fester heran, an dem sie in den letzten Tagen so oft gestanden und auf die Stadt hinabgeblickt hatte, der ihre ganze Sehnsucht galt und die so nahe und doch so unerreichbar fern war. Es war selbst nach all der Zeit noch immer ein faszinierender Anblick. Obwohl es noch früh war, spürte Robin schon, wie heiß der Tag wieder werden würde. Staub hing in der Luft und versah die Konturen der Gebäude mit einem zweiten, flimmernden Umriss. Im Licht der noch tief stehenden Sonne sah es aus, als sei die Heilige Stadt in goldene Schleier gehüllt. Die Stadt strahlte ... *Erhabenheit* aus. Die Türme zahlloser Kirchen erhoben sich aus dem Labyrinth von Straßen und schmalen, verwinkelten Gässchen. Eine hohe Mauer umgürtete die gesamte Stadt, von der sie allerdings von hier aus nur einen winzigen Teil sehen konnte.

Besonders eindrucksvoll erschien ihr das etwas höher gelegene Felsplateau am östlichen Ende der Stadt gegenüber des Ölbergs. Dort erhob sich zwischen anderen Gebäuden eine hohe Kuppel, die von einem mächtigen Kreuz gekrönt wurde. Der *Templum Domini*. Sie hatte andere Tempelritter von dem Ort erzählen hören, der unter dem besonderen Schutz ihres Ordens stand. Dort lag der Fels, auf dem Abraham seinen Sohn Isaak Gott opfern wollte. Und plötzlich wurde sich Robin bewusst, dass Jesus selbst über den Ölberg gekommen war, als er nach Jerusalem einzog. Seltsam, dachte sie. Sie hatte geglaubt, sich spätestens während des Grauens der Schlacht endgültig von ihrem Glauben losgesagt zu haben, und doch dachte sie jetzt mehr an Gott und seinen Sohn als in all den Monaten zuvor. Vielleicht hatte sie sich ja gar nicht von Gott losgesagt, sondern nur von dem, was Menschen in seinem Namen taten.

»Eine wunderschöne Stadt, nicht wahr?«, fragte Nemeth. Sie war lautlos neben sie getreten, und auch in ihrer Stimme meinte Robin etwas zu hören, das weit über das Maß normalen kindlichen Staunens hinausging. »Ich wusste gar nicht, dass es so große Städte gibt. Hier müssen mehr Menschen leben als in einem ganzen Land!«

»Es gibt noch sehr viel größere Städte«, antwortete Robin. »Ich habe ein paar davon mit eigenen Augen gesehen. Aber Jerusalem ist schon etwas Besonderes. Es ist die heiligste Stadt der Christenheit.«

»Die heiligste Stadt der Christenheit«, wiederholte Nemeth in sonderbar nachdenklichem Ton. Sie runzelte die Stirn. »Warum liegt sie dann in unserem Land?«

Robin sah sie verstört an.

»Habt Ihr sie schon gesehen, Herrin?«, fuhr Nemeth ungerührt fort. »Ich meine: Wart Ihr schon draußen in der Stadt?«

Robins Gesicht verdüsterte sich. »Du weißt genau, dass Salim und Bruder Abbé mich hier gefangen halten. Findest du es gut, dich auch noch über mich lustig zu machen?«

»Das wollte ich nicht, Herrin«, antwortete Nemeth mit einem breiten Grinsen, das so ungefähr das genaue Gegenteil behauptete. »Ich frage mich ja nur, ob Ihr sie sehen *wollt*.«

»Salim hat Wachen vor jede Tür aufgestellt«, grollte Robin.

»Und wie ich ihn kenne, schleichen seine Spione durch die ganze Stadt, nur für den Fall, dass ich trotzdem hier herauskäme.«

»Er kennt Euch eben«, feixte Nemeth.

Robin seufzte tief. »Das hier ist ein Assassinenhaus, Nemeth. Es führt kein Weg hinaus.«

Nemeth schwieg. Aber sie tat es auf eine ganz bestimmte Art, die dazu führte, dass Robin sich nach einem weiteren Moment vom Anblick der Stadt draußen vor dem Fenster losriss und sie stirnrunzelnd ansah.

»Oder?«, fragte sie.

Nemeth schwieg beharrlich weiter, aber ihre Augen blitzten schelmisch.

»Du kennst einen Weg hier hinaus?«, fragte Robin.

»Meine Mutter hat mich zu Euch geschickt, Herrin«, sagte Nemeth, ohne ihre Frage zu beantworten. »Sie wird den ganzen Tag fortbleiben. Salim hat sie mitgenommen, damit sie ihm hilft. Sein Vater kommt wohl mit einem großen Gefolge, und es sind eine Menge Vorbereitungen zu treffen.« Sie warf Robin einen schrägen Blick zu. »Sie werden den ganzen Tag fortbleiben, bestimmt bis Sonnenuntergang, wenn nicht länger.«

»Und was genau willst du mir damit sagen?«, fragte Robin.

»Ich?« Nemeth riss in gespielter Empörung die Augen auf. »Aber ich würde doch nie ...«

»Wir müssten zurück sein, bevor Salim wieder hier ist«, fuhr Robin nachdenklich fort. »Und was ist, wenn jemand hereinkommt und sieht, dass ich nicht mehr da bin?«

»Wer außer mir, meiner Mutter und Salim war denn bisher hier in Eurem Zimmer?«, fragte Nemeth.

Niemand, pflichtete ihr Robin in Gedanken bei. Der Grund, aus dem Salim sie hier in diesem Haus untergebracht hatte, war ja eben der, dass niemand außer ihm selbst und Saila und ihrer Tochter sie zu Gesicht bekam. Vielleicht, überlegte sie, war das auch der Grund, aus dem er ihr nicht gestattet hatte, auch nur dieses Zimmer zu verlassen. Wie Bruder Abbé vor ein paar Tagen gesagt hatte: Ein Geheimnis war umso besser gewahrt, je weniger um seine Existenz wussten.

Sie drehte sich wieder zum Fenster. Natürlich war schon die bloße *Idee* verrückt, aber auf der anderen Seite … sie würde Jerusalem in wenigen Tagen verlassen, um zusammen mit Salim und seinem Vater zum Berg Masyaf zurückzukehren, und irgendetwas sagte ihr, dass sie vielleicht nie wieder hierher kommen würde. Sie konnte sich gut vorstellen, wie sie eines Tages ihren Enkelkindern davon erzählen würde. *Oh, aber sicher war ich in Jerusalem. Eine ganze Woche. Natürlich habe ich die Stadt gesehen. Einen Ausschnitt von zwei Fuß Breite und vier Fuß Höhe.* Eine wunderbare Vorstellung.

»Ich bräuchte … ein anderes Kleid«, sagte sie zögernd. »So kann ich schlecht auf die Straße gehen.«

»Nicht, ohne aufzufallen«, bestätigte Nemeth. »Ihr habt fast dieselbe Statur wie meine Mutter. Ich glaube, eines von ihren Kleidern müsste Euch passen.« Sie trat mit einem gespielten Seufzen vom Fenster zurück. »Es wird ohnehin Zeit, Euren Verband zu wechseln. Meine Mutter hat mir aufgetragen, es ja nicht zu vergessen. Ich bin nur immer so furchtbar ungeschickt mit der Salbe. Am Ende verderbe ich Euch noch das Kleid.«

»Dann solltest du auf jeden Fall ein Kleid zum Wechseln mitbringen«, sagte Robin ernsthaft.

»Eine gute Idee«, antwortete Nemeth. Sie ging. Robin blickte ihr lächelnd nach, aber ihr Gesicht wurde wieder ernst, als sie sich erneut zum Fenster wandte und hinausblickte.

Also würde sie Jerusalem sehen. Natürlich war ihr klar, wie verrückt das war, was sie und Nemeth vorhatten. Es wäre nicht nur Wasser auf Salims Mühlen, wenn er davon erfuhr, er würde auch Nemeth streng bestrafen, von dem, was ihre Mutter mit ihr tun würde, gar nicht zu sprechen. Aber in diesem Moment fühlte sich Robin dem Mädchen weitaus näher als allen anderen hier. Allein der Gedanke an das, was vor ihnen lag, bescherte ihr ein kribbelndes Gefühl, das sie allzu lange vermisst hatte. Ganz plötzlich fühlte sie sich wieder wie das naive kleine Mädchen, als das sie ihr Leben vor so langer Zeit im fernen Friesland begonnen hatte, und es war ein *gutes* Gefühl. O ja, Salim würde der Schlag treffen, wenn er davon erfuhr – aber sie freute sich schon darauf, es ihm zu erzählen. Später, irgendwann, wenn sie zurück in Masyaf waren.

Nemeth kam nach wenigen Augenblicken zurück. Sie brachte nicht nur Verbandszeug und Salbe, sondern auch ein schlichtes schwarzes Kleid, das ihrer Mutter gehörte, und zwei kleine irdene Töpfe mit. Während sie alles zu einem unordentlichen Stapel auf dem Fußboden aufhäufte, ließ sich Robin auf der Bettkante nieder, streifte ihr Kleid bis zur Hüfte herunter und begann mit zusammengebissenen Zähnen den Verband zu entfernen.

Prüfend bewegte sie die Schulter. Es tat noch ein bisschen weh, ging aber besser, als sie erwartet hatte. Vielleicht noch zwei oder drei weitere Wochen, dachte sie, und sie würde die Schulter wieder ganz normal bewegen können. Raschids Salbe hatte wahre Wunder gewirkt.

Nemeth trug ihr frische Salbe auf und begann ihre Schulter dann mit erstaunlichem Geschick neu zu verbinden. Sie legte die Bandagen fester an als bisher, sodass sie Robins Bewegungen zwar deutlich mehr behinderten, unter ihrer Kleidung aber kaum noch auftragen würden.

Als sie fertig war, machte Robin eine auffordernde Geste in Richtung des mitgebrachten Kleides, doch Nemeth schüttelte den Kopf und griff stattdessen nach den beiden kleinen Tontöpfen. »Zuerst das. Wir wollen Eure Verkleidung doch perfekt machen, oder? Hier – reibt Euch damit ein.«

Sie nahm den Deckel von einem der Tiegel, und Robin erblickte eine braune, cremige Substanz, von der ein leicht unangenehmer Geruch ausging.

»Keine Sorge«, sagte Nemeth, als sie ihren zweifelnden Gesichtsausdruck bemerkte. »Es ist nur einfache Schminke. Ihr könnt sie mit Wasser und Seife wieder abwaschen.«

Robin war noch nicht überzeugt. Was sollte das? Ihre Haut war nach zwei Jahren unter der unbarmherzigen Sonne des Orients zwar immer noch nicht so dunkel wie die Nemeths oder ihrer Mutter, aber auch längst nicht mehr so bleich, um sie sofort zu verraten. Nemeth bestand jedoch mit einem so hartnäckigen Nicken darauf, dass sie die Schminke auftrug, dass Robin schließlich aufgab und sich das Gesicht, Hände und Arme bis hinauf zu den Ellbogen eincremte.

Das Ergebnis war verblüffend. Nemeth hatte keinen Spiegel mitgebracht, sodass sie ihr Gesicht nicht sehen konnte, doch die Haut auf ihren Händen und Unterarmen hatte nun genau denselben Farbton wie die des Mädchens.

»Sehr gut«, lobte Nemeth. »Und jetzt das Kleid.« Sie hatte sichtlich Freude daran, das Kommando zu übernehmen, und Robin ließ sie gewähren – auch wenn sie immer noch nicht ganz verstand, was dieser Mummenschanz eigentlich sollte. Sie kannte Orientalinnen, die einen helleren Teint hatten als sie.

Nemeth ging zur Tür, spähte einen Moment auf den Flur hinaus und bedeutete ihr dann mit einer verschwörerischen Geste, ihr zu folgen, winkte aber praktisch sofort wieder ab und deutete heftig gestikulierend auf ihr Gesicht.

»Was?«, fragte Robin. Sie verstand nicht.

»Euer Kopftuch, Herrin«, sagte Nemeth. »*Mutter*, wollte ich sagen. Und der Schleier.«

Robin streifte das schwarze Kopftuch über, zögerte aber, den Schleier vor dem Gesicht zu befestigen. Wozu hatte sie sich geschminkt, wenn sie ihr Gesicht dann nahezu vollkommen verbergen sollte? Schließlich aber gab sie auch diesmal auf, befestigte den Schleier und folgte Nemeth auf den Flur hinaus.

Das Haus schien leer zu sein. Von irgendwoher drangen Geräusche an ihr Ohr, aber es war nichts Bedrohliches daran. Robin blieb trotzdem aufmerksam. Dies hier war ein Haus der Assassinen. Dass sie keine Wachen sah, bedeutete nicht, dass es keine gab.

Der Korridor besaß zwei weitere Türen auf derselben Seite, aber kein Fenster, sodass nur ein wenig blasses Licht vom Fuße der Treppe heraufdrang, die ins Erdgeschoss hinunterführte. Irgendwo dort unten bewegte sich etwas. Sie sah das Flackern von Schatten.

»Wir müssen uns beeilen«, sagte Nemeth laut, als sie die aus Lehmstufen gefertigte Treppe hinabstiegen. »Es ist ein weiter Weg bis zum Basar, und wahrscheinlich werden die Händler wieder stundenlang feilschen und uns unnötig aufhalten.«

Robin begann ganz allmählich zu dämmern, was Nemeths sonderbares Benehmen zu bedeuten hatte – vor allem, als sie die in einen schmuddeligen weißen Burnus gehüllte Gestalt sah, die mit lässig vor der Brust verschränkten Armen an der Wand neben der Tür lehnte und so tat, als beobachte sie gelangweilt das Treiben auf der Straße. Der Mann trug normale Kleidung und keine Waffen, aber Robin erkannte einen Assassinen, wenn sie ihn sah.

Sie erkannte sogar *diesen* Assassinen.

Sie hatte ihn ein paar Mal auf Masyaf gesehen, wenn auch nur flüchtig, und sie konnte nur hoffen, dass es ihm umgekehrt genauso erging. Rasch senkte sie den Blick – nicht so weit, dass es auffiel – und dankte Nemeth im Stillen dafür, dass sie auf dem Schleier bestanden hatte. Der Mann gehörte nicht zu Salims oder Raschid Sinans Leibwache. Wenn er ihr Gesicht überhaupt schon einmal gesehen hatte, dann allerhöchstens aus großer Entfernung und nur kurz. Dennoch begann ihr Herz schneller zu schlagen, als sie dicht hinter Nemeth das Haus verließ und an dem Assassinen vorbeiging. Er rührte sich nicht, aber Robin glaubte den misstrauischen Blick seiner Augen regelrecht zwischen den Schulterblättern zu spüren.

»Jetzt beeil dich schon, Mutter«, drängelte Nemeth. »Immer trödelst du herum!«

Robin versetzte ihr einen Klaps mit der flachen Hand gegen den Hinterkopf, und das Mädchen verzog übertrieben das Gesicht und beeilte sich weiterzustolpern, während sie die Hand hob und sich den Schädel rieb. Als Robin ihr folgte, sah sie aus den Augenwinkeln, wie der Assassine flüchtig lächelte und seine Aufmerksamkeit dann wieder seiner eigentlichen Aufgabe zuwandte, nämlich so zu tun, als wäre er gar nicht da.

»Wieso habt Ihr mich geschlagen?«, fragte Nemeth vorwurfsvoll, als sie außer Hörweite des Assassinen waren.

»Weil deine Mutter es auch getan hätte für diese vorlauten Worte«, antwortete Robin. »Und wir wollen doch schließlich kein Aufsehen erregen, oder?«

Nemeth rieb sich weiter den Schädel, obwohl Robin ihr wirklich kaum mehr als einen freundschaftlichen Klaps gegeben hatte, beließ es aber bei einem vorwurfsvollen Blick. Am Ende der Straße wandte sie sich nach links, und erst jetzt, als sie sicher außer Sichtweite des Wächters waren, wagte es Robin, vorsichtig aufzuatmen und den Kopf zu heben.

Die Straße, auf der sie sich nun befanden, unterschied sich in nichts von zahllosen Straßen in zahllosen Städten, in denen sie schon gewesen war. Nahe an der Stadtmauer gelegen, war sie weit vom Zentrum Jerusalems mit all seinen Wundern und fantastischen Kirchen, Palästen und anderen großartigen Bauwerken entfernt, und es entsprach auch ganz der Art der Assassinen, nicht in einem Palast zu residieren, sondern eher unsichtbar zu bleiben. Dennoch war sie enttäuscht. Auch wenn sie wusste, wie unsinnig es war, so hatte sie doch einfach etwas anderes erwartet. Sie wusste selbst nicht, was, aber auf jeden Fall irgendetwas, das ihrer Vorstellung von der heiligsten Stadt der Christenheit mehr entsprach.

»Wohin gehen wir zuerst?«, fragte Nemeth aufgeregt. »Die Grabeskirche? Der Palast des Königs? Der Tempelberg?«

»Kennst du denn all diese Orte?«, fragte Robin überrascht.

»Nicht alle«, gestand Nemeth kleinlaut. »Aber ich habe davon gehört. Und der Basar ist ganz in der Nähe des Tempelberges.« Sie kicherte. »Ich habe ein wenig Geld eingesteckt. Wir könnten ein paar Einkäufe erledigen. Auf diese Weise«, fügte sie nachdenklich hinzu, »hätten wir nicht einmal gelogen. Oder wenigstens nur ein bisschen.«

Robin musste gegen ihren Willen lachen. Das Mädchen fand offensichtlich mit jedem Moment mehr Gefallen an dem Spiel, das sie spielten – und warum auch nicht? Ihre Verkleidung war immerhin gut genug gewesen, selbst einen Assassinen zu täuschen, und Salim hatte den Mann gewiss nicht wegen seiner Unzuverlässigkeit ausgewählt. Darüber hinaus wusste niemand, dass sie in der Stadt war. Genau genommen wusste nicht einmal jemand, dass es sie überhaupt *gab*. Nein, versicherte sie sich noch einmal selbst in Gedanken, ihre Tarnung war perfekt. In dem schlichten schwarzen Kleid und mit ihrer dunkleren Haut würde sie nicht einmal Dariusz erkennen.

»Warum nicht?«, stimmte sie achselzuckend zu. »Geh voraus.«

Nichts anderes – das machte der spöttische Blick klar, den Nemeth ihr über die Schulter zuwarf – hatte das Mädchen vorgehabt. Robin sagte auch dazu nichts, nahm sich aber vor, es damit gut sein zu lassen. Nemeth war in geradezu euphorischer Stimmung, was sie ihr gönnte, aber sie war ein Kind, und sie musste aufpassen, dass sie in ihrer Ausgelassenheit nicht sie beide in Gefahr brachte.

»Es ist ein Umweg«, sagte Nemeth, »aber wir könnten am großen Tempel vorbeigehen. Würde Euch das gefallen?«

Robin signalisierte mit einem stummen Nicken ihre Zustimmung, und Nemeth wandte sich am Ende der Straße abermals nach links, sodass sie sich nun wieder in Richtung des Josefstores bewegten, durch das sie die Stadt auch betreten hatten, wie Robin von Saila erfahren hatte. Endlich aber lag der gewaltige Komplex des Templum Domini vor ihnen. Die riesige goldene Kuppel und die Wände aus glasierten, blauen Ziegeln des Gebäudes beeindruckten Robin über die Maßen, aber sie gaben ihr auch das Gefühl, winzig und unwichtig zu sein, und das auf eine unangenehme, demütigende Art. Nie zuvor hatte sie ein solches Gotteshaus gesehen. An seinen wuchtigen Mauern, den kantigen Linien und den riesigen Torbögen war etwas, das sie schaudern ließ. *Kathedralen,* so hatte Bruder Abbé ihr einmal erklärt, *werden gebaut, um den Menschen Gottes Größe und Allmacht vor Augen zu führen.* Das mochte ja auch die Absicht des Baumeisters gewesen sein, der *diese* Kirche geplant und gebaut hatte, aber das Ergebnis wirkte – zumindest auf Robin – ganz anders. Dieses Gebäude führte ihr nicht die Größe Gottes vor Augen, sondern die Kleinheit des Menschen. Der Gott, zu dessen Lobpreisung und Ehre dieses Monstrum von Kirche gebaut worden war, konnte sich gar nicht für die Schicksale der Menschen interessieren.

Am Ende des Platzes neben dem Templum Domini lag ein wuchtiger Palast, dessen Fassade von insgesamt sieben riesigen Toren gebildet wurde: das Hauptquartier der Templer, nicht nur hier in Jerusalem. Auch über diesem Gebäude erhob sich eine Kuppel, die jedoch viel kleiner war als jene des Templum Domini. Robin fühlte sich angesichts der gigantischen Abmessungen nicht nur des Platzes, sondern auch der riesigen Gebäude ringsum verloren. Eine sonderbar gestaltlose, aber tiefe Enttäuschung begann sich in ihr breit zu machen. Sie fragte sich, warum sie überhaupt hierher gekommen war. Als sie sich dem Tempel genähert hatten, da hatte sie es fast bedauert, statt des einfachen schwarzen Kleides nicht ihr Templergewand angelegt zu haben. Obwohl farbige Burnusse, Kopftücher und Turbane auch in der heiligsten Stadt der Christenheit weit in der Überzahl waren, stellte auch der Wappenrock eines Templers oder eines anderen christlichen Ritters nichts Außergewöhnliches dar, und in ihrem weißen Ordensgewand hätte sie die Kirche ohne Probleme betreten dürfen. Noch vor zwei Wochen hätte sie ihr Leben für einen einzigen Blick in diesen heiligsten aller Orte riskiert. Jetzt war sie nicht einmal mehr sicher, ob sie ihn überhaupt noch sehen wollte.

»Starrt den Tempel nicht so an, Herrin«, zischte Nemeth. »Ihr zieht bereits neugierige Blicke auf Euch.«

Robin hätte beinahe widersprochen und sie angefahren, ob sie sich als Templer etwa nicht das Hauptquartier ihres eigenen Ordens ansehen dürfe, bis ihr im letzten Moment einfiel, dass sie nicht als Tempelritter auf dem Platz stand, sondern als einfache muslimische Frau ohne Stand und Rang. Schließlich kannte sie ihre Ordensbrüder gut genug, um zu wissen, dass schon ein falsches Wort oder ein zu neugieriger Blick ausreichen konnte, um sie als Spionin zu verdächtigen.

»Hast du nicht etwas … von einem Basar gesagt?«, fragte sie stockend.

»Auf der anderen Seite des Berges«, bestätigte Nemeth. Sie sah Robin verwirrt an, denn der sonderbar niedergeschlagene Ton in ihrer Stimme war ihr keineswegs entgangen.

»Dann lass uns dorthin gehen«, sagte Robin müde. Vielleicht waren das Stimmengewirr und Durcheinander eines orientalischen Basars ja genau das, was sie im Moment brauchte, um ihre düsteren Gedanken wenigstens etwas aufzuhellen. Nemeth warf ihr einen neuerlichen, noch verwirrteren Blick zu, deutete aber dann nur ein Schulterzucken an und ging los.

Wieder nahm sie das Labyrinth kleinerer Sträßchen und Gassen auf, als sie den Vorplatz des Großen Tempels hinter sich ließen. Obwohl es noch früh war, herrschte auf den Straßen bereits ein reges Treiben. Männer und Frauen, die meisten – aber nicht alle – mit verhüllten Gesichtern, gingen ihrer Wege, standen zusammen und unterhielten sich oder eilten mit verbissenen Gesichtern und weit ausgreifenden Schritten an ihr vorüber. Eine angespannte Atmosphäre schien über der gesamten Stadt zu liegen, und Robin war sicher, auf mehr als einem Gesicht auch einen Ausdruck mühsam unterdrückter Furcht zu erkennen.

Mehr als einmal kamen ihnen Ritter in Waffen und prachtvollen Kleidern entgegen, einmal sogar eine Gruppe von drei ihrer eigenen Ordensbrüder, denen die Einheimischen beinahe angstvoll Platz machten. Und auch die Blicke, die den in strahlendes Weiß und blutfarbiges Rot gehüllten Gestalten folgten, waren alles andere als freundlich. Robin las Furcht in den dunklen Augen der Einheimischen, aber auch Trotz, und hier und da sogar fast so etwas wie Hass. Waren ihr, wenn sie in ihrer Rolle als Tempelritter durch die Straßen einer Stadt geschritten war, ebensolche Blicke gefolgt?

Sie wollte es nicht, aber plötzlich hörte sie, so deutlich, als hätte sie sie tatsächlich laut ausgesprochen, noch einmal Nemeths Worte von vorhin. *Die heiligste Stadt der Christenheit. Und warum liegt sie dann in unserem Land?*

Robin verscheuchte auch diesen Gedanken und signalisierte Nemeth stumm, schneller zu gehen. Sie war nicht mehr wirklich sicher, ob es tatsächlich eine so gute Idee gewesen war, das Haus zu verlassen und hierher zu kommen.

Aber sie war natürlich auch viel zu stolz, um dies – schon gar nicht vor Nemeth – zuzugeben.

Sie benötigten eine gute halbe Stunde, um den Basar zu erreichen, der tatsächlich genau auf der anderen Seite des Tempelberges lag. Robins Blick blieb auf dem Weg dorthin mehr als einmal an der goldenen Kuppel der Grabeskirche hängen, die sie selbst in ihrer Verkleidung hätte betreten dürfen, denn sie stand allen Gläubigen offen, gleich welchem Glauben sie auch anhingen.

Vielleicht auf dem Rückweg, entschied sie. Im Moment fühlte sie sich noch nicht in der Lage, eine *Kirche* zu betreten, ganz gleich, zu welchem Gott darin gebetet wurde.

Der Basar lag in einer schmalen, halbdunklen Gasse, die nur auf der linken Seite von den hier typischen, eingeschossigen Häusern aus unverputzten Lehmziegeln bestand, während die rechte Seite von einer nahezu senkrecht emporstrebenden Wand aus sandfarbenem Fels gebildet wurde. Auch dort hatten Händler, Handwerker und Bauern ihre Stände aufgeschlagen, einfache Konstruktionen aus Stoff und hastig zurechtgeschnittenen Ästen zumeist, über die bunte Stoffbahnen gespannt waren, die ihren Besitzern und deren verderblichen Waren Schutz vor der unbarmherzigen Sonnenglut gewährten. Auf der anderen Seite gab es auch einige wenige Stände, zum allergrößten Teil aber wurde gleich aus den Häusern heraus verkauft.

Ein unbeschreibliches Durcheinander aus Gerüchen, Farben und Lärm drang ihr entgegen und schlug sie fast augenblicklich in seinen Bann: Sie roch frisches Fladenbrot, den exotischen Duft kostbarer Gewürze und heißes Fett, Schweiß und Rosenöl, zu ihrem nicht geringen Erstaunen den typischen Geruch gebratenen Fisches und heißen Metalls, Olivenöls und Kümmels und gebratenen Lammes, und sie hörte das Schreien der Ausrufer, die ihre Waren priesen (natürlich hatte jeder das absolut beste Angebot unter dem gesamten Firmament), das Klingen von Hämmern, die Kupfer oder anderes Metall bearbeiteten, das Blöken eines Schafes und das Brutzeln heißen Fettes, das Weinen eines

Kindes und die schrillen Stimmen der Feilschenden, lautes Lachen und das Geräusch harter Stiefelschritte auf dem gepflasterten Boden, und so vielfältig wie die Geräusche und Gerüche waren auch die optischen Eindrücke, die auf sie einstürmten. Obwohl die aufgespannten Sonnensegel rechts und links der Straße das Tageslicht zu einem matten, sonderbar buntfarbenen Zwielicht dämpften, hatte sie im allerersten Moment doch nur den Eindruck einer wahren Explosion von Farben, die von Kleidern, feilgebotenen Schmuckstücken und Teppichen, blitzenden Kupferkesseln und polierten Waffen ausgingen, die von ihren Besitzern mit typisch orientalischem Stolz zur Schau getragen wurden. Es herrschte ein unbeschreibliches Gedränge.

»Bleibt immer dicht bei mir, Herrin«, sagte Nemeth. »Nicht, dass wir uns am Ende verlieren und ich Euch suchen muss.«

Diese Sorge mochte nicht einmal unbegründet sein, aber Nemeths Worte waren trotzdem eine glatte Unverschämtheit, die Robin für einen Moment die Sprache verschlug. Sie kam jedoch nicht dazu, den strengen Verweis loszuwerden, der ihr auf den Lippen lag, denn Nemeth lief unverzüglich los, und sie musste sich sputen, um sie nicht tatsächlich aus den Augen zu verlieren. Sie machte sich keine Sorgen um Nemeth. Das Mädchen konnte zweifellos ganz gut selbst auf sich aufpassen – Tatsache war, dass sie nicht wirklich auf den Weg geachtet und keine Ahnung hatte, wie *sie* wieder zurückkommen sollte.

Selbstverständlich strebte Nemeth zuallererst einen Stand an, dessen Besitzer allerlei Süßigkeiten und Naschwerk feilbot, und sie begann auch fast unverzüglich um ein Stück türkischen Honig zu feilschen. Robin ließ sie gewähren, aber sie fragte sich im Stillen, ob Nemeth sie nur zu dem kleinen Ausflug überredet hatte, um sich auf diese Weise mit Süßigkeiten einzudecken, die sie ohne erwachsene Begleitung nicht hätte kaufen können und deren Erwerb ihre Mutter niemals gestattet hätte.

Der Verdacht war so hässlich, dass sich Robins schlechtes Gewissen wieder meldete. Fast hastig drehte sie sich um und gewahrte gerade noch ein Aufblitzen von Weiß und Rot, das zu schnell aus ihren Augenwinkeln verschwand, als dass sie sicher sein konnte. Und doch ...

»Was habt Ihr, Herrin?«, fragte Nemeth alarmiert. Offensichtlich war ihr Robins Erschrecken nicht verborgen geblieben.

»Nichts«, murmelte Robin. »Ich muss ... mich getäuscht haben.«

Sie war nahezu sicher, sich *nicht* getäuscht zu haben. Jemand beobachtete sie. Jetzt, im Nachhinein, wurde ihr klar, dass sie schon die ganze Zeit über das Gefühl gehabt hatte, beobachtet zu werden.

»Bleib hier«, sagte sie knapp. Ohne auf eine Antwort zu warten, drehte sie sich um und ging mit schnellen Schritten zum Anfang der Gasse zurück, wo sie erneut stehen blieb und sich aufmerksam umsah.

Nichts.

Wenn sie tatsächlich beobachtet wurden, dann war ihr Verfolger äußerst geschickt.

Aber wer sollte sie verfolgen? Niemand außer Salim und Bruder Abbé wusste, dass sie in der Stadt war. Und wenn es Salims Assassinen waren, die sie verfolgten, hätte sie sie nicht bemerkt.

Ganz davon abgesehen, dass sie bestimmt kein Templergewand getragen hätten ...

Sie ließ ihren Blick trotzdem noch einmal und sehr aufmerksam über die Straße schweifen, sah aber nichts Außergewöhnliches.

Vielleicht war sie einfach nur hysterisch.

»Was habt Ihr?«, fragte Nemeth noch einmal, als sie zu ihr zurückkehrte. Sie wirkte alarmiert.

»Nichts«, wiederholte Robin. »Ich dachte, ich hätte jemanden gesehen. Aber ich muss mich wohl getäuscht haben.« Sie wedelte mit der Hand und war plötzlich dankbar für den schwarzen Schleier vor dem Gesicht, der ihre wahren Gefühle verbarg. »Mach weiter.«

»Oh, ich bin schon fertig«, antwortete Nemeth. »Ich wollte nichts kaufen.«

Der Händler hinter seinem Stand blickte finster, und Robin fragte: »Warum hast du dann um den Preis gefeilscht?«

»Weil es Spaß macht«, antwortete Nemeth.

Robin schüttelte seufzend den Kopf. Vielleicht, um ihr Gewissen wegen des unfairen Verdachtes, den sie gerade gehabt hatte, zu beruhigen, wiederholte sie ihre ungeduldig-wedelnde Handbewegung und sagte: »Nimm das Stück Honig. Ich kläre das mit deiner Mutter. Aber gib Acht«, fügte sie mit einem finsteren Blick ins Gesicht des Händlers hinzu, »dass du nicht übers Ohr gehauen wirst.«

»Ich doch nicht!«, versicherte Nemeth. Ihre Hand kam so schnell unter ihrem Kleid hervor, als hätte sie den Betrag schon längst abgezählt bereitgehalten, und händigte ihn dem Händler aus. Der Mann begann zwar lautstark zu lamentieren, dass er drei Frauen und ein Dutzend hungriger Kinder zu Hause hätte und solche Preise zweifellos der Grund für ihren bevorstehenden Hungertod seien, was ihn aber nicht daran hinderte, das Geld in Windeseile verschwinden zu lassen und Nemeth im Gegenzug ein rechteckiges Stück steinharten Honigs zu geben. *Reingelegt*, dachte Robin. Sie nahm sich vor, Salim bei nächster Gelegenheit nahe zu legen, Nemeth unter seine Fittiche zu nehmen. Das Mädchen war offensichtlich die geborene Intrigantin.

Nemeth begann genießerisch an ihrem Honig zu schlecken, während sie weitergingen. Robin warf – fast gegen ihren eigenen Willen – noch einmal einen Blick über die Schulter zurück, aber sie sah auch jetzt nichts Auffälliges.

Aus dem einfachen Grund, dass da nichts *war*, versuchte sie sich in Gedanken zu beruhigen. Sie war hysterisch. Es war ein Fehler gewesen, das Haus zu verlassen, und nun bezahlte sie den Preis dafür.

Sie würde Salim ganz gewiss *nichts* von diesem Ausflug erzählen.

Langsam schritten sie weiter über den Basar. Robin verspürte immer wieder den Wunsch, sich umzudrehen, um nach ihrem – eingebildeten – Verfolger Ausschau zu halten, aber sie gestattete sich nicht, diesem Bedürfnis nachzugeben, und die selbst auferlegte Disziplin half. Das Gefühl, beobachtet zu werden, war immer noch da, nun aber nur noch schwach am Rande ihres Bewusstseins. Und nach einer Weile hatte sie es beinahe ganz vergessen. Das bunte Treiben und Lärmen des Basars nahm sie wieder in Beschlag, und statt sich weiter selbst zu quälen, konzentrierte sie sich lieber auf das, was sie sah, hörte und roch.

Der Basar zog sich über ein unerwartet langes Stück dahin, und es war nur einer von mehreren, die es hier in der Stadt gab. Die Anzahl der Männer und Frauen, die sich auf der schmalen Straße drängten, erschreckte Robin im ersten Moment fast, aber Jerusalem war ja auch eine große Stadt, und ihr Unbehagen mochte durchaus andere Gründe haben. Obwohl sie seit nunmehr gut zwei Jahren im Heiligen Land lebte, war sie tatsächlich erst ein einziges Mal auf einem Basar gewesen – und da hatte sie als Sklavin auf einem Podest gestanden und war zum Verkauf feilgeboten worden.

Nicht alle Waren wurden auf der Straße angeboten. Zahlreiche Türen standen offen – soweit es überhaupt welche gab –, und überall forderten aufgeregte Stimmen die Vorübergehenden lautstark auf, einzutreten und einen Blick auf die besten und preiswertesten Waren diesseits des Mittelmeeres zu werfen. Handwerker arbeiteten an Tellern, Teekannen oder prächtigen

Harnischen, der verlockende Duft frisch zubereiteter Speisen drang ihr in die Nase, und in manchen Häusern sah sie Männer mit großen Turbanen und noch größeren Schnurrbärten, die im Schneidersitz zusammensaßen und Tee tranken. Der eine oder andere warf ihr ein verwirrtes Stirnrunzeln zu, wenn er ihre unverhohlen neugierigen Blicke bemerkte, aber sie erntete auch mehr als ein Lächeln. Allmählich begann sie sich zu fragen, wie viel von diesem Land und seinen Menschen sie eigentlich kannte. Sie war jetzt seit zwei Jahren hier, doch sehr viel mehr als Omars Sklavenkerker und Raschids Bergfestung hatte sie im Grunde noch nicht gesehen.

Sie stellte sich auch noch eine weitere Frage, die ihr fast gegen ihren Willen in den Sinn kam. Nemeth und sie waren vollkommen allein hierher gekommen, eine Frau und ein Mädchen ohne die Begleitung eines Mannes, und sie versuchte sich einen Marktplatz in ihrem Heimatland vorzustellen, eine finstere Gasse irgendwo am Rande der Stadt, in der sich Händler, Zigeuner, fahrendes Volk und finstere Gestalten herumtrieben, und fragte sich, ob sich eine schutzlose Frau und ein Kind dort auch so sicher fühlen würden wie hier.

Die Antwort auf *diese* Frage wollte sie gar nicht wissen.

»Was ist das hier eigentlich?«, fragte sie nach einer Weile und deutete auf die gewaltige Wand aus sandbraunem Fels, die die komplette rechte Seite der Gasse bildete.

»Der Tempelberg«, antwortete Nemeth und schleckte an ihrem Honig.

Robin blieb überrascht stehen. »Der Tempelberg?«

»Der Al-Schadenal-Sharif, den ihr Tempelberg nennt, um genau zu sein«, bestätigte Nemeth. Sie klang ein bisschen triumphierend, als wäre ihr gerade ein besonders raffinierter Streich gelungen. »Er ist die drittheiligste Stätte des Islams. Es heißt, dass Muhammad eine Traumreise nach Jerusalem unternahm, um hier auf den Tempelberg zu steigen und von dort den Koran zu empfangen. Und soweit ich mitbekommen habe, ist er auch für euch Christen von großer Bedeutung. Ihr wolltet doch hierher, oder?«

Robin nickte zwar, aber sie hatte Mühe, den Worten des Mädchens zu folgen. Ihr Blick tastete staunend über die gut fünf oder sechs Meter hohe Wand. »Er sieht so ... gerade aus«, murmelte sie. »Fast wie eine Mauer.«

»Manche behaupten auch, genau das wäre er«, sagte Nemeth triumphierend. Robin sah sie zweifelnd an, aber Nemeth nickte nur noch heftiger und fuhr fort: »Es gibt nicht wenige, die glauben, König Salomon hätte diesen ganzen Berg bauen lassen. Ich weiß nicht, ob das stimmt oder nicht, aber es heißt, dass er voller Gänge und Stollen und geheimer Kammern wäre. Und es gibt sogar Türen, die hineinführen. Seht Ihr?« Sie deutete mit einer weit ausholenden Geste auf eine niedrige Tür aus wuchtigen, eisenbeschlagenen Bohlen, die nur wenige Schritte entfernt tatsächlich in die braune Sandsteinmauer hineinführte.

Vielleicht war ihre Bewegung etwas zu schwungvoll, denn als sie den Arm wieder zurückzog, streifte ihre Hand einen Mann, der gerade vorübergehen wollte. Das Stück Honig flog davon, und der Mann – er war nicht viel größer als Robin, aber mindestens doppelt so breit und dreimal so schwer – blieb mitten im Schritt stehen und blickte mit gerunzelter Stirn auf den klebrigen Honigstreifen hinab, der auf seinem Mantel zurückgeblieben war. Nemeth schlug erschrocken die Hand vor den Mund, bückte sich aber dann hastig, um ihren Honig aufzuheben, und der Dicke versetzte dem Honig einen Fußtritt, der ihn endgültig davonschlittern ließ.

»He!«, protestierte Nemeth. »Mein ...«

Sie kam nicht weiter. Der dicke Mann versetzte ihr eine Ohrfeige, die sie zwei Schritte rückwärts stolpern und dann auf das Hinterteil plumpsen ließ.

»Du dummes Kind«, fauchte er. »Kannst du denn nicht aufpassen? Jetzt sieh dir nur an, was du mit meinem Mantel gemacht hast!«

Nemeth presste die Hand gegen die Wange, wo sie der Schlag getroffen hatte, und starrte den Dicken aus aufgerissenen Augen an, die sich rasch mit Tränen füllten. Dem Mann schien das allerdings nicht zu genügen, denn er trat mit einem wütenden Grunzen auf Nemeth zu und hob den Arm, um sie noch einmal zu schlagen.

»Das genügt«, sagte Robin.

Sie hatte nicht einmal sehr laut gesprochen, aber ihre Stimme war von einer so schneidenden Kälte erfüllt, dass der Dicke den Arm tatsächlich wieder sinken ließ und sich zu ihr umdrehte. Im allerersten Moment wirkte er einfach nur verwirrt, dann blitzte Wut in seinen Augen auf. »Was hast du gesagt, Weib?«

Er war nicht der Einzige, der auf Robins Stimme aufmerksam geworden war. Zwei oder drei Männer waren stehen geblieben und blickten stirnrunzelnd in ihre Richtung, und es schien leiser geworden zu sein. Nach und nach erstarben immer mehr Gespräche in ihrer unmittelbaren Umgebung.

Robin gemahnte sich in Gedanken zur Vorsicht. Das Letzte, was sie gebrauchen konnte, war Aufsehen.

»Ich sagte, es ist gut«, antwortete sie. »Das Mädchen war ungeschickt, und Ihr habt es dafür gezüchtigt. Ich finde, das reicht.«

»So, findest du?«, fragte der Dicke lauernd. Er hatte jedes Interesse an Nemeth verloren, und Robin beschlich das ungute Gefühl, dass ihre Worte vielleicht doch nicht ganz so mit Bedacht gewählt gewesen waren, wie sie geglaubt hatte.

»Was erdreistest du dich, mich zu maßregeln, Weibsstück?«, fuhr der Dicke fort. »Weißt du nicht, mit wem du sprichst?«

Nein, dachte Robin, *so wenig wie du.* Laut, aber mit mühsam beherrschter Stimme, antwortete sie: »Ich wollte Euch nicht beleidigen, Herr. Bitte verzeiht. Es ist meine Schuld. Ich wusste, wie wild das Mädchen ist und hätte besser aufpassen müssen.«

Im ersten Moment war sie fast sicher, dass diese Entschuldigung dem Dicken immer noch nicht reichen würde. Vielleicht war er einfach auf Streit aus. Dann aber machte die Wut in seinen Augen plötzlicher Verachtung Platz. Wahrscheinlich hatte er eingesehen, dass es wenig Ehre einbrachte, auf eine wehrlose Frau loszugehen. »Pass in Zukunft besser auf dein Balg auf, dummes Weib«, sagte er verächtlich.

Robin atmete nicht nur innerlich auf, als er sich umdrehte, sondern beglückwünschte sich im Stillen auch zu ihrer eigenen Beherrschung. Wäre die Situation auch nur ein bisschen anders gewesen ...

Sie *war* anders.

Der Dicke hatte zwar von ihr abgelassen, doch als er an Nemeth vorbeiging, versetzte er ihr einen Tritt, der sie vor Schmerz aufschreien und sich krümmen ließ, und Robin war mit einem einzigen Schritt bei ihm und riss ihn an der Schulter zurück. Der Dicke schüttelte ihren Arm mit einem wütenden Knurren ab, fuhr herum und holte aus, um sie zu schlagen. Robin duckte sich ohne Mühe unter seinem Schlag weg, packte sein Handgelenk und benutzte die Kraft seiner eigenen Bewegung, um ihn aus dem Gleichgewicht zu bringen und von sich zu stoßen. Der Dicke stolperte mit hilflos rudernden Armen in einen Stand, der unter seinem Aufprall zerbrach und zusammen mit seinem Besitzer und ihm selbst zu Boden ging.

Der Dicke heulte auf und kam mit erstaunlicher Schnelligkeit wieder auf die Beine. Robin wich rasch zwei oder drei Schritte zurück, duckte sich leicht und breitete die Arme aus. Ihre Schulter schmerzte, und ihre Gedanken überschlugen sich schier. Sie hatte alles verdorben! Wenn sie jemals eine Chance gehabt hatte, ohne allzu großes Aufsehen aus dieser Situation herauszukommen, dann hatte sie sie gerade selbst kaputtgemacht!

»Du verdammtes Weibsbild!«, keuchte der Dicke. »Das hast du nicht umsonst gemacht! Dafür zahlst du!« Er hatte sich beim Sturz die Nase aufgeschlagen und fuhr sich mit dem Ärmel über das Gesicht, um das Blut fortzuwischen, das herauslief. Trotzdem kam er näher. Seine Augen funkelten, und Robin wich einen weiteren halben Schritt zurück. Sie durfte diesen Mann nicht unterschätzen. Er war plump und schwerfällig und wahrscheinlich ebenso langsam wie ungeschickt, aber er war auch mindestens dreimal so schwer wie sie. Wenn er sie zu fassen bekam, war sie in Schwierigkeiten.

»Dafür bringe ich dich um!«, drohte der Dicke. Er meinte das ernst, begriff Robin.

Plötzlich war ihr alles egal. Was immer auch in den nächsten Augenblicken geschah, Salim würde so oder so davon erfahren, und er würde sofort wissen, wer die unscheinbare junge Frau gewesen war, die auf dem Basar eine Prügelei angefangen hatte.

»Ich nehme nicht an, dass es Sinn hat, an dein Ehrgefühl zu appellieren und dich zu fragen, ob du tatsächlich eine Frau schlagen willst«, fragte sie.

Sie bekam nicht einmal eine Antwort. Der Dicke grunzte nur, kam einen weiteren Schritt heran und hob in einer albernen Geste die Fäuste vor das Gesicht.

»Dann appelliere ich eben an deinen Verstand«, fuhr Robin fort. »Wenn du mich angreifst, töte ich dich.«

Für einen halben Atemzug zögerte der Dicke tatsächlich, und in die Mordlust in seinem Blick mischte sich Unsicherheit. Vielleicht begann er zu begreifen, dass diese Drohung durchaus ernst gemeint war. Dann aber brüllte er voller Wut auf und stürzte sich mit erhobenen Fäusten auf sie.

Robin machte einen halben Schritt zur Seite und tat so, als würde sie nach seinem Arm greifen, um ihn noch einmal auf die gleiche Weise wie gerade abzuwehren, und natürlich fiel der Dicke darauf herein. Er duckte sich mit selbst für Robin unerwarteter Geschicklichkeit, um ihrer zupackenden Hand auszuweichen, und versuchte gleichzeitig, ihr einen brutalen Faustschlag ins Gesicht zu versetzen. Robin musste nicht einmal viel tun. Der Fettsack sprang mehr in ihren Hieb hinein, als sie zuschlug, und Robin konnte ihren Stoß gerade noch im letzten Moment zurückhalten, um ihm die allergrößte Wucht zu nehmen. Sie wollte den Mann nicht töten.

Dennoch konnte Robin hören, wie mindestens zwei seiner Rippen brachen, als sie ihm die Faust in die Herzgrube hämmerte.

Die Augen des Dicken quollen ein gutes Stück weit aus den Höhlen. Einen winzigen und zugleich schier endlosen Moment lang stand er wie erstarrt da, dann torkelte er einen Schritt zurück, und sein Mund öffnete und schloss sich wie der eines Fisches auf dem Trockenen, während er ebenso vergeblich wie ein solcher nach Luft schnappte. Dann kippte er stocksteif nach hinten und zertrümmerte im Fallen noch einen weiteren Verkaufsstand. Es sah beinahe komisch aus.

Aber das war es nicht.

Ganz und gar nicht.

Plötzlich war es, als wäre die Zeit stehen geblieben. Es wurde still. Vollkommen still. Robin spürte, wie Dutzende von Augenpaaren sie anstarrten, und sie registrierte sogar, wie Nemeth hinter ihr aufsprang und hastig davonlief. Niemand hielt sie auf. Wenigstens etwas.

Das unheimliche Schweigen hielt noch eine weitere, schier endlose Sekunde an, dann schüttelte der erste Mann seine Lähmung ab, und die Bewegung war offensichtlich ein Zeichen für drei oder vier weitere, sich gemeinsam auf sie zu werfen.

Robin versuchte erst gar nicht, zu kämpfen. Die Übermacht war einfach zu groß. Und selbst, wenn sie mit vier Gegnern gleichzeitig fertig geworden wäre (was schlechterdings unmöglich war), wären sofort andere da gewesen. Der Schock, den es für diese Männer bedeuten musste, eine *Frau* auf diese Weise kämpfen zu sehen, würde nicht lange vorhalten. Als der erste Mann die Arme ausstreckte und sie zu packen versuchte, ließ sie sich einfach fallen, zog die Knie an den Leib und rollte blitzartig zwischen seinen Beinen hindurch. Ein riesiger Fuß stampfte nach ihrem Gesicht, und Robin revanchierte sich, indem sie hart nach oben austrat. Sie wurde mit einem schrillen Geheul belohnt, und dem Anblick eines dürren Kerls, der zwei komische Hüpfer machte und dann gurgelnd und die Hände in den Schoß gekrallt in die Knie brach.

Sofort waren zwei weitere Männer zur Stelle. Robin trat dem einen vor die Kniescheibe, was ihn prompt zu Boden schickte, doch der andere packte ihren Arm – ihren *linken* Arm! – und riss sie in die Höhe.

Robin kreischte vor Pein. Ihre verletzte Schulter fühlte sich an, als hätte man ihr den Arm aus dem Gelenk gerissen, und der Schmerz war so schlimm, dass ihr übel wurde. Alle Kraft wich aus ihrem Körper. Sie brach in die Knie, und der Mann, der sie gepackt hatte, riss sie erneut am linken Arm in die Höhe, und diesmal war der Schmerz so unbeschreiblich, dass ihr schwarz vor Augen wurde.

Als sich die Schleier vor ihren Augen wieder lichteten, hielten sie zwei kräftige Männer an den ausgebreiteten Armen gepackt, und ein dritter stand vor ihr und war gerade dabei, ihr den Schleier vom Gesicht zu reißen.

»Wer bist du, Weib?«, fuhr er sie an. Robin hatte Mühe, sein Gesicht zu erkennen, und nicht nur sein Gesicht. Alles verschwamm vor ihren Augen.

»Wer bist du, Weib, dass du kämpfst wie ein Mann?«, wiederholte er seine Frage. »Bist du überhaupt ein Weib?« Eine harte Hand grapschte nach ihrer linken Brust und drückte so fest zu, dass Robin vor Schmerz aufstöhnte.

»Ja, du bist ein Weib«, sagte er. »Aber wie kann das sein? Du kämpfst härter als jeder Mann, den ich kenne, und ...«

Der Rest seiner Frage ging in einem qualvollen Stöhnen unter, als Robin ihm die Stirn ins Gesicht rammte und ihm die Nase brach. Der Mann stolperte zurück und schlug die Hand vor das Gesicht. Blut quoll zwischen seinen Fingern hervor.

Robin ließ sich fallen, warf sich zurück und fast im gleichen Moment wieder nach vorne, und der doppelte Ruck wirkte. Der Schmerz in ihrer Schulter ließ sie gellend aufschreien, aber sie kam frei, stolperte einen Schritt nach vorn und halb blind vor Schmerz herum. Noch immer drehte sich alles um sie. Die Männer versuchten abermals nach ihr zu greifen. Robin wich einer zupackenden Hand aus, tauchte unter einem gemeinen Fausthieb weg und schlug blindlings zurück. Sie hatte nicht mehr die Kraft, wirklich hart zuzuschlagen, aber der Mann stieß trotzdem keuchend die Luft zwischen den Zähnen aus und stolperte aus dem Weg. Robin taumelte weiter. Hände griffen nach ihr. Stoff zerriss, und Fingernägel fuhren heiß und brennend über ihre Wange und ihren Hals. Jemand schrie ihren Namen.

Irgendwie gelang es ihr, sich noch einmal loszureißen und davonzutaumeln. Schatten führten einen irrsinnigen Tanz rings um sie herum auf, versuchten sie zu packen. Robin schlug zu, traf und wurde getroffen und fiel auf ein Knie herab. Eine Hand grub sich so schmerzhaft in ihre verwundete Schulter, dass ihr abermals übel wurde. Der Ausschnitt der Welt vor ihren Augen begann kleiner zu werden. Sie sah plötzlich keine Farben mehr. Dunkelheit begann aus allen Richtungen auf sie zuzukriechen.

»*Robin! Hierher!*«

War das Nemeth? Robin hob mühsam den Kopf und sah einen sonderbar verschwommenen hellen Schemen, der ihr zuzuwinken schien. Nicht weit entfernt, nur ein paar Schritte. Es musste Nemeth sein. Niemand sonst hier kannte ihren Namen. Sie stand vor der Mauer auf der rechten Seite, aber irgendwie zugleich auch darin, und winkte ihr hektisch zu.

Der Anblick gab Robin noch einmal neue Kraft. Sie taumelte auf die Füße, riss sich los und rannte auf den Schatten zu. Hinter ihr waren schwere, trappelnde Schritte, die rasend schnell näher kamen. Sie konnte es nicht schaffen.

Aber irgendwie brachte sie das Unmögliche fertig. Plötzlich lag die Tür vor ihr. Robin duckte sich unter dem kaum fünf Fuß hohen Sturz hindurch und spürte, wie sich starke Finger in ihr Kleid krallten, aber dann war da plötzlich noch eine andere, viel stärkere Hand, die ihren Arm ergriff und sie mit solcher Kraft nach vorne riss, dass sie hilflos stolperte und nach zwei oder drei Schritten gegen die raue Wand prallte, die den Gang auf der anderen Seite begrenzte. Hinter ihr wurde ein Chor ebenso wütender wie enttäuschter Stimmen laut, dann hörte sie ein dumpfes Krachen, und es wurde dunkel. Noch während sie hilflos an der Wand herab in die Knie brach, ertönte ein schweres Scharren und Poltern; vielleicht ein Riegel, der vorgelegt wurde.

»Herrin? Ist alles in Ordnung?«

Hände machten sich in der Dunkelheit an ihr zu schaffen, tasteten über ihr Gesicht und ihren Hals und zogen sich erschrocken zurück, als sie die frischen blutigen Kratzer spürten. Robin drehte sich mühsam um. Sie fühlte rauen Stein unter den Fingern, und ein sonderbar muffiger Geruch hing in der Luft. Es war vollkommen dunkel.

Das Klicken eines Feuersteins erscholl irgendwo links von ihr, einmal, zweimal, dreimal, dann stach ein weißer Funke durch die Schwärze, der sich im nächsten Augenblick zur ruhig brennenden Flamme einer Fackel auswuchs. Ein schmales, fast jungenhaft wirkendes Gesicht erschien in der Dunkelheit über ihr.

»Rother?«

»Soll ich mich geschmeichelt fühlen, dass du dich überhaupt noch an mich erinnerst?«, fragte der junge Tempelritter. Seine Stimme troff vor Verachtung. Langsam trat er auf sie zu. Seine Augen glitzerten kalt. »Schreckst du denn vor gar nichts zurück? Jetzt verkleidest du dich schon als Weib, um unerkannt deinen widernatürlichen Gelüsten nachzugehen? Ich hätte dich töten sollen, als ich die Gelegenheit dazu hatte!«

Robin ließ sich mühsam an der Wand herabgleiten und biss die Zähne zusammen, um einen Schmerzenslaut zu unterdrücken. Ihre Schulter schien in Flammen zu stehen, und sie hatte das Gefühl, als wäre tief in ihrem Körper irgendetwas zerbrochen. »Warum ... tust du es dann ... nicht?«, presste sie hervor. »Die Gelegenheit ist günstig.«

Rothers Augen flammten auf. Er trat einen weiteren Schritt auf sie zu und riss das Schwert aus dem Gürtel. Die Klinge zitterte, als er die Spitze auf ihre Kehle richtete. »Führe mich nicht in Versuchung«, zischte er.

»Wirst du wohl sofort mit diesem Unsinn aufhören, du Dummkopf!«, fuhr Nemeth ihn an. Sie schlug sein Schwert beiseite, funkelte ihn einen Moment lang herausfordernd an und ließ sich dann neben Robin auf die Knie sinken. Der Ausdruck von Zorn auf ihrem Gesicht machte Bestürzung und Sorge Platz. »Bewegt Euch nicht, Herrin«, sagte sie. »Ich helfe Euch.«

Robin hätte sich nicht einmal bewegen können, wenn sie es gewollt hätte. Ihre Schulter schmerzte unerträglich. Ein leises Wimmern kam über ihre Lippen, als Nemeth mit spitzen Fingern ihr Kleid zurückzuschlagen begann und sich vorsichtig an dem Verband zu schaffen machte. Der Stoff war dunkel und schwer von Blut.

Rother trat näher und senkte seine Fackel. Seine Augen wurden groß. »Aber ...«

»Halt den Mund, du Dummkopf!«, unterbrach ihn Nemeth gereizt. »Leuchte mir lieber!«

Rother war so perplex, dass er schon ganz automatisch gehorchte. Nemeth rutschte ein Stück zur Seite, um sich nicht selbst im Licht zu sitzen, und wickelte behutsam weiter den Verband ab. Robin stöhnte, als sie sah, dass die fast verheilte Wunde darunter wieder aufgebrochen war und heftig blutete.

Rother ächzte. Die Fackel in seiner Hand begann zu zittern, und seine Augen quollen ein Stück weit aus den Höhlen.

Aber er starrte nicht die Wunde an.

»Aber das ist doch ...«, stammelte er. »Ich meine ... aber ich dachte, du ... du ...«

»Du bist wirklich ein richtiger Mann, wie?«, unterbrach ihn Nemeth spöttisch. »Wenn du einen Satz mit den Worten *ich dachte* beginnst, dann folgt garantiert eine Katastrophe.«

Rother schien ihre Worte gar nicht zu hören. Er starrte Robins Brüste an, die unter dem Kleid zum Vorschein gekommen waren. Sein Gesicht hatte alle Farbe verloren.

Robin hob instinktiv die Hand, um ihre Blöße zu bedecken, führte die Bewegung aber nicht zu Ende, sondern ließ den Arm kraftlos wieder sinken. Es spielte keine Rolle mehr. Alles war aus.

»Aber du ...«, stammelte Rother. »Ich meine, als ... als ich dich mit dem Sarazenen gesehen habe, da dachte ich ... ich meine ...«

»Ja, ich weiß, was du dachtest«, sagte Robin müde.

»Du ... du bist ... *eine Frau*?«, ächzte Rother.

»Ein scharfsinniges Bürschchen, Euer Freund«, höhnte Nemeth. »Seid ihr Tempelritter alle so klug? Euch entgeht aber auch wirklich nichts.«

Rother nahm sie auch weiterhin gar nicht zur Kenntnis. »Aber wie kann das sein?«, murmelte er. »Ich meine, wie ...?«

»Jetzt hör endlich auf zu reden!«, schnappte Nemeth. »Die Wunde sieht schlimm aus. Wir müssen sie verbinden, oder sie verblutet!«

Sie überlegte einen Moment angestrengt, dann griff sie kurzerhand nach Robins Kopftuch und versuchte es in Streifen zu reißen. Ihre Kraft reichte nicht, und Rother steckte rasch sein Schwert ein und zog stattdessen einen schmalen Dolch, den er dem Mädchen reichte. Nemeth nahm ihn wortlos entgegen und zerschnitt das Kopftuch in ein halbes Dutzend handbreiter Streifen, mit denen sie – alles andere als sanft, aber sehr schnell – einen Verband über der Wunde improvisierte. Es tat weh, aber Robin glaubte zumindest zu spüren, dass die Blutung tatsächlich nachließ. Sie glaubte nicht, dass sie wirklich in Gefahr war, zu verbluten. Nemeth übertrieb, wie sie es gerne tat.

Und selbst wenn nicht, war es vermutlich auch egal.

Endlich hörte Nemeth auf, an ihrer Schulter herumzuzerren und -zudrücken, und Robin ließ mit einem erleichterten Seufzen den Hinterkopf gegen den rauen Stein sinken und schloss die Augen. Die Schmerzen verebbten allmählich, aber nun machte sich eine bleierne Schwere in ihr breit. Keine drohende Ohnmacht, begriff sie. Sie war schlicht und einfach dabei einzuschlafen.

Robin riss mit einem Ruck die Augen auf.

Auch Rother hatte sich mittlerweile auf die Knie niedergelassen. Er starrte jetzt nicht mehr ihre Brüste an, sondern ihr Gesicht. Er war kreidebleich.

»Du ... du bist eine Frau«, murmelte er.

»Wie Nemeth schon sagte«, antwortete Robin mit einem dünnen, gequälten Lächeln. »Du bist ein scharfer Beobachter. Dir entgeht wirklich nichts. Wo kommst du überhaupt so plötzlich her? Erzähl mir nicht, du wärst ganz zufällig des Weges gekommen.«

Rother schwieg, und Robin ließ ihren Blick über sein Templergewand schweifen und dachte an den Schemen in Weiß und Rot, den sie vorhin auf dem Basar gesehen hatte. »Du hast uns verfolgt.«

»Ich … wusste, dass man dich in dem Assassinenhaus untergebracht hatte«, antwortete Rother zögernd. »Als ich das Mädchen und dich herauskommen sah, war ich zuerst nicht sicher. Aber dann dachte ich, du hättest dich als Frau verkleidet, und bin euch gefolgt.«

»Wer hat dir gesagt, dass ich in diesem Haus bin?«, fragte Robin.

Rother schwieg. Er wich ihrem Blick aus.

»Jemand hat dich beauftragt, mir nachzuspionieren«, beharrte Robin. »Wer war es? Bruder Dariusz? Du kannst es mir ruhig sagen. Es ist ohnehin alles vorbei. Ihr habt gewonnen.«

»Nein«, antwortete Rother, leise und noch immer, ohne sie direkt anzusehen. »Nicht Dariusz.«

»Also Abbé.« Robin seufzte. Der Gedanke hätte sie beruhigen sollen, aber er tat es nicht. Sie fühlte sich verraten.

Rother antwortete auch darauf nicht. Er starrte weiter an ihr vorbei ins Leere und stand dann mit einem plötzlichen Ruck auf. Seine Fackel flackerte.

»Wir müssen weg hier. Die Männer werden Alarm schlagen, und jemand wird kommen und nach dir suchen. Eine Frau im Tempelberg, das ist unmöglich. Kannst du laufen?«

Robin versuchte es. Sie kam tatsächlich auf die Füße, aber als sie einen Schritt machen wollte, gaben ihre Knie unter dem Gewicht ihres Körpers nach, und Rother konnte gerade noch rechtzeitig hinzuspringen, um sie aufzufangen. Wortlos ergriff er ihren Arm und legte ihn sich um die Schulter. Nemeth nahm die Fackel und ging voraus.

»Warum tust du das?«, fragte Robin. »Wenn sie dich zusammen mit mir erwischen, dann ist es auch um dich geschehen. Lass mich einfach hier und bring dich in Sicherheit.«

»Es ist nicht meine Aufgabe, dich hier zurückzulassen und mich in Sicherheit zu bringen«, antwortete Rother. »Und nun schweig still. Ich muss mich konzentrieren.«

»Worauf?«, wollte Robin wissen.

»Auf die Frage, wie wir lebend hier herauskommen«, antwortete er.

21. Kapitel

Eine halbe Stunde später war auch Robin nicht mehr sicher, ob sie das Tageslicht jemals wiedersehen würden. Sie war auch nicht sicher, ob es wirklich eine halbe Stunde gewesen war oder vielleicht auch zwei oder ein ganzer Tag. Zeit war auf eine sonderbare Weise bedeutungslos geworden. Im flackernden roten Licht der Fackel, die Nemeth vor ihnen hertrug, wirkten die unheimlichen Gänge und Stollen, durch die sie sich bewegten, nicht nur immer fremdartiger und bizarrer, sondern auch irgendwie alle gleich. War ihr der Große Tempel bedrohlich und einschüchternd vorgekommen, so ging von diesem lichtlosen uralten Labyrinth etwas kaum in Worte zu Fassendes, Atemabschnürendes aus. Sie musste daran denken, was Nemeth über den Tempelberg gesagt hatte. Wenn sie die Wahrheit gesagt hatte, dann stammten diese Stollen und Treppen noch aus den Zeiten König Salomons und waren älter, als sie sich auch nur *vorstellen* konnte. Und sie glaubte das unglaubliche Alter dieser Mauern beinahe körperlich zu spüren, als hätte jedes Jahr, das seit dem Tag ihrer Fertigstellung verstrichen war, irgendetwas zurückgelassen, das nun unsichtbar, aber wie ein körperlich spürbares Gewicht in der Luft hing.

Vielleicht fantasierte sie auch einfach nur.

Robins Schulter hatte nach einer Weile aufgehört zu bluten, und auch die Schmerzen waren wieder auf ein erträgliches Maß zurückgegangen, sodass sie endlich den Arm von Rothers Schulter nehmen und aus eigener Kraft gehen konnte. Doch auch das Fieber war zurückgekommen. Der schlechte Geschmack in ihrem

Mund war wieder da, schlimmer denn je. Sie zitterte am ganzen Leib, und obwohl ihr kalt war, fühlte sich ihre Stirn glühend heiß an. Wenn es die Wahrheit war, dachte sie, dass Gott kleine Sünden sofort bestrafte, dann konnte ihr Vergehen, sich Salims Anweisungen widersetzt zu haben, wohl nicht allzu schwer wiegen ...

Sie hatten eine weitere Abzweigung erreicht (die wievielte?, dachte sie. Die fünfzigste? Oder war es mittlerweile schon die fün*fhundertste?* Sie wusste es nicht. Sie wäre nicht einmal erstaunt gewesen herauszufinden, dass sie sich im Kreis bewegten und schon einmal hier gewesen waren. Ihrer Meinung nach hatte Rother längst die Orientierung verloren – falls er sie jemals gehabt hatte), und Nemeth wollte sich nach rechts wenden, aber Rother bedeutete ihr mit einer raschen Geste, stehen zu bleiben. Nemeth gehorchte, aber sie sah ziemlich unglücklich dabei aus, fand Robin, und auch die Blicke, mit denen Rother abwechselnd nach rechts und links sah, wirkten alles andere als zuversichtlich.

»Dort entlang«, sagte er schließlich und deutete nach links. Es wirkte unentschlossen, und eigentlich hörte es sich auch eher an wie eine Frage.

Nemeth schien das wohl ebenso zu sehen wie sie, denn sie rührte sich nicht, sondern betrachtete zuerst Rother und dann einen deutlich längeren Moment ihre Fackel. Sie war schon mehr als zur Hälfte heruntergebrannt.

»Warum gibst du nicht einfach zu, dass wir uns verirrt haben?«, fragte sie dann.

»Ich habe mich nicht verirrt«, protestierte Rother. Nach einem Moment und in leicht verlegenem Ton fügte er hinzu: »Na ja, wenigstens nicht richtig.«

»Und wie verirrt man sich richtig, deiner Meinung nach?«, fragte Nemeth spöttisch.

»Das Problem ist nicht, dass ich den Weg nach draußen nicht kenne«, behauptete Rother. »Das Problem seid ihr.«

»Wieso?« Nemeths Augen wurden schmal.

»Weil ihr *Frauen* seid.« Rothers Blick streifte kurz und irritiert Robins Gesicht. Dann machte er eine fast trotzig wirkende Kopfbewegung hinter sich. »Dieser Gang führt ganz offensichtlich parallel zu den Pferdeställen.«

»Die Pferdeställe«, wiederholte Robin. »Und?« Dann riss sie ungläubig die Augen auf. »Moment mal«, keuchte sie. »Willst du etwa sagen, *König Salomons* Pferdeställe? Sie … sie existieren wirklich?«

Rother nickte ungerührt. »Als ich das letzte Mal hier war, gab es sie jedenfalls noch … gestern«, fügte er mit einem Schulterzucken hinzu.

»Und du weißt, wo diese Pferdeställe sind?«, erkundigte sich Nemeth.

»Wir sind schon an drei Abzweigungen vorbeigekommen, die zu ihnen führen«, antwortete Rother.

»Und von da aus kommen wir nach draußen?«, hakte Nemeth nach.

»Nein«, sagte Robin, bevor Rother antworten konnte. »*Er*. Nicht *wir*.«

»Was?«, fragte Nemeth verwirrt.

»Weil er ein Mann ist«, sagte Robin. Sie machte eine Geste auf Rothers Ordenstracht. »Und ein Tempelritter. Niemand, der nicht Mitglied des Ordens ist, hat Zutritt zum Inneren des Tempelberges. Und eine Frau schon gar nicht.«

»Dann müssen wir eben aufpassen, dass uns niemand sieht«, sagte Nemeth. »Ich bin richtig gut darin, mich anzuschleichen. Und Robin ist noch viel besser. Sie kann sich in einen Schatten verwandeln, wenn sie will.«

»Das glaube ich gern«, antwortete Rother, während er Robin

mit einem weiteren, irritierten Blick streifte. »Trotzdem ist es unmöglich. In den Ställen ist immer jemand. Stallburschen, Knappen, Pferdeknechte ...« Er zuckte die Achseln. »Sie würden euch sehen, bevor ihr dem Ausgang auch nur nahe kommt. Auf der anderen Seite ...«

»Ja?«, fragte Robin, als er nicht weitersprach, sondern nur angestrengt die Stirn runzelte und einen Moment lang an ihr vorbei ins Leere starrte.

»Es wäre möglich«, murmelte er. »Riskant, aber möglich.«

»Dann sollten wir es versuchen«, sagte Robin. Was immer er auch meinte.

Rother sah sie noch einen Moment lang nachdenklich an, dann drehte er sich um und gab Nemeth ein Zeichen, wieder mit ihrer Fackel vorauszugehen.

Sie bewegten sich tatsächlich nur knappe zwei oder drei Dutzend Schritte den Weg zurück, den sie gekommen waren, dann erreichten sie eine Abzweigung und wandten sich nach links, und diesmal hatte Robin das beruhigende Gefühl, dass er wusste, was er tat.

Sie waren einige weitere Dutzend Schritte gegangen, als Nemeths Fackel stärker zu flackern begann. Alarmiert hielt sie an, und Rother machte eine wedelnde Handbewegung.

»Mach die Fackel aus«, befahl er.

»Aber dann sehen wir nichts mehr«, protestierte Nemeth. »Wer werden uns im Dunkeln ...«

»Tu einfach, was er sagt«, unterbrach sie Robin.

Nemeth funkelte sie einen Moment lang trotzig an, aber dann legte sie die Fackel auf den Boden und trat sie aus. Im allerersten Moment erschien Robin die Dunkelheit, die über ihnen zusammenschlug, so absolut, dass sie das Gefühl hatte, nicht mehr richtig atmen zu können. Aber dann spürte sie einen sachten Luftzug auf dem Gesicht, und ihre Augen begannen einen mattgrauen Lichtschimmer am Ende des Stollens wahrzunehmen.

»Keinen Laut mehr jetzt«, flüsterte Rother. »Und bleibt immer dicht hinter mir.«

Er übernahm die Führung, und Robin und Nemeth schlossen sich ihm schweigend an. Zuerst war er nicht einmal ein Schatten vor ihnen, den sie eigentlich nur sah, weil er den Lichtschimmer verdeckte. Doch das Grau wurde rasch heller. Nach wenigen Augenblicken hatten sie das Ende des Ganges erreicht, und als Rother stehen blieb und sie heranwinkte, bot sich ihr ein absolut fantastischer Anblick.

Der Gang endete in einer steilen, direkt aus dem Fels herausgemeißelten Treppe, die gute fünfzehn oder zwanzig Stufen weit in eine gewaltige, von grauem Zwielicht erfüllte Halle hinabführte. Robin versuchte erst gar nicht, ihre Größe zu schätzen – es musste der größte frei tragende Raum sein, den sie jemals gesehen hatte –, doch sie war gewaltig. Zahlreiche hüfthohe Mauern unterteilten sie in ein Labyrinth aus rechteckigen Abteilen. Der allergrößte Teil davon war leer. In einigen wenigen glaubte sie Stroh oder Heu auf dem Boden zu erkennen, und in noch weniger hielten sich tatsächlich Pferde auf. Der Anblick hatte etwas gleichermaßen Erhabenes wie Ernüchterndes, wobei sie weder das eine noch das andere Gefühl wirklich in Worte fassen konnte.

»Das sind … König Salomons Pferdeställe?«, fragte sie schließlich.

Rother bedeutete ihr grimassenschneidend, leiser zu sprechen, antwortete aber trotzdem. »Jedenfalls hat man mir das gesagt«, wisperte er. »Ich weiß nicht, ob es stimmt oder nicht. Aber das wollte ich dir auch nicht zeigen.«

Er hob den Arm und deutete zur Decke empor. Robins Blick folgte seiner Geste. Sie sah fast sofort, was er meinte.

Das graue Zwielicht, das den Raum erhellte, kam nicht von Fackeln oder irgendeiner anderen künstlichen Beleuchtung, sondern aus Dutzenden runder, vielleicht einen Fuß messender Löcher, die in fast regelmäßigen Abständen in der Höhlendecke gähnten und nicht nur für Licht, sondern vor allem für die Zufuhr frischer Luft unten sorgten.

»Wir sind fast genau unter dem Templum Domini«, fuhr Rother fort. »Diese Luftschächte münden direkt hinter ihm auf einen kleinen Hof, von wo aus man zur Straße gelangen kann, ohne gesehen zu werden.«

»Du willst ... dort hinaufklettern?«, fragte Nemeth zweifelnd.

»Es ist nicht so schwierig, wie es aussieht«, behauptete Rother. »Die meisten Schächte sind viel zu eng, aber es gibt ein paar, durch die man durchaus nach oben klettern kann.«

»Und ich habe mich schon gefragt, wie es kommt, dass ein so junger und unbekannter Ordensbruder um dieses Geheimnis weiß«, sagte Robin spöttisch.

Rothers Blick sagte ihr, dass sie mit ihrer unausgesprochenen Vermutung der Wahrheit wohl näher gekommen war, als er zugeben wollte. »Die Decke ist vielleicht zehn Fuß dick«, fuhr er fort. »An manchen Stellen sogar weniger. Wenn man keine Angst vorm Klettern hat, kann man es schaffen.« Sein Blick tastete kritisch über Nemeths Gesicht. »Glaubst du, dass du es schaffst?«

»Wenn du mir verrätst, wie wir da hochkommen sollen«, erwiderte Nemeth stirnrunzelnd. »Fliegen kann ich nämlich noch nicht.«

»Ich kenne eine Stelle, an der man leicht an der Wand nach oben klettern kann«, antwortete Rother. Sein Blick wurde besorgt, als er sich wieder zu Robin umwandte, und seine Augen stellten eine lautlose Frage, die sie mit einem ebenso stummen Kopfschütteln beantwortete. Sie musste nicht einmal in sich hineinlauschen, um zu wissen, dass sie auf gar keinen Fall in der

Lage war, die Kletterpartie zu bewältigen, die Rother vorgeschlagen hatte.

Er schien allerdings mit genau dieser Antwort gerechnet zu haben, denn er zuckte nur fast resignierend mit den Schultern und begann seinen Schwertgurt abzuschnallen. Rasch entledigte er sich des Wappenrocks, seines Kettenhemds und auch der Stiefel. Nemeth sah ihn nur mit wachsender Verblüffung an, aber Robin wusste natürlich, was Rother von ihr erwartete. Sie fragte sich, warum sie nicht von selbst darauf gekommen war.

»Zieh das an«, sagte Rother. »Aber du solltest warten, bis das Mädchen und ich weg sind. Ich bringe Nemeth nach Hause, dann komm ich mit Hilfe zurück.«

»Ich lasse Robin nicht im Stich!«, protestierte Nemeth.

»Rother hat Recht«, beruhigte Robin sie. »Mach dir keine Sorgen. Mir kann gar nichts passieren. Wie sind hier im Hauptquartier des Ordens. In diesen Kleidern werde ich praktisch unsichtbar. Sobald ihr in Sicherheit seid, kann ich einfach hier hinausspazieren, und niemand wird eine Frage stellen.«

Ganz so einfach würde es nicht werden, das musste auch Rother klar sein, aber er fing wohl im letzten Moment Robins beschwörenden Blick auf, denn er sagte nichts Entsprechendes, sondern stimmte ihr im Gegenteil zu. »Vielleicht solltest du dich einfach eine Weile verstecken. Am Nachmittag wird mit der Ankunft einer Gruppe Reiter aus Safet gerechnet. Sicherlich zwanzig Mann, wenn nicht mehr. Sie werden ihre Pferde herunterbringen. Wenn sie den Stall verlassen, kannst du dich unauffällig unter sie mischen. Niemandem wird es auffallen.«

»Am Nachmittag?« Das war eine lange Zeit.

Rother machte eine beruhigende Geste. »Nur für alle Fälle. Keine Sorge. Bis dahin bin ich längst zurück, und du wirst sicher hier herausgebracht.«

»Warum tust du das, Rother?«, fragte Robin.

»Weil es mein Befehl ist, auf dich Acht zu geben«, antwortete Rother, doch Robin schüttelte heftig den Kopf.

»Nein«, sagte sie. »Das ist vielleicht dein Befehl, aber nicht der Grunde, aus dem du es tust. Niemand, nicht einmal Bruder Dariusz oder Bruder Abbé und vermutlich nicht einmal der König selbst könnten dich dazu zwingen, etwas zu tun, was du nicht wirklich willst.« Sie machte eine Kopfbewegung auf seine Kleider, die neben ihr lagen. »Das da hätte dir ganz einfach nur nicht einzufallen brauchen, und ich wäre praktisch schon so gut wie tot. Aber es ist dir eingefallen.«

»Und was genau willst du damit sagen?« Rother sah sie mit schräg gehaltenem Kopf an. Er wirkte angespannt.

»Fragen, Rother, nicht sagen«, korrigierte ihn Robin. »Du riskierst dein Leben für mich. Dabei habe ich in deinen Augen alles verraten, woran du glaubst und wofür unser Orden steht. Warum?«

»Vielleicht, weil ich mich dasselbe frage«, antwortete Rother ernst. »Warum? Es muss einen Grund geben. Einen wichtigen Grund, denn du hast mächtige Freunde, wie es aussieht. Vielleicht bin ich einfach nur neugierig und will wissen, was dahinter steckt.«

»Ich werde den Orden verlassen«, sagte Robin unvermittelt.

»Weil dein Geheimnis keines mehr ist?« Rother schüttelte den Kopf. »Ich werde nichts sagen.«

»Nein«, antwortete Robin. »Es hat nichts mit dir zu tun. Mir ist klar geworden, dass ich nicht zu euch gehöre. Nicht wirklich. Ich ... ich habe gedacht, es wäre mein großer Traum. Alles, wofür ich wirklich lebe. Aber während der Schlacht am Litani habe ich begriffen, dass das nicht stimmt.«

»Es war entsetzlich«, sagte Rother mitfühlend, aber Robin unterbrach ihn sofort wieder.

»Ich habe einen Mann getötet«, sagte sie.

»Nur einen?«, fragte Rother. »Weißt du, wie viele tapfere Männer während der Schlacht den Tod gefunden haben, auf beiden Seiten?«

»Das war etwas anderes«, sagte Robin leise. »Er war ...« Die Erinnerung drohte sie zu überwältigen. Für einen Moment war sie wieder auf dem Schlachtfeld, und für einen schrecklichen Augenblick spürte sie noch einmal den ungläubigen Blick seiner Augen, hörte noch einmal das schreckliche, reißende Geräusch, mit dem ihre Klinge sein Gewand zerschnitt. Ihr Herz begann zu klopfen. Sie schloss für einen Moment die Augen, ballte die Fäuste und musste all ihre Willenskraft aufbieten, um die schrecklichen Bilder zurückzudrängen. »Er war kein Krieger, Rother. Nicht für mich. Ich habe ihn nicht im Kampf getötet, sondern ihn ermordet.« Sie hob die Hände. »Damit.«

Sie hatte nicht erwartet, dass Rother verstand, wovon sie sprach, doch ein einziger Blick in seine Augen machte ihr klar, dass sie den jungen Ritter abermals unterschätzt hatte. Er verstand sie nicht nur, er wusste ganz genau, wovon sie sprach, weil auch er es schon erlebt hatte.

»Wir versuchen jetzt unser Glück«, sagte Rother mit einem unbehaglichen Räuspern und stand auf. »Nemeth?«

Das Mädchen sah Robin an und reagierte erst, als Robin zustimmend nickte, dann jedoch bewegte sie sich sehr schnell und praktisch lautlos. Sie huschte die Treppe hinab und hatte ihr unteres Ende erreicht, noch bevor Rother auch nur losgegangen war. Robin nickte auch dem jungen Ritter noch einmal auffordernd zu, und endlich setzte auch er sich in Bewegung.

Was zurückblieb, war ein sonderbares Gefühl vager Enttäuschung – und eigentlich war es gar nicht so vage, wie sie es gerne gehabt hätte. Robin hatte längst begriffen, dass ihr der junge Ritter weit mehr bedeutete, als er eigentlich sollte. Sie war nur noch nicht so weit, es zuzugeben.

Sowohl Nemeth in ihrem schwarzen Gewand als auch Rother in seinem grauen Untergewand wurden vom grauen Zwielicht in den Ställen aufgesogen, kaum dass sie sich wenige Schritte entfernt hatten. Robin versuchte einen Moment lang, sie wiederzufinden, aber es gelang ihr nicht – doch das beruhigte sie eher. Wenn sie die beiden nicht sah, würde es auch anderen nicht gelingen.

Irgendwann am Nachmittag, hatte Rother gesagt. Das bedeutete, dass sie viele Stunden tatenlos hier warten musste. Vermutlich wäre es das Klügste, dachte sie, genau das zu tun, was er ihr geraten hatte, und einfach hier sitzen zu bleiben, bis er zusammen mit Bruder Abbé zurückkam, um sie zu holen.

Sie wusste, dass sie es nicht durchhalten würde.

Robin zählte in Gedanken langsam bis hundert, dann stand sie auf, nahm die Kleider, die Rother ihr dagelassen hatte, und zog sich ein paar Schritte weit in den Gang zurück, bevor sie ihr Kleid abzustreifen begann. Es fiel ihr schwer, und es tat so weh, dass sie die Zähne zusammenbeißen musste, um ein Wimmern zu unterdrücken. Nemeth hatte den Verband so fest angelegt, dass sie die Schulter kaum bewegen konnte. Sie war es nicht, aber sie fühlte sich an, als wäre sie auf die Größe eines Fasses angeschwollen und pulsiere im rasenden Takt ihres hämmernden Herzens.

Mit zusammengebissenen Zähnen streifte sie ihr Kleid vollends ab, bückte sich nach dem Kettenhemd und konnte einen Schmerzenslaut nicht mehr ganz unterdrücken, als sie es überstreifte und die eisernen Kettenglieder wie tausend winzige Messerklingen in ihre Schulter bissen. Das Hemd schien eine Tonne zu wiegen.

Sie schlüpfte in die Stiefel, die ihr zu klein waren, sodass sie wahrscheinlich nur unter Schmerzen eine längere Strecke darin laufen konnte, und streifte den Ordensrock über, doch als sie den Schwertgurt umband, begannen ihre Hände zu zittern. Robin versuchte sich einzureden, dass es einfach am Gewicht der Waffe lag. Rothers Schwert musste sehr viel schwerer sein als ihre eigene Waffe, die einem normalen Breitschwert zwar zum Verwechseln ähnlich sah, in Wahrheit jedoch eine täuschend ähnliche Kopie war, die Salim aus feinstem Damaszenerstahl für sie hatte anfertigen lassen; zehnmal so scharf wie normaler Stahl, aber nicht einmal halb so schwer.

Immerhin war es eine gute Ausrede, um sich nicht selbst eingestehen zu müssen, warum es ihr so schwer fiel, die Waffe umzubinden.

Minutenlang blieb sie einfach sitzen, lauschte auf das Hämmern ihres eigenen Herzens und wartete darauf, dass die Schmerzen in ihrer Schulter nachließen. Es wurde nicht wirklich besser, doch groteskerweise war es nun ausgerechnet das Fieber, das ihr zugute kam, denn es machte es ihr nicht nur zunehmend schwerer, klar zu denken, sondern dämpfte auch all ihre Empfindungen. Sie schleppte sich mehr zur Treppe zurück, als sie ging, und sie war selbst von diesen wenigen Schritten so erschöpft, dass sie schon wieder zu Boden sank und um ein Haar eingeschlafen wäre.

Wahrscheinlich wäre sie es sogar, hätte sie nicht in diesem Moment donnernden Hufschlag gehört, der sich rasend schnell näherte. Alarmiert richtete sich Robin wieder auf und starrte in die Halle hinab. Nichts rührte sich dort unten. Nicht einmal von den angeblich allgegenwärtigen Stallburschen und Knechten, von denen Rother gesprochen hatte, war eine Spur zu sehen, und Robin wäre versucht gewesen, das Geräusch als neuerliche Fieberfantasie abzutun, doch es wurde immer lauter und kam zugleich rasend schnell näher, als galoppiere eine ganze Armee heran. Die Gruppe, von der Rother gesprochen hatte? Aber er hatte etwas vom Nachmittag gesagt, und bis dahin waren es noch viele Stunden. War sie vielleicht eingeschlafen, ohne es selbst *gemerkt* zu haben? Robin hielt das für unwahrscheinlich, aber fiebernd und erschöpft, wie sie nun einmal war, konnte sie es auch nicht vollkommen ausschließen.

So oder so – der unterirdische Saal erzitterte mittlerweile unter dem donnernden Hufschlag von mindestens hundert Pferden. Noch waren sie nicht zu sehen, aber es konnte sich nur noch um Augenblicke handeln. Sie musste sich entscheiden.

So schnell sie konnte, stand sie auf und eilte mit einer Leichtfüßigkeit die Treppe hinab, die sie fast selbst überraschte – die aber auch durchaus angebracht war, wie sich schon im nächsten Augenblick zeigte. Das Donnern der Pferdehufe wuchs zum Tosen eines Erdbebens heran, und dann erschienen die ersten Reiter als fahle Schemen am jenseitigen Ende des riesigen unterirdischen Raumes.

Für einen Moment drohte Robin in Panik zu geraten. Etwas in ihr reagierte noch immer mit gewohnter Schnelligkeit, sodass sie sich blitzartig hinter eine der hüfthohen Mauern duckte und sich mit angehaltenem Atem gegen den unverputzten Stein presste. Selbst diese hastige Bewegung war schon beinahe zu viel. Ihr wurde schwindelig, und sie musste etliche Sekunden darum kämpfen, nicht endgültig zusammenzubrechen.

Als die Welt aufhörte, sich nicht nur rings um sie herum, sondern in gegenläufiger Richtung auch *in* ihrem Kopf zu drehen, war das Donnern der Pferdehufe verklungen. Nur dann und wann hörte sie einen vereinzelten Hufschlag oder ein Wiehern, einen Wortfetzen oder auch ein erleichtertes Aufatmen. Mit klopfendem Herzen beugte sie sich zur Seite und spähte zu den Reitern hin.

Sie hatte sich getäuscht. Möglicherweise hatte ihr auch die Akustik des unterirdischen Stalles einen Streich gespielt – es waren nicht Hunderte von Reitern, nicht einmal Dutzende, sondern allenfalls ein knappes Dutzend. Die Männer hatten ihre

Pferde kaum zwanzig Schritte entfernt angehalten und saßen nun gerade ab. Etliche Tiere scheuten vor Schwäche und zitterten; Schaum troff von ihren Nüstern, und Robin konnte trotz des schwachen Lichtes sehen, dass sich ihre Reiter in kaum besserem Zustand befanden. Ihre Kleider waren verdreckt und zerrissen, und die meisten von ihnen zitterten vor Anstrengung und waren ebenfalls in Schweiß gebadet. Robin konnte zwar keine frischen Wunden oder Verbände erkennen, was bedeutete, dass die Männer wahrscheinlich nicht in einen Kampf verwickelt gewesen waren, aber es war zugleich auch unübersehbar, in welcher Eile sie den Weg hierher zurückgelegt hatten. Sie dachte an die Gluthitze draußen und fragte sich, wie wichtig eine Nachricht sein musste, dass die Männer eine solche Tortur auf sich nahmen.

Robin war sich vollkommen klar, welches Risiko sie einging, aber sie wusste auch, dass ihr keine andere Wahl blieb. Ihre Kräfte ließen jetzt immer rascher nach. Sie würde nicht mehr durchhalten, bis die größere Kolonne kam, von der Rother gesprochen hatte. Wahrscheinlich würde sie nicht einmal mehr durchhalten, bis Rother mit Bruder Abbé oder Salim zurückkehrte. Wenn die Männer tatsächlich so erschöpft waren, wie sie annahm, dann hatte sie vielleicht tatsächlich eine Chance, sich ihnen unbemerkt anzuschließen und den Stall zu verlassen.

Sie versuchte, sich den riesigen Raum vor Augen zu führen, wie sie ihn von oben aus gesehen hatte. Völlig gelang es ihr nicht, aber sie hatte immerhin eine ungefähre Ahnung, in welcher Richtung sich der Ausgang befand, und das musste genügen. Wenn es ihr irgendwie gelang, sich in der Nähe des Ausgangs zu verstecken, dann konnte sie dort warten, bis die Männer den Stall verließen, und sich ihnen anschließen. Robin wusste, wie lächerlich gering ihre Aussichten waren, es zu schaffen, aber wenn sie hier blieb, dann konnte sie genauso gut Rothers Schwert ziehen und sich selbst die Kehle durchschneiden.

Vielleicht wäre das ohnehin die einfachste Lösung, dachte sie bitter. Zumindest wäre es weniger schmerzhaft als der Tod auf dem Scheiterhaufen, der ihr vermutlich bevorstand, wenn sie hier unten aufgegriffen wurde.

Der Gedanke erschreckte sie. Seit sie ihre Heimat verlassen hatte, war sie oft in Gefahr gewesen und mehr als einmal in Situationen, die eindeutig aussichtsloser erschienen waren als diese hier – und niemals hatte sie auch nur daran *gedacht,* ihr Leben wegzuwerfen. Vielleicht war es nichts anderes als einfacher Trotz, der ihr die Kraft gab, sich noch einmal aufzurappeln und geduckt und die Deckung der halbhohen Mauern ausnutzend in Richtung Ausgang zu schleichen.

Danach musste sie sich gedulden.

Es waren vermutlich nur wenige Minuten, doch sie schienen für Robin kein Ende zu nehmen. So erschöpft und abgerissen die Reiter auch waren, verwandten sie doch große Sorgfalt darauf, ihre Pferde abzuschirren und in die sonderbaren Ställe zu führen. Endlich aber gingen die Ritter; und zu Robins Erleichterung nicht in einer geschlossenen Gruppe, sondern einzeln und nacheinander, und anscheinend, ohne sich gegenseitig sonderliche Beachtung zu schenken. Vielleicht hatten sie dasselbe unsinnige Schweigegelübde abgelegt, das auch Dariusz seinen Männern abverlangt hatte, viel wahrscheinlicher jedoch erschien es Robin, dass sie einfach zu erschöpft zum Reden waren.

Sie wartete, bis der letzte Mann an ihrem Versteck vorübergegangen war, dann nahm sie all ihren Mut zusammen, stand auf und schloss sich ihnen an. Auf den ersten Schritten hielt sie vor lauter Anspannung den Atem an, doch nichts von dem, womit sie fest rechnete, geschah. Genau genommen passierte gar nichts. Sie folgte dem letzten Mann in Weiß und Rot in wenigen Schritten Abstand. Er ging nicht sehr schnell, und es fiel Robin auch nicht besonders schwer, seinen schleppenden Gang und seine erschöpfte Haltung mit den hängenden Schultern und dem müde gesenkten Kopf nachzuahmen.

Nachdem sie gerade vorsichtig aufatmen wollte, hörte sie Schritte hinter sich, ebenso schleppend und langsam wie ihre eigenen, aber schwerer. Robins Herz begann wie verrückt zu hämmern, aber sie widerstand der Versuchung, sich umzudrehen, sondern ging einfach weiter. Ganz egal was auch geschah, sie konnte jetzt nicht mehr zurück.

Der hohe Torbogen, durch den sie gingen, führte nicht nach draußen, wie sie gehofft hatte, sondern in einen zweiten und womöglich noch größeren Felsendom, in dem deutlich mehr Pferde untergebracht waren; sicherlich hundert, wenn nicht mehr. Hier sah sie auch die Stallburschen und Pferdeknechte, von denen Rother gesprochen hatte. Niemand nahm auch nur Notiz von ihren Begleitern und ihr, und warum auch? Ritter, die müde zurückkehrten, nachdem sie ihre Pferde in den Stall gebracht hatten, mussten hier ein ganz normaler Anblick sein. Robin begann wieder ein wenig mehr Mut zu fassen.

Obwohl sie das Gefühl hatte, mit jedem Schritt Kraft zu verlieren, konzentrierte sie sich doch die ganze Zeit über auf die Schritte des Mannes hinter ihr. Ein- oder zweimal hatte sie das Gefühl, dass er näher kam, und beschleunigte unauffällig auch ihre eigenen Schritte. Auch wenn sie selbst nicht wirklich begriff, wieso, durchquerte sie auch diesen zweiten unterirdischen Saal unbehelligt und erreichte schließlich den Ausgang, einen guten fünf Meter hohen und mindestens doppelt so breiten Torbogen, von dem sie beim besten Willen nicht sagen konnte, ob er aus dem Fels herausgemeißelt oder gemauert worden war. Beides erschien ihr gleich unglaublich. Aber sie konnte auch nicht wirklich verstehen, wie es ihren Ordensbrüdern gelungen war, ein solch unglaubliches Wunder all die Jahre vor der Welt verborgen zu halten. Oder gar, *warum*. Lag es daran, dass dieses Wunder das

Werk von Menschen war, die lange gelebt hatten, bevor Gott seinen eigenen Sohn auf die Erde geschickt hatte? Wie auch immer, seit der erste christliche Ritter seinen Fuß ins Innere des Tempelberges gesetzt hatte, rankten sich unzählige Gerüchte um diesen heiligsten aller Orte der Christenheit. Manche behaupteten sogar, der heilige Gral selbst wäre irgendwo in den Tiefen des Tempelberges verborgen.

Robin war – trotz allem – so sehr in Gedanken versunken, dass sie die einzelne Gestalt, die den Templern auf der anderen Seite des breiten Ganges entgegenkam, beinahe zu spät bemerkte. Es war ein Tempelritter wie sie und alle anderen hier, nicht einmal besonders groß, dafür aber von umso beeindruckenderer Leibesfülle und nahezu kahlköpfig. Das einzig wirklich Beeindruckende an ihm war das wuchtige Bastardschwert, das er anders als die allermeisten Männer an der rechten Hüfte trug, obwohl er kein Linkshänder war.

Bruder Abbé war endlich gekommen, um sie zu holen!

Robin atmete erleichtert auf und wollte sich gerade vorsichtig zu erkennen geben, als Abbé seinerseits den Arm hob und rief: »Bruder Gerhard! Ihr kommt spät – doch ich hoffe, Ihr bringt gute Neuigkeiten.«

Robin senkte so hastig den Blick, dass es ihr selbst fast wie ein kleines Wunder erschien, dass Abbé oder der Mann in ihrem Rücken nicht spätestens auf diese Bewegung aufmerksam wurden, aber der Angesprochene hinter ihr antwortete mit Rideforts Stimme: »Ich fürchte, nein, Bruder Abbé.«

»Ihr habt keine Nachricht vom Großmeister?«

Robin senkte den Blick noch weiter, behielt Abbé aber aus den Augenwinkeln weiter im Auge, während sie an ihm vorüberging. Sie passierte ihren alten Mentor in weniger als zehn Schritten Abstand. Abbé hätte sie bemerken müssen, Schminke hin oder her, aber er schien geradewegs durch sie hindurchzublicken. Trotz des schwachen Lichts konnte Robin erkennen, wie bleich er war. Weshalb auch immer er hier heruntergekommen war – *sie* war nicht der Grund dafür gewesen. Sie konnte hören, wie Abbé hinter ihr kehrtmachte und seine Schritte dann denen Rideforts anglich. Seine Stimme wurde leiser, aber er sprach jetzt in jenem gehetzt-erschrockenen Flüsterton, den man fast ebenso weit hören konnte wie ein normal gesprochenes Wort.

»Ihr habt keine Nachricht von Odo? Aber ich dachte ...«

»Saladin hat einen Boten geschickt«, antwortete Rideforts Stimme, deutlich leiser als Abbés und auch nicht annähernd so erregt. Wenn ihr überhaupt ein Gefühl anzuhören war, dann die Erschöpfung des zurückliegenden Rittes. »Der Großmeister lebt. Er ist verwundet, aber nicht sehr schlimm.«

»Worauf wir nur Saladins Wort haben«, versetzte Abbé. »Das Wort eines Heiden und Aufständischen!«

»Ich glaube ihm«, antwortete Ridefort. »Er mag ein Heide sein, aber man sagt ihm dennoch nach, er wäre ein Ehrenmann.« Robin konnte hören, wie sein Kettenhemd klirrte, als er seufzend den Kopf schüttelte. »Nur fürchte ich, ist er nicht nur ein Ehrenmann, sondern auch ein kluger Taktiker, der um den Wert seiner Geisel weiß.«

»Was genau soll das heißen?«, fragte Abbé. Robin hatte mittlerweile immer größere Mühe, die beiden Ritter zu verstehen. Abbé sprach eher noch erregter und lauter als zuvor, doch die beiden Männer bewegten sich auch eine Winzigkeit langsamer als sie, und Robin wagte es nicht, ihrerseits langsamer zu werden, um nicht am Ende doch noch aufzufallen.

»Saladin verlangt ein Lösegeld von einhundertundfünfzigtausend Goldstücken«, antwortete Ridefort.

»Einhundertfünfzigtausend Goldstücke!«, ächzte Abbé. »Heilige Mutter Gottes, das ist viel! Kann der Orden eine solche Summe aufbringen?«

»Die Frage ist nicht, ob er es kann«, antwortete Ridefort. »Die Frage ist, ob Bruder Odo möchte, dass für das Leben eines einzelnen Mannes eine Summe gezahlt wird, für die man so viele neue Waffen und Rüstungen und Pfeile kaufen kann. Saladin kann eine neue Armee aufstellen mit diesem Geld. Ist es das Leben eines einzigen Mannes wert, in der nächsten Schlacht vielleicht tausend zu verlieren?«

»Waren das Odos Worte?«, fragte Abbé ungläubig.

Ridefort zögerte einen winzigen Moment, bevor er antwortete, und Robin glaubte seine misstrauischen Blicke regelrecht zwischen den Schulterblättern zu spüren. Seine Schritte wurden langsamer und brachen schließlich ganz ab. »Nein«, sagte er mit einem leisen Lachen. »Aber wir alle kennen doch Odo von Saint-Amand, oder? Eine solche Antwort würde durchaus zu ihm passen, ganz davon abgesehen, dass er es bestimmt empört ablehnen würde, wie ein Sklave auf dem Markt freigekauft zu werden, und ...«

Seine Stimme wurde leiser und verklang schließlich ganz. Robin verstand nichts mehr, sosehr sie sich auch anstrengte, und sie verstand auch Abbés Antwort nicht – doch sie hörte immerhin, dass seine Stimme nicht einmal annähernd so empört klang, wie es angemessen wäre, und vor allem, wie sie *erwartet* hätte.

Ihre Gedanken überschlugen sich. Was sie gerade gehört hatte, das war vielleicht noch keine wirkliche Verschwörung, aber es grenzte daran, und allein der *Gedanke*, Abbé und Ridefort ein solches Gespräch führen zu hören, erschien ihr schier ungeheuerlich.

Sie war mittlerweile endgültig außer Hörweite der beiden Ritter und schritt nun ein wenig schneller aus, um nicht den Anschluss an die anderen zu verlieren. Vor ihnen machte der Korridor eine sanfte Biegung nach links, hinter der helles Tageslicht schimmerte, aber die Männer traten durch eine schmale Seitentür, die nicht nur so niedrig war, dass Robin sich hindurchbücken musste, sondern auch so schmal, dass sie sich allen Ernstes fragte, wie etwa ein Mann von Abbés Statur hindurchpassen sollte.

Dahinter führte eine steile, kaum beleuchtete Treppe in die Höhe. Robin schleppte sich die Stufen mit hängenden Schultern und gesenktem Kopf empor. Der Stein fühlte sich unter ihren Füßen so glatt poliert wie Eis an, als hätten ihn Tausende und Tausende und Abertausende von Füßen in ebenso vielen Jahren blank gescheuert, doch die Tür, zu der die ausgetretenen Stufen hinaufführten, mündete in einen Raum von geradezu profaner Schlichtheit: braungelber Sandstein ohne den geringsten Schmuck oder Zierrat, Fußboden und eine leicht gewölbte Decke aus demselben Material. Helles Sonnenlicht und ein Schwall erstickender Wärme drangen durch zwei schmale Fenster auf der Rückseite, und es gab gleich drei Türen, die aus der Kammer herausführten.

Zwei davon standen auf. Die eine führte ins Freie, auch wenn Robins an das trübe Zwielicht gewöhnten Augen kaum mehr als einen verschwommenen Fleck gleißender Helligkeit wahrnehmen. Hinter der anderen konnte sie einen schmalen Ausschnitt eines gewaltigen, lichtdurchfluteten Raumes erkennen. Überall blitzte und schimmerte es von Gold und Silber. Prachtvolle Gemälde und kunstvolle Schnitzereien und Skulpturen säumten die Wände, und Dutzende schneeweißer Säulen trugen die hohe, reich verzierte Decke. Der Duft von Weihrauch lag in der Luft. Von der Decke hingen bunte Banner mit verschlungenen Schriftzeichen, die Fahnen der Heere der Ungläubigen, die von den Tempelrittern erbeutet worden waren. Sie befanden sich im *Templum Domini*. Vor ihr lag eines der Wunder, die zu sehen Robin vom anderen Ende der Welt hierher gekommen war.

Dennoch wandte sie sich in die entgegengesetzte Richtung.

Die meisten Männer, die mit ihr heraufgekommen waren, betraten das Kirchenschiff, um zu beten und Gott für die glückliche Rückkehr von ihrer gefährlichen Mission zu danken, aber sie musste raus hier. Ihr Schwindelgefühl wurde immer schlimmer. Ihr Herz pochte bis zum Hals, und im Nachhinein fragte sie sich fast selbst, wie sie es die Treppe heraufgeschafft hatte. Ihre Knie zitterten so stark, dass die Glieder ihres Kettenhemdes leise klimperten, wenn sie still stand.

Hitze und Licht trafen sie wie ein Faustschlag ins Gesicht, als sie ins Freie trat. Im allerersten Moment war sie fast blind. Die Luft, die sie atmete, brannte wie flüssiges Pech in ihrer Kehle, und ihre Augen drohten zu verbrennen. Alles verschwamm vor ihrem Blick. Der Platz, der sich vor ihr ausbreitete, war derselbe, vor dem sie vorhin mit Nemeth gestanden hatte, nur von der anderen Seite her betrachtet, aber er kam ihr plötzlich viel größer vor und auf unheimliche Weise verzerrt. Alles schien in beständiger, Schwindel machender Bewegung. Der Boden schwankte wie die Planken eines kleinen Schiffchens im Sturm. Das Schwindelgefühl wurde stärker, obwohl sie es noch vor einem Augenblick gar nicht für möglich gehalten hätte.

Blindlings taumelte sie los. Ihre Schulter begann wieder zu schmerzen. Plötzlich konnte sie sich nicht mehr erinnern, in welcher Richtung das Assassinenhaus lag oder der Basar, aber sie musste es einfach finden. Sie machte einen weiteren, taumelnden Schritt in die lodernde Mittagshitze hinaus, und ein weiß glühender Schmerz explodierte in ihrem Leib und ließ sie wie von einem Axthieb gefällt zusammenbrechen.

22. Kapitel

Der Raum, in dem sie untergebracht war (Robin vermied es sorgfältig, auch nur in Gedanken das Wort *gefangen* zu benutzen), hatte nur ein einziges, schmales Fenster, das nach Osten hinausführte und selbst für sie zu schmal gewesen wäre, um sich hindurchzuzwängen, trotzdem aber zusätzlich vergittert war. Da das Zimmer im dritten Stock des Gebäudes lag, reichte ihr Blick ungehindert über die Dächer der gesamten Stadt und die Mauer bis über den Ölberg. Müde fragte sie sich, ob auch Jesus auf den Ölberg blicken konnte, als er vor so langer Zeit hier eingekerkert gewesen war.

Seltsam – seit sie begonnen hatte, sich mit dem Gedanken abzufinden, dass sie wohl tatsächlich ihren Glauben verloren hatte, musste sie immer öfter an Gott und seinen Sohn denken. Aber wahrscheinlich war sie einfach nur verwirrt und hatte Angst, und sie hatte auch allen Grund dazu.

Sie hatte nicht wirklich die Besinnung verloren, aber der Zustand, in dem man sie hier heraufgebracht hatte, war von einer Ohnmacht nicht mehr allzu weit entfernt gewesen; und auf eine Art vielleicht sogar noch schlimmer, denn sie hatte zwar alles gesehen und gehört, was rings um sie herum und vor allem *mit* ihr geschah, war aber vollkommen wehrlos gewesen. Männer waren zusammengelaufen, hatten an ihrer Schulter gerüttelt und ihren Namen gerufen, und vage glaubte sie auch, sich an Bruder Abbés Gesicht zu erinnern, aber alles war verschwommen, unscharf und so bedrohlich wie die Bilder aus einem Albtraum, die sich in die Wirklichkeit hinübergeschlichen hatten und sich nun mit ihr zu vermengen begannen. Irgendwann war sie von zwei Männern ergriffen und die drei Treppen hier heraufgezerrt worden. Seither war sie allein.

Robin wusste nicht, wie viel Zeit seither vergangen war, aber es konnte allerhöchstens eine halbe Stunde gewesen sein, wahrscheinlich weniger. Sie fühlte sich mittlerweile wieder deutlich besser; die Schmerzen in ihrem Leib waren vollends verebbt, und auch Fieber und Schwindelgefühl waren fast verschwunden. Selbst ihre Schulter tat nicht mehr weh, auch wenn sie den Arm inzwischen kaum noch bewegen konnte. Voller Angst fragte sie sich, was als Nächstes geschehen würde. Auch wenn ihr Geheimnis bisher anscheinend noch immer nicht aufgedeckt worden war, zweifelte sie doch keine Sekunde daran, dass zumindest Marschall Ridefort sie erkannt hatte, und wenn schon nicht für irgendetwas anderes, so würde sie sich doch zumindest für den bloßen Umstand rechtfertigen müssen, hier zu sein, wo sie doch angeblich schwer verletzt auf Safet im Sterben lag.

Draußen auf dem Gang wurden Stimmen laut. Robin konnte durch das dicke Holz hindurch nicht hören, was gesprochen wurde, aber es hörte sich ganz eindeutig nach einem Streit an. Nach einem Augenblick wurde die Tür geöffnet, und Bruder Abbé kam herein. Sein Gesicht war rot vor Zorn, und er atmete so schwer, als wäre er die drei Treppen hier herauf auf seinen kurzen Beinen gerannt.

Robin setzte dazu an, etwas zu sagen, doch Abbé brachte sie mit einer verstohlenen Geste und einem fast beschwörenden Blick zum Verstummen und wandte sich in rüdem Ton an jemanden draußen auf dem Gang: »Schließt die Tür, habe ich gesagt, und untersteht euch zu lauschen, oder ich lasse euch auspeitschen! Ich gebe euch Bescheid, wenn wir bereit sind.«

Robin konnte noch immer nicht erkennen, wer sich draußen auf dem Gang aufhielt, doch die Tür wurde geschlossen, und sie hörte ein Geräusch, das es ihr vollends unmöglich machte, sich *nicht* als Gefangene zu fühlen: das Poltern eines schweren Riegels, der vorgelegt wurde.

»Bruder Abbé«, begann sie, »ich bin ja so froh, Euch zu ...«

Abbé brachte sie mit einem abermaligen und noch erschrockeneren Gestikulieren zum Verstummen. Anscheinend war er nicht vollkommen überzeugt davon, dass die Männer draußen seinen Befehl auch befolgten. »Gütiger Gott, was hast du nur wieder angestellt, du Unglückskind? Was tust du hier? Willst du uns alle auf den Scheiterhaufen bringen?«

»Es tut mir ja Leid, Bruder«, sagte Robin zerknirscht. »Ich wollte wirklich nicht ...«

»Wieso bist du nicht in deinem Zimmer in Salims Haus? Ich werde diesen unfähigen Wächter auspeitschen lassen – falls wir das hier überleben, heißt das.«

Robin riss die Augen auf. »Was meint Ihr damit?«

»Wie oft habe ich den Tag schon bedauert, an dem sich unsere Wege gekreuzt haben«, fuhr Abbé mürrisch fort. »Vielleicht wollte der Herr mich auf diese Weise für das bestrafen, was in jener Nacht geschehen ist, doch allmählich muss ich doch genug Buße getan haben!« Er schüttelte den Kopf, als könne er tatsächlich nicht verstehen, was geschehen war. »Wie stehe ich jetzt da? Noch vor einer halben Stunde habe ich Marschall Ridefort berichtet, ich hätte Nachricht von Bruder Horace aus Safet, dass es nicht gut um Bruder Robin steht, und nur einen Augenblick später fällst du ihm ohnmächtig vor die Füße! Was soll ich ihm nun sagen?«

»Euch wird schon etwas einfallen«, antwortete Robin spröde. So erleichtert sie im ersten Moment gewesen war, Abbé zu sehen, so zornig wurde sie plötzlich. Abbé machte sich nicht einmal die

Mühe, Besorgnis zu *heucheln*. »Ihr redet doch auch sonst gerne mit ihm.«

Abbé zog die Augenbrauen zusammen und schwieg. Seine Verwirrung war beinahe perfekt gespielt. Aber das machte Robin in diesem Moment eher noch wütender. »Ihr macht doch nicht tatsächlich gemeinsame Sache mit Gerhard von Ridefort, um den Großmeister zu verraten, oder?«, fragte sie.

Abbés Augen wurden groß. »Woher ...?«

»Ich habe Euch belauscht«, schleuderte ihm Robin entgegen. Plötzlich konnte sie ihre Gefühle kaum noch im Zaum halten. Von allen Menschen auf der Welt war Abbé der letzte, von dem sie erwartet hätte, dass er sie anlog. »Ich habe jedes Wort gehört!«

Abbés Augen wurden noch größer. »Du ... warst unten in den Ställen?«, murmelte er.

»Keine zehn Schritte vor Euch«, antwortete Robin. »Ich habe jedes Wort gehört. Ihr plant tatsächlich, die Zahlung des Lösegeldes zu verweigern? Ich ... ich verstehe das nicht! Ihr könnt doch unmöglich wollen, dass Gerhard von Ridefort neuer Großmeister unseres Ordens wird!«

»Der Tag, an dem ein Mann wie Gerhard von Ridefort Großmeister unseres Ordens wird, ist der Beginn unseres Untergangs«, sagte er ernsthaft. »Deine Ohren mögen ja noch die Schärfe der Jugend haben, aber du urteilst vielleicht auch etwas vorschnell. Manche Worte haben mehr als eine Bedeutung, weißt du?« Er schnitt ihr mit einer ärgerlichen Bewegung das Wort ab, als sie etwas sagen wollte. »Was um alles in der Welt hattest du im Tempelberg zu suchen? Willst du dich mit aller Gewalt ins Unglück stürzen, und uns gleich dazu?«

Robin verstand nicht, warum Abbé so überrascht war. »Aber hat Rother Euch denn nicht gesagt, wo Ihr mich findet?«

»Rother?«, gab Abbé zurück. »Wer soll das sein?« Er wiederholte seine unwillige Handbewegung. »Aber egal, wir klären das später. Jetzt bringe ich dich erst einmal hier heraus, und dann werde ich dafür sorgen, dass du noch heute aus der Stadt verschwindest und ganz bestimmt niemals wieder auftauchst.«

»Und Marschall Ridefort?«, fragte Robin. »Er hat mich gesehen, oder?«

»Ich fürchte«, sagte Abbé grimassenschneidend, »mir wird schon etwas einfallen. Notfalls kann ich ja behaupten, du hättest mich und meine Begleiter niedergeschlagen und wärst geflohen. Aber auch das hat Zeit bis später. Lass uns von hier verschwinden, bevor Ridefort am Ende noch auf die Idee kommt, sich persönlich nach deinem Befinden zu erkundigen.«

Er schlug zweimal mit der flachen Hand gegen die Tür und setzte einen möglichst finsteren Gesichtsausdruck auf, als geöffnet wurde. »Bruder Robin und ich verlassen den Tempel«, sagte er, bevor sein Gegenüber auch nur Gelegenheit fand, einen einzigen Ton herauszubekommen. »Geht zu Marschall von Ridefort und richtet ihm aus, dass ich ihn wie besprochen zum Nachmittagsgebet in der Grabeskirche erwarte.«

Der Mann, der offenbar die undankbare Aufgabe hatte, Robin zu bewachen, kam auch jetzt nicht dazu, irgendwelche Einwände vorzubringen. Abbé scheuchte ihn mit einer groben Bewegung aus dem Zimmer und bedeutete ihm kaum weniger rüde, vorauszugehen. Rasch und mit demütig gesenktem Haupt trat Robin an ihm vorbei auf den Flur, wobei sie den Mann, der draußen neben der Tür stand, nur aus den Augenwinkeln sah. Trotzdem war sein Unbehagen nicht zu übersehen. Was Abbé tat, stand offensichtlich ganz und gar nicht im Einklang mit seinen Befehlen. Aber er versuchte nicht, sie aufzuhalten, sondern starrte ihnen nur finster nach, bis sie die Treppe erreicht hatten und nebeneinander die schmalen Stufen hinabzusteigen begannen.

»Irgendwann frage ich Euch einmal, wer Ihr wirklich seid, Bruder Abbé«, sagte Robin leise.

»Wer ich wirklich bin?«

»Mit Sicherheit kein kleiner Ritter aus einer unbedeutenden Komturei in Friesland«, behauptete Robin.

»Aber nichts anderes bin ich«, erwiderte Abbé. Täuschte sie sich, oder klang seine Stimme leicht amüsiert? »Genau so hast du mich doch kennen gelernt, *Bruder* Robin. Als unbedeutenden Ritter aus einer noch viel unbedeutenderen Komturei in Friesland.«

»Dem man kaum weniger Respekt entgegenbringt als dem Großmeister und den Männer wie Gerhard von Ridefort in wichtigen Angelegenheiten des Ordens um Rat fragen«, sagte Robin spöttisch. »Wie gesagt: Eines Tages werde ich Euch fragen, wer Ihr wirklich seid. Und Ihr werdet mir diese Frage beantworten.«

»Kaum«, antwortete Abbé. »Du wirst Jerusalem noch vor Ablauf der nächsten Stunde verlassen, und wir werden uns nicht wiedersehen.«

Robin starrte ihn beinahe entsetzt an. Noch vor einem Moment war sie so wütend auf ihn gewesen, wie selten zuvor auf irgendjemanden. Aber ihn niemals wiedersehen? Ein einziger Blick in Abbés Gesicht machte ihr klar, dass er auf keine der tausend Fragen antworten würde, die ihr plötzlich auf der Zunge brannten. Wenigstens jetzt nicht. Schweigend legten sie den restlichen Weg nach unten zurück.

Als sie das Gebäude verlassen wollten, traten ihnen zwei Männer in weißen Templeruniformen entgegen. Beide hatten ihre Schilde abgenommen und am linken Arm befestigt, und ihre Hände lagen auf den Schwertern. »Ritter Robin von Tronthoff?«, sprach sie der eine an.

Robin war so überrascht, dass sie im allerersten Moment gar nicht reagierte, sondern den Mann nur verwirrt anblickte. Er war überdurchschnittlich groß, und die Schultern unter dem weißen Hemd schienen beständig darum bemüht zu sein, ihr Gefängnis aus Stoff und Kettengewebe zu sprengen. Auch sein Begleiter war von ähnlich beeindruckendem Wuchs, und jetzt fiel Robin auch auf, dass die beiden Männer nicht allein gekommen waren. Vier weitere Ritter, alle mit ihren Schilden an den Armen, standen wie zufällig ganz in der Nähe, aber sie blickten bestimmt ganz und gar *nicht* zufällig in ihre Richtung.

»Was geht hier vor?«, fragte Abbé scharf. Er trat mit einem einzigen Schritt zwischen Robin und den Ritter und funkelte ihn an. Abbé reichte dem bärtigen Hünen kaum bis zum Adamsapfel, doch es war nicht das erste Mal, dass Robin Zeuge wurde, wie der kahlköpfige, dicke Mann andere einfach dadurch in die Flucht schlug, dass er sie anstarrte.

So weit kam es diesmal nicht, aber das herausfordernde Glitzern in den Augen des Hünen machte für einen Moment Verwirrung und dann deutlicher Unsicherheit Platz. »Verzeiht, Bruder Abbé«, sagte er. »Ich habe Euch nicht gleich erkannt.«

»Ja, ja, schon gut«, unterbrach ihn Abbé unwillig. »Was soll das? Was fällt Euch ein, uns aufzuhalten?«

»Es tut mir Leid, Euch Ungelegenheiten zu bereiten«, antwortete der Mann. Er fühlte sich sichtlich mit jedem Wort weniger wohl in seiner Haut. Er wich Abbés Blick aus, doch er sprach trotzdem weiter. »Aber ich fürchte, wir müssen Bruder Robin von Tronthoff mit uns nehmen.«

»Auf wessen Anweisung?«, fragte Abbé lauernd.

»Der Befehl kommt von Ordensmarschall von Ridefort persönlich, Bruder Abbé. Unsere Order lautet, Robin von Tronthoff unverzüglich zu ihm zu bringen, damit Anklage gegen ihn erhoben werden kann.«

»Anklage?«, ächzte Abbé. »Weswegen?«

»Man beschuldigt ihn der Feigheit im Angesicht des Feindes«, antwortete der Ritter. »Aus diesem Grunde soll über ihn zu Gericht gesessen werden. Jetzt gleich.«

23. Kapitel

Der Raum, in dem über sie geurteilt werden sollte, gehörte zwar noch offiziell zum *Templum Domini*, aber gewiss nicht zu jenem Teil der ausgedehnten Tempelanlage, die jedem Besucher zugänglich war und vermutlich nicht einmal jedem Ritter. Es war eine kleine, schäbige Kammer abseits des Kirchenschiffes und der prachtvollen Kreuzgänge, in die nur wenig Licht und noch weniger frische Luft gelangten. Es brannten nur einige wenige Kerzen, die ein unheilträchtiges, rotes Licht verbreiteten. Darüber hinaus war der Raum fast leer. Es gab einen hohen Lehnstuhl, in dem ein Pater des Templerordens saß; kein Ritter, sondern ein Priester in weißer Kutte, mit dem Tatzenkreuz über dem Herzen. Auf einem schmalen Tisch vor ihm lagen einige Pergamente, in denen er angelegentlich herumkramte, seit man Robin hereingeführt hatte. Obwohl seither mindestens eine halbe Stunde vergangen war, hatte er sie in der ganzen Zeit nicht eines einzigen Blickes gewürdigt – obwohl Robin bezweifelte, dass seine trüben, von tausend winzigen Fältchen eingerahmten Augen in dem flackernden Licht gut genug sehen konnten, um zu lesen.

Sie fühlte sich hilflos. Hilflos und auf eine Art allein gelassen, die ihre Angst noch schürte. Bruder Abbé hatte nicht einmal versucht, den grotesken Vorwurf zu entkräften, sondern war nahezu kommentarlos verschwunden, und die sechs Ritter hatten sie hierher gebracht. Bevor sie den Raum betreten durfte, hatte man ihr befohlen, nicht nur Schwert und Ordensrock, sondern auch das schwere Kettenhemd und die Stiefel auszuziehen. Zumindest für das Kettenhemd war sie im Stillen dankbar. Sie wusste nicht, wie lange sie das Gewicht des eisernen Kleidungsstücks auf ihrer Schulter noch ertragen hätte. Aber sie fühlte sich zugleich auch nackt und schutzlos. Außer dem Verband trug sie jetzt nur noch das dünne baumwollene Unterhemd über ihrem verräterischen Körper. Eine einzige unbedachte Bewegung, und sie war verloren.

Wenigstens waren sie nicht so weit gegangen, sie zu binden; zumindest nicht mit Fesseln, die man *sah*. Vier der sechs Männer, die sie hierher begleitet hatten, waren sofort wieder gegangen, die beiden anderen hatten rechts und links der Tür Aufstellung genommen und schienen zu lebensgroßen Statuen erstarrt zu sein. Es gab keine Stühle oder andere Sitzgelegenheiten.

Der Pater sah für einen Moment von seinen Unterlagen auf, und zum ersten Mal glaubte Robin eine menschliche Regung auf seinem Gesicht zu erkennen, als er mit einem ungeduldigen Stirnrunzeln zur Tür sah. Aber sie suchte vergeblich nach einer Spur von Mitleid in seinen Augen, als sein Blick sie streifte.

Endlich wurde die Tür aufgestoßen, und Marschall von Ridefort trat ein, dicht gefolgt von Bruder Dariusz. Robin war überrascht, den grauhaarigen Tempelritter hier zu sehen, aber auch – fast widerwillig – ein wenig erleichtert. Wenn es jemanden gab, der wusste, was sie während der Schlacht am Litani getan hatte, dann er.

»Bruder Dariusz!«, rief sie erleichtert. »Ihr ...«

»Schweigt still, Robin von Tronthoff«, fuhr sie der Geistliche an. »Als Angeklagter vor diesem Gericht habt Ihr zu schweigen, bis Ihr zum Reden aufgefordert werdet oder man Euch eine direkte Frage stellt.« Er hatte eine dünne, schneidende Stimme, die mehr über sein wahres Alter verriet als sein Gesicht, aber deutlich sanfter wurde, als er hinzufügte: »Keine Sorge. Ihr werdet Gelegenheit bekommen, in aller Ausführlichkeit zu den Vorwürfen Stellung zu nehmen, die gegen Euch erhoben werden.«

Er seufzte tief, runzelte die Stirn und wandte sich dann mit einem Blick an Dariusz und Ridefort, in dem sehr wenig Respekt für die beiden hochrangigen Ritter zu erkennen war. »Und Ihr, Bruder Gerhard, Bruder Dariusz – verratet Ihr einem müden alten Mann, weshalb Ihr in aller Eile einen Prozess von mir verlangt, der eigentlich einer tagelangen gründlichen Vorbereitung bedarf, um dann zu eben jenem Prozess zu spät zu erscheinen?«

Dariusz wollte antworten, doch Ridefort kam ihm zuvor: »Bitte vergebt uns, Vater Johannes. Es war meine Schuld. Leider haben mich wichtige Geschäfte daran gehindert, sofort zu erscheinen. Und ich fürchte auch, dass ich Jerusalem noch vor dem nächsten Sonnenaufgang verlassen muss, woraus sich die große Eile dieses Prozesses ergibt.«

»So, tut es das?«, fragte Johannes. Er seufzte erneut. »Nun ja, wir werden sehen.« Er kramte einen Moment lautstark in seinen Pergamenten herum, seufzte noch einmal und sah Robin dann mit verändertem Gesichtsausdruck an. »Feigheit im Angesicht des Feindes, Ritter Robin. Das ist ein sehr schwerer Vorwurf. Was sagt Ihr dazu?«

»Das ist Unsinn«, antwortete Robin, biss sich auf die Unterlippe und setzte mit einem entschuldigenden Lächeln neu an: »Verzeiht. Ich wollte sagen: Das ist nicht wahr. Ich bin noch niemals einem Kampfe ausgewichen. Fragt Bruder Dariusz. Er wird es Euch bestätigen.«

»Bruder Dariusz, so?« Der Geistliche wirkte ehrlich verblüfft. »Das wundert mich, um ehrlich zu sein. Es war Bruder Dariusz, der die Anklage gegen Euch erhoben hat.«

Robin drehte mit einem Ruck den Kopf und starrte Dariusz fassungslos an. Dariusz? Ausgerechnet Dariusz brachte diese absurde Anschuldigung gegen sie vor? Was um alles in der Welt *ging hier vor?*

Vater Johannes schien zumindest zu spüren, was in *ihr* vorging, denn er hob rasch die Hand und kam allem zuvor, was sie hätte sagen können. »Also gut«, seufzte er. »Wenn wir schon fast alle Ordensregeln mit Füßen treten, können wir auch ebenso gut weiter so verfahren. Bruder Dariusz, begründet diesen schweren Vorwurf, den Ihr erhebt.«

Dariusz berichtete, wie er Robin weit entfernt von den Liegenschaften der Templer in einem kleinen Küstendorf angetroffen hatte und dass er Robin mit großem Nachdruck dazu bringen musste, dem Ruf des Großmeisters zu den Waffen zu folgen.

»Aber er *ist* Euch gefolgt?«, vergewisserte sich Johannes und raschelte wieder mit seinen Papieren. »Ich meine: Ihr musstet ihn nicht gewaltsam zwingen oder in Ketten legen oder etwas in dieser Art?«

»Nein«, antwortete Dariusz. Er wirkte irritiert.

Vater Johannes machte sich eine Notiz und seufzte. »Fahrt fort.«

Dariusz fuhr fort. Er berichtete von dem Gefecht mit den Plünderern, in dem sich Robin durch große Zurückhaltung gegen den Feind ausgezeichnet hatte – eine dreiste Lügengeschichte – und führte als Beweis an, dass weder sie noch ihr Pferd verletzt wurden, weil sie sich von den Kampfhandlungen fern gehalten hätte.

Dariusz erzählte weiter, wie unziemlich sie sich dem Großmeister während des gemeinsamen Mahls in Safet aufgedrängt hätte. Immer wieder hätte sie während des Mahls das Gebot zu schweigen gebrochen. Doch ihre ganze Schändlichkeit habe sich erst in der Schlacht gegen Saladin gezeigt. Während die Templer in geschlossener Ordnung in das Heer Saladins eingebrochen seien, habe sie sich zur Flucht gewandt, wodurch die Schlachtreihe zerbrach und der schon sichere Sieg in einer schmählichen Flucht endete. Er behauptete, auch mehrere Zeugen dafür aufbieten zu können.

»Nur die Ruhe«, sagte Johannes. »So weit sind wir noch nicht.« Er wandte sich direkt an Robin. »Ihr habt die Vorwürfe gehört, die Bruder Dariusz gegen Euch erhebt. Was habt Ihr dazu zu sagen?«

»Das ... das ist nicht wahr«, stammelte Robin. »Ich ... ich habe mich in der Schlacht zurückgenommen, das ist wahr.«

»Er gibt es also zu«, sagte Ridefort.

»Aber nur, weil Dariusz es mir *befohlen* hat«, schloss Robin.

Johannes blinzelte. »Wie?«

»Albernes Gewäsch«, sagte Dariusz abfällig. »Warum sollte ich das tun?«

Vater Johannes brachte ihn mit einer ärgerlichen Geste zum Schweigen und wandte sich wieder direkt an Robin. »Auch wenn ich es ungern tue, Bruder, so muss ich Ritter Dariusz doch Recht geben. Warum sollte er so etwas tun, mitten in einer Schlacht?«

»Das weiß ich nicht«, antwortete Robin mühsam beherrscht. »Ich habe es selbst nicht verstanden. Aber er hat mir eindeutig befohlen, kein Risiko einzugehen und immer in seiner Nähe zu bleiben. Als der Angriff zusammenzubrechen begann, da hat er mir den *Befehl* erteilt, zu fliehen und im Feldlager auf ihn zu warten.«

»Ist das wahr?«, wandte sich Johannes an Dariusz.

Der Ritter machte sich nicht einmal die Mühe zu antworten.

»Das ist in der Tat seltsam«, sagte Johannes. »Zumal es Zeugen gibt, die Bruder Robin auf dem Schlachtfeld im Kampf gesehen haben.«

»Er ist um sein Leben gerannt wie ein Hase«, sagte Dariusz verächtlich. »Die meisten unserer Brüder sind gefallen, als wir in den Hinterhalt gerieten. Unser Großmeister ist in Gefangenschaft geraten. Tausende guter Christenmenschen haben an diesem Tag ihr Leben gelassen, und genug haben gesehen, wie dieser Feigling davongerannt ist!«

»Immerhin wurde Bruder Robin während der Schlacht schwer verletzt«, gab Johannes zu bedenken. Er drehte sich wieder zu Robin um. »Wie ist es zu dieser Verletzung gekommen?«

»Das weiß ich nicht«, log Robin. »Ein verirrter Pfeil, nehme ich an.« Sie widerstand gerade noch im letzten Moment der Versuchung, mit den Schultern zu zucken.

»Was für ein Unsinn«, sagte Dariusz. »Wie schade, dass wir diesen verirrten Pfeil nicht mehr haben – es sollte mich nicht weiter wundern, wenn es einer unserer eigenen Pfeile gewesen wäre. Wie Ihr ja sicher wisst, ist es bei uns üblich, Deserteure und Fahnenflüchtige auf der Stelle zu erschießen.«

Robin wollte antworten, doch in diesem Moment flog die Tür auf, und eine schlanke, von Kopf bis Fuß in Schwarz gekleidete Gestalt trat ein. Sofort griffen die beiden Wachen neben der Tür nach ihren Schwertern, doch sie kamen nicht einmal dazu, ihre Waffen zu ziehen. Drei, vier weitere Männer in schwarzen Kettenhemden, Helmen und Mänteln stürmten herein und hielten sie mit gezückten Schwertern in Schach, während der zuerst eingetretene mit langsamen Schritten näher kam.

Johannes schlug mit der flachen Hand auf den Tisch, dass es klatschte. »Was hat das zu bedeuten?«, fragte er scharf. »Was erdreistet Ihr Euch, hier ungefragt einzudringen, noch dazu mit Waffen? *Wachen!*«

Der Schwarzgekleidete hob rasch die Hand. »Nicht doch, Vater«, sagte er. »Das wird wohl kaum nötig sein. Ich versichere Euch, ich bin in friedlicher Absicht gekommen. Ganz im Gegenteil kann ich vielleicht das eine oder andere zur Aufklärung dieser unangenehmen Geschichte beitragen.« Er hob die Hände an den Kopf und streifte den Helm ab, doch das Gesicht, das darunter zum Vorschein kam, war dennoch nicht zu erkennen. Der Mann trug eine Art flachen Turban, an dem ein undurchsichtiges Tuch aus schwarzer Spitze befestigt war. Alles, was Robin von seinem Gesicht erkennen konnte, war ein Paar ungewöhnlich klarer, stechend grüner Augen.

»Baldu...«, begann sie ungläubig, brach erschrocken ab und korrigierte sich dann hastig. »Majestät?«

Balduin streifte sie mit einem kurzen, spöttischen Blick und drehte sich dann wieder zu Johannes um, der halb von seinem Stuhl aufgesprungen, nun aber mitten in der Bewegung erstarrt war.

»Ich muss mich noch einmal für die rüde Art meines Eintretens entschuldigen«, fuhr Balduin fort. »Man sagt mir einen Hang zu dramatischen Auftritten nach, und ich fürchte fast, es ist etwas Wahres daran.«

»Majestät?«, murmelte Johannes fassungslos.

Balduin wedelte mit der Rechten, die in einem dünnen Handschuh aus schwarzer Seide steckte. »Nicht doch, Vater. Dies ist ein Gericht, und auf dieser Seite des Tisches sollten Ränge und Titel nicht zählen.«

Johannes räusperte sich. Er fand seine Fassung zwar rasch wieder und setzte sich, rettete sich aber dann darin, wieder hektisch in seinen Pergamenten zu blättern.

Nicht so Ridefort. Auch er war im allerersten Moment vollkommen perplex gewesen, fing sich aber deutlich schneller wieder als Dariusz. »Bei allem Respekt, Majestät«, sagte er kühl. »Aber dies hier ist eine reine Ordensangelegenheit – und wir befinden uns im *Templum Domini*, dem Hauptquartier unseres Ordens.«

Balduin drehte sich betont langsam zu ihm um. »Ich fürchte, da befindet Ihr Euch im Irrtum, mein lieber Marschall«, sagte er zuckersüß. »Und das in zweierlei Hinsicht.«

»Wieso?«, fragte Ridefort scharf.

»Fangen wir mit dem zweiten Punkt an«, antwortete Balduin. »Muss ich Euch wirklich daran erinnern, dass ich der König von

Jerusalem bin? Wem die Stadt gehört und somit auch dieser Tempel?«

»Majestät – bitte!«, sagte Johannes.

Balduin starrte Ridefort noch einen Moment aus seinen durchdringenden grünen Augen an, die plötzlich gar nicht mehr spöttisch wirkten, sondern ganz im Gegenteil so kalt und hart wie geschliffener Smaragd. Dann jedoch wandte er sich wieder an Vater Johannes und deutete eine Verbeugung an. »Verzeiht, Vater. Ich habe mich hinreißen lassen. Wie gesagt: Leider habe ich eine gewisse Schwäche für dramatische Situationen.«

An der Tür entstand erneut Bewegung, als zwei weitere Männer eintraten. Im allerersten Moment konnte Robin nicht erkennen, wer es war, weil die schwarz gekleideten Lazarusritter sie fast vollkommen verdeckten, dann jedoch traten sie zur Seite, und Robins Verwirrung nahm noch weiter zu, als sie nicht nur Bruder Abbé, sondern direkt neben ihm auch Rother erkannte. Der junge Ritter trug ein frisches, blütenweißes Gewand und auch wieder einen Schwertgurt, und anders als Abbé hatte er sich nicht vollkommen in der Gewalt. Er gab sich redliche Mühe, aber es gelang ihm nicht wirklich, den triumphierenden Ausdruck aus seinen Augen zu verbannen.

»Darf ich fragen …?«, begann Johannes.

»Bitte verzeiht«, sagte Balduin rasch. »Diese beiden Brüder haben mich alarmiert, hierher zu kommen, um ein großes Unrecht zu verhindern.«

»Majestät?«, fragte Johannes. Ridefort wirkte plötzlich ein wenig nervös, fand Robin, während auf Dariusz' Gesicht noch immer nicht die mindeste Regung zu erkennen war.

»Ein Unrecht, das Bruder Robin droht«, fuhr Balduin fort. Er hatte tatsächlich einen gewissen Hang für Dramatik. »Auch wenn ich ihm den Vorwurf nicht ersparen kann, zumindest zu einem gewissen Teil selbst schuld daran zu sein.«

»Bitte verzeiht, Majestät«, mischte sich Ridefort abermals ein, »doch es geht hier um eine Angelegenheit ...«

»... von großem Mut und beispielloser Tapferkeit?«, unterbrach ihn Balduin. Ridefort blickte einfach nur verwirrt, und Balduin fuhr mit einem Nicken und an Vater Johannes gewandt fort: »In der Tat, genau darum geht es. Niemals zuvor habe ich ein Beispiel von größerem Mut erlebt. Diesen jungen Ritter der Feigheit vor dem Feind zu bezichtigen ist aberwitzig! Der Pfeil, der ihn verletzt hat, galt mir. Er hat ihn mit seinem eigenen Körper aufgefangen und fast mit seinem Leben dafür bezahlt. Was für ein größeres Beispiel für Opferbereitschaft und Mut gäbe es denn noch?«

»Ist das ... wahr?«, fragte Johannes. Ridefort sah regelrecht entsetzt aus, während Rother so aussah, als würde er im nächsten Augenblick einfach in Ohnmacht fallen. Nur Dariusz starrte sie beinahe hasserfüllt an. Aber nicht nur sie.

»Ist das wahr, Bruder Robin?«, fragte Johannes.

Robin antwortete nicht gleich. Sie wollte es, aber ihre Lippen waren plötzlich wie ausgetrocknet. Alles, was sie fertig brachte, war ein mühsam angedeutetes Nicken.

»Warum habt Ihr uns nichts davon gesagt?«

»Weil ich ...« Robin druckste einen Moment herum und rettete sich schließlich in ein hilfloses Achselzucken.

»Weil ich es ihm befohlen hatte«, sagte Balduin. Das entsprach ganz und gar nicht der Wahrheit, aber Robin war viel zu verstört, um irgendwie darauf zu reagieren. Ihr Blick wanderte verstört von Balduin zu Rother, wieder zurück und abermals zu Rother. Der junge Ritter grinste immer breiter, als wisse er als Einziger hier um ein Geheimnis, von dem alle anderen noch nichts wussten, und könne es kaum noch für sich behalten. Vielleicht, dachte Robin, war es aber auch gerade anders herum. Vielleicht war *sie* die Einzige, die es nicht kannte.

»Ihr habt ihm befohlen, zu schweigen?«, vergewisserte sich Johannes. »Warum ...«, er räusperte sich fast erschrocken, »... wenn ich fragen darf, Majestät.«

»Sagen wir, aus Gründen der Staatsräson«, erwiderte Balduin. »Ich habe diesem jungen Ritter mein Leben zu verdanken. Bin ich vermessen, anzunehmen, dass das diesen unsinnigen Vorwurf entkräften dürfte?«

»Und was ist mit all den Männern, die diesen *tapferen Ritter* davonreiten sahen, als wir in den Hinterhalt gerieten?«, fragte Ridefort störrisch. »Irren sie sich alle?«

»Das weiß ich nicht«, antwortete Balduin gelassen. »Ich war nicht dabei.«

»Soll ich Ihnen vielleicht *befehlen*, sich geirrt zu haben?«, fragte Ridefort. Seine Augen blitzten kampflustig. War sein Respekt vor dem König so gering, dachte Robin, oder sein Zorn über die vermeintliche Schande, in seinem eigenen Haus zurechtgewiesen zu werden, so groß?

»Warum fragen wir nicht ...« Balduins stechend grüne Augen suchten Dariusz und musterten sein Gesicht ungefähr so interessiert, wie er ein ekliges Insekt betrachtet hätte. »Wie war noch einmal Euer Name?«

»Dariusz«, antwortete der Gefragte kühl.

Balduin nickte. »Richtig. Fragen wir doch Bruder Dariusz«, sagte er noch einmal. »Ist es wahr, dass Ihr diesem jungen Ritter den Befehl erteilt habt, das Schlachtfeld zu verlassen und nach Safet zurückzukehren?«

Robin konnte Dariusz ansehen, wie es hinter seiner Stirn arbeitete. Natürlich würde er alles abstreiten, und sie musste nicht einmal in Rideforts Gesicht blicken, um zu wissen, dass es dann um sie geschehen war. Feigheit im Angesicht des Feindes war gleich hinter Ketzerei (und für so manchen Ordensbruder insgeheim vermutlich noch davor) das schwerste Verbrechen, dessen sich ein Tempelritter schuldig machen konnte. Vermutlich *glaubte* Ridefort sogar, dass es so gewesen war. Schließlich hatte er gesehen, wie sie davongeritten war. Und nicht nur er.

Nein, dachte sie niedergeschlagen. Wenn Dariusz bei seiner Darstellung blieb, dann würde sie nicht einmal die Fürsprache des Königs retten können.

»Ja«, sagte Dariusz schließlich.

Balduin zog die Brauen zusammen. »Ja – was?«

»Ja«, wiederholte Dariusz. Er klang trotzig. »Robin sagt die Wahrheit. Ich habe diesen Befehl erteilt. Aber erst nachdem ich auf alle anderen erdenklichen Arten versucht habe, Robin vom Schlachtfeld fern zu halten.«

Für einen Moment wurde es so still, als hätte jedermann im Raum den Atem angehalten. Robin starrte Dariusz an und fragte sich, ob sie richtig gehört hatte.

»Ihr habt *was?*«, keuchte Ridefort. Sein Gesicht verlor jede Farbe.

»Ich habe Robin von Tronthoff befohlen, das Schlachtfeld zu verlassen, um nach Safet zu flüchten«, bestätigte Dariusz. »Aber das wäre nicht nötig gewesen, wenn er die Warnungen, die ich ihm zuvor habe zuspielen lassen, ernst genommen hätte. Oder wenn es mir gelungen wäre, ihn mit einem Botenritt aus dem Geschehen fern zu halten, wie ich es noch am Morgen der Schlacht versucht habe.« Seine Stimme klang ebenso trotzig, wie die Haltung aussah, die er unbewusst eingenommen hatte. Aber er hielt Balduins Blick dennoch stand und vermied es sogar, Ridefort anzusehen, dem er gerade indirekt einen Vorwurf gemacht hatte: Schließlich war es der Ordensmarschall höchstpersönlich gewesen, der ihm untersagt hatte, Robin als Bote nach Safet zurückzuschicken.

Wieder kehrte für eine kleine Ewigkeit eine schon fast unheimliche Stille ein, und Robin dachte nur eines: also doch.

Sowohl die in Latein verfasste Warnung, die sie in ihrem Zimmer in Safet vorgefunden hatte, als auch der gefährlich aussehende, aber ungiftige Skorpion, den man in ihr Zelt geworfen hatte, waren nichts weiter als der Versuch von Dariusz' Männern gewesen, ihr Angst zu machen und zu verhindern, dass sie an der Schlacht teilnahm.

»Womit Ihr mir zweifellos das Leben gerettet habt, Ritter Dariusz«, sagte Balduin schließlich. »Denn wäret Ihr nicht so sehr um das Wohl Bruder Robins besorgt gewesen, dann wäre er womöglich gefallen, bevor er mich aus meiner unwürdigen Lage am Flussufer befreien konnte. Doch sosehr ich Euch auch zu Dank dafür verpflichtet sein mag – würdet Ihr mir den Grund für diesen ... äh ... ungewöhnlichen Befehl verraten?«

»Nein«, antwortete Dariusz. »Bei allem Respekt, Majestät, doch es handelt sich hier um eine reine Ordensangelegenheit, bei der ich keiner weltlichen Instanz Rechenschaft schuldig bin.«

Nicht nur Robin hielt für einen Moment den Atem an. Dariusz hatte ja möglicherweise sogar Recht – aber das änderte nichts daran, dass seine Worte eine glatte Unverschämtheit waren.

»Wie bitte?«, fragte Balduin spröde.

»Ich will nicht respektlos erscheinen, Majestät«, sagte Dariusz. Er hielt Balduins Blick weiter stand, und seine Stimme verlor auch nicht an Sicherheit. Robin war noch immer zutiefst verwirrt – wie jedermann hier. Aber da war auch plötzlich ein neues, ungutes Gefühl in ihr. Irgendetwas war hier nicht so, wie es schien. »Es ist nur so, dass es von existenzieller Bedeutung für unseren Orden war, dass ... *Bruder* Robin die Schlacht überlebt und unbeschadet hierher zurückkehrt.«

Ein eisiger Schauer lief Robin über den Rücken, als sie hörte, wie Dariusz das Wort *Bruder* aussprach. Auch Ridefort sah plötzlich zutiefst verwirrt aus und warf ihr einen raschen, verstörten Blick zu.

»Bruder Robin?«, vergewisserte sich Balduin. »Ich habe Euch richtig verstanden, Dariusz? Wir sprechen von demselben Ritter Robin, einem Eurer jüngsten Ordensbrüder, über den kaum jemand etwas weiß?«

Dariusz schwieg.

»Ich verstehe«, sagte Balduin. Er schoss einen ärgerlichen Blick in Rideforts Richtung ab, dann hob er die Arme und klatschte zweimal in die Hände. »Alles hinaus!«, befahl er lautstark. »Lasst uns allein! Alle!«

Die Männer des Lazarusordens gehorchten schweigend, während die beiden Tempelritter neben der Tür erst gingen, nachdem ihnen Ridefort mit einem kaum merklichen Nicken sein Einverständnis signalisiert hatte. Auch Rother wollte sich umwenden, doch Abbé hielt ihn rasch am Arm zurück und schüttelte den Kopf.

»Nun?«, fragte Balduin, nachdem sie allein waren. Er klang mittlerweile hörbar ungeduldig. Als Dariusz nicht schnell genug antwortete, fuhr er mit einer ärgerlichen Bewegung zu Ridefort herum. »Marschall! Würdet Ihr Euren sonderbaren Bruder vielleicht davon in Kenntnis setzen, dass *ich* hier derjenige mit einer Schwäche für dramatische Auftritte bin?«

»Majestät, bitte«, sagte Dariusz mit perfekt gespielter Nervosität. »Ich weiß, mein Verhalten muss Euch sonderbar vorkommen, aber es ... es fällt mir nicht leicht weiterzusprechen. Was ich Euch ...«, er wandte sich mit ernstem Gesichtsausdruck an Ridefort, »... und Euch zu sagen habe, ist fast zu ungeheuerlich, um es auszusprechen.«

»Und was sollte das Ungeheuerliches sein?«, fragte Ridefort.

Robins Herz begann immer heftiger zu klopfen. Es war alles verloren. Dariusz wusste Bescheid. Er hatte es die ganze Zeit über gewusst, schon bevor sie sich in dem kleinen Fischerdorf an der Küste wiedergesehen hatten. Und er hatte bis zu diesem Moment gewartet, um ihr Geheimnis zu offenbaren. Sie warf einen stummen, flehenden Blick in Abbés Gesicht, aber was sie sah, steigerte ihre Verwirrung eher noch. Von allen hier im Raum war Abbé der Einzige, der genauso gut wie sie wusste, worauf Dariusz hinauswollte, und doch wirkte er nicht im Geringsten beunruhigt. Im Gegenteil. Sie meinte sogar, etwas wie ein Lächeln zu erkennen, tief in seinen Augen.

Dariusz spielte weiter perfekt den Erschütterten. Bevor er weitersprach, drehte er sich demonstrativ zu Robin um und maß sie mit einem langen, ebenso durchdringenden wie eisigen Blick. Dann wandte er sich wieder Ridefort und dem König zu. »Bitte vergebt mir, Bruder Gerhard«, sagte er. Seine Stimme klang ruhig, aber auf jene bestimmte Art beherrscht, als brauche er seine ganze Kraft dazu. »Was ich getan habe, war falsch, das weiß ich. Und wenn Ihr mich dafür bestrafen wollt, so werde ich klaglos jede Strafe annehmen, die Ihr ausspracht. Doch was ich getan habe, geschah nur aus dem Wunsch heraus, Schaden von unserem Orden fern zu halten.« Er atmete hörbar ein und streifte Robin wieder mit einem kurzen, eisigen Blick. »Es ist wahr, dass ich Bruder Robin als Einzigem unter allen Tempelrittern das Privileg gewährt habe, die Nacht vor der Schlacht in einem eigenen Zelt zu verbringen. Und das geschah aus dem gleichen Grund, aus dem ich ihm während des größten Schlachtgetümmels den Befehl erteilt habe, nicht zu kämpfen und am Schluss zu fliehen.«

»Und warum?«, fragte Balduin.

»Weil ich auf keinen Fall zulassen konnte, dass Robin verletzt oder gar tot auf dem Schlachtfeld aufgefunden wird«, antwortete Dariusz.

Natürlich nicht, dachte Robin bitter. Plötzlich war ihr alles klar. Er hatte sie *hier* gebraucht. Genau hier und in dieser Situation. Panik griff nach ihr.

»Kurz vor der Schlacht«, fuhr Dariusz fort, »habe ich etwas

erfahren, was auf keinen Fall allgemein bekannt werden darf. Ein Geheimnis, das durchaus die Existenz unseres Ordens bedrohen könnte.«

»Und welches Geheimnis wäre das?«, fragte Balduin.

Statt zu antworten, zog Dariusz seinen Dolch. Balduin wich einen halben Schritt zurück, und Ridefort und Abbé legten gleichzeitig die Hand auf ihre Waffen, doch Dariusz machte auch zugleich eine rasche, besänftigende Geste mit der freien Hand. »Nein, keine Sorge«, sagte er. »Ich will niemandem etwas zuleide tun, das schwöre ich. Doch was ich Euch zu sagen habe, ist zu ungeheuerlich. Ihr würdet es mir nicht glauben. Deshalb will ich, dass ihr alle Euch *Bruder Robin* anseht!«

Und damit fuhr er herum, war mit einem einzigen Schritt bei ihr und schlitzte ihr Kleid vom Halsausschnitt bis zur Hüfte auf.

Es ging viel zu schnell, als dass Robin noch irgendetwas tun konnte. Dariusz' Klinge zerteilte den zähen Stoff mit einem reißenden, seidigen Laut, ohne dass die Klinge ihre Haut auch nur berührte. Der zerrissene Stoff rutschte rechts und links von ihrer Schulter, und Dariusz packte sie grob am Arm und riss sie so brutal herum, dass sie beinahe das Gleichgewicht verloren hätte.

Die Zeit schien stehen zu bleiben. Robin erschrak nicht einmal wirklich, aber sie war wie gelähmt. Sie wollte nach ihrem Kleid greifen und es nach oben ziehen, aber sie konnte sich nicht rühren. Alles rings um sie herum schien zu erstarren.

Ridefort ächzte. Seine Augen quollen vor Entsetzen schier aus den Höhlen, und Robin konnte hören, wie Vater Johannes hinter ihr nach Luft japste. Seltsamerweise schienen Ridefort und er jedoch die Einzigen hier zu sein, die der Anblick ihrer Brüste schockierte. Rother senkte verlegen den Blick, begann mit dem linken Fuß zu scharren und bekam tatsächlich rote Ohren. Abbé lächelte, und der König sagte: »Hübsch.«

»Sie ist eine *Frau!*« Das letzte Wort hatte Dariusz geschrien.

Niemand reagierte. Ridefort starrte sie weiter aus aufgerissenen Augen an, und es war klar, dass er einfach nicht begriff, was er sah, und es noch sehr viel weniger begreifen *wollte*.

Schließlich krächzte Vater Johannes: »Bedecke deine Blöße, Weib! Wir sind hier in einem Haus Gottes.«

Die Worte brachen den Bann. Robin riss sich los, raffte mit der linken Hand ihr zerschnittenes Kleid zusammen und war mit zwei Schritten bei Abbé, um sich an seine Brust zu werfen. Abbé legte schützend den Arm um ihre Schulter.

»Was ... was hat das ... zu bedeuten?«, stammelte Ridefort.

»Das solltet Ihr vielleicht besser Bruder Abbé fragen«, sagte Dariusz verächtlich. Er ließ eine genau bemessene Pause folgen, dann wandte er sich wieder an den König. »Unser *Bruder Robin*, Majestät«, sagte er betont, »ist eine *Frau*.«

»Aber das wusste ich doch, mein lieber Freund«, sagte Balduin sanft.

Robin hob mit einem Ruck den Kopf, und auch Ridefort fuhr herum und starrte nun den König ebenso fassungslos an wie sie gerade.

»Was ... habt Ihr gesagt?«, murmelte Dariusz.

»Jedermann hier im Raum wusste es«, bestätigte Balduin und fügte mit einem raschen, um Vergebung heischenden Blick in Rideforts Richtung hinzu: »Abgesehen von Euch, Marschall, wofür ich Euch um Vergebung bitte. Euer Großmeister Odo von Saint-Amand wollte Euch informieren, doch wie es scheint, hat ihm das Schicksal keine Gelegenheit mehr dazu gegeben.«

Robin blickte verwirrt von einem zum anderen. Sie verstand nichts mehr.

»Bruder Abbé?«, murmelte Ridefort hilflos.

Abbé nahm den Arm von ihrer Schulter und trat einen Schritt vor. »Es ist so, wie der König sagt«, bestätigte er. »Die Geschichte ist lang und kompliziert, doch ich will versuchen, sie in wenige Worte zu fassen. Es ist wahr. Robin ist eine Frau. Um genau zu sein: Sie ist das Eheweib Prinz Salims, des Sohnes Sheik Raschid Sinans.«

»Des Alten vom Berge?«, fragte Ridefort. Er sah Robin überrascht und mit neuem Ausdruck an.

»Ja«, bestätigte Abbé. »Er ist einer unserer wichtigsten Verbündeten, wie Ihr wisst. Vor fünf Jahren äußerte er den Wunsch, unsere Heimat kennen zu lernen, und Odo und ich kamen überein, ihn in der Rolle eines vermeintlichen Sklaven in eine kleine Komturei nach Friesland zu schicken.« Er deutete auf Robin. »Dabei hat er sich in ein Mädchen aus dem Nachbardorf verliebt. Es war sein Wunsch, sie zum Weib zu bekommen und mit sich nach Hause zu nehmen.« Er hob die Schultern. »Ein geringer Preis für eine noch engere Verbindung zwischen uns und den Assassinen. Und da Robin einverstanden war, kamen der Großmeister und ich überein, ihm diesen Wunsch zu erfüllen.«

»Das ... das ist doch ... Unsinn«, murmelte Dariusz. Er war sehr blass geworden. »Ihr könnt viel behaupten, jetzt, wo Odo nicht da ist, um diese haarsträubende Geschichte zu bestätigen.«

»Wir hielten es für eine gute Idee, Robin in der Verkleidung eines jungen Ordensbruders nach Masyaf zu bringen«, fuhr Abbé unbeeindruckt fort. »Die künftige Schwiegertochter des Alten vom Berge wäre eine zu verlockende Geisel für jeden Stammesfürsten in diesem Land gewesen. Seither ist sie die Frau Prinz Salims.«

»Das ist lächerlich«, schnaubte Dariusz.

»Scheich Raschid Sinan befindet sich in Jerusalem«, fuhr Abbé fort, scheinbar immer noch, ohne Dariusz überhaupt zur Kenntnis zu nehmen. »Ich habe bereits einen Mann zu ihm geschickt. Er und sein Sohn werden in Kürze hier sein, um Euch meine Worte zu bestätigen.«

»Ein Verräter und ein Heide«, sagte Dariusz. Seine Stimme bebte. »Was für hervorragende Zeugen!«

»Und ein König«, wandte Balduin ein. »Nun gut – was von ihm übrig ist.«

»Ihr ... habt davon gewusst?«, murmelte Ridefort ungläubig. »Und Ihr wart damit einverstanden?«

»Ich fürchte«, seufzte Balduin. »Obwohl ich niemals zugestimmt hätte, hätte ich *Bruder Robin* damals schon gekannt.« Er lachte leise. »Dann hätte ich sie zweifellos für mich beansprucht.«

Seine Augen funkelten, während er Robin ansah, und obwohl sie sein Gesicht hinter dem schwarzen Tuch nicht erkennen konnte, glaubte sie sein Lächeln regelrecht zu spüren. Sie empfand ein Gefühl tiefer Dankbarkeit, aber sie fragte sich auch, warum er für sie log. Immerhin war er der *König*.

»Das ... das ist nicht wahr«, beharrte Dariusz. Mittlerweile klang seine Stimme fast verzweifelt. »Diese verrückte Geschichte könnt Ihr doch nicht glauben, Gerhard.«

Langsam wandte sich Abbé ganz zu ihm um. Etwas in seinem Blick erlosch. »Es war niemals geplant, Robin tatsächlich in der Rolle eines Ordensbruders auftreten zu lassen oder sie gar in den Kampf zu schicken. Und das wisst Ihr sehr wohl, Dariusz.«

»Was ... was soll das heißen?«, fragte Dariusz. Er fuhr sich nervös mit der Zungenspitze über die Lippen.

»Ich denke, das wisst Ihr besser als ich.« Plötzlich war Abbés Stimme so hart und kalt wie Glas. »Gebt Euch keine Mühe, es abzustreiten, Dariusz. Wir haben den Spion gefangen, den Ihr nach Masyaf geschickt habt, und glaubt mir, Raschid Sinan kennt Mittel und Wege, einen Mann zum Reden zu bringen. Er hat uns alle Einzelheiten des feigen Mordanschlags auf den König verraten – und Euer Ziel, über diesen Umweg in die Spitze des Ordens aufzusteigen!«

»Das ist ...«, fuhr Dariusz auf, aber Abbé unterbrach ihn mit einer kraftvollen Handbewegung. »Es ist uns dadurch mittlerweile bekannt, dass Ihr mit Herzog Ferdinand von Falkenberg gemeinsame Sache gemacht habt, der sich selbst zum Herrscher von Jerusalem und allen zugehörigen Ländereien aufschwingen wollte«, fuhr er eine Spur lauter fort.

»Was soll das heißen?«, polterte Dariusz. »Wollt Ihr mir etwa unterstellen, in ein Mordkomplott verwickelt zu sein, bei dem es um die Herrschaft in Outremer ging? Das ist lächerlich!«

Abbé nickte grimmig. »So ungeheuerlich das klingt: Genau das will ich. Der Herzog sollte König Balduin und Ihr Großmeister Odo von Saint-Amand nachfolgen. Voraussetzung war natürlich, dass Ihr sowohl König Balduin aus dem Weg räumen musstet wie Odo – und auch Ordensmarschall Gerhard von Ridefort, der in der Hierarchie über Euch steht.« Vater Johannes fuhr so heftig in die vor ihm liegenden Pergamente, dass ein ganzer Stoß von ihnen zu Boden segelte, und Ridefort stieß ein überraschtes Keuchen aus. Doch bevor einer von ihnen beiden etwas sagen konnte, fuhr Abbé auch schon mit schneidender Stimme fort: »Nehmt zur Kenntnis, Dariusz, dass Eure heimtückischen Pläne zur Gänze fehlgeschlagen sind. Die Attentäter aus den Reihen der weltlichen Ritter, die den König und seine Leibwache während der Schlacht töten sollten, haben wir bereits dingfest gemacht – genauso wie den Meuchelmörder, den Ihr sofort nach der Euch gelegen gekommenen Gefangennahme Großmeister Odos auf Marschall Ridefort angesetzt habt.«

»Das ist … ungeheuerlich«, brach es aus Ridefort hervor. Sein Gesicht war bleich, und in seinen Augen funkelte ein fast unheimliches Feuer. »Dariusz, wenn das stimmt …«

»Es stimmt«, unterbrach ihn König Balduin beinahe fröhlich, während Johannes für einen Moment hinter seinem Pult verschwand, um sich zu bücken, die herabgefallenen Pergamente mit einer erstaunlich zielsicheren und raschen Bewegung aufhob und sie so kraftvoll vor sich auf den schmalen Tisch donnerte, dass Robin unwillkürlich zusammenzuckte. »Jedes einzelne Wort von Bruder Abbé entspricht vollständig der Wahrheit.«

Obwohl er nicht einmal die Stimme erhoben hatte, hallten Balduins Worte unangenehm laut in dem Raum wider. Robins Blick irrte von einem zum anderen. Schließlich war es Vater Johannes, der als Erster seine Sprache wiederfand. Er räusperte sich umständlich, wischte mit einer erregten Bewegung beinahe die Papiere wieder zu Boden, die er gerade erst so umständlich aufgehoben hatte, ohne wohl aber darüber oder über Abbés vernichtend vorgetragene Anklage den Sinn der eigentlichen Verhandlung aus den Augen verloren zu haben, und deutete mit einer leicht zitternden Altmännerhand auf Robin. »Aber was ist mit …«, begann er mit vor Empörung merkwürdig hohl klingender Stimme, »was ist mit … mit diesem *Frauenzimmer* …«

»Das ist schnell erzählt«, sagte Abbé. Er drehte sich zu Ridefort um, deutete aber zugleich anklagend auf Dariusz. »Bruder Dariusz hat von unserem Täuschungsmanöver bezüglich des kleinen Friesenmädchens und der anschließenden Heirat mit Prinz Salim erfahren, und auch von Robins Vorliebe, manchmal weiter in den Kleidern eines Ordensbruders herumzulaufen. Eine kindische Marotte, die der Prinz ihr aus Liebe durchgehen ließ. Er hat den richtigen Moment abgepasst, sie zu entführen, aus keinem anderen Grund als dem, sie hierher zu bringen und den Großmeister, mich und nicht zuletzt den König zu brüskieren, sollten seine anderen Pläne fehlschlagen.« Er wandte sich wieder zu Dariusz um, und seine Stimme wurde noch kälter. »Bruder Dariusz, ich klage Euch des Verrates an unserem Orden und Eurem Großmeister an.«

»Und des Hochverrats, nicht zu vergessen«, fügte Balduin im Plauderton hinzu.

»Das … das ist doch absurd!«, krächzte Dariusz.

Ridefort starrte Dariusz zwei, drei, vier endlose schwere Atemzüge lang an. Sein Gesicht hatte jeden Ausdruck verloren. Dann klatschte er in die Hände und rief laut: »Wache!«

Die Tür flog auf, und die beiden Templer kamen herein, auf dem Fuß gefolgt von zwei Rittern des Lazarusordens. Balduin schüttelte fast unmerklich den Kopf, und sie zogen sich wieder zurück.

Ridefort deutete auf Dariusz. »Nehmt diesen Verräter fest«, sagte er kalt. »Entwaffnet ihn. Und nehmt ihm das Ordensgewand ab. Er hat das Kleid des Herrn lange genug besudelt.«

Dariusz schwieg. Sein Gesicht war zu einer Maske erstarrt, und selbst aus seinen Augen schien jedes Leben gewichen zu sein. Mit steifen, umständlichen Bewegungen zog er das Schwert aus dem Gürtel und reichte es einem der beiden Soldaten mit dem Griff voran. Als ihn die beiden an den Armen ergreifen wollten, riss er sich mit einer trotzigen Bewegung los und ging hoch aufgerichtet zwischen ihnen hinaus.

Ridefort sah ihm fassungslos nach. Lange Zeit stand er einfach schweigend da, dann wandte er sich mit einem knappen Nicken zuerst an Balduin, dann an Abbé und verließ schließlich ohne ein weiteres Wort den Raum. Robin würdigte er nicht einmal eines Blickes.

Robin wartete, bis sich die Tür hinter ihnen geschlossen hatte, aber dann war ihre Kraft endgültig aufgebraucht. Ihre Knie wurden weich. Der ganze Raum begann sich um sie zu drehen, und plötzlich dröhnten ihre eigenen Herzschläge wie das Trommeln einer riesigen Kesselpauke in ihren Ohren. Sie machte einen torkelnden Schritt zur Seite, streckte hilflos die Arme aus und wäre gestürzt, wäre Abbé nicht rasch hinzugesprungen, um sie aufzufangen.

»Ganz ruhig«, sagte Abbé rasch. »Jetzt ist alles in Ordnung. Dir kann nichts mehr passieren.« Behutsam ließ er sie zu Boden sinken. »Atme einfach tief durch. Ich habe nicht allzu viel Erfahrung in solcherlei Dingen, aber man hat mir gesagt, das soll helfen.«

Robin verstand nicht, was er damit meinte, aber es interessierte sie auch nicht, nicht in diesem Moment. Wie durch einen Vorhang aus fließendem Wasser hindurch hörte sie, wie auch Vater Johannes und nach einem weiteren Moment der König den Raum verließen, aber es vergingen noch einmal schwer endlose Minuten, bis das Schwindelgefühl zwischen ihren Schläfen so weit verebbte, dass sie wieder klar denken konnte und Abbés Gesicht sich aus einem Wirbel ineinander fließender Farben wieder neu zusammensetzte.

»Es ist alles vorbei«, sagte Abbé lächelnd. »Der Albtraum hat ein Ende. Salim ist auf dem Weg hierher. Er wird dich nach Hause bringen.«

Robin hörte gar nicht hin. »Das ... das war doch nicht die Wahrheit, was Ihr gerade erzählt habt, oder?«, fragte sie stockend.

»Dass Dariusz ein Hochverräter ist?«, fragte Abbé und nickte. »O doch. Dariusz hat dich aus keinem anderen Grund entführt. Er wollte Odo brüskieren, und mich gleich dazu. Mach dir keine Sorgen. Du wirst ihn niemals wiedersehen.«

»Das meine ich nicht«, beharrte Robin. »Das mit Odo und eurem Plan, mich an Sheik Sinan zu verkaufen.«

Abbé grinste. »Es klang doch überzeugend, oder?«

»Und wenn Odo zurückkommt und Ridefort die Wahrheit erfährt?«

Abbés jungenhaftes Grinsen erlosch und machte einem Ausdruck von großem Ernst Platz. »Odo von Saint-Amand wird nicht zurückkommen«, erklärte er bekümmert. »Er ist tot.«

»Aber Ihr habt doch selbst gesagt ...«

»Niemand weiß davon«, fuhr Abbé fort. »Und es wäre gut,

wenn das noch eine Weile so bliebe, aus verschiedenen Gründen.« Er schüttelte den Kopf und raffte sich wieder zu einem Lächeln auf. »Aber das soll nicht mehr deine Sorge sein.«

»Aber ... aber der König«, murmelte Robin. »Er wusste, dass ...«

»... du eine Frau bist?«, unterbrach sie Abbé. »Das konnte ihm schwerlich verborgen bleiben, mein Kind. Nachdem dich der Armbrustbolzen getroffen hatte, haben Salim und er eine halbe Stunde um dein Leben gerungen. So etwas ist schwer möglich, wenn man ein Wams und ein Kettenhemd trägt, weißt du?«

»Oh«, machte Robin. »Dann hat er ...?«

»... dir das Leben gerettet?« Abbé nickte. »Zug um Zug, wenn du so willst. König Balduin ist ein Mann, der seine Schulden sehr schnell zahlt.«

»Aber warum hat er nichts gesagt?«, wunderte sich Robin.

»Weil König Balduin nicht nur ein Mann von großer Ehre, sondern auch von großer Klugheit ist«, antwortete Abbé.

Robin versuchte aufzustehen, aber sie hatte ihre Kräfte überschätzt. Sie kam erst beim dritten Versuch und mit Abbés Hilfe auf die Füße, und Abbé ließ ihren Arm auch nicht los, als sie stand.

»Glaubst du, dass du es alleine nach draußen schaffst?«, fragte er besorgt.

»Kein Problem«, behauptete Robin. »Ich brauche nur ein paar Augenblicke Ruhe. Meine Schulter schmerzt.«

»Aha«, sagte Abbé.

»Und ein neues Kleid«, fügte Rother hinzu.

Robin sah an sich hinab und stellte fest, dass ihr zerschnittenes Kleid schon wieder auseinander gefallen war und deutlich mehr von ihrem Körper enthüllte, als es verbarg. Es war ihr nicht einmal mehr wirklich peinlich. Dafür war sie einfach zu müde.

»Was das angeht, kann ich vielleicht behilflich sein.« Balduin war wieder hereingekommen, ohne dass sie es überhaupt gemerkt hatte. Er war nicht allein. Zwei Ritter im matten Schwarz des Lazarusordens standen hinter ihm. Robin konnte ihre Gesichter hinter den schwarzen Helmen nicht erkennen, doch sie glaubte ihre Blicke regelrecht zu spüren. Plötzlich war ihr ihre Nacktheit doch peinlich. Hastig raffte sie ihr Kleid über der Brust zusammen, doch das einzige Ergebnis, das ihre hastige Bewegung hervorbrachte, war ein leises, amüsiertes Lachen, das hinter Balduins Schleier hervordrang.

»Ihr braucht keine Angst um Eure Tugend zu haben, holde Jungfer«, sagte er spöttisch. »Ich bin aus gewissen Gründen ... äh ... keine Gefahr mehr für eine Frau, und ich fürchte, dasselbe gilt auch für meine Männer. Doch vielleicht kann ich Euch bei einem anderen Problem behilflich sein.«

Er gab einem seiner Männer einen Wink. Der Lazarusritter ließ sich vor ihr in die Hocke sinken und legte etwas auf den Boden, das sie erst wirklich erkannte, als er aufstand und sich rückwärts gehend entfernte. Es war ein schmuckloses, schwarzes Gewand, dessen bloßer Anblick ihr einen eisigen Schauer über den Rücken jagte.

»Keine Sorge«, sagte Balduin spöttisch. »Es ist ganz neu. Keiner meiner Männer hat es je getragen.«

Robin sah ihn weiter verstört an. Sie verstand nicht, worauf er hinauswollte. Mit einem Hilfe suchenden Blick wandte sie sich an Abbé, aber sie erntete auch jetzt nur ein sachtes, spöttisches Lächeln, in dem etwas sonderbar Wissendes war, das sie immer mehr beunruhigte.

Balduin streckte die Hand aus, und der Ritter hinter ihm reichte ihm ein gewaltiges Schwert.

»Ich bin Euch noch etwas schuldig, *Bruder Robin*«, sagte er spöttisch. »Und ich bin es gewohnt, meine Schulden zu begleichen.« Seine Stimme wurde kühler, nahm aber zugleich auch einen offizielleren Ton an. »Kniet nieder, Robin«, befahl er.

Robin tauschte einen verwirrten Blick mit Abbé. Er nickte. *Es ist alles in Ordnung,* signalisierte sein Blick.

Robin ließ sich mit klopfendem Herzen auf die Knie sinken, und Balduin streckte den Arm aus und berührte ihre rechte Schulter mit der Schwertklinge.

»Ritter Robin«, sagte er feierlich. »Hiermit ernenne ich Euch zum Ehrenhauptmann meiner Leibgarde und verleihe Euch den Titel *Schwert des Königs.*« Sein Schwert berührte auch ihre andere Schulter, aber nur sanft, kaum mehr als ein Hauch. Dann trat er zurück, drehte das Schwert um und reichte ihr die Klinge mit dem Griff voran. Robin griff danach und starrte die Waffe an, ohne wirklich zu verstehen. Das Schwert war sehr groß, dafür aber überraschend leicht und perfekt ausbalanciert. Eine Waffe, die zwar vollkommen aussah, in Güte und Qualität aber der gleichkam, die Salim für sie hatte anfertigen lassen. Klinge, Parierstange und Griff waren vollkommen schwarz. Der einzige Schmuck waren fünf winzige, blass silberne Kreuze, die in den Knauf eingraviert waren; das Symbol der königlichen Leibgarde.

»Erhebt Euch, Ritter Robin«, sagte der König feierlich. »Lasst jeden wissen, dass Ihr vom heutigen Tage an unter meinem persönlichen Schutz steht. Wer die Hand gegen Euch erhebt, der erhebt sie zugleich auch gegen mich. Und nun nehmt Euer Schwert, Euer Gewand und den Segen des Königs, Robin, und geht nach Hause.«

Wolfgang Hohlbein

Der einzigartige Roman zum größten deutschen Heldenepos

Der größte deutsche Mythos: ein atemberaubendes Drama um Rache und Magie, um Liebe und Tod – ein Epos, das Tolkiens *Herr der Ringe* an erzählerischer Wucht und Phantasie in nichts nachsteht.

978-3-453-53026-3

HEYNE